HEYNE

Das Buch

Wir schreiben das Jahr 2008. Irgendwo zwischen den Inseln Indonesiens wird ein wertvoller amerikanischer Industriesatellit von Piraten geraubt, die – wie sich herausstellt – längst zu einer mächtigen Organisation mit modernsten Waffen und weltweiten Verbindungen gewachsen sind. Um dieser Bedrohung für die internationale Handelsschifffahrt zu begegnen, schicken die USA eine kleine, aber bestens gerüstete Streitmacht unter der Führung von Captain Amanda Garrett in die Region. Doch der Führer der Piratenorganisation schlägt zurück: Es gelingt ihm, Amanda Garrett in seine Gewalt zu bringen, die sich zwar zu dem jungen ›Piratenkönig‹ hingezogen fühlt, ihre Aufgabe aber dennoch nie aus den Augen verliert. In einem waghalsigen Manöver stößt die kleine amerikanische Streitmacht schließlich in die Höhle des Löwen vor …

Der Autor

James Cobb entstammt einer Marine-Familie und ist Mitglied der ›Navy League of the United States‹ wie auch des ›United States Naval Institute‹. Er selbst war auf nahezu allen Arten von Kriegsschiffen unterwegs. Heute lebt James Cobb im Pazifischen Nordwesten. Von James Cobb sind im Wilhelm Heyne Verlag in der Serie um Captain Amanda Garrett bereits die Romane ›USS Cunningham – Im Fadenkreuz‹ (01/13161), ›Schlacht der Drachen‹ (01/13262) und ›Mission Seafighter‹ (01/13298) erschienen.

JAMES COBB

ÜBERFALL AUF HOHER SEE

Aus dem Amerikanischen
von Norbert Jakober

WILHELM HEYNE VERLAG
MÜNCHEN

HEYNE ALLGEMEINE REIHE
Nr. 01/13542

Die Originalausgabe
TARGET LOCK
erschien 2001 by Headline Book Publishing

Umwelthinweis:
Das Buch wurde auf
chlor- und säurefreiem Papier gedruckt.

Deutsche Erstausgabe 7/2002

Printed in Norway 2002
Umschlagillustration: Picture Press/Corbis
Umschlaggestaltung: Nele Schütz Design, München
Satz: Pinkuin Satz und Datentechnik, Berlin
Druck und Bindung: AIT, Trondheim

ISBN 3-453-21073-5

http://www.heyne.de

Widmung

Es gibt in Wirklichkeit keine völlig eigenständig erschaffenen Geschichten oder Figuren. Der Autor, der auf so etwas Anspruch erhebt, macht entweder sich selbst oder dem Leser etwas vor. Wenn es einem Autor gelingt, einen Faden aufzugreifen, den andere Geschichtenerzähler vor ihm gesponnen haben, und daraus ein neues, für den Leser interessantes Muster zu weben, dann ist dies das Beste, was er erreichen kann.
Nach diesem Bekenntnis möchte ich dieses Buch den verschiedenen Autoren, Künstlern und den von ihnen geschaffenen Figuren widmen, denen ich viele spannende und unterhaltsame Lesestunden verdanke – und auch so manche wertvolle Inspiration für die Welt der Amanda Garrett.

Ian Fleming und James Bond
Peter O'Donnel und Modesty Blaise
James H. Schmitz und Trigger Argee
Norman Reilly Raine und Tugboat Annie Brennan
Shoji Kawamori, Haruhiko Mikimoto und Misa Hayase.
Ladies and Gentlemen, vielen Dank.

300 Kilometer über dem Südatlantik

8. Juli 2008 Eisigweiß und saphirblau leuchtete die Erde vor dem Hintergrund des samtig-schwarzen leeren Raumes; die Trennlinie zwischen Himmelskörper und Weltraum verlief entlang des gekrümmten Horizonts des blauen Planeten. Und auf diesen Horizont bewegte sich lautlos ein großes silberfarbenes Gebilde zu, dessen flügelartige Solarzellen-Paneele so ausgerichtet waren, dass sie das Licht der fernen Sonne auffangen konnten.

Sechs Wochen zuvor hatte eine russische Proton-VI-Rakete, die von der Boeing-Aerospace-Sealaunch-Plattform südlich von Hawaii gestartet worden war, das unbemannte Raumfahrzeug von der Größe eines Busses in die Erdumlaufbahn befördert. Ab diesem Zeitpunkt verrichtete der künstliche Erdtrabant still und fleißig seine Arbeit, während in seinem geräumigen Inneren die Zukunft der Technologie vorbereitet wurde.

Von der unaufhörlich fließenden Energie der Sonne angetrieben, liefen in den Laderäumen die verschiedenen Tests und Experimente ab. Völlig unabhängig arbeitende Kleinstfabriken und computergesteuerte Laboratorien waren in der gravitationsfreien Umgebung unermüdlich damit beschäftigt, neue Verbindungen und Materialien herzustellen, die man auf der Erde mit ihrer allgegenwärtigen Schwerkraft niemals hätte zustande bringen können.

So wurden beispielsweise hochwertige Kugellager aus

Glas, Metall und Nylon fabriziert. Es konnte keinerlei Verformungen durch die Schwerkraft geben, sodass alle Maschinen mit solchen Kugellagern über eine deutlich höhere Lebensdauer und Energieeffizienz verfügen würden. In dieser schwerelosen Umgebung konnten außerdem Kristalle schneller wachsen und deutlich größer werden als auf der Erde. Man hoffte, auf diese Weise auch ein Fiberglas herstellen zu können, dessen Belastbarkeit zehnmal so hoch sein würde wie die von Edelstahl. Es wurden Metallgussverfahren entwickelt, bei denen man nur ein Drittel der herkömmlichen Materialmenge benötigte, ohne dass das Material an Beständigkeit eingebüßt hätte. Neue Legierungen wurden geschaffen, die nicht mehr nur aus verschiedenen Metallen bestanden, sondern aus völlig neuen Mischungen von Metall, Keramik, Glas und Kunststoff. Kurz gesagt, man gewann Materialien mit Eigenschaften, von denen Ingenieure und Technologen bislang nur geträumt hatten.

Und mit jedem neuen Erfolg öffnete sich eine Tür für tausend neue Möglichkeiten. Die verschiedenen Projektteams auf der Erde sahen schon den Tag näher rücken, an dem sie all diese Experimente nicht mehr per Fernbedienung, sondern direkt durchführen konnten. Angesichts der Möglichkeiten, die in den neu entwickelten Technologien steckten, mochte dieser Tag tatsächlich nicht mehr allzu fern sein. Das INDASAT (Industrial Applications Satellite)-Projekt war das ehrgeizigste und weitreichendste private Weltraumprojekt aller Zeiten. Von einem Konsortium aus amerikanischen und europäischen Firmen ins Leben gerufen, sollten die INDASATs die Grundlage für die kommerzielle Erschließung und die wirtschaftliche Nutzung des erdnahen Weltraums schaffen.

Doch zumindest für den Augenblick musste die Arbeit an der Verwirklichung dieser Träume beendet werden. Die komplexen Vorgänge im Inneren des Satelliten kamen zum Stillstand, nachdem die Rohstoffvorräte erschöpft waren. Für INDASAT 06 war es Zeit, nach Hause zurückzukehren.

Langsam wurden die enormen Solarzellenflügel eingezogen, und die hitzebeständigen Türen schlossen sich. Triebwerke wurden gestartet, und der INDASAT-Satellit richtete sich neu aus, bis der an der Nase angebrachte Hitzeschild sowie die Bremsraketeneinheit nach vorne in die Flugrichtung zeigten. Über die Datenverbindungen tauschten sich die Bordcomputer mit der Elektronik der Bodenkontrollstation aus, um eine ganze Reihe von System-Checks durchzuführen.

Alle Systeme funktionierten einwandfrei. Die Computer wandten sich ein letztes Mal an ihre Leiter und Lenker in der Kontrollzentrale und erhielten die Erlaubnis, alle entsprechenden Maßnahmen einzuleiten. Über Pretoria, Südafrika, flammten die Bremsraketen auf und INDASAT 06 begann seinen langen Sinkflug.

Nachdem der Brennstoff verbraucht war, wurden die Bremsraketen abgestoßen, sodass der thermokeramische Hitzeschild frei lag – bereit, dem drohenden Inferno zu begegnen. Wie ein gigantisches Geschoss brach der riesige Satellit in die Atmosphäre über dem Indischen Ozean ein, eine glühende Druckwelle aus ionisierter Luft vor sich herschiebend, während er allmählich langsamer wurde. Tief unter ihm, vor der Küste der Seychellen, blickten einheimische Fischer ehrfürchtig und staunend zu dem riesigen silbernen Feuerball hoch, der auf seinem Weg nach Nordosten den nächtlichen Himmel erleuchtete.

Das hitzebedingte Leuchten wurde allmählich schwächer und erlosch schließlich, als der sinkende Satellit zusehends an Geschwindigkeit verlor. In einer Höhe von 150 000 Fuß öffnete sich der erste kleine Fallschirm, um den Satelliten im Fall zu stabilisieren. Bei 90 000 Fuß ging ein zweiter, etwas größerer Fallschirm auf, der den Satelliten genau auf den Bergungspunkt ausrichtete, der irgendwo nördlich von Australien in der Arafurasee lag.

In einer Höhe von 30 000 Fuß entfalteten sich schließlich die vier Hauptfallschirme, die zusammen die Größe eines Fußballfeldes hatten und mit deren Hilfe sich das Raumfahrzeug auf die letzte Etappe seiner Reise zu den dunklen Gewässern des Indischen Ozeans begab.

Die Computer an Bord des INDASAT leiteten die letzten Maßnahmen in die Wege. Blinkende Stroboskoplichter und Funkfeuer wurden eingeschaltet, um dem Bergungsteam die Arbeit zu erleichtern. Der verbliebene Treibstoff wurde aus Sicherheitsgründen abgelassen, und Auftriebskörper wurden aufgeblasen, um für die bevorstehende Landung im Wasser gerüstet zu sein. Nachdem diese letzten Aufgaben erledigt waren, schaltete sich der Computer ab, und eine träge Masse aus Metall und Verbundstoff schlug im warmen Wasser des tropischen Meeres auf.

Die Arafurasee

97 Seemeilen nord-nordwestlich Cape Wessel

8. Juli 2008, 21:47 Uhr Ortszeit »Wir haben Sichtkontakt! Stroboskoplichter an null-drei-sieben Backbord voraus.«

»Sehr gut, Mr. Carstairs. Rudergänger, Kursänderung nach Backbord, auf drei-drei-null gehen. Langsame Fahrt voraus.« Captain Phillip Moss, der Verantwortliche für die *INDASAT Starcatcher*, war einst bei der australischen Navy gewesen und beharrte deshalb auf einem militärischen

Umgangston auf der Brücke. »Die Bootsteams sollen sich bereithalten. Und sagen Sie der Welldeck-Kontrolle Bescheid, dass man mit dem Fluten beginnen kann.«

Der hagere Seemann mit dem Falkengesicht trat aus dem Ruderhaus heraus und hob das Fernglas an die Augen, um nach dem pulsierenden Licht Ausschau zu halten, das aus dem nächtlichen Himmel ins Meer herabfiel. Unter seinen Füßen begann das über vierundachtzig Meter lange Schiff zu beben, als der stumpfe Bug zum Eintauchpunkt des gelandeten Satelliten herumschwenkte.

Im nächsten Augenblick tauchte die stämmige Gestalt von Dr. Alan Del Rio neben Moss in der Brückennock auf. »Feine Landung, Captain«, stellte der INDASAT-Bergungsleiter fest.

»So weit so gut«, brummte Moss. »Jedenfalls besser als beim ersten Mal. Wir mussten über zweihundert Seemeilen Ozean absuchen, und als wir ihn dann zu Gesicht bekamen, sank er auch schon.«

»Ja, aber aus solchen Vorfällen kann man lernen, Captain«, erwiderte der Bergungsleiter. Als ehemaliger NASA-Angehöriger hatte Del Rio schon zahlreiche Kämpfe mit widerspenstigen Raumfahrzeugen hinter sich. »Wir werden mit jedem Mal ein klein wenig besser. So Gott will, wird auch das hier bald eine reine Routineoperation sein.«

»Meine Philosophie ist, dass es keine reinen Routineoperationen gibt.«

INDASAT 06 trieb zwischen den beiden Reihen von Auftriebskörpern auf den niedrigen Wellen dahin. Durch seine mit Wasser vollgesogenen Fallschirme auf Position gehalten, markierte der Satellit seinen Standort mit Hilfe der pulsierenden Stroboskoplichter, die auf den ausgefahrenen Teleskopmasten angebracht waren. Schon bald nach Beginn des Programms hatte man festgestellt, dass die Auffindung und Bergung in der Dunkelheit leichter zu schaffen war als bei Tageslicht, sodass die Bergungsoperationen schließlich nur noch nachts durchgeführt wurden.

Die *Starcatcher* schob sich bis auf fünfzig Meter an den treibenden Satelliten heran, bevor die Hauptmaschinen abgestellt wurden. Mit seinen Scheinwerfern erleuchtete das Schiff eine Fläche von drei Quadratkilometern Ozean. Dann wurde das Schiff mit Hilfe der Bug- und Heckstrahlruder so ausgerichtet, dass es mit dem achterlichen Ende zum Satelliten stand.

Als die *Starcatcher* in ein Bergungsschiff umgewandelt worden war, hatte man im Heck ein flutbares Welldeck eingebaut, das groß genug war, um Industriesatelliten aufzunehmen. Nun fuhr an diesem Welldeck eine Rampe herab, über die ein Schwarm Schlauchboote ins Freie gelangte.

Während der nächsten Stunde war der Satellit von den Schlauchbooten umgeben, deren Crews das Raumfahrzeug auf eventuelle Schäden untersuchten, die Fallschirme zur späteren Wiederverwendung abnahmen und schließlich die Bergungstrossen anbrachten.

Nachdem all diese Arbeiten durchgeführt waren, ertönte das Signalhorn vom Oberwerk der *Starcatcher*, und die Schlauchboote kehrten in den Schoß des Mutterschiffs zurück. Mit einem Aufheulen der Winde spannte sich die Bergungsleine und die Distanz zwischen der *Starcatcher* und ihrer kostbaren Fracht verringerte sich Stück für Stück.

Sobald man den INDASAT geborgen hatte, musste man ihn für den Transport fixieren. Danach würde man das Welldeck trocken pumpen, und die Fahrt nach Port Darwin konnte beginnen. Dort, in der australischen INDASAT-Serviceanlage, würde man die kostbaren Materialien und Daten des Raumfahrzeuges sicherstellen und den Satelliten auf seinen nächsten Einsatz vorbereiten. Einen knappen Monat später könnte INDASAT 06 dann erneut aufbrechen.

Auf der Brücke der *Starcatcher* verfolgten Captain Moss und Bergungsleiter Del Rio aufmerksam die Bergungsoperation – und zwar sowohl durch direkte Beobachtung als auch mit Hilfe der Fernsehbildschirme am achterlichen Schott des Ruderhauses. Auch die Mitglieder der Brückenwache waren ganz in die Bergungsoperation vertieft – und zwar so sehr, dass sie erst spät bemerkten, dass die *Starcatcher* nicht allein auf der nächtlichen See war.

»Captain, da sind mehrere Boote dreihundert Meter vor dem Bug. Entfernung abnehmend.«

Moss blickte jäh auf. »Identifikation?«

»Fischerboote, würde ich meinen, Sir. Es dürften drei sein. Fahrt ungefähr sechs Knoten. Peilung im Moment Backbord voraus.«

Moss trat rasch auf die Backbord-Brückennock hinaus und hob sein Nachtglas an die Augen. Ja, da draußen war etwas. Drei große, dunkle Gebilde liefen in Richtung achtern vorüber und zogen eine schwach leuchtende Kielwasserspur hinter sich her.

»Was ist es, Captain?«, fragte Del Rio von der Ruderhaustür aus.

»Ich bin mir nicht sicher«, antwortete Moss. »Irgendwelche kleinen Schiffe. Sie haben die Positionslichter nicht eingeschaltet, aber in dieser Hinsicht sind die Einheimischen – unsere genauso wie die indonesischen – oft recht nachlässig.«

Mittlerweile war der Mond aufgegangen und warf sein schimmerndes Licht auf einen Teil der Meeresoberfläche. Der erste der Neuankömmlinge wurde vom Mondlicht beleuchtet, und Moss hielt ebenso wie Del Rio den Atem an.

Was sie da sahen, glich einem Bild aus längst vergangenen Zeiten. Ein niedriger, schnittiger Schoner mit zwei Masten, der mit seinem dunklen Rumpf, dem scharfen Bug und dem höher gelegenen Heck überaus exotisch anmutete, zeichnete sich im Mondschein ab.

»Unglaublich, was?«, murmelte Moss bewundernd.

»Was zum Teufel ist das, Captain?«, fragte Del Rio beeindruckt.

»Das ist eine *Pinisi*«, antwortete Moss. »Ein Handelsschoner, wie ihn einer der indonesischen Seefahrerstämme verwendet; die Bugi, ein Volk, das manche auch die Zigeuner der Meere nennen.«

»Zigeuner der Meere? Sie scherzen wohl, was?«, erwiderte Del Rio und trat ebenfalls an die Reling.

»Keineswegs. Sie sind eines der großen Seefahrervölker der Welt. Seit über tausend Jahren sind sie in diesen Gewässern unterwegs – von der malaiischen Küste bis zu den Philippinen. Ich glaube nicht, dass es eine indonesische Insel ohne irgendeine Bugi-Kolonie gibt.«

»Das sind also Bugi«, sagte Del Rio und lachte. »Und Sie glauben, diese schrecklichen Boogie-men könnten es auf uns abgesehen haben?«

»Vor ein paar hundert Jahren wäre das gar nicht zum Lachen gewesen«, brummte Moss. »Wenn einst, zur Zeit des Ostindienhandels, die Bugi an Bord eines Handelsschiffes gestürmt kamen, ihre Kris zwischen den Zähnen, dann war das der schlimmste Albtraum, den man sich vorstellen konnte. Diese Kerle waren nicht nur begnadete Seeleute, sondern auch die berüchtigtsten Piraten im Pazifik.«

Del Rio zuckte die Schultern. »Ich hab jedenfalls noch nie von ihnen gehört. Und ich hätte mir auch nicht gedacht, dass hier draußen noch jemand mit Segelschiffen durch die Gegend gondelt.«

»Oh, doch. Diese Schiffe sind typisch für die Bugi. Die

Zigeuner der Meere haben sich eine Mischung aus den Schonern der holländischen und portugiesischen Kolonialisten und chinesischen Dschunken gebaut. Das Ergebnis war ein Schiff, das besser zu handhaben und seetüchtiger war als die Vorbilder. Oben zwischen den Inseln sieht man sie immer noch recht häufig – so weit südlich findet man sie aber normalerweise nicht.«

Moss runzelte nachdenklich die Stirn. »Und es gefällt mir gar nicht, dass uns jemand während der Bergung so nahe kommt. Mr. Albright«, wandte er sich zur Ruderhaustür um, »gehen Sie mal ans Megafon. Machen Sie den Leuten auf den Schonern klar, dass sie verschwinden sollen.«

Es war der letzte Befehl, den Captain Moss geben sollte. Und auch dieser Befehl wurde nicht mehr ausgeführt.

Eine ganze Reihe von roten Lichtpunkten tauchten an der Wand des Ruderhauses auf. Sie stammten von Laser-Zielgeräten und im nächsten Augenblick wurde die Brücke der *Starcatcher* von den Geschossen dreier schwerer Maschinengewehre und einem Dutzend automatischer Gewehre regelrecht durchsiebt – ein Kugelhagel, dem alle Männer und Frauen der Brückenwache zum Opfer fielen.

Die Maschinengewehre schwenkten nach achtern und konzentrierten sich auf die Antennen am Hauptmast und an den Aufbauten, die binnen kürzester Zeit weggefegt wurden, sodass das Schiff nicht mehr in der Lage war, einen Hilferuf abzusetzen.

Leistungsstarke Hilfsmotoren erwachten dröhnend zum Leben. Zwei der Bugi-Schoner brausten auf die Flanken der *Starcatcher* zu, während das dritte Segelschiff sich abseits hielt und die Decks des Bergungsschiffes mit einem Geschosshagel zudeckte. Das Feuer wurde erst eingestellt, als die beiden anderen Schiffe ihre Beute erreicht hatten.

Mit der Geschmeidigkeit und der tödlichen Präzision von Panthern schwangen sich die braunhäutigen Männer brüllend über die Reling. Manche von ihnen waren mit modernen Maschinenpistolen und automatischen Pistolen ausgerüstet, während andere nur mit ihren Kris-Dolchen und Panga-Buschmessern bewaffnet waren, wie sie schon ihre Vorfahren, die Seeräuber früherer Tage, verwendet hatten.

Doch welche Waffen auch immer – für die Crew der *Starcatcher* gab es so oder so kein Entrinnen mehr. Schon bei der Planung der Operation war die Entscheidung getroffen worden, dass niemand entkommen durfte. Es sollte keine Gefangenen geben, keine Zeugen, keine Überlebenden.

Die Crew hatte nicht die geringste Chance, Widerstand zu leisten. Es gab kein Fleckchen, wo man sich hätte verstecken können. Nach nur wenigen Minuten waren die Schreie und der Lärm der Waffen verstummt.

Die Arbeits- und Positionslichter der *Starcatcher* wurden ausgeschaltet, und absolute Dunkelheit senkte sich wieder über die Arafurasee. Im Schutz der Dunkelheit wurde nun nach dem Blutbad, das unter der Schiffsbesatzung angerichtet worden war, ein präzise ausgearbeiteter Plan umgesetzt.

Die Männer eines Arbeitskommandos verteilten sich auf dem Bergungsschiff und schleppten alle Leichen ins Innere der Decksaufbauten. Die Schränke mit den Schwimmwesten wurden entleert. Schlauchboote wurden aus den Lagerräumen gezerrt und aufgeschlitzt, und auch das große Beiboot wurde zerstört. Egal, ob Rettungsringe oder hölzerne Stühle – alles, was sich an beweglichen Gegenständen an Deck befand, das auf der Wasseroberfläche hätte treiben können, wurde nach unten gebracht und sicher verstaut.

Ein zweiter Arbeitstrupp übernahm eine andere Aufgabe. Schläuche schlängelten sich nach unten zu den

Treibstofftanks, und mächtige Pumpen liefen an, um den Dieseltreibstoff in die Tanks an Bord der Bugi-Schiffe zu leiten.

Doch es war noch ein dritter Arbeitstrupp an Bord des Bergungsschiffes im Einsatz, der nicht ausschließlich aus Bugi bestand. Er setzte sich zum größten Teil aus Technikern zusammen, die aus verschiedenen Teilen Asiens stammten und die für die Piraten arbeiteten. Obwohl sie beim Anblick der Leichen und blutverschmierten Schotte blass wurden, gingen sie entschlossen ihrer Arbeit nach, verschiedene Handbücher, Computerdateien und wesentliche Bestandteile der Systeme auf der *Starcatcher* sicherzustellen.

Achtern näherte sich der dritte Schoner dem INDASAT-Satelliten selbst. Mit Lendentüchern bekleidete Schwimmer sprangen über Bord und machten sich an dem Satelliten zu schaffen. Sie deaktivierten die Stroboskoplichter und entfernten die Antennen der Transponder; dabei gingen sie nach den Diagrammen vor, die ihre ausländischen Berater ihnen gezeigt hatten.

Die Auftriebskörper des Satelliten wurden teilweise entleert, bis das Raumfahrzeug knapp unterhalb der Wasseroberfläche dahintrieb. Danach wurde eine tarnfarbene Hülle über Bord gehoben und zu Wasser gelassen. Es handelte sich um einen riesigen Sack aus leichtem Nylon, wie es für Fallschirme verwendet wurde. Der meerfarbene, grün und blau getönte Stoff wurde über den Satelliten gebreitet, bis dessen weiße Hülle völlig verdeckt war.

Die Bergungstrosse, die zur *Starcatcher* führte, wurde gekappt und stattdessen eine kurze Schlepptrosse zum Heck des Bugi-Schoners geführt. Die Schwimmer kehrten wieder an Bord zurück, und die Dieselmotoren, die viel stärker waren, als es für ein kleines Schiff wie den Schoner nötig gewesen wäre, erwachten dröhnend zum

Leben. Das Kielwasser, das von den Schrauben aufgewirbelt wurde, lief über den Satelliten hinweg und trug dazu bei, seine schattenhaften Umrisse so gut zu verbergen, dass man sie höchstens durch eine Luftbeobachtung aus geringer Höhe hätte wahrnehmen können.

Alle Aufgaben waren erledigt. Es war Zeit, zu verschwinden.

Die beiden Enterschiffe verließen die leblose *Starcatcher* und folgten dem Schiff mit dem Satelliten im Schlepptau. Alle Decksluken des Bergungsschiffes waren dicht verschlossen, dafür waren unter Deck alle wasserdichten Türen und Luken sperrangelweit geöffnet. Die Einlass- und Abzugsöffnungen des Maschinenkühlsystems waren mit dem Vorschlaghammer aufgebrochen worden, sodass sich breite Wasserstrahlen in den Maschinenraum ergossen, der sich rasch mit Wasser füllte.

Eine halbe Stunde, nachdem die Piraten das Bergungsschiff verlassen hatten, geriet das erste zerschlagene Bullauge unter die Meeresoberfläche. Sieben Minuten später kenterte und sank die *INDASAT Starcatcher* und verschwand vom Angesicht des Planeten.

Die Insel Palau Piri

INDONESIEN, VOR DER NORDWESTSPITZE BALIS

9. Juli 2008, 01:31 Uhr Ortszeit Im Hause Harconan hatte es eine klassische indonesische Reistafel gegeben, um den ersten Besuch zu feiern, den der neue amerikanische Botschafter in Indonesien der Insel Bali abstattete. Botschafter Randolph Goodyard und seine Frau waren von Makara Harconan eingeladen worden, um die exotischen Köstlichkeiten der indonesischen Küche zu genießen – und um eine ausgewählte Schar von hochrangigen Persönlichkeiten Indonesiens kennen zu lernen.

Danach hatte man mehrere Stunden mit guten Gesprächen und vorzüglichem Brandy auf der breiten Veranda mit Blick auf den Strand verbracht. Schließlich hatten die Gäste nach und nach das geräumige Haus ihres Gastgebers verlassen, um sich von einer der teuren Motorjachten auf das Festland von Bali zurückbringen zu lassen. Einige wenige wurden sogar per Privathubschrauber befördert – bis schließlich nur noch die Ehrengäste und der Gastgeber übrig waren.

Botschafter Goodyard hob ein letztes Mal sein Glas. »Mr. Harconan, meine Frau und ich möchten Ihnen für diesen höchst unterhaltsamen Abend danken. Bei einer solchen Gastfreundschaft werde ich meinen Aufenthalt in Ihrem Land bestimmt in angenehmster Erinnerung behalten.«

Harconan neigte bescheiden den Kopf. »Es war mir ein Vergnügen und eine Ehre, Sie als meinen Gast willkommen zu heißen, Herr Botschafter. Ich hoffe, Ihr Aufenthalt in unserem Land erweist sich tatsächlich als angenehm für Sie und als fruchtbar für die Beziehungen zwischen unseren Ländern.«

Makara Harconan war zwar indonesischer Staatsbürger, aber gleichzeitig ein Mann, der sich in vielen Welten zu Hause fühlte. Der Händler und Multimillionär war hoch gewachsen und hatte die breitschultrige, stämmige Statur seines holländischen Vaters. Doch seine dunklen, kantig-ebenmäßigen Gesichtszüge verrieten die asiatische Herkunft seiner Mutter. Er war in Jakarta zur Welt gekommen, hatte aber beschlossen, die Operationsbasis seines ständig wachsenden Firmenimperiums auf der Insel Bali einzurichten.

Harconan war ein äußerst mächtiger Mann und damit vielleicht ein wertvoller Verbündeter. Goodyard, ein schlauer, wenn auch international unerfahrener ehemaliger Gouverneur von Nebraska, war sich dieser Tatsache voll und ganz bewusst und hatte die Gelegenheit benutzt, um den *Taipan* nach den hiesigen politischen und wirtschaftlichen Gegebenheiten auszufragen. Harconan wiederum hatte sehr bereitwillig Auskunft gegeben.

Nun, zum Ende des Abends, hatte der Botschafter noch eine Frage an seinen Gastgeber.

»Mr. Harconan, wenn Sie mit einem Wort umschreiben müssten, was mich hier in diesem Teil der Erde erwartet – welches Wort würden Sie wählen?«

Harconan runzelte die Stirn und strich sich nachdenklich über den dünnen Oberlippenbart.

»Gegensätze, Herr Botschafter«, antwortete er schließlich. »In Indonesien muss man stets mit den allergrößten Gegensätzen rechnen.«

Er erhob sich von seinem Rohrstuhl und zeigte mit einer weiten Geste auf die Berge im Westen und die Lichter an den Küsten der Meerenge von Bali. »Dort drüben haben Sie Java, die Insel mit der höchsten Bevölkerungsdichte auf dem ganzen Planeten. Doch nur wenige Seemeilen von hier finden Sie andere Inseln, wo keine Menschenseele lebt. Da gibt es Gegenden, die noch nie ein Mensch betreten hat.

Jakarta, der Sitz Ihrer Botschaft, ist eines der modernsten und am höchsten entwickelten Ballungszentren der Welt. Doch am anderen Ende der Inselgruppe liegt Irian Jaya, das Ihnen als Neuguinea besser bekannt sein dürfte und das sich teilweise immer noch in der Steinzeit befindet. Im Nordosten liegt das Ölsultanat Brunei, wahrscheinlich das reichste Land der Erde. Doch genauso häufig werden Sie auf tiefste Armut stoßen. Es gibt in Indonesien mehr Anhänger des Islam als im Nahen Osten. Doch Sie finden hier auch mehr Hindus als in jedem anderen Land, außer Indien, während manche Inseln fast vollständig christlich sind. Und überall gibt es noch die Überreste verschiedener alter Naturreligionen.

Indonesien hat die viertgrößte Bevölkerung der Welt – doch die ist zersplittert in mehr als dreihundert eigenständige Kulturen, die über zweihundertfünfzig verschiedene Sprachen sprechen. Dadurch bleibt so etwas wie nationale Identität ein Traum, den man höchstens in Jakarta hegt.

Überall finden Sie unglaubliche Schönheit genauso wie abgrundtiefe Hässlichkeit. Sie stoßen auf Freundlichkeit und Lebensfreude ebenso wie auf Zorn und tiefen Hass. Hier gibt es Gegensätze, die alle Ihre Vorstellungen übersteigen, Herr Botschafter.«

Goodyard runzelte die Stirn und verspürte einen plötzlichen Anflug von Heimweh nach der Einfachheit von Lincoln. »Das wird eine Herausforderung«, sagte er und stellte sein Glas nieder.

Harconan nickte dem chinesischen Wachmann kurz zu, der unaufdringlich im Hintergrund der Veranda stand und sofort ein paar Worte in das Mikrofon seines Funkgeräts flüsterte. Aus einiger Entfernung war das Aufheulen eines Flugzeugtriebwerks zu hören; die Piloten von Harconans firmeneigenem Wasserflugzeug bereiteten die Maschine offensichtlich zum Start vor.

Harconan verbeugte sich über der Hand der Botschaftergattin und streckte dann dem Botschafter seine Rechte entgegen. »Mr. Goodyard, ich stehe jederzeit zu Ihrer Verfügung. Wenn ich Ihnen oder Ihrer Regierung irgendwie helfen kann, dann rufen Sie einfach an.«

»Ich werde darauf zurückkommen, Mr. Harconan. Und vielen Dank noch einmal. Bei so viel Amerikafeindlichkeit, die man heute auf der Welt antrifft, tut es besonders gut, wenn man Freunde wie Sie findet.«

Von der Veranda aus beobachtete Harconan, wie seine Canadair-CL215-Turbo einen silbrigen Gischtstreifen über die ruhige Meeresoberfläche zog, bevor sie sich in die Lüfte erhob. Die Maschine drehte nach Nordwesten ab und trug den Botschafter und seine Frau zurück nach Jakarta. Wenig später verschwanden die Positionslichter des großen zweimotorigen Amphibienflugzeuges zwischen den Sternen des tropischen Nachthimmels.

Seinen Smoking zuknöpfend, schritt der *Taipan* durch die Glasschiebetüren, die zu seinem geräumigen Büro führten.

Der chinesische Wachmann trat aus dem Schatten hervor und ging leise auf seinen Posten in der Mitte der Veranda, von wo er auf das Meer hinaus blickte. Eine leichte Brise hob seine Leinenjacke hinten ein Stück weit hoch, sodass für einen Augenblick die Beretta-Pistole zu sehen war.

Doch er war nicht allein. Jenseits der Lichter, die das Haus beleuchteten, streiften lautlos die Wachposten in Tarnanzügen rund um das Gebäude, mit Steyr-Sturmgewehren bewaffnet.

Das Büro selbst war mit freundlich-hellen Batik-Wandbehängen und teuren Rattan-Möbeln ausgestattet. In der Mitte stand ein schwerer Schreibtisch aus glänzendem Teakholz. Mr. Lan Lo, der Geschäftsführer von Makara Limited und gleichzeitig Makara Harconans persönlicher Adjutant, stand respektvoll neben dem Schreibtisch, die Hände hinter dem Rücken verschränkt, und wartete auf seinen Chef. Das weiße Haar des mageren, achtunggebietend aussehenden Chinesen bildete einen starken Kontrast zu seinem dunklen maßgeschneiderten Anzug.

»Der Abend ist sehr gut verlaufen, Bapak«, antwortete Harconan auf die Frage seines engsten Mitarbeiters. Er hatte es sich angewöhnt, seinen älteren Angestellten mit dem bahasa-indonesischen Wort für ›Vater‹ anzusprechen. »Botschafter Goodyard ist ein recht angenehmer Zeitgenosse. Intelligent, aber unerfahren. Ich glaube, wir werden gut mit ihm zusammenarbeiten.«

Harconan durchquerte das Büro und lockerte dabei seine Krawatte. »Wie sieht es an der Londoner und der Pariser Börse aus?«

»Recht günstig, Herr. Nickel, Zinn und Erdöl sind stabil. Leichte Aufwärtstrends bei Vanille und Pfeffer.«

»Ausgezeichnet. Und der Von Falken-Vertrag?«

»Ich habe mich mit unseren Vertretern in Hamburg in Verbindung gesetzt. Die Situation scheint sich positiv zu entwickeln. Die Entscheidung des Vorstandes wird nicht vor Freitag fallen – doch es deutet alles darauf hin, dass unser Angebot für ihren regionalen Container-Service zwischen Singapur und Bali den Zuschlag erhält.« Ein leicht missbilligender Ausdruck zeigte sich auf Los Gesicht. »Wie mir unsere Vertreter mitgeteilt haben, mussten wir allerdings leider zusätzliche 84 000 Euro aufwenden, um uns die Zustimmung der maßgeblichen Herrschaften zu sichern.«

Harconan lachte und nahm die Krawatte ab. »Die deutschen Geschäftsleute sind wie ihre Autos. Sie sind nicht billig – aber man bekommt auch etwas für sein Geld. Keine Sorge, Bapak, das Geld kommt schon wieder herein, und mehr als das. Aber sagen Sie, wie ist die Satelliten-Operation verlaufen?«

»Wie geplant, Herr. Unser Schiff hat das Raumfahrzeug im Schlepptau. Die Nachrichtendienst-Abteilung meldet keinerlei Notrufe oder sonstigen Meldungen auf den internationalen Notruf-Frequenzen und keine ungewöhnliche Aktivität bei den australischen Seestreitkräften. Unser Einsatzkommando ist wie vorgesehen zum Aufbewahrungsort unterwegs.«

»Sehr gut. Der Abend scheint also an allen Fronten erfolgreich verlaufen zu sein.«

»Es sieht ganz danach aus, Herr.«

Die Arafurasee

97 Seemeilen nord-nordwestlich Cape Wessel

9. Juli 2008, 05:40 Uhr Ortszeit Nachdem auch der dritte planmäßige Funkspruch des Bergungsschiffes ausgeblieben war, verständigte das INDASAT-Büro in Darwin die australische Küstenwache, dass eventuell ein Notfall eingetreten sein könnte. Die Reaktion erfolgte rasch: Ein See-Patrouillenflugzeug des Typs Orion von der RAAF startete von seinem Stützpunkt in Cooktown und erreichte im Morgengrauen die letzte bekannte Position der *INDASAT Starcatcher*. Zur größten Bestürzung aller Beteiligten war von dem Schiff weit und breit nichts zu sehen. Die *Starcatcher* war wie vom Meer verschluckt – nicht einmal ein Wrackteil oder eine Ölspur auf der Wasseroberfläche war zu erkennen.

Während die allgemeine Verwirrung weiter zunahm und die Suche ausgedehnt wurde, erreichten drei Bugi-*Pinisi* die Meerengen der indonesischen Inselgruppe, wo sie für etwaige Verfolger so gut wie unauffindbar waren.

United States Navy Special Forces Command, Einsatzzentrale

Flottenstützpunkt Pearl Harbor, Oahu, Hawaii

24. Juli 2008, 04:55 Uhr Ortszeit Lieutenant Commander Christine Rendino lenkte das gelbe Chevrolet-Electrostar-Cabrio in die für sie reservierte Lücke auf dem Parkplatz der Nachrichtendienst-Abteilung. Sie blinzelte träge in die Sonne, die soeben über Diamond Head aufging, und schaltete die Solarzelleneinheit des kleinen elektrisch betriebenen Wagens auf ›Aufladen‹, bevor sie ausstieg. Dann nahm sie ihre Uniform-Handtasche und ihren Laptop-Koffer und trottete zum Eingang der Operationszentrale hinüber.

Ein schon etwas mitgenommener silberner Porsche Targa stand ganz vorne in der ersten Reihe des Parkplatzes. Ein groß gewachsener kräftiger Mann in weißer Tropenuniform mit rasiermesserscharfen Bügelfalten stand neben dem Wagen. Auf den Schulterklappen seiner Jacke schimmerten die Sterne eines Flaggoffiziers der US-Navy. Über sein wettergegerbtes Gesicht huschte ein amüsiertes Lächeln, als er die blonde Nachrichtendienst-Offizierin kommen sah.

»Guten Morgen, Commander«, sagte er und erwiderte den militärischen Gruß der jungen Offizierin. »Das scheint ein wirklich schöner Tag zu werden.«

»Ich kann dieses Gerücht im Augenblick weder bestätigen noch dementieren, Sir. Um Genaueres sagen zu können, bräuchte ich weitere Daten.«

Admiral Elliot MacIntyre – genannt ›Eddy Mac‹ –, der Oberbefehlshaber der U.S. Naval Special Forces, lachte und nahm seine Aktentasche vom Beifahrersitz des Porsche. »Ich glaube, Captain Garrett hat schon mal erwähnt, dass Sie nicht gerade ein Morgenmensch sind.«

»Wenn Sie was von mir brauchen, sollten Sie's so um elf Uhr dreißig versuchen, Admiral. Das ist zwar immer noch früher Morgen, aber bis dahin bin ich für gewöhnlich recht gut in Schuss.«

»Heute haben wir aber Washingtoner Zeit. Unsere grossen Bosse warten drinnen schon auf uns.«

»Dann brauchen Sie wohl mal wieder einen Sündenbock, was, Sir?«

Die Intel-Offizierin und der Admiral passierten die verschiedenen Sicherheitsposten am Eingang zur Operationszentrale. Während sie sich entlang der weißen Korridore zur Kommunikationszentrale im Herzen des weiträumigen eingeschossigen Gebäudes begaben, musste sich Christine, wie üblich, sputen, um mit dem entschlossen ausschreitenden MacIntyre Schritt zu halten.

In der Kommunikationszentrale erwartete sie ein kleiner, kahl wirkender Raum. Sie hängten ihre Uniformmützen an den graumetallenen Kleiderständer und setzten sich an den Tisch. MacIntyre öffnete seine Aktentasche, während Christine ihren Laptop vorbereitete.

In die Wand vor ihnen war der zwei Meter breite Flatscreen-Monitor eines Video-Konferenzsystems eingebaut, von dessen oberem Rand das gläserne Auge einer Kamera herunterblickte.

»Bereit, Chris?«, fragte MacIntyre.

»Jederzeit, Sir«, antwortete sie und setzte ihre Lesebrille auf.

MacIntyre nickte und hob den Hörer der Tischtelefonanlage ab. »Kommunikation, hier spricht der CINCNAVSPECFORCE. Authentifizierung: Ironfist-November-zero-two-one. Wir sind bereit für die Konferenzverbindung mit dem State Department.«

Das rote Licht an der Videokamera leuchtete. Auf dem Wand-Display war zunächst kurz ein Logo des State

Department zu sehen, bevor ein Konferenzzimmer erschien, das um vieles luxuriöser ausgestattet war als die rein auf Zweckmäßigkeit ausgerichteten Räumlichkeiten der Navy.

Auf dem Monitor waren zwei Männer zu sehen. Der eine – er war hoch gewachsen, hager und von einer natürlich-würdevollen Haltung – trug einen eleganten grauen Anzug, während der zweite – ein kleinerer, gedrungener Mann mit mürrischer Miene – mit einem Nadelstreifenanzug bekleidet war.

MacIntyre übernahm die Initiative. »Guten Morgen, Harry«, sagte er und nickte dem Mann im grauen Anzug zu. »Schön, dich mal wieder zu sehen. Wie geht's Elaine?«

Angesichts der bevorstehenden Auseinandersetzung war es sicher kein Nachteil, wenn man durchblicken ließ, dass sowohl MacIntyre selbst als auch NAVSPECFORCE als Ganzes über Freunde in hohen Positionen verfügten.

Außenminister Harrison Van Lynden erwiderte das Lächeln. »Guten Morgen, Eddie Mac. Es geht ihr gut und sie rechnet fest damit, dass du das nächste Mal, wenn du in der Stadt bist, zum Essen bei uns vorbeikommst. Guten Morgen auch Ihnen, Commander Rendino. Darf ich Ihnen beiden Senator Walter Donovan vorstellen. Senator – Admiral Elliot MacIntyre, Oberbefehlshaber der U.S. Naval Special Forces, und einer seiner Nachrichtendienstoffiziere, Commander Christine Rendino.«

Der Senator antwortete mit einem kurzen Kopfnicken. Sowohl die Intel-Offizierin als auch der Admiral sahen dem Senator die mühsam bezähmte Feindseligkeit an.

Van Lynden begann sogleich mit seinem Anliegen. »Wie es aussieht, gibt es im Wahlbezirk des Senators so manchen, der an dem INDASAT-Programm beteiligt ist. Die Betroffenen haben sich an ihn gewandt, damit er sich wegen des Zwischenfalls vor der australischen Küste mit dem State Department in Verbindung setzt. Nachdem NAVSPECFORCE mit der Leitung der Untersuchungen betraut wurde, dachte ich mir, dass wir uns einmal direkt über den momentanen Stand der Dinge unterhalten sollten.«

»Verstehe, Mr. Secretary«, antwortete MacIntyre. »Commander Rendino leitet die Intelligence-Task-Force, die wir eingesetzt haben, und sie haben die Voruntersuchungen bereits abgeschlossen. Wir sind bereit, alle Fragen zu beantworten, auf die wir eine Antwort haben.«

Sofort meldete sich Senator Donovan zu Wort. »Ich hoffe, Sie haben genügend Antworten, Admiral. Da waren ein Dutzend amerikanische Staatsbürger auf dem Schiff. Und nicht bloß Durchschnittsbürger, sondern einige unserer besten Wissenschaftler und Techniker. Außerdem haben die Regierung und die amerikanische Industrie Milliarden in das Projekt investiert. Das State Department und das Pentagon haben mich bisher nur von einer Stelle zur nächsten geschickt! Jetzt will ich endlich ein paar klare Auskünfte darüber haben, was sich da abgespielt hat!«

Der Außenminister hob beschwichtigend die Hand. »Die werden Sie auch bekommen, Senator, das verspreche ich Ihnen. Aber ich würde vorschlagen, dass wir zuerst einmal dem Admiral und Commander Rendino Gelegenheit geben, uns die Situation so zu schildern, wie sie sie sehen. Bitte, Eddie Mac.«

MacIntyre nickte zustimmend. »Also, wir haben folgende Situation, Senator. Wie auch schon in den Zeitungen zu lesen war, wurde das Wrack der *Starcatcher* auf dem Meeresgrund entdeckt, nicht weit vom Bergungspunkt in der Arafurasee entfernt. Der Satellit ist nicht an Bord, aber wir fürchten, dass die gesamte Besatzung mit dem

Schiff untergegangen ist. Die australische Navy hat ein Bergungsschiff vor Ort, und sie versuchen zur Stunde, die Leichen zu bergen. Nachdem das Wrack in fast dreihundert Meter Tiefe liegt, kann man davon ausgehen, dass das eine sehr schwierige und langwierige Operation wird.

Eine Untersuchung des Wracks mit Hilfe einer ferngesteuerten Aufklärungsdrohne lässt den Schluss zu, dass das Schiff nicht durch irgendeinen Unfall gesunken ist. Die *INDASAT Starcatcher* wurde angegriffen und vorsätzlich versenkt. Wir können davon ausgehen, dass es darum ging, den Industrie-Satelliten zu stehlen.«

»Ich schätze, darauf sind viele von uns schon selbst gekommen, Admiral«, erwiderte Donovan in beißendem Ton. »Warum hat die Navy so lange gebraucht, um sich dieser Meinung anzuschließen? Und warum hat es über eine Woche gedauert, bis man das Schiff gefunden hat? Es musste doch eine Ölspur geben, oder Wrackteile. Hat da irgendjemand geschlafen? Die Australier vielleicht? Oder doch unsere Leute?«

»Keiner hat geschlafen, Sir«, meldete sich Christine Rendino zu Wort. »Das Schiff wurde deshalb nicht früher gefunden, weil sich jemand mit großem Aufwand darum bemüht hat, dass es unauffindbar bleibt.«

»Ach ja? Wie denn?«, fragte Donovan und hob fragend sein buschigen Augenbrauen.

»Wir haben es hier mit einer außerordentlich raffinierten und gut ausgebildeten Gruppe von Leuten zu tun, Senator. Sie achteten darauf, dass nichts auf die Versenkung der *Starcatcher* hindeutete. Die Untersuchung, die die australische Navy mit ihren unbemannten Flugzeugen unternommen hat, deutet darauf hin, dass das Schiff weder in die Luft gesprengt noch in Brand gesteckt, sondern durch Öffnen der Bodenventile versenkt wurde. Alle schwimmfähigen Gegenstände wurden unter Deck gebracht, damit man sie nicht auf dem Wasser treibend finden könnte. Sie müssen sogar den Treibstoff aus den Tanks in ein anderes Schiff gepumpt haben, damit es keine sichtbare Ölspur geben würde.

All diese Maßnahmen haben natürlich die Suche der australischen Navy erheblich erschwert. Sie konnten ja nicht wissen, ob die *Starcatcher* versenkt oder entführt wurde, oder ob sie sich einfach aus dem Seegebiet entfernt hatte. Sie mussten alle Möglichkeiten in Betracht ziehen. Nachdem ihre Suche weder aus der Luft noch zur See irgendetwas zutage förderte, baten sie uns um Unterstützung.«

»Wie haben unsere Leute das Wrack gefunden?«, fragte Van Lynden und lehnte sich in seinem Stuhl zurück.

»Ein Oceansat, Sir, ein Ocean-Surveillance-Satellit der Navy. Wir suchten die Arafurasee aus der Erdumlaufbahn ab und wendeten dabei verschiedene Lichtspektren an. Dabei entdeckten wir eine leichte Reflexionsänderung an der Meeresoberfläche. Es gab doch eine ganz schwache Ölspur, die mit freiem Auge nicht zu sehen war. Wir verfolgten die Ölspur zu ihrem Ausgangspunkt, und das australische Bergungsschiff kämmte das Gebiet mit dem Side-Scan-Sonar durch. Nach einer kurzen Suche fanden sie die *Starcatcher* schließlich.«

Christine wandte sich ihrem Laptop zu und öffnete zwei Fenster auf dem Videotelefon-Display. »In der rechten Ecke Ihres Bildschirms, Gentlemen, sehen Sie eine Karte der Arafurasee, auf der der Punkt markiert ist, wo das Schiff versenkt wurde. In der linken Ecke zeige ich Ihnen eine Bildserie, die von der Aufklärungsdrohne stammt.«

Christine rief die Bilder auf und kommentierte ein jedes davon für ihr kleines Publikum. »Okay, hier sehen Sie die typischen Einschusslöcher von schwerem Maschinengewehrfeuer in den Aufbauten der *Starcatcher* ... Hier haben Sie ein recht aussagekräftiges Bild von einem der Beiboote. Es wurde festgezurrt, und auch die Axthiebe sind deutlich zu sehen, mit denen man die Auftriebskörper zerstört hat ... Und hier ein Blick durch eines der Bullaugen ins Mannschaftsquartier ... Die Leiche hier ist zwar schon in Verwesung übergegangen, aber die Wunde am Schädel ist noch deutlich zu erkennen. Mittlerweile ist erwiesen, dass man der Frau mit einer Waffe – das Kaliber entspricht einem beim Militär verwendeten – aus kürzester Entfernung in den Kopf geschossen hat – eine regelrechte Hinrichtung also.«

Selbst Senator Donovan wirkte nun ziemlich betroffen.

Christine schloss die Fenster auf dem Display. »Alles deutet darauf hin, dass die *INDASAT Starcatcher* überfallen und geentert und dass der Satellit gestohlen wurde. Die Crew hat man ohne Ausnahme getötet, und das Bergungsschiff wurde so versenkt, dass es nur sehr schwer aufzufinden war.«

»Haben wir irgendeinen Hinweis, welche Gruppe von Terroristen oder welches Land für diesen barbarischen Akt verantwortlich sein könnte?«, fragte Van Lynden mit ruhiger Stimme.

MacIntyre übernahm es, auf die Frage zu antworten. »Unserer Ansicht nach steckt weder irgendein Land noch eine Gruppe von Terroristen im herkömmlichen Sinn dahinter.«

»Wer dann, Eddie Mac?«

»Piraten, Mr. Secretary«, antwortete MacIntyre gelassen. »Alle Anzeichen deuten darauf hin, dass es Piraten waren, die das INDASAT-Bergungsschiff angriffen und seinen Satelliten raubten.«

Senator Donovan runzelte ungläubig die Stirn. »Sind Sie sich bewusst, Admiral, dass wir im einundzwanzigsten

Jahrhundert leben? Capt'n Kidd ist schon lange nicht mehr im Geschäft.«

MacIntyre hob die Augenbrauen. »Und sind Sie sich bewusst, Senator, dass wir im neuen goldenen Zeitalter der Hochseepiraterie leben? Dass Piraterie heute ein großes internationales Problem darstellt und dass Jahr für Jahr Schiffe und Ladungen im Wert von hunderten Millionen Dollar verloren gehen? Jährlich werden über fünfhundert Piratenüberfälle gemeldet – und die Zahlen steigen seit zehn Jahren ständig weiter an.«

»Und das sind, wohlgemerkt, nur die gemeldeten Überfälle, Senator«, fügte Christine Rendino hinzu. »Diejenigen, bei denen es Überlebende gibt, die einen Bericht abliefern können.«

Der Senator war sichtlich konsterniert. »Nun, ich glaube, ich habe hin und wieder etwas darüber in der Zeitung gelesen. Aber ich dachte immer, dass es sich dabei um relativ geringfügige Zwischenfälle handelt – um irgendwelche Fischer, die vielleicht eine Jacht plündern, so etwas in dieser Art. Mit dem geraubten Satelliten nimmt das Ganze eine völlig neue Dimension an.«

»Das wäre vielleicht vor fünfzehn oder zwanzig Jahren eine neue Dimension gewesen, Senator, aber nicht heute.« Christines Finger wanderten flink über die Tastatur ihres Laptops. »Hier haben Sie einen anderen Vorfall, der sich in den indonesischen Gewässern ereignet hat – ganz in der Nähe der Stelle, wo die *INDASAT Starcatcher* überfallen wurde. Es geht hier um einen 11 000-Tonnen-Tanker unter philippinischer Flagge und mit einer Crew von vierundzwanzig Mann.«

Sie hatte alle Daten längst im Kopf gespeichert, doch der Form halber las sie sie vom Bildschirm ab. »Nachdem das Schiff in einer Raffinerie in Brunei eine volle Ladung verschiedener Erdölprodukte an Bord genommen hatte, stach es wieder Richtung Manila in See. Wenig später brach der Kontakt mit dem Tanker ab. Das Schiff und die Besatzung verschwanden spurlos. Es wurde eine sofortige Suche eingeleitet, mit dem Ergebnis, dass man mehrere Crewmitglieder fand, die an den Strand einer Insel gespült wurden. Man hatte ihnen die Hände auf dem Rücken gefesselt und ihnen die Kehlen durchgeschnitten. Zwei Jahre lang fand man nicht die geringste Spur vom Schiff und seiner Ladung.

Schließlich stieß die Versicherungsgesellschaft bei ihren Nachforschungen vor einer südamerikanischen Küste auf den Tanker. Er fuhr jetzt unter ekuadorianischer Flagge, führte einen neuen Namen, hatte einen neuen Eigentümer und meisterhaft gefälschte Papiere. Der neue Eigentümer konnte belegen, dass er das Schiff anderthalb Jahre zuvor in gutem Glauben von einem Schiffshändler in Goa, Indien, gekauft hatte und völlig ahnungslos war, dass es sich um ein von Piraten gestohlenes Schiff handelte. Weitere Untersuchungen ergaben, dass die Firma, wo er den Tanker gekauft hatte, allein zu dem Zweck gegründet worden war, das Schiff loszuwerden, und dass die Verantwortlichen längst über alle Berge waren.«

Christine wandte sich wieder dem Wandbildschirm zu. »In den vergangenen zehn Jahren hat es zahlreiche Vorfälle dieser Art gegeben.«

Donovan schüttelte langsam den Kopf. »Davon wusste ich nichts.«

»Das geht den meisten so, Sir. Die Piraterie blüht zumeist im Verborgenen. Solche Vorfälle ereignen sich für gewöhnlich in irgendeinem entlegenen Winkel der Erde – im indonesischen Archipel, im südchinesischen Meer oder vor den Küsten Afrikas und Südamerikas. Außerdem handelt es sich größtenteils um ein Problem innerhalb der Dritten Welt. Handelsschiffe laufen sehr oft unter fremder Flagge und haben Besatzungen aus Dritte-Welt-Ländern an Bord. Für die US-Medien ist es kaum eine Meldung wert, wenn irgendwo ein Frachter verschwindet, der einem Griechen gehört, unter panamesischer Flagge unterwegs ist und eine malaiische Crew an Bord hat.

Man findet vielleicht in speziellen Handelszeitungen gelegentlich einen Artikel darüber, aber die Schifffahrtsgesellschaften sprechen nicht so gern über Piraterie, obwohl sie ja selbst die Leidtragenden sind. Sie haben Angst, dass sie ihre Crews und ihre Kunden verschrecken könnten und dass die Versicherungsprämien sprunghaft ansteigen würden.«

»Wie ist es zu diesem explosionsartigen Anwachsen der Piraterie gekommen?«, fragte Van Lynden.

»Da kann ich ihnen mehrere Gründe aufzählen, Mr. Secretary«, antwortete Christine schulterzuckend. »Zum Beispiel das Reduzieren der Seestreitkräfte vieler Länder nach dem Ende des Kalten Krieges, dann die internationalen Turbulenzen, die durch den Zusammenbruch von Rotchina und verschiedene Konflikte in der Dritten Welt verursacht wurden. Schuld daran ist aber auch, dass die westliche Welt das Problem bisher einfach nicht zur Kenntnis nehmen wollte. Doch im Falle von Indonesien haben wir es wahrscheinlich mit einem noch viel größeren Problem zu tun.«

»Was meinen Sie damit, Commander?«

»Meiner Ansicht nach haben wir es mit einem neuen Piratenkönig zu tun.«

»Ein Piratenkönig! Also, das ist doch lächerlich!«, platzte Donovan heraus. »Wir sind doch hier nicht in einer Oper von Gilbert und Sullivan!«

Christine antwortete mit einer gewissen Schärfe: »Entschuldigen Sie, Senator, aber ich meine es verdammt ernst. Vielleicht ist das Wort nicht ganz zutreffend, aber es gibt immer mehr Hinweise, dass da jemand im Hintergrund die Fäden zieht und die indonesischen Piraten-Sippen zu einer einzigen mächtigen Seestreitmacht zusammenschweißen will, die imstande ist, die indonesischen Küstengewässer und die Schifffahrtsstraßen zu beherrschen.

Die indonesischen Piraten stammen alle aus der Volksgruppe der Bugi. Diese Leute haben eine lange Tradition als Schiffbauer, Seefahrer und Krieger. Sie herrschten uneingeschränkt über die indonesischen Gewässer, bis die britischen und holländischen Kolonialisten kamen. Im zwanzigsten Jahrhundert betrieben sie eine eher primitive, kaum organisierte Seeräuberei im kleinen Maßstab. Wie Sie schon sagten, Senator, sie hatten es vor allem auf Jachten, kleinere Schiffe und den Küstenhandel abgesehen. Vor einigen Jahren begann sich das jedoch dramatisch zu ändern.

Plötzlich bekamen sie Unterstützung in der Logistik und der Organisation ihrer Aktivitäten. Sie hatten auf einmal bessere Boote und Ausrüstung, einschließlich Elektronik und schwerer militärischer Waffen. Sie wurden auch darin ausgebildet, wie man diese Hightech-Ausrüstung am wirkungsvollsten einsetzt. Irgendjemand muss den Piraten auch die Möglichkeit zur Geldwäsche in verschiedenen Währungen verschaffen und ihnen als Hehler für wertvolle Schiffe und Ladungen zur Seite stehen. Diese Person oder Gruppe von Personen muss auch Zugang zu vertraulichen Daten der Schifffahrtsgesellschaften haben, und es ist anzunehmen, dass hohe Vertreter von Regierungen und Behörden in der Region gekauft werden.«

Christine wandte sich wieder ihrem Computer zu und rief ein neues Bild auf. In der Ecke des Videobildschirms erschien ein Handelsschiff mit Deckhaus am Heck.

»Sehen Sie sich diesen Fall hier an, Senator. Das ist das holländische Containerschiff *Olav Meer*. Vor zwei Monaten lief sie von Amsterdam nach Kobe, Japan, voll beladen mit den unterschiedlichsten Gütern. Vor der Küste von Surabaya wurde das Schiff von einer Flottille von Boghammer-Kanonenbooten abgefangen. Diese schnellen Boote mit Außenbordmotoren hatten automatische Waffen und leichte Panzerabwehr-Raketenwerfer an Bord. Man forderte die *Meer* auf, anzuhalten, worauf eine gut organisierte Gruppe von Indonesiern an Bord kam, höchstwahrscheinlich Bugi, die mit modernen Sturmgewehren, Maschinenpistolen und Handgranaten bewaffnet waren.

Während die *Meer* geentert wurde, setzte der Kapitän einen Notruf an das Büro seiner Gesellschaft und die regionale Anti-Piraterie-Zentrale des International Maritime Bureau in Kuala Lumpur, Malaysia, ab. Beide Stellen verständigten sofort die indonesischen Behörden. Doch aufgrund von eigenartigen ›Kommunikationsproblemen‹ wurde das nächstgelegene indonesische Patrouillenboot nicht benachrichtigt.

Während die Crew der *Meer* in Schach gehalten wurde, gingen die Piraten daran, die äußeren Frachtcontainer mit Hilfe von Plastiksprengstoff zu öffnen. Es wurde Frachtgut im Wert von zwei Millionen Dollar geraubt, darunter pharmazeutische Produkte, hochwertiges Silizium, wie es zur Herstellung von Computerchips benötigt wird, und spezielle Materialien zum Schleifen von Linsen. Alles Dinge, die der durchschnittliche Bugi niemals als wertvolle Güter erkennen würde.«

Christine blickte von ihrem Laptop auf. »Hier wird die Sache wirklich interessant, Senator. Die Piraten hatten nicht nur die Frachtbriefnummern für die einzelnen Container, nein, da gibt es noch ein sehr bemerkenswertes

Detail. Besonders kostbare Güter sind für gewöhnlich im inneren Bereich der Laderäume untergebracht, wo man unmöglich rankommt, solange das Schiff auf See ist. Laut Ladeverzeichnis wurden die Güter auch tatsächlich dort geladen.«

Christine klopfte mit dem Fingernagel auf den Tisch, um jedes ihrer Worte zu betonen. »Aber sie waren nicht dort. Das Verzeichnis war gefälscht – die Güter wurden in Wirklichkeit in den äußeren Laderäumen verstaut, auf der Höhe des Oberdecks, wo sich die Piraten leicht Zugang verschaffen konnten. Irgendjemand unter den Amsterdamer Schiffsstauern muss wohl bestochen worden sein, damit er die Güter so platzierte, dass sie drei Wochen später und über 15 000 Kilometer entfernt in indonesischen Gewässern von Piraten geraubt werden konnten.«

Christine lehnte sich in ihrem Stuhl zurück. »Das nenne ich Organisation.«

»Sie haben völlig Recht, Miss Rendino«, stimmte der Außenminister zu. »Gibt es Hinweise darauf, dass dieses Piraten-Netzwerk auch hinter dem INDASAT-Vorfall steckt?«

»Keine direkten Hinweise, Harry, aber dafür eine hohe Wahrscheinlichkeit, dass es so ist«, sagte Admiral MacIntyre. »Soweit wir wissen, ist diese Organisation die einzige Kraft in der Region, die die Mittel hat, eine solche Aktion durchzuführen und die Ware an den Mann zu bringen. Sie verkaufen den Satelliten entweder an den Höchstbieter innerhalb des internationalen Spionagenetzwerks oder sie arbeiten bereits für einen der großen multinationalen Konzerne. Die Industriesysteme an Bord des INDASAT und die Materialien, die damit hergestellt wurden, sind auf dem internationalen Technologie-Schwarzmarkt Zigmillionen wert. Die National Security Agency und das FBI kümmern sich bereits um die Sache.«

Christine nickte zustimmend. »Wir haben jedenfalls nicht viel Zeit, bis der INDASAT völlig zerlegt und irgendwohin verfrachtet wird.«

»Gut. Sie wissen also, wer den Satelliten geraubt hat und warum«, warf Donovan ein. »Was unternehmen Sie, um ihn zurückzubekommen?«

MacIntyre hob die Hände vom Tisch. »Im Moment können wir nur wenig tun … an direkten Maßnahmen. Es ist dies zumindest theoretisch eine Sache der indonesischen Behörden, weil der Satellit sich wahrscheinlich auf ihrem Territorium befindet. Doch wie Commander Rendino schon angedeutet hat, ist von dieser Seite nur wenig zu erwarten.«

»Was ist mit unseren Aufklärungssatelliten?«, wandte Donovan ein. »Die, die Sie eingesetzt haben, um das versenkte Bergungsschiff zu finden? Warum suchen Sie nicht damit nach dem INDASAT? Man hat mir gesagt, dass man damit praktisch von der Erdumlaufbahn aus eine Zeitung lesen könnte.«

»Stimmt«, antwortete Christine, »aber zuerst müssen wir wissen, wo die Zeitung ist. Der indonesische Archipel ist fast fünftausend Kilometer lang, Senator. Das ist die Breite des Atlantiks. Es gibt dort nicht weniger als eintausendsiebenhundert Inseln. Viele von ihnen haben zerklüftete Küsten und sind noch dazu von dichtem tropischem Regenwald bedeckt. Und wir suchen nach einem zylindrischen Gegenstand, der drei Meter breit und zwölf Meter lang ist. Das ist, als ob man mit dem Mikroskop eine ganz bestimmte Bakterie auf einem Basketballfeld finden wollte.

Außerdem verstehen die Kerle etwas von Satellitenaufklärung. Dass sie das Versenken des Bergungsschiffes mit so großem Aufwand vertuscht haben, hat einen ganz bestimmten Grund: Sie wollten genug Zeit gewinnen, um den Satelliten irgendwohin zu bringen, wo man ihn nicht mehr aufspüren kann. Oh, mit Aufklärungssatelliten und genügend Black-Manta- und Aurora-Überflügen könnten wir ihn vielleicht finden – aber so etwas braucht Zeit. Inzwischen wäre es den Kerlen möglich, den Satelliten in seine Einzelteile zu zerlegen und mit Federal Express zu verschicken, bevor wir noch so richtig mit der Suche begonnen haben.«

Donovan murmelte einen Fluch.

»Wenn wir es nicht allein mit unseren Aufklärungseinheiten schaffen und uns auch nicht auf die indonesischen Behörden verlassen können – was für Mittel bleiben uns dann noch, Eddie Mac?«, fragte der Außenminister mit ruhiger Stimme.

»Unserer Einschätzung nach nur eines, Mr. Secretary. Wir packen die Sache von der anderen Seite an. Wir suchen nicht nach dem INDASAT, sondern kümmern uns um die Organisation, die ihn gestohlen hat. Ich schlage vor, dass wir ohne indonesische Hilfe direkt aktiv werden. Wir schleusen ein verdecktes Einsatz- und Aufklärungskommando in die Inselgruppe ein und nehmen die Operationen des Kartells aufs Korn. Wenn wir den Baum kräftig genug schütteln, fällt uns vielleicht der INDASAT direkt in die Hände.«

»Was Sie da vorschlagen, ist eine Einmischung in die inneren Angelegenheiten eines souveränen Staates«, erwiderte Donovan. »Ihre Aufgabe ist es, den Satelliten wiederzubeschaffen. Die kriminellen Aktivitäten der Piraten sind Sache der Indonesier.«

»Wirklich, Senator?«, entgegnete MacIntyre in harschem Ton. »Es geht bei der ganzen Sache nicht allein um gestohlene Güter. Sie haben ja selbst vorhin erwähnt, dass zwölf amerikanische Staatsbürger an Bord der *Starcatcher* ermordet wurden. Damit ist das Ganze sehr wohl auch Sache der US-Regierung und der Navy.

Außerdem bin ich persönlich der Ansicht, dass die Vereinigten Staaten das Problem mit der Piraterie viel zu lange links liegen gelassen haben. Wenn nicht sofort etwas geschieht, dann wird dieses Piraten-Netzwerk bald die gesamten indonesischen Küstengewässer unter Kontrolle haben. Damit wären auch die strategisch wichtigen Schifffahrtsstraßen betroffen, die durch dieses Gebiet führen und über die vierzig Prozent des weltweiten Seehandels laufen.

Die freie Seeschifffahrt war für die Vereinigten Staaten immer schon von größter Bedeutung, und genau darum geht es hier. Ich werde das übrigens auch in den Lageberichten betonen, die ich für die Joint Chiefs und den Präsidenten vorbereite. Es ist höchste Zeit, dass wir dieses Schlangennest ausheben, bevor wir in dieser Gegend ernste Probleme bekommen.«

»Trotzdem ist das eine ungerechtfertigte und unnötige Einmischung in die inneren Angelegenheiten eines anderen Staates!«, erwiderte Donovan aufgebracht.

Christine Rendino blickte Donovan über den Rand ihrer Brille hinweg an. »Entschuldigen Sie, Senator, aber wollen Sie jetzt Ihren verdammten Satelliten zurück oder nicht?«

Donovan wusste nichts zu antworten.

»Wenn die JCS und der Präsident grünes Licht geben – wer sollte dann Ihrer Meinung nach die Operation durchführen?«, fragte Van Lynden.

»Am besten geeignet wäre wohl unsere Testeinheit für littorale, also küstennahe Gefechtsführung, die Seafighter-Task-Force«, antwortete MacIntyre. »Sie ist zwar noch nicht voll einsatzbereit, aber das stellt kein großes Problem dar. Diese Leute haben die Mittel und die Erfahrung, die notwendig sind – deshalb glaube ich, dass die Sache bei ihnen in guten Händen wäre.«

Van Lynden lächelte. »Das ist Mandy Garretts Kommando, nicht wahr?«

»Stimmt, Harry. Deshalb habe ich ja gemeint, dass die Sache in guten Händen wäre.«

Donovan machte ein finsteres Gesicht. »Amanda Garrett? Das ist doch diese … Offizierin, die uns in das UNO-Fiasko in Afrika verwickelt hat.«

MacIntyres Gesichtsausdruck blieb unbewegt, doch innerlich musste er lächeln. Die Operation in Westafrika war ein großer außenpolitischer Erfolg für Präsident Benton Childress gewesen – und eine bittere Niederlage für jene Kräfte im Kongress, die für ein Heraushalten der USA aus diesem Konflikt eingetreten waren; auch Donovan gehörte diesen Kreisen an.

»Das stimmt, Senator. Captain Garrett ist die Offizierin, die für den Erfolg der UNAFIN-Blockade verantwortlich war. Sie können sich bestimmt noch daran erinnern, dass sie eingeladen wurde, vor der UNO-Generalversammlung über die Lösung des Konflikts zu sprechen … und dass sie für ihren Angriff auf Port Monrovia vom Sicherheitsrat die Special Medal of Commendation erhalten hat.«

Donovans Miene verfinsterte sich noch mehr. »Viele sind der Ansicht, dass bei dieser Amanda Garrett die Kanone ziemlich locker im Holster sitzt.«

MacIntyres Augen verengten sich ein klein wenig und seine Brauen senkten sich. »So würde ich das nicht sehen, Herr Senator. Ich würde eher sagen, die Frau selbst ist eine echte Kanone.«

Syrien

An der Ostseite der Küstenkette
Zwölf Kilometer nord-nordwestlich Apamea

27. Juli 2008, 01:22 Uhr Ortszeit Es war eine Szene wie aus der Bibel.

Die Schafe, die sich auf dem mondbeschienenen Hügel aufhielten, weideten träge oder schliefen bereits auf dem vertrockneten Gras. Und über sie alle wachte der junge Hirte.

In früheren Zeiten hätte er die Herde vor den Wölfen beschützen müssen, vor einem umherstreifenden Sinai-Löwen oder vor plündernden Beduinen. Heute waren Wolf und Löwe längst nicht mehr in dieser Gegend heimisch, und auch die plündernden Beduinen gehörten der Vergangenheit an. Dennoch musste die Herde Tag und Nacht bewacht werden.

Sakim Tuhami wandelte auf den Spuren der Schafhirten aus vergangenen Zeiten. Und er fühlte sich genau so, wie auch sie sich in solchen stillen Nächten oft gefühlt haben mussten: Er langweilte sich zu Tode und war stinksauer auf die ganze Welt.

Der junge Schafhirte kauerte hinter der Steinmauer und zog den Mantel aus grober Wolle enger um sich. Er hatte die Schafe und die ganze Gegend hier satt, und er wusste nicht, ob er mehr seinen Eltern oder dem Kismet im Allgemeinen böse sein sollte. Er hasste es, seine Sommerferien in dem abgelegenen Dorf seines Großvaters zu verbringen. Doch seine Mutter, die an der Universität von Damaskus Professorin für Geschichte war, hatte darauf bestanden. Sie hatte gemeint, dass er dadurch ›mit seinem arabischen Erbe in Kontakt kommen‹ würde.

Sakim kratzte sich und murmelte einen derben Fluch.

Bisher hatte ihn sein Aufenthalt in dieser Einöde höchstens mit den hier überaus zahlreich vorhandenen Flöhen in Kontakt gebracht. Er wünschte sich in diesem Augenblick nichts sehnlicher als ein heißes Bad, seinen Computer und die wärmende Nähe seiner blonden schwedischen Freundin, die sich als Austauschstudentin in Damaskus aufhielt. Sein arabisches Erbe konnte ihm gestohlen bleiben.

Plötzlich war von der Weide her das Bimmeln von Glöckchen zu vernehmen, begleitet vom aufgeregten Blöken der Schafe. Irgendetwas musste die Herde aufgeschreckt haben. Sakim stand auf und blickte in die Dunkelheit hinaus.

Die Schafe waren nun alle auf den Beinen und standen dicht zusammengedrängt, als spürten sie irgendeine Gefahr. Sakim umfasste seinen Hirtenstab ein wenig fester und betrachtete die Schatten rund um sich, die sich plötzlich klarer abzuzeichnen schienen. Beunruhigt rief er sich in Erinnerung, dass es längst keine Wölfe oder Löwen mehr hier gab, vor denen er hätte Angst haben müssen.

Da hörte er das Geräusch – ein seltsames Dröhnen, wie er es nie zuvor gehört hatte, ein zuerst nur leises, aber durchdringendes Heulen, das über den Boden hinwegzukriechen schien und rasch lauter wurde.

Und dann war es über ihm – und für einen Augenblick brach die Zukunft über die Vergangenheit herein.

Einen Moment lang war es direkt über ihm! Im Mondlicht tauchte ein scheibenförmiges Etwas auf, das so tief zu fliegen schien, dass Sakim es fast hätte mit Händen greifen können. Er spürte einen warmen Windhauch im Gesicht, als die Scheibe vorüberjagte und, so schnell wie sie gekommen war, wieder verschwand.

Die Schafe stoben in ihrer Panik in alle Richtungen auseinander. Und auch der Hirte lief los, zum Dorf zurück, um allen zu berichten, dass er, Sakim Tuhami, eine fliegende Untertasse gesehen hatte.

Nachdem Sakims Großvater den atemlosen Bericht seines Enkelsohns angehört hatte, verpasste er diesem erst einmal eine ordentliche Tracht Prügel, weil Sakim die Herde allein gelassen hatte, und suchte dann den Imam des Dorfes auf, um ihn um Rat zu fragen. Der Würdenträger schlug vor, dass man Sakim noch einmal verprügeln solle – und zwar wegen Respektlosigkeit, dem Verbreiten von Unwahrheiten und Gottlosigkeit im Allgemeinen.

Viele Meilen entfernt erfüllte die fliegende Untertasse ihre Mission, ohne zur Kenntnis zu nehmen, auf welch drastische Weise sie das Leben eines jungen Studenten aus Damaskus beeinflusst hatte. Ihre Aufgabe bestand darin, ganz bestimmte Koordinaten im Global-Positioning-Satellitennavigationssystem, kurz GPS-System, aufzusuchen, welche in ihrem Leitmodul eingespeichert waren, und nach ihrer Ankunft am Zielpunkt einige Maßnahmen durchzuführen.

Die Koordinaten bezeichneten einen Punkt an einer schmalen zweispurigen Landstraße, die die einzige Zufahrt zu einem gut bewachten Industriekomplex in einem entlegenen Winkel der syrischen Wüste darstellte, etwa hundert Kilometer von der Küste entfernt.

Auf ihrem Weg war die Untertasse wiederholt vom hiesigen Luftabwehr-Radar aufs Korn genommen worden. Aufgrund ihrer geringen Größe, ihrer bodennahen Flugbahn und ihrer Tarneigenschaften bot sie den suchenden Radarstrahlen jedoch keine ausreichende Angriffsfläche.

Als sie ihr Ziel erreichte, ging die fliegende Untertasse, bzw. die scheibenförmige Aufklärungsdrohne, wie man sie etwas sachlicher hätte bezeichnen können, wenige hundert Meter von der Straße entfernt in den Schwebeflug.

Während sie auf ihren Rotoren balancierte, suchten ihre Sensoren die Straße nach Bewegung bzw. irgendeiner Art von Aktivität ab.

Doch es gab nichts zu registrieren. Wie in der Planung der Mission berücksichtigt, befanden sich die Panzerwagen, die routinemäßig die Gegend durchstreiften, im Moment am anderen Ende ihres Patrouillengebiets.

Von den unsichtbaren Infrarot-Impulsen eines lasergeführten Boden-Radars geleitet, schob sich die etwas über einen Meter durchmessende Scheibe näher an die Straße heran. Exakt sechs Meter vom Straßenrand entfernt ging sie wieder in den Schwebeflug und senkte sich auf rund zwei Meter Höhe herab. Die Tür eines kleinen Ladeschachts öffnete sich.

Ein Stein plumpste auf den ausgetrockneten staubigen Boden hinab.

Er war etwa faustgroß und unterschied sich äußerlich kaum von tausenden anderen Steinen, die über die Gegend verstreut waren. Dieser Stein jedoch kostete knapp eine Million Dollar.

Das Gehäuse des Steins war mit einer Schicht von Thermoelementen versehen. Tagsüber würden sie die Hitze der Wüstensonne nutzen, um die Batterie aufzuladen. Diese Batterie wiederum würde ein Gerät antreiben, das ursprünglich für den Einsatz in einer NASA-Raumsonde gedacht war – mit dem Zweck, geringste Strahlungsveränderungen in einem bestimmten Gebiet festzustellen. Außerdem würde die Batterie das Funkgerät für die Burst-, also Rafferübertragungen aktivieren, mit dessen Hilfe die gesammelten Daten zu einem Aufklärungssatelliten der National Security Agency übermittelt wurden, der hoch über der Erde seiner Umlaufbahn folgte.

Die Drohne flog im Zickzackflug über die Straße hinweg und ließ dabei weitere ›Hightech-Steine‹ fallen. Ein

Gravimeter, das Veränderungen im Schwerefeld messen konnte, wie sie durch Fahrzeuge verursacht wurden; ein Mikro-Seismometer, das in der Lage war, Bodenvibrationen festzustellen, sowie ein Mikrofon, das Motorgeräusche aus allen Richtungen aufnehmen sollte.

Mit Hilfe der Daten aus diesem Netzwerk von Sensoren würden die Leute von der NSA verfolgen können, welche Fahrzeuge in Syriens größter Anlage für Spezialwaffenforschung und -entwicklung ein und aus fuhren, wie die Strahlungsemissionen beschaffen waren und welche Mengen an Waffen ungefähr hergestellt wurden.

Zusammen mit den Daten, die die NSA von ihrer Flotte von Aufklärungssatelliten erhielt, konnten sich die Vereinigten Staaten ein recht gutes Bild davon machen, wo Syrien im Augenblick mit seinem geheimen Programm zur Entwicklung von Atomwaffen stand.

Nachdem sie ihre Mission erfüllt hatte, machte die Drohne kehrt und flog zum Meer zurück.

Vor der syrischen Küste

22 Kilometer südlich von Jablah

27. Juli 2008, 01:45 Uhr Ortszeit Korvettenkapitän Mahmud Shalakar ging auf dem engen Fleckchen auf und ab, das im Ruderhaus der syrischen Lenkwaffen-Korvette *Raqqah* noch frei war. Es hätte eigentlich eine reine Routineoperation werden sollen, eine Sicherheitspatrouille, wie er sie in seiner Laufbahn bestimmt schon hundertmal durchgeführt hatte. Doch es sollte ganz anders kommen.

Diese Nacht war wie verhext. Es hatte damit begonnen, dass seit Einbruch der Nacht immer wieder geisterhafte Erscheinungen auf den Radarschirmen aufgetaucht waren. Es handelte sich um schwache Kontakte in unterschiedlicher Entfernung, die, kaum dass sie erschienen waren, auch schon wieder verschwanden. In scheinbar zufälligen Abständen traten dazu Signalmuster auf, die verdächtig nach Störfunk aussahen. Außerdem zeichneten die Empfänger für elektronische Gefechtsführung mysteriöse Signale auf, deren Quelle jedoch auch durch Funkpeilung nicht ausgemacht werden konnte.

Die Systemoperatoren der *Raqqah* schwitzten Blut und Wasser, während der Kommandant mit wachsender Ungeduld nach mehr Daten verlangte. Doch sie hatten bisher nichts zutage fördern können, mit dem man etwas hätte anfangen können.

Der syrische Offizier zog eine zerdrückte Zigarette aus der Brusttasche seines Uniformhemds hervor und zündete sie hastig mit seinem Feuerzeug an. Alles, was Shalakar bisher wusste, war, dass die beobachteten Phänomene hier an diesem Küstenabschnitt am stärksten auftraten. Irgendetwas ging da draußen vor sich, direkt vor seiner Nase – das spürte er genau.

Aber was, oder vielmehr *wer* war es, der da in sein Revier eingedrungen war?

Syriens strategische Position im östlichen Mittelmeerraum war alles andere als günstig. Die Flotte war eingekeilt zwischen Israel und der Türkei, deren Seestreitkräfte die Gewässer beherrschten. Das Schlimme war, dass diese verdammten Israelis und Türken nun auch noch fest zusammenhielten und ständig irgendetwas im Schilde führten.

Außerdem meldete die Abteilung Nachrichtendienst der syrischen Flotte, dass eine kleine amerikanische Task Force irgendwo vor der Küste lauerte – und Allah allein wusste, was die Amerikaner wieder vorhatten.

Dennoch konnte Shalakar nichts anderes tun als dafür sorgen, dass alle Mann auf Gefechtsstation blieben und bereit zum Einsatz waren.

»Rudergänger«, rief er unwirsch, »auf Gegenkurs! Gehen Sie einen halben Kilometer näher an die Küste ran.«

»Zu Befehl, Herr Kapitän.«

Die Spaken des Ruderrads schimmerten im Licht des Kartentisches, als die Korvette mit ihrem scharfen Bug die Wellen zerteilte, um den neuen Kurs einzuschlagen.

Drei Seemeilen näher an der Küste, auf einer halb überfluteten Sandbank, verfolgten zwei wachsame Augenpaare das Aufblitzen des reflektierten Mondlichts, als der Bug der Korvette der Tarantel-IV-Klasse herumschwenkte.

»Er sucht das Gebiet noch einmal ab«, meldete Lieutenant Commander Jeffery ›Steamer‹ Lane vom Pilotensitz der *Queen of the West* aus. »Der Kerl ahnt, dass da was nicht stimmt.«

»Hmm«, murmelte Amanda Garrett vom Platz des Kopiloten. »Solange er nur etwas ahnt und nichts weiß, ist es okay, Steamer.«

Amanda drehte sich um und wandte sich dem dritten Anwesenden im Cockpit des Luftkissen-Patrouillenkanonenbootes (Patrol Gunboat, Air Cushioned – PG-AC) zu. »Wie steht's, Mr. Selkirk? Gibt es etwas Neues über unseren syrischen Freund da draußen zu berichten?«

Der Nachrichtendienst-Offizier, der an der Navigator-Konsole saß, blickte auf, und das Leuchten seines Bildschirms wurde von dem hochgeklappten Nachtsichtvisier seines Helms reflektiert. »Keine Änderung der Situation, Captain«, antwortete er in gewohnt nüchternem Ton. »Laut Signal Intelligence gibt es eine Reihe von raschen Frequenz- und Intensitätsänderungen auf seinem Radar, mehr aber nicht. Er ist immer noch auf der Suche, aber ohne etwas zu finden.«

Amanda nickte nachdenklich. Lt. Gerald Selkirk war einer von Christine Rendinos Schülern und war im Raven's Roost der *Cunningham*, Amandas ehemaligem Schiff, in die Lehre gegangen. Wenn sie schon in dieser Nacht nicht Chris an ihrer Seite haben konnte, dann war Selkirk ein sehr guter Ersatz.

»Tut sich was auf seinem Funk?«

»Nichts außer seinen halbstündlichen Checks.«

Amanda nickte schweigend. Der Syrer hatte ein ungutes Gefühl, aber er ging nicht so weit, dass er um Hilfe rief. Es blieb ihnen also aller Voraussicht nach noch ein wenig Zeit.

»Wie lange noch bis zur Wiederaufnahme?«

Selkirk blickte auf die Zeitanzeige auf seinem Display. »Sieben Minuten und fünfundvierzig Sekunden bis zur Wiederaufnahme der Drohne, drei Minuten und fünfundvierzig Sekunden, bis wir ihr Annäherungssignal bekommen.«

Lane lachte im Halbdunkel des Cockpits leise vor sich hin. »Sie haben ja ganz schön viel Vertrauen in diese Frisbeescheibe, Gerald.«

»Das ist auch gerechtfertigt, Commander«, antwortete Selkirk steif. »Wir haben die Bestätigung über die ausgeführte Mission absolut pünktlich erhalten, und die NSA meldet, dass die Signale von den Bodensensoren gut aussehen. Die Cipher-Drohne wird genau nach Ops-Plan eintreffen.«

Das klang so, als würde der Nachrichtendienstoffizier das Fluggerät persönlich zurückholen, wenn es nicht rechtzeitig eintreffen sollte.

Lane lachte erneut. »Wir werden's ja sehen ... He, Scrounge!«

»Ja, Sir?«, Chief Petty Officer Sandra ›Scrounger‹ Caitlin steckte ihr hübsches, von brünettem Haar eingerahmtes Gesicht von der Leiter des Hauptraumes herauf.

»Sagen Sie unseren Leuten, dass sie sich klarmachen sollen zum Aufbruch. Wir brechen unsere Zelte hier ab. Triebwerks-Startsequenz einstellen. Klarmachen zum Start!«

»Aye aye, Sir.« Der Chief of the Boat verschwand wieder in den unteren Regionen des Luftkissenbootes.

»Mit Volldampf ab durch die Mitte, Steamer?«, fragte Amanda und rief die Checkliste des Kopiloten auf ihrem Bildschirm auf.

»Ja, so könnte man's nennen, Ma'am. Wir werden bestimmt einige Aufmerksamkeit auf uns ziehen, wenn wir Geralds Drohne an Bord nehmen – entweder vom Strand her oder von dieser syrischen Korvette, die hier herumspukt. Es ist nicht so günstig, still dazusitzen, wenn wir unsere Tarnung aufgeben. Außerdem können wir das Ding besser bergen, wenn wir etwas Wind über dem Deck haben.«

»Ich stimme in allen Punkten zu, Mr. Lane. Legen Sie ruhig los und bringen Sie uns hier raus.«

Eine der wichtigsten Lektionen, die Amanda Garrett im Laufe ihrer Karriere gelernt hatte, war, zu wissen, wann man das Kommando besser einem Untergebenen überließ. Sie war zwar der TACBOSS der gesamten Seafighter-Task-Force, doch Steamer Lane war der Chef sowohl der *Queen of the West* als auch der Patrol Gunboat-Squadron 1. Kein anderer Offizier in der Navy wusste besser über die Möglichkeiten und Grenzen der Seafighter-Luftkissenboote Bescheid als der blonde kalifornische Surfer, der zu ihrer Linken auf dem Pilotensessel saß.

Die Lichter der Triebwerksanzeigen wechselten von Gelb auf Grün, als die Turbinentechniker die vier mächtigen Avco-Lycoming-TF-40C-Gasturbinen anlaufen ließen. Als sie auf die Sandbank aufgesetzt hatten, war dies mit Hilfe des nahezu lautlosen Elektroantriebs erfolgt. Nun würden sie mit den fast dreieinhalb Meter durchmessenden ummantelten Luftschrauben des Hauptantriebs auf das offene Meer hinaus brausen.

Amanda wandte sich mit Hilfe ihres Kehlkopfmikrofons über den taktischen Kommandokanal an ihre Einheit. »Frenchman, Rebel, Possum 1, hier spricht The Lady. Royalty ist klar für Wiederaufnahme und Abfahrt. Wir liegen exakt im Zeitplan. Wie ist euer Status?«

»Rebel an Lady. Alles klar. Wir können jederzeit starten.«

Es war Lieutenant Tony Marlins schneidende Stimme, die von jenseits des Horizonts antwortete, wo seine USS *Manassas* oder PGAC 04 bereit lag, um ihren Flottillenführer, wenn nötig, zu unterstützen.

»Frenchman an Lady. Dasselbe bei uns. Wir sind startklar.«

Diese Meldung klang etwas gemächlicher – es war die Stimme von Lieutenant Sigmund Clark von der USS *Carondelet* oder PGAC 03, dem dritten Boot der Seafighter-Flottille.

»Possum eins ist startklar. ECM-Aerostat ist in der Luft. Alle Drohnen auf Station. Können jederzeit mit den Störmaßnahmen beginnen.«

Zu dieser Stimme konnte sich Amanda kein Gesicht vorstellen. Sie gehörte einem der Männer in der Gefechtszentrale der USS *Evans F. Carlson*, ihrem Mutterschiff. Es war das erste Mal, dass die Task Force an Bord des taktischen Landungsschiffes (LPD – Landing Platform Dock) der San-Antonio-Klasse einen Einsatz in Angriff nahm, und Amanda musste sich erst daran gewöhnen, dass ihr dieses enorme zusätzliche Hilfsmittel zur Verfügung stand.

»Lady hat verstanden. Alle Einheiten klarhalten.«

An der Navigatorstation blickte Selkirk gespannt auf seinen Bildschirm. »Wir haben das Annäherungssignal«, meldete er.

»Gut«, antwortete Lane.

»Und noch dazu pünktlich auf die Sekunde, Sir«, fügte Selkirk hinzu.

»Ich werd' dem Wunderding ein Bier spendieren, wenn wir das nächste Mal in Haifa an Land gehen. Werfen Sie die Maschinen an, Capt'n!«

»Maschinen-Startsequenz.« Amanda betätigte die entsprechenden Tasten zum Starten der Triebwerke. Hinter den Schaufeln der Gasturbinen begannen blaue Flammen zu zucken, und die nächtliche Stille wurde vom anwachsenden Heulen der mächtigen Triebwerke erschüttert.

»Triebwerke laufen an«, meldete Amanda, während sie Drehzahlmesser und Pyrometer im Auge behielt. »Zündung! Viermal grünes Licht. Maschinen laufen!«

»Luftkissen aufbauen!«, lautete Lanes nächstes Kommando.

Amanda schob den Steuerhebel für das Hubgebläse nach vorn. Ein Ächzen mischte sich in das Heulen der Turbinen, als das Hubgebläse den Luftdruck in der Druckkammer unter dem Rumpf der *Queen* erhöhte. Die Schürze aus Kevlar und Gummi blähte sich auf, und das rund siebenundzwanzig Meter lange Luftkissenboot hob sich von der Sandbank empor, auf einem Kissen aus hochkomprimierter Luft ruhend. Als bewaffnete Variante des Luftkissen-Landungsfahrzeuges (LCAC – Landing Craft, Air Cushioned) der Navy war dieses Fahrzeug speziell dafür entwickelt worden, sich in solchen küstennahen Gewässern zu bewegen.

»Luftkissen ist befüllt, Steamer.«

»Verstanden. Dann kann's losgehen.« Lane schob die

Schraubensteuerung und die Leistungshebel nach vorn. Die beiden fünfblättrigen Luftschrauben begannen ihre Arbeit und die *Queen* glitt von der Sandbank herunter und in die Nacht hinaus.

Die syrische Küste, zunächst noch als dunkler Fleck mit vereinzelten Lichtern wahrnehmbar, verschwamm zunehmend und verlor sich schließlich ganz in der Dunkelheit.

»Gehen Sie auf Kurs drei-null-null, Steamer. Wir wollen etwas Abstand zu dieser lästigen Korvette halten. Mr. Selkirk, holen Sie unseren kleinen Freund heim.«

»Aye aye, Captain. Wiederaufnahme wird eingeleitet«, antwortete Selkirk mit wachsender Aufregung in der Stimme, während er die entsprechenden Anzeigen auf seinem Display verfolgte. »Wiederaufnahme-Transponder ist aktiv ... Drohne reagiert ... Wir haben eine gute Datenverbindung!«

Lanes Blick ging immer wieder zwischen den Instrumenten an seiner Konsole und der Nacht draußen vor der Cockpitscheibe hin und her. »Wählen Sie die Wiederaufnahmegeschwindigkeit, die Sie brauchen, Gerald.«

»Fünfundzwanzig Knoten, Sir.«

»Okay. Captain, wie stark ist der Wind da draußen?«

Amanda blickte auf das meteorologische Display. »Vier Knoten aus Nordwest. Kein Problem für Auto-Wiederaufnahme.«

Sie wandte ihre Aufmerksamkeit erneut den Anzeigen am taktischen Display zu. Bis zu diesem Zeitpunkt hatten sie sich unauffällig im Hintergrund halten können. Alle Waffensysteme der *Queen* waren unter der Stealth-Hülle des mit Frequenzschäumen beschichteten Rumpfes verborgen gewesen, sodass das Luftkissenboot kein größeres Radarecho lieferte als ein dahintreibender Baumstamm. Außerdem waren sie unter totaler EMCON gelaufen; sie hatten also ausschließlich die passiven Sensoren eingeschaltet und beschränkten sich auf den allernötigsten Funkverkehr auf ständig wechselnden Frequenzen, sodass man sie kaum würde aufspüren können.

Nun jedoch musste die *Queen* ein Signal aussenden, um ihre Drohne heimzugeleiten – ein Signal, das nicht nur von der Drohne der Navy, sondern auch von den syrischen Elint-Sensoren aufgeschnappt werden konnte. Das gehörte zu den Unsicherheitsfaktoren, mit denen man leben musste, genauso wie mit der Tatsache, dass die Cipher-Drohne eine begrenzte Reichweite hatte, sodass man sehr nahe an die Küste herangehen musste, um sie wieder an Bord zu holen.

»Da ist sie!«, rief Selkirk aus. »Sie kommt direkt auf uns zu!«

Die Laser-Warnanzeige an Amandas Konsole begann zu blinken und reagierte so auf den Navigationsimpuls, den die Drohne aussandte. Sie aktivierte einen zweiten Bildschirm, um die Abbildung des mastmontierten Visiersystems, kurz MMS, aufzurufen.

Selkirk hatte die restlichtverstärkenden Kameras nach achtern gerichtet. Die Cipher-Drohne tauchte aus der Dunkelheit am Horizont auf und näherte sich mit einer Geschwindigkeit, die von der künstlichen Intelligenz an Bord des Luftfahrzeugs genau auf die seines Mutterschiffes abgestimmt war.

Die vier Ruder der Seitenleitwerke der *Queen* bogen sich durch, als Steamer Lane das Boot gegen den Ansturm der Wellen auf Kurs hielt. Drei Andock-Kupplungen wurden von der Drohne ausgefahren, die für die drei Steckhülsen am Oberdeck des Luftkissenbootes vorgesehen waren.

»Schön langsam …«, murmelte Selkirk. »Ein wenig noch … ja, so ist es recht …«

Amanda hielt den Atem an, als der kleine Roboter über

dem Oberdeck des Seafighters in Position ging. Er war zwar kein Lebewesen, aber immerhin gehörte auch er zur Truppe.

Die Drohne sank abrupt ab. Achtern erfolgte ein dumpfer Aufprall, gefolgt von mehreren kurzen, krachenden Geräuschen.

»Andockmanöver geglückt!«, rief Selkirk triumphierend aus. »Dreimal angedockt, dreimal grünes Licht! Wiederaufnahme abgeschlossen. Drohnensysteme schalten sich ab.«

»Okay!« Lane nahm für einen kurzen Augenblick die Hände von den Steuerhörnern der Seitenruder und riss die Arme in einer triumphierenden Geste hoch.

Ein rotes Licht flackerte neben Amandas rechtem Knie auf, begleitet von einem akustischen Warnsignal. »Das freut mich zu hören, Mr. Selkirk – wir wurden nämlich soeben von einem Plank-Shave-Suchradar aufs Korn genommen. Es kommt aus südlicher Richtung, also muss es unser Freund, die syrische Tarantel, sein … er hat auch schon ein Echo bekommen!«

Selkirk ließ die Displays von der Bergung der Drohne von seinen Bildschirmen verschwinden und rief die ECM-Systeme der *Queen* auf, um entsprechende elektronische Gegenmaßnahmen einleiten zu können. »Das ist noch nicht alles, Ma'am. Sein Feuerleitradar wird ebenfalls aktiv. Er will uns aufs Korn nehmen!«

Die Decks der *Raqqah* erzitterten, als das CODAG-Antriebssystem seine maximale Leistung auf die drei Schrauben übertrug.

»Alle Maschinen laufen volle Kraft voraus, Herr Kapitän«, rief der Rudergänger durch das Dröhnen der Dieselmaschinen und der Turbinen. Die Leuchtziffern am Log in der Steuerkonsole zeigten fünfunddreißig Knoten an.

Das kleine, in Russland gebaute Kriegsschiff mobilisierte all seine Kräfte, um den Eindringling einzuholen.

»Wo zum Teufel ist er bloß hergekommen, Taluk?«, brummte Shalakar, zum Funktechniker gewandt, und hielt sich an der Brückenreling fest.

»Aus der Nähe der Küste, Herr Kapitän. Sie waren innerhalb unserer Patrouillenroute. Ein einzelner kleiner, aber sehr schneller Überwasserkontakt. Ich dachte zuerst, es wären zwei … ein zusätzlicher Kontakt in der Luft, aber jetzt ist sicher nur noch einer da.«

»Und wie ist er an uns vorbeigekommen? Identifikation!«

Der Systemoperator schüttelte den Kopf. »Unmöglich zu sagen. Wir haben nur ein ganz schwaches Echo. Möglicherweise eine Art Schlauchboot … Fahrt ist konstant bei fünfundzwanzig Knoten. Entfernung verringert sich … Er läuft fünf Kilometer vor unserem Bug vorbei.«

»Verstanden. Ausguck! Haben Sie Sichtkontakt?«

»Nicht bei dieser Entfernung, Herr Kapitän!«

Shalakar schlug mit der Faust gegen die Wand der Radarkabine. »Egal, was es ist – ein Schlauchboot oder ein Zerstörer –, ich will auf jeden Fall Zielerfassung. Leutnant Sadrati! Bereiten Sie die SSN 22 und das Buggeschütz vor! Klarmachen zum Feuern auf mein Kommando!«

»Sie aktivieren Flugkörper-Suchköpfe.« Die Anspannung in Selkirks Stimme war noch etwas stärker geworden. »SSN 22 Sunburns werden scharf gemacht. Die meinen es ernst, Ma'am.«

»Verstanden, Mr. Selkirk. Halten Sie sich bereit zum Abfeuern der Düppel und Wärmescheinziele. Mr. Lane, ich schätze, es ist Zeit, zu verschwinden.«

»Nichts dagegen einzuwenden, Ma'am. Dann werden wir mal etwas Gas geben!«

Steamers Lippen verformten sich zu einem grimmigen Lächeln. Er schob die Leistungshebel bis zum Anschlag durch. Das Dröhnen der Luftschrauben wuchs zu einem alles übertönenden Donnern an. Alle Anwesenden wurden von der Beschleunigung in ihre Sitze gedrückt.

»Lady an alle Einheiten!«, rief Amanda über den Kommandokanal. »Gegenmaßnahmen auf breitem Spektrum einleiten! Ausführung!«

»Herr Kapitän!«, rief der Radaroperator mit vor Staunen erstickter Stimme. »Das Ziel erhöht drastisch seine Geschwindigkeit. Fünfundvierzig Knoten … fünfzig … fünfundfünfzig und beschleunigt weiter! Die Entfernung wird rasch größer!«

Shalakar starrte wütend auf den Bildschirm. Das geheimnisvolle Fahrzeug vergrößerte nicht bloß die Entfernung – es zog mühelos davon, und das mit nahezu der doppelten Geschwindigkeit, zu der die *Raqqah* fähig war.

»Das ist kein Schlauchboot!«, brummte er. »Lenkwaffenoffizier! Sicherungen an allen Zellen entfernen! Klarmachen zum Feuern!«

»Herr Kapitän!«, rief der Systemoperator aus. »Sehen Sie nur … auf dem Bildschirm!«

Am Radar-Sichtgerät flackerten von Westen her runde Lichter auf, die sich ineinander verwoben und den Radarschirm überschwemmten. Dazwischen tanzten eine Unmenge von kleineren Funken und Lichtpunkten. Das geisterhaft-schwache Gebilde, das sie verfolgt hatten, verschwand in dem elektronisch erzeugten Chaos.

»Herr Kapitän«, tönte eine andere Stimme aus dem Lautsprecher. »Hier Funkraum. Wir haben soeben alle Funkkanäle und Datenverbindungen verloren. Intensiver Störfunk auf der ganzen Bandbreite. Verschiedene Quellen!«

Shalakars Kehle war so trocken, dass er nicht einmal mehr schlucken konnte. Was war da draußen bloß los? Oh, Allah, was ging hier vor?

»Herr Kapitän!«, meldete sich sein Lenkwaffen-Offizier und unterbrach ihn in seinen Gedanken. »Wir haben keine Zielerfassung mehr! Wir gehen auf unabhängige Zielsuche ...! Herr Kapitän, wir kennen die Richtung des Zieles und können immer noch feuern ...! Herr Kapitän, wie lautet Ihr Befehl?«

Im Cockpit der *Queen of the West* rief Amanda eine Datenverbindung mit einer der ferngesteuerten Eagle-Eye-Drohnen der *Carlson* auf. Drei dieser Kipprotor-Fluggeräte, entfernte Verwandte der von der *Queen* geborgenen Drohne, waren wenige Augenblicke zuvor über dem Horizont aufgetaucht. Die Störgeräte, die sie an Bord hatten, richteten zusammen mit den elektronischen Gegenmaßnahmen der Seafighter im umgebenden Äther ein heilloses Chaos an.

Das Bordradar der Eagle Eyes selbst wurde dadurch jedoch nicht beeinträchtigt. Da es so eingestellt war, dass es durch eine schmale Lücke im momentan so chaotischen elektronischen Spektrum blicken konnte, war das Radar nach wie vor imstande, ein Bild von der Entwicklung der taktischen Situation zu erstellen. Genau darauf griff Amanda nun zurück.

»Such- und Feuerleitradar haben uns nicht mehr auf den Schirmen, Captain«, meldete Selkirk. »Sie bekommen kein Echo mehr von uns.«

»Sehr gut, Mr. Selkirk. Bleiben Sie auf ECM. Steamer, Kursänderung nach Backbord, gehen Sie auf zwei-sieben-null. Verschwinden wir aus der Gegend, wo er uns zuletzt erfasst hat.«

»Kurswechsel auf zwei-sieben-null, aye.« Lane drehte

das Rad, um das Hovercraft auf seinen neuen Kurs zu bringen. »Meinen Sie, dass er einen blinden Schuss versucht? Sollen wir die Waffenstationen ausfahren?«

Amanda starrte in das kalte Licht des taktischen Bildschirms und dachte über das Zielsymbol der syrischen Korvette nach, das sie seit Stunden beobachtete. Der syrische Kapitän hatte sein Schiff immer wieder die Küste auf und ab laufen lassen, der Route seiner Patrouille folgend. Er hatte genau das getan, was man von ihm erwarten konnte, aber nie auch nur eine Kleinigkeit mehr.

War es möglich, dass er das Risiko einging, gleichsam blind auf einen nicht identifizierten Feind zu feuern? Langsam schüttelte sie den Kopf. »Nein. So weit wird er nicht gehen. Ich glaube, wir sind in Sicherheit.«

Alle Anwesenden im Cockpit blieben noch weitere zwei Minuten wachsam. Als sich die Entfernung jedoch weiter vergrößerte und die Instrumente immer noch keinerlei Bedrohung anzeigten, atmete man schließlich auf und die angespannten Muskeln wurden gelockert. Amanda lehnte sich im Stuhl des Kopiloten zurück und sprach in ihr Mikrofon. »Lady an alle Little-Pig-Einheiten. Gehen Sie in Formation mit Little Pig Lead und kehren Sie zum Wiederaufnahmepunkt zurück. Possum 1, Little Pigs kehren zurück. Halten Sie Ihre Störmaßnahmen noch fünf Minuten aufrecht. Sie können NAVSPECFORCE melden, dass die Mission abgeschlossen ist. Alle Einheiten, gute Arbeit.«

»Rebel, Roger.«

»Frenchman, aye.«

»Possum, verstanden.«

Draußen in der Dunkelheit kamen zwei Schatten auf die *Queen of the West* zu. Sie glitten auf ihren Luftkissen dahin und bildeten mit der *Queen* eine gestaffelte Formation. Nachdem die Squadron wieder vereint war, brauste sie auf das offene Meer hinaus.

Amanda öffnete ihren Sicherheitsgurt und ihre Gefechtsweste. Sie nahm den Helm ab und schüttelte ihr schweißnasses Haar aus. Mit dem Gespür eines guten Chief of the Boat beugte sich Scrounger Caitlin zwischen den Pilotenstationen nach vor und reichte ihren Captains zwei gut gekühlte Dosen Orangensaft.

Amanda nahm einen kräftigen Schluck von dem Erfrischungsgetränk und genoss die reinigende Kühle, die den säuerlichen Geschmack der konstanten Anspannung, den sie in der Kehle hatte, wegspülte. Sie blickte erneut auf das taktische Display und stellte fest, dass die syrische Korvette die Verfolgung abgebrochen hatte und kehrtmachte. Geschlagen kroch sie in Richtung Küste zurück.

Ich schätze, ich habe heute Nacht deine Laufbahn zerstört, dachte sie und schickte ihre Gedanken durch die Nacht zu dem syrischen Kommandanten. *Tut mir Leid, dass es nicht anders ging, aber so ist das nun mal für unsereinen – egal, ob wir im Krieg sind oder nicht.*

Eine Stunde später und fünfzig Seemeilen weiter von der Küste entfernt, erreichten die Seafighter schließlich ›Point Item‹. Seit sie sich von der syrischen Küste entfernt hatten, zeigten die Instrumente der Luftkissenboote ständig an, dass es ganz in der Nähe eine mächtige SPY-2A-Aegis-Radaranlage gab, die ihre Fühler in alle Richtungen ausstreckte. Nun sahen sie auch schon den phosphoreszierenden Kielwasser-Streifen, der sich an der Grenze zwischen der schwarz-samtenen See und dem nachtschwarzen satinartigen Himmel dahinzog. Da waren Schiffe, die zügig durch die Dunkelheit glitten, ohne auch nur die Positionslichter eingeschaltet zu haben.

Amanda lächelte und klappte das Nachtsichtvisier ihres Helms herunter, um zu verfolgen, wie sie sich der aus zwei Schiffen bestehenden Task Group näherten. Für sie war es mehr als nur die Rückkehr zum Stützpunkt. In gewisser Weise kehrte sie nach Hause zurück – ein Gefühl, das sie jedes Mal aufs Neue genoss.

Das Führungsschiff war etwas näher der Küste unterwegs – jederzeit bereit, sich zwischen seine Schützlinge und eventuelle Angreifer zu stellen. Amanda kannte dieses Schiff, so wie eine Frau den Körper eines langjährigen Geliebten kannte. So vieles war noch genauso wie früher – der große, an eine Haifischflosse erinnernde Mastaufbau, das niedrige Deckhaus mit seinen schräg ansteigenden Wänden, das an den Turm eines Unterseebootes erinnerte, die glatte Silhouette vor dem schwachen Lichtschein des nächtlichen Himmels und der mächtige Clipperbug, der die See durchpflügte.

Die einzige sichtbare Veränderung waren die Decksgeschütze, die sich mittschiffs unterhalb der Brücke sowie auf dem Oberdeck achtern des Hubschrauberlandeplatzes befanden. Als Ersatz für die glatten halbkugelförmigen Türme der 76-mm-Oto-Melara-Geschütze hatte man die größeren, gut getarnten Türme der neuen und weitaus durchschlagskräftigeren Fünf-Zoll-ERGM-Systeme eingerichtet.

Doch die Veränderungen im Inneren des schnittigen Rumpfes waren zu zahlreich, um sie alle aufzuzählen. Die USS *Cunningham*, ursprünglich als Lenkwaffenzerstörer konstruiert, war jenes Schiff, an dem die Navy die Anwendung der modernsten Stealth-Technologien auf Kriegsschiffe getestet hatte. Nun, wo das Schiff diese Mission erfüllt hatte, trug es eine neue Bezeichnung an seinem Bug: CLA (Cruiser Littoral Attack)-79. Dementsprechend neu war auch seine Aufgabe: Die *Cunningham* arbeitete nun im Rahmen der neuen Einsatzbereiche der Flotte, die unter der Bezeichnung ›Force from the Sea‹ zusammengefasst wurden.

Dennoch war sie immer noch ›The Duke‹. Und in Amandas Herzen war es immer noch ›ihr Schiff‹. Als sie damit begonnen hatte, diese neue Einheit für die küstennahe Kriegsführung zusammenzustellen, hatte es ›Eddie Mac‹ MacIntyre ihr allein überlassen, auf welche Kräfte von NAVSPECFORCE sie zurückgreifen wollte. Und als es darum ging, eine durchschlagskräftige Eskorte für die Seafighter zu wählen, hatte sie keine Sekunde gezögert.

Hoch auf dem Signal-Deck der *Cunningham* schickte ihr eine Aldis-Lampe ein kurzes Signal. *Alles in Ordnung, Captain.*

Commander Ken Hiro, ihr früherer Erster Offizier, war heute der Herr auf der Brücke der Duke. Doch auch er hatte die alten Zeiten nicht vergessen.

In Gefechtsformation rundeten die Seafighter das Heck des Kreuzers und schossen dabei nacheinander über sein Kielwasser hinweg. Vor ihnen war die schwach leuchtende Spur eines zweiten, noch größeren Schiffes auf der Oberfläche des Mittelmeers zu erkennen.

Die USS *Evans F. Carlson* gehörte einer ganz bestimmten Kategorie von Schiffen an und war gleichzeitig einmalig in ihrer Art – denn das taktische Landungsschiff LPD 26 war so etwas wie das ungewollte Kind der San-Antonio-Klasse.

Die Navy hatte ursprünglich nur ein rundes Dutzend dieser amphibischen Angriffsschiffe bauen wollen, eines für jede der zwölf Einheiten für amphibische Kriegsführung, in denen U.S. Marines zum Einsatz kamen. Doch irgendwie war es im ständigen politischen Hickhack um die Höhe der Militärausgaben passiert, dass ein ungewolltes dreizehntes Schiff dieser Art im Budget des Verteidigungsministeriums Platz fand, das keine rechte Heimat und keine eindeutige Aufgabe hatte.

Doch Elliot MacIntyre brachte es auf geheimnisvolle

Weise zuwege, dass das Waisenkind seine Heimat innerhalb der Naval Special Forces fand, wo es zur mächtigsten Plattform für Sondereinsätze in der gesamten Navy ausgebaut wurde.

Dieser Sonderstellung trug die Navy auch bei der Benennung des Schiffes Rechnung – und so wurde es nicht nach einer amerikanischen Stadt, sondern nach einem amerikanischen Helden benannt, nach Brigadegeneral Evans F. Carlson, dem mutigen und revolutionären Schöpfer und Kommandeur des legendären 2. Marine Raider Battalion aus dem Zweiten Weltkrieg. Angesichts der Mission des Schiffes bedeutete dies eine Ehre sowohl für das Schiff selbst als auch für seinen Namensgeber.

Als die *Queen of the West* hinter der *Carlson* auftauchte, betrachtete Amanda durch ihr Nachtsichtgerät die breiten Formen ihres neuen Flaggschiffs und verglich es zum hundertsten Mal mit ihrer geliebten Duke. Es war, als würde man ein stämmiges Percheronpferd mit einem schlanken, eleganten Vollblut vergleichen. Doch es gab durchaus auch Gemeinsamkeiten. Obwohl für völlig unterschiedliche Einsätze gebaut, waren die *Carlson* und die *Cunningham* doch Schwestern, oder zumindest Cousinen, was ihr Inneres betraf.

Mit ihrer Länge von 205 Metern war die *Carlson* um einiges kürzer als die *Cunningham.* Dafür hatte das LPD mit seinen 25 000 Tonnen eine fast dreimal so große Verdrängung. Die *Carlson* war um einiges breiter und hatte viel ausgedehntere Decksaufbauten, zeigte dabei jedoch, genauso wie die *Cunningham,* jene schlichten Formen, wie sie für Schiffe mit extrem niedrigem Radarprofil charakteristisch waren.

Beide Schiffe trugen ihre Sensoren auf freistehenden Mastaufbauten sowie als ›Smart-Skin‹-Segmente in die Decksaufbauten eingefügt. Beide waren auf dem neuesten

Stand der Militärtechnologie und deshalb für jeden Gegner ein schwer zu überwindendes Bollwerk. Im Gegensatz zu ihren Vorgängern waren die Landungsschiffe der San-Antonio-Klasse nicht bloß wehrlose Hilfsschiffe. Aufgrund ihrer Aufgabenstellung gerieten sie zwangsläufig in unmittelbare Küstennähe, also in Feindesland, wo man jederzeit mit einem Gefecht rechnen musste. Dementsprechend verfügten diese ›Hilfsschiffe‹ über eine Feuerkraft, die jener von sehr vielen reinen Kampfschiffen überlegen war. Darüber hinaus barg die *Carlson* einige Überraschungen, die nur ihr zu Eigen waren.

Steamer Lane hielt mit der *Queen of the West* von achtern auf das LPD zu. Er reduzierte die Geschwindigkeit auf zwanzig Knoten und fuhr mit dem Hovercraft in das Kielwasser des riesigen Schiffes ein.

»Little Pig Lead an Little Pigs«, murmelte er in sein Mikrofon. »Klarmachen zur Wiederaufnahme. Hinter Little Pig Lead einreihen.«

Als Bestätigung kam ein zweifaches »Roger« aus der Dunkelheit, während die *Carondelet* und die *Manassas* sich hinter dem Flottillenführer einreihten.

»Können wir mit der Wiederaufnahme beginnen, Captain?«, fragte Lane mit einem Blick in Amandas Richtung.

Amanda nickte. »Weitermachen, Mr. Lane. Bringen Sie uns an Bord.«

Sie schob ihr Nachtsichtvisier hoch, um den Vorgang mit freiem Auge zu beobachten. Auch wenn es für die Squadron mittlerweile zur Routine geworden war, fand Amanda dieses Manöver immer wieder beeindruckend.

»Okay, Ma'am. Wir fangen an … Possum 1 Bay Control, hier Little Pig Lead. Sind bereit für Wiederaufnahme.«

»Verstanden, Little Pig Lead«, antwortete die Stimme des Bayboss. »Wiederaufnahme wird eingeleitet. Little Pigs, willkommen daheim.«

Ein matt-scharlachroter Lichtstreifen erschien am breiten Heck der *Carlson*. Der Streifen wurde rasch breiter und entwickelte sich zu einem leuchtenden Rechteck, als die mächtige Heckklappe des LPD nach unten fuhr und auf dem aufgewühlten Kielwasser aufsetzte.

Dahinter erschien ein riesiger zweigeschossiger Innenraum. Im blutroten Licht der Gefechtsbeleuchtung konnte man die Angehörigen der Docking-Crew und des Seafighter-Service-Teams erkennen, die auf ihre Posten eilten. Für ihre jetzige Aufgabe war die *Evans F. Carlson* für ›Dry-Deck‹ (›Trockendeck‹)-Hovercraft-Operationen ausgebaut worden. Es war nicht mehr nötig, die achterlichen Ballasttanks zu fluten, um das Heck des Schiffes abzusenken, wie dies bei herkömmlichen Landungsschiffen üblich war. Somit war die *Carlson* etwas völlig Neues – kein Flugzeugträger, sondern ein ›Wasserfahrzeug-Träger‹.

Mit traumwandlerischer Sicherheit bugsierte Steamer Lane mit Hilfe der Seitenruder und der Leistungshebel die Schürze der *Queen* über den Rand der Heckrampe. Ein zusätzlicher Schub der Luftschrauben schob den Seafighter die Rampe hinauf und ins Innere des Schiffes hinein, sodass er vom heulenden Gesang der Turbinen umgeben war, der von den Stahlwänden dieser künstlichen Höhle widerhallte.

Steamer zog den Hebel der Schraubensteuerung zurück und stellte die Turbinen des Hauptantriebs ab. Seine rechte Hand wechselte zum T-förmigen Steuerknüppel der Schubdüsen. Ein Mann vom Deckpersonal trat vor das Luftkissenboot und winkte es mit seinen Flaggen weiter vor. Mit Hilfe der Schubdüsen bugsierte Lane die *Queen* tiefer ins Innere des Schiffes hinein und machte die Rampe für die *Carondelet* frei.

Während sie weiter nach vorn glitten, blickte Amanda zu den Kunstwerken hinauf, die zu beiden Seiten an den

Schotten prangten. Voller Stolz hatten die verschiedenen Einheiten der Seafighter-Task-Force hier ihre mannsgroßen Embleme angebracht.

Eines nach dem anderen zogen die Embleme an ihr vorüber – an Backbord: das Abzeichen der *Carlson* mit der Aufschrift ›Gung Ho!‹ An Steuerbord: die an ein Geisterschiff erinnernde Silhouette der *Cunningham* mit ihrem Schlachtruf ›Zuschlagen und untertauchen‹. Backbord: die Disney-artigen afrikanischen Warzenschweine von PG-AC 1, die ›Three Little Pigs‹. Steuerbord: der drohend aufgerichtete ›Sea Dragon‹ der 1. Marine Raider Company. Backbord: die Silhouette eines Raider-Bootes auf einem Schwertgriff, das Emblem von Bravo Detachment, Special Boat Squadron 1. Steuerbord: das alles sehende Auge sowie die überkreuzten Blitze von Tactical Intelligence Group Alpha … und schließlich wieder an Backbord die beiden gold- bzw. blaufarbenen Oceanhawk-Helikopter von HELORON 24.

Jede dieser Einheiten stammte entweder aus dem Bereich der NAVSPECFORCE oder war auf Amandas Wunsch ins Leben gerufen worden, um ihren Vorstellungen einer schlagkräftigen Task Force zu entsprechen. Eddie Mac MacIntyre hatte ihr bei der Zusammenstellung völlig freie Hand gelassen, um eine Elitetruppe zu bekommen, die völlig unabhängig operieren konnte. Es sollte dies eine Navy, Army und Air Force im Miniaturformat sein, die in kürzester Zeit zu jedem Krisenherd der Welt aufbrechen konnte und die imstand war, mit jeder kleineren bis mittleren Bedrohung fertig zu werden.

An Steuerbord war noch Platz für ein Abzeichen frei – für eine Einheit, die es ins Gesamtbild einzufügen galt. Dann würde sich zeigen, ob Amanda die Task Force gut geplant hatte.

Für die ehemalige Zerstörer-Kommandantin Amanda

Lee Garrett war dies eine völlig neue Art der Kriegsführung. Doch in letzter Zeit hatte sich für sie noch manches andere verändert. Sie hatte neue Technologien angewendet, neue Strategien übernommen, neue Beziehungen geknüpft und neue Denkweisen als TACBOSS einer Task Group angenommen, die sich von der Vorgangsweise als Kapitän eines einzelnen Schiffes grundlegend unterschieden. Vieles hatte sich während des vergangenen Jahres verändert.

Wenigstens war dieses Gefühl der Frustration und Orientierungslosigkeit verschwunden, das sie zuvor geplagt hatte, als sie lediglich damit beschäftigt war, die Reparaturarbeiten an ihrem Schiff zu verfolgen. Amanda hatte mittlerweile an ihrem neuen Kommando großen Gefallen gefunden.

Doch wenn man etwas Neues für sich gewinnt, ist es nicht selten so, dass man in anderer Hinsicht auch etwas opfern muss. Und so dachte Amanda noch oft an einen ganz bestimmten schwarzhaarigen Mann, an einen letzten wundervollen Tag vor Cape Hatteras und an ein Gespräch, das zu keinem Ergebnis geführt hatte.

Es gab in ihrem Privatleben eine gewisse Leere, mit der sie jedoch, zumindest für den Augenblick, existieren konnte. Wenn ihre berufliche Laufbahn erst wieder auf dem richtigen Gleis war und die Task Force auf festen Beinen stand, konnte sie ja vielleicht daran denken, diese Leere auszufüllen.

»Ist irgendwas nicht in Ordnung, Ma'am?«, fragte Lane von der Pilotenstation aus.

»Ach, nein, Steamer«, antwortete sie lächelnd. »Es ist alles so, wie es sein sollte.«

Captain Stonewall Quillain war in seinen Danner-Fort-Lewis-Gefechtsstiefeln einen Meter achtundachtzig groß und von schlanker, aber überaus athletischer Statur. Er betrachtete Valdosta, Georgia, als den besten Heimatort, den man nur haben konnte, so wie er den Dienst im United States Marine Corps als den besten Beruf ansah, den auszuüben einem möglich war.

Mit seinen etwas kantigen Gesichtszügen konnte man ihn nicht wirklich als gutaussehend bezeichnen; außerdem setzte er viel öfter eine finstere Miene auf als dass er lächelte – ja, seine Sea Dragons hatten sich längst daran gewöhnt, dass ›der Skipper nie wirklich fröhlich aussieht, höchstens mal nicht ganz so sauer‹.

Doch obwohl man es ihm eigentlich nicht ansah, war Captain Stone Quillain doch auch ein Mensch mit ausgeprägten Gefühlen. Weder er noch die Einheit, die er kommandierte, waren an der Operation, die diese Nacht stattgefunden hatte, beteiligt gewesen – doch es waren einige Männer und Frauen dabei, die er als seine Freunde betrachtete, und deshalb war es für ihn selbstverständlich, sie hier unten zu begrüßen.

Im Inneren der *Carlson* hallte es wie in einer gigantischen Trompete. Quillain musste sich den Kopfhörer fest an die Ohren drücken, um die Botschaft zu verstehen, die gerade übermittelt wurde.

»HANGAR BAY, EBENE ZWEI, KLARMACHEN ZUM AUFNEHMEN DER LUFTKISSENBOOTE.«

Unter ihm, am Fuße der inneren Fahrzeugrampe, erreichte die *Queen of the West* das Ende des als ›Boarding Bay‹ bezeichneten Innenraumes. Dieser bot auf der unteren Ebene nur Platz für zwei der drei Luftkissenboote, weshalb man sich einiges hatte einfallen lassen, um alle Seafighter-Boote unterzubringen.

Stone beobachtete, wie zwei Seeleute von den seitlichen Gerüsten auf den breiten Rücken der *Queen* hinuntersprangen. Mit Halteleinen gegen den Sog vom Lufteinlass des Hubgebläses gesichert, fixierten sie den zurückgeklappten Mast achtern des Cockpits auf Deckhöhe.

Gleichzeitig trotzte ein weiteres Team dem kräftigen Luftstrom aus der Schürze, um ein schweres Stahlseil in einer Klüse am breiten Bug der *Queen* zu befestigen. Als sie fertig waren, gaben sie dem Winsch-Bediener über ihnen ein Zeichen.

Das Schnurren des Elektroantriebs mischte sich in das Heulen der Turbinen, als das Gehäuse der Winde auf seinen Schienen zurückgeschoben wurde. Die *Queen* ruhte immer noch auf ihrem Luftkissen, als man sie die Fahrzeugrampe hochzog, die in den Mittschiffs-Hangar führte und die ein klein wenig zu steil war, als dass das Luftkissenboot sie aus eigener Kraft hätte erklimmen können.

In einem herkömmlichen Schiff der San-Antonio-Klasse wären an dieser Stelle zwei Garagendecks installiert gewesen, die Raum für Lastwägen und die AFV-Panzerfahrzeuge einer Marine Expeditionary Unit geboten hätten. An Bord der *Carlson* hatte man jedoch einige Schotte entfernt, um Abstellfläche für die Seafighter-Flottille zu schaffen.

Stone drückte sich gegen das Schott hinter ihm und hielt das Nachtsichtgerät und den Kopfhörer fest, damit er sie in dem warmen Sturmwind nicht verlor, den das Hubgebläse des Seafighters erzeugte. Der Marine und die Serviceleute sahen die riesige Schürze und den mächtigen Rumpf des Bootes direkt vor sich aufragen, während sich das Luftkissenboot an ihnen vorüberschob.

Der Seafighter war mit gesprenkelter Tarnfarbe bemalt, die bei normalem Tageslicht staubgrau erscheinen würde. Davon hob sich nur die in Konturschrift aufgetragene taktische Nummer sowie der Name des Bootes ab – und natürlich die funkelnden Augen und gefletschten Haifischzähne, die über die ganze Breite des Bugs aufgemalt waren.

Als sich die Nase der *Queen* über den Rand der Rampe schob, gab die Schürze etwas nach und das Luftkissen sackte ein wenig zusammen. Das Cockpit berührte beinahe die Winsch-Schienen, ehe der Seafighter wieder ebenen Boden unter sich hatte und sich, leicht hin und her ruckend, auf den für ihn reservierten Abstellplatz schob – direkt hinter dem einzigen standardmäßigen LCAC, das der Task Force zugedacht war.

Wenige Augenblicke später wurde das Hubgebläse abgestellt, und die *Queen* sank mit einem metallischen Ächzen nieder – mitten in das Nest, das von der schwarzen Kevlar-Gummischürze gebildet wurde.

Quillain nickte anerkennend. Er war zwar kein Experte für solche Seafighter-Luftkissenboote, doch er wusste jede militärische Weiterentwicklung zu schätzen – besonders wenn sie so gelungen war wie in diesem Fall.

Unten im Hauptraum vollendeten die *Manassas* und die *Carondelet* die Wiederaufnahme-Operation. Sie krochen auf ihre Abstellplätze und schalteten ebenfalls ihre Systeme ab. Die plötzliche Stille hatte fast etwas Beunruhigendes, sodass die Stimme, die aus den Lautsprechern des 1-MC-Systems dröhnte, einen fast hochschrecken ließ.

»HOVERCRAFT-WIEDERAUFNAHME ABGESCHLOSSEN UND HECKKLAPPE GESICHERT. ALLE MANN, WIEDERAUFNAHME-STATION VERLASSEN. WIR WEISEN DARAUF HIN, DASS IM BEREICH DES HANGARS KEIN OHRENSCHUTZ MEHR NOTWENDIG IST.«

Die Hangar-Beleuchtung sprang von Rot zu weißem Standardlicht um, und die Serviceleute machten sich an die Arbeit.

Genauso wie ein Flugzeug hatte auch jeder Seafighter zwei Crews, die für das Boot verantwortlich waren; die

Onboard-Crew, die das Hovercraft auf See bediente, sowie das ebenso wichtige Team von Serviceleuten, die darauf achteten, dass das technische Innenleben des Bootes in Ordnung war.

Während man die *Queen* an Deck fixierte, wurde eine Gangway zum Oberdeck des Bootes ausgefahren. Hilfsstromkabel wurden angeschlossen und Tankschläuche quer über das Deck geschleppt und in die entsprechenden Stutzen gesteckt. Es wurde kein Augenblick verschwendet, um die riesige Kriegsmaschine wieder kampfbereit zu machen.

Stone registrierte auch das mit Anerkennung.

Er ging nahe am Schott entlang, um den geschäftigen Serviceleuten nicht im Weg zu stehen, als er sich entlang der Seite des Luftkissenbootes zur Mittschiffsluke begab.

Die Luke ging genau in dem Augenblick auf, als er zu ihr gelangte.

»Guten Morgen, Stone!«, rief Amanda zu ihm herunter.

»Wie war es heute Nacht, Skipper?«

»Planmäßig«, antwortete sie. »Wir hatten ein kleines Zusammentreffen mit einem Schiff der Küstenpatrouille, aber es gab lediglich ein Duell der Bordelektroniksysteme.«

Ohne darauf zu warten, dass die tragbare Leiter befestigt wurde, sprang Stones rothaarige Kommandantin (nein, eigentlich war sie brünett, ihr Haar hatte aber einen starken rötlichen Schimmer) die anderthalb Meter auf das rutschsichere Deck herunter. Sie ging bei der Landung in die Knie und ließ sich von Stone aufhelfen, als dieser ihr die Hand reichte.

Stone bedauerte noch heute, dass es einmal eine Zeit gegeben hatte, da es ihm nicht leicht gefallen war, diese Lady als seine Kommandantin und Kameradin zu akzeptieren. Das war während ihres ersten gemeinsamen Einsatzes in Westafrika gewesen. Seither war er um einiges klüger geworden.

Im nächsten Augenblick landete auch Steamer Lane auf dem Boden, ein weiterer Veteran des Afrika-Konflikts und ebenfalls ein bewährter Freund.

»Und wie hat sich die fliegende Untertasse geschlagen?«, fragte Quillain.

Amanda blickte zum Oberdeck der *Queen* hinauf. Lieutenant Selkirk hatte das Cockpit ebenfalls bereits verlassen und war gerade dabei, die Cipher-Drohne zu untersuchen.

»Die Sensoren sind am Zielort deponiert, und Mr. Selkirk meint, dass sie planmäßig funktionieren. Von jetzt an liegt die Sache in den Händen unserer Freunde von der NSA.«

Quillains ohnehin schon säuerliche Miene verfinsterte sich noch ein wenig. »Also, diese ferngesteuerten Dinger sind ja schön und gut – aber ich glaube trotzdem, dass ich mit ein paar meiner Jungs hätte hingehen sollen, damit wir uns wirklich dort umsehen können.«

Amanda hob die Augenbrauen. »Seien Sie vorsichtig, was Sie sich da wünschen, Stone. Es könnte nämlich demnächst einmal Wirklichkeit werden. Wenn die Syrer an ihrem Atomspielzeug weiterbasteln, dann wäre es durchaus möglich, dass wir sie ein wenig bremsen müssen. Die Israelis und die Türken hätten sicher etwas dagegen, wenn die Syrer über die Bombe verfügten – und das Letzte, was diese Gegend hier brauchen könnte, wäre ein weiterer Anlass für einen Krieg.«

Quillains Mundwinkel zuckte ganz leicht nach oben. Stone schätzte nichts mehr als eine richtige Herausforderung. »Das wär' ja mal eine wirklich interessante Aufgabe«, sagte er. »Ich wüsste da so einiges, was sich mit einem Atomreaktor anstellen ließe …«

Lane lachte und zeigte mit dem Daumen auf Quillain. »Ehrlich gesagt, Ma'am, dieser Kerl macht mir manchmal richtig Angst.«

Quillain lächelte nun tatsächlich, wenn auch überaus grimmig. »Nur manchmal?«, erwiderte er.

Amanda Garrett lachte und streckte sich genüsslich, um die Anspannung des Einsatzes aus den Muskeln zu bekommen. »Ich bin überzeugt, Steamer, unser Mr. Quillain wird sich in Zukunft noch mehr anstrengen. Hätten die beiden Gentlemen etwas dagegen, mich in die Messe zu begleiten? Auf eine Tasse Kaffee, bevor …«

Sie wurde von einer Stimme aus dem 1-MC-Lautsprecher unterbrochen.

»DER TACBOSS WIRD ERSUCHT, SICH UNVERZÜGLICH MIT DER BRÜCKE IN VERBINDUNG ZU SETZEN. ICH WIEDERHOLE, DER TACBOSS WIRD ERSUCHT, SICH UNVERZÜGLICH MIT DER BRÜCKE IN VERBINDUNG ZU SETZEN.«

Bevor die verstärkte Stimme des Quartermasters verklungen war, hatte Quillain bereits den Kommandokopfhörer abgenommen, um ihn Amanda zu reichen. Sie hielt sich eine der Kopfhörermuscheln ans Ohr und aktivierte das Kehlkopfmikrofon.

»Brücke, hier Garrett. Was gibt's?«

Lane und Quillain verfolgten an Amandas Gesichtsausdruck, wie sie binnen weniger Augenblicke von einer gut gelaunten Kameradin zur wachsamen, besorgten Kommandeurin wurde.

»Verstanden. Sie können dem Captain mitteilen, dass ich sofort zu ihm auf die Brücke komme. Inzwischen gehen wir schon mal auf Gefechtsstation.«

Während die Hupen zu dröhnen begannen, um alles auf die Gefechtsstationen zu rufen, gab sie dem Marine den Kopfhörer zurück. »Gentlemen, wir haben die Syrer wohl doch etwas mehr gereizt, als angenommen. Wir werden von einem unbekannten Flugzeug verfolgt. Steamer, bringen Sie Ihre Crews wieder an Bord der Little Pigs. Klarhalten zum Gefechtseinsatz. Stone, bereiten Sie Ihre Punktverteidigungsmaßnahmen vor. An die Arbeit, Leute!«

»TACBOSS auf der Brücke!«

Amanda eilte an dem Vorhang vorbei auf die halbdunkle Brücke des LPD, die nur vom Sternenlicht und dem Leuchten der Bildschirme erhellt wurde. Wie alle anderen Bereiche an Bord der *Carlson* war auch die Brücke mit der modernsten Technologie ausgestattet.

Der Rudergänger, der Mann am Maschinensteuerpult sowie der diensthabende Quartermaster saßen an ihren Computer-Workstations in komfortablen Sesseln, wie sie eher in Flugzeugen üblich waren. Ober- und unterhalb der breiten Fensterscheibe war je eine Reihe von zusätzlichen Monitoren installiert, mit deren Hilfe der Offizier vom Dienst nicht nur alle Schiffsoperationen, sondern auch die gesamte Umgebung und die Entwicklung der taktischen Situation im Auge behalten konnte.

Informationsmangel war auf der Brücke längst kein Thema mehr. Amanda brauchte sich bloß umzublicken und erhielt in kürzester Zeit mehr Informationen, als man sie je von einem Melder erhalten konnte. Die Herausforderung für den Offizier bestand nicht mehr darin, Daten zu sammeln, sondern sie richtig einzuschätzen, um sich ein möglichst genaues Bild der Situation zu machen.

Die Informationen kamen nicht nur von den Sensoren der *Carlson*, sondern auch von jenen der *Cunningham*. Die beiden Kriegsschiffe waren über die Datenleitungen ihrer Gefechtsführungssysteme miteinander verbunden.

Die Task Group war also im Grunde eine zusammengesetzte Kampfeinheit, die imstande war, auf jede Bedrohung in voller Übereinstimmung zu reagieren. Wenn es sich als notwendig erweisen sollte, Seafighter, LAMPS-Helikopter oder unbemannte Luftfahrzeuge einzusetzen, so würden diese Einheiten miteinander vernetzt operieren, was ihre Kampfkraft erheblich erhöhte.

Commander Lucas Carberry, der Kommandant der *Carlson*, blickte vom zentralen taktischen Display auf. Sein rosiges Gesicht wurde vom Lichtschein des Bildschirms erhellt.

»Captain«, stellte er in nüchternem Ton fest, »Task Force ist auf Gefechtsstation.«

Im Laufe des Monats ihres gemeinsamen Einsatzes hatte Amanda Captain Carberry als einen Mann kennen gelernt, der wahrscheinlich ein wenig zu förmlich war, als dass sich zwischen ihnen beiden ein freundschaftliches Verhältnis hätte entwickeln können. Außerdem war sein Kommandostil für ihren Geschmack ein bisschen zu autoritär. Doch sie akzeptierte den stämmigen kleinen Offizier durchaus als einen Meister auf dem Gebiet der amphibischen Kriegsführung.

Ein großes amphibisches Transportschiff wirkungsvoll zu führen ist alles andere als eine leichte Aufgabe. Diese Position verlangt nicht nur hohe Fähigkeiten als Schiffsoffizier, sondern auch eine gewisse Kaltblütigkeit und Unerschütterlichkeit, um das Schiff und seine Besatzung, wenn nötig, auch äußerst gefährlichen Situationen auszusetzen und das Risiko so lange zu tragen, bis die Mission erfüllt ist. Amanda war überzeugt davon, dass Carberry diese Fähigkeiten besaß, weshalb sie durchaus bereit war, ihm gewisse Eigenheiten nachzusehen.

»Sehr gut, Commander«, antwortete sie und trat zu ihm an den Taktik-Tisch. »Wie ist die Situation?«

»Die *Cunningham* ist gegenwärtig unser aktives Radarschiff und der Koordinator der Verteidigung. Commander Hiro meldet, dass sich uns ein einzelnes Flugzeug aus südöstlicher Richtung nähert.« Carberrys breite Fingerspitze zeigte auf eine gelbe Linie, die langsam über das Display kroch – direkt auf das blaue Task-Force-Symbol in der Mitte zu. »Er ersucht um weitere Anweisungen, Captain.«

Amanda nickte. Die Duke mit ihren mächtigen Radar- und Waffensystemen übernahm zumeist die Aufgabe, die Umgebung zu erkunden, sodass sich die nicht ganz so wehrhafte *Carlson* dezent und gut getarnt im Hintergrund halten konnte. Die beiden Schiffe waren jedoch über die Laserverbindung ihrer Gefechtsführungssysteme ständig miteinander verbunden.

»Geben Sie mir Commander Hiro.«

Carberry wandte sich der Spezialistin für die verbundenen Gefechtssysteme zu, die schweigend am anderen Ende des Taktik-Tisches stand. Er schnippte leise mit den Fingern und zeigte auf einen der Bildschirme über ihnen. Die Finger der Frau glitten rasch über die Tastatur, um die direkte Kommunikation zwischen den Schiffen herzustellen.

Auf dem Bildschirm erschien Amandas früherer Erster Offizier, der auf ihrem einstigen Kommandosessel in der Gefechtszentrale der *Cunningham* saß. Man sah sofort, dass sich der stämmige Japano-Amerikaner in seine neue Rolle bestens eingelebt hatte, was Amanda keineswegs überraschte. Es war eigentlich nicht üblich, dass ein Offizier zum Kommandanten eines Schiffes ernannt wurde, auf dem er als Erster Offizier gedient hatte; doch als Amanda ihre Zusammenarbeit mit den Seafightern begann, hatte sie ihren ganzen Einfluss geltend gemacht, um sicherzustellen, dass ihr Schiff auch nach ihrem Ausscheiden in guten Händen blieb.

»Guten Morgen, Ken. Was gibt es Neues?«

»Morgen, Ma'am«, antwortete er. »Wir haben da einen Aegis-Kontakt. Ein langsam fliegendes Flugzeug. Geschwindigkeit einhundertvierzig Knoten. Höhe fünfzig Fuß. Die Maschine fliegt unter voller EMCON. Kein IFF-Transponder. Kein Radar. Wir haben noch keine absolut sichere Zielidentifikation, aber das Ding muss Rotoren haben. Ich würde sagen, es handelt sich um einen großen ASW-Helikopter, vielleicht einen syrischen Super-Hip.«

»Hmm«, brummte Amanda und blickte auf das taktische Display hinunter, um die Flugbahn der Maschine zu verfolgen. Ein Hubschrauber, der für die Jagd auf Unterseeboote eingesetzt wurde, stellte nicht nur für Unterseeboote eine Bedrohung dar – vor allem, wenn er Antischiff-Lenkwaffen an Bord hatte. »Besteht die Möglichkeit, dass der Bursche nur zufällig hier vorbeikommt?«

»Würde ich bezweifeln, Captain. Er weiß, dass wir hier sind und hält direkt auf uns zu. Gleich nachdem er über dem Horizont auftauchte, nahm er Kurs auf die Task Force. Da er sein Radar nicht eingeschaltet hat, muss er sich an unseren Radaremissionen orientieren.«

Amanda blickte erneut auf, diesmal auf die Abbildung der restlichtverstärkenden Kamera. Eine Ebene unterhalb der Brücke des LPD nahm das Startsystem der RAMs (Rolling Airframe Missiles) das anfliegende Flugzeug ins Visier. Weiter vorne, in dem aus sechzehn Zellen bestehenden Senkrechtstartsystem auf dem Hauptdeck, öffnete sich eine Klappe und legte die dunkle Kunststoffschutzhülle frei, die über den Enhanced-Sea-Sparrow-Flugkörpern angebracht war. Noch weiter vorne, an der Spitze des Vordecks der *Carlson*, hockte ein Marine-Schützenteam, dessen Gunner das Startrohr eines Stinger-SAM-Flugkörpers bereithielt, der von der Schulter abgefeuert wurde.

Jenseits davon sah man die Silhouette der *Cunningham* vor den Sternen entlang des Horizonts vorüberziehen. Ein Blick auf einen dritten Bildschirm zeigte, dass die Standard-IV-Geschützbatterien sowie die Fünf-Zoll-Geschütze ebenfalls einsatzbereit waren. Insgesamt konnte die Task Force somit eine aus fünf Linien bestehende Verteidigung gegen einen eventuellen Luftangriff aufbieten. Doch den militärischen Leichtsinn, sich auf irgendeine Verteidigungslinie – und sei sie noch so stark – zu verlassen, hatte sich Amanda Garrett schon seit längerer Zeit abgewöhnt.

Die unbekannte Maschine überquerte die 30-Kilometer-Linie auf der Entfernungsskala des taktischen Displays. Wer immer in dem Hubschrauber saß – es war nun höchste Zeit, gewisse Vorkehrungen zu treffen.

»Gentlemen, wenn unser Freund da draußen uns zuhört, dann wollen wir ihm etwas Ordentliches bieten. Commander Carberry, schalten Sie Ihr Feuerleitradar ein. Ken, erfassen Sie den Burschen mit allen Systemen.«

Eine gelbe Zielbox erschien blinkend rund um das Symbol des anfliegenden Luftzieles. Die Sensoren des anfliegenden Helis mussten förmlich aufschreien, als die Leitstrahlen des Geschütz- und Lenkwaffenradars die Maschine trafen.

In der militärischen Sprache bedeutete das eine unmissverständliche Aufforderung:

»Was willst du hier? Antworte!«

Wenige Sekunden später tauchten neben dem Zielsymbol zwei Zeilen Transponder-Code auf. Die Taktik-Systemoperatorin neigte den Kopf und lauschte der Stimme in ihrem Kopfhörer. »CIC meldet, Kontakt Able setzt IFF-Codes von NAVSPECFORCE und der israelischen Luftstreitkräfte ab.«

»NAVSPECFORCE«, murmelte Carberry erstaunt.

»Captain, haben wir etwa hier draußen ein Rendezvous mit jemandem?«

Amanda schüttelte stirnrunzelnd den Kopf. »Das wär' mir neu.«

Die Systemoperatorin neigte erneut den Kopf. »CIC meldet, Kontakt Able hat Sprechfunkverbindung hergestellt. Der Pilot identifiziert seine Maschine als eine CH-53 der israelischen Luftstreitkräfte, die für Sondereinsätze zuständig ist. Er behauptet, einen VIP-Passagier für uns an Bord zu haben und ersucht um Landeerlaubnis.«

»Das erklärt, warum er unter EMCON fliegt und so knapp über dem Meeresspiegel dahinschleicht«, warf Hiro ein, der immer noch auf einem der Bildschirme zugeschaltet war. »Ein israelischer Helikopter für Sondereinsätze, der vor der syrischen Küste unterwegs ist, möchte bestimmt kein großes Aufsehen erregen.«

Carberry starrte finster auf das Zielsymbol hinunter. »Aber warum sollte einer unserer Leute auf diese Weise an Bord kommen wollen?«

Amanda schüttelte den Kopf. »Gentlemen, ich kann Ihnen keine Antworten auf Ihre Fragen geben, aber wir werden bestimmt gleich mehr erfahren. Commander Carberry, verständigen Sie den Airboss, dass der Hubschrauber die Landeerlaubnis bekommt. Drehen Sie Ihr Schiff in den Wind und bereiten Sie alles für die Landung des Helikopters vor.«

»Jawohl, Ma'am.« Mit etwas lauterer Stimme wandte sich Carberry an seine Leute. »Offizier vom Dienst! Flugstationen besetzen! Hubschrauberlandeplatz freimachen und Fliegerpersonal bereithalten. Teilen Sie der Flugleitung mit, dass sie den Heli unverzüglich an Bord bringen sollen!«

»Sollen wir Gefechtsstation aufheben, Ma'am?«, meldete sich Hiro.

»Nein … noch nicht, Ken. Brechen Sie die Zielerfassung ab, aber wir bleiben noch auf Gefechtsstation, solange ich nicht genau weiß, was da auf uns zukommt.«

Das geräumige Flugdeck des LPD, das sich über das ganze achterliche Drittel des Decks erstreckte, konnte ein halbes Dutzend VTOL (Vertical-Takeoff-and-Landing)-Flugzeuge gleichzeitig aufnehmen. Das mächtige Amphibienschiff drehte sich gravitätisch in dem für Hubschrauberanflüge vorgeschriebenen 45-Grad-Winkel in den Wind. An den Ecken des Landeplatzes begannen Stroboskoplichter zu blinken und luden den Neuankömmling zur Landung ein.

Auf der Brücke verfolgte man, wie sich der Helikopter der Task Group näherte.

»Sichtkontakt!«, rief einer der Ausgucke von seinem Monitor aus, der ihm eine Abbildung von der restlichtverstärkenden Kamera lieferte. »Peilung zwei-neun-null. Entfernung zweitausend Meter, verringert sich weiter. Ziel ist eindeutig als CH-53 identifiziert.«

Der große Sea Stallion schwebte knapp über den Wellen heran; der Abwind des fünfblättrigen Hauptrotors bahnte ihm einen Weg zwischen den Wellenbergen. Als kleine Rache dafür, dass man ihn mit dem Feuerleitradar erfasst hatte, flog der israelische Pilot direkt auf den Bug der *Carlson* zu. Erst im allerletzten Augenblick zog er die Maschine hoch. Das Donnern seines Vorüberfluges ließ die Fensterscheiben erzittern.

Die Mastkameras verfolgten, wie der Stallion das LPD umkreiste und sich dem Hubschrauberlandeplatz näherte. Deutlich zu sehen waren nun die Zusatztanks für Langstreckenflüge, die an den Stummelflügeln montiert waren.

Der Stallion fuhr das Fahrwerk aus und ließ sich – für ein Fluggerät dieser Größe erstaunlich sanft – auf das

Deck niedersinken. Amanda und Carberry beobachteten, wie am Helikopter eine Seitentür aufging und ein Passagier auf das Flugdeck heruntersprang. Der mit Khaki-Uniform und dunkler Navy-Windjacke bekleidete Fahrgast gab den Flughelm zurück und nahm dafür Computertasche und Koffer in Empfang, die der israelische Crew-Chief ihm reichte.

Die kleine Gestalt winkte zum Abschied und eilte dann geduckt aus dem Wirkungsbereich des Rotorabwinds. Nur wenige Sekunden nach der Landung war der Sea Stallion schon wieder bereit zum Abflug.

»Passagier ist an Bord, Captain«, meldete der Systemoperator der Brücke, als sich der Helikopter wieder in die Dunkelheit hochschraubte. »Der israelische Helikopter fliegt ab.«

Amanda blickte stirnrunzelnd auf den Deckmonitor. Irgendetwas an diesem Passagier kam ihr bekannt vor …

»Commander Carberry«, murmelte Amanda. »Gehen Sie wieder auf ursprüngliche Fahrt und Kurs und teilen Sie Commander Hiro mit, dass er die Gefechtsbereitschaft aufheben soll. Ich bin auf dem Flugdeck.«

Der geheimnisvolle Passagier des Hubschraubers wartete in einem der Korridore des Hangars auf sie – und er war ihr nicht ohne Grund bekannt vorgekommen.

»Ersuche um Erlaubnis, an Bord zu kommen, Ma'am«, sagte Christine Rendino mit einem zackigen militärischen Gruß.

»Erteilt«, antwortete Amanda und hob die Hand, um den Gruß zu erwidern. Doch noch bevor sie die Geste vollendet hatte, war die kleinere Frau schon bei ihr und schloss sie fest in die Arme.

»Hallo, Boss. Hast du mich vermisst?«

Amanda umarmte ihre alte Schiffskameradin und

Freundin nicht minder herzlich. »Chris, mein Gott, was machst du denn hier?«

»Ich bin mit Eddie Mac hergeflogen«, antwortete die Nachrichtendienst-Offizierin, trat einen Schritt zurück und lächelte Amanda an. »Der Alte ist im Moment in Saudi Arabien und trifft sich dort mit einigen Scheichs und Machthabern, damit sie uns einen Luftstützpunkt zur Verfügung stellen.«

Amanda blickte sie fragend an. »Einen Luftstützpunkt? Wofür denn?«

»Das ist eine lange Geschichte, und ich bin hier, um sie dir zu erzählen. Dir und allen Task-Force-Offizieren. Aber alles der Reihe nach. Wir müssen zuerst einmal auf schnellstem Weg nach Port Said. Die ägyptische Marine wird uns mit Treibstoff versorgen, dann geht es gleich morgen Abend durch den Sueskanal. Und übermorgen treffen wir irgendwo im Roten Meer mit Admiral MacIntyre zusammen.«

»Im Roten Meer? Chris, jetzt sag mir mal, wo wir eigentlich hinwollen, und warum?«

»Nach Indonesien, Boss. Es sieht ganz so aus, als würden da ein paar schlimme Jungs die Meere unsicher machen, und unsere Aufgabe ist es, ihnen den Spaß zu verderben.«

Die Insel Palau Piri

Indonesien, vor der Nordwestspitze von Bali

29. Juli 2008, 06:14 Uhr Ortszeit Makara Harconan begann den neuen Tag wie gewohnt damit, dass er seine Insel zweimal umrundete. Nur mit einer Badehose bekleidet, lief er über die Sandstrände und schwamm dazwischen lange Strecken die Küste entlang, um seinen muskulösen Körper zu stählen und seinen Geist für den bevorstehenden Arbeitstag vorzubereiten.

Er hatte dabei aber auch Gelegenheit, die Sicherheitsposten persönlich zu überprüfen, die zur Bewachung der Insel eingesetzt wurden, und sich zu vergewissern, dass die Leute vom Patrouillendienst auch wirklich entlang der Küste unterwegs waren und die Augen offen hielten. Wenn die entsprechende Rückendeckung dermaßen wichtig für das eigene Überleben war, dann durfte man sich nicht die geringste Unachtsamkeit erlauben; der erste Fehler, den man sich leistete, konnte auch schon der letzte sein. Harkonan hatte nicht vor, einen solchen Fehler zu begehen.

Nach dem Laufen und Schwimmen folgte eine eiskalte Dusche, worauf er sich die Muskeln von seiner persönlichen Masseurin lockern ließ. Schließlich zog er Hose, Sandalen und ein Safarihemd an und zog sich auf die Gartenterrasse zurück, um eine einfache Mahlzeit aus Reis, frischen Früchten und starkem javanischem Kaffee zu sich zu nehmen.

Während er aß, saß Lan Lo ihm gegenüber, eine volle Tasse grünen Tee vor sich auf dem Tisch. Harkonan musste seine ganze Autorität geltend machen, damit sein Adjutant ihm Gesellschaft leistete; Lan Lo war ein hartnäckiger Traditionalist, der einen so vertraulichen Umgang mit seinem Arbeitgeber als ungehörig ansah.

Es gehörte zum allmorgendlichen Ritual, dass kein Mitglied des Personals mehr unaufgefordert an den Frühstückstisch kam, nachdem sich das Dienstmädchen zurückgezogen hatte. Selbst der Wachmann blieb außer Hörweite und verfolgte die Tätigkeit der Geräte zum Aufspüren von Wanzen bzw. zum Erzeugen eines elektromagnetischen weißen Rauschens, die den Garten abhörsicher machten.

»Was steht heute auf dem Programm, Lo?«, fragte Harconan.

»Es gibt neue Entwicklungen im Satellitenprojekt, Herr. Im Wesentlichen verläuft alles nach Plan – es gibt jedoch auch einen Punkt, der möglicherweise Anlass zur Sorge gibt.«

»Fahren Sie fort.«

»Wir haben positive Reaktionen von der Falaud-Gruppe, von Yan Song International und von der Marutt-Goa-Gruppe. Alle haben die nötigen Einstiegsbeträge von fünf Millionen US-Dollar bzw. den entsprechenden Betrag in Pfund Sterling auf unsere sicheren Konten in Zürich bzw. Bahrain überwiesen. Jeder der Kunden hat außerdem ein Forschungs- und Entwicklungsteam zusammengestellt, das jederzeit zum Aufbewahrungsort anreisen kann.

Die Mitteleuropa-Gruppe möchte sich nicht direkt beteiligen, sie hat jedoch eine Million Pfund Sterling für bestimmte Stahlgussverfahren und Legierungen aus der Nutzlast des Satelliten geboten. Genom Zaibatsu aus Japan ist ebenfalls nicht an dem Satelliten als solchem interessiert, aber auch hier haben wir ein Angebot über zwei Millionen Dollar für die Kugellager. Die Leute von Moskva-Grewitsch haben erneut ihr Interesse bekundet, sie verlangen aber genauere Informationen über die entsprechenden Systeme, bevor sie ein konkretes Angebot unterbreiten wollen.«

Lo griff während seines Berichts kein einziges Mal auf irgendwelche Unterlagen zurück. Er hatte solche Hilfen nicht nötig – außerdem war es nicht üblich, dass ›Sondergeschäfte‹ dieser Art auf Papier festgehalten wurden.

Harconan war nicht unzufrieden mit dem Bericht. Er hatte ohnehin daran gezweifelt, dass die Polen und Tschechen ein allzu weitreichendes Angebot unterbreiten würden. Sie pflegten zu enge wirtschaftliche Beziehungen zu den USA und bemühten sich außerdem darum, noch in diesem Jahr die Vollmitgliedschaft bei der EU zu erreichen. Auch die Japaner waren nicht allzu risikofreudig, und die russischen Unternehmen verfügten noch nicht über die finanziellen Mittel, um sich auf so große Geschäfte einzulassen. Doch es blieben drei von sechs Interessenten, was durchaus zufriedenstellend war.

Harconan schenkte sich etwas Kaffee nach. »Sie können Falaud, Yan Song und Marutt mitteilen, dass sie uns ihre Teams schicken sollen. Fragen Sie nach, ob sie irgendwelche Spezialausrüstung brauchen, und sorgen Sie dafür, dass die Teams entsprechend empfangen und zum Aufbewahrungsort gebracht werden. Was Mitteleuropa betrifft, so können Sie ruhig eine halbe Million mehr verlangen – die haben das Geld. Das Genom-Angebot können Sie akzeptieren, so wie es ist. Die Russen wollen immer alles umsonst haben. Sagen Sie ihnen, dass der Wert der Ware durchaus dem entspricht, was wir verlangen. Sie kennen unsere Bedingungen – und die bleiben unverändert. Sie können sie akzeptieren oder ablehnen.«

Lo neigte den Kopf. »Sehr gut, Herr. Ich stimme in allen Bereichen zu. Damit wären wir bei dem Punkt, der Anlass zur Sorge gibt.«

»Und der wäre?«

»Eine mögliche … scharfe Reaktion von Seiten der USA auf unsere Aneignung ihres Industriesatelliten.«

»Eine scharfe Reaktion?«

Lan Lo machte ein völlig ausdrucksloses Gesicht, wie immer, wenn er eine Sache von großer Wichtigkeit vorzubringen hatte. »Unser Vertreter in Port Said meldet, dass letzte Nacht eine amerikanische Navy-Task-Force den Sueskanal passiert hat. Es handelte sich zwar nur um zwei Schiffe – aber es sind zwei schwer bewaffnete Einheiten für Sondereinsätze, die ostwärts in den Indischen Ozean unterwegs sind. Weder die Kanalverwaltung noch die ägyptische Regierung wusste etwas von einem eventuellen Bestimmungshafen.

Über Internet konnten wir in Erfahrung bringen, dass es sich um keine planmäßige Verlegung in ein anderes Gebiet handelt. Diese Schiffe hätten eigentlich noch mindestens zwei Monate im Mittelmeer bleiben sollen. Wir haben überprüft, ob es im Indischen Ozean oder im Pazifik irgendwelche möglichen Krisenherde gibt, die amerikanische Interessen betreffen und die eine solche Maßnahme erklären würden. Meine Vermutung in diesem Zusammenhang ist, dass es sich um eine Reaktion auf unsere Operationen handelt.«

Harconan nickte langsam und nahm einen Schluck von dem starken schwarzen Gebräu in seiner Tasse. »Was ist mit unseren Verbindungsleuten in Singapur und Jakarta, Lo? Was wissen sie über die Absichten der amerikanischen Navy?«

»Sie wissen überhaupt nichts«, antwortete der chinesische Geschäftsführer. »Es gibt somit nur zwei Möglichkeiten: erstens, dass meine Annahme falsch ist und dass die amerikanischen Schiffe irgendwelchen Verpflichtungen nachgehen, von denen wir keine Kenntnis haben, oder …«

Harconans dunkle Augen verengten sich. »Oder dass die Amerikaner das Gefühl haben, dass die indonesischen Behörden ihnen auch in hundert Jahren nicht zu ihrem Satelliten verhelfen würden und dass sie die Sache nun selbst in die Hand nehmen müssen.«

»Ganz genau, Herr. Und das gäbe wirklich Anlass zur Sorge.«

»Das kommt ganz darauf an, Lo. Nämlich darauf, wen

sie losgeschickt haben, um uns ins Handwerk zu pfuschen.«

»Das ist es eben, Herr. Beteiligt ist auch die so genannte Seafighter-Task-Force der amerikanischen Navy. Das sind Spezialisten für küstennahe Einsätze. Sie dürften hauptverantwortlich für den Erfolg der UNO-Mission in Westafrika im vergangenen Jahr gewesen sein. Ich habe mich kurz mit unseren Militärexperten über diese Task Force unterhalten. Sie haben mir versichert, dass diese Einheit über außerordentliche Fähigkeiten verfügt. Das gilt auch für ihre Führung.«

Harconan hob langsam seine Tasse an die Lippen, während er sich an bestimmte Dinge erinnerte, die er in letzter Zeit aufgeschnappt hatte, an Artikel in Magazinen und internationalen Militärzeitschriften. Weitere Einzelheiten hatte er von Angehörigen der Regierungen in Taipeh und Singapur erfahren. Und da war auch eine Fernsehübertragung von der UNO-Generalversammlung, wo eine ganz erstaunliche Frau mit kastanienfarbenem Haar in der Uniform eines Offiziers der U.S. Navy vor den Anwesenden sprach – in ruhigem Ton, aber voll innerer Überzeugung.

»Captain Amanda Lee Garrett«, sagte er leise.

»Jawohl, mein Herr. Es besteht also wirklich Anlass zur Sorge.«

Rotes Meer, nordöstlich von Port Sudan

29. Juli 2008, 05:01 Uhr Ortszeit Die Wüste und das Meer hielten den Atem an.

In wenigen Augenblicken würde sich die erbarmungslose Sonne über den Horizont erheben, um die Erde für einen weiteren Tag mit ihrer Gluthitze heimzusuchen. Und auch der Wind würde kommen und den Sand zwischen der Arabischen Halbinsel und dem Horn von Afrika hin und her wehen.

Im Moment war es jedoch noch kühl und windstill. Am Himmel prangten die letzten, immer schwächer sichtbaren Sterne. Die dunklen Hügel Saudi-Arabiens bildeten den östlichen Horizont, und die Meeresoberfläche wirkte so glänzend und glatt, als bestünde sie aus einem weiten Ölteppich.

Wie mit mächtigen Schwertern zerteilten die beiden riesigen Kriegsschiffe mit ihrem Bug das Wasser; ihre Bugwellen strömten in perfekten geometrischen Formen nach außen. Das Heulen der Turbinen und das Dröhnen von Dieselmaschinen war in der Stille zehn Seemeilen weit zu hören.

Keine andere Schiffsklasse der U.S. Navy war je mit so viel persönlichem Raum für das einzelne Crew-Mitglied ausgestattet worden wie die LPD der San-Antonio-Klasse. Und doch gab es nicht allzu viele Flecken, wo man so etwas wie Privatsphäre finden konnte. Einer dieser Plätze war der kurze Oberdeck-Abschnitt am hinteren Ende der Decksaufbauten.

Dieser Bereich lag zwischen den beiden achterlichen RAM-Startgeräten und war durch den Mastaufbau und eine kleine Systemkabine von der Signalbrücke abgeschirmt. Hier konnte man zumindest eine gewisse Zeit für sich allein sein. Amanda hatte diesen Platz für sich entdeckt, kurz nachdem sie an Bord der *Carlson* gekommen war, und sie hatte gleich klargemacht, dass der Ort in der Stunde des Morgengrauens bei schönem Wetter ihr allein gehörte. Wenn sie tanzte, legte sie keinen Wert auf Publikum.

Dieser Tag bildete eine Ausnahme.

Die Musik, die über den tragbaren CD-Player zu hören war, hob sich von purer Verzweiflung zu einem immer noch düsteren, aber lebhafteren Finale, in dem so etwas wie das Sammeln von neuer Kraft und das Streben nach Rache zu spüren war. Amanda folgte mit ihren Bewegungen und Tanzschritten der Musik und genoss es, dass ihr Geist für wenige kostbare Minuten von der Verantwortung ihres Kommandos befreit war.

Als das Stück mit einem furiosen Finale endete, kam Amanda zum Stillstand, eine Faust in die Höhe gereckt. Dann herrschte Stille, und sie sank auf der Matte auf ein Knie nieder, während ihr Geist noch für einige Augenblicke von Musik und Tanz erfüllt war. Schließlich durchbrach sie bewusst den Zauber, öffnete die Augen und holte tief Luft.

»Das war wirklich schön«, sagte Christine, die mit überkreuzten Beinen am Rand der Matte saß. »Was war das eigentlich für ein Stück? Ich habe es jedenfalls noch nie gehört.«

»Etwas, zu dem ich schon seit einiger Zeit zu tanzen versuche.« Amanda erhob sich und atmete erneut tief durch. »›The Pacific boils over‹ von Richard Rogers. Es ist das Pearl-Harbor-Thema aus ›Victory at Sea‹.«

»Ich hätte es wissen müssen«, meinte Christine und streckte Amanda eine eisgekühlte Flasche Mineralwasser hin. »*Schwanensee* kann doch schließlich jeder.«

»Nun, bisher hat das *Victory*-Thema wirklich noch niemand für Tanz bearbeitet, und das ist jammerschade.« Amanda nahm einen langen Zug aus der Flasche und goss sich das übrige Wasser über Arme und Beine und ihr kastanienbraunes Trikot. Sie genoss das kühle Nass, das ohnehin allzu schnell wieder verdunstete. »Der *Victory*-Soundtrack ist die längste und komplexeste Symfonie der Welt. Es gäbe da wirklich tolle Möglichkeiten für eine

Tanzbearbeitung, wenn sich einmal jemand die Mühe machen würde.«

Sie ließ sich neben Christine nieder und lehnte sich an das Schott der Systemkabine. »Gib mir doch mal die Bürste, bitte«, sagte sie und öffnete ihr Haar.

Christine holte die Bürste aus der Sporttasche neben ihr. »Du lässt sie jetzt etwas länger wachsen«, stellte sie fest und streckte die Hand aus, um Amandas lockiges Haar zu berühren.

»Hm, ich bin bloß zu faul, um irgendwas damit zu machen.«

»Soll ich?«

»Bitte, gern.«

Amanda wandte sich ihrer Freundin zu und Christine begann ihr die Haare zu bürsten. Währenddessen saßen sie schweigend da und betrachteten das aufgewühlte Kielwasser der *Carlson*, das sich hell im zunehmenden Morgengrauen abzeichnete – doch die Stille war keineswegs peinlich, wie es zwischen Fremden bisweilen der Fall ist, sondern zeigte lediglich, dass gute alte Freunde es nicht nötig hatten, jede Sekunde ihres Zusammenseins mit Reden auszufüllen.

»Hast du wieder mal etwas von Arkady gehört?«, fragte Christine nach einer Weile.

»Ja, hin und wieder. Er ist gerade in Japan und arbeitet mit der Self Defence Force an ihrem Marinefliegerprogramm. Mittlerweile ist er ein begeisterter Kampfpilot und hat jede Menge Spaß dabei.«

Christine blickte zur Seite und fuhr in beiläufigem Ton fort: »Das habe ich auch gehört. Ich habe mich nur gefragt, ob er vielleicht irgendetwas … Besonderes zu dir gesagt hat.«

Amanda neigte den Kopf, damit Christine einen Knoten ausbürsten konnte. »Wir schreiben uns hin und wieder mal einen Brief. Wie das unter guten Freunden so üblich ist.«

»Oh …«

Amanda stieß ihre Freundin mit dem Ellbogen an. »Was heißt hier ›Oh‹? Arkady und ich haben nichts zu bereuen und viele schöne Erinnerungen. Es war ganz einfach Zeit, die Sache mal ruhen zu lassen.«

»Verstehe. Und wer ist der Nachfolger?«

»Nachfolger? Du lieber Himmel, Chris, es gibt keinen Nachfolger.«

»Aber warum denn nicht?«

»Weil ich noch keine Zeit für so etwas hatte … und auch kein Interesse.«

Christine schlug sich mit der flachen Hand gegen die Stirn. »Jetzt wird mir alles klar. Nach Büroschluss drehen deine Mitarbeiter deinen Schalter ab und werfen dir eine Staubschutzhülle über den Kopf. Ich wusste ja gleich, dass es ein Fehler von mir war, diesen Job bei NAVSPEC anzunehmen. Du brauchst einfach immer jemanden, der sich um dich kümmert.«

»Ich komme sehr gut zurecht, besten Dank.« Amanda schüttelte ihr gebürstetes Haar noch einmal kurz, um es in Form zu bringen.

Christine stieß ein kurzes Schnauben aus. »Aber sicher. Und was lässt du dir einmal auf den Grabstein schreiben? Hier ruht Amanda Lee Garrett, die zu beschäftigt war, um ihr eigenes Leben zu führen.«

»Mir schwebt eher ein Seebegräbnis vor.«

Die Intel-Offizierin seufzte, warf die Bürste wieder in die Sporttasche, lehnte sich gegen das Schott und schloss die Augen. »Das hätte ich nicht sagen sollen, Boss … Amanda, es tut mir Leid. Es ist nur so, dass du mich manchmal ein bisschen auf die Palme bringst. Du gehst so achtlos mit dir selbst um. Allen widmest du sehr viel

Zeit und Aufmerksamkeit – der Navy, der Mission, deiner Crew, deinen Freunden und Geliebten. Ich wünschte bloß, du würdest mal lernen, auch ein wenig für dich ganz persönlich abzuzweigen. Es ist nämlich durchaus in Ordnung, auch mal an sich selbst zu denken, weißt du?«

Amanda lachte kurz auf und klopfte Christine freundschaftlich auf die Schulter. »Mir ist auch schon so was zu Ohren gekommen. Und wenn ich ganz ehrlich sein soll, ich habe mir auch schon einige Gedanken darüber gemacht. Zweifellos habe ich etwas sehr Schönes mit Arkady verpasst, weil der Zeitpunkt einfach nicht der Richtige war. Ich möchte nicht, dass mir das noch mal passiert, egal, ob ich wieder mit Vince anfange oder ob es jemand anders ist.«

»Hast du eigentlich in letzter Zeit mal mit Eddie Mac gesprochen?«, fragte Christine mit einem nachdenklichen Ton in der Stimme.

Amanda blickte sie fragend an. »Mit Admiral MacIntyre? Natürlich. Ich berichte ihm mehrmals die Woche, wie es mit der Task Force läuft. Warum?«

Chris zuckte nur die Schultern und blickte aufs Meer hinaus. »Ach, nur so.«

Amandas Kommandokopfhörer, der über ihrer offenen Sporttasche hing, begann zu zwitschern, und Christine reichte ihn ihr rasch hinüber. »Ja, Garrett«, sagte sie und lauschte einige Sekunden schweigend der Botschaft, die sie aus dem Kopfhörer erreichte.

»Sehr gut. Weitermachen.«

Amanda erhob sich geschmeidig und griff nach der Khakiuniform, die sie über die Reling gehängt hatte. »Wenn man vom Teufel spricht, Chris … Das war der Task-Group-Airboss. Admiral MacIntyre kommt uns besuchen.«

Admiral Elliot MacIntyre hatte drei Jahre lang als CINCLANT (Commander in Chief, Atlantic Fleet – Oberbefehlshaber der Atlantikflotte) gedient und dabei vom bunkerartigen Hauptquartier von FLEETLANTCOM in Norfolk, Virginia, aus operiert. Nachdem er diesen Posten verlassen hatte, um zu NAVSPECFORCE zu wechseln, hatte er sich geschworen, nie wieder, wie er sich ausdrückte, ›seine Flagge über irgendeinem Scheißhaus an Land wehen zu lassen‹.

Und tatsächlich verbrachte er in diesen Tagen viel Zeit draußen im Feld bei seinen Kampfeinheiten. Von einem minimalen taktischen Stab begleitet, nützte er die Fortschritte der Telekommunikation im militärischen Bereich, um ständig mit seinem Hauptquartier in Verbindung zu bleiben, während er mit seinen Kommandeuren großteils direkt vor Ort zusammenarbeitete.

Innerhalb von NAVSPECFORCE hatte es sich längst herumgesprochen, dass die Nachricht ›Eddie Mac ist in einer halben Stunde bei uns‹ zu jeder Tages- und Nachtzeit ausgegeben werden konnte. Je nach Situation sorgte diese Mitteilung für Erleichterung oder Bestürzung.

MacIntyre hätte sich durchaus der Meinung angeschlossen, dass es sich um eine eher unkonventionelle Methode handelte, ein wichtiges Kommando zu führen. Doch wenn er, so wie jetzt, auf das Kielwasser seiner Schiffe hinuntersah, die sich ihren Weg durch das Rote Meer bahnten, dann war ihm klar, dass es ihm persönlich deutlich besser ging als in den Zeiten, als er noch vor dem Bildschirm gehockt hatte.

Der Sikorsky S-70 mit Wüstentarnung senkte sich vorsichtig auf das Flugdeck der *Carlson* hinunter; die saudiarabischen Piloten waren mit der Landeplattform an Bord eines Schiffes verständlicherweise nicht vertraut. Schließlich setzte das Fahrwerk der Exportausgabe des Blackhawk auf dem Deck auf und das Triebwerk ging in den Leerlauf über. Die Türen öffneten sich, und MacIntyre führte ein Dutzend Soldaten und Unteroffiziere der U.S. Navy aus dem Frachtraum des Helikopters auf das Deck des LPD hinaus.

Wie es seinem persönlichen Führungsstil entsprach, trug der Admiral sein Gepäck selbst. Ebenso hatte er innerhalb von NAVSPECFORCE verfügt, dass es bei seiner Ankunft keine Begrüßungszeremonie geben solle, sodass sich auch jetzt lediglich eine kleine Gruppe von Offizieren am Ende des Hubschrauberlandeplatzes versammelt hatte.

MacIntyre hatte sich die Schirmmütze tief ins Gesicht gezogen, um sich gegen den Rotorabwind zu schützen, als er geduckt zu der wartenden Gruppe eilte. Als Erstes salutierte er vor der Fahne, bevor er den zackigen militärischen Gruß der Offiziere erwiderte.

»Erbitte Erlaubnis, an Bord kommen zu dürfen, Captain!«, rief er Commander Carberry über das Donnern der Rotoren zu.

»Erlaubnis erteilt, Sir!«

Dann wurde es für kurze Zeit unmöglich, sich an Deck zu unterhalten, als der Helikopter sich wieder in die Lüfte schwang. Während die Maschine sich in Richtung saudiarabische Küste entfernte und der Geräuschpegel sank, rückte MacIntyre seine Mütze noch einmal zurecht. »So, jetzt plaudert sich's leichter. Commander Carberry, freut mich, Sie wieder zu sehen. Und auch Sie, Commander Rendino … und Sie, Captain Garrett.«

Wie immer war MacIntyre beeindruckt von der Sicherheit und der natürlichen Autorität Amandas und, ja, auch von ihrer Schönheit, der sie selbst keinerlei Bedeutung beizumessen schien. Das rötliche Braun ihres Haars und das goldene Leuchten ihrer Haut bildeten einen lebhaften

Kontrast zum Weiß ihrer Tropenuniform und dem Schwarz ihres schnittigen Baretts.

»Freut mich, Sie an Bord begrüßen zu können, Sir«, antwortete sie mit ihrer wohlklingenden Altstimme. »Chris hat mir gesagt, dass Sie einen interessanten Job für uns haben.«

»Ja, unter anderem. Aber zuerst muss ich Sie noch darauf hinweisen, dass heute Vormittag noch etwa ein Dutzend weitere saudi-arabische Helis hier vorbeikommen werden. Außer den Leuten meines Stabes müssen wir Personal sowohl auf die *Carlson* als auch auf die *Cunningham* transportieren, außerdem Ersatzteile und Munition. Sie bekommen also reichlich Besuch hier an Bord.«

Während sich der Lärm des soeben gestarteten Helikopters in der Ferne verlor, nahm ein etwas anders klingendes Dröhnen an Lautstärke zu. Vor dem blauen Himmel erschienen vier gestaffelte dunkle Flecken, die die Küste überflogen und auf die Task Group zuhielten.

Amandas haselnussbraune Augen weiteten sich. »Sie haben sie mir also beschafft!«, rief sie aus und trat einen Schritt vor.

Der Admiral war froh, dass er ihr eine Freude machen konnte. Es war ein etwas ungewöhnliches Geschenk für eine Lady, aber schließlich war Amanda Garrett ja auch eine höchst ungewöhnliche Lady.

»Als ich vor zwei Tagen mit Cobra sprach, meinte er, sie würden mindestens noch einen Monat für verschiedene Arbeiten brauchen, bis sie bereit wären, an Bord zur Verfügung zu stehen«, sagte MacIntyre. »Aber als ich dann erwähnte, dass wir möglicherweise hier eine ziemlich ernste Sache vor uns hätten, sagte er: ›Verdammt, wenn Sie von einem richtigen Einsatz sprechen, dann sind wir natürlich startklar.‹«

»Das ist typisch Commander Richardson, Admiral«,

antwortete Amanda amüsiert. »Das haben Sie also in Riad gemacht?«

Eddie Mac nickte. »Ich musste ganz schön feilschen, damit sie uns den Saudi Arabian Air Force (SAAF)-Stützpunkt bei Mekka zur Verfügung stellen. Das Military Airlift Command brachte Cobras Abteilung gestern her. Sie haben die ganze Nacht gearbeitet, um die Maschinen einsatzbereit zu machen, damit sie heute Vormittag hier an Bord der Task Group auftauchen können.«

Amanda schüttelte langsam den Kopf und studierte die anfliegende Hubschrauberformation. »Ladies and Gentlemen, heute ist ein großer Tag. Die Seawolves fliegen wieder.«

Sie hatte Recht, dachte MacIntyre bei sich. Es kam nicht oft vor, dass etwas so Legendäres eine Wiedergeburt erlebte.

Die Seawolves, oder etwas förmlicher gesprochen, die Helicopter Attack (light) Squadron 3, waren in den schweren Zeiten des amerikanischen Engagements in Indochina entwickelt worden. Von der Notwendigkeit getrieben, den Flusspatrouillenstreitkräften und SEAL-Kommandos eine wirkungsvolle Deckung zu verschaffen, hatte die Navy ihren ersten und einzigen echten Kampfhubschrauberverband zusammengestellt.

Damals hatten die Seawolves mit ihren UH-1B-Hueys von Sumpfstützpunkten und den Decks der LST-›Flugzeugträger‹ aus operiert und im Laufe dieses erbarmungslos geführten Krieges herausragende militärische Erfolge erzielen können. Außerdem hatten sie sich einen Ruf als besonders furchtlose und erbitterte Kämpfer erworben.

Allein mit dem Namen ›Seawolve‹ konnte man diese große Vergangenheit heraufbeschwören. MacIntyre vermutete, dass das mit ein Grund war, warum Amanda sich für die Reaktivierung dieser stolzen alten Einheit eingesetzt hatte. Manchmal waren für den Sieg in einer Schlacht Faktoren ausschlaggebend, die jenseits von Truppenstärke und Feuerkraft lagen.

Als die Hubschrauber näher kamen, wurde die typische kaulquappenartige Silhouette der UH-1-Iroquois sichtbar. Doch anstatt des typischen zweiblättrigen Wupp-wupp-wupp des alten Huey aus dem Vietnamkrieg ließen diese Maschinen das vibrierende, summende Dröhnen der modernen Flugsysteme hören.

Als sie achtern an der *Carlson* vorüberflogen, höchstens dreißig Meter über dem Deck, traten noch andere Unterschiede zutage. Auf dem gedrungenen grauen Rumpf sah man die beiden Triebwerke, außerdem die Black-Hole- sowie die Flicker-Flash-Anti-Infrarot-Systeme. Am achterlichen Ende der Kabinen befanden sich die mit Montagepunkten besetzten Stummelflügel, und aus dem Kinnturm für Waffen und Sensoren ragte das Rohr einer OCSW hervor. Während der vergangenen vierzig Jahre hatten sich die ›Seewölfe‹ offensichtlich beträchtlich weiterentwickelt.

Amanda drehte sich rasch um und sah einen Flugdeck-Melder, der mit einem Kommandokopfhörer bereitstand. »He, Matrose!«, rief sie ihm zu. »Geben Sie folgende Nachricht an den Task-Group-Airboss weiter: Ich möchte eine Seawolf-Gruppe auf jedem Schiff. Zwei Maschinen hier, zwei an Bord der *Cunningham*. Alles klar?«

»Aye aye, Ma'am. Je zwei auf jedem Schiff.«

»Wie Sie es sich gewünscht haben, Amanda«, warf MacIntyre ein. »UH-1Y-Kampfhubschrauber mit entsprechenden Änderungen. Ich weiß immer noch nicht so recht, warum Sie unbedingt umgebaute Super Hueys haben wollten, und nicht Whiskey Cobras oder bewaffnete Oceanhawks. Verdammt, ich hätte Ihnen sogar Sea Comanches besorgen können, wenn Sie nur laut genug danach gerufen hätten.«

»Ich habe meine Gründe, Admiral«, antwortete Amanda. »Die modernen Kampfhubschrauber haben zwar größere Feuerkraft, aber sie sind in Sondereinsätzen nicht so flexibel. Ein Huey kann ein Vier-Mann-Team der Marines genauso transportieren wie eine Waffenladung. Er ist außerdem kleiner als der Oceanhawk, also können wir mehr davon an Bord unterbringen. Nein, diese Maschinen sind genau richtig.«

Die Arme vor der Brust verschränkt, ihr Haar im Fahrtwind der *Carlson* wehend, folgte sie mit ihrem Blick den kreisenden Seawolves. MacIntyre konnte erkennen, dass sie bereits die Möglichkeiten auslotete, die diese zusätzlichen Hilfsmittel ihr boten. »Ja«, nickte sie, »diese guten alten Krieger sind genau richtig.«

Die Offiziersmesse der *Carlson* war recht geräumig mit ihren drei Reihen von dunklen Eichenholztischen in der Mitte und den Ledercouchen und Klubsesseln an den Wänden. Dennoch hatte der Raum etwas Kahles an sich, wie es für neue Schiffe typisch war. Man hatte eben erst begonnen, die Erinnerungsstücke und Auszeichnungen zu sammeln, die diesem Aufenthaltsraum der Task-Force-Offiziere etwas Persönliches gaben.

Immerhin hatte Commander Carberry eine Reihe von Lithographien von Kampfschiffen an den Schotten aufhängen lassen. Sie stammten aus seiner persönlichen Kunstsammlung und unterstrichen seine nostalgischen Gefühle für das, was man ›The Old Black Shoe Navy‹ nannte.

Die meisten der Offiziere hatten es sich bereits angewöhnt, sich unauffällig zu verdrücken, sobald Carberry sich anschickte, einen seiner Vorträge über irgendein Schlachtschiff der Texas-Klasse oder einen leichten Kreuzer der Milwaukee-Klasse zu halten. Seine Ausführungen endeten fast immer damit, dass er sich über den Zustand der heutigen Flotte beklagte.

Und dann war da natürlich noch die Palme.

Diese Pflanze, die an die Dekoration im Offizierskasino von Pearl Harbor erinnerte, war auf mysteriöse Weise in der Nacht aufgetaucht, bevor die *Carlson* auslief, zusammen mit der handgeschriebenen Botschaft ›Captain Garrett's Eigentum‹.

Der Offizier vom Dienst (OOD), die Gangway-Wache und die Patrouillen für die innere Sicherheit behaupteten allesamt steif und fest, keine Ahnung zu haben, wie die Palme an Bord gekommen wäre. Amanda war zwar der Ansicht, dass die Handschrift eine bemerkenswerte Ähnlichkeit mit der einer bestimmten Nachrichtendienst-Offizierin aus ihrem engeren Bekanntenkreis aufwies, doch es gab einfach nicht genug Beweise, um etwas zu unternehmen.

Und so gab es nur eine mögliche Reaktion auf diesen kleinen Streich. Amanda nahm die kleine Palme unter ihre persönliche Obhut. Sie hatte, um ihr Wachstum zu fördern, sogar ein Pflanzenlicht installiert, womit feststand, dass der grüne Eindringling an Bord blieb. Das Lustigste daran war, dass Amanda sogar Gefallen an dem lächerlichen Ding fand.

Stone Quillain wartete bereits am Tisch auf sie. Als ranghöchster Offizier des Marine Corps innerhalb der Task Force und als Amandas persönlicher Berater für Bodenkriegsführung war es nach Amandas Ansicht nur natürlich, dass der grimmige Vertreter der ›Ledernacken‹ ebenfalls an dieser kurzfristig einberufenen Planungssitzung teilnahm.

Quillain erhob sich rasch, als Amanda, Christine und MacIntyre eintraten.

»Schön, Sie wieder zu sehen, Stone«, sagte MacIntyre und schüttelte dem Marine die Hand. »Wie geht's mit den Sea Dragons voran?«

»Ganz gut, Sir, ganz gut. Natürlich ist das bis jetzt alles nur Ausbildung und Übung.« Und mit einem nachdenklichen Ausdruck in den schmalen dunklen Augen fügte er hinzu: »Wir werden ein richtiges Gefecht brauchen, um mehr sagen zu können.«

Quillains 1st Provisional Raider Company, für gewöhnlich als ›Sea Dragons‹ bezeichnet, war auch eines der ›Experimente‹, mit denen es Amanda in letzter Zeit zu tun hatte. Es handelte sich um eine Company aus fünf Platoons (Zügen), von denen zwei – der ›Heavy-Weapons-Platoon‹ und zwei der T ›Rifle-Platoons‹ zum Bereich der Marine-SOC (Special Operations Capable)-Einheiten gehörten. Die übrigen zwei Züge waren je 14-Mann-starke Aufklärungseinheiten, also Spezialisten für das Einsickern hinter die feindlichen Linien und verdecktes Sammeln von Nachrichtendienst-Material.

»Stone, ich habe Sie schon einmal gewarnt, vorsichtig zu sein mit dem, was Sie sich wünschen«, murmelte Amanda. »Wünsche können manchmal im ungünstigsten Augenblick wahr werden.«

Bevor sich die vier Offiziere an den Tisch setzten, füllten sie ihre Kaffeebecher an dem großen Automaten aus rostfreiem Stahl, was eher gewohnheitsmäßig als aus einem wirklichen Bedürfnis heraus geschah.

»Also gut, Ladies and Gentlemen«, begann MacIntyre. »Machen wir's kurz. Der Oberbefehlshaber der US-Streitkräfte hat die Behandlung des Piraterie-Problems in Indonesien an NAVSPECFORCE übertragen. Ich wiederum habe die Angelegenheit an die Seafighter weitergereicht. Sie sind ja im Bilde darüber, was uns erwartet, und Sie hatten ein paar Tage Zeit, um sich über das

Problem Gedanken zu machen. Was haben Sie als Nächstes vor und was brauchen Sie, um Ihren Job auszuführen?«

Amanda wechselte kurze Blicke mit ihren beiden Offizieren. »Nun, eines ist für uns völlig klar: In diesem Fall werden wir mit konventionellen Mitteln nichts ausrichten.«

MacIntyre verzog das Gesicht und nahm einen Schluck von seinem Kaffee. »Das habe ich befürchtet.«

»So ist das nun mal, Admiral«, fügte Quillain hinzu. »Die indonesische Inselgruppe ist das verzwickteste Kampfgebiet für küstennahe Kriegsführung, das man sich vorstellen kann. Selbst wenn wir die gesamte Siebte Flotte und die First Marine Expeditionary Force hier hätten, wären wir für die nächsten zehn Jahre mit der Sache beschäftigt.«

MacIntyre nickte. »Das alles glaube ich Ihnen gern. Was ich wissen möchte, ist, was wir demnächst und mit den Mitteln ausrichten können, die wir zur Verfügung haben.«

»Wir haben da sehr wohl ein paar Ideen«, antwortete Amanda. »Zuerst einmal brauchen wir die Erlaubnis, innerhalb der indonesischen Hoheitsgewässer zu operieren. Wie sind da im Moment unsere diplomatischen Beziehungen?«

MacIntyre machte ein finsteres Gesicht. »Nicht besonders. Das Außenamt hat wegen der INDASAT-Affäre großen Druck auf die indonesische Regierung ausgeübt, und die wiederum schaltet auf stur. Die Indonesier unternehmen so gut wie gar nichts gegen die Piraten, aber sie haben es nicht so gern, wenn man ihnen das offen ins Gesicht sagt.«

»Es steht mir vielleicht nicht zu, das zu erklären«, warf Christine ein, »aber der äußere Schein zählt hierzulande immer noch sehr viel.«

»Und das kann durchaus ein Vorteil für uns sein«, fügte Amanda hinzu. »Admiral, Sie haben doch immer noch einigen Einfluss im Außenministerium, nicht wahr?«

»Harry Van Linden und ich erzählen uns gelegentlich Anglerlatein, wenn Sie das meinen.«

»Könnten Sie ihn überreden, dass er uns einen Gefallen tut?«

»Kommt drauf an, worum es geht«, antwortete MacIntyre achselzuckend.

»Sagen Sie ihm, dass er nachgeben soll. Er soll den Vorfall um die INDASAT-Starcatcher und die ganze Piraterie-Geschichte auf sich beruhen lassen. Ja, er könnte sogar dem indonesischen Botschafter eine inoffizielle Entschuldigung übermitteln – dafür, dass die USA so überreagiert haben.«

Der Admiral hob überrascht eine seiner grauen Augenbrauen. »Bestimmte Gruppen im Kongress machen dem State Department wegen der Sache schon die Hölle heiß. Ich müsste dem Außenminister eine wirklich gute Begründung für so etwas liefern.«

Amanda lächelte. »Durch das Einlenken hätten die USA einen Anlass, einen Freundschaftsbesuch in einem indonesischen Hafen zu machen, als kleine Geste der Wiedergutmachung und der Versöhnung mit der Regierung in Jakarta sozusagen.«

Ein breites Lächeln verzog MacIntyres Lippen. »Damit hätten wir den Vorwand, in ihre Hoheitsgewässer vorzudringen.«

»Genau, Sir. Auf dem Hin- und Rückweg könnten wir jede Menge Nachrichtendienst-Material über die Operationen der Piraten sammeln. Wie Christine schon angedeutet hat, dürften die Gauner bereits ihre Leute in der indonesischen Regierung und den Streitkräften haben, zumindest aber über sehr gute Kontakte verfügen. Wir können nur etwas erreichen, wenn wir unabhängig und im Verborgenen operieren. Sobald wir wissen, wo sich der INDASAT und die Führungsspitze der Piraten befindet, schlagen wir zu.«

MacIntyre kratzte sich etwas skeptisch im Nacken. »Wie wird die indonesische Regierung reagieren, wenn wir einen privaten Krieg gegen indonesische Staatsbürger auf ihrem Territorium führen?«

»Wir stellen sie vor die Wahl, Admiral«, antwortete Christine. »Sie werden entweder als korrupte und unfähige Bande entlarvt, die jemand von außerhalb brauchte, um ihren eigenen Schlamassel zu bereinigen; sie können aber auch als heldenhafte Verbündete im Kampf gegen eine ernste Bedrohung der freien Schifffahrt dastehen.« Nachdenklich stützte sie das Kinn auf ihre kleine Hand. »Wie Captain Garrett schon sagte, es kann durchaus von Vorteil sein, dass ihnen der äußere Schein so viel bedeutet.«

MacIntyre starrte in seinen Kaffeebecher. »Das alles steht und fällt natürlich damit, ob wir genügend Hinweise darauf sammeln können, wo sich der INDASAT befindet.«

»Stimmt genau«, bestätigte Amanda. »Wir sind darauf angewiesen, möglichst viel Material zu sammeln. Und dafür brauche ich noch mehr Hilfsmittel unter meinem direkten Kommando.«

»Sagen Sie mir, was, und ich beschaffe es Ihnen.«

»Gern. Ich brauche ein halbes Geschwader Global Hawks für die Dauer dieser Operation und einen Stützpunkt dafür in Australien.«

MacIntyre zuckte zusammen. »Könnte es nicht mal was Einfacheres sein, wie etwa ein paar Wasserstoffbomben oder ein Flugzeugträger? Die könnte ich im eigenen Haus besorgen. Wegen der Global Hawks muss ich zur Air Force gehen.«

»Tut mir Leid, Sir, aber die brauche ich unbedingt. Ich muss vierundzwanzig Stunden am Tag beobachten können, was sich hier vor Ort tut. Also brauche ich die G-Hawks direkt innerhalb der Task Force. Wir haben eine Kontrollzentrale hier auf der *Carlson*, und wir können die Systemoperatoren von Diego Garcia kommen lassen, während wir unterwegs sind.«

»Ich beschaffe sie Ihnen irgendwie«, brummte MacIntyre. »Fragt sich nur, was diese Banditen eines Tages von mir dafür haben wollen.«

Amanda lächelte. »Ich bin froh, sagen zu können, dass das Ihr Problem ist, Sir. Ich muss mich nur mit der Alltagsarbeit beschäftigen, unseren Piratenkönig in seiner Höhle aufzustöbern.«

»Der Ton gefällt mir«, sagte MacIntyre lachend. »In der Navy wird heutzutage nicht mehr so oft Klartext geredet. Wenn es Sie nicht stört, Amanda, dann komme ich auf die Reise mit. Ich werd' Ihnen nicht dreinreden – ich möchte nur ein Gefühl dafür bekommen, wie diese neue Seafighter-Task-Force arbeitet.«

»Ich kann nur sagen: großartig und willkommen an Bord, Sir. Ich schätze, wir werden bei dieser Mission auch etwas Diplomatie und Verhandlungsgeschick brauchen – und da hat die Stimme eines Viersterne-Admirals sicher mehr Gewicht als die eines Captains. Außerdem operieren wir innerhalb des islamischen Kulturkreises; da macht es die Sache bestimmt ein wenig einfacher, wenn wir einen männlichen Verantwortlichen an Bord haben.«

MacIntyre nickte. »Die Machthaber und Honoratioren können Sie ruhig mir überlassen. Schlimmer als mit dem Kongress zu verhandeln kann das auch nicht sein. Sonst noch etwas, das Sie brauchen?«

»Ja, etwas für den Lufttransport. Wir müssen unsere kleine Streitmacht an jedem Punkt der Inselgruppe aus der Luft unterstützen können. Können Sie mir zusätzlich zu den Global Hawks auch noch eine Combat Talon beschaffen?«

»Abgemacht. Worauf müssen wir sonst noch achten?«

»Taktische Sicherheit«, warf Stone Quillain ein. »Das Operieren in einem indonesischen Hafen und in ihren Gewässern kann ein Vorteil für uns sein, es kann sich aber auch günstig für die Gegenseite auswirken. Sie können uns mit all ihren verfügbaren Streitkräften aufs Korn nehmen. Wir sind sehr anfällig für Sabotage und Terroranschläge.«

»Das stimmt, Stone«, pflichtete Amanda ihm bei. »Und nicht nur von Seiten der Piraten. Das gesamte Operationsgebiet ist sehr instabil. Die Regierung in Jakarta hat es mit mehreren Rebellengruppen auf verschiedenen Inseln zu tun, außerdem müssen wir auch mit der üblichen Amerika-feindlichen Einstellung rechnen. Wir werden auf dem Weg durch den Indischen Ozean ständig Sicherheits- und Enterabwehr-Übungen abhalten. Wie geht es Ihren Jungs mit dem Gefechtstraining für unsere Crew?«

»Ganz gut. Die gesamte Besatzung sollte recht gut vorbereitet sein, bis wir die Operationszone erreichen. Wir könnten aber durchaus noch zusätzliche Waffen und Munition gebrauchen.«

Amanda nickte. »Ich werde dafür sorgen, dass schon alles in Singapur bereitliegt, wenn wir dort ankommen.« Sie wandte sich wieder MacIntyre zu. »Eines der Programme, die wir innerhalb der Task Force eingerichtet haben, ist Waffentraining für alle. Wir haben genügend Waffen hier, um die gesamte Besatzung auszurüsten. Stones Marines geben uns eine Ausbildung im Schiffs- und Bodenkampf. Wenn es notwendig ist, können wir nicht nur unsere Schiffe verteidigen, sondern die Angreifer mit kleinen Einheiten verfolgen.«

»Obwohl meine Jungs ja wahrscheinlich keine Hilfe brauchen werden«, murmelte Quillain.

Amanda hob eine Augenbraue, als sie sich dem Marine zuwandte. »Wer weiß – ich habe so ein Gefühl, dass wir diese Assault-Trupps noch brauchen werden, bevor die Sache hier vorbei ist.«

»Ich würde mich jedenfalls auf keine Spekulationen über diese Operation einlassen«, brummte MacIntyre. »Wir benötigen noch viel mehr Informationen darüber, was uns da draußen erwartet. Sie können sich ja schon einmal Ihren ersten Schritt überlegen, Captain. Es wird eine Weile dauern, bis Sie grünes Licht bekommen, in einen indonesischen Hafen einzulaufen. Ach ja, wo wollen Sie denn anlegen? In Jakarta?«

Sie schüttelte den Kopf. »Nein, in Benoa, auf Bali. Das liegt im Zentrum der Inselgruppe, es ist aber ruhiger und ein ganzes Stück vom militärischen und politischen Zentrum im Westen Javas entfernt. Außerdem ist es ein Urlaubsgebiet und passt besser in das Bild eines reinen Freundschaftsbesuches.«

»Und wie könnte unsere Strategie im Detail aussehen?«

»Da habe ich mir schon etwas einfallen lassen.« Amanda stellte den Kaffeebecher nieder und verschränkte die Hände auf dem Tisch. »Wenn Chris Recht hat, was diese Piraten-Organisation betrifft, dann verfügen diese Leute über ein enormes maritimes Nachrichtendienst-Netzwerk, das alle großen Häfen der Welt mit einschließt. Als Tor zum Sueskanal dürfte auch Port Said dazugehören. Also wissen sie wahrscheinlich schon, dass wir uns auf die indonesischen Hoheitsgewässer zubewegen. Kurz nachdem sich unser Außenministerium wegen unseres Besuches mit der indonesischen Regierung in Verbindung setzt, werden die Piraten wissen, wohin wir wollen, und theoretisch auch, wann wir ankommen könnten.«

Sie beugte sich ein wenig vor und fuhr mit einem eindringlichen Ausdruck in ihren haselnussbraunen Augen fort: »Ich habe vor, ihre eigenen Aufklärungskapazitäten gegen sie einzusetzen. Wir lassen sie genau wissen, wo wir sind, doch wir werden gleichzeitig auch schon woanders sein.«

»Sprechen Sie weiter«, forderte MacIntyre sie nachdenklich auf.

»Zuerst einmal legen wir eine Ankunftszeit auf Bali fest, genauso wie wir einen routinemäßigen Aufenthalt zum Nachtanken in Singapur einlegen werden. Die Zeitpunkte dafür fixieren wir so, wie man sie von einer routinemäßigen Fahrt durch den Indischen Ozean erwarten würde. Die Piraten wissen bestimmt, dass eine Task Force nie schneller sein kann als ihr langsamstes Schiff. Beide Task-Force-Schiffe sollen laut Plan in Singapur nachtanken, doch nur die *Carlson* wird wirklich dort ankommen.

Sobald wir das Rote Meer hinter uns haben, werde ich mit einem Marine boarding platoon und der Hälfte der Seawolve-Kampfhubschrauber an Bord der *Cunningham* gehen. In diesem Moment wird sich die Duke von der *Carlson* trennen und unter strikter Tarnung und EMCON mit voller Fahrt zu den indonesischen Inseln aufbrechen. Eine Betankung und Versorgung unter Fahrt durch die australische Navy wäre hilfreich, wenn wir ihre Gewässer erreichen. Danach beginnen wir mit der Jagd auf die Piraten – und das einige Tage vor unserer planmäßigen Ankunft in Singapur.«

Erneut erschien ein Lächeln auf MacIntyres wettergegerbtem Gesicht. »Das gefällt mir verdammt gut! Die Piraten werden wahrscheinlich ziemlich vorsichtig sein, wenn sie wissen, dass wir in ihren Gewässern sind, aber sie werden vielleicht noch eine letzte Operation durchziehen wollen, bevor wir ankommen.«

»Genau. Es wird für sie eine ziemliche Überraschung sein, dass die *Carlson* allein ankommt, während einige ihrer Leute immer noch im Einsatz sind. Mit etwas Glück werden wir sogar Gefangene machen können, die wir befragen können, und auch handfestes Beweismaterial finden. Da könnte sich ein Spalt auftun, wo sich die Brechstange ansetzen lässt.«

Stone Quillain brummte zustimmend. »Mit Erlaubnis des Skippers würde ich mich gern an der Aktion beteiligen. Mein Stellvertreter kann die Operation von hier aus unterstützen. Es wird ihm gut tun.«

»Willkommen an Bord, Stone. Ich bin froh, wenn Sie an vorderster Front stehen. Dieser erste Schritt ist eine heikle Sache.«

»Ebenfalls mit Erlaubnis des Skippers möchte ich auch eine kleine Sonderaufgabe übernehmen«, meldete sich Christine zu Wort, »aber eine Aufgabe der etwas anderen Art.«

»Was meinst du damit, Chris?«

»Ich möchte heute Nachmittag mit dem letzten saudiarabischen Heli an Land gehen. Von Riad würde ich weiter nach Singapur fliegen, aber inkognito, als einfache Touristin.«

»Was hast du vor?«, wollte Amanda wissen.

»Ich glaube, ich habe da einen Einheimischen, der uns als Führer aushelfen könnte.«

Indischer Ozean

155 SEEMEILEN SÜDÖSTLICH DER JEMENITISCHEN LANDSPITZE

30. Juli 2008, 08:46 Uhr Ortszeit Verschiedene Details der Ausstattung hatten sich verändert, doch das Grundgefühl war das Gleiche: Das Gleiten des tief liegenden Rumpfes durch die Wellen; das Flüstern der Luft in den Lüftungsschächten; der neutrale warme Farbton der Schotte und der leichte Kerosingeruch in den Laufgängen.

Amanda schlenderte vom Hubschrauberlandeplatz durch die Aufbauten der *Cunningham* nach vorn und genoss jeden Augenblick. Sie konnte sich über ihr gegenwärtiges Kommando wahrlich nicht beklagen, doch für jeden ehemaligen Kommandanten eines Schiffs gibt es das *eine* besondere Schiff, das man immer als *sein* Schiff betrachten wird. Und nachts in seinen Träumen wird man stets auf die Brücke dieses Schiffes zurückkehren.

Bevor sie den Bereich des so genannten ›Officer's Country‹, also die Quartiere der Stabsoffiziere, aufsuchte, warf sie noch rasch einen Blick in die Offiziersmesse. Abgesehen von ein paar neuen Möbeln hatte sich hier nichts verändert. Das Bild, das ihr Vater von der *Cunningham* gemalt hatte, hing immer noch am Steuerbord-Schott neben dem Eingang, während das Pilotenabzeichen, das dem Schiff von seinem Namensgeber, Admiral Randy ›Duke‹ Cunningham, vermacht worden war, immer noch in der Glasvitrine an Backbord lag. Nein, Ken würde daran nichts ändern.

Als sie die nächsthöhere Ebene in den Aufbauten erreichte, suchte sie gleich die enge Gästekabine auf, wo sie ihren Seesack und die Aktentasche abstellte. Die Quartiere auf der Duke waren alles andere als geräumig, doch sie hatte sich standhaft geweigert, eines der Offiziersquartiere für sich in Anspruch zu nehmen. Nachdem sie ihre Sachen verstaut hatte, machte sie sich auf den wohl vertrauten Weg – den Niedergang zur Brücke hinauf.

»Kommodore auf der Brücke!«

»Stehen Sie bequem«, antwortete sie gewohnheitsmäßig und blieb im Eingang stehen, um die gesamte Brücke zu überblicken – über die Schultern der Rudergänger hinweg, die an der zentralen Konsole saßen, und weiter durch die Fensterscheibe auf das lange offene Vordeck hinaus, bis zu dem Punkt, wo der scharfe Bug die Wellen durchschnitt.

Sie war, seit sie das Kommando abgegeben hatte, auch früher manchmal an Bord zurückgekehrt, um an Planungssitzungen oder Inspektionstouren teilzunehmen. Aber das war etwas ganz anderes gewesen. Jetzt war das Schiff wieder auf See und lag nicht in irgendeinem Dock. Hier und jetzt waren das Schiff und sie selbst wieder in ihrem Element.

»Willkommen an Bord, Ma'am«, sagte Ken Hiro, der an ihre Seite getreten war, eine *Cunningham*-Baseballkappe tief über die dunklen Augen gezogen. Entgegen seiner gewohnten zurückhaltenden Art hatte der Japano-Amerikaner ein breites Grinsen im Gesicht.

Amanda blickte ihn anerkennend an. »Sie beide sind ein schönes Paar, Ken. Ich wusste ja, dass es eine gute Ehe werden würde.«

»Die beste, die man sich denken kann, Ma'am.«

»Das freut mich sehr. Alles klar zum Aufbruch?«

»Jederzeit, wann Sie wollen.«

»Dann legen Sie los, Captain Hiro. Geben Sie der *Carlson* Bescheid, dass wir ab jetzt unabhängig operieren.«

»Jawohl, Ma'am.« Und mit etwas lauterer Stimme sagte Hiro: »Rudergänger, Navicom aktivieren. Stellen Sie

Kurs Easting one ein. Zweiter Rudergänger, alle Maschinen zwei Drittel voraus. Gehen Sie auf dreißig Knoten.«

Geschickte Hände machten sich an der Hauptkonsole und der Maschinensteuerung zu schaffen, um Systeme aufzurufen und Leistungshebel sowie Schraubensteuerung zu bedienen, während jede kleinste Reaktion des Schiffes aufmerksam verfolgt wurde.

»Sir, Navicom ist aktiv. Das Schiff ist auf Kurs Easting one unterwegs.«

»Sir, Hauptmaschinen laufen zwei Drittel voraus. Fahrt nähert sich dreißig Knoten.«

Die Duke erzitterte vom Kiel aufwärts und gewann mit jeder Umdrehung der gegenläufigen Schrauben an Fahrt. Amanda griff instinktiv nach einer Sessellehne, um sich gegen die spürbare Beschleunigung abzustützen.

Der Bug des Kreuzers schwankte einen Augenblick, bevor der Autopilot und die Navigationssysteme binnen kurzer Zeit den Kurs fanden, dem das Schiff quer durch den Indischen Ozean folgen würde. Die *Cunningham* schwenkte herum, um die vorgegebene Richtung einzuschlagen, und bahnte sich ihren Weg durch die Gischt, die V-förmig vom Bug nach hinten strömte.

Hiro ließ eine ganze Salve von Kommandos folgen: »CIC, hier spricht der Captain. Trennen Sie die Systemverbindungen zur *Carlson* und gehen Sie auf unabhängiges Operieren. Signalgast, melden Sie der *Carlson*, dass wir aufbrechen.«

Amanda ging zur Backbord-Brückennock hinüber und blickte nach achtern. Die Duke entfernte sich rasch von der *Carlson*. Sie kreuzte die Kurslinie des LPD und ließ das Schiff hinter sich, das in gemächlicherem Tempo mit Kurs auf Indonesien weiterlief. Ein greller Lichtpunkt erschien auf der Signalbrücke des größeren Schiffes – zweifellos die Antwort auf Kens Mitteilung. Zu ihrer Überraschung stellte Amanda fest, dass sie die Anwesenheit des riesigen Landungsschiffes vermisste. Auf die *Cunningham* zurückzukehren war für sie wie ein Besuch in der Stadt, in der man seine Jugend verbracht hatte. Doch die *Carlson* war ihre Zukunft.

»Was signalisieren sie, Ma'am?«, fragte Ken und trat an ihre Seite. »Ich hatte noch nie ein Auge für diese Blinksignale.«

»Mal sehen. ›Gute Fahrt und gute … Jagd … Pause … Sehen … uns … in … Singapur … Pause … Lasst uns … was … übrig.«

Hiro lachte. »So viel Humor hätte ich Carberry gar nicht zugetraut.«

»Er ist gar nicht so übel, nur ein wenig eigen. Und ich erinnere mich da einen bestimmten Ersten Offizier von mir, der auch manchmal ein bisschen steif war.«

»Na ja, da gab's aber dann eine bestimmte Lady und Kommandantin, die mir das ausgetrieben hat.«

Sie zogen sich in das kühle Ruderhaus zurück. »Irgendwelche weiteren Befehle, Ma'am?«, fragte Hiro.

»Im Moment nicht, Ken. Machen Sie so weiter. Ich lehne mich einfach in meine Ecke und schaue ein wenig aufs Meer hinaus, wenn's Ihnen recht ist.«

»Möchten Sie auf dem Kommandosessel Platz nehmen, Ma'am?«, fragte Ken und zeigte mit einem Kopfnicken auf den etwas erhöhten Stuhl auf der rechten Seite der Brücke, der traditionell allein dem Kommandanten des Schiffes gehörte. Amanda hatte viele Wachen und Seemeilen an diesem Platz verbracht.

Sie schüttelte den Kopf. »Nein, Ken, dieser Sessel gehört dem Skipper der Duke, und das sind Sie. Ich bin im Moment nur ein hochrangiger Tourist an Bord der Duke.«

»Verstanden, Ma'am. Wenn das so ist – dürfte der Captain der *Cunningham* dann den Task-Force-Commander respektvoll ersuchen, ihm die Ehre zu erweisen, für den Rest der Wache auf seinem Stuhl Platz zu nehmen? Nur dieses eine Mal … um der alten Zeiten willen.«

»Ersuchen genehmigt«, antwortete Amanda lachend.

Sie ging zum Kommandantensessel hinüber und setzte sich. Der Stuhl hatte eine neue Polsterung und neue Steuerelemente auf den Armlehnen, doch er ließ sich immer noch um fünfundvierzig Grad zum Bug schwenken, sodass man die Füße bequem auf dem Handlauf der Brücke abstützen konnte. Sie verschränkte die Arme, neigte den Stuhl zurück und genoss das Gefühl, das genauso war, wie sie es in Erinnerung hatte.

Vielleicht war es, entgegen allen anderslautenden Beteuerungen, ja doch möglich, nach Hause zurückzukehren – zumindest für eine Weile.

Stabs-Quartier USS *Carlson*

180 SEEMEILEN SÜDÖSTLICH DER JEMENITISCHEN LANDSPITZE

30. Juli 2008, 09:44 Uhr Ortszeit Es war schon länger her, seit Elliot MacIntyre zum letzten Mal sein Quartier mit einer Frau geteilt hatte, auch wenn in diesem Fall die Lady selbst gar nicht anwesend war.

Amanda hatte darauf bestanden, dass MacIntyre ihre Kabine benutzte, während sie an Bord der *Cunningham* war. Sie hatte gemeint, dass es unsinnig sei, ein Quartier leer stehen zu lassen, wo der Lebensraum auf einem Kriegsschiff wie diesem ohnehin so knapp war. Er hatte ihren Vorschlag, ihre Kabine ganz zu übernehmen, abgelehnt, hatte sich dann aber bereit erklärt, zumindest vorübergehend hier einzuziehen.

Es war jedenfalls ein eigenartiges Gefühl, obwohl Eddie Mac selbst nicht genau wusste, warum das so war. Das Zwei-Zimmer-Quartier hatte nichts ausgesprochen Weibliches an sich. Es verfügte auch über keinerlei Besonderheiten, wenn man einmal von dem marineblauen Teppich und der Täfelung aus Kieferimitation an den Schotten absah. An der Decke verliefen die auf einem Kriegsschiff üblichen Leitungen und Kabel.

Der kleine Arbeitsraum, der gleichzeitig Wohnzimmer war, bot genügend Platz für einen großen grauen Stahltisch mit Computer-Terminal, des weiteren für eine kleine Couch aus Leder und Stahlrohr und einen schon etwas ramponierten ledernen Lehnstuhl, den Amanda, wie MacIntyre wusste, aus der Messe der *Cunningham* mitgebracht hatte.

Die Gemälde an den Wänden waren durchaus sehenswert. Amanda hatte Bilder im Wert von mehreren tausend Dollar hier hängen, die allesamt die Seefahrt zum Thema hatten und die von Amandas Vater, Rear Admiral a. D. der U.S.N. Wilson Garrett, stammten.

MacIntyre lächelte beim Gedanken an den alten Seemann. Damals im Persischen Golf an Bord der *Callahan*, hatten sie den Alten als etwas verschroben angesehen, weil er in jeder freien Minute Skizzen anfertigte oder an der Staffelei stand.

Zwei der Bilder stammten ebenfalls von der Duke – dasjenige, auf dem Amandas erstes Schiff als Kommandantin, der Ozeanschlepper *Piegan*, zu sehen war, sowie eine Abbildung ihrer Cape-Cod-Slup *Seeadler*. Doch da war noch ein drittes Bild, das er noch nie gesehen hatte; es zeigte ein junges Mädchen, das von einem Felsen an der Küste auf das Meer hinausblickte. Mit Blue Jeans bekleidet, ein Spielzeugsegelboot in den Armen, stand das Kind da, den sehnsuchtsvollen Blick zum fernen Horizont gerichtet.

»Verdammt«, murmelte MacIntyre. Es gab keinen Zweifel, wer dieses Mädchen war. Deutlich war auch die väterliche Liebe zu erkennen, mit der das Bild gemalt worden war.

MacIntyre ging zur Tür hinüber, die zur Schlafkabine führte, einem Raum, der mit Teppich und Wandtäfelung ausgestattet war. Über die Koje war eine blaue Decke gespannt. Auch hier war nichts typisch Weibliches zu erkennen, und dennoch war da etwas …

Der Duft! Das war es! Dieser dezente süße Duft nach Eau de Cologne und Talkum hatte die metallisch-neutrale Atmosphäre verdrängt, die für gewöhnlich auf einem Schiff vorherrschte. Jetzt erinnerte er sich wieder daran, wie das Gefühl gewesen war, wenn er nach einem langen Aufenthalt auf See sein Schlafzimmer zu Hause betrat. Da war der Duft seiner Frau, voller Verheißung für ihn. Damals, als seine Frau noch am Leben gewesen war.

Eddie Mac schüttelte ungeduldig den Kopf, um diese Erinnerungen wieder zu verdrängen. Das alles war Vergangenheit und kam nie mehr zurück.

Er wandte sich abrupt den Schränken zu, die in das Schott gegenüber der Koje eingebaut waren, um zu sehen, wie der Steward seine Sachen verstaut hatte. Als er die dritte Schublade öffnete, sah er sich mit zarter Damenwäsche konfrontiert. MacIntyre knallte die Schublade rasch wieder zu.

Ein ganz und gar unpassendes Bild von Amanda in schwarzer Spitzenunterwäsche geisterte in seinen Gedanken umher. Eddie Mac hob eine Hand an die Schläfe, um sie zu massieren. Das würde … schwierig werden.

Er versuchte sich wieder auf die Wirklichkeit zu konzentrieren und wandte sich der Koje zu. Über die ganze Länge verlief ein Bücherbord, das gegen den Seegang mit einer Stange gesichert war. Hier fand MacIntyre die Ablenkung, die er suchte. In der Mitte des Bücherbords stand ein teurer CD-Player, und daneben eine lange Reihe von CDs.

Und da waren natürlich auch Bücher.

Der Admiral sah, dass noch eine CD im Gerät war, und drückte auf die Start-Taste. Wenige Augenblicke später ertönten die eindringlichen Klänge eines vertrauten Musikstücks aus dem Lautsprecher. *The Song of the High Seas*. Eigentlich nicht verwunderlich, dachte er.

Aufmerksam studierte er die Bücher, die über der Koje aufgereiht waren. Eine der sichersten Methoden, mehr über die Gedanken und Gefühle eines Menschen zu erfahren, bestand darin, sich anzusehen, was der oder die Betreffende las. Amanda hatte ein weiteres Bücherregal mit beruflicher Literatur draußen im Arbeitszimmer, doch das hier waren die Bücher, die ihr wirklich nahe standen, die bereits vom wiederholten Lesen gezeichnet waren.

Es überraschte ihn nicht, dass auch hier die Seefahrt eine vorrangige Rolle spielte. Es fanden sich einige Foresters, darunter *The Ship*, *The Good Shepherd* und *Gold from Crete*. Hornblower war jedoch keiner vorhanden, und MacIntyre erinnerte sich, dass Amanda einmal gemeint hatte, die ständige Beschäftigung mit den eigenen Unzulänglichkeiten gehe ihr auf die Nerven. Außerdem gab's *The Adventures of Captain Grief* von Jack London und *The Call of the Sea* von Jan de Hartog. Auch Humoristisches war vorhanden, und zwar zwei Bände von Admiral Dan Gallerys ›Cap'n Fatso‹ sowie eine prächtige Neuausgabe der ›Tugboat Annie‹-Geschichten aus der alten Saturday Evening Post. Mit einer bestimmten Ahnung nahm er das

Buch aus dem Regal und schlug es ganz vorne auf. Wie er vermutet hatte:

›Für den Skipper,
fröhliche Weihnachten
in respektvoller Zuneigung,
die Offiziere und Crew der USS *Piegan*.‹

MacIntyre stellte das Buch wieder an seinen Platz. Zuletzt fand er noch zwei wirkliche Klassiker, die noch aus der Sammlung von Amandas Vater stammen mussten – Lowell Thomas' *Graf Luckner, der Seeteufel* und *Das Vordeck des Seeteufels*. Im ersten der beiden Bücher steckte ein Lesezeichen. Wahrscheinlich hatte es Amanda noch während der letzten Tage in der Hand gehabt. MacIntyre lächelte und nahm den altgedienten Band aus dem Regal. Dann streckte er sich auf der Koje aus und begann zu lesen.

Curtin Royal Australian Air Force Base

THE KIMBERLY, NORDWESTAUSTRALIEN

2. August 2008, 07:23 Uhr Ortszeit Im australischen militärischen Sprachgebrauch bezeichnete man den Stützpunkt als ›bare base‹. Dies bedeutete, dass er keine ständige Garnison und nicht einmal Wachen aufwies. Es handelte sich lediglich um einen nackten sonnenverbrannten Streifen Beton und einige leere Gebäude zwischen dem Ufer des King Sound und den fernen, rötlich schimmernden Gipfeln der King-Leopold-Ranges. Der einzige Vorteil gegenüber dem umliegenden, von Dornbüschen bewachsenen Land bestand darin, dass hier große und schnelle Flugzeuge starten und landen konnten.

Der Zweck von Curtin war einfach der, an dieser abgelegensten Küste Australiens – für alle Fälle – da zu sein. Man hatte einen Ort geschaffen, wo man eine Verteidigung organisieren konnte, falls wieder einmal Gefahr von jenseits des Meeres drohen sollte.

Dieser Morgen begann so wie viele andere zuvor. Der sengende Wind wehte über die leeren Vorfelder vor den Hangars hinweg, und über der Rollbahn machte sich das gewohnte Hitzeflimmern bemerkbar. Eine kleine Herde von Kängurus hatte sich um einen der abgedeckten Brunnen in der Nähe des Stützpunktes versammelt und drängte sich um die kostbaren Tropfen, die aus einer undichten Stelle austraten.

Die Kängurus blickten erschrocken auf, als ein Dröhnen sich über der Wüste ausbreitete. Wenige Sekunden später sprangen sie hastig auf die Büsche zu, als der erste Anflug auf Curtin erfolgte.

Ein CH-47D-Chinook-Helikopter der australischen Army senkte sich langsam herab. Die beiden großen Rotoren wirbelten einen kleinen Sandsturm auf, als sich die Maschine neben dem leeren Kontrollturm auf den Rädern des Fahrwerks niederließ.

Die insgesamt fast vierzig Frauen und Männer der Besatzung stiegen aus, bekleidet mit den Arbeitsanzügen der australischen bzw. der U.S. Air Force. Schwer bepackt mit Ausrüstungsgegenständen und Werkzeugkästen trotteten sie die Heckrampe des Helikopters hinunter. Schließlich hob sich der leere Chinook wieder in die Lüfte empor und überließ seine ehemaligen Passagiere ihren jeweiligen Aufgaben.

Einige der Australier holten schwere Schlüsselringe hervor und gingen auf die versperrten und verlassenen Gebäude zu. Die Mitglieder des US-Kommunikationsteams errichteten eine Satellitentelefonverbindung zur Außenwelt und kletterten, mit SINCGARS-Funkgeräten bepackt, den Kontrollturm hinauf. Andere wieder machten sich in der sengenden Hitze auf den langen Weg die Rollbahn hinunter, um Steine vom Belag zu entfernen. Es war keine Zeit zu verlieren. Bald schon würden weitere Maschinen ankommen.

Die erste C-130J der USAF traf eine Stunde später ein. Nachdem sie einmal über dem Gelände gekreist war, damit sich die Crew ein Bild von der Anlage machen konnte, senkte sie sich sanft herab, um schließlich in der Mitte des Flugfeldes zu landen. Die Heckrampe öffnete sich und heraus kamen ein Flugplatz-Radarfahrzeug, ein Dutzend Männer und Frauen des Bodenpersonals sowie ein HumVee-Vielzweckfahrzeug.

Nachdem ihre Fracht entladen war, rollte die C-130 ans Ende der Rollbahn, um wieder zu starten. Eine ihrer Schwestermaschinen kreiste bereits über dem Gelände und wartete ungeduldig darauf, landen zu können.

Den ganzen Tag über riss der Strom von C-130- und C-17-Maschinen nicht mehr ab, und mit jedem ankommenden Flugzeug kam neues Leben auf Curtin Field. Generatoren liefen an und pumpten elektrischen Strom in die Leitungen. Aus den Wasserleitungen wurde zunächst einmal Rost gespült, bevor klares Wasser hervorströmte. Fenster und Türen wurden aufgerissen, sodass der Wind vom Sund her die stickige heiße Luft aus den Wohnquartieren hinausfegen konnte.

Entlang der Rollbahn wurden tragbare Landescheinwerfer aufgestellt, während immer neue Flugzeuge landeten. Die Bodenkontrollteams bewältigten den Flugverkehr so routiniert, als hätten sie schon seit Jahren an diesem Platz gesessen. Eine ständig größer werdende Flotte von Bodenfahrzeugen rollte die Straßen des Stützpunkts entlang – HumVee-Geländefahrzeuge, Pickups, Tanklastwägen, Feuerwehr- und Rettungswägen.

Eine Feldküche sorgte regelmäßig für warme Mahlzeiten. Feldtische wurden in die leeren Arbeitszimmer getragen, und auf den Fußböden der Kasernen rollte man Schlafsäcke aus.

Nicht alle gelandeten Maschinen flogen wieder ab. Eine schwarze MC-130J-Combat Talon-Transportmaschine des 1st Special Operations Wing der U.S. Air Force schob sich auf den für sie reservierten Abstellplatz und entließ ihre eigene Boden-Crew sowie die Ausrüstung und Ersatzteile, die für einen längeren Aufenthalt nötig sein würden.

Die Combat Talon war eine entfernte Verwandte der C-130-Hercules-Transportflugzeuge, die ebenfalls den Stützpunkt anflogen. Sie verfügte über modernste Stealth-Technologie, hochentwickelte Sensoren und Anlagen für elektronische Gegenmaßnahmen und sollte somit auch in Zonen operieren können, in denen ein herkömmliches Transportflugzeug nicht zu verwenden gewesen wäre.

In einem besonderen Abschnitt des Flugplatzes bereitete man sich auf die Ankunft einer völlig anderen Art von Flugobjekt vor. Die kleine Flotte von weißen Lastwägen mit Anhängern, die zu den Mission-Control- und den Launch-and-Recovery-Einheiten gehörten, fuhren zügig los. Funkmasten wurden hydraulisch ausgefahren und Satellitenantennen hoben sich und suchten den Himmel ab, um ihre anfliegenden Schützlinge aufzuspüren.

Der Grund für diesen Aufwand zeigte sich schließlich, als die Sonne den westlichen Horizont berührte und das rote Licht von der Außenhaut aus Verbundmaterial reflektiert wurde. Von den Umrissen her wirkte es eher wie ein futuristisches Segelflugzeug, denn die Spannweite seiner schmalen geraden Flügel war doppelt so lang wie der Rumpf. Achtern fiel der V-förmige Schwanz ins Auge, und auf dem Rumpf der ausgeprägte Höcker mit dem Rolls Royce/Allison-Mantelstrom-Triebwerk, das im Moment fast flüsternd lief und nur einen geringen Teil seiner Kraft aufwandte.

In einer glatten Kurve zog das Flugobjekt über die Rollbahn herein und fuhr das Fahrwerk aus. Eine kleine Rauchwolke bildete sich, als die Reifen auf der Rollbahn aufsetzten. Die Landung war geglückt, die Reise über mehr als 17 000 Kilometer, die auf einem Stützpunkt an der amerikanischen Westküste begonnen hatte, war zu Ende. Während die Maschine an den für sie vorgesehenen Platz rollte, wäre einem Beobachter möglicherweise die Ähnlichkeit mit dem legendären U-2/TR-1-Aufklärungsflugzeug aufgefallen.

Doch es gab einen wesentlichen Unterschied. Das Global Hawk UAV (Unmanned Aerial Vehicle) hatte kein Cockpit. Das war auch nicht notwendig. Der ›Pilot‹, der die Landung durchgeführt hatte, saß in einem Virtual-Reality-Cockpit im Fahrzeug der Missionskontrolle.

Nachdem der erste Vogel sicher am Boden war, klappte der UAV-Systemoperator das schwere Display-Visier seines VR-Helms hoch und nahm erst einmal einen Schluck aus einer Dose mit lauwarmer Cola, die auf seiner Konsole stand. Über die Intercom-Verbindung mit dem Cruise-Monitoring-Trailer teilte er dem dortigen Team mit, dass er bereit wäre, das zweite der vier UAVs zu übernehmen, und dass sie sich gefälligst beeilen sollten, damit er noch zu seiner Lasagne käme.

Als sich die Nacht über Curtin senkte, war die Verwandlung vollendet. Wo Stunden zuvor noch leblose Stille geherrscht hatte, war geschäftige Aktivität eingekehrt. Überall in den Hangars und Gebäuden brannte Licht. Im Morgengrauen des kommenden Tages würde das erste Global Hawk nach Norden abfliegen, auf den Himmel über Indonesien zu. Der Stützpunkt hatte wieder eine Aufgabe zu erfüllen.

In den Dornbüschen rund um das Gelände der Basis verfolgten die Kängurus durstig das rege Treiben und fragten sich, wie sie wieder an den Brunnen herankommen konnten.

Einschienenbahn-Haltestelle ›Orchid Fantasy‹

AUF DER INSEL SENTOSA, SINGAPUR

4. August 2008, 08:29 Uhr Ortszeit Die Insel Sentosa ist das Disneyland des Orients.

Direkt vor der Mündung von Keppe Harbor gelegen, kann man es vom Festland mit einer Kabelbahn, über einen Dammweg und mit der Fähre erreichen. Rund um die drei Kilometer lange Insel ziehen sich wie die Perlen einer Kette jede Menge Gärten, Museen, Themen-Parks und dazu die schönsten Strände von Singapur. Ein hochmodernes Einschienenbahn-System verbindet die einzelnen Punkte miteinander, um die Besucher von Sentosa, die aus aller Welt, aber auch aus Singapur selbst kommen, rasch und effizient von einer Sehenswürdigkeit zur nächsten zu befördern.

Sentosa galt als ein Ort der Schönheit, der Bildung und des Vergnügens. Doch Inspektor Nuyen Tran von der Singapore National Police war aus anderen Gründen hierher gekommen.

Er trat in einen dunklen Winkel am Eingang zur Bahn und überprüfte seine Armbanduhr sowie die Glock 19 im Schulterholster unter der Jacke seines Leinenanzugs. Singapur war die bei weitem sicherste Stadt in Südostasien, was die Straßenkriminalität betraf. Tran wusste das deshalb so genau, weil es seine Aufgabe war, mitzuhelfen, dass es so blieb. Er wusste aber auch, dass es dumm gewesen wäre, irgendein Risiko einzugehen. Besonders wenn man auf eine anonyme E-Mail reagierte, in der jemand um ein heimliches Treffen ersuchte und nebenbei erwähnte, dass Tran allein kommen solle.

Von seinem verborgenen Platz aus blickte er sich nach allen Richtungen um, nach irgendeinem verdächtigen Gesicht Ausschau haltend, oder nach jemandem, der sich vielleicht auffällig verhielt. Doch in der Masse der Touristen war weit und breit nichts Auffälliges zu entdecken.

Mit computergesteuerter Präzision traf der Acht-Uhr-dreißig-Zug in der Station ein. Tran ließ die Passagiere aussteigen, bevor er selbst durch die Tür des Wagens am Ende des Zuges trat. Er ließ sich auf der hintersten Bank nieder, von wo aus er den gesamten Zug überblicken konnte und jeden sehen würde, der später zustieg.

Die Türen schlossen sich mit einem dumpfen Laut. Der Zug beschleunigte sanft und rollte auf seinem Schienenstrang dahin, der, auf Pfeilern ruhend, über das üppige grüne Land hinwegführte.

Die Instruktion, die man ihm gegeben hatte, war einfach und knapp: »Begeben Sie sich über die Dammbrücke vom Festland nach Sentosa, steigen Sie an der Haltestelle ›Orchid Fantasy‹ in den Acht-Uhr-dreißig-Zug ein und warten Sie auf Kontaktaufnahme.« Tran hatte die Instruktionen befolgt und wartete ab. Er blickte ruhig vor sich hin, ohne dass seine dunklen, ebenmäßigen Gesichtszüge irgendeinen Ausdruck gezeigt hätten.

Nichts passierte an den Haltestellen ›Night Market‹ und ›Lost Civilization‹. Doch beim Meeresaquarium ›Underwater World‹ stieg eine junge kaukasische Frau in den Zug ein. Eine Touristin zweifelsohne, wie man an den

Reisebroschüren im Seitenfach ihrer Umhängetasche und dem Luftballon, dessen Schnur sie sich um das Handgelenk gewickelt hatte, erkennen konnte.

Bei einer anderen Gelegenheit hätte Tran möglicherweise einen anerkennenden Blick auf ihre schlanken goldbraunen Beine geworfen, die unter dem kurzen Rock hervorschauten. Doch er war nun einmal beruflich unterwegs. Er machte ein betont finsteres Gesicht, um sie dazu zu bewegen, dass sie ein paar Reihen vor ihm Platz nahm, und war deshalb einigermaßen verdutzt, als sich das Mädchen direkt neben ihn setzte.

»Inspektor Tran, nehme ich an«, murmelte sie, als der Zug losfuhr.

Tran hob überrascht die Augenbrauen, und es dauerte einen Augenblick, ehe er sich fing. »Ja, ich bin Nuyen Tran«, antwortete er leise auf Englisch. »Und Sie?«

»Ich bin die, die sich mit Ihnen treffen wollte«, antwortete das Mädchen ... oder vielmehr die Frau. Aus der Nähe konnte Tran erkennen, dass sie sich mit Hilfe ihrer Kleidung um einiges jünger gemacht hatte als sie war. »Ich habe Ihnen die Mail geschickt.«

»Können Sie das beweisen?«, fragte Tran vorsichtig.

Die blonde Frau lächelte. »Die Botschaft, die Sie erhalten haben, enthielt ein etwas eigenartiges Kennwort. Es lautete ›Winnowill‹, nicht wahr?«

Tran nickte. »Korrekt. Ich glaube Ihnen, dass Sie mir diese mysteriöse Botschaft geschickt haben. Aber ich weiß immer noch nicht, wer Sie sind und warum Sie mit mir Kontakt aufnehmen wollten. Ich hoffe, Sie werden mir das alles jetzt erklären.«

»Mein Name ist Christine Rendino, Lieutenant Commander Christine Rendino, United States Naval Special Forces.«

»United States Naval Special Forces?«

»Richtig, Sir«, antwortete sie und zeigte ihm ihren Ausweis, »und ich bin hier, um mit Ihnen über Angelegenheiten zu sprechen, die für uns beide von Bedeutung sind.«

»Was könnte es für Angelegenheiten geben, die sowohl für mich als auch die United States Navy von Bedeutung sein sollten, Commander Rendino?«

»Piraten, Inspektor Tran«, antwortete die junge Frau und überkreuzte die Beine. »Wir haben im Moment große Probleme mit Piraten.«

Von rauschenden Palmen beschattet, lag das Terrassen-Café des Hotels Beaufort vor dem Hintergrund des gepflegten Golfplatzes – ein etwas ungewöhnlicher Ort, um mit einer Navy-Offizierin über Piraten zu diskutieren. Doch Christine Rendino schien auch eine höchst ungewöhnliche Navy-Offizierin zu sein.

»Dürfte ich fragen, warum Sie sich ausgerechnet an mich gewandt haben, Commander?«

»Natürlich.« Sie löste die Sandalen von ihren Füßen und lehnte sich in ihrem Korbstuhl zurück. »Es hat mit einer Reihe von Artikeln zu tun, die Sie vergangenes Jahr für das ›International Journal of Maritime Affairs‹ geschrieben haben – über die Art und Weise, wie sich die Piraterie in Asien in der letzten Zeit verändert hat. Ich und einige andere Leute haben die Artikel sehr interessant gefunden. Ich hoffe, Ihre Vorgesetzten haben die Arbeit entsprechend gewürdigt.«

»Diese Artikel waren ein rein privates Projekt von mir«, antwortete Tran etwas steif. »Sie hatten nichts mit meinen Pflichten als Angehöriger der National Police zu tun.«

Die Amerikanerin lachte leise und nahm einen Schluck von ihrer Vanilla latte. »Ich weiß. Ich weiß auch, dass Ihre Vorgesetzten und Ihre Regierung versucht haben, sich von

Ihnen und Ihren Artikeln zu distanzieren, weil Sie damit ziemliches Aufsehen erregen. Wie hat doch gleich das indonesische Außenministerium Ihre Arbeit bezeichnet? Nichts als unbewiesene Spekulationen, die nur unnötige Hysterie erzeugen würden? Die Leute dürften ziemlich nervös geworden sein, als plötzlich die Wahrheit so offen aufgezeigt wurde.«

Tran lächelte unwillkürlich. Die junge Lady mochte ja einigermaßen geheimnisvoll sein – aber man musste sie einfach sympathisch finden. »Man hat mir zu verstehen gegeben, dass die Wahrheit oft zu gefährlich sei, umso freimütig mit ihr umzugehen. Aber von welcher Wahrheit reden wir eigentlich genau?«

»In Ihren Artikeln haben Sie die Behauptung aufgestellt, dass die Operationen der Piraten innerhalb der indonesischen Inselgruppe alle unter einem einheitlichen Kommando stünden. Wir haben es nicht mit hundert kleinen Banden zu tun, sondern mit einer gut organisierten Piratenflotte – etwas, das es in dieser Gegend seit dem sechzehnten Jahrhundert nicht mehr gegeben hat. Sie haben darauf hingewiesen, dass diese Flotte dabei ist, ein ausgeklügeltes logistisches Netzwerk zu entwickeln, und dass sie auch über Möglichkeiten der Geldwäsche verfügt. Sie haben auch durchblicken lassen, dass diese Organisation Leute im internationalen Wirtschaftsleben und in den hiesigen Regierungen gekauft hat.«

Tran machte ein finsteres Gesicht. »Ja ... aber wie hat es das indonesische Außenministerium ausgedrückt – das sind alles reine Spekulationen meinerseits.«

»Ach ja?« Sie beugte sich vor und blickte ihn mit ihren graublauen Augen eindringlich an. »Und wenn ich Ihnen nun sage, dass ich weiß, dass alle diese Spekulationen zutreffen? Es gibt tatsächlich ein solches Piraten-Netzwerk. Es wird immer größer, und wenn nicht bald jemand etwas dagegen unternimmt, wird es eine Ozeanfläche beherrschen, die so groß wie der Nordatlantik ist – und dazu wird es das Schicksal jedes einzelnen Menschen von Port Moresby bis zur malaiischen Halbinsel bestimmen.«

Tran spürte, dass sich da eine Türe öffnete – doch ob es sich um eine Falle oder um eine echte Möglichkeit handelte, dessen war er sich noch nicht sicher. »Und wer genau möchte etwas dagegen unternehmen, Commander Rendino?«

»Haben Sie von der *INDASAT-Starcatcher* gehört?«

Tran nickte. »Ja, ich habe den Fall in meine Unterlagen aufgenommen.«

»Dieser Vorfall hat unsere Aufmerksamkeit geweckt. Wir haben die Anweisung bekommen, das Piraten-Netzwerk zu zerschlagen.«

Tran lachte leise. »Ich bin überzeugt, dass die Vereinigten Staaten über sehr wirkungsvolle Waffen verfügen. Aber wenn Sie glauben, Sie könnten die Piraterie hier in der Gegend mit einem Schlag auslöschen, dann fürchte ich, dass Sie eine herbe Enttäuschung erleben werden. Die Piraterie ist in diesen Gewässern hier kein Verbrechen, sondern vielmehr eine Kultur.« Tran griff nach seinem Glas mit Eiswasser. »Westliche und hiesige Regierungen versuchen schon seit mehr als sechs Jahrhunderten, dieses Phänomen zu bekämpfen – und sie sind allesamt gescheitert. Ihre Regierung sollte nicht erwarten, dass sie mehr erreichen kann.«

Christine Rendino betrachtete ihn aufmerksam. »Nein, wir können bestimmt nicht erwarten, dass wir jeden kleinen Bugi-Piraten hier in der Gegend aufspüren werden. Aber vielleicht können wir die Piraterie rund um Indonesien auf das reduzieren, was sie einmal war – die unorganisierte Tätigkeit von Banden, die unabhängig voneinander und mit beschränkten Mitteln operieren. Vielleicht können wir diesem neuen Piratenkönig das Handwerk legen und das Netzwerk zerschlagen, das er aufgebaut hat. Oh, und nebenbei könnten wir uns auch unseren Satelliten zurückholen. Würden Sie das als machbar ansehen?«

Trans Gesicht verfinsterte sich. Er war sich immer noch nicht sicher, aber wenn es tatsächlich stimmte, was sie sagte … »Beantworten Sie mir eine Frage, Commander: Wie ernst meint es Ihre Regierung mit dieser Sache? Wollen sich da nur irgendwelche Politiker profilieren oder sind sie tatsächlich bereit, bis zum Äußersten zu gehen, wenn es nötig ist?«

»Ich kenne die beiden Personen, die die Operation leiten, persönlich«, antwortete Christine nüchtern. »Sie haben mein Wort, dass sie alles tun werden, was notwendig ist. Und sie gehören auch nicht zu denen, die sich stur an irgendwelche Vorschriften halten.«

»Und Sie haben sich deswegen schon mit meiner Regierung in Verbindung gesetzt?«

»Nein, wir haben mit den Regierungen von Singapur und Indonesien noch nicht darüber gesprochen. Und das haben wir auch nicht vor, bevor wir nicht die Führungsspitze des Netzwerks entlarvt haben. Wir werden verdeckt in den indonesischen Hoheitsgewässern operieren und haben uns für diese Vorgehensweise entschieden, weil wir, ebenso wie Sie, befürchten, dass die Piraten-Organisation die Regierungen und Sicherheitskräfte in der Region unterwandert hat. Wir können einfach nicht sicher sein, wem wir vertrauen dürfen.«

»Commander Rendino«, antwortete Tran, »ich versichere Ihnen, dass Singapur die ehrlichste, sicherste und korruptionsloseste Regierung von ganz Asien hat.«

Der Inspektor hielt inne und nahm einen Schluck von seinem Eiswasser. »Trotzdem sollten Sie davon ausgehen«, fügte er mit einem listigen Lächeln hinzu, »dass jedes Gespräch, das Sie mit meiner Regierung über Fragen der Piratenbekämpfung führen, binnen … sagen wir, höchstens vierundzwanzig Stunden den Führern der Piratenorganisation bekannt wäre.«

Die Augen der Nachrichtendienst-Offizierin weiteten sich. »So schlimm sieht es aus? Auch hier in Singapur?«

»Ja, so schlimm, Commander. Und noch schlimmer ist es in Kuala Lumpur, Bangkok, Bandar Seri Begawan, Manila und Jakarta, vor allem in Jakarta. Auch bei Ihren Gesprächen mit Canberra sollten Sie ein wenig Vorsicht walten lassen. Aber ich habe jetzt eine andere Frage – wie kann ich Ihnen helfen? Ich bin doch auf mich allein gestellt.«

»Ja, aber Sie beschäftigen sich schon seit vielen Jahren mit dem Problem der Piraterie in Südostasien. Meine Leute im Nachrichtendienst von NAVSPECFORCE haben sich in den vergangenen zwei Wochen Ihre Laufbahn genau angesehen. Wir kennen nicht nur die Artikel, die Sie verfasst haben, sondern besitzen auch Kopien der Berichte, die Sie zu diesem Thema an die verschiedenen Ministerien in Singapur geschickt haben.«

Sie schüttelte den Kopf, als sie seinen verdutzten Gesichtsausdruck sah. »Nein, fragen Sie mich nicht – wir haben das Material ganz einfach. Jedenfalls sind wir der Meinung, dass Sie wahrscheinlich der größte lebende Experte in Sachen Piraterie in Südostasien sind. Und zwischen den Zeilen Ihrer Berichte kann man herauslesen, dass Sie noch um einiges mehr wissen, als Sie zu Papier gebracht haben.«

»Das stimmt«, gab Tran offen zu, »aber wie Sie schon sagten, ich bin der größte *lebende* Experte. Wenn ich allzu freimütig über bestimmte Details spreche, dann wäre ich das vielleicht die längste Zeit gewesen.«

Die Augen der amerikanischen Frau verengten sich.

»Aber Sie würden es riskieren, wenn Sie diese Leute damit wirklich treffen könnten, nicht wahr?«

Tran starrte auf das Glas in seiner Hand. Es war wie in den alten islamischen Seemannsmärchen, den Geschichten um Sindbad den Seefahrer, die hier in diesem Teil der Welt entstanden waren. Und eines Tages, wenn du es am wenigsten erwartest, steigt plötzlich ein hübscher Geist aus einer Flasche empor und bietet dir an, dir deinen sehnlichsten Wunsch zu erfüllen. Aber zu welchem Preis?

»Was wollen Sie, dass ich mache?«, fragte Tran vorsichtig.

»Wir möchten, dass Sie mit uns kommen. Wir möchten, dass Sie uns als Berater über die Region und die Piratenorganisation zur Seite stehen. Sagen Sie uns, was wir noch nicht wissen. Zeigen Sie uns, welche Türen wir eintreten müssen. Helfen Sie uns, den König zu stürzen. Es wird alles inoffiziell ablaufen. Wir können Ihnen nichts dafür bieten, außer ein wenig Genugtuung.«

»Und vielleicht Frieden«, hörte Tran sich selbst murmeln. Er blickte zu der Nachrichtendienst-Offizierin auf. »Eine letzte Frage noch. Wenn Sie meiner Regierung nicht trauen können, wie können Sie dann mir trauen? Woher wissen Sie, dass ich nicht auch von den Piraten bezahlt werde, um Sie auf eine falsche Fährte zu bringen?«

Christine Rendino blickte ihn mit einem mitfühlenden Lächeln an. »Ich habe mehr als nur Ihre Berichte studiert, Inspektor. Ich habe Sie selbst studiert.

Sie sind Vietnamese, gehörten zu den so genannten Boat People und wurden in Saigon geboren. Im Jahr 1986, als Sie gerade acht Jahre alt waren, flüchtete Ihre Familie aus dem kommunistischen Vietnam. Sie, Ihre Eltern und Ihre vierzehnjährige Schwester versuchten zusammen mit vierundzwanzig anderen Vietnamesen in einem kleinen Fischerboot die malaiische Halbinsel zu erreichen.

Aber es gelang Ihnen nicht. Sie wurden im südchinesischen Meer von Piraten angegriffen. Alle Männer im Boot wurden erschossen oder erstochen, auch Ihr Vater, und die Frauen vergewaltigt, einschließlich Ihrer Mutter. Dann nahmen die Piraten alles mit, was irgendwie von Wert war, einschließlich Ihrer älteren Schwester. Danach durchlöcherten sie Ihr Boot, sodass ein Dutzend Frauen und Kinder allein auf einem sinkenden Wrack zurückblieben, ohne Nahrung und Wasser.

Sie selbst klammerten sich vier Tage lang an das halb untergegangene Wrack, ehe Sie von der USS *Sacramento* gerettet wurden. Nur drei von Ihnen haben überlebt – Ihre Mutter war nicht darunter.«

Verschiedene Bilder tauchten in Trans Erinnerung auf, während die amerikanische Offizierin mit leiser Stimme weitersprach. »Sie landeten schließlich in einem Waisenhaus hier in Singapur – und erwiesen sich als hervorragender Schüler und Sportler. Nachdem Sie sich freiwillig zu den Naval Defense Forces gemeldet hatten, gingen Sie aufs College und danach zur Polizei. Während dieser ganzen Zeit waren Sie von zwei Dingen beseelt – zum einen von einem grenzenlosen Hass auf die Piraterie und alle Piraten, zum anderen von dem Wunsch, Ihre Schwester zu finden.«

»Sie verstehen Ihr Handwerk wirklich sehr gut«, stellte Tran anerkennend fest.

Christine nahm das Kompliment mit einem Kopfnicken an. »Na ja, ich bemühe mich. Jedenfalls gelang es Ihnen schließlich, Ihre Schwester zu finden – wenn auch nicht so, wie Sie es sich gewünscht hätten. Im Sommer 2002 erfuhren Sie, dass sie zwei Jahre zuvor in einem Bordell in Bangkok an einer Kombination von AIDS und Syphilis gestorben war.«

Wie klar diese graublauen Augen blickten. Und wie

eindringlich sie ihn ansahen. »Seltsamerweise«, fuhr sie fort, »starb der Besitzer des Bordells, der Ihre Schwester gekauft und gemanagt hatte, kurze Zeit später. Er wurde erschossen in seiner Wohnung aufgefunden – geradezu hingerichtet, mit einer einzigen 9-mm-Kugel hinter das Ohr. Die üblichen Verdächtigen wurden verhört, doch der Täter wurde nie aufgespürt. Nicht dass man sich große Mühe gegeben hätte, ihn zu finden.

Interessanterweise gab es wenig später einen zweiten ungeklärten Mordfall, diesmal in einem Küstendorf auf der malaiischen Halbinsel. Ein reicher, aber ziemlich berüchtigter ehemaliger Kapitän eines Fischerbootes, von dem man annimmt, dass er als Pirat im südchinesischen Meer tätig war, wurde ebenfalls tot aufgefunden – und wieder mit einer 9-mm-Kugel hingerichtet.«

Christine Rendino stellte ihr Glas zur Seite und streckte die Hand aus. Mit einer Fingerspitze öffnete sie Trans Jackett so weit, dass die 9-mm-Glock zum Vorschein kam.

»Ich selbst bevorzuge eine SIG Saur P226«, sagte sie und lehnte sich wieder in ihrem Stuhl zurück. »Nein, Inspektor. Ich glaube, wenn es einen Menschen in Südostasien gibt, dem wir in dieser Sache trauen können, dann sind es Sie. Kommen Sie auf unsere Seite, Tran. Helfen Sie uns, diese Kerle auszuschalten. Es gibt viele Mädchen wie Ihre Schwester.«

Er merkte, dass das Glas in seiner Hand gleich zerspringen würde, und stellte es vorsichtig nieder. »Ich habe in letzter Zeit viel gearbeitet, Commander Rendino. Ich glaube, dass mir ein Urlaub gut tun würde.« Sein Mundwinkel zuckte nach oben. »Vielleicht eine längere Seereise.«

»Ja!«, rief Christine Rendino triumphierend und verwandelte sich für einen kurzen Augenblick von der Offizierin wieder in das Touristenmädchen, das er zuvor in den Zug hatte einsteigen sehen. »Glauben Sie, Sie könnten uns Hinweise liefern, damit wir herausfinden, wer hinter der Organisation steckt? Wer wirklich die Fäden zieht?«

»Ich kann Ihnen mehr als das liefern«, antwortete Tran mit Nachdruck. »Ich kann Ihnen sogar seinen Namen verraten. Ich kann Ihnen auch sagen, welche Streitmacht ihm zur Verfügung steht, wer seine Verbündeten sind und welche Ziele er verfolgt. Zum Teil kenne ich auch seine Kontaktpersonen im internationalen Wirtschaftsleben. Ich kann Ihnen eine ganze Menge verraten. Leider kann ich fast nichts davon beweisen.«

Die Inseln Indonesiens

Anfang August 2008 Eine Woche lang kreiste ein unerbittlicher Raubvogel über den Schifffahrtsstraßen der indonesischen Inselgruppe. Von den Andamanen nach Süden entlang Kepulauan Mentawai und weiter östlich vorbei an der Christmas Insel bis hin zur Timorsee zog der nächtliche Jäger dahin – auf den Spuren der Handelsschiffe dieser Welt, die ihm als Köder dienten.

Ohne irgendwelche elektronischen Emissionen von sich zu geben, und durch seine Tarnkappe vor Radarbeobachtung geschützt, folgte der Jäger den riesigen Containerschiffen in die Malaccastraße und lauerte ihnen in der Sundastraße auf. Er beobachtete die Fähren, die zwischen Bali und Sumatra unterwegs waren und beschattete die Küstenschiffe, die Sandelholz und Vanille nach Jakarta und Telukbutun beförderten; niemand hatte eine Ahnung, dass er aus der Dunkelheit beobachtet wurde.

Wenn der neue Tag anbrach, zog sich der stille Jäger

auf das offene Meer zurück und verbarg sich vor den Patrouillenflugzeugen und den Schiffen hinter einer Sturmfront oder einer Gewitterwolke, um sich im Rhythmus von Meer und Wetter treiben zu lassen.

Doch sobald es Nacht wurde, kam er wieder aus seinem Versteck hervor, um die Jagd erneut aufzunehmen.

Südlich der Sundastraße

10. August 2008, 23:20 Uhr Ortszeit Die *Cunningham* hatte alle Lichter an Deck gelöscht, und ihre Schrauben drehten sich gerade schnell genug, um den Kurs zu halten, während das Schiff jenseits der üblichen Schifffahrtsstraße seine Kreise zog.

Stone Quillain stand auf den Decksaufbauten des Kreuzers und blickte von der Oberdecksreling hinunter. Unten im Meer vermochte er schwache Lichtwirbel wahrzunehmen. Im Kielwasser und der Bugwelle leuchtete es blaugrün von zahllosen winzigen Meeresbewohnern, die das Eindringen des Schiffes in ihr Reich hinnehmen mussten. Tiefer unter der ölig schimmernden Meeresoberfläche schossen amorphe leuchtende Objekte hin und her. Mit dem Untergehen der Sonne kamen manch größere Meeresbewohner aus den dunklen Tiefen nach oben, um Nahrung zu suchen.

Über der Meeresoberfläche waren andere Lichter zu sehen. Ein goldener Halbmond stand am Himmel und warf sein Licht auf die fernen zerklüfteten Gebirgsketten von Sumatra. In der Sundastraße leuchteten die Positionslichter von zahlreichen Küstenschiffen und kleinen Booten und die Küsten von Sumatra und Java hoben sich ebenfalls durch ferne Lichter von der Dunkelheit ab.

Gelegentlich kam eines der kleineren Boote allzu nahe heran, und die Maschinen der Duke erwachten und trieben das verdunkelte Kriegsschiff etwas tiefer in die Nacht hinein.

Auch ein seltsames Leuchten war am Himmel zu sehen, das Stone sich nicht erklären konnte – ein pulsierendes orangefarbenes Licht vor den Wolken, die über den Bergen Sumatras lagen. Es war irgendwie anders als Feuer, Blitz oder die Lichter einer Stadt, was dem Marine ein seltsam unangenehmes Gefühl verursachte.

»Hallo, Stone. Sie können wohl auch nicht schlafen?« Der oberste Durchzug der Kunstoff-Reling gab nach, als Amanda sich darauf stützte.

»So ist es«, antwortete er, zu der schattenhaften Gestalt neben sich gewandt. »Es ist trotz der Klimaanlage ziemlich stickig unter Deck. Hier oben ist es etwas besser, aber ich wünschte, der Wettergott würde hier mal die Fenster öffnen, damit wieder etwas frische Luft reinkommt.«

»Ja, das könnte nicht schaden.«

Eine Weile lehnten sie schweigend an der Reling und lauschten dem leisen Geräusch der Turbinen und dem Rauschen des Kielwassers. Schließlich zeigte Stone, um die Stille zu durchbrechen, auf den mysteriösen Lichtfleck am Himmel, den er zuvor schon beobachtet hatte. »Sagen Sie, Skipper, haben Sie vielleicht eine Ahnung, was das da drüben sein könnte? Ich beobachte das jetzt schon eine ganze Weile und ich könnte fast schwören, dass es Artilleriefeuer ist.«

»In gewisser Weise sind Sie recht nahe dran, Stone«, antwortete Amanda nachdenklich. »Ich schätze, dass es sich um einen Vulkanausbruch handelt. Das passiert hier in der Gegend recht oft.«

Stone zog eine Augenbraue hoch. »Wie oft?«

»Sehr oft. Indonesien ist das Zentrum der vulkanischen Aktivität im Pazifik. Die Inselgruppe hat über siebzig bekannte aktive Vulkane. Fünfzehn allein hier auf Sumatra.«

»Siebzig Vulkane? Skipper, Sie nehmen mich wohl auf den Arm?«

Amanda schüttelte den Kopf und Stone glaubte ein Lächeln auf ihren Lippen zu erkennen. »Nein, kein bisschen. Die Geologen sagen, dass die australische und die eurasiatische Platte hier vor ungefähr fünfzehn Millionen Jahren zusammengekracht sind. Durch die Kollision hob sich die ozeanische Gebirgskette empor, die heute die indonesische Inselgruppe bildet. Sie können sich vorstellen, welche Energien da am Werk waren. Erdbeben und Vulkane sind in Indonesien nicht bloß Naturphänomene, sie gehören irgendwie zum alltäglichen Leben.«

»Kann ich mir vorstellen. Gab es auch mal wirklich große Katastrophen?«

»Ja, die größte in der Geschichte der Menschheit. Als der Tambora auf Sumbawa im Jahr 1815 ausbrach, wurden über fünfzig Kubikmeilen vulkanischen Materials ausgespieen. Dabei kamen mehr als 90 000 Menschen ums Leben. Und dann war da natürlich noch Krakatau.«

»Da hab ich mal einen Film drüber gesehen. War es wirklich so schlimm oder haben sie das nur in Hollywood so dargestellt?«

»Ich würde sagen, kein Drehbuchautor oder Special-Effects-Team könnte dem gerecht werden, was wirklich passiert ist.«

»Was genau ist denn passiert?«

Amanda verschränkte die Arme und versuchte die verschiedenen Informationen aufzurufen, die sie über die Jahre hinweg gespeichert hatte.

»Krakatau war eine verhältnismäßig kleine Vulkaninsel«, begann sie. »Doch im Jahr 1883 hatte sie eine überaus aktive Phase. Die Geologen meinen, dass die Eruptionen so heftig waren, dass sich die Magmakammern unter dem Vulkan teilweise entleerten. Dann wurden die Seitenwände entweder abgestoßen oder brachen nach innen ein, sodass das Meer mitten in den offenen Vulkanschlot eindringen konnte.

Die größte Wasserstoffbombe, die je explodiert ist, kann sich nicht mit der Dampfexplosion messen, zu der es damals kam. Die gesamte Insel verdampfte richtiggehend. Alles, was übrig blieb, war ein Explosionskrater, der fast dreihundert Meter in den Meeresboden reichte.

Sechzig Meter hohe Flutwellen türmten sich auf und verwüsteten jede Küste, die der Insel zugewandt war. Hundertsechzig Städte und Dörfer wurden dem Erdboden gleichgemacht und Schiffe wurden wie Treibholz an Land gespült. Die Zahl der Todesopfer war immens. Allein auf Java gab es mindestens 30 000 Tote.

Die Trümmer und der Schutt der Explosion gingen sogar noch auf Madagaskar nieder, also am anderen Ende des Indischen Ozeans. Den Knall hörte man bis Sydney in Australien und die Flutwellen wurden sogar noch im Ärmelkanal registriert. Die Erschütterung ging dreimal um den gesamten Erdball und noch drei Jahre später waren die Sonnenuntergänge auf der ganzen Welt blutrot von der vulkanischen Asche, die in die oberen Schichten der Atmosphäre geschleudert wurde.«

»Großer Gott!«, murmelte Stone entsetzt und fasziniert zugleich. »Und was ist danach passiert?«

»Krakatau war nach dem großen Knall für eine Weile friedlich, bevor der Vulkan seine Aktivität erneut aufnahm. Die Vulkaninsel baute sich durch eine Reihe von kleineren Eruptionen wieder auf, und *Anak Krakatau*, der Sohn des Krakatau, erhob sich aus dem Meer. Heute hat dieser Sohn schon große Ähnlichkeit mit dem Vater.«

»Du meine Güte! Sie meinen, es könnte wieder passieren?«

Amanda hob die Schultern. »Das scheint durchaus möglich zu sein.«

»Äh, Skipper«, fragte Stone vorsichtig, »wo genau liegt Krakatau eigentlich?«

Amanda zeigte auf ein bizarres Gebilde, das sich vor der *Cunningham* an Steuerbord in der Ferne auftürmte. Das Licht des untergehenden Mondes beleuchtete den schlanken Basaltkegel, der sich mitten in der Sundastraße aus dem Meer erhob und aus dessen zerklüfteter Spitze Dampf aufstieg.

»Genau da drüben.«

Südlich der Sundastraße

11. August 2008, 01:00 Uhr Ortszeit Javanesische *Dangdut*-Popmusik tönte aus dem billigen Kassettenrekorder – mit sanft wiegendem Gesang vor dem Hintergrund der treibenden Schlagzeugrhythmen. Das einzige andere Geräusch in der Nacht war das Pochen und Knarren der miteinander vertäuten Motorboote, die auf den niedrigen Wellen immer wieder gegeneinander stießen. An Bord der kleinen Boote versuchten die Bugi-Piraten jeder auf seine Weise die Anspannung vor dem Angriff abzubauen.

Die jüngeren Männer überprüften wieder und wieder ihre Gewehre und schliffen unnötigerweise noch einmal ihre Messer. Die älteren Männer, die ihre Waffen längst bereit gemacht hatten, saßen in der Dunkelheit und rauchten ihre *Kretek*-Zigaretten. Manche betrachteten das ferne Leuchten über Balembeng an der Südspitze von Sumatra und erinnerten sich dabei an vergangene Streifzüge und den Ruhm, den sie dabei erworben hatten. Andere lagen auf den Bänken und blickten zu den Sternen hinauf, nach denen sich ihre Vorfahren einst auf See orientiert hatten.

Hayam Mangkurat, der Anführer des Überfalls und gleichzeitig Prisenmeister, saß im Heck des Führungsbootes und hob sein leistungsstarkes koreanisches Fernglas an die Augen, um die Positionslichter des sich nähernden Frachters zu studieren.

Die Besatzung war offensichtlich nervös. Das Schiff hatte scharf nach Westen abgedreht, nachdem es aus der Sundastraße aufgetaucht war, und verließ somit die Standard-Schifffahrtsstraße. Es lief nun mit voller Fahrt, um so schnell wie möglich das offene Meer zu erreichen.

Dieser Kapitän war bereits zweimal einem Überfall entkommen, indem er diese Taktik angewendet hatte – doch nun ereilte auch ihn sein Schicksal. Die Augen des *Raja Samudra* blickten sehr weit. Bevor Mangkurats Sippe zu diesem Überfall aufgebrochen war, hatten die Agenten des Königs der Meere diesem nicht nur verraten, welche Fracht dieses Schiff an Bord hatte, sondern auch, welchen Kurs es nehmen würde und wo man es am besten abfangen konnte.

Mangkurat legte das Fernglas beiseite. Nach all den Jahren auf See und unzähligen Streifzügen sah er in der Nacht auch ohne Hilfsmittel immer noch sehr scharf und konnte sich auf sein Urteilsvermögen als Seemann absolut verlassen. Trotzdem war es einfacher, ein Fernglas zu verwenden.

So vieles war leichter geworden, seit der *Raja Samudra* sich ihrer angenommen hatte. Damals, als Junge bei seinem ersten Streifzug, hatte er nichts anderes bei sich gehabt als einen rostigen alten *Parang*, ein Haumesser. Heute trug er eine mächtige automatische Pistole an seinem Gürtel. Sie hatten auch neue Motoren für die Boote bekommen und Funkgeräte, die es ihnen ermöglichten, ständig miteinander in Kontakt zu bleiben. Es gab genug Lebensmittel, Arzneien und andere Luxusgüter für die Dorfbewohner. Sie bekamen sogar Geld für die Polisi, die Armee und die Politiker, die ihnen dafür keine Probleme machten.

Doch das Wichtigste waren die Informationen. Sie erfuhren jetzt laufend, welche der großen Schiffe Frachten mit sich führten, die es wert waren, sie zu kapern, und auch, wo man die Waren mit fettem Gewinn verkaufen konnte. Der König der Meere verlangte zwar seinen Anteil, doch dieser Anteil war gerechtfertigt für das, was sie von ihm bekamen.

Mangkurat hob das Fernglas erneut an die Augen. Das Ziel behielt seinen Kurs bei. Er konnte die weiße Gischt vor dem Bug aufschäumen sehen.

War es sinnvoll, noch etwas länger zuzuwarten? Nein, es war Zeit.

»Ayo!«

Die Musik verstummte augenblicklich. Leinen wurden losgemacht und man schob die Boote auseinander. Persenninge wurden von den Maschinengewehren im Bug entfernt und legten metallisch schimmernde Patronengurte frei, ehe die vorgewärmten Außenbordmotoren knatternd zum Leben erwachten.

Südlich der Sundastraße

11. August 2008, 01:11 Uhr Ortszeit Sie tauchten in ihren Träumen auf, wie so oft, wenn es in einem Einsatz ernst wurde: Erikson, Chief Tehoa, Snowy Banks, Fryguy, Danno und die Marines an Bord der *Bajara*. Alle sprachen die stumme Warnung aus, dass sich ihre Schar bald vergrößern könnte. Zwar erhoben sie keine Anklage, doch sie erinnerten Amanda an den Preis, der zu bezahlen war. Immer wieder kamen sie, um sie zu mahnen …

Amanda öffnete die Augen und blickte in das blau erleuchtete Halbdunkel der Kabine mit den zwei Kojen. Einen Moment lang wusste sie nicht, wo sie war. An Bord der Duke, ja, aber das hier war nicht ihr Quartier.

Rasch kehrte die volle Erinnerung zurück. Sie war nur zu Gast an Bord der *Cunningham* und das Quartier des Kommandanten gehörte nun Ken Hiro. Nachdem sie am Abend lange vergeblich gewartet hatte, dass sich vielleicht etwas tat, war sie nach unten in das Gästequartier gegangen, um ein paar Stunden zu schlafen.

Doch was hatte sie nun wach werden lassen? Was ging mit dem Schiff vor? Die Duke unterstand zwar nicht mehr ihrem persönlichen Kommando, doch sie wusste immer noch genau, wie sich die kleinsten Vibrationen an Bord anfühlten. Sie streckte die Hand nach unten aus und presste sie gegen das Deck.

Die Leistung der Triebwerke wurde hochgefahren. Der Kreuzer lief mit voller Kraft voraus und vollführte eine scharfe Wende. Amanda spürte, wie sich der Rumpf neigte. Sie hatte die Koje bereits verlassen und war in die Hose geschlüpft, als der Ruf auf die Gefechtsstationen ertönte.

»Alles auf Gefechtsstation, Flugbetrieb! Alle Mann, klarmachen zum Helikopterstart! Alle Fliegercrews unverzüglich an Deck! Entermannschaft der Marines klarmachen! Alle Stationen – Ausführung! Dies ist keine Übung! Ich wiederhole, dies ist keine Übung!«

Das Kabinentelefon klingelte und Amanda nahm rasch den Hörer ab. »Ja, Ken?« Sie brauchte nicht erst zu fragen, wer am anderen Ende der Leitung war.

»Wir haben einen von ihnen, Captain. Die russische

RO/RO *Piskow* meldet, dass sie von Piraten angegriffen und soeben geentert wird. Sie ersucht um Beistand.«

»Wo ist sie?«

»Vor der Sundastraße, vierundfünfzig Seemeilen südwestlich unserer gegenwärtigen Position. Die *Piskow* meldet, dass sie von vier Boghammer-Kanonenbooten angegriffen wird. Wie im Einsatzplan vorgesehen, laufen wir mit Höchstfahrt auf das Schiff zu. Kampfhubschrauber und Enter-Helis werden klargemacht zum Start. Haben Sie weitere Anweisungen für uns, Ma'am?«

»Ja, ich denke schon«, antwortete Amanda und klemmte den Hörer zwischen Kopf und Schulter, um rasch ihr Hemd zuzuknöpfen. »Nehmen Sie Verbindung mit der Global-Hawk-Kontrollzentrale auf. Sie sollen eine konzentrische Suche von der *Piskow* aus beginnen. Diese Boghammer haben vielleicht ein Mutterschiff irgendwo in der Nähe. Ich möchte, dass es gefunden wird. Und decken Sie den Notruf der *Piskow* mit Störfunk zu.«

»Wiederholen Sie bitte, Ma'am.«

»Sie haben mich richtig verstanden, Ken. Überlagern Sie die Funksprüche der Russen mit Störfunk. Breites Spektrum und volle Leistung. Schalten Sie den gesamten Funkverkehr in der Gegend aus. Ich will nicht, dass irgendjemand außer uns zu dem Rendezvous kommt.«

»Alles klar, Ma'am.«

»Und verständigen Sie Commander Richardson, dass er einen zusätzlichen Fahrgast bekommt.«

»Aye aye.«

Sie legte den Hörer auf und schnappte sich ihre Ausrüstung, die neben der Kabinentür hing – zuerst den Pistolengurt mit dem Navy-Mark4-Überlebensmesser, den Taschen und dem veralteten Lederholster mit der MEU-Pistole Kaliber .45, des weiteren die kombinierte Schwimm- und Gefechtsweste, Modell 1-C, die mit kompletter Überlebensausrüstung versehen war. Sie griff sich rasch an den Hals, um sich zu vergewissern, dass ihre ›Hundemarke‹ da war, wo sie sein sollte, und machte sich dann auf den Weg in die Nacht hinaus.

Ein warmer Wind wehte über die Decks der *Cunningham* hinweg, während sie zügig vorankam. Die See tobte in ihrem Kielwasser, von den mächtigen Schrauben des Schiffes aufgepeitscht.

Im Hangar zogen Angehörige der Flugabteilung die radarabsorbierenden RAM-Hüllen von den beiden Seawolve-Hueys. Rotoren wurden auseinandergefaltet, und gedämpft blaugrün leuchtende Instrumentenbeleuchtungen schalteten sich ein, als die Crews ihre Start-Checklisten durchgingen.

»Triebwerk an!«, rief eine warnende Stimme durch ein Cockpit-Fenster, und die erste Turbine lief an.

»He, Skipper!« Amanda hörte den Zuruf trotz des zunehmenden Lärms an Deck. Stone kam auf sie zu; seine imposante Gestalt wurde durch die Gefechtsweste sowie das Gepäck aus elektronischen Gerätschaften und Munition noch betont. »Das Boarding-Team macht sich im Hangar bereit und der Heli rollt auf den Aufzug, sobald euer Heli in der Luft ist. Wir werden fünf Minuten hinter euch sein!«

»Okay. Wir warten auf euch, damit ihr auf zwei Minuten rankommen könnt. Haben Sie's auch gehört, Cobra?«

»Zwei Minuten«, tönte es von einer dritten, hoch gewachsenen Gestalt in Fliegerkombi und Helm, die aus der Dunkelheit hervortrat. »Verstanden.«

»Dann geht alles, wie in den Planungssitzungen besprochen, Gentlemen. Beim ersten Überflug wird das Piratenboot vertrieben oder zerstört, sodass die Enterer auf dem Schiff abgeschnitten sind. Beim zweiten Überflug wird das Deck aufs Korn genommen, damit unsere eigene Entermannschaft freie Bahn hat. Danach räumen wir den Rest auf. Nicht vergessen, dass es bei dieser Operation um nachrichtendienstliches Material und Gefangene geht.«

»Aye aye!«

»Das ist unser erster Flug in dieser Mission. Viel Glück uns allen!«

Sie hob die Hände, die Handflächen nach außen gerichtet, worauf zwei kräftige Hände klatschend die ihren trafen.

Quillain verschwand im Inneren der Aufbauten, während Amanda mit Richardson zu dem wartenden Wolf One eilte. Sie kletterte in die Kabine und ließ sich in den Sitz hinter den Piloten fallen, worauf der Crew Chief ihr einen Helm reichte. Sie setzte ihn auf und stöpselte die Kabel für Strom und Bordsprechanlage ein, um ihren Kommandokopfhörer und das Nachtsichtgerät zu testen.

Die beiden Bordschützen von Wolf One waren die Letzten, die an Bord gingen. Mit ihren unförmigen Heads-up-Display-Zielhelmen und ihren asymmetrisch verzerrten Gestalten, was an den MX-214-Miniguns lag, die sie an den Hüften trugen, wirkten sie wie irgendwelche Special-Effects-Geschöpfe aus einem Science-fiction-Film.

Doch die Realität war durchaus genauso bizarr wie irgendeine Science-fiction-Handlung. Diese Männer waren richtiggehende Cyborg-Krieger; Mensch und Waffe waren gleichsam zu einem einzigen Waffensystem verschmolzen.

Während der langen Jahre des Helikopter-Krieges in Vietnam hatte man gelernt, dass keine fest montierte Waffe so schnell und flexibel bedient werden konnte wie eine Waffe, die der Schütze selbst trug. Dementsprechend kamen die Veteranen aus diesem Konflikt auf die Idee, ihre Maschinengewehre mit Gurten am Körper zu befestigen.

Die Seawolves beherzigten diese Erkenntnisse.

Steif ließen sich die Schützen auf den Sitzen nieder, die an den Seitenluken nach außen gerichtet waren. Die Sicherheitsgurte wurden an den Montagepunkten befestigt, und die Miniguns wurden mittels Zuführer mit den Munitionsmagazinen verbunden, die im Kabinendach eingebaut waren. Alle Systeme – vom Bordfunk über die Laser-Zielgeräte bis zum Helmdisplay, wurden einem letzten Check unterzogen. Die Crew und der Kampfhubschrauber verschmolzen zu einer Einheit.

Amanda fand die ganze Prozedur fast ein wenig beängstigend.

Flackernde Rotoren verdunkelten die Sterne, und Wolf One erzitterte auf seinen Kufen. Cobra Richardson drehte sich in seinem Pilotensitz um. Sein schneidiger Errol-Flynn-Schnurrbart war in dem gedämpften Licht als dunkler Streifen in seinem blassen Gesicht zu erkennen. »Sind startklar, Captain. Wir sind in ungefähr zwanzig Minuten beim Ziel.«

Lieutenant Commander Richard ›Cobra‹ Richardson war ein außerordentlich vielschichtiger Mensch. Er hatte einst dem Kampfhubschrauber-Geschwader der Küstenwache gewechselt, das von der Karibik aus den Kampf gegen den Drogenhandel führte. Von dort war er zur Navy und zu den Seawolves übergewechselt. Seine Motivation war die Gleiche gewesen wie zuvor, als er vom Air Commando Wing der U.S. Air Force zur Küstenwache gewechselt war – ein nicht zu stillender Hunger, überall dort zu sein, wo es wirklich um etwas ging.

Vince Arkady hatte Amanda den Piloten empfohlen. »Cobra ist wie geschaffen für deine Mission, Babe. Er ist eine gute Führungspersönlichkeit und kann jeden Heli fliegen, der vorstellbar ist, und zwar bis an die Grenzen des Möglichen. Und er fühlt sich bei jeder Art von Einsatz wohl. Du musst nur mit der Tatsache leben, dass er ein klein wenig verrückt ist.«

Amanda lächelte im Stillen. *Wenn du das sagst, Arkady, dann ist das wirklich ein großes Lob.*

»Legen Sie los, Cobra«, sagte sie laut.

»Aye aye. *Cunningham* Airboss, hier spricht Wolf One. Wir starten jetzt. Wolf Two, ihr folgt mir.«

Das Zittern schwoll zu einem tiefen Vibrieren an, als der Pilot den kollektiven Blattverstellhebel zu sich zog und der Rotor seine Wirkung zu entfalten begann. Im nächsten Augenblick hob sich Wolf One sanft empor, von dem Luftkissen über dem Schiffsdeck getragen. Durch die Enge des Hubschrauberlandeplatzes hatten Cobra und sein Kopilot nur eine Armlänge Platz zwischen den Rotorblattspitzen ihres Hubschraubers und denen von Wolf Two. Cobra brachte den Super Huey in den Schwebeflug und ließ ihn einige Augenblicke verharren, bevor er scharf abdrehte. Als sie das Deck des Kreuzers hinter sich hatten und das Luftkissen nicht mehr wirksam war, fiel der schwer beladene Helikopter wie ein Stein vom Himmel.

Amanda war vor diesem Phänomen gewarnt worden – dennoch krampfte sich alles in ihr zusammen, als die Maschine abrupt fast bis zu den Wellen hinuntertauchte, während Cobra den Heli bereits in den Vorwärtsflug beschleunigte.

»Kein Problem, Ma'am«, stellte er fest, ohne auch nur über die Schulter zurückzublicken.

»Ich nehme Sie beim Wort, Commander.« Amanda drehte sich auf ihrem Sitz um und blickte nach achtern durch die offene Seitentür hinaus. Wolf Two hatte ebenfalls bereits abgehoben und reihte sich nun hinter ihnen ein. Der Kampfhubschrauber flog ohne Positionslichter und wirkte deshalb wie ein Schatten vor einem samtschwarzen Hintergrund; nur der schwache Lichtschein der Cockpitanzeigen markierte seine Position.

Etwas weiter achtern zeichnete sich die *Cunningham* einen Augenblick vor dem untergehenden Mond ab, bevor auch sie von der Dunkelheit verschluckt wurde. Die Triebwerke der Seawolves heulten auf voller Leistung, als die Maschinen die Nasen senkten und in die Nacht eintauchten.

Es gab noch ein anderes Flugobjekt, das auf den Notruf reagierte.

Aus seiner Höhe von 60 000 Fuß waren die Inseln Indonesiens nur schwarze Flecken vor dem grauen Meer, die mit den schimmernden Lichtpunkten von Städten und Dörfern übersät waren. Global Hawk Teal-Niner hatte bereits zehn Stunden seiner Mission hinter sich und noch acht Stunden vor sich, ehe er vom nächsten G-Hawk abgelöst werden würde.

Mit minimaler Leistung des Mantelstromtriebwerks war die Aufklärungsdrohne in einem weiten Bogen über dem Süden Sumatras und dem Westen Javas gekreist, während sie auf ein Kommando wartete. Um auch diese Zeit des Wartens zu nützen, war das Luftfahrzeug so programmiert worden, dass es eine Reihe von sekundären Missionen ausführen konnte. Es beobachtete den Schiffsverkehr, nahm einige der abgelegeneren Inselgruppen mit Infrarot- und restlichtverstärkenden Kameras unter die Lupe und ließ eine Signal-Intelligence-Suche nach ungewöhnlichen Funksprüchen ablaufen. Für die künstliche Intelligenz an Bord von Teal-Niner war all das keine Hexerei.

Die gesammelten Daten wurden verschlüsselt, für die Microburst-Übertragung aufbereitet und über eine MILSTAR-Verbindung an Curtin Base sowie an die sekundäre Kontrollzentrale der Drohne an Bord der USS *Carlson* übermittelt.

Bisher war jedoch nichts Auffälliges zu registrieren gewesen. Zwischendurch wurde die Global-Hawk-Drohne vom indonesischen Luftverteidigungsradar erfasst, doch das war kein Grund zu größerer Beunruhigung. Die Indonesier hatten keine Waffen, mit denen sie in so große Höhen gelangen konnten; außerdem war die gut getarnte Drohne höchstens als geisterhaft schwache Erscheinung auf den Radarschirmen zu erkennen – ein unbekanntes Flugobjekt, dem man keine größere Beachtung schenken würde.

Plötzlich öffnete sich über die MILSTAR-Verbindung ein Kommandokanal, und ein ferner menschlicher Systemoperator griff in die Abläufe ein, die bis dahin vom autonomen Bordcomputer gesteuert worden waren. Die Drohne erhöhte ihre Geschwindigkeit und verließ den vorgegebenen Kurs, um ein neues Ziel anzufliegen. Die Sensoren und Kameras in ihrem Bauch schwenkten herum und richteten sich auf einige dicht beieinander liegende Lichter, die draußen im Meer zu erkennen waren.

»Achtung, TACBOSS, Seawolf Lead und Dragon 6, hier spricht Raven's Roost. Wir haben neue Informationen«, ertönte die Stimme der Intel-Offizierin, die in knappen Worten die neuen Daten übermittelte.

»Ziel ist das russische Schiff *Piskow*, 24 000 Tonnen Verdrängung, 183 Meter lang. Ein in Finnland gebautes Roll On/Roll Off-Trailerschiff ... Unterwegs von Wladiwostok nach Haifa, Neapel und Marseilles. Alle Frachtdecks beladen. Heckrampe, Steuerbordseite ... hohes

Deckhaus achtern ... kurzer Mast am Vordeck ... Mittschiffs-Decks sind leer außer zwei Reihen von Gebläsegehäusen ... Schiff liegt regungslos im Wasser, aber beleuchtet.

Wir sehen etwa acht Angreifer an Deck ... Die Crew wird anscheinend unter Deck festgehalten ... Wir haben drei Boghammer-Boote längsseits des Schiffes, an Steuerbord achtern ... Ein viertes Boghammer hält sich in der Nähe des Hecks auf ... Die schwersten Waffen sind Sturmgewehre und leichte Maschinengewehre.«

Richardson zeigte ein wölfisches Grinsen, wie es sich für einen Seawolf gehörte. Offensichtlich betrachtete er die Situation als ganz ordentliche Herausforderung für den ersten Einsatz.

Amanda Garrett beugte sich zwischen den Pilotensitzen nach vorn; sie musste seine Gedanken erahnt haben. »Nicht vergessen, Cobra«, warnte sie ihn, »ich möchte, dass hinterher noch was übrig ist.«

Er warf ihr einen kurzen Blick über die Schulter zu. »Sind drei von vier genug?«

»Damit kann ich leben.«

»Alles klar.«

»Und das russische Schiff sollte möglichst heil bleiben«, fügte sie hinzu. »Ich brauche es seetüchtig.«

Cobra drehte sich erneut kurz zu ihr um. »Sie machen es lieber auf die schwierige Tour, nicht wahr, Ma'am?«

Sie blickte ihn mit einem listigen Lächeln an. »Wenn Sie es gern leicht hätten, dann wären Sie wahrscheinlich bei den Air Commandos geblieben.« Sie schaltete ihr Mikrofon von der Bordsprechanlage auf den taktischen Kanal um. »Dragon Six, sind Sie hinter uns?«

»Roger, Skipper«, ertönte Stone Quillains Stimme aus dem Kopfhörer. »Wir haben Sie auf den FLIR-Schirmen. Wir sind ca. drei Kilometer hinter Ihnen.«

»Was halten Sie von der Situation?«

»Sieht so aus, als müssten wir uns zum Schiff abseilen. Wir werden das Oberdeck mit Tränengas und Flashbang-(Blend- bzw. Blitz-/Knall-)Granaten eindecken und dann mittschiffs an Bord gehen. Es wird nicht ganz einfach, aber ich denke, wir werden es hinbekommen. Wichtig ist, dass der Helikopter uns das Feuer der Kerle aus Deckhaus und Brücke vom Hals hält, wenn wir an Bord gehen – zumindest für etwa dreißig Sekunden.«

Richardson drückte auf den Mikrofonknopf an seinem kollektiven Blattverstellhebel. »Betrachten Sie das als Ihr geringstes Problem, Kumpel. Die Wolves werden zur Stelle sein.«

»Roger, freut mich zu hören.«

Amanda aktivierte erneut ihr Mikrofon. »Das klingt, als hätten wir schon einen Plan, Gentlemen. Raven's Roost, hier TACBOSS. Gibt es sonst irgendwelchen verdächtigen Überwasserverkehr in der Gegend?«

»Positiv, TACBOSS. Wir haben da allem Anschein nach zwei größere Bugi-Schoner ungefähr acht Seemeilen achtern der *Piskow*. Es handelt sich mit hoher Wahrscheinlichkeit um die Mutterschiffe der Piraten.«

»Ja, kein Zweifel. Sie halten sich abseits, bis die Entermannschaft das Ziel gesichert hat, dann kommen sie heran, um die Beute zu übernehmen. Bleibt an den Mutterschiffen dran, Raven's Roost. Sie haben für euch oberste Priorität. Ich will genau wissen, was sie tun, wenn wir auf der *Piskow* eingreifen.«

»Knöpfen wir sie uns denn nicht vor, Ma'am?«, fragte Richardson.

Amanda schüttelte den Kopf. »Diesmal nicht, Commander. Ich will, dass die Mutterschiffe heim zu Papa laufen.«

»Ah, verstehe.«

In diesem Augenblick hob der Kopilot von Wolf One eine Hand und zeigte auf etwas jenseits der Cockpitscheibe. »Lichter am Horizont. Rechts voraus!«

Amanda warf einen Blick auf ihr aktives GPU-Display und klappte dann ihr Nachtsichtgerät herunter. »Das ist es. Ziel in Sicht. Alle Einheiten, Waffen klarmachen! Gentlemen, es geht los!«

»Ihr habt die Lady gehört. Wolf Two, jetzt geht's rein ins Getümmel.«

Cobra spürte, wie Wolf One ganz leicht wackelte, als das Gewicht im Inneren des Helis verlagert wurde. In seinen Seitenspiegeln sah er, wie seine Schützen auf die kleinen Plattformen hinaustraten, die außerhalb der Türen angebracht waren. Nur von ihren Gurten gestützt, hockten sie im Fahrtwind, die Zielvisiere nach unten geklappt und die Miniguns im Anschlag.

Vor ihnen kamen die Lichter der *Piskow* rasch näher.

Auf den Decks des großen russischen Frachters gingen die Wachposten der Piraten mit geschulterten Sturmgewehren langsam auf und ab. Sie waren nicht leichtsinnig, aber ihrer Sache doch sehr sicher. Der schwierigere Teil der Arbeit war erledigt. Der Rest sollte nur noch Routine sein.

Der Entervorgang war reibungslos verlaufen. Etwas Maschinengewehrfeuer auf die Brücke hatte die Crew dazu gebracht, die Maschinen zu stoppen. Die russischen Seeleute hatte man in ihre Quartiere getrieben und eingesperrt. Prisenmeister Mangkurat und seine Leute waren bereits unten auf den Fahrzeugdecks, um die Schlösser an den Lasttrailern zu öffnen, die man ihnen in den Anweisungen angegeben hatte. Bald würde es Zeit sein, die *Pinisi* zum Laden zu rufen. Im Morgengrauen würden sie bereits nach Hause segeln, mit neuen Reichtümern an Bord.

Die Männer lächelten bei dem Gedanken an ihre Familien, an die jungen Frauen, denen man imponieren konnte, oder an die Geschenke, die man austeilen würde.

Und dann kam das knatternde Dröhnen aus der Dunkelheit, das rasch lauter wurde.

Zigaretten wurden weggeworfen, Gewehre von den Schultern gerissen und Spannhebel gezogen. Die Augen der Seeleute verengten sich in dem Bestreben, die Dunkelheit zu durchdringen, die den Frachter umgab.

Es sollte doch eigentlich keine Bedrohung von außen geben. Das hatte ihnen schließlich der *Raja Samudra* versichert.

Cobra aktivierte sein Mikrofon. »Wolf Two – Wolf Lead. Das eine Boghammer achtern der *Piskow* gehört euch. Nehmt es mit einer Hellfire aufs Korn. Ich schnappe mir die anderen. Ich schlage zu, überfliege den Frachter und drehe dann nach links ab. Ihr dreht nach rechts ab, überfliegt den Frachter hinter mir und kommt die Steuerbordseite entlang. Kümmert euch um alles, was mir vielleicht entgeht.«

»Roger.«

Der Super Huey erzitterte in seinem Sinkflug. Die *Piskow* war nicht länger eine Leuchterscheinung am Horizont – sie zeigte sich nun im Licht ihrer Decksbeleuchtung als elegantes, schlank gebautes Frachtschiff.

»Vajo«, wandte sich Richardson an seinen Kopiloten. »Sie nehmen die Fünfundzwanziger-Granaten. Gehen Sie auf Luftdetonation.«

Wolf Ones Kopilot hob eine Hand zu dem Waffenbrett über ihm, um eines der beiden Magazine für den Granatwerfer aufzurufen und das System klarzumachen. Ein Computergrafik-Fadenkreuz erschien vor seinen Augen, das auf das Visier seines Helm-Heads-up-Displays projiziert wurde.

Er drehte den Kopf ganz leicht, und der Waffenturm schwenkte herum; die Mündung der Crew Served Objective Weapon suchte sich den Punkt im Zentrum des Helmvisiers. Der Kopilot starrte auf sein Ziel und entsicherte die Waffe mit dem Schalter an seinem Steuerknüppel, der gleichzeitig zum Scharfmachen diente.

»Turm ist bereit. Auf Annäherungszündung eingestellt. Waffe ist scharf!«

»Verstanden. Zehn Sekunden bis zum Ziel.«

»Hier spricht Wolf Two«, meldete sich eine Stimme über Funk. »Wir eröffnen das Feuer!«

Orange-blaue Flammen leuchteten jenseits der Cockpitscheibe auf. Ein Hellfire-Flugkörper löste sich von einem der Stummelflügel von Wolf Two und schoss auf das Piraten-Kanonenboot zu, das achtern des Frachters lag. Der präzisionsgesteuerte Hundert-Pfund-Flugkörper folgte dem Pfad, der ihm von dem pulsierenden Laserpunkt des Waffensystems vorgegeben wurde.

Das Boghammer ging in einer Explosion aus Flammen und Gischt unter. Die Schlacht hatte begonnen.

Eine Salve von Leuchtspurgeschossen brach von einem der anderen Piratenboote hervor, dann eine zweite und eine dritte Salve, als die Schützen auf die Bedrohung aus der Luft reagierten. Zusätzliches Feuer flackerte an der Reling des Frachters auf, als die Entermannschaft in den Kampf eingriff. Gegen die Schützen an Deck konnte im Augenblick nicht viel getan werden, doch es war eindeutig Zeit, sich um die restlichen Kanonenboote zu kümmern.

»Die Entfernung stimmt! Feuer!«, brüllte Richardson.

Die OCSW spie ihre 25-mm-Granaten aus, die von den Induktionsspulen rund um das Rohr der Waffe auf Antipersonnel-Luftdetonation programmiert wurden. Der Feuerstrom schoss auf die vertäuten Boghammer-

Boote zu, ohne sie jedoch ganz zu erreichen. Die Granaten detonierten knapp oberhalb des Zieles und ließen einen wahren Splitterhagel los. Der Kopilot hielt den Knopf gedrückt und ließ seinen Blick über die drei Piratenboote wandern, auf denen die tödlichen Geschosse alles Leben auslöschten.

Amanda sah die Detonationen über den Kanonenbooten aufleuchten, doch sie bemerkte auch, dass die vom Mondlicht beschienenen Wellen unter ihnen immer näher kamen. Offensichtlich waren sie tiefer als das Deck der *Piskow* abgesunken, sodass die Seitenwand des Frachters wie eine mächtige Klippe vor ihnen aufragte.

»Cobra?«, fragte sie mit einem erstickten Ruf.

Die Blattverstellhebel wurden zurückgerissen. Wolf One fing sich und machte einen mächtigen Satz, wie ein Vollblutpferd, das einen Zaun überspringt, wobei eine der Kufen für einen Sekundenbruchteil eine Linie über die Meeresoberfläche zog.

Einen Augenblick lang starrte ein entgeisterter Bugi-Pirat durch die Seitentür herein, als der Helikopter zwischen Deckhaus und Fockmast über das Deck der *Piskow* hinwegbrauste.

Amandas Hände umklammerten den Rahmen ihres Sessels, während der Kampfhubschrauber eine atemberaubend steile Kurve flog. Durch die Tür zur Linken konnte man nichts erkennen als die mondbeschienene Meeresoberfläche. Der Schütze, der sich immer noch draußen auf seiner Plattform befand, hing offenbar völlig gelassen in seinen Sicherheitsgurten, als wäre dies das Selbstverständlichste auf der Welt.

Als die Decksaufbauten der *Piskow* genau zwischen dem Super Huey und den feuernden Piraten an Deck lagen, ging die Maschine wieder in die Waagrechte und brauste in die Nacht hinaus.

»Haben sie was gesagt, Ma'am?«, fragte Cobra Richardson und blickte über die Schulter zurück.

»Ach, nicht so wichtig«, entgegnete Amanda und zwang sich, ihre verkrampften Hände von dem Sessel zu lösen.

Die Augen und das Gesicht durch seine Gasmaske geschützt, griff Stone Quillain nach der Sicherheitsleine und lehnte sich aus der offenen Seitentür des HH-60-Oceanhawk-Transporthubschraubers. Während er das näher rückende Ziel studierte, meldete sich Amanda Garrett über den winzigen Lautsprecher, den er hinter dem Ohr festgeklebt hatte.

»Dragon Six, wir sind bereit, euch Feuerschutz zu geben. Wie ist eure Position?«

»Neunzig Sekunden bis zum Ziel«, antwortete er in sein Kehlkopfmikrofon. Seine Worte wurden von dem PRC-6725-Leprechaun-Transceiver übertragen, den er an seiner Tragevorrichtung befestigt hatte. »Es sieht gut aus.«

»Alles klar. Jetzt sind Sie an der Reihe, Stone. Sichern Sie das Schiff und die Besatzung und bringen Sie mir Gefangene!«

»Verstanden, Skipper. Leicht hat man's nicht mit Ihnen.« Stone hatte wohlweislich den Daumen von der Sprechtaste genommen, bevor er den zweiten Satz murmelte. Er mochte ja seine Zweifel an dieser neumodernen Kriegsführung haben, die sich häufig auf nicht-tödliche Waffen stützte – doch andererseits sah er ein, dass sie darauf angewiesen waren, Informationen über den Feind zu gewinnen.

Er schaltete auf das zigarettenschachtelgroße AN/PRC-6725F-Handy für kurze Reichweite um, das er seitlich am Helm befestigt hatte. »Es geht los! Klarmachen und Waffen laden!«

Im Inneren des dunklen Helikopterrumpfes holten geübte Hände Waffenmagazine aus Taschen hervor und steckten sie in die Ladeschächte, je zwei pro Waffe. So wie Stone selbst trugen alle fünfzehn Mann des Marine Force Recon Platoon die neuen Selectable Assault Battle Rifles (SABR).

Stone war sich noch nicht recht im Klaren darüber, was er von dem ganzen hypermodernen elektronischen Spielzeug halten sollte, das in die neuen Waffen eingebaut wurde, wie etwa das lasergesteuerte Annäherungszündungssystem oder das Heads-up-Display-Visier, das mit dem Nachtsichtgerät verbunden war. Doch die Feuerkraft solcher Waffen wusste er sehr wohl zu schätzen.

Das SABR war ein zusammengesetztes Waffensystem, ähnlich dem alten M-16-Sturmgewehr/M-203-Granatpistolen-System. Dabei hatte man zwei hervorragende Heckler & Koch-Waffen, das G-36-Sturmgewehr und eine 20-mm-Granatpistolen-Variante der halbautomatischen CAWS-Schrotflinte, zu einer einzigen, ungeheuer durchschlagskräftigen Waffe vereint. Die SABR waren ideal für die bevorstehende Aufgabe. Aus den 20-mm-Rohren konnten hochwirksame Geschosse verschiedenster Art abgefeuert werden.

Stone lehnte sich aus der offenen Seitentür, um sich noch einmal einen Überblick über die Situation zu verschaffen. Die zerstörten und halb gesunkenen Kanonenboote der Piraten trieben längsseits des Frachters an ihren Festmachern dahin. Ihre Waffen waren zum Schweigen gebracht worden, von den Crews war niemand mehr am Leben. Die Entermannschaft, der der Rückzugsweg abgeschnitten worden war, versuchte nun gewiss mit allen Mitteln, eine Verteidigung zu organisieren. Während Stone die *Piskow* beobachtete, gingen plötzlich alle Lichter an Bord aus, sodass das Schiff völlig im Dunkeln lag.

»Vielen Dank, Gentlemen«, murmelte Stone. Mit lauterer Stimme verkündete er über den taktischen Kanal. »Platoon! Nachtsicht aktivieren!«

Mit seiner freien Hand klappte er sein AI2-Nachtsichtgerät über die Gasmaske herunter. Die Welt nahm einen leuchtend grünen Farbton an, als die Photozellen das Licht der Sterne und des Mondes in nahezu tageslichtartige Helligkeit verwandelten.

Nun konnte Quillain die beiden Seawolf-Hueys erkennen, die auf die *Piskow* zugeflogen kamen, um die Piraten aufs Korn zu nehmen. Als sie das Schiff in Schussweite hatten, begannen die 25-mm-Waffen erneut zu feuern – diesmal jedoch mit nicht-tödlicher ›Aufruhr‹-Munition. Stones Nachtsichtgerät wurde durch die plötzliche Überlastung unbrauchbar, als eine Woge von grellem Licht über das Oberwerk des Frachters hereinbrach.

Für die Entermannschaft an Bord der *Piskow* kam das Verderben vom Himmel herab. Ununterbrochen detonierten ›Flashbang‹-Granaten über dem Schiff und tauchten es in gleißendes Licht, während die Erschütterungen überall an Deck zu spüren waren. Die meisten der Schützen an Deck wurden von den Beinen gerissen, wie von einer mächtigen Faust getroffen. Als sie sich, nach Luft ringend, hochrappeln wollten, atmeten sie eine schmerzhaft brennende Mischung aus Tränengas und Pfefferpulver ein. Die OCSW waren abwechselnd mit Gasgranaten und Flashbangs geladen.

Binnen Sekunden wurde der russische Frachter von einer dichten Wolke aus chemischem Rauch eingehüllt. Die völlig entgeisterten und verzweifelten Indonesier taumelten mit zugeschwollenen Augen durch den dichten Rauch. Würgend, fluchend und mit tränenden Augen hörten sie, wie das Dröhnen der Rotoren über ihnen immer lauter wurde – doch sie waren nicht mehr in der Lage, irgendetwas gegen die Angreifer zu unternehmen.

Der große HH-60 ging über dem Oberdeck des Frachters mittschiffs in den Schwebeflug.

»Los gehts, Leute!«

Die Männer des Kommandotrupps sprangen auf und kauerten sich an die Wölbung im Rumpf des Helikopters.

»Seil ab!«

Der Crew Chief des Helis rollte das sorgfältig aufgerollte Seil nach draußen aus. Das eine Ende war an der Helikopter-Winde befestigt, während sich das andere Ende auf das Deck des Schiffes hinabsenkte. Stone warf einen letzten Blick nach unten, um sich zu vergewissern, dass der Hubschrauber nicht seitwärts driftete und das Ende des Seiles tatsächlich das zwölf Meter unter ihnen liegende Deck erreicht hatte.

»Los!«

Stone war der erste, der sich aus der Tür schwang. Er schlang Arme und Beine um das Seil und glitt zügig daran hinunter. Es war keine leichte Aufgabe – ein einziges Mal daneben zu greifen konnte schwerwiegende Folgen haben –, doch dafür war man im Blitztempo unten; nicht umsonst wurde diese Abseiltechnik ›Fastrope‹ genannt.

Stone ließ das Seil los und sprang den letzten Meter auf das Deck hinunter. Er nahm sein SABR von der Schulter, sprang zur Seite, um dem Mann, der zwei Sekunden nach ihm kam, Platz zu machen, riss die Waffe hoch und hielt nach möglichen Bedrohungen Ausschau – sowohl für ihn als auch für den Oceanhawk über ihm. Ein gutes Team, das im Abseilen geübt war, konnte einen schwebenden Helikopter in dreißig Sekunden verlassen. Doch in einem Kampfgebiet konnte das um neunundzwanzig Sekunden zu lang sein.

Aus dem Augenwinkel nahm Stone Bewegung wahr. Der Rotorabwind hatte die Gaswolke etwas zerstreut, und Stone erspähte eine Gestalt, die auf die Brückennock der *Piskow* hinaustrat. Augenblicklich erkannte der Marine den Gewehrlauf, der drohend zum Vorschein kam. Der Pirat, dem dank seiner erhöhten Position auf den Decksaufbauten das Tränengas nichts hatte anhaben können, legte sein AK-47 auf den schwebenden Helikopter an.

Stone schaltete seine Waffe auf AUTORIFLE und nahm sein Ziel ins Visier, doch jemand anders kam ihm zuvor.

Wolf One schraubte sich hinter dem Deckhaus empor. Sein Backbord-Schütze hatte die Gestalt auf der Brückennock ebenfalls bemerkt und richtete die Mündungen seiner Gatling-Minigun auf das Ziel.

Die Waffe war mit einem leistungsstarken Helium-Neon-Laser-Zielgerät ausgestattet. Der Strahl war für das menschliche Auge unsichtbar, doch im Helm-Display-Visier des Schützen war er sehr wohl zu erkennen. Der Mann zielte, indem er den Lichtstrahl auf sein Ziel richtete. Wo der Strahl auftraf, würden die Geschosse einschlagen.

Der Schütze betätigte den Abzug, und die Minigun gab einen kurzen durchdringenen Ton von sich, der klang, als käme er von einer riesigen Stimmgabel. Die rotierenden Rohre der Gatling-Minigun verschwanden hinter einem Feuerball von fast einem halben Meter Durchmesser, der vor ihnen zuckte. Ein nadelfeiner Lichtstrahl, der an eine Waffe aus einem Science-fiction-Film erinnerte, schoss aus dem Herzen des Feuerballs hervor und fand sein Ziel.

Man hätte tatsächlich von einem ›Todesstrahl‹ sprechen können. Das Licht markierte einen Strom von Leuchtspurgeschossen. Selbst bei niedriger Feuergeschwindigkeit gab die MX-214 nicht weniger als vierhundert Schuss pro Minute ab, was mehr als sechs Schuss der 5,56-mm-NATO-Munition pro Sekunde bedeutete.

Der menschliche Körper ist nicht dafür gebaut, einem so konzentrierten Ansturm von kinetischer Energie standzuhalten. Der Pirat starb nicht einfach – er explodierte geradezu.

Der letzte Marine landete auf dem Deck der *Piskow*, und der Helikopter senkte die Nase und schraubte sich in die Dunkelheit empor, die Sicherheit bedeutete. Die beiden kleineren Kampfhubschrauber blieben zurück und kreisten wachsam über dem Schiff.

Der Aufklärungstrupp der Marines teilte sich in Zwei-Mann-Schützenteams, die sich auf dem Schiff verteilten. Jeder Marine hatte seinen SABR-Granatwerfer mit nicht-tödlicher ›Aufruhr‹-Munition geladen, doch er hatte auch dreißig Schuss vom Kaliber 5,56-mm-NATO bereit, um tödliche Treffer landen zu können, wenn es nötig war.

Helium-Neon-Ziellaser drangen unsichtbar durch die dichte Tränengaswolke. Schaumstoffgepolsterte Gefechtsstiefel schoben sich leise über die Decks. Gedämpfte Stimmen flüsterten einander über Funk kurze Botschaften zu. Andere Stimmen, die erstickt und schmerzverzerrt klangen, stießen in Bahasa-Indonesisch Flüche und Hilferufe aus.

Nach kurzer Zeit kam es zum Kontakt.

Mit ihren Nachtsichtsystemen und Gasmasken hatten die Marines einen klaren Vorteil. Zwei SABR-Granatpistolen brüllten auf – mit dem hohlen Klang, der darauf hinwies, dass ›Jellybag‹-Geschosse abgefeuert wurden. Einer der Piraten stieß einen würgenden Laut hervor, als ihn eines der hoch verdichteten Polymergeschosse in die Magengrube traf und von den Beinen riss. Sekunden später schlossen sich Nylonhandschellen um die Handgelenke des Bugis. Seine Leiden hatten vorerst ein Ende, als ihm mit einem Injektor eine hohe Dosis eines rasch wirkenden Barbiturats in den Hintern gejagt wurde.

»Bravo-Team zwei. Feind außer Gefecht. Backbord vorn.«

»Roger. Einer außer Gefecht.«

Zwei Gestalten in der Dunkelheit erkannten einander beinahe in derselben Sekunde als Feinde. Beinahe. Der Mann in der Gefechtsweste der Marines riss seine Waffe als Erster hoch. Der andere, der eine sonnengebleichte Baumwollhose trug, bekam die massive Ladung konzentrierten Pfefferpulvers mitten ins Gesicht. Er ließ sein Sturmgewehr fallen und sank brüllend zu Boden.

»Hier Charley one. Feind auf dem Vorschiff außer Gefecht. Vorschiffsdeck ist klar. Gehe weiter nach achtern.«

»Roger.«

Ein scharfes metallisches ›Ping‹ ertönte, als der Sicherungsbügel einer Granate freigegeben wurde, gefolgt von einem klappernden Geräusch, als die Flashbang über das Deck hüpfte. Die beiden Bugi, die sich hinter einem Gebläsegehäuse verschanzt hatten, starrten auf den Pappzylinder, der da angerollt kam und direkt vor ihren Füßen liegen blieb.

WUMM!

»Doppeltreffer! Backbord achtern.«

Irgendwo ratterte eine Uzi-Maschinenpistole, als ein Bugi mit Dauerfeuer gegen seine wachsende Panik ankämpfte. Ein SABR antwortete mit drei wütenden Feuerstößen.

»Able two. Habe einen unten beim Deckhaus erschossen. Tut mir Leid, aber mir blieb nicht viel Zeit.«

»So was kommt vor, Able two. FIDO.«

Die Vorderseite der Decksaufbauten tauchte aus dem sich allmählich zerstreuenden Gasnebel auf. Quillain presste sich mit dem Rücken gegen die Stahlwand und hielt inne, um sich einen Überblick über die Lage zu verschaffen. Im Laufe der folgenden Sekunden versammelten sich Lieutenant Brice Donovan, der Führer des Force Recon Platoon, sein dienstältester Sergeant und sein Funker rund um Stone. Wenige Meter von ihnen entfernt lag ein toter Bugi auf dem Deck, dessen blutdurchtränktes Hemd in den Nachtsichtgeräten schwarz wirkte. Stone und die anderen Marines achteten nicht weiter auf den gefallenen Piraten. Es gab jetzt Wichtigeres zu tun.

»Wie steht's insgesamt, Brice?«, fragte Quillain durch die Sprechmembran seiner Gasmaske.

»Es sieht gut aus, Sir«, antwortete der jüngere Mann. »Oberdeck ist frei und alle Luken vorne sind verschlossen. Alle Schützenteams sind bereit, die Aufbauten zu stürmen.«

»Gut. Able übernimmt die Brücke. Charley kümmert sich um den Maschinenraum, Bravo um die Mannschaftsquartiere. Wir nehmen uns das Officer's Country von dieser Seite aus vor. Seid vorsichtig. Ich wette, die Kerle denken mittlerweile daran, Geiseln zu nehmen.«

»Aye aye.«

Während Donovan seine Anweisungen über den internen Kanal weitergab, wählte Quillain den Kommandokanal an seinem Leprechaun-Transceiver und gab seine Meldung in aller Kürze durch. »Dragon Six an TACBOSS. Deck gesichert. Gefangene gemacht. Keine Verwundeten auf unserer Seite. Dringen jetzt ins Innere vor.«

»Verstanden, Stone. Viel Glück«, antwortete Amanda Garrett und drückte damit in zwei Worten eine sehr menschliche Sorge aus.

Die nächsten Luken in den Decksaufbauten befanden sich zwei Meter backbords und zwei Meter steuerbords von Stones Position. Er entfernte das ›Jellybag‹-Magazin aus dem Granatwerfer seines SABR und ersetzte es durch ein halbes Dutzend Schrotladungen. Dann nahm er eine Flashbang zur Hand, wechselte einen kurzen Blick mit seinem Platoon-Sergeant und nickte in Richtung der Luke.

Der Unteroffizier duckte sich, um vom Bullauge aus nicht gesehen werden zu können, und schlich am Schott entlang zur Luke. Er öffnete das Schloss und machte sich bereit, die Tür aufzureißen.

»Alle Teams bereit zum Eindringen, Sir«, meldete Donovan.

»Okay«, antwortete Quillain. »Wir starten auf mein Kommando. Drei … zwei … eins … los!«

Der Sergeant riss die Tür auf und Stone schleuderte seine Flashbang-Granate ins Innere. Vier Sekunden später hallte der Knall der Detonation von den Stahlwänden wider. Weitere hohl klingende Explosionsgeräusche waren zu hören, als sich die anderen Kommandoteams einen Weg ins Innere des Deckhauses bahnten.

Stone und sein Team stürmten ins Innere, ihre SABRs feuerbereit.

Nichts. Stone klappte sein Nachtsichtvisier hoch. Die Lichter brannten noch und durch die Gitter über ihnen schimmerte die abgeblätterte grüne Farbe der Schotte und der ölverschmierte Linoleumbelag. Die Ventilatoren waren anscheinend gleichzeitig mit der Decksbeleuchtung abgeschaltet worden, sodass die Luft im Inneren des Schiffes vergleichsweise gasfrei war.

Ein Stück vor ihnen im Laufgang führte ein Niedergang mit Metallstufen zum nächsten Deck hinauf. Und von dort oben drangen nun die Geräusche von zugeschlagenen Türen und aufgeregten Stimmen herunter.

Stone hob eine Hand und gab mehrere wortlose Kommandos – kurze, präzise Gesten, die seinen Leuten sagten, wie sie weiter vorgehen sollten. Alle Mann pressten sich dicht an die Wand des Laufganges. Während Donovan und sein Sicherungsmann den Bereich vor der Leiter abdeckten, schlichen Stone und sein Platoon-Sergeant weiter am Schott entlang. Sie gaben Acht, dass sie vom Deck über ihnen nicht gesehen werden konnten, als sie hinter dem offenen Niedergang in Stellung gingen.

Sie mussten nicht lange warten.

»He, ihr da unten!« Es war schwer zu sagen, ob der Mann, der die Worte in der ihm fremden englischen Sprache hinunterrief, eine Frage oder eine Anklage ausdrücken wollte.

»Ihr da unten!« Die Marines rührten sich nicht von der Stelle und gaben keinen Laut von sich. Ihr Instinkt sagte ihnen, dass nicht nur ihr eigenes Leben gefährdet war.

Plötzlich begann über ihnen eine Maschinenpistole zu feuern, und ein Strom von 9-mm-Geschossen und Patronenhülsen regnete in den Niedergang herab. Kugeln pfiffen durch die Luft und prallten von den splitternden Stahlwänden ab.

Doch die Marines behielten die Nerven. Stone unterdrückte ein Stöhnen, als ihn ein Querschläger unterhalb der Rippen traf – die Kevlar-Schichten der Gefechtsweste verminderten die Heftigkeit des Einschlags so sehr, dass er statt eines tödlichen Treffers nur einen heftigen Schlag in die Magengrube abbekam. Ein Stück weit entfernt taumelte der Funker und zwang sich mit zusammengebissenen Zähnen, wieder auf sein verletztes Bein aufzutreten, während seine Hose von Blut durchtränkt wurde.

Das Knattern der automatischen Waffe erstarb, als das Magazin leer war.

Unten im Laufgang war kein Laut zu hören, kein Schritt, nicht einmal ein Atemzug. Der Platoon-Sergeant griff langsam nach einer der Flashbang-Granaten, die er mit sich trug, und blickte Stone fragend an. Quillain schüttelte den Kopf. In den nächsten Sekunden würden ihnen Halbheiten nicht weiterhelfen. Stone zeigte auf eine der kugelförmigen Splittergranaten. Der Unteroffizier nickte und nahm eine der tödlichen kleinen Handbomben.

Die Stufen des Niedergangs knarrten. Ein Paar Stiefel und eine blaue Hose tauchten oben an der Leiter auf. Der Mann – ein Kaukasier, dessen Uniformhemd die Insignien eines Offiziers zeigte – bewegte sich mühsam die Sprossen der Leiter hinunter.

Als die Augen des russischen Kapitäns unterhalb der Ebene des oberen Decks waren, sah er die beiden Marines vor der Leiter und zögerte. Der Anblick musste wohl einigermaßen beunruhigend sein. Die beiden Männer mit ihren Helmen, Tarnanzügen und Gefechtswesten waren noch dazu voll bepackt mit ihren verschiedenen elektronischen Hilfsmitteln und hatten ihre exotisch anmutenden Waffen auf ihn gerichtet.

Donovan bedeutete dem Russen mit einer eindringlichen Geste, weiterzugehen. Der Schiffsoffizier begriff und stieg weiter die Leiter hinunter.

Erneut gab Donovan ihm ein Zeichen. *Gehen Sie weiter nach vorn! Gehen Sie weg von uns!*

Der Russe gehorchte. Während er weiterging, sodass er von oben nicht mehr gesehen werden konnte, tippte er auf seine Brust, zeigte nach oben und hielt drei Finger hoch. *Drei weitere Russen!*

Der Erste, Zweite und Dritte Maat der *Piskow* folgten ihrem Kapitän die Stufen hinunter. Beim Dritten Maat handelte es sich um eine stämmige junge blonde Frau. Doch das nächste Beinpaar war dünn, barfuß und mit einer zerlumpten Hose bekleidet. Die dunkle Haut wies darauf hin, dass der Mann, der da herunterkam, nicht slawischer Herkunft war.

Ein leises Klicken war zu hören, als der Sergeant den Stift seiner Granate herauszog.

Stone sah das Schimmern eines Gewehrlaufs, den der Mann auf die Russin vor ihm gerichtet hielt. Er hob sein SABR und schob die Läufe seiner Waffe zwischen zwei Leitersprossen hindurch. Quillain zielte auf die Kniekehle des Piraten und drückte den Abzug seiner Flinte, Kaliber 20-mm, um eine kurze und schmerzhafte Amputation durchzuführen.

Das Dröhnen des Schusses vermischte sich mit dem Schrei des getroffenen Piraten. Während der Bugi die Leiter hinunterstürzte, kramte Stone die paar Brocken Russisch, die er einmal gelernt hatte, aus seinem Gedächtnis hervor.

»Spetsnaz!«, rief er, *»Amerikanski spetsnaz!«* Stone sprang hinter der Leiter hervor und jagte den anderen Geiselnehmern seine Schrotladungen entgegen. Er hörte, wie der Unteroffizier zu zählen begann. »Eins … zwei … drei!«

Auf drei schleuderte der Mann die Splittergranate zum nächsten Deck hinauf. Er und Stone duckten sich, um nicht von den Splittern getroffen zu werden, die in den Gang herunterregneten.

Von oben kamen keine weiteren Geräusche mehr. Nun konnte es sich der verwundete Marine erlauben, einen wüsten Fluch auszustoßen und sich zu Boden sinken zu lassen, während er sein verletztes Bein umklammert hielt. Der Pirat lag in einer Blutlache am Fuße der Leiter. Nachdem sie nicht die Möglichkeit gehabt hatten, ihn vor den Granatsplittern in Sicherheit zu bringen, hatten die Splitter das vollendet, was Stone mit seiner Schrotladung begonnen hatte.

Donovan und sein Sergeant stürmten den Niedergang hinauf, um das obere Deck zu sichern. Ihre Stiefel hinterließen Blutspuren auf den Sprossen.

Während Stone seine Waffe senkte, sah er sich von russischen Schiffsoffizieren umringt, die aufgrund seiner wenigen russischen Worte nun annahmen, dass er tatsächlich Russisch sprach.

»Ja, ist ja gut. *Dos vedanya* euch allen. Donovan, was ist da oben los?«

»Zwei Piraten sind tot. Officer's Country und Messe sind klar«, kam die Antwort.

Quillain gab den Russen mit Handzeichen zu verstehen, dass sie zurücktreten sollten, und nahm Funkverbindung mit seinen Leuten auf. »Schiffsoffiziere sind in Sicherheit. Alle Einheiten, Status-Bericht. Team Charley, wie siehts's aus?«

»Team Charley, Maschinenraum gesichert. Keine Kontakte. Aber wir haben offene Luken in den Fahrzeugdecks.«

»Roger. Haltet eure Position. Team Able melden.«

»Brücke und Funkraum gesichert. Zwei Piraten. Einer am Leben, einer tot. Übrigens: Das Intel-Team im Heli ersucht um Instruktionen.«

»Sagen Sie ihnen, sie sollen sich klarhalten. Wir haben hier noch einiges zu erledigen. Bravo, melden.«

»Mannschafts- und Ingenieursquartiere gesichert. Laut Chefingenieur sind alle Mann anwesend. Einige von ihnen sind verletzt, aber nichts Ernstes.«

»Gut. Wir sind im Steuerbord-Laufgang im Deckhaus, und zwar vorne auf dem Hauptdeck. Wir haben den Kapitän und die Maate bei uns. Kommt und holt sie ab und zieht euch dann mit der Crew zum Heck zurück. Meldet dem Hubschrauber, dass wir Hilfe brauchen. Private Lingerman hat eine Kugel abbekommen …«

Stone blickte zu dem verwundeten Marine hinüber. Der weibliche dritte Maat der *Piskow*, eine hübsche Frau, wie Stone jetzt feststellen konnte, half Lingerman dabei, einen Verband an seinem Bein anzulegen. An seinen Augen konnte man erkennen, dass er hinter der Gasmaske grinste; er gab Stone ein Signal mit dem Daumen nach oben.

»… es ist aber nichts Ernstes. Hat keine Eile.«

»Aye aye, Skipper. Wird gemacht.«

Stone wechselte wieder zu seinem Leprechaun-Transceiver. Er versuchte es mit den verschiedenen Kommandokanälen und fand schließlich einen, mit dem er durch die Stahlschotte gelangte, die ihn umgaben. »Dragon Six an TACBOSS. Können Sie mich hören?«

»Hier TACBOSS, Stone. Was gibt's?«

»Crew gesichert und wohlauf. Haben Gefangene gemacht. Ein Mann leicht verwundet. Aufbauten, Oberdeck und Maschinenraum gesichert. Ich glaube, wir haben noch Piraten auf dem Fahrzeugdeck. Wir sehen uns jetzt dort um.«

»Gut gemacht, Marine. Weiter so. Der Prisenmeister wird wahrscheinlich bei der Ladung sein. Bringt ihn mir lebend, Stone.«

»Ich werd' mit dem Gentleman sprechen und sehen, was er dazu meint.«

Die *Piskow* war im Grunde genommen ein einziger riesiger Parkplatz auf See. Sie war so gebaut, dass das Frachtgut zuerst auf Sattelauflieger geladen wurde, um ein rasches Laden und Löschen zu gewährleisten. Die offenen Fahrzeugdecks im Rumpf des Schiffes waren durch Rampen miteinander verbunden, sodass die Lasttrailer einfach an Bord gefahren und abgestellt werden konnten, was sich auch in der Schiffsbezeichnung Ro/Ro (Roll On/Roll Off) niederschlug.

Stone blickte aus der offenen Luke nach vorn und dachte bei sich, dass diese letzte Phase der Wiedereroberung des Schiffes die Hölle werden konnte. Das Fahrzeugdeck war eine lange, schwach beleuchtete Höhle, wo die dicht nebeneinander abgestellten Sattelauflieger alle Möglichkeiten boten, sich zu verstecken. Einen Feind hier aufstöbern zu wollen bedeutete, dass man nur allzu leicht in einen Hinterhalt geraten konnte.

Und es bestand tatsächlich kein Zweifel, dass Piraten hier waren. Der Wachposten an der Luke hatte berichtet, dass er vorne bei den Trailern Geräusche gehört hatte. Der Piraten-Prisenmeister und sein Team saßen seit dem Angriff der Marines unter Deck fest. Bestimmt waren sie irgendwo hier drinnen verschanzt und warteten.

Stone streckte die Hand aus, und ein Mann aus dem Team Bravo reichte ihm ein Megafon. Quillain riss sich die Gasmaske herunter, hielt das Megafon in die Luke und drückte auf den Knopf. »Achtung, Achtung! Hier spricht Captain Stone Quillain vom United States Marine Corps. Wir haben das Schiff unter Kontrolle. Eure Boote sind zerstört und den Rest eurer Leute haben wir gefangen genommen. Alle Decksluken sind versperrt und bewacht. Niemand kann entkommen. Legt die Waffen nieder und kommt mit erhobenen Händen heraus. Es geschieht euch nichts. Ich wiederhole. Legt die Waffen nieder und kommt mit erhobenen Händen heraus. Es wird euch nichts geschehen.«

»Glauben Sie, dass sie auf uns hören, Sir?«, fragte der Führer von Team Bravo.

»Nein«, antwortete Stone und setzte die Gasmaske wieder auf. »Nicht einmal dann, wenn sie zufällig verstehen sollten, was ich sage. Wir geben ihnen trotzdem fünf Minuten.«

Stone schien Recht zu behalten, denn die Minuten verstrichen, ohne dass etwas passierte.

»Nun, ich schätze, wir werden auf die Jagd gehen müssen«, sagte Quillain nachdenklich, nachdem sechs Minuten vorbei waren.

»Sollen wir uns von oben mehr Aufruhr-Gas liefern lassen?«, fragte der Führer von Team Bravo.

Quillain schüttelte den Kopf. »Nein. Die Ladung soll keiner hohen Gaskonzentration ausgesetzt werden, wenn es nicht unbedingt notwendig ist. Befehl von der Lady.«

»Warum will sie's eigentlich nie auf die leichte Tour machen?«

»Normalerweise hat sie ihre Gründe für das, was sie tut. Außerdem haben wir immer noch ein paar Pfeile im Köcher.« Stone aktivierte sein Mikrofon. »Alle Dragon-Einheiten, hier spricht Dragon Six, machen Sie sich bereit, auf Nachtsicht zu gehen. Bravo Lead, sind Sie noch da?«

»Hier Bravo Lead, Capt'n.«

»Sehen Sie irgendwo im Maschinenraum etwas, das wie ein Stromhauptschalter aussieht?«

»Drüben im Hilfsabteil, da seh ich was, das könnte einer sein.«

»Gut. Dann gehen Sie rüber und machen Sie es finster. Ich sage Ihnen, wann Sie wieder einschalten können.«

»Aye aye, Sir. Bin schon unterwegs.«

Stone klappte sein Nachtsichtgerät herunter. »Fertig machen, Jungs«, murmelte er den übrigen vier Mitgliedern des Teams zu. »Leuchtstifte an und los.«

Er drückte ein kleines graues Plastikröhrchen, das an seinem MOLLE-Lasttragegurtzeug befestigt war. Selbst das beste Nachtsichtgerät brauchte ein klein wenig Licht als Ausgangsbasis, und in wenigen Augenblicken würde es im Inneren der *Piskow* so dunkel wie in einer unterirdischen Höhle sein. Doch die speziellen chemischen Leuchtstifte, die die Marines aktivierten, würden genügend Licht liefern, damit die AI2-Systeme entsprechend funktionierten.

Das Leuchten war außerdem so gefiltert, dass es einem Spektralbereich angehörte, der für das menschliche Auge nicht sichtbar war; die Nachtsichtsysteme konnten dennoch damit arbeiten. Die Leuchtstifte lieferten den Marines nicht nur das nötige Licht, sondern gleichzeitig auch die überlebenswichtige IFF-Freund/Feind-Kennung, während sie dem Feind keinerlei Hilfe boten.

Im Inneren des Frachters gingen die Lichter aus. Für jedermann, der nicht mit einem Nachtsichtgerät ausgestattet war, wurde es von einem Moment auf den anderen so dunkel, dass man die sprichtwörtliche Hand nicht mehr vor den Augen sah. Doch für die Marines wurde die Umgebung wieder in das vertraute grüne Licht getaucht.

»Okay, Bravo Lead, es hat geklappt. Lasst das Licht aus, bis wir euch Bescheid geben«, murmelte Quillain. »Taylor, Smitty, ihr nehmt die Steuerbordseite. Die zwei anderen kommen mit mir. Team Able, seid ihr bereit da oben?«

»Hier Able«, kam die geflüsterte Antwort vom oberen Fahrzeugdeck. »Wir sind soweit.«

»Okay, dann los. Schön langsam vorwärts.«

Sie drangen ins Innere der Fahrzeugdecks vor.

Bei jedem Schritt galt es, verschiedene Vorsichtsmaßnahmen zu berücksichtigen: die Umgebung nach feindlicher Aktivität absuchen, Acht geben, dass man keine Geräusche produziert – weder mit den Stiefeln noch mit den Armen am Schott oder an einem der Trailer –, den Fuß anheben und sachte auf den Boden setzen, sich einen Überblick über die Situation verschaffen, und dann das Ganze wieder von vorn.

Ein Luftzug im Gang wäre leichter zu hören gewesen als die Marines bei ihrem langsamen Vorrücken.

Ein Angehöriger eines jeden Teams achtete auf die

Dächer der Lasttrailer, während der andere tief geduckt blieb, um den Raum unter den Fahrzeugen im Auge zu behalten. Über Funk geflüsterte Meldungen sorgten für die Koordination zwischen den Suchteams.

Erschwert wurde das Vordringen durch das Netzwerk aus Stahlkabeln und Nylonseilen, mit denen die Trailer auf dem Deck fixiert waren, sodass man jederzeit hätte stolpern können, wäre man nur einen Moment lang unaufmerksam gewesen.

Langsam, schön langsam, hieß die Devise, auch wenn die Nerven zum Zerreißen gespannt waren.

Kurz bevor sie den Bug erreichten, sahen Stone und sein Team die ersten Anzeichen, dass sich tatsächlich jemand hier aufhielt. Schlösser waren aufgebrochen worden, man hatte Zollsiegel von den Türen entfernt, und die Türen selbst standen offen. An einem Punkt hatten die Eindringlinge bereits mit der Plünderung begonnen. In Plastik eingehüllte Pakete waren von einem der Trailer entladen worden und lagen auf einem Haufen, um nach oben an Deck getragen zu werden. Stone berührte eines der Pakete und spürte etwas unerhört Weiches. Sibirische Zobelfelle, die bestimmt ein kleines Vermögen wert waren.

Ein altes, mit Zetteln vollgepflastertes Klemmbrett lag oben auf den Paketen. Stone nahm mit zusammengekniffenen Augen durch sein Nachtsichtgerät den obersten Zettel unter die Lupe, auf dem vor allem Zahlen aufgelistet waren. Es handelte sich um einen sauberen Computerausdruck, auf dem Trailer-Kennzeichen und Frachtbriefnummern verzeichnet waren.

Treffer! Stone öffnete den Reißverschluss seiner Gefechtsweste und verstaute die Papiere samt Klemmbrett darin. Er schloss die Weste wieder und gab seinen Männern das Signal zum weiteren Vorrücken.

Am vorderen Ende des Fahrzeugdecks führte eine Rampe zu einer Ebene nach oben. Stone gab bei der letzten Reihe von Trailern das Signal zum Stehenbleiben, und die Männer gingen hinter den riesigen Fahrzeugen in Deckung.

»Team Able. Lagebericht«, flüsterte Stone in sein Mikrofon.

»Wir sind ganz vorne angekommen, am oberen Ende der Rampe. Keine Spur von den Piraten.«

Stone runzelte besorgt die Stirn. »Das Gleiche hier. Wir behalten das untere Ende der Rampe im Auge. Ebenfalls kein Kontakt in Sicht.«

»Glauben Sie, dass wir sie übersehen haben, Capt'n?«

»Das will ich nicht hoffen. Klarhalten, Able. Lieutenant Donovan?«

»Ja, Sir?«

»Spricht einer der Russen Englisch?«

»Ja. Ich habe den Chefingenieur bei mir.«

»Fragen Sie ihn, ob es vom Fahrzeugdeck irgendeinen Weg in den Bug gibt.«

Ungeduldig hockte Stone in der Dunkelheit und wartete auf eine Antwort.

»Negativ, Sir. Direkt vor den Fahrzeugdecks ist ein massives Antikollisionsschott, das die Trennwand zu den Bugabteilen bildet. Keine Mannluken. Zu den Bugräumen kommt man nur vom Vordeck aus. Aber er sagt, dass es unter der Fahrzeugrampe einen kleinen Lagerraum gibt. Er wird als Kabelgatt verwendet; man bewahrt dort die Seile zum Fixieren der Trailer auf.«

Stone blickte sich um und sah eine mannshohe Luke in dem gekrümmten Schott unter der Rampe.

»Wir haben es, danke, Donovan. Team Able, Position halten. Team Charley, sehen wir's uns an. Führungsmänner, geht auf die Backbordseite der Luke. Ich gehe auf die

Steuerbordseite. Sicherungsmänner, gebt uns Deckung. Los!«

Die drei Marines huschten lautlos zum Schott hinüber und gingen zu beiden Seiten der Luke in Position. Stone presste sich mit dem Rücken gegen den rostigen Stahl der Panzerung, als die Luke plötzlich aufging und er Aug in Auge einem indonesischen Piraten gegenüberstand, in einer Entfernung von kaum einem Meter.

Sein Instinkt riet ihm, sofort die Waffe hochzureißen und abzudrücken. Doch die Disziplin zwang ihn, still zu bleiben und den Atem anzuhalten. Augenblicklich wurde ihm bewusst, dass er und der Bugi in verschiedenen Dimensionen lebten. Dank seines Nachtsichtgerätes war Stones Welt so hell wie eine Abenddämmerung im Sommer. Der Pirat hingegen starrte in die stockdunkle Nacht hinein.

Völlig regungslos stand Stone dem Mann gegenüber und starrte in ein Gesicht mit hohen Backenknochen und einem dünnlippigen Mund, der einen verzerrten Ausdruck zeigte. Stone sah außerdem die kurzen Ärmel eines verschlissenen Baumwollhemds, einen dünnen, drahtigen Arm und eine knorrige Faust, die den Griff einer Beretta-Pistole umklammert hielt. Der Bugi hatte den Kopf geneigt und lauschte angestrengt in die Dunkelheit hinein.

Nach einer Zeit, die Stone wie eine Ewigkeit vorkam, verschwand das Gesicht wieder, und die Luke schloss sich.

Stone atmete mit zusammengebissenen Zähnen aus. Feind gefunden. Jetzt galt es, die Sache zu Ende zu bringen.

Er hob eine Hand, winkte die beiden Sicherungsmänner zu seiner Seite der Tür herüber, fasste an eine der Flashbangs, die er bei sich trug, und hielt zwei Finger hoch. Beide Männer lösten die Flashbang-Granaten aus ihrem MOLLE-Tragegurtzeug.

Den Marines, die sich gegenüber der Luke befanden, gab er ein Zeichen, das aussah, als schließe er ein Buch – und die Männer nickten zur Bestätigung.

In den meisten militärischen oder quasi-militärischen Organisationen war das Tragen einer Pistole oft mit einer gewissen Autorität bzw. einem höheren Rang verbunden. Stone schätzte, dass der Mann auf der anderen Seite der Luke wahrscheinlich der Anführer der Piraten-Entermannschaft war und außerdem derjenige, dem die Papiere gehörten, die Stone an sich genommen hatte. Wenn dem so war, dann musste er der Prisenmeister sein, auf den es Amanda Garrett abgesehen hatte. Stone beschloss, sich persönlich um den Mann zu kümmern.

Er hob eine Faust und gab das Startsignal. Dann nahm er das SABR in die linke Hand und schlug mit dem Gewehrkolben einmal kurz auf den Boden.

Langsam ging die Luke wieder auf.

Für den Indonesier musste es völlig unerwartet kommen, als plötzlich eine Hand aus der Dunkelheit hervorschoss und ihn am Hemd packte. Mit einem kräftigen Ruck zog Stone den Mann aus der Luke und warf ihn zu Boden. »Los!«, rief er seinen Männern zu.

Durch Training und Instinkt auf diese Situation vorbereitet, schleuderten die Marines ihre Flashbangs ins Innere des kleinen Lagerraums. Dann knallten die Männer des zweiten Schützenteams die Luke zu und stemmten sich mit den Schultern dagegen. Ein zweifacher dumpfer Knall hallte durch die Fahrzeugdecks, so als würden irgendwelche Knallkörper in einem Ölfass explodieren. Aus den Rändern der Luke drang weißes Licht, als der Druck von innen die Tür aufzustoßen drohte.

Ein weiterer Knall folgte, als der Prisenmeister mit seiner Pistole blindlings in die Dunkelheit feuerte. Im nächsten Augenblick traf ihn ein Danner-Gefechtsstiefel mitten im Gesicht. Sterne explodierten hinter seinen Augen, und die Dunkelheit um ihn herum wurde noch tiefer.

Kurz nach der Flashbang-Detonation stürmten die Männer von Team Charley den Lagerraum, ohne auf Widerstand zu treffen. »Drei weitere hier drinnen, Skipper«, meldete der Teamführer. »Sie bluten aus den Ohren, sind aber am Leben.«

»Der Kerl hier auch. Er hat seine Nase ohnehin nicht wirklich gebraucht.« Stone beförderte die Beretta mit einem Fußtritt von der schlaffen Hand des Piraten weg. Er rollte den Mann mit der Fußspitze herum und kniete dann nieder, um Handschellen anzulegen. Danach aktivierte er sein Mikrofon. »Bravo Lead. Wir haben die restlichen Piraten geschnappt. Ihr könnt das Licht wieder einschalten. Die Show ist vorbei.«

Wie auf Schienen zog Cobra Richardson seinen Super Huey über das Mittschiffs-Deck der *Piskow*. Er setzte mit einer der Landekufen auf einem Gebläsegehäuse auf und hielt den Helikopter in einer stabilen Schwebe.

Amanda winkte der Crew zum Abschied zu und sprang zuerst auf das Dach des Gehäuses und dann weiter auf das Deck des russischen Frachters hinunter. Der Bootsmann des Schiffes hatte bereits ein Team damit beauftragt, mit einem Salzwasserschlauch die Gasreste von den Decks zu spülen. Amanda beobachtete es mit Zufriedenheit. Die *Piskow* würde bald wieder ein seetüchtiges Schiff sein.

Cobras Helikopter schraubte sich empor und donnerte auf die Deckslichter zu, die jenseits des Buges der *Piskow* zu erkennen waren. Die *Cunningham* war mittlerweile eingetroffen, bereit, alle Schiffe zu vertreiben, die sich eventuell näherten, um den Ereignissen der vergangenen Stunde auf den Grund zu gehen.

Neben den russischen Arbeitskommandos waren auch

Amandas eigene Leute auf den Decks im Einsatz. Bewaffnete Marines umringten die gefangen genommenen Piraten. Die Bugi hockten, noch etwas betäubt von den Injektionen, die man ihnen verpasst hatte, am Boden, die Hände hinter dem Rücken gefesselt. Sanitäter kümmerten sich um die Verwundeten, während die Leute von der Nachrichtendienst-Abteilung sie nach Dokumenten und Ausweisen durchsuchten. Ein weiteres Nachrichtendienstteam war damit beschäftigt, Typen, Hersteller und Seriennummer der Waffen festzuhalten.

Ein drittes Team von Raven's Roost schließlich hatte sich mit den Schlauchbooten der *Cunningham* aufgemacht, um die halb-untergegangen Wracks der Piratenboote zu untersuchen, die längsseits des Frachters festgemacht waren.

Amanda nahm den Fliegerhelm ab und schüttelte ihr Haar aus. So weit war alles gut gegangen. Mit etwas Glück würden sie noch vor dem Morgengrauen von hier weg sein. Sie blickte sich um und sah eine vertraute Gestalt auf sich zukommen.

»Gut gemacht, Stone. Wirklich ausgezeichnete Arbeit.«

Der Marine zuckte die Schultern. »Na ja, für einen Einsatz ohne richtige Vorbereitung ist es ganz gut gelaufen. Wir haben die Gefangenen, die Sie wollten, auch den Prisenmeister, glaube ich. Er hat es aber noch nicht zugegeben. Er ist überhaupt nicht sehr gesprächig, außer dass er uns alle möglichen Flüche in Sanskrit, oder was auch immer, an den Kopf wirft.«

»Darum kümmern wir uns später. Sind Sie bereit, sie auf die Duke zu befördern?«

»Sobald die Sanitäter fertig sind. Wir transportieren zuerst die in den Tragen mit dem Heli, dann kommen die Nicht-Verwundeten.«

»Okay. Befördern Sie alle mit dem Helikopter, auch

wenn es eine Weile dauert.« Amanda ging nach achtern in Richtung Deckhaus, und Stone begleitete sie. »Diese Bugi sind geborene Seeleute. Wenn man sie auch nur in die Nähe eines kleinen Bootes lässt, werden sie irgendwas versuchen. Mit den Helikoptern fühlen sie sich bestimmt nicht so wohl. Es wird sie sicher einigermaßen einschüchtern, wenn sie an einem Seil baumeln müssen.«

»Wird gemacht, Skipper. Sonst noch etwas?«

»Ja, der Status des Frachters und der Crew.«

»Ganz gut. Die Russen haben ein paar Schrammen abbekommen, aber das sind alles recht harte Burschen. Ihre Leute sind schon wieder auf der Brücke und im Maschinenraum. Das Schiff ist ebenfalls in gutem Zustand. Keine sichtbaren Schäden an den Maschinen oder den Navigationssystemen, und es dringt auch nirgends Wasser ein. Es scheint nichts passiert zu sein, außer dass ein wenig Glas zu Bruch gegangen ist.

»Sehr gut. Wo ist der Kapitän?«

»In seiner Kabine, Skipper. Er freut sich schon darauf, mit Ihnen zu sprechen.«

»Das ist gut. Ich muss nämlich ohnehin dringend mit ihm reden.«

Kapitän Teodore Petreskowitsch sah genau so aus, wie man sich einen russischen Schiffskapitän vorstellte – stämmig wie ein Bär und mit grauem Haar und Bart. Bekleidet war er mit einer blauen Uniformhose und einem weißen Hemd mit großen Schweißflecken. Er streckte die Hand, in der er eine Flasche hielt, über seinen ziemlich abgenutzten Schreibtisch hinweg aus und goss drei Fingerbreit einer klaren Flüssigkeit in das Glas, das vor Amanda stand.

»Israelischer Wodka«, sagte er traurig und bemühte sich, ein annehmbares Englisch zustande zu bringen. »Das

Gesöff hab ich von meiner letzten Reise mitgenommen. Etwas Besseres gibt's leider nicht. Ich danke Ihnen jedenfalls, Captain, dass Sie mein Schiff und meine Ladung gerettet haben.«

Amanda nickte und hob aus purer Höflichkeit das Glas an die Lippen. Sie musste sich sehr zusammennehmen, um nicht das Gesicht zu verziehen, als ihr die klare Flüssigkeit die Kehle hinunterbrannte. »Im Namen der United States Navy darf ich sagen – es freut uns, dass wir helfen konnten. Ich bin froh, dass niemand von Ihrer Besatzung bei dem Zwischenfall ernstlich verletzt wurde.«

»Ich auch«, sagte Kapitän Petreskowitsch und leerte sein Glas mit einem raschen Zug. »Wir in der Handelsschifffahrt hören immer öfter, dass Piraten hier in der Gegend aufkreuzen. Wenn man in diese Gewässer kommt, weiß man, dass es einen irgendwann erwischt. Diese verdammten Kerle lassen einfach nicht locker.«

»Wie ist es denn passiert?«, fragte Amanda und behielt ihr Glas in der Hand, damit der Kapitän nicht auf die Idee kam, ihr noch einmal einzuschenken.

Der Russe zuckte die Schultern. »Es geht ganz schnell. Plötzlich sind überall diese Boote, und sie feuern mit ihren Maschinengewehren und diesen Raketen, mit denen man Panzer abschießen kann. Wir können nichts anderes tun, als die Maschinen zu stoppen. Der Eigner des Schiffes erlaubt keine Waffen an Bord. Wir haben nichts zum Kämpfen außer den Wasserschläuchen, können nur über Funk um Hilfe rufen und zusehen, wie sie an Bord kommen.

Aber dann lacht uns auf einmal das Glück, und eine sehr attraktive amerikanische *Devushka*, eine Lady, kommt uns zu Hilfe.« Petreskowitsch schenkte sich erneut großzügig von dem angeblich so minderwertigen Wodka ein. »Wenn wir uns für Ihre Hilfe irgendwie erkenntlich zeigen können, dann sagen Sie es mir.«

»Nun, Kapitän, da gäbe es wirklich etwas«, antwortete Amanda vorsichtig. »Wissen Sie, mein Schiff ist nicht zufällig hier in der Gegend. An höherer Stelle hat man beschlossen, etwas gegen die Piraten zu unternehmen. Wir wollen ihnen das Handwerk legen, und dabei können Sie und ihre Besatzung uns sehr helfen.«

Petreskowitsch schlug mit der Hand auf den Tisch. »Sagen Sie mir, was wir tun sollen, und es wird geschehen.«

»Eigentlich möchten wir, dass Sie überhaupt nichts tun.« Amanda beugte sich in ihrem Sessel vor. »Ihr Schiff ist seetüchtig und Ihre Crew wohlauf. Wir hätten gern, dass Sie einfach weiterfahren, als wäre überhaupt nichts geschehen. Sprechen Sie mit niemandem darüber, nicht einmal mit dem Schiffseigner – jedenfalls nicht, bevor Sie wieder in Ihrem Heimathafen sind. Wenn die Behörden Ihnen wegen Ihres Notrufes Fragen stellen, dann streiten Sie alles ab. Sagen Sie meinetwegen, jemand hätte sich einen Scherz erlaubt. Wenn es Probleme wegen der aufgebrochenen Siegel an der Ladung gibt, dann sollen Ihre Vertreter mit der Botschaft der Vereinigten Staaten sprechen. Aber sonst sagen Sie zu niemandem ein Wort darüber.«

Ein Lächeln teilte Petreskowitschs Bart. »Ah«, sagte er und nickte, »eine *Konspiratsia*. Wir Russen verstehen uns auf so etwas. Sie haben mein Wort. Wir streiten alles ab. Es ist überhaupt nichts geschehen.«

»Können Sie das auch Ihrer Mannschaft klarmachen? Seeleute reden nun mal gern, wenn sie im Hafen sind – und unsere Feinde haben wahrscheinlich ihre Ohren überall.«

»Meine Mannschaft besteht ebenfalls aus Russen«, erwiderte Petreskowitsch grimmig. »Sie wissen, dass ein falsches Wort genügt – und der Betreffende kann zurück nach Wladiwostok schwimmen.«

Der Kapitän des Frachters griff erneut nach der Wodkaflasche. »Noch ein Schlückchen, Captain, um den Pakt zu besiegeln?«

Amanda brachte ein höfliches Lächeln zustande und hielt ihm ihr Glas hin.

Nusa Dua, Bali

11. August 2008, 10:17 Uhr Ortszeit Von all den Tourismus- und Urlaubsorten an der Südküste von Bali ist Nusa Dua gewiss der schönste und von der Wirklichkeit entrückteste. Der sieben Kilometer südlich des Hafens Benoa auf der Halbinsel Bukit Badung gelegene Ort hat weder etwas von der Mittelschicht-Urlaubsstimmung von Sanue Beach noch von dem oberflächlichen lärmenden Treiben der Surfer in Kuta Bay an sich. Nusa Dua ist ein Ort des Friedens, der Würde und des Reichtums.

Von den rund zehn Luxushotels, allesamt nicht höher als die Palmen, die ihnen Schatten spenden, blickt man direkt auf den reinweißen Sand und das schimmernde blaue Wasser hinunter. Die Straßenhändler mit ihrem Kitsch und Tand, mittlerweile typisch für Balis Tourismus, sind hier nicht anzutreffen.

Hier befand sich auch der Hauptsitz von Makara Limited, ein ultramoderner Glaspalast, erbaut an einem Strandabschnitt, wo jeder Meter eine Million Dollar wert war. Doch Harconan interessierte sich wenig für den momentanen Wert der Anlage. Die Familie seines Vaters hatte das Land im 16. Jahrhundert vom hiesigen Raja für fünfzig Musketen und eine Amsterdamer Spieldose erworben.

Die Unterzeichnung des Von Falken-Transportvertrags schleppte sich durch eine ganze Reihe von höflichen Formalitäten, wie sie das Zeremoniell derartiger Konferenzen vorsah. Man stellte sich vor, schüttelte einander die Hände und trank zusammen Kaffee und Erfrischungscocktails im Gesellschaftsraum vor dem Konferenzsaal.

Makara Harconan und Von Falkens Vertreter für den Fernen Osten trugen leichte Safarianzüge, wie sie Geschäftsleute in Indonesien bevorzugten. Die hochrangigen Vertreter der Hamburger Firma selbst schwitzten jedoch in ihren konservativen Nadelstreifenanzügen, die in der tropischen Sonne, die durch die gläserne Außenwand hereindrang, alles andere als bequem waren.

Harconan warf einem Mädchen seines Personals einen Blick zu, worauf sogleich Jalousien an den Fenstern niedergingen, die das grelle Sonnenlicht abblockten. Gleichzeitig wurde das Summen der Klimaanlage eine Spur lauter.

Höfliche Komplimente über das Harconan-Firmenimperium wurden ausgesprochen, die man ebenso höflich als übertrieben zurückwies. Es wurde die Hoffnung zum Ausdruck gebracht, dass es zu einer langen und für beide Seiten fruchtbaren Zusammenarbeit zwischen den beiden Firmen kommen möge – ein Wunsch, dem sich alle Anwesenden anschlossen.

Makara Harconan behielt währenddessen stets seinen höflich-neutralen Gesichtsausdruck bei. Er sprach die angemessenen Worte, lächelte, wenn es angebracht war, und ließ sich nicht anmerken, wie sehr er sich langweilte. Er betrachtete derartige Formalitäten als ein notwendiges Übel; sie waren genauso ein Ritual wie ein Ramayana-Ballett. Die Beute hatte er längst in der Tasche. Die Herausforderung hatte darin bestanden, das Abkommen zustande zu bringen. Der formelle Abschluss, der hier getätigt wurde, war etwas, das man möglichst rasch hinter sich bringen musste, um sich wichtigeren Angelegenheiten widmen zu können.

Harconans Aufmerksamkeit schweifte von den Lügenmärchen ab, die der Vizepräsident der Firma Von Falken soeben in bemühtem Englisch zum Besten gab. Sein Blick fiel auf die schmalen Streifen leuchtenden Blaus, die durch die Jalousien zu sehen waren. In wenigen Tagen würde die amerikanische Seafighter-Task-Force im Hafen von Benoa eintreffen, bildlich gesprochen vor den Kanonen seiner Festung – eine Herausforderung, wie er ihr bisher noch nie gegenübergestanden hatte.

Captain Amanda Lee Garrett von der United States Navy. Was hatte er von ihr zu erwarten?

Während der vergangenen Woche hatte die Nachrichtendienst-Abteilung seines Firmenimperiums ein Dossier über sie angelegt. Ein äußerst beeindruckendes Dokument, das Harconan sehr aufmerksam studiert hatte.

Amanda Garrett schien der Inbegriff der modernen amerikanischen Frau zu sein; erfolgreich hatte sie eine Bastion erstürmt, welche bislang nur von Männern besetzt gewesen war. Mittlerweile hatte sie sich jedoch auch den Respekt ihrer männlichen Kollegen erworben. Als Tochter eines Admirals und Angehörige einer alten Navy-Familie schien sie sich ihrer Vorfahren als durchaus würdig zu erweisen; schließlich hatte sie sich nicht nur ihren hohen Rang, sondern auch schon manch hohe Auszeichnung, darunter das Navy Cross, verdient. Wenn man ihre Laufbahn objektiv betrachtete, musste man zu dem Schluss kommen, dass sie hochintelligent, äußerst anpassungsfähig und auch einigermaßen unkonventionell war, was die Seekriegsführung betraf. Außerdem schien sie weder auf den militärischen noch auf den politischen Schlachtfeldern die geringste Furcht zu kennen.

Diese Frau war in der Lage, ihm sehr gefährlich zu werden – ja, sie war vielleicht einer der wenigen Menschen, die es mit Harconan in seinem eigenen Territorium aufnehmen konnten. Sein Mundwinkel zuckte ganz leicht nach oben. War das der Grund, warum ihn der Gedanke an sie so sehr … stimulierte?

Harconan kehrte rasch in die Wirklichkeit zurück und äußerte gegenüber dem Vizepräsidenten der Firma Von Falken eine angemessene Höflichkeitsfloskel. Dann ließ er seinen Gedanken wieder freien Lauf.

Plötzlich tauchte Lan Lo in der Tür des Gesellschaftsraumes auf. Er war nicht gekommen, um mit Harconan zu sprechen oder ihm eine Nachricht zu schicken. Der Chinese ließ sich nur kurz sehen und verschwand dann so lautlos wie er gekommen war.

Das genügte vollauf. Harconan wusste, dass sein Faktotum es sich niemals erlaubt hätte, zu dieser Zeit aufzutauchen, wenn nicht irgendein Problem aufgetreten wäre, das Harconans sofortiger Aufmerksamkeit bedurfte. Mit völlig ausdrucksloser Miene entschuldigte sich Harconan bei den Anwesenden und ging hinaus.

Er schritt den zentralen Korridor entlang, vorbei an den Büros seiner persönlichen Sekretäre, und drückte mit einer Hand gegen den Handflächen-Scanner, der ihm Zugang zu seinen privaten Arbeitsräumen am Südende des Gebäudes gewährte. Lo war der einzige Mensch außer ihm, dessen Handabdruck ebenfalls im Sicherheitssystem registriert war – und tatsächlich wartete er bereits im Büro seines Chefs.

Harconans persönliches Büro stand in krassem Gegensatz zu dem hochmodernen, westlich geprägten Gebäude des Hauptquartiers. Die Bücherregale wurden von Flachrelief-Wandtäfelungen aus Teakholz eingerahmt, die auf Bali handgeschnitzt worden waren, und neben dem alten holländischen Eichenholzschreibtisch stand ein uralter steinerner Löwe, der aus dem großen buddhistischen Tempel von Borobudur stammte.

Lo verlor keine Zeit. »Wir haben soeben eine Meldung vom Sippenoberhaupt Adwar erhalten. Die Prisen-Operation *Piskow* war offensichtlich ein katastrophaler Fehlschlag.«

Der Chinese stand am Fenster und zeichnete sich vor der Glaswand als kerzengerade Silhouette ab. Dass ein Mensch wie Lo, der sich stets so vorsichtig auszudrücken pflegte, ein Wort wie ›katastrophal‹ in den Mund nahm, unterstrich, wie einschneidend der Vorfall war.

»Was ist passiert?«

»Das ist eben das Problem, Herr. Wir wissen es nicht. Die Operation wurde völlig planmäßig mit dem Start der Boote begonnen. Auch der Entervorgang verlief allem Anschein nach erfolgreich. Doch kurz danach brach jeder Funkkontakt mit der Entermannschaft ab. Die Angriffsboote kehrten nicht mehr zurück, kein Einziges. Wir wissen nicht, was aus ihnen geworden ist.«

»Was ist mit den Mutterschiffen?«

»Adwar wartete bis zum Morgengrauen auf die Rückkehr der Boote, dann zog er sich aus der Gegend zurück. Er meldete keinerlei ungewöhnliche Militär- oder Polizeiaktivitäten, außer einigen auffälligen Lichtblitzen am Horizont. Doch nach Sonnenaufgang beobachtete er ein Schiff, bei dem es sich wahrscheinlich um das Zielschiff handelte. Es war offenkundig unbeschädigt und lief in den Indischen Ozean hinaus.«

»Was ist mit unseren Kontakten in Jakarta? Was wissen sie über die Sache?«

»Wie vereinbart, befanden sich keine Schiffe der indonesischen Marine im unmittelbaren Operationsgebiet. Es wurde ein Notruf von der *Piskow* empfangen, in dem es hieß, dass das Schiff angegriffen werde, danach gab es keinen Funkverkehr mehr. Als das regionale Anti-Piraterie-Zentrum später wegen des Notrufes Kontakt mit der *Piskow* aufnahm, stritt der Kapitän ab, jemals einen Notruf abgeschickt zu haben, und versicherte, dass alles in bester Ordnung sei und nichts Ungewöhnliches vorgefallen wäre.«

Harconan trat langsam an seinen Schreibtisch und lehnte sich dagegen. »Was mag da draußen passiert sein, Bapak?«

»Es gibt zwei Vorfälle, die vielleicht Aufschluss darüber geben könnten. Ein indonesischer Marinestützpunkt an der Westküste von Java hat gemeldet, dass zum Zeitpunkt des Enterns plötzlich intensiver Störfunk auftrat. Das könnte der Grund für den abgerissenen Funkkontakt sein und Aufschluss über das Schicksal unserer Leute geben.«

»Und der zweite Vorfall?«

»Die amerikanische Seafighter-Task-Force ist heute Morgen in Singapur eingetroffen – das heißt, ein Teil von ihr. Unsere Agenten in Singapur hatten ursprünglich gemeldet, dass zwei amerikanische Schiffe zum Nachtanken erwartet wurden. Doch nur eines kam tatsächlich an. Das andere, der Kreuzer, tauchte nicht auf. Wir wissen nicht, wo er sich zur Zeit aufhält.«

»Verdammt«, zischte Harconan. Er verschränkte die Arme und starrte auf den Boden hinunter, während ihm alle möglichen Gedanken durch den Kopf gingen. »Ich bin ein Narr, Lo. Die Warnsignale waren da, aber ich habe sie nicht gesehen. Verdammt!«

Er schlug mit der Faust gegen die Tischkante, dass das massive alte Möbelstück vibrierte. »Schon beim ersten Aufeinandertreffen hat sie uns eine empfindliche Niederlage zugefügt.«

»Captain Garrett«, sagte Lo kaum hörbar.

»Ja, Captain Garrett. Sie verrät uns großzügig ihre Reiseroute und die genauen Zeiten, wann sie wo eintreffen wird. Und ich bin so dumm, es ihr abzunehmen. Sie ist schon in unseren Gewässern, Lo. Und sie hat schon einige unserer Leute geschnappt.«

»Das ist noch nicht erwiesen, Herr. Ich habe mich mit unseren Kontakten im Internationalen Anti-Piraterie-Zentrum und in der indonesischen Regierung in Verbindung gesetzt. Es gibt keinerlei Berichte über Anti-Piraterie-Operationen, über die Anwesenheit von amerikanischen Kriegsschiffen in indonesischen Hoheitsgewässern oder die Festnahme von indonesischen Staatsbürgern durch die USA.«

»Das wundert mich überhaupt nicht.« Harconan richtete sich auf und begann im Zimmer auf und ab zu gehen. »Sie schlägt zu, wie es ihr passt. Sie hat nicht die Absicht, nach den gängigen Regeln zu kämpfen. Den Amerikanern geht es nicht um irgendeine Alibi-Aktion. Sie sind hier, um uns zu vernichten.«

»Und wie sollen wir reagieren?«, fragte Lo und sah seinen Chef mit ausdrucksloser Miene an.

Harconan blieb stehen und blickte auf das schimmernde Wasser der Badungstraße hinaus.

»Wir werden kämpfen, Lo. Wir lassen uns nicht vernichten, nein, wir kämpfen. Seit über tausend Jahren gehören diese Gewässer meinem Volk. Wir haben die Gezeiten dieses Meeres in unserem Blut, in unserem Geist und unserer Seele. Es wird Zeit, dass wir das der Welt klarmachen – Washington, Jakarta, Singapur und auch Amanda Garrett.«

»Mein Herr …« Lo zögerte einen Augenblick. »Eine offene Konfrontation – jetzt, wo Sie noch an der Vorbereitung Ihrer größeren Pläne arbeiten … Halten Sie das für eine kluge Vorgangsweise?«

Makara Harconans Lippen verzogen sich zu einem grimmigen Lächeln. Die vielen Götter, die diese Länder und Gewässer regierten, mussten wohl gespürt haben, dass es ihn nach neuen Herausforderungen dürstete. In ihrem unstillbaren Drang, sich vom Treiben der Menschen unterhalten zu lassen, hatten sie ihm diese Herausforderung geliefert, um zu sehen, wie er, der gewöhnliche Sterbliche, darauf reagierte. In einem solchen Wettstreit mit den Göttern hatte der Mensch nur zwei Möglichkeiten – sich demütig zu verkriechen oder sich allen Widrigkeiten zum Trotz der Herausforderung zu stellen.

»Nein, Bapak, klug ist es sicher nicht. Aber ich werde trotzdem so vorgehen.«

Lo neigte den Kopf, die Entscheidung seines Chefs akzeptierend. »Hauptsache, Sie wissen, worauf Sie sich einlassen, Herr. Wie lauten also Ihre Anweisungen?«

»Geben Sie folgende Botschaft an alle Sippen-Oberhäupter und Gruppenführer aus: Bis auf weiteres werden keine Prisen-Operationen mehr gestartet. Trotzdem sollen alle Sippen ihre Mannschaften und Schiffe bereithalten, damit sie auf mein Kommando auslaufen können. Die Versorgung der Sippen geht wie üblich weiter, ebenso das Gefechtstraining. Ab jetzt werden ausschließlich unsere eigenen Leute mit Waffen und Munition ausgerüstet. Ich will, dass alle Sippen in maximaler Kampfstärke sind. Wir werden sie vielleicht bald brauchen.«

»Wird erledigt.«

»Außerdem will ich mehr Nachrichtendienstmaterial über diese Task Group. Ihre Absichten, ihre Operationsweise, die Möglichkeiten für Sabotageakte. Konzentrieren Sie sich auf die verwundbaren Stellen der Schiffe und ihrer Besatzungen. Und setzen Sie sich mit unseren Sippen-Oberhäuptern auf Lombok und im Osten Javas in Verbindung. Ich will hier auf Bali eine Bodenkampftruppe zusammenstellen. Sie sollen ihre besten Teams schicken. Kümmern Sie sich um Quartiere und Ausrüstung.«

Lo nickte. »Sehr wohl, Herr. Eine Frage noch zu Ihrer Anweisung, dass wir alle Operationen stoppen sollen. Gilt das auch für das Satellitenprojekt? Die ersten ausländischen Technikerteams sind schon eingetroffen und bereit, mit ihrer Arbeit zu beginnen. Sollen wir das Ganze absagen?«

Harconan überlegte einige Sekunden. »Nein. Das Projekt wird mit größtmöglichem Tempo weitergeführt. Je früher wir mit den Untersuchungen fertig sind und den Satelliten zerlegen können, umso besser. Setzen Sie sich auch mit unserem Verbindungsmann zu den Morning-Star-Separatisten in Verbindung. Die Sicherheitstruppen am Aufbewahrungsort sollen drastisch verstärkt werden. Handeln Sie eine angemessene Entlohnung aus.«

Lo runzelte nachdenklich die Stirn. »Je mehr Leute wir in die Gegend verschieben, umso größer ist das Risiko, dass der Ort entdeckt wird.«

»Das lässt sich nun mal nicht ändern. Captain Garrett hat mir ein Mal ein Schnippchen geschlagen, ein zweites Mal soll mir das nicht passieren. Ich kann nicht riskieren, dass sie mir auch noch diese Beute wegschnappt. Wenn sie den Satelliten zurückhaben will, dann muss sie schon darum kämpfen.«

Der Chinese neigte den Kopf. »Wie Sie wünschen, Herr. Aber wenn ich mir einen Vorschlag erlauben darf – vielleicht sollten wir die *Makara Flores* in der Nähe bereithalten, für den Fall, dass eine rasche Evakuierung notwendig werden sollte.«

»Ein guter Vorschlag, Lo. Und lassen Sie das Schiff ordentlich aufrüsten.«

»Noch einen Vorschlag hätte ich, Herr. Vielleicht sollten wir neben dem heimlichen Sammeln von Nachrichtendienstmaterial gegen die Amerikaner auch eine etwas offenere Vorgangsweise einschlagen.«

»Was meinen Sie damit?«

»Es gäbe da vielleicht einen Weg, wie wir Captain Garrett zwingen könnten, sich an die Regeln zu halten. Es könnte für die amerikanische Task Group schwieriger werden, ihre verdeckten Operationen durchzuführen, wenn sie von den indonesischen Behörden beobachtet wird.«

Harconan schnippte mit den Fingern. »Ausgezeichnet, Lo. Es wird ohnehin Zeit für eine Gegenleistung unseres alten Freundes Admiral Lukisan; schließlich unterstützen wir ihn schon lange sehr großzügig. Vereinbaren Sie gleich ein Treffen mit ihm.«

»Wie Sie wünschen, Herr. Gibt es sonst noch etwas?«

Harconan überlegte kurz. »Ja«, sagte er schließlich. »Es gibt im Westen eine alte militärische Weisheit, Lo. ›Lerne deinen Feind kennen.‹ Ich würde noch ein Sprichwort von meinem eigenen Volk hinzufügen: ›Um deinen Feind wirklich zu kennen, musst du ihm … oder *ihr* in die Augen sehen.‹ Genau das wollen wir arrangieren.«

Javasee

110 Seemeilen nord-nordöstlich der Sundastrasse

14. August 2008, 16:45 Uhr Ortszeit Im Jahr 1992 ging eines der bemerkenswertesten Waffengeschäfte der Geschichte über die Bühne.

Im Zuge des Zusammenbruchs der UdSSR und der Wiedervereinigung Deutschlands erbte die bundesdeutsche Regierung ein ganzes Arsenal von sowjetischen und

Warschauer-Pakt-Waffen von der ehemaligen DDR. Da das Land dringend Geld brauchte, um dem daniederliegenden Osten wirtschaftlich auf die Beine zu helfen, bot Deutschland die Waffen, die es ohnehin nicht brauchte, auf dem Weltmarkt an.

Indonesien wiederum benötigte dringend stärkere Seestreitkräfte, um die verstreuten Inseln kontrollieren zu können. Von dem Abverkauf der Ostblockwaffen profitierend, kaufte Indonesien fast die gesamte Kriegsmarine der ehemaligen DDR auf.

Auch die Fregatte *Wolf eins* der Parchim-Klasse war Teil dieses militärischen Großeinkaufs gewesen. Es war jedoch viel verändert worden, seit das fünfundsiebzig Meter lange Kriegsschiff noch die kalten Gewässer der Ostsee befahren hatte. Amanda lehnte sich aus dem Fenster des Helikopters und studierte aufmerksam die Veränderungen, die man an den Waffensystemen der Fregatte vorgenommen hatte.

Das alte 30-mm-Punktverteidigungsgeschütz und die beiden zwölfrohrigen RBU-Mörser zum Kampf gegen Unterseeboote waren vom Vordeck verschwunden und durch eine 57-mm-Bofors-Kanone ersetzt worden. Außerdem hatte man Startzellen für Exocet-Antischiff-Lenkwaffen installiert.

Mittschiffs waren dreifach-Torpedorohre des Bofors-Typs 43 angebracht, während man achtern die alten russischen 57-mm-Geschütze und das SA-6-Grail-Startgerät durch eine zweite schwedische Maschinenkanone und ein französisches Mistral-SAM-System ersetzt hatte.

In *Jane's All The World's Warships*, dem Standardwerk über die Kriegsschiffe dieser Welt, konnte man nachlesen, dass die Maschinenräume mit neuen koreanischen Dieselmaschinen ausgerüstet waren und dass man eine völlig neue japanische Elektronik-Ausstattung an Bord hatte.

Durch all diese Veränderungen hatte sich der alte Warschauer-Pakt-Unterseebootjäger in ein überaus ernst zu nehmendes Überwasser-Kriegsschiff verwandelt. Was Amanda gar nicht gefiel, war die Tatsache, dass dieses Schiff Amandas Task-Force-Flaggschiff seit neuestem besondere Aufmerksamkeit widmete.

Nach dem Vorfall mit der *Piskow* hatte sich die Duke erst einmal aus dem Staub gemacht und war zuerst südwärts und ostwärts entlang der Küste von Java gelaufen. Eine weitere Nacht und einen Tag verbrachte man in der Gegend der Lomboc- und der Atlastraße, um vielleicht ein weiteres Piratenkommando abzufangen, das noch nicht über die neue Situation informiert war.

Schließlich war CLA 79 in die Javasee eingefahren. Man gab Stealth-Modus und EMCON auf und trat wieder offen in Erscheinung. Danach wandte sich der Kreuzer nach Westen, um sich wieder der *Carlson* anzuschließen, die von Singapur ostwärts lief.

Zwei Stunden vor dem Zusammentreffen war Wolf One, mit Langstreckenzusatztanks ausgestattet und mit Amanda Garrett an Bord, von der *Cunningham* gestartet, um schon etwas früher mit dem Seafighter-Flaggschiff zusammenzutreffen.

Als sie bei der *Carlson* eintrafen, stellte Amanda fest, dass das LPD nicht allein war.

Cobra machte kehrt, um das indonesische Kriegsschiff noch einmal zu überfliegen, als ein Offizier, möglicherweise der Kapitän der Fregatte, auf die Brockennock heraustrat. Der mit einer weißen Uniform bekleidete Seemann blickte herausfordernd zum Helikopter hinauf. Amanda sah ihm für einen kurzen Moment in die Augen und wünschte sich, es gäbe so etwas wie Gedankenübertragung.

»Okay, Cobra«, sprach sie in ihr Mikrofon. »Ich habe jetzt einen Überblick. Gehen Sie auf der *Carlson* runter.«

»Wird gemacht.«

Drei Minuten später setzte der Super Huey auf dem Flugdeck des Landungsschiffes auf.

»Da wären wir wieder, Capt'n!«, rief Richardson vom Pilotensitz zurück, während er und sein Kopilot die Systeme der Maschine abstellten. »Lassen Sie ihre Sachen ruhig liegen. Meine Leute bringen sie schon in Ihre Kabine.«

»Danke, und danke auch für die gute Arbeit. Sie und die Wolves haben sich wirklich bewährt, würde ich sagen.«

»Danke, Ma'am. Wenn Sie uns hin und wieder Gelegenheit geben, dass wir uns so richtig austoben können, sind wir schon glücklich.«

Amanda reichte ihren Helm und die Schwimmweste dem Crew Chief und stieg aus. Während sie zu den Decksaufbauten hinüberging, fiel ihr auf, dass das Stampfen und Schlingern des riesigen Schiffes langsamer und bedächtiger war als auf der Duke, die sich entschlossen ihren Weg durch die anrollenden Wellen bahnte.

In den offenen Toren des Hangars warteten schon Admiral MacIntyre und Christine Rendino auf sie, zusammen mit Captain Carberry und einem gut aussehenden Asiaten mit scharfem Blick, der bequeme Zivilkleidung trug. Er verfolgte mit ausdruckslosem Gesicht, wie Amanda vor der Fahne salutierte und den militärischen Gruß der anderen erwiderte.

Admiral MacIntyre übernahm es, ihn ihr vorzustellen. »Captain Garrett, das ist Inspektor Nuyen Tran von der Singapore National Police. Er ist der ›einheimische Führer‹, den Miss Rendino uns versprochen hat.«

Amanda streckte ihm die Hand entgegen und er schüttelte sie mit einem festen Händedruck. »Es freut mich, Sie an Bord zu haben, Inspektor. Wir werden Ihre Hilfe brauchen.«

»Und mich freut es, dass ich Ihnen in dieser Sache von Nutzen sein kann«, antwortete der Inspektor mit tiefer Stimme und leichtem britischem Akzent. »Ich stehe zu Ihrer Verfügung.«

»Übrigens«, warf Christine ein, »seine Regierung weiß nicht, dass er hier bei uns ist. Er ist sozusagen nie hier gewesen.«

»Er wird nicht unser einziger Gast dieser Art sein.« Amanda wandte sich Commander Carberry zu. »Commander, heute im Laufe des Nachmittags wird ein Seahawk von der *Cunningham* auf der *Carlson* eintreffen. Er wird einige … VIP-Passagiere an Bord haben. Jetzt, wo diese neugierigen Kerle da draußen hier herumschnüffeln, würde ich vorschlagen, dass wir diese VIPs nicht auf dem offenen Flugdeck aussteigen lassen. Bringen Sie den Heli in den Hangar und verriegeln sie die Tore, bevor unsere Gäste die Maschine verlassen.«

»Verstanden, Captain«, antwortete Carberry. »Gemäß Commander Rendinos Anweisung haben wir schon einen Platz für den Seahawk reserviert.«

»Sehr gut. Wir können die Verhöre hier an Bord der *Carlson* viel besser durchführen als auf der Duke. Ganz sicher wäre es im Moment sehr lästig, wenn die indonesische Regierung herausbekommt, dass wir einige Bürger ihres Landes hier festhalten, auch wenn es sich um Piraten handelt.«

»Kein Problem, Ma'am. Ich werde gleich mit meinem Airboss sprechen.«

»Sehr gut, Commander.«

Der stämmige kleine Offizier ging mit energischen Schritten davon und Amanda wandte sich wieder dem grauen Schiff mit der schneeweißen Bugwelle zu, das dem LPD auf den Fersen war. »Und da wir gerade von Dingen sprechen, die sehr lästig sein könnten … Was wissen wir über die Kerle da drüben? Was haben die Indonesier vor?«

MacIntyre runzelte die Stirn und schob seine Uniformmütze zurück. »Wir sind uns nicht sicher. Sie folgen uns wie ein Schatten, seit wir aus Singapur ausgelaufen sind. Inspektor Tran hat auch eine ganz bestimmte Vermutung, die nicht sehr erfreulich klingt.«

»Und die wäre, Inspektor?«

»Die Piratenorganisation hat den von ihr bezahlten Offizieren innerhalb der indonesischen Marine befohlen, die Operationen Ihrer Gruppe zu überwachen«, erläuterte Tran. »Ich vermute auch, dass sie Anweisung haben, Ihre Operationen zu unterbinden, soweit es ihnen möglich ist.«

Amanda runzelte besorgt die Stirn. »So großen Einfluss hat die Organisation?«

»Ja, Captain. Der Beweis ist das Schiff dort drüben. Vielleicht ist aber die interessantere Frage, ob die Piraten imstande sind, einen direkten Angriff zu starten.«

»Ich habe nach verschiedenen zusammenhängenden Faktoren gesucht«, erläuterte Tran seinem kleinen Publikum. Er, Christine Rendino, Admiral MacIntyre und Amanda Garrett hatten sich in die Offiziersmesse der *Carlson* zurückgezogen. Tran hatte seine etwas ramponierte Aktentasche vor sich auf dem Tisch liegen, während er mit seinen Ausführungen begann, die er schon so oft vergeblich versucht hatte, jemandem nahe zu bringen. »Als es offensichtlich wurde, dass die Piraten über eine hoch entwickelte Infrastruktur verfügen, war mir klar, dass damit ganz bestimmte Dinge verbunden sein müssen.«

»Die Möglichkeit zur Geldwäsche«, warf Captain Garrett ein. Stirnrunzelnd trat sie zu der kleinen Palme, die in der Ecke des Zimmers stand, ging in die Knie und überprüfte geistesabwesend die Feuchtigkeit der Erde im Topf. »Es wäre völlig nutzlos, wertvolle Frachtgüter zu rauben, wenn man keine sicheren Kanäle hat, über die man sie auf dem Weltmarkt verkaufen kann, und auch keine Möglichkeit, das Geld weißzuwaschen.«

»Außerdem braucht es eine funktionierende Logistik und entsprechende Transportmöglichkeiten«, fügte MacIntyre hinzu, der sich, einen Arm über die Stuhllehne gelegt, Tran zugewandt hatte. »Man muss die geraubten Güter schließlich zu den Orten transportieren können, wo man sie weiterverkauft. Außerdem müssen regelmäßig Versorgungsgüter und Ausrüstung zu den Operationsbasen geschafft werden – und zwar möglichst unauffällig.«

»Wir haben es hier mit Transaktionen zu tun, bei denen es um riesige Summen geht«, warf Christine Rendino ein und schaltete an ihrem Platz gegenüber von Tran ihren Laptop ein. »Dafür braucht es Zugang zu den höheren Etagen diverser Banken und des internationalen Handels- und Finanzwesens, und natürlich auch zur jeweiligen Regierung.«

Captain Garrett ging zum Geschirrschrank der Messe und holte eine mit Wasser gefüllte Sprühflasche hervor. »Daraus könnte man schließen, dass unser Piraten-Netzwerk zumindest eine größere Schifffahrtslinie kontrolliert, die regelmäßig in den indonesischen Gewässern unterwegs ist, darüber hinaus eine Bank von internationalem Rang und ein großes Handelshaus. Habe ich Recht?«

Amanda ging zu der kleinen Palme zurück und besprühte ihre glänzenden Blätter.

»Stimmt genau, Captain«, antwortete Tran. »Doch es gibt noch zwei weitere Faktoren, die das Feld noch mehr einengen. Die bloße Kontrolle über diese Unternehmen ist nicht genug. Sie müssen unter der direkten Leitung einer einzelnen Person stehen, was heutzutage im Wirtschaftsleben sehr selten ist. Und diese Person muss außerdem die Kultur der Bugi-Seefahrer-Sippen sehr gut kennen. Der Betreffende muss gut mit ihnen zusammenarbeiten und, was das Wichtigste ist, er muss ihr Vertrauen und ihren Respekt genießen. Es kann deshalb niemand von außerhalb Indonesiens sein.«

Amanda Garrett stellte die Sprühflasche wieder an ihren Platz zurück. »Dann gibt es bestimmt nicht allzu viele, die in Frage kommen. Wie lang ist die Liste der Verdächtigen?«

»Es gibt nur einen Einzigen auf meiner Liste. Meine Untersuchungen haben zu dem Ergebnis geführt, dass es nur einen Mann gibt, auf den alle diese Faktoren zutreffen.«

Tran öffnete die Schlösser seiner Aktentasche und holte eine Mappe hervor. Er legte sie vor sich auf den Tisch, öffnete sie und breitete die Fotografien auf dem Tisch aus, die er im Archiv der New Straits Times gesammelt hatte.

»Dieser Mann hier.«

Captain Garrett kehrte an den Tisch zurück und sah sich, so wie ihre Kollegen, aufmerksam die Bilder an. »Wie heißt er?«, fragte sie mit leiser Stimme.

»Harconan. Makara Harconan. Sein Vater gehörte einer alten holländischen Kolonialfamilie an, die es schaffte, auch nach der Unabhängigkeit Indonesiens im Land zu bleiben. Seine Mutter war die Tochter eines bedeutenden Bugi-Sippenoberhaupts.«

»Flotter Bursche, muss man zugeben«, murmelte Christine und blickte zu Amanda auf.

Tran verbiss sich ein Lächeln über die Bemerkung. Als Polizeioffizier wusste er, dass der äußere Anschein nur selten mit der Realität übereinstimmte. Makara Harconan war die Ausnahme von der Regel. Er sah genauso aus, wie man sich einen König der Piraten vorstellte, in der klassischen Art eines Errol Flynn. Nur war die Kühnheit in seinen dunklen Augen echt und nicht auf irgendeiner Schauspielschule angelernt.

Amanda Garrett blickte die Fotos langsam durch: Harconan im Jackett, in Begleitung eines hübschen Starlets aus Singapur; Harconan im dunklen Straßenanzug, wie er aus dem Flugzeug stieg; Harconan ohne Hemd, wie er lächelnd an der Reling eines Bugi-Schoners lehnte. Sie fuhr mit der Fingerspitze die Konturen seines Gesichts entlang. »Können Sie mir mehr über seine Vergangenheit erzählen?«

»Wie ich schon sagte, die Harconans waren eine der alten holländischen Kolonialfamilien in Indonesien, die auch nach der Unabhängigkeit im Land blieben. Offensichtlich sehr zähe und eigensinnige Leute, die genau wussten, wie man in der Politik etwas erreicht und Einfluss gewinnt. Sonst hätten sie nicht das Sukarno- und das Suharto-Regime überlebt.

Von der Familie seines Vaters erbte Makara unter anderem eine kleine Handelsbank mit Filialen in Jakarta und Singapur, außerdem mehrere kleine Küstenfrachtschiffe und eine Handelsfirma, die auf allen größeren Inseln Indonesiens tätig ist.«

Captain Garrett legte die Bilder auf den Tisch zurück. »Die drei wichtigsten Faktoren wären also erfüllt.«

»Ja«, antwortete Tran, »aber was er von seiner Mutter geerbt hat, ist vielleicht noch wichtiger.«

Captain Garrett lehnte sich gegen den Tisch. »Sprechen Sie weiter.«

»Ich habe herausgefunden, dass Makara Harconan keine sehr enge Beziehung zu seinem holländischen Vater hatte. Ich glaube, dass die Ehe seiner Eltern eine reine Zweckheirat war, weil sein Vater ein gutes Verhältnis zu den Bugi suchte. Wie auch immer, Vater und Sohn standen sich jedenfalls nicht sehr nahe.

Dafür hatte der junge Makara ein sehr gutes Verhältnis zu seinem Großvater mütterlicherseits. Der Vater der Mutter wurde für Makara fast so etwas wie ein Ersatzvater. Als Jugendlicher verbrachte Makara seine Ferien fast immer an Bord des Handelsschoners seines Großvaters und lernte dadurch alles über seine Bugi-Vorfahren und auch einiges über die Seefahrt kennen. Mit fünfzehn war er bereits imstande, eine *Pinisi* von hier nach Neuguinea und zurück zu steuern. Ich schätze, er hat das auch mehr als einmal getan.«

Tran sah, dass Amanda Garrett ein Lächeln auf den Lippen hatte und dass ihr Blick in die Ferne gerichtet war. »Was für eine wunderbare Kindheit«, sagte sie. »Die meisten Kinder können nur davon träumen, in die Südsee zu segeln.«

»Ja. Soweit ich weiß, hing Harconan sehr an seinem Großvater, und umgekehrt. Die Beziehung hatte nur einen Haken.«

»Und der wäre?«

»Der Großvater war einer der berüchtigtsten und grausamsten Piratenkapitäne der indonesischen Inseln«, antwortete Tran. »Und der Alte war offenbar auch in dieser Hinsicht der Lehrmeister des Jungen. Über diesen Punkt bin ich natürlich auf Erzählungen und Vermutungen angewiesen, die nicht überprüfbar sind. Aber als junger Mann dürfte Harconan tatsächlich an einer Reihe von Streifzügen seines Großvaters teilgenommen haben. Dabei wurde er möglicherweise auch in Kämpfe verwickelt, die sicher oft blutig waren.«

»Verdammt«, murmelte MacIntyre mit finsterer Miene. »Der Junge hat das Piratenleben sozusagen mit der Muttermilch aufgesogen.«

»Ja, Admiral«, stimmte Tran zu, »aber noch wichtiger ist, dass es seine Denkweise prägte. Makara Harconan ist ein Mann zwischen zwei Welten – der westlich orientierten Welt des einundzwanzigsten Jahrhunderts und der traditionellen gesetzlosen Welt der Bugi-Seefahrer. Er ist intelligent und aggressiv, und er ist es gewohnt, außerhalb der herkömmlichen Moralvorstellungen zu denken. Sein Vorteil ist, dass er das, was er in der einen Welt gelernt hat, in der anderen anwenden kann.

Mit achtzehn wurde Harconan für sechs Jahre auf eine europäische Hochschule geschickt. Er studierte zuerst Volkswirtschaft und Betriebswirtschaft an der Universität Amsterdam und besuchte dann die holländische Marineakademie, wo er den Rang eines Offiziers der Handelsmarine erwarb. Als er wieder nach Indonesien zurückkehrte, bekam er einen Posten an Bord eines der Küstenfrachter seines Vaters. Es kam für niemanden überraschend, dass er nach einem Jahr bereits das Schiff kommandierte.

Von diesem Augenblick an ging es mit den Geschäften der Familie Harconan steil bergauf. Makara Harconan schien einen unglaublichen Riecher für gewinnträchtige Unternehmungen zu haben – besonders für die Geschäfte mit jenen Inseln, auf denen es große Bugi-Ansiedlungen gibt. Gleichzeitig schienen seine Konkurrenten vom Pech verfolgt zu werden. Manchen passierte es sogar, dass ihre Schiffe und Ladungen spurlos verschwanden.«

MacIntyre blickte auf die Fotos hinunter, die immer noch auf dem Tisch lagen. »Komischer Zufall«, murmelte er.

»Ja, nicht wahr? Nun, mit dreißig war Harconan jedenfalls Direktor einer der größten Schifffahrtslinien von ganz Indonesien. Harconan Seaways brachte der Familie von all ihren Unternehmungen am meisten Geld ein.«

Amanda Garrett runzelte die Stirn und ließ sich in einen Stuhl gegenüber von Tran sinken. »Wie groß ist der Laden genau?«

Es war Christine Rendino, die die Frage beantwortete. »Gegenwärtig verfügt Harconan Seaways über neun Schiffe. Sechs davon sind größere Küstenschiffe mit einer Reihe von planmäßigen und außerplanmäßigen Routen vom Golf von Thailand und dem Andamanischen Meer quer durch Indonesien bis hinauf zu den Philippinen.

Außerdem besitzt Harconan drei große Containerschiffe, die auf zwei verschiedenen Hochseerouten unterwegs sind. Eine dieser Routen führt die chinesische Küste hinauf, mit Zwischenstationen in Vietnam, den Vereinigten Republiken von Korea und in Russland. Die andere Route verläuft durch den gesamten Indischen Ozean, von Bangladesch über Indien, Pakistan, einige Staaten am Persischen Golf bis zum Horn von Afrika. Harconan konzentriert sich eher auf die abgelegeneren Häfen, die die größeren Reedereien meiden.«

»Die typischen Schmugglerhäfen, wo die Zollkontrollen nicht so streng sind?«

Die blonde Intel-Offizierin hob eine Augenbraue. »Das könnte man so sagen, Boss.«

Tran nahm seinen Bericht wieder auf. »Zusätzlich zu seinen eigenen Schiffen operiert Harconan Seaways mit gecharterten Schiffen. Es sind bestimmt ständig mehrere Dutzend *Pinisi* zwischen den kleineren Häfen unterwegs.«

»Wurden eigentlich auch schon Schiffe von Harconan Seaways von Piraten überfallen?«

Tran lächelte. »O ja, fast öfter als die Schiffe der anderen Linien. Mr. Harconan hat immer wieder seine Besorgnis über das Problem der Piraterie in der Gegend ausgedrückt. Er hat zwar noch keine Schiffe oder Besatzungen verloren, aber seine Verluste an Frachtgut sind jedes Jahr enorm. Es ging dabei zum Beispiel um Güter wie Dieselmaschinen für Schiffe, Außenbordmotoren oder Funk- und Radaranlagen – und all das ist nie wieder aufgetaucht. Zum Glück sind seine Schiffe und Ladungen immer gut versichert.«

»Ein kluger Geschäftsmann«, stellte Captain Garrett fest.

»Ja, das ist er«, stimmte Tran zu und fuhr mit seinem Bericht fort. »Als sein Vater starb, war Makara der Alleinerbe, was seinen Plänen natürlich sehr förderlich war. Er kaufte auch die Firmen auf, die seine letzten verbliebenen Verwandten noch besaßen – seine finanziellen Mittel schienen enorm zu sein. Damit besaß er nun die Kontrolle über die Schifffahrtslinien, über die Jakarta Trans-Asian Bank und über Harconan Trade and Brokerage. Er vereinte alle drei Unternehmen unter einer gemeinsamen Dachgesellschaft namens Makara Limited, deren Sitz auf Bali liegt.«

»Also trifft auch der Faktor zu, dass eine einzelne Person die Kontrolle über die gesamte Piratenorganisation haben muss«, warf Amanda ein.

»Genau«, bestätigte Tran. »Er weigert sich, mit Makara Limited an die Börse zu gehen, weil er das Ruder ganz allein in der Hand halten will. Trotzdem könnte es seiner Firmengruppe nicht besser gehen. Harconan gehört mittlerweile zu den größten Taipans im Fernen Osten.«

»Das ist schon eigenartig, nicht wahr?«, stellte MacIntyre nachdenklich fest. »Wenn der Mann derartigen wirtschaftlichen Erfolg hat, warum macht er dann mit seinen Piratenoperationen weiter? Warum geht er dieses Risiko ein? Warum macht er es nicht so wie die alten Mafiabosse, die zu ehrbaren Bürgern wurden und sich für den Rest ihres Lebens die Sonne auf den Bauch scheinen ließen?«

»Aus zwei Gründen, Admiral. Erstens glaube ich, dass Harconan noch andere Ziele verfolgt außer viel Geld zu machen. Das Geld, das Harconan mit der Piraterie verdient, kommt größtenteils den Bugi zugute. Er sorgt dafür, dass das Piratengeschäft für die Bugi-Sippen wieder höchst einträglich ist und dass sie ihre Tätigkeiten als Fischer oder Händler aufgeben und an ihre alten Traditionen anknüpfen.

Außerdem sorgt er dafür, dass die Kampfkraft der Männer ständig erhöht wird – durch Training, bessere Schiffe und modernere Waffen. Bald werden sie nicht mehr bloß Piraten sein, sondern eine richtige Kriegsmarine.«

»Eine Kriegsmarine, die Makara Harconan zur Treue verpflichtet ist«, warf Amanda Garrett ein.

»Völlig richtig, Ma'am«, sagte Christine Rendino und blickte von ihrem Laptop auf. »Wir haben diesen Prozess ja schon öfter beobachten können, zum Beispiel in Westafrika. Ein charismatischer, energischer Führer kann aus einer alten Stammesgesellschaft praktisch über Nacht ein Imperium machen. Er muss nur unter Beweis stellen, dass er ein Siegertyp ist.«

»Als charismatisch und energisch kann man Makara Harconan durchaus bezeichnen«, stimmte Tran zu. »Unter den Bugi-Kolonien genießt er großes Ansehen. Er unterhält eine Reihe von privaten Hilfsorganisationen und Stiftungen, die den Bugi zugute kommen. Er verhilft ihnen zu Schulen, besserer medizinischer Versorgung und besseren Behausungen. Viele Bugi sind der Ansicht, dass er in wenigen Jahren bereits mehr für sie getan hat, als Jakarta je zustande gebracht hat.«

Tran hielt einen Moment lang inne, bevor er fortfuhr. »Man hört sogar schon da und dort flüstern, dass ein neuer *Raja Samudra* kommen wird, ein ›König der Meere‹, der den Glanz des alten Bone-Reiches von Sulawesi, in dem die Macht der Bugi in Indonesien ihren Höhepunkt erreichte, wieder aufleben lassen könnte. Doch noch wagt es niemand öffentlich, einen Namen mit diesem Titel zu verbinden.«

»Das Streben nach der Wiedergeburt eines mythischen ›Goldenen Zeitalters‹ hat schon öfter ein Land mitten in den Krieg geführt«, stellte Amanda düster fest. »Wo hat unser ›König der Meere‹ denn momentan seinen Thron?«

Es war Christine, die auf die Frage antwortete. »Der Sitz von Makara Limited liegt in der Küstenstadt Nusa Dua in der Nähe des Hafens von Benoa. Man könnte Nusa Dua als eine Art Vorstadt der Inselhauptstadt Denpasar bezeichnen. Doch Harconans persönliches Hauptquartier liegt auf einer noch kleineren Insel vor der Nordwestspitze von Bali.«

Christine drehte den Bildschirm ihres Laptops so, dass alle die Karte sehen konnten, die sie am Display aufgerufen hatte. »Sie heißt Palau Piri, die ›Insel der Prinzen‹, sehr passend also. Harconan gehört die ganze Insel. Offensichtlich ist sie schon seit Jahrhunderten im Familienbesitz. Auf die Insel kommt nur, wer persönlich eingeladen wird.«

Amanda stieß einen leisen Pfiff aus. »Interessant. Seine Privatsphäre muss ihm also sehr wichtig sein. Und Bali hat er wahrscheinlich aus den gleichen Gründen gewählt wie wir – weil es strategisch sehr günstig liegt. Haben sich die G-Hawks die Insel schon angesehen, Chris?«

»O ja, wirklich sehr beeindruckend.« Die Intel-Offizierin rief eine aus großer Höhe aufgenommene Fotoserie auf. »Die Insel umfasst ungefähr fünf Quadratkilometer. Wie Sie sehen, ist sie dicht bewaldet und hat ringsum dunkle Sandstrände. Im Norden und Westen findet man ausgedehnte Riffe, und im Süden einen kleinen künstlichen Hafen und einige Piers.«

Auf dem Bildschirm erschien ein Fenster rund um die Gebäude in der Nähe der Piers, und der Bildausschnitt wurde entsprechend vergrößert. Mit Hilfe eines Bleistiftes, den sie als Zeigestab benützte, begann Christine, den Anwesenden die Szenerie zu beschreiben.

»Es gibt nur etwa ein halbes Dutzend Gebäude, der Rest der Insel ist praktisch Naturschutzgebiet. Dieses beeindruckende einstöckige Gebäude hier unten links ist Harconans Wohnhaus. Daneben sehen Sie einen Hubschrauberlandeplatz mit dem EC365 Eurocopter, den Harconan als persönliches Transportmittel verwendet.«

Der Bleistift tippte einen anderen Bereich auf dem Bildschirm an. »Hier drin liegen seine Boote. Neben einigen herkömmlichen Motorbooten hat er auch ein Magnum-IV-Hochseerennboot, ein ganz besonderes Stück. Laut Herstellerfirma in Florida ist das Boot mit drei starken Chevy-Motoren mit Turbolader und Zusatztanks für extreme Reichweite ausgerüstet. Das Ding fährt jedem anderen Wasserfahrzeug davon, sogar einem Seafighter. Es hat eine Reichweite von fünfhundert Seemeilen und erreicht eine Geschwindigkeit von neunzig Knoten.«

»Und was ist mit dem anderen Gebäude dort unten am Strand?«, fragte Amanda.

»Es ist genau das, wonach es aussieht – ein Hangar für ein Wasserflugzeug, in diesem Fall eine Canadair CL-215T-Turboprop, ebenfalls mit Zusatztanks. Damit kommt man überallhin, von Cooktown bis Shanghai, ohne aufzutanken.«

»So wie der Mann ausgerüstet ist, wird es nicht leicht werden, ihn zu fassen«, merkte MacIntyre an und beugte sich näher zum Bildschirm hin.

»Stimmt, Sir«, antwortete Christine. »Man beachte außerdem, dass der ganze Besitz hier seine eigene Energieversorgung hat. Da sind Sonnenkollektoren auf den Dächern und zwei Windturbinen hier und hier. Sie sehen auch die vielen Satellitenschüsseln. Das Ganze ist auch eine einzige riesige Kommunikationszentrale, fast so wie die Bodenstation der NASA, mit direktem Zugang zu allen größeren Satcom-Informationsnetzen. Und bewacht ist das Gelände ungefähr so wie Fort Knox. Vierzig Personen sind ständig anwesend, von denen die Hälfte bewaffnete Wächter sind.«

»Nung-chinesische Söldner, um genau zu sein«, fügte Tran hinzu. »Die besten in ganz Asien, ausgerüstet mit automatischen Waffen und Nachtsichtsystemen. Außerdem gibt es hier ein see- und lufttaugliches Radarsystem, restlichtverstärkende Kameras an den Stränden und einen mit Sensoren ausgestatteten Zaun rund um das Gelände.«

»Was? Gar keine Boden-Luft-Raketen?«, warf MacIntyre sarkastisch ein.

Tran hielt zwei Finger hoch. »Zwei französische Mistral-Startgeräte, die Harconans Sicherheitskräfte von der indonesischen Armee als Verteidigungswaffe gegen Terroristen zur Verfügung gestellt bekamen.«

»Ich hätte es wissen müssen.«

Amanda Garrett erhob sich und begann langsam rund um den Tisch zu gehen, die Hände an den Hüften, während sie sich nachdenklich auf die Unterlippe biss.

»Verzeihung, Captain Garrett«, warf Tran vorsichtig ein, »aber Ihre momentane Haltung – ich meine, mit den Händen an den Hüften – gilt in Indonesien als sehr unhöflich. So haben früher in der Kolonialzeit die holländischen Aufseher auf den Feldern gestanden.«

Amanda nahm überrascht die Hände von den Hüften. »Danke für den Tip, Inspektor«, sagte sie lächelnd. »Und bitte machen Sie uns weiter darauf aufmerksam, wenn wir uns irgendwie unschicklich verhalten.«

Sie nahm eines der Bilder von Harconan und betrachtete es aufmerksam. »Das ist wirklich sehr gutes Material, Inspektor, aber es reicht nicht aus. Wir brauchen handfeste Beweise, dass dieser Mann hinter den Operationen der Piraten steckt.«

»Leider kann ich Ihnen keine liefern«, antwortete Tran. »Makara Harconan ist ein sehr intelligenter und fähiger Mensch und er hat ein äußerst gut funktionierendes Netzwerk geschaffen. Ich allein bin nicht in der Lage, seine Machenschaften aufzudecken. Wobei ich mir absolut sicher bin, dass er der Piratenkönig ist – das sagt mir mein Instinkt, und auch alle meine Informationen deuten in diese Richtung. Aber den Beweis, den Sie brauchen, müssen Sie sich mit Ihren eigenen Hilfsmitteln beschaffen.«

»Dann machen wir uns am besten gleich an die Arbeit«, antwortete Captain Garrett und legte das Foto auf den Tisch zurück. »Vielleicht erfahren wir von den Gefangenen etwas Brauchbares, vielleicht liefern uns aber auch die Unterlagen, die wir auf der *Piskow* gefunden haben, harte Fakten. Inspektor, ich hoffe, Sie werden Commander Rendino und unsere Nachrichtendienst-Abteilung bei den Befragungen und der Analyse unterstützen?«

»Selbstverständlich, Captain«, sagte Tran und nickte.

»Danke.« Sie wandte sich Christine zu. »Okay, Chris, der Oceanhawk ist vorhin angekommen – die Gefangenen sind also an Bord. Du kannst sie ordentlich ausquetschen, aber ohne dass jemand zu Schaden kommt. Sind wir immer noch an den Mutterschiffen der Piraten dran?«

»Aber sicher, Boss. Sie sind nordwärts durch die Sundastraße gesegelt und sind jetzt nach Sulawesi unterwegs, wahrscheinlich zu einem der Küstendörfer der Bugi.«

»Ausgezeichnet. Ich habe vor, heute Abend, bevor wir südwärts nach Bali fahren, eine Seafighter-Truppe loszuschicken. Wir werden sie an der Küste von Sulawesi postieren, damit sie den Stützpunkt der Piraten näher unter die Lupe nehmen, sobald wir ihn aufgespürt haben. Das Schiff da draußen, das uns beschattet, macht die Sache ein bisschen schwierig – aber ich denke, wir werden es hinbekommen.«

Sie wandte sich an Admiral MacIntyre. »Das heißt natürlich, mit Ihrer Erlaubnis, Sir?«

Ein Lächeln erschien auf MacIntyres wettergegerbtem Gesicht. »Ich werde mich hüten, mich in Ihre Arbeit einzumischen, Captain. Schließlich habe ich Ihnen den Job gegeben. Machen Sie ihn so, wie Sie es für richtig halten. Ich werde mich zurücklehnen und mich hinterher loben lassen, wenn es geklappt hat.«

»Abgemacht, Sir«, antwortete Amanda Garrett lächelnd. »Ich denke, unsere Operation ist schon ganz gut unterwegs. Was wir jetzt brauchen, ist eine Gelegenheit, etwas näher an diesen Makara Harconan heranzukommen.«

MacIntyres Lächeln verschwand und er zog aus der Brusttasche seines Khaki-Hemds ein Blatt Papier hervor. »Schon seltsam. Ich habe gerade vorhin eine Nachricht von unserer Botschaft in Jakarta bekommen. Offensichtlich möchte eine hiesige Firma einen Empfang für die ranghöchsten Offiziere der Task Force geben, während wir uns auf Bali aufhalten. Die gesellschaftliche und diplomatische Elite der Region wird anwesend sein.«

Der Admiral hielt die Botschaft mit zwei Fingern hoch. »Die Einladung stammt von Makara Harconan.«

Irgendwo an Bord der USS *Carlson*

Irgendwann im Jahr 2008 Hayam Mangkurat wusste nicht, ob es Tag oder Nacht war, und auch nicht, wie viele Tage und Nächte seit seiner Gefangennahme vergangen waren. Das grelle elektrische Licht über ihm brannte ununterbrochen.

Der Bugi-Prisenmeister hatte weder Sonne noch nächtliche Dunkelheit gesehen, seit er an Bord der *Piskow* gefangen genommen worden war. Man hatte ihn von einem Schiff auf ein anderes gebracht, dessen war er sich sicher. Er war mit dem Helikopter transportiert worden; außerdem lag dieses Schiff anders auf den Wellen als das erste. Mit eigenen Augen hatte er den Transport jedoch nicht mitbekommen, da man ihm die Augen verbunden hatte. Und die Kabine, in der er sich jetzt befand, hatte die gleichen grauen Stahlwände wie die Kabine zuvor.

Als Mangkurat an Bord des ersten Schiffes aus der Bewusstlosigkeit erwacht war, hatte er sich bei Gott geschworen, dass er schweigen würde. Er war ein Bugi-Freibeuter, der Sohn von hundert Generationen von Freibeutern, und ein Veteran, der seit vierzig Jahren zur See fuhr. Er würde weiter auf Allah vertrauen und seiner Sippe und dem König der Meere die Treue halten. Außer auf seinen Mut und seinen Willen konnte er sich auch auf ein Versprechen des *Raja Samudra* verlassen: »Wenn ihr dem Feind in die Hände fallt, so wird man euch nicht vergessen. Schweigt beharrlich, dann wird man euch befreien.«

Innerlich hatte er sich auf das vorbereitet, was unweigerlich kommen würde: Verhöre, Schläge, die Aufforderung, Informationen preiszugeben. Sein Volk hatte allen Eindringlingen widerstanden – den Holländern, den Japanern, den Kommunisten und auch der anmaßenden javanischen Polizei. Was würden nun diese Fremden tun, bei denen es sich nach seiner Einschätzung um Amerikaner handelte?

Doch sie taten überhaupt nichts. Man hatte seine Wunden sorgfältig behandelt und ihn dann allein in einem Raum mit Stahlwänden untergebracht. Die Matratze auf der Koje war durchaus bequem. Es wäre nicht schwer gewesen, einzuschlafen – hätte da nicht dieses gleißend helle Licht über ihm geleuchtet. Wenn er Wasser wollte, brauchte er nur den Wasserhahn aufzudrehen, und man brachte ihm reichlich zu essen. Es gab Fisch und Reis – dreimal am Tag … zumindest kam es ihm so vor. Er war sich jedoch nicht sicher, denn die Abstände zwischen den Mahlzeiten wechselten ständig. Manchmal musste er warten, bis sein Magen knurrte, dann wieder schienen zwischen zwei Mahlzeiten nur wenige Minuten zu liegen. Das Ganze war ziemlich nervenaufreibend.

Und dann waren da diese hoch gewachsenen Männer, die ihm das Essen brachten. Die Männer in grünen Uniformen mit schwarzen Kapuzen, aus denen nur die Augen hervorschauten. Nie erhoben sie die Hand gegen ihn. Nie bedrohten oder verhörten sie ihn. Sie sprachen niemals auch nur ein Wort.

Nur die Geräusche des Schiffes waren um ihn. Die Schritte jenseits der versperrten Stahltür, der gedämpfte Klang einer Stimme aus einem Lautsprecher oder das Flüstern der Luft in den Lüftungsrohren, das für ihn nach einer Weile wie das Flüstern einer Frau klang.

Und dann kamen sie, um ihn zu holen. Es waren zwei von diesen grün uniformierten Männern. Sie zogen ihm eine Kapuze über den Kopf und führten ihn durch die schmale Tür hindurch. Mangkurat dachte einen Moment lang daran, sich zu wehren und zu versuchen, davonzulaufen. Doch dann verstärkte sich der Griff um seine Arme, so als hätten die beiden Männer seine Gedanken gelesen.

Er stolperte über Türschwellen und steile Leitern hinauf, bis man ihn schließlich auf einen metallenen Stuhl niederdrückte. Man zog ihm die Kapuze vom Kopf, doch Mangkurat sah nichts als Dunkelheit. Er konnte die beiden Wächter nicht sehen, doch er spürte, dass sie immer noch bei ihm waren.

Plötzlich strahlte ihm grelles weißes Licht explosionsartig ins Gesicht, und Mangkurats Muskeln zuckten vor Angst zusammen. Verzweifelt bemühte er sich, Haltung zu bewahren. Er war schließlich ein Bugi! Er hatte doch keine Angst! Es würde ihnen nicht gelingen, seinen Widerstand zu brechen!

»*Siapa nama saudara?*« (Wie heißen Sie?)

Zum ersten Mal seit Tagen – seit wie vielen? – hörte er eine menschliche Stimme. Sie kam aus dem Schatten hinter dem grellen Licht, das ihm direkt in die Augen strahlte. Die ruhig klingende Stimme eines Mannes, der Bahasa-Indonesisch so flüssig wie ein Einheimischer sprach.

»Wie heißen Sie?«, wiederholte die Stimme.

Und erneut: »Wie heißen Sie?«

Mangkurat blieb stumm und bereitete sich auf den Schlag vor, der unweigerlich aus der Dunkelheit kommen musste – mit der Faust, einer Peitsche oder einem Knüppel.

Doch es kam kein Schlag.

»Wie heißen Sie?«

»Wie heißen Sie?«

»Wie heißen Sie?«

Kurzes Schweigen.

»Eines sollten Sie wissen«, sagte die Stimme nach einer Weile. »Wir wissen, dass Sie ein Bugi sind. Sie sind ein Pirat, der eines Tages aufbrach, um ein Schiff auszurauben, und der nie nach Hause zurückkehrte. Niemand weiß, was mit Ihnen geschehen ist. Nicht Ihr Kapitän, nicht Ihre Familie und auch nicht Ihr Dorf. Nicht einmal der *Raja Samudra* weiß es.«

Mangkurat bemühte sich, Ruhe zu bewahren. Sie wussten vom König der Meere. Dann wussten sie wohl auch von seinem Versprechen.

Die Stimme fuhr langsam und völlig ruhig fort. »Niemand weiß, wo Sie sind, also sind Sie nirgends. Es ist so, als gäbe es Sie nicht mehr. Sie sind ein Geist, Sie sind gar nichts. Sagen Sie uns Ihren Namen, dann sind Sie wieder ein Mensch.«

»Wie heißen Sie?«

»Wie heißen Sie?«

»Wie heißen Sie?«

Da war nichts als die Dunkelheit und das Licht und die harten Ränder des Stuhles, auf dem er saß.

Und die ständig wiederkehrende Frage.

»Wie heißen Sie?«

»Wie heißen Sie?«

»Wie heißen Sie?«

Langsam schwand das Gefühl aus Mangkurats Beinen. Seine Kehle wurde trocken und seine Augen brannten von dem grellen Licht. Auch als er sie schloss, drang ein rötliches Leuchten durch die Lider hindurch. Und die Frage, die ihm immer wieder eingehämmert wurde, verlor mit der Zeit ihre Bedeutung.

»Wie heißen Sie?«

Er fuhr so erschrocken hoch, dass er beinahe vom Stuhl gefallen wäre. Da war plötzlich eine zweite Stimme, die ihm die Frage stellte – die Stimme einer Frau, die ebenfalls Indonesisch sprach, jedoch mit deutlich westlichem Akzent.

»Wie heißen Sie?«

»Wie heißen Sie?«

»Wie heißen Sie?«

Die Stimme klang ganz anders. Er musste einfach zuhören! Die Worte hatten plötzlich wieder eine Bedeutung!

»Wie heißen Sie?«

»Wie heißen Sie?«

»Wie heißen Sie?«

Wie oft wechselten die beiden Stimmen einander ab? Fünfmal, zehnmal oder öfter? Mangkurat wusste es nicht mehr. Er bekam nichts mehr mit außer der einen, ewig wiederkehrenden Frage.

»Wie heißen Sie?«

»Wie heißen Sie?«

»Wie heißen Sie?«

Einmal versuchte Mangkurat aufzuspringen. Er wollte sich auf diejenigen stürzen, die jenseits des grellen Lichts immer wieder diese verhasste Frage aussprachen – doch seine Beine gaben unter ihm nach. Die Wächter tauchten plötzlich aus der Dunkelheit auf und hielten ihn an den Armen zurück. Er wand sich in ihrem Griff und stieß wilde Flüche aus. Doch sie schlugen ihn nicht. Sie fügten ihm nicht den geringsten Schmerz zu, der ihm geholfen hätte, der immer wiederkehrenden bohrenden Frage standzuhalten.

Als Mangkurat verstummte und in ihrem Griff erschlaffte, drückten sie ihn sanft auf den Stuhl zurück. Und wieder setzte die Stimme ein, im gleichen Ton und Rhythmus wie zuvor.

»Wie heißen Sie?«

»Wie heißen Sie?«

»Wie heißen Sie?«

Er würde es ihnen nicht sagen.

»Wie heißen Sie?«

Sein Name war seine Seele. Er würde ihn nicht preisgeben.

»Wie heißen Sie?«

Sie würden ihm seinen Schatz nicht entreißen.

»Wie heißen Sie?«

Er war ein Bugi! Er war Mangkurat, der Bugi! Er würde nicht nachgeben.

»Wie heißen Sie?«

Er war Mangkurat.

»Wie heißen Sie?«

Mangkurat!

»Wie heißen Sie?«

Mangkurat!

»Wie heißen Sie?«

»Mangkurat.«

»Mangkurat … danke, Mangkurat.«

Sie hoben ihn hoch und traten den Stuhl unter ihm weg. Er wurde auf einen Stuhl gesetzt, der zwar ebenfalls aus Metall war, aber um vieles bequemer als der Stuhl zuvor. Ein Becher wurde an seine Lippen gesetzt. Wasser! Kaltes wunderbares Wasser! Sie ließen ihn den Becher austrinken und boten ihm einen zweiten an.

Er ließ sich tiefer in den Stuhl sinken. Sein zerlumptes Hemd war feucht von Schweiß und vergossenem Wasser.

»Mangkurat«, wiederholte die Stimme jenseits des Lichts.

Woher wussten sie seinen Namen? Er hatte ihn ihnen nicht verraten. Nein, er hatte nichts gesagt … nichts! Sie mussten seinen Namen von Anfang an gekannt haben. Sie hatten ihn nur an der Nase herumgeführt. Wie viele andere Geheimnisse kannten sie bereits?

»Nun, Mangkurat«, fuhr die Stimme fort, »wie heißt das Dorf, aus dem Sie kommen?«

»Wie heißt das Dorf, aus dem Sie kommen?«

»Wie heißt das Dorf, aus dem Sie kommen?«

Javasee, in der Nähe der Rass-Inselgruppe

15. August 2008, 01:19 Uhr Ortszeit Die goldene Mondsichel tauchte in das schimmernde Meer ein. Je tiefer sie sank, umso dunkler wurden die verstreuten Wolken in der tropischen Nacht.

Schließlich ging der Mond ganz unter.

»Okay, es ist soweit.« Amanda wandte sich der Gruppe von Offizieren zu, die mit ihr auf der Backbord-Brückennock der *Carlson* standen. »Commander Carberry, wie ist der Status Ihres Schiffes?«

»Wir sind soweit, Captain«, antwortete der klein gewachsene Mann kurz und bündig. »Die Crew ist auf Station für Seawolf- und Seafighter-Einsatz. Klar zum Einsatz von Gegenmaßnahmen und zum Verdunkeln.«

»Was gibt es Neues von Commander Hiro?«

»Er läuft unter voller Tarnung und teilweise EMCON parallel, acht Seemeilen nördlich. Er meldet, dass er jederzeit bereit ist, zu beschleunigen und seinen Einsatz zu starten.«

»Sehr gut, Captain. Cobra, wie steht's mit Ihnen?«

Die Antwort des Piloten fiel noch knapper aus. »Jederzeit startklar.«

»Vergessen Sie nicht Ihre Vorgaben. Schnell hinein und schnell wieder raus. Sie sollen sie behindern, aber nicht provozieren.«

»Alles klar, Ma'am.«

»Steamer?«

Der Seafighter-Commander zog seine Baseballkappe tiefer über die Augen. »*Queen of the West* und *Manassas* sind startklar. Treibstoffzellen sind an Bord. Aufklärungskommando geht an Bord. Wir sind soweit.«

»Hat Christine Ihnen Ihr erstes Versteck gezeigt?«

»Ja, es liegt irgendwo in den Laut-Ketil-Inseln. Völlig

abgelegen. Beschissener Zugang, aber gute Deckung. Außerdem ist es nur einen Katzensprung entfernt.«

»Sehr gut. Wir werden mit Curtin eine Betankung unter Fahrt vereinbaren. Es wird wahrscheinlich nicht notwendig sein, aber ich möchte, dass Sie eine gewisse Reserve haben, für alle Fälle.« Amanda lächelte und streckte dem Seafighter-Commander die Hand entgegen. »Ein unabhängiges Kommando, Steamer. Diesmal werde ich nicht da sein, um Ihnen ständig über die Schulter zu gucken. Viel Glück.«

»Ich weiß nicht, Ma'am. Es ist manchmal ganz praktisch, Sie an Bord zu haben«, erwiderte er und schüttelte ihr fest die Hand. »Wir sehen uns in ein paar Tagen.«

»Vielleicht auch schon früher, wenn es nicht klappen sollte. Gentlemen, an die Arbeit.«

Zwei Seemeilen achtern der USS *Carlson* stieß Korvettenkapitän Hasan Basry, Kommandant der Fregatte *Sutanto* von der indonesischen Marine, auf seiner Koje einen wüsten Fluch aus, als ihn die Bordsprechanlage aus dem Schlaf riss.

Er griff nach dem lästigen Gerät. »Ja?«

»Tut mir Leid, Herr Kapitän«, sagte der Offizier vom Dienst entschuldigend, »aber es sind die Amerikaner. Sie haben irgendetwas … Eigenartiges vor.«

»Sie machen schon die ganze Zeit seltsame Dinge, seit sie aus Singapur ausgelaufen sind, Leutnant. Was ist es diesmal?«

»Sie haben einen Helikopter gestartet.«

»Das passiert oft auf Schiffen mit Helikoptern«, erwiderte Basry gereizt. »Was ist denn so Ungewöhnliches an dieser Übung?«

»Unmittelbar nach dem Start des Hubschraubers haben die Amerikaner ihre Positionslichter ausgeschaltet. Dieses amphibische Schiff läuft nun völlig verdunkelt.«

Basry zögerte einige Augenblicke. Er war sich nicht sicher, warum er und sein Schiff den Befehl erhalten hatten, die Instandsetzungsarbeiten am Schiff zu unterbrechen, um die Amerikaner zu überwachen. Admiral Lukisan hatte nur gesagt, es geschehe ›aus Gründen der nationalen Sicherheit‹, worunter man sich eine Menge vorstellen konnte.

Aber was hatten die Yankees wirklich in den indonesischen Hoheitsgewässern vor? Und was war mit dem zweiten amerikanischen Schiff, dem großen Kriegsschiff, das vermutlich das Landungsschiff hätte eskortieren sollen? Zuerst war es nicht in Singapur erschienen, dann tauchte es zur Verblüffung von Basrys Vorgesetzten heute Morgen plötzlich mitten in der Javasee auf. Am Abend verschwand es dann erneut von den Radarschirmen. Konnte es sein, dass es wieder zurückkehrte?

»Also gut«, sagte er schließlich über die Bordsprechanlage. »Ich komme rauf.«

Auf der Brücke der *Carlson* beugte sich Amanda über das taktische Display und studierte die leuchtende Grafik-Karte mit den verschiedenen Positionssymbolen, so wie ein Schachgroßmeister eine Spielsituation studiert. Die *Carlson* wurde immer noch von dem indonesischen Schiff beschattet, während die *Cunningham* parallel zum LPD lief – und zwar an Backbord in einer Entfernung, die sie für das indonesische Suchradar quasi unsichtbar machte.

Ein einzelnes Flugobjekt kreiste über der *Carlson*, der soeben gestartete Wolf One.

Die Task Group näherte sich rasch der unbewohnten Rass-Inselgruppe, die gleich in einer Entfernung von fünf Seemeilen an Steuerbord vorüberziehen würde.

Amanda überprüfte noch einmal, ob nicht irgendwelche Handelsschiffe in der Nähe waren. Nein, im Umkreis von zwanzig Seemeilen war alles klar.

Es war soweit. Sie aktivierte das Mikrofon ihres Kommandokopfhörers. »Alle Task-Group-Einheiten, hier spricht der TACBOSS. Wir sind am Ausgangspunkt angelangt. Alle Einheiten, klarmachen zum Start. Wolf One, Sie können den akustischen und optischen Schutzschirm aufbauen.«

Das Positionssymbol von Wolf One fiel hinter das der *Carlson* zurück und schob sich über das Symbol der nachfolgenden indonesischen Fregatte.

Ein orkanartiger Windstoß fegte über die Decks der *Sutanto* hinweg und ein blendender blauweißer Lichtschein erleuchtete jeden Zentimeter des Oberdecks. Kapitän Basry, der sich an der Reling der Brückennock festhielt, erspähte die Silhouette eines Huey-Hubschraubers direkt vor dem Bug seines Schiffes.

Der Helikopter hatte allem Anschein nach eine ganze Batterie von Landescheinwerfern eingeschaltet, die aus der Seitentür genau in die Augen und die Nachtsichtgeräte der Brückenwache gerichtet waren.

»Was haben die Amerikaner vor, Herr Kapitän?«, rief der Offizier vom Dienst über dem Donnern der Rotoren.

»Offensichtlich irgendetwas, das sie uns nicht sehen lassen wollen!«, rief Basry zurück.

Die Ventilatoren des Hangars liefen mit voller Leistung und pumpten einen Strom frischer Luft ins Innere, die von den Gasturbinen der Seafighter gierig eingesogen wurde.

»Start-Checklisten durchgegangen«, meldete Chief Petty Officer Sandra ›Scrounger‹ Caitlin vom Kopilotensitz der *Queen of the West*. Sie blickte aus dem Cockpitfenster und stellte fest, dass das Hangarpersonal soeben die letzten Verankerungen auf dem Deck gelöst hatte. Dasselbe geschah mit der *Manassas*, die direkt vor der *Queen* stand, sodass beide Luftkissenboote schwankend auf ihren aufgepumpten Schürzen ruhten.

»Leinen sind los«, meldete sie. »Wir sind klar zum Auslaufen.«

»Roger«, antwortete Steamer Lane. »Wir bleiben aktiv auf Position.« Mit einer Hand am Leistungshebel der Schubdüsen hielt er das PG-AC gegen das Stampfen und Schlingern des Mutterschiffs stabil. »Status der internen Stationen?«

»Grünes Licht an allen Stationen. Wir sind startklar«, antwortete Scrounger Caitlin. »Maschinenräume zeigen an, dass die Treibstoffzufuhr aus den Tanks klappt.«

Unter ihnen im Hauptraum standen die sieben restlichen Mitglieder der Hovercraft-Crew an den Waffenstationen sowie in den Maschinenräumen bereit. Die sieben Force Recon Marines sowie der Sanitäter, die den Anteil der *Queen* an dem Landaufklärungskommando bildeten, saßen auf den Bänken entlang der Schotte des Hauptraumes. In dem engen Raum befand sich außerdem ein Gebilde, das wie eine riesige graue Musketenkugel aussah.

Man hatte das kleine Schlauchboot und die Harpoon-Lenkwaffen-Startzellen, die für gewöhnlich im Hauptraum untergebracht waren, von Bord geschafft und durch eine Treibstoffzelle ersetzt. Diese flexible Blase aus Polyester und Kohlefaser machte es möglich, dass sich der Aktionsradius des Luftkissenbootes, der normalerweise 750 Seemeilen betrug, verdoppelte.

Der Hovercraft-Commander drückte auf den Mikrofonknopf am Steuerhebel des Seitenruders. »Bayboss, hier spricht Royalty. Leinen sind los, wir sind startklar.«

»Bayboss, hier spricht Rebel«, meldete sich Tony Marlins eindringliche Stimme von der *Manassas.* »Ebenfalls startklar.«

»Bayboss an Seafighter, verstanden.«

Durch die offenen Cockpit-Seitenfenster drang über dem Heulen der Turbinen und dem Stöhnen des Hubgebläses die Stimme aus dem 1-MC-Lautsprecher herein. »ACHTUNG IM HANGAR. LUFTKISSENBOOTE STARTEN. ALLE MANN HINTER DIE DECKSICHERHEITSLEINEN. HANGAR VERDUNKELN. ALLE TRAGBAREN LICHTQUELLEN ABSCHALTEN. ALLE MANN AUF NACHTSICHT ODER AN SICHEREN POSITIONEN BLEIBEN. COUNTDOWN ZUM VEDUNKELN … ZEHN … NEUN … ACHT …

Auf ›eins‹ wurde es im Hangar völlig dunkel. Steamer und Scrounger schoben die Nachtsichtgeräte an ihren Helmen herunter.

»HECKKLAPPE ÖFFNET SICH.«

In den Seitenspiegeln der *Queen* verfolgten sie, wie sich die Stahlwand hinter ihnen zu bewegen begann, um den Weg in die Nacht hinaus freizugeben.

»Seafighter sind startklar, Captain«, murmelte Carberry neben Amanda.

»Sehr schön«, antwortete sie geistesabwesend, während sie die Situation auf dem taktischen Display verfolgte. Es sah ganz gut aus. Sehr bald schon würde Steamer eine optimale Startposition vorfinden. Doch obwohl die Seafighter gut getarnte Fahrzeuge waren, konnte man sie aus geringer Entfernung sehr wohl mit dem Radar aufspüren.

»Dann schalten wir zuerst einmal ihr Radar aus, Commander. Die RBOCs, bitte, nach achtern. Außerdem Störfunk, volles Spektrum.«

»Aye aye, Ma'am. RBOCs und Störfunk.«

An den achterlichen Ecken des Deckhauses der *Carlson* ließen die RBOC (Rapid Blooming Overhead Chaff)-Werfer ihr hohl klingendes Dröhnen hören. Einem Feuerwerk ähnlich schickten sie ihre Ladungen achtern des LPD hoch über das Meer empor. Doch diese Geschosse entfalteten kein farbenprächtiges Spektakel, sondern erzeugten lediglich dichte Wolken aus Metallfoliestreifen, die in alle Richtungen gejagt wurden.

Auf der Brücke der indonesischen Fregatte rief der Offizier vom Dienst mit lauter Stimme seine Meldung, um sich über dem zunehmenden Rotorenlärm von Wolf One Gehör zu verschaffen. »Herr Kapitän, sehen Sie nur – auf dem taktischen Display! Die Amerikaner schießen Düppelraketen ab.«

Kapitän Basry stieß einen wüsten Fluch aus und eilte an den Konsolenbildschirm.

Tatsächlich bildete sich direkt vor seinem Schiff eine Wand aus Alufolie, die das amerikanische Flaggschiff vor jeder weiteren Beobachtung schützte. Doch damit nicht genug – die Amerikaner setzten auch aktiven Störfunk ein, der das Radarauge der *Sutanto* blendete.

Das war einfach zu viel! Zuerst wurden sie von dem amerikanischen Hubschrauber geblendet, und dann wurde auch noch ihr Radar ausgeschaltet!

»Alle Maschinen volle Kraft voraus!«, brüllte Basry. »Entfernung verringern!«

»Düppel gestartet, Ma'am.«

»Sehr gut, Commander. Wir haben es auf dem taktischen Display. Ordentliche Ladung. Das sollte für eine Weile reichen.«

Auf der Brücke der *Carlson* war die Düppel-Wand lediglich als längliches Viereck auf dem taktischen Display vorhanden, das jenen Bereich markierte, in dem die indonesischen Systeme von der Störmaßnahme beeinträchtigt wurden. Für das amerikanische Schiff war die Wolke aus Metallfolie jedoch so durchsichtig wie Glas.

Die Wirksamkeit solcher Düppelwolken bestand darin, dass die Länge der Alustreifen auf die Wellenlänge des Radars abgestimmt war, das es zu stören galt. Dabei hatte man sorgfältig darauf geachtet, dass ein ›Fenster‹ frei blieb, das die US-Systeme benutzen konnten, ein Fenster, das den nicht ganz so modernen indonesischen Radaranlagen verschlossen blieb. Ein ähnliches Guckloch gab es in dem elektronischen Lärm, der von den aktiven Störanlagen erzeugt wurde.

Die *Carlson* befand sich schon sehr nahe am Ausgangspunkt des Manövers, da begann sich die Entfernungsangabe neben dem Positionssymbol der indonesischen Fregatte zu verändern; die Distanz verringerte sich zusehends. Die Indonesier beschleunigten und liefen direkt auf das LPD zu.

»Captain Carberry, alle Maschinen volle Kraft voraus. Und schießen Sie eine zweite Düppelladung ab.«

»Jawohl, Ma'am. Zweiter Rudergänger, alle Maschinen volle Kraft voraus. Umdrehungen für fünfundzwanzig Knoten. CIC – Gegenmaßnahmen, schießen Sie eine zweite RBOC-Ladung ab.«

Es war Zeit, in dieser Schachpartie den Springer ins Spiel zu bringen. Amanda aktivierte ihr Mikrofon. »Geben Sie mir Commander Hiro an Bord der *Cunningham*.«

Augenblicke später hörte sie Hiros Stimme. »Ja, Captain?«

»Ken, unser indonesischer Freund hier macht uns Schwierigkeiten. Er rückt uns auf die Pelle, und ich kann ihn hier im Moment überhaupt nicht gebrauchen. Drängen Sie ihn bitte ab, wie vereinbart.«

»Verstanden. Wird gemacht.«

Auf der Brücke der *Cunningham* trat Hiro an die Station des Rudergängers. »Aufkommen auf eins-neun-null, Kollisionskurs zur indonesischen Fregatte. Zweiter Rudergänger, alle Maschinenräume auf volle Leistung. Volle Kraft voraus. Umdrehungen für fünfunddreißig Knoten.«

Während der Bug der *Cunningham* herumschwenkte, flammte an der Navicom-Konsole des Rudergängers ein rotes Warnlicht auf. »Kollisionskurs! Kollisionskurs!«

Hiro beugte sich vor und brachte das akustische Warnsignal mit einem Knopfdruck zum Schweigen. »Ja«, murmelte er, »und ob das Kollisionskurs ist!«

Minuten verstrichen, und die *Sutanto* schob sich durch einen metallisch-glitzernden Schneesturm vorwärts.

»Leutnant, sind Sie schon durchgedrungen?«

»Noch nicht, Herr Kapitän.« Der schwitzende Radaroffizier blickte von seinem Platz neben dem ranghöheren Systemoperator auf. »Die Amerikaner schießen weiter Düppel ab und ihre aktiven Störanlagen machen jeden Frequenzwechsel unseres Radars mit.«

»Bleiben Sie dran. Ich muss unbedingt wissen, was da draußen vor sich geht. Steuermannsmaat, gehen Sie auf GPS-Navigation und achten Sie auf Ihr Echolot. Da draußen an Backbord gibt es ein paar Sandbänke.« Basry blickte mit zusammengekniffenen Augen in das grelle Leuchten, das durch die Brückenfenster hereindrang. »Funker! Sagen Sie diesem Helikopter-Piloten, dass er unverzüglich verschwinden soll!«

»Das versuchen wir schon die ganze Zeit, Herr Kapitän!«, rief ein junger Funkoffizier aus der Funkstation achtern des Ruderhauses zurück. »Wir versuchen es auf allen Standardkanälen …«

Die Stimme des Funkoffiziers brach ab, als die Scheinwerfer plötzlich erloschen. Nachdem er die Lichter ausgeschaltet hatte, verließ Wolf One seine Position vor dem Bug der Fregatte. Der Super Huey ging in den Steigflug und begann über dem Schiff zu kreisen. Das Dröhnen der Rotoren machte auf dem Schiff immer noch jede Unterhaltung in normaler Lautstärke unmöglich – doch es war schon eine Erleichterung, dass das grelle Licht wieder der gewohnten Dunkelheit gewichen war.

»Das ist zumindest etwas«, murmelte Basry. »Vielleicht können wir jetzt … *Beim Prophet Allahs! Ruder hart Steuerbord! Alle Maschinen äußerste Kraft zurück!*«

Erneut drangen Scheinwerfer aus der Dunkelheit zu ihnen, die diesmal jedoch um einiges tiefer lagen als jene aus dem Helikopter. Außerdem tauchten die Positionslichter eines Schiffes auf, eines sehr großen Schiffes, das sich von der Steuerbordseite rasant näherte. Basry erspähte einen riesigen rasiermesserscharfen Bug, der plötzlich aus der Dunkelheit aufragte, als hätte er es auf die verwundbare Flanke seines Schiffes abgesehen. Das Signalhorn schmetterte sein eindringliches Warnsignal über das Schiff hinweg.

Ohne auf einen Befehl zu warten, betätigte der Steuermannsmaat der *Sutanto* das Horn, und ein Aufschrei ging durch die Fregatte. Verzweifelt riss der Rudergänger das Rad bis zum Anschlag herum. Das Deck neigte sich, als die Fregatte im kleinstmöglichen Radius abdrehte, um der drohenden Kollision auszuweichen.

Als die Duke längsseits des indonesischen Kriegsschiffes auftauchte, blickte Ken Hiro von der Brückennock hinunter, um mit fachmännischem Blick den schmalen

Streifen von aufschäumendem Wasser abzuschätzen, der noch zwischen den beiden Schiffen lag. »Okay, Rudergänger, weiter … weiter … Fahrt reduzieren … weiter reduzieren! Okay, langsam voraus …«

Eine Seemeile weiter, auf der Brücke der Carlson, war der Moment gekommen.

»Seafighter, hier TACBOSS. Start! Ausführung!«

Steamer riss den Steuerknüppel jäh zurück. Die Schubdüsen der *Queen of the West* brüllten auf und schoben das Hovercraft rückwärts. Die Bewegung beschleunigte sich, als das Luftkissenboot die Heckrampe der *Carlson* hinunterglitt und aus der Dunkelheit des Hangars in die Dunkelheit der Nacht eintrat. Mit einer Gischtexplosion traf das Boot auf dem Wasser auf und bahnte sich seinen Weg durch das aufgewühlte Kielwasser des Mutterschiffes.

Steamer wechselte vom Steuerknüppel der Schubdüsen zu den Steuerhörnern der Seitenruder. »Leistung!«

Scrounger Caitlin wusste, dass ihr Kommandant volle Leistung haben wollte. Sie schob zuerst den Hebel der Schraubensteuerung und dann auch die Leistungshebel bis zum Anschlag durch. Die Luftschrauben änderten ihren Blattanstellwinkel und verschwammen in ihrer Ummantelung zu einer schimmernden Scheibe. Die Wellenberge glätteten sich hinter dem Luftkissenboot unter der Wirkung des mächtigen Schubs und die *Queen* nahm zusehends Fahrt auf.

Steamer vollführte ein Wendemanöver und steuerte das Hovercraft-Kanonenboot die linke Flanke des Mutterschiffes entlang. Die *Manassas* glitt nur wenige Augenblicke danach die Rampe hinunter und folgte dem Flottillenführer.

Nachdem er den Bug der *Carlson* passiert hatte, drehte

Steamer in einem weiten Bogen ab und steuerte den Seafighter auf die namenlose Insel an Backbord zu.

»Los … los … los!« rief Lane, wie um sein Fahrzeug anzufeuern.

Scroungers Augen wanderten über die Maschinenanzeigen auf ihren Displays. Sie spielte mit den Leistungshebeln wie ein Pianist auf einem Steinway-Flügel, stets darauf achtend, dass die Temperaturanzeige hoch im gelben Bereich blieb, ohne jemals in die rote Zone zu kommen.

Als gelernte Turbinentechnikerin war Scrounger aus den Maschinenräumen der *Queen* an ihren jetzigen Posten gelangt. Zu ihrem Spitznamen ›Scrounger‹ war sie gekommen, weil sie es auf unnachahmliche Weise verstand, stets noch etwas mehr aus ihren Maschinen herauszuholen und die für die zusätzliche Leistung nötigen Ersatzteile manchmal auch über inoffizielle Kanäle zu beschaffen. In Augenblicken wie diesem machte sich das bezahlt.

Die Wellen flackerten kurz in Steamer Lanes Nachtsichtgerät auf, um dann vom breiten Bug des Luftkissenbootes verschluckt zu werden. Die *Queen* lief mit voller Fahrt und verringerte die Distanz zu ihrem Ziel zusehends.

»Terry, geben Sie mir das MMS.«

»Aye aye, Sir«, bellte Ensign Terrance Wilder, der Erste Offizier der *Queen*, der an der Navigator-Station saß. »Aktiviere das mastmontierte Visiersystem … Abbildung der restlichtverstärkenden Kamera ist auf Ihrem Hauptschirm, Sir.«

Lane und Caitlin grinsten trotz der Anspannung der laufenden Operation. Terry Wilder war ein neues Mitglied der Flotte und der *Queen*. Sie hatten ihm zwar schon zu verstehen gegeben, wie die Dinge hier in der Kanonenboot-Navy liefen – doch in Augenblicken größerer Anspannung kam in Wilder immer noch der Annapolis-Absolvent durch.

Lane schob sein Nachtsichtgerät hoch und tauschte das trübe grüne Licht des AI2-Systems gegen die scharf abgegrenzten Grautöne der leistungsstärkeren restlichtverstärkenden Kamera, die auf dem kurzen Mast der *Queen* montiert war.

Das namenlose Land lag nur noch einige tausend Meter vor ihnen, eine niedrige dunkle Landmasse, die sich nur wenige Meter über den Meeresspiegel erhob. Viel wichtiger war jedoch die näher gelegene schwankende weiße Linie, wo die Brandung auf die Riffe traf, die die Insel umgaben.

Als echtes Luftkissenboot hatte die *Queen of the West* keinen Kontakt mit dem Wasser unter ihr. Dennoch war Vorsicht geboten: Bei dem momentanen Höllentempo hätte es verheerende Folgen haben können, wenn die Schürze der Druckkammer gegen aufragende Korallen gestoßen wäre. Lane steuerte den Seafighter auf einem Schlangenlinienkurs, um mit der mastmontierten Kamera einen größeren Winkel abzudecken. Er war auf der Suche nach einer dunkleren Linie in der hellen Brandung, einer Stelle, wo das Wasser tiefer war und sich eine Lücke zwischen den scharfen Zähnen des Korallenriffs abzeichnete.

Steamer verließ sich dabei weniger auf die Navy-Ausbildung als auf seinen Instinkt, den er in seinen Jugendjahren beim Surfen an der kalifornischen Küste geschärft hatte. Dieser Instinkt hatte ihm schon früher geholfen und er tat es auch diesmal.

»Yeah, ich hab's! Dort ist eine Lücke! Rebel, Rebel, hier Royalty! Hey, Tony, bleib dicht hinter mir! Ich hab den Weg zur Küste!«

Die *Queen* brauste mit fast siebzig Knoten durch die Lücke im Riff, und die *Manassas* blieb dicht hinter ihr. Vor dem Hovercraft tauchte schon der Sandstrand auf.

»Snowy! Voller Rückwärtsschub!«

Scrounger Caitlin ging mit den Luftschrauben auf Rückwärtsschub, indem sie den Blattanstellwinkel umkehrte, womit sie statt der Schub- eine Bremswirkung erzielte. Lane wechselte mit der rechten Hand zum Steuerknüppel der Schubdüsen und drückte ihn ganz nach vorn. Die Schubdüsen am Bug setzten Hochdruck-Luftstrahle frei, die wie Bremsraketen dafür sorgten, dass das Hovercraft rasch abgebremst wurde.

Doch der Rückwärtsschub der Schrauben und die Schubdüsen reichten nicht ganz aus.

Lane drückte auf den Knopf der Bordsprechanlage an einem der Steuerhörner. »Festhalten!«, rief er seiner Crew zu.

Der abbremsende Seafighter traf in einer Explosion aus Gischt und Sand am Ufer auf. Eine niedrige Düne warf die riesige Kriegsmaschine einen atemlosen, schwerelosen Moment lang in die Luft empor, ehe sie schließlich im Gestrüpp landeten. Wenige Augenblicke später kam die *Manassas* neben der *Queen* zum Stillstand.

Ohne einen Befehl abzuwarten, betätigte Scrounger die entsprechenden Schalter, um den Seafighter von seinem Luftkissen herabsinken zu lassen.

»Da wären wir«, stellte Lane zufrieden fest.

Auf dem taktischen Display konnte Amanda erkennen, dass ihr Aufklärungstrupp die kleine Insel erreicht hatte; das schwache Radarecho der Seafighter verschwand in dem der Landmasse.

»Gefechtszentrale, das Manöver ist abgeschlossen. Wie hat es für euch ausgesehen?«, fragte sie.

»Sehr gut, Ma'am. Die indonesischen Radaranlagen dürften kein Echo bekommen haben. Und auch in ihrem Funkverkehr tut sich nichts Besonderes, außer dass sie sich über ›die verrückten Amerikaner‹ beklagen, die fast ihr Schiff gerammt hätten. Keine Hinweise, dass sie den Seafighter-Start mitbekommen haben. Unsere Jungs haben es geschafft.«

»Sehr gut, CIC. Alle Task-Group-Einheiten, Manöver abgeschlossen. Düppel und Störaktivitäten einstellen. Wolf One, sie können nach eigenem Ermessen zurückkehren. Beide Schiffe auf Standard-Modus und ursprünglichen Kurs gehen. Gute Arbeit.«

Auf der Brücke der *Cunningham* verfolgte Ken Hiro, wie sich die *Sutanto* aus dem Staub machte. Wie ein Pony, das ein widerspenstiges Kalb zur Herde zurücktreibt, hatte die Duke das kleinere indonesische Schiff zu einer 180-Grad-Wende gezwungen.

Hiro atmete tief durch. Die Lady besaß nach wie vor die Fähigkeit, für überraschende Situationen zu sorgen, auch wenn sie nicht mehr auf dem Sessel des Kommandanten saß. »Quartermaster, Suchscheinwerfer ausschalten. Rudergänger, orientieren Sie sich wieder an der *Carlson*. Zweiter Rudergänger, alle Maschinen langsame Fahrt voraus.«

»Das ist einfach unerhört!«, rief Basry erbost, während er auf der Kommandobrücke der *Sutanto* auf und ab ging. »Unerhört. Funker, geben Sie mir sofort den amerikanischen Kommandanten! Ich verlange eine Entschuldigung für dieses skandalöse Verhalten!«

»Kapitän …«

»Sofort!«

»Aber, Herr Kapitän …«, warf der Funkoffizier zögernd

ein. »Wir haben schon eine Botschaft vom Kommandanten der amerikanischen Task-Group hereinbekommen, für Sie persönlich.«

Basry hielt erstaunt inne. »Was? Wie lautet die Botschaft?«

»Äh …: ›An den Kommandanten des indonesischen Kriegsschiffes *Sutanto*. Wir bedauern, dass Sie in einem sehr ungünstigen Moment die Entfernung zu unserem Verband verringert haben. Wir führten gerade eine Lenkwaffen-Abwehrübung durch, in die Sie unglücklicherweise verwickelt wurden. Wir möchten uns dafür in aller Form bei Ihnen entschuldigen.‹«

Der Funkoffizier blickte von der Botschaft auf. »Unterzeichnet von Captain Amanda Lee Garrett USN, Kommandantin der Seafighter-Task-Force.«

Kapitän Basry öffnete den Mund, um ihn jedoch gleich wieder zu schließen, als er feststellte, dass er nichts zu sagen wusste. Eine Frau. Zu allem Überfluss hatte ihm all das auch noch eine Frau zugefügt.

Basry hatte keine Ahnung, was da vor sich gegangen war oder was ihm möglicherweise entgangen war. Er hatte jedoch den starken Verdacht, dass man ihn ordentlich an der Nase herumgeführt hatte.

Mit abgestellten Triebwerken lagen die *Queen* und die *Manassas* auf ihrer namenlosen kleinen Insel verborgen. Ihre MMS-Systeme blickten über die niedrigen Dünen hinweg auf das Meer hinaus und verfolgten die drei Schiffe, die sich langsam entfernten. Sobald die Task Force und ihr Verfolger jenseits des Horizonts außer Sichtweite waren, würden die Seafighter die Turbinen wieder hochfahren und ebenfalls aufbrechen. Sie würden ein anderes Versteck auf einer anderen namenlosen Insel aufsuchen und so allmählich bis zu den Inseln Indonesiens vordringen –

wie zwei Infanteristen, die von einer Deckung zur nächsten sprinteten.

Das waren genau die Operationen, für die man die Seafighter geschaffen hatte.

Im Moment genossen die Crews und Passagiere jedoch eine kleine Verschnaufpause und eine gut gekühlte Cola. Alle Luken und Cockpitfenster standen weit offen, um die kühle nächtliche Brise und das Geräusch der sich brechenden Wellen hereinzulassen.

»Ein wirklich interessantes Manöver, Snowy«, murmelte Steamer Lane kaum hörbar.

Scrounger Caitlin blickte zu ihm auf. Es passierte dem Skipper immer wieder einmal, dass er in bestimmten Situationen zu Miss Banks sprach, der ehemaligen Ersten Offizierin der *Queen*. Sie hatte viele Seemeilen an der Seite von Mr. Lane zurückgelegt, bis zu jenem Einsatz in Westafrika, von dem Snowy Banks nicht lebend zurückkehren sollte. Doch der Skipper hatte sie nicht vergessen, und Chief Caitlin ebensowenig.

Manchmal war sie sich nicht sicher, ob es bloß ein Versprecher von Mr. Lane war oder ob er tatsächlich mit seiner einstigen Kopilotin sprach. Scrounger hätte es jedenfalls nichts ausgemacht. Ja, sie fand den Gedanken sogar irgendwie schön, dass Miss Banks hin und wieder bei ihnen vorbeischaute, um sich zu vergewissern, dass auf der *Queen* noch alles in Ordnung war.

Scrounger lächelte in die Dunkelheit hinein. »Wir kümmern uns schon um unseren Job, Ma'am«, flüsterte sie.

»Das war wirklich ein sehr interessantes Manöver, Captain«, stellte Commander Carberry in nüchternem Ton fest. Wenn man bedachte, dass es eine alte militärische Tradition war, die Leistung eines vorgesetzten Offiziers nicht zu kommentieren, konnte man Carberrys Bemerkung fast schon als Kompliment bezeichnen.

»Ja, die Task Force hat das wirklich gut gelöst«, antwortete Amanda. »Ich bin sehr zufrieden. Wann sollten wir eigentlich im Hafen von Benoa ankommen? Um zehn Uhr?«

Der stämmige Commander antwortete, ohne auch nur einen Blick auf das Navigationsdisplay zu werfen. »Wir werden um Punkt zehn Uhr anlegen, Ma'am.«

Amanda musste sich ein Lächeln verbeißen. Sie hätte einiges darauf gewettet, dass die Vorhersage des Commanders auf die Minute eintreffen würde. »Also gut, ich werde mich dann ein Weilchen zurückziehen. Verständigen Sie mich, wenn sich etwas Neues ergibt.«

»Verstanden, Captain. Wird gemacht.«

Carberry hatte den Blick nach vorn in die Nacht hinaus gerichtet. Amanda sah sich noch einmal auf der stillen, in rötliches Licht getauchten Brücke um, wie um sich zu vergewissern, dass alles in Ordnung war, und ging dann hinaus.

Ein Schatten löste sich vom Schott in der Nähe der Tür. »Lukas konnte es nicht direkt sagen, aber ich kann's: Ein wirklich gekonntes Manöver, Amanda. Ich wette, der arme Teufel von Skipper auf der indonesischen Fregatte fragt sich immer noch, was da los war.«

»Hmm, dadurch wird es beim nächsten Mal nur noch schwerer werden, ihn zu täuschen, Admiral«, antwortete Amanda. »Sie dürfen nicht vergessen, dass wir Steamer und sein Team irgendwann auch wieder an Bord holen müssen.«

»Ja, aber darüber zerbrechen wir uns später den Kopf. Im Moment würde ich mich freuen, wenn Sie vor dem Schlafengehen noch mit mir Ihre Midrats zu sich nehmen würden.«

»Sehr gern, Sir. Solche Manöver sind recht appetitanregend.«

›Midrats‹ oder ›Midnight Rations‹ (die in Deutschland als ›Mittelwächter‹ bezeichneten Mitternachtsrationen) nennt man in der United States Navy die vierte Mahlzeit des Tages – entweder ein kleiner Imbiss vor dem Schlafengehen oder ein vorgezogenes Frühstück, je nachdem, für welche Wache man eingeteilt war.

Nachdem auf der *Carlson* wieder Normalbetrieb herrschte, waren bereits ein gutes Dutzend Offiziere in der Messe anwesend, um sich aus den Sandwiches, Früchten und frisch zubereiteten Speisen ein Menü zusammenzustellen.

Hinter dem Tablett mit den Sandwiches stand ein mit einer Serviette bedeckter Teller, mit einer Karte, auf der die Worte ›Für den TACBOSS reserviert‹ geschrieben standen. Amanda zog mit einer gewissen Vorfreude die Serviette beiseite. Da war Traubengelee und Erdnussbutter auf Weißbrot. Mit den telepathischen Fähigkeiten, die für diesen Job nun einmal notwendig waren, hatte der Steward der *Carlson* eine ihrer Leibspeisen für sie vorbereitet.

»Kaffee, Milch oder Fruchtsaft?«, fragte MacIntyre, der am Getränkeautomat stand.

»Milch, bitte. Ein großes Glas, und bitte kalt«, antwortete Amanda. »Alles andere wäre so, als würde man Rotwein zu Fisch trinken. Hat Ihnen Ihre Tochter denn nicht beigebracht, was man zu Erdnussbutter und Traubengelee trinkt?«

»Dazu hatte sie gar keine Gelegenheit, fürchte ich«, antwortete MacIntyre. »Sie wissen ja, wie es in unserem Geschäft läuft.«

»Und ob«, sagte sie und nahm die Milch entgegen. »Wie geht es Judy denn so?«

»Gut«, antwortete MacIntyre mit spürbarer Begeisterung in der Stimme. Amanda wusste bereits, dass er stets gern von seiner Tochter erzählte. »Sie kommt sehr gut in der Schule zurecht und ist schon eine richtige junge Lady. Sie wird einmal genauso schön sein wie ihre Mutter.«

MacIntyre legte ein Stück Weizen-Vollkornbrot mit Roastbeef auf seinen Teller und zögerte einen Augenblick. »Das tut mir an meinem Job am meisten Leid – dass ich so wenig Zeit mit den Kindern verbringen konnte, mit Judy und ihren Brüdern. Manchmal frage ich mich, ob sie mir das jemals verzeihen werden.«

Er blickte ihr in die Augen. »Sie waren ja auch ein typisches Navy-Kind, Amanda. Wie sind Sie denn damit fertig geworden, dass Wils so oft fort war?«

Amanda neigte nachdenklich den Kopf. »Gar nicht so schlecht, glaube ich«, sagte sie schließlich. »Aber meine Eltern haben mir ja auch schon recht früh beigebracht, wie wichtig es ist, dass man lernt, zu teilen. Außerdem wurde mir bald klar, dass ich den tapfersten, liebevollsten und wunderbarsten Dad auf der Welt hatte. Wenn man so viel Glück hat, dann sollte man schon ein wenig großzügig sein.«

Sie traten an den nächstgelegenen Tisch und nahmen auf gegenüberliegenden Stühlen Platz.

Amanda blickte MacIntyre lächelnd an. »Ich würde mir da keine Sorgen machen. Judy ist eine sehr vernünftige junge Frau, und sie scheint mir auch durchaus nicht egoistisch oder eifersüchtig zu sein.«

»Nein, das ist sie auch nicht. Überhaupt nicht. Trotzdem …« MacIntyre zögerte einen Augenblick. »Amanda, dürfte ich Sie um einen großen Gefallen bitten?«

»Aber klar. Worum geht's, Sir?«

Es war interessant zu sehen, dass ihr befehlshabender Vorgesetzter, ein Mann, der schon so vieles im Leben gemeistert hatte, plötzlich etwas verlegen wirkte. »Könnten

Sie irgendwann, wenn diese Mission vorbei ist, mal mit Judy sprechen – ich meine, darüber, dass ich so oft fort bin? Und vielleicht auch über einige andere Dinge, über die ein sechzehnjähriges Mädchen lieber mit einer Frau sprechen würde als mit ihrem Vater. Das würde mir wirklich viel bedeuten«, fügte der Admiral ein wenig brummig hinzu, um seine Verlegenheit zu überspielen. »Und ich wüsste nicht, wen ich sonst darum bitten könnte.«

»Das mache ich sehr gern, Admiral. Es schmeichelt mir, dass Sie ausgerechnet mich fragen.« Das traf tatsächlich zu. »Ich muss zugeben, dass ich nicht besonders viel Erfahrung in solchen Dingen habe, aber ich werde mich jedenfalls bemühen. Erzählen Sie mir mehr von ihr.«

Doch ihr Gespräch sollte nicht sehr lange dauern. Nach wenigen Minuten kam Christine in die Messe gewankt. Amanda und MacIntyre sprangen von ihren Plätzen auf, als sie die abgekämpft aussehende Intel-Offizierin sahen.

»Chris, mein Gott, ist alles in Ordnung?«

»Oh, sicher, Boss. Mir geht's gut«, antwortete sie mit bleichem Gesicht und heiserer Stimme und ließ sich in einen der Stühle sinken. »Ich brauche nur was zu trinken, dann geht's mir gleich wieder blendend.« Chris nahm sich Amandas Glas Milch, leerte es in einem Zug und ließ den Kopf auf die verschränkten Arme sinken. »Wir haben geschlagene elf Stunden gebraucht – aber schließlich haben Tran und ich es doch geschafft. Wir haben den Prisenmeister zum Reden gebracht«, murmelte sie.

Der Mitternachtsimbiss war mit einem Mal uninteressant geworden. Amanda, MacIntyre und Christine standen auf und zogen sich in die Abgeschiedenheit von Amandas Quartier zurück.

»Er hat also ausgepackt?«, fragte Amanda, nachdem sie die schalldichte Tür geschlossen hatte.

»Im Moment will er gar nicht mehr aufhören zu reden«,

sagte Christine, ließ sich auf die Couch sinken und rieb sich die Augen. »Der arme Teufel hat keine Ahnung, wie man sich wirksam gegen moderne Verhörmethoden schützt. Er wollte den Starken und Schweigsamen spielen, aber solche Kerle sind am leichtesten zu knacken. Man muss nur lang genug dranbleiben.«

»Verstehen Sie mich nicht falsch, Commander«, warf MacIntyre ein und lehnte sich gegen Amandas Schreibtisch, »aber wenn Sie nach dem Verhör in einem solchen Zustand sind, dann frage ich mich, was wohl von ihm noch übrig ist? Wir haben es hier mit dem Angehörigen eines souveränen Staates zu tun und werden ihn früher oder später freilassen müssen.«

Christine lächelte schwach. »Wir haben ihn nicht angerührt, Sir. Das Letzte, was man in einer solchen Situation gebrauchen kann, ist, dass er in seinem Trotz und Widerstand bestärkt wird oder dass er Schmerzen empfindet, auf die er sich konzentrieren kann.

Die Behandlung begann an Bord der Duke mit Isolation und zeitlicher Desorientierung. Dann brachten wir ihn an Bord der *Carlson*, wo wir ihn pausenlos mit immer der gleichen Frage bearbeiteten.«

»Hm«, brummte MacIntyre, »wenn Sie es sagen, dann will ich es glauben.«

Amanda blickte ihre Freundin besorgt an. »Musst du das jetzt mit allen Gefangenen durchmachen?«

»O nein, ganz bestimmt nicht, Ma'am. Wir lassen während des Verhörs den einen oder anderen Namen fallen, den wir vom Prisenmeister erfahren haben – er heißt übrigens Hayam Mangkurat. Wenn wir den Kerlen beweisen können, dass einer von ihnen geplaudert hat, dann werden sie bald auch gesprächiger werden. Das Schwierige ist immer, den Ersten zum Reden zu bringen.«

»Wird er sich wieder erholen?«, fragte Amanda.

»Aber sicher«, antwortete Christine und streckte sich. »Wir geben ihm seinen Tag-Nacht-Rhythmus zurück und nach ein paar Tagen ist er wieder in Ordnung.«

»Zumindest so lange, bis sein Boss und die Leute seiner Sippe erfahren, dass er ausgepackt hat«, warf MacIntyre grimmig ein.

Christine machte eine wegwerfende Handbewegung. »Ach, das glaube ich nicht. Ich halte die anderen Gefangenen isoliert und unter zeitlicher Desorientierung, bis die erste Runde des Verhörs beendet ist. Dadurch weiß hinterher keiner, wer zuerst ausgepackt hat. Nicht einmal Mangkurat selbst.«

»Verstehe«, sagte Amanda und trat zu Christine an die Couch. Sie legte ihrer Freundin sanft die Hand auf den Kopf und betrachtete ein wenig besorgt die Ringe unter ihren Augen. »Wäre es nicht einfacher gewesen, ihn mit einer Dosis Skopolamin zum Reden zu bringen?«

»Ja, aber da plappern die Leute irgendwas daher, das nicht unbedingt für uns interessant sein muss. Wenn man sie auf die altmodische Tour zum Reden bringt, kommt man schneller zu den wesentlichen Dingen.« Christine lehnte sich auf der Couch zurück, ein schwaches Lächeln auf den Lippen. »Eins steht jedenfalls fest: Inspektor Tran versteht sein Handwerk. Es macht wirklich Spaß, mit ihm zusammen jemanden zu verhören.«

Amanda und MacIntyre blickten einander an. Sie hatten beide absolutes Vertrauen zu ihrer Nachrichtendienst-Offizierin und hatten die kleine Blondine auch als Mensch sehr gern. Doch sie neigten andererseits auch der in der Navy weit verbreiteten Ansicht zu, dass die Leute vom Nachrichtendienst stets ein wenig verschroben waren.

»Was haben Sie denn von ihm herausbekommen?«, fragte MacIntyre.

»Dass die Operationen der Piraten bestens organisiert

sind – egal, ob es Harconan ist, der dahintersteckt, oder jemand anders. Hayam Mangkurats Schiff ist eines von einem halben Dutzend Schonern, die von einer Bugi-Siedlung auf der westlichen Halbinsel von Sulawesi aus operieren. Es handelt sich um ein Dorf namens Adat Tanjung; das liegt nördlich von Parepare an der Mandar-Bucht. Dort dürfte ein wichtiger Stützpunkt der Piraten liegen, aber wir würden dort wahrscheinlich nichts Verdächtiges finden – kein gestohlenes Frachtgut, keine Waffen und auch kein Geld von den Raubzügen.«

Amanda setzte sich neben Christine auf die Couch. »Hast du schon einen Einblick, wie das Ganze läuft?«

»Sie nützen die Tatsache aus, dass es hier zehntausende kleine Inseln, Buchten und Meerengen gibt, von denen viele noch auf keiner Karte genau verzeichnet sind. Anscheinend gelangt nie irgendwelches Beweismaterial in die Dörfer selbst. Wenn die *Pinisi* der Piraten zu ihren Stützpunkten zurückkehren, sind die geraubten Güter längst irgendwo anders. Die Waffen werden in geheimen Lagern aufbewahrt und die Güter an vorher vereinbarten Orten deponiert. Die Piraten erfahren gar nicht, wer das Raubgut übernimmt.

Umgekehrt verläuft es, wenn sie neue Ausrüstung brauchen. Man nennt ihnen einen Ort irgendwo an der Küste oder auf einer nahe gelegenen Insel, wo das Zeug für sie zum Abholen bereitgestellt wird. Egal, ob Waffen, Munition oder Ersatzteile – alles liegt gut getarnt für sie da. Und sie sehen niemals, wer die Dinge liefert.«

»Wie wird das alles koordiniert?«, fragte MacIntyre. »Wie werden die Übergabepunkte vereinbart?«

»Das ist wirklich verdammt schlau eingefädelt, Sir«, antwortete Christine. »Jeder Piraten-Skipper bekommt zwei Dinge mit auf die Reise – eine digitale Armbanduhr und ein tragbares GPS-Gerät, zwei Dinge, die auf einem

Handelsschiff kaum Verdacht erwecken dürften. Jeder Skipper hat außerdem einen Ort in der Nähe seines Heimatdorfes, wo er einmal pro Monat seine Uhr und den GPS-Empfänger abgibt. Wenn er sie wieder abholt, sind auf der Uhr verschiedene Liefer- und Abholzeiten einprogrammiert, und auf der GPU findet er die Koordinaten der entsprechenden Orte. Es gibt auch so etwas wie einen Nachrichtendienst, der den Leuten sagt, wann Schiffe mit wertvoller Ladung hier in der Gegend vorbeikommen. Die Kapitäne teilen sich die Beute entsprechend auf. Der König der Meere schreibt ihnen nur vor, dass jeder seinen Anteil bekommen soll und dass niemand im Revier einer anderen Sippe jagen darf. Wer gegen diese Regeln verstößt, der bekommt keine Ausrüstung mehr geliefert.«

Christine unterdrückte ein Gähnen. »Die Piratenkapitäne und Dorfältesten wissen, dass einer unter ihnen ein Agent des *Raja Samudra* ist, aber keiner weiß, um wen es sich handelt. Das ist das klassische Sicherheitssystem innerhalb einer Gruppe. Man kann nicht ausplaudern, was man nicht weiß. Es gibt keine Kommandostruktur, die man bis zu den höheren Rängen der Organisation hinauf verfolgen könnte.«

»Wie bekommen die Piraten ihren Anteil?«, fragte Amanda.

»Auf recht unterschiedliche Weise. Der Skipper der Piraten hinterlässt zusammen mit seiner monatlichen Lieferung eine Wunschliste und holt die Ausrüstungsgegenstände am entsprechenden Ort ab. Außerdem ist es mittlerweile völlig selbstverständlich, dass der Skipper einer *Pinisi* ein Konto bei einer der indonesischen Banken hat. Dort landen immer wieder Beträge in unterschiedlicher Höhe und in unregelmäßigen Abständen. Man kann dieses Geld leicht mit einem außergewöhnlich guten

Fischzug oder einem besonders vorteilhaften Handel erklären.«

»Und was ist mit den Hilfsprogrammen für die Bugi, die Harconan finanziert?«, warf MacIntyre ein. »Ich wette, dass die Sippen, die ihn am tatkräftigsten unterstützen, die fettesten Zuschüsse bekommen.«

»Das wäre keine Überraschung«, sagte Amanda. »Außerdem gibt es ja noch die Überfälle auf Harconans eigene Schiffe. Auch das ist wohl eine Form der Bezahlung, und so nebenbei kann Harconan damit aller Welt zeigen, dass auch er zu den leidtragenden Schiffseignern gehört.«

Sie trat ans Bullauge und blickte in die Nacht hinaus. »Er ist überaus vorsichtig und ziemlich gerissen. Nach und nach bringt er die Bugi-Sippen unter seine Kontrolle, indem er ihnen Wohlstand und Sicherheit gibt. Und bisher hat er nicht viel dafür von ihnen verlangt. Aber das wird sich wohl eines Tages ändern. Wenn er sie ruft, werden sie ihm folgen. Die Frage ist nur, wohin?«

MacIntyre nickte. »Es geht hier wohl mittlerweile um etwas mehr als nur einen gestohlenen Satelliten, was?«

»Stimmt, Sir. Manchmal muss man einen Stein wegrollen, um zu sehen, was sich alles darunter versteckt. Ich schätze, der Außenminister und unser Präsident werden uns zustimmen, dass es hier um die freie Schifffahrt im Allgemeinen geht.«

»Ich werde mich gleich morgen mit dem Außenminister in Verbindung setzen und ihm von den neuen Entwicklungen berichten. Ich glaube, er wird ebenfalls der Ansicht sein, dass wir möglichst viel über Harconans Absichten herausfinden sollten. Danach wird sich schon zeigen, wer ihm letztlich das Handwerk legt – wir oder die Indonesier.«

»Hoffen wir, dass sie uns glauben, wenn es soweit ist.« Amanda kam an den Tisch zurück und trat an MacIntyres

Seite. »Jedenfalls wissen wir jetzt schon ein wenig genauer, wonach wir suchen und wohin wir Steamer und seine Leute schicken müssen. Vielleicht bringen sie uns ja einen entscheidenden Schritt weiter.«

Von der Couch war leises Schnarchen zu hören. Christine Rendino lag mittlerweile ausgestreckt da und schlummerte tief und fest.

Amanda und der Admiral sahen einander lächelnd an. »Das erinnert mich an etwas«, sagte Amanda mit flüsternder Stimme. »Wir sollten uns jetzt auch unseren Schönheitsschlaf gönnen. Morgen Abend steigt eine heiße Party.«

Benoa, Bali

15. August 2008, 09:26 Uhr Ortszeit Man hört oft, dass die Insel Bali das größte Zentrum der hinduistischen Religion außerhalb von Indien sei – doch das stimmt nicht ganz. *Agama Hindu Dharma*, die Religion vom Heiligen Wasser, ist eine ganz einzigartige religiöse Richtung, die von den Mythen der indonesischen Ureinwohner geprägt ist – eine Religion, die gleichzeitig eine Lebensphilosophie darstellt. Scheinbar so flüchtig wie der Gebirgsnebel und so zart wie ein Schmetterlingsflügel, hat sie sich doch allen Widerständen zum Trotz über die Jahrhunderte hinweg erhalten.

Die Brahmanen und Gelehrten des goldenen Majapahit-Reiches zogen sich im 15. Jahrhundert nach Bali zurück, wo sie der Invasion des Islam aus dem Westen trotzten. Die Anhänger Mohammeds zerbrachen am Widerstand dieses zähen Volkes wie die Wellen an den Klippen der kleinen Insel.

Als im Jahr 1846 die Holländer kamen, war Bali lange Zeit die letzte Bastion in der Region, die der holländischen Kolonialmacht trotzte. Nach sechzig Jahren erbitterten Widerstands gelang es den Holländern, die Städte und Dörfer auf Bali zu bezwingen, nicht aber die Seele des Landes.

Gegen Ende des 20. Jahrhunderts erfolgte dann die heimtückischste von allen Invasionen – das Hereinbrechen der modernen Welt mit ihren Touristen, ihrem Kommerz und einer Regierung in Jakarta, die von nun an bestimmte, was für Bali gut war.

Und dennoch blieben sich die Balinesen treu. Vielleicht mag es daran liegen, dass die Anhänger der Religion vom Heiligen Wasser einen Vorteil gegenüber allen anderen Religionen haben. Man sagt nämlich, dass sie wüssten, wie der Himmel aussieht.

So wie Bali.

Als die Seafighter-Task-Force schließlich im Hafen von Benoa eintraf, begann sich die Hitze des Tages bereits zu entfalten. Am Hafen hatte sich das erwartete Empfangskomitee versammelt. Da war eine indonesische Armeekapelle, eine Ehrenwache aus der hiesigen Garnison und eine kleine Schar von zivilen und militärischen Würdenträgern, die die entsprechenden Worte der Begrüßung sprachen, um dem Besuch aus den Vereinigten Staaten den größtmöglichen Glanz zu verleihen.

Doch es gab noch andere, die auf die Ankunft der Seafighter warteten.

Kap Benoa

15. August 2008, 20:19 Uhr Ortszeit Makara Harconan parkte das Bentley-Challenger-Kabrio am hinteren Ende des Hafenparkplatzes, in einiger Entfernung des Touristenbusses und der gemieteten Motorroller.

Im Westen, jenseits der Halbinsel Bukit Badung, bot der Sonnenuntergang ein farbenprächtiges Schauspiel. Davor tanzte ein Schwarm von kunstvoll gebastelten Drachen durch die Luft, begleitet von den aufgeregten Stimmen ihrer jungen Besitzer.

An einem anderen Tag hätte sich Harconan vielleicht noch eine Weile an dem fröhlichen Schauspiel erfreut – heute jedoch hatte er Wichtigeres zu tun. Nachdenklich betrachtete er die Arbeitslichter, die mitten in der Bucht zu treiben schienen.

Durch die Nähe zu Denpasar, der Hauptstadt der Insel, war Benoa seit jeher der wichtigste Hafen im Süden von Bali. Leider gab es in der großen halbmondförmigen Bucht zahlreiche Untiefen und Sandbänke – ein Problem, das die holländischen Kolonialisten auf ihre Art lösten. Da sie bereits aus ihrem Heimatland große Erfahrung in der Kunst mitbrachten, dem Meer Land abzuringen, nützten sie die Untiefen, um einen zwei Kilometer langen Damm mitten in den Hafen zu bauen. Am Ende des Dammes errichteten sie eine künstliche Insel für die verschiedenen Hafenanlagen – die Tanklager, die Ladekräne, Lagerhäuser und Ladedocks, die notwendig waren, um die ankommenden Schiffe abzufertigen. Eines von Harconans Frachtschiffen, die *Harconan Sumatra*, lag gerade zum Löschen der Ladung im Hafen.

Auch die Schiffe seiner Feinde waren anwesend.

Er öffnete das Handschuhfach seines Bentley und holte einen Feldstecher hervor, mit dem er die Hafenanlage inspizierte. Im schwächer werdenden Licht der Abenddämmerung konnte er zwei große graue Gebilde zwischen den östlichen Hafenpieren erkennen, den amerikanischen Stealth-Kreuzer und das breiter gebaute amphibische Schiff, von dem keiner wusste, welche Gefahren in seinem Inneren verborgen waren.

Harconan spürte, wie ihm die Götter über die Schulter blickten und lächelten.

Sie sind gekommen, um dich zu stürzen, o König der Meere. Was wirst du nun tun? Schenk uns Zerstreuung.

Das Handy in seinem Wagen begann leise zu schnurren und Harconan hob es ans Ohr. Bapak Lo sprach mit ruhiger Stimme. »Unsere Gäste werden gleich ankommen, Herr.«

»Ich weiß, Lo. Ja, einige von ihnen sehe ich sogar schon.«

Captain Stone Quillain trug weiße Handschuhe und einen Säbel, in dessen goldenem Griff sich der Lichtschein der rötlichen Deckslichter spiegelte, als er die Reihe der Sea-Dragons-Ehrenwache abschritt – auf der Suche nach der kleinsten Nachlässigkeit in Uniform oder Haltung. Die zwölf Marines standen stramm wie Statuen in blauen Uniformen, die Augen geradeaus gerichtet.

Stone konnte keinen wirklichen Makel finden – dennoch zog er hie und da an einer weißen Bajonettscheide, die ihm nicht gerade genug saß, oder strich mit dem Finger prüfend über einen Gewehrlauf, um nach einem nicht vorhandenen Schmierölfleck zu suchen. Diese Jungs waren ganz einfach in Ordnung, und das wusste er genau – dennoch sollten sie nicht denken, dass ›der Alte‹ nachlässig wurde.

»In Ordnung, Sergeant«, brummte Stone dem Gruppenführer zu. »Rührt euch. Bereithalten zum Abrücken.«

»Zu Befehl, Sir! Gruppe – rührt euch!«

Ein ganz leises Scharren von Stiefeln auf dem rutschsicheren Belag des Decks zeigte an, dass die Männer der Ehrenwache ihre Haltung ein klein wenig entspannten.

Einige Meter weiter vorne, auf dem Flugdeck der *Carlson*, unterzog Lieutenant Labelle Nickols, die Kommandantin des Special Boat Detachment, ihre weiß-uniformierten Crews der gleichen Inspektion, um sie auf die abendliche Veranstaltung vorzubereiten. Noch weiter vorne lagen die beiden elf Meter langen Schlauchboote vom Typ ›Rigid Inflatable Raider Craft‹ – auf Hochglanz poliert und jederzeit startbereit.

Stone zog noch einmal an seinem Säbelkoppel, das ohnehin tadellos saß. Obwohl er einem kleinen Fechtkampf hin und wieder nicht abgeneigt war, kam dem Säbel, den er trug, doch eine rein zeremonielle Bedeutung zu. Etwas anders war die Sache mit dem Randall-Gefechtsmesser, das er am linken Unterarm unter dem Hemd befestigt hatte, und mit der SIG-Saur-P-226-Automatik in seinem gut verborgenen Schulterholster.

Der Skipper hatte auf eine entsprechende Bewaffnung bestanden. »Bis auf Widerruf bleiben wir auf höchster Alarmstufe, auch wenn wir eine feierliche Abendgesellschaft besuchen.«

Stone war ebenfalls der Ansicht, dass höchste Vorsicht angebracht war. Deshalb blickte er wachsam auf, als eine Computerstimme aus dem Lautsprecher dröhnte, die eine Botschaft zuerst in Bahasa-Indonesisch und dann in Bahasa-Bali verkündete. Ein hiesiges Motorboot war zu nahe an das Heck der *Carlson* herangekommen, sodass der automatische Warnruf ausgelöst wurde.

Schon lange vor der folgenschweren Terroristenattacke auf die USS *Cole* in Aden war der Navy bewusst gewesen, dass ihre Schiffe stets am verwundbarsten waren, wenn sie im Hafen vor Anker lagen. Seit dem Vorfall von Aden widmete man diesem Problem jedoch noch mehr Aufmerksamkeit.

Die Task Force hatte einige Vorteile gegenüber der unglücklichen *Cole*. Als erste Verteidigungslinie gab es den Warnruf, sobald sich ein fremdes Boot näherte. Dieses System konnte mit den wichtigsten lokalen Sprachen programmiert werden, sodass kaum ein Risiko bestand, einen unschuldigen Einheimischen zu töten, nur weil er die Bedeutung der Worte ›Verschwinde gefälligst, aber rasch!‹ nicht verstand.

Die zweite Linie bestand aus nicht-tödlichen Waffen. An den Ecken der Decksaufbauten waren die schüsselförmigen Antennen des so genannten SMADS (Ship Mounted Area Denial System) angebracht, die etwas verharmlosend auch als ›Energieprojektoren‹ bezeichnet wurden; in Wirklichkeit handelte es sich um Mikrowellenkanonen, die so eingestellt waren, dass sie großen Schmerz, aber geringen physischen Schaden hervorriefen. Vorausgesetzt, man war der Strahlung nur kurz ausgesetzt.

Stone dachte immer noch mit Schaudern daran, wie er einmal während einer Übung vom Strahl einer fahrzeugmontierten Kanone dieser Art gestreift worden war. Um einer solchen konzentrierten Bestrahlung standzuhalten und weiterzukämpfen, musste man schon extrem verzweifelt oder äußerst entschlossen sein. Für solche Personen standen noch durchschlagskräftigere Hilfsmittel bereit.

Die vier Punktverteidigungstürme der *Carlson* waren im Moment eingezogen, doch die 30-mm-Kanonen waren bemannt – und die Schützen behielten mit ihren leistungsstarken Nachtsichtgeräten sowohl den Hafen als auch die Docks im Auge. Dazu kamen noch die Zwei-Mann-Deckspatrouillen, die jeweils von einem Marine und einem Angehörigen des Schiffssicherheitsteams gebildet wurden. Die Marines waren mit ihren SABR bewaffnet, während die Sicherheitsleute Squad Automatic Weapons (SAW) mit 50-Schuss-Magazinen trugen.

Ähnliche Verteidigungsmaßnahmen waren an Bord der *Cunningham* eingerichtet worden.

Stone hätte gern auch OCSW-Granatwerfer an Bug, Heck und Brückennock installiert, doch Admiral MacIntyre hatte dies mit der Begründung abgelehnt, dass man gewisse diplomatische Gepflogenheiten respektieren müsse.

Allerdings hatte man sehr wohl andere Vorsichtsmaßnahmen getroffen. Weder die *Carlson* noch die *Cunningham* lagen längsseits am Kai, wie es sonst üblich gewesen wäre – vielmehr hatten beide Schiffe ›römisch-katholisch‹ angelegt. Dies bedeutete, dass die Duke mit dem Heck zur Kaimauer festgemacht hatte, während das LPD genau umgekehrt lag und mit dem Bug in Richtung Land zeigte, sodass die Heckrampe zum offenen Meer gerichtet war, um jederzeit Landungsboote ein- und auslaufen lassen zu können. Die ›römisch-katholische‹ Methode, die in den Zeiten des Kalten Krieges von der Sechsten Flotte übernommen worden war, ermöglichte es, ein Schiff rasch und ohne Zuhilfenahme eines Schleppers aus einem Hafen auslaufen zu lassen.

Beide Schiffe hatten im Maschinenraum und an den Ankern Sonderkommandos postiert, um jederzeit den Hafen verlassen zu können. Man hatte außerdem taktische Hydrofone im Einsatz, und die Seawolf-Kampfhubschrauber standen startbereit an Deck.

Diesmal jedoch waren all diese Verteidigungsmaßnahmen nicht nötig. Das Motorboot, das der *Carlson* zu nahe gekommen war, drehte rasch ab, um in der abendlichen Dunkelheit zu verschwinden.

Lieutenant Nickols beendete die Inspektion ihrer Truppe und trat zu Stone an die Reling. Sie trug eine weiße Uniform mit Rock, Handschuhen und Pumps und dazu das schwarze Barett der Seafighter. Stone stellte fest, dass die groß gewachsene und athletische junge Frau heute Abend äußerst attraktiv wirkte.

»Na, sind wir bereit für den großen Auftritt heute Abend, Marine?«, fragte sie in scherzhaftem Ton.

»Ach, unsereiner muss doch immer bereit sein.« Stone hatte herausgefunden, dass die Special-Boat-Offizierin nicht nur – so wie er selbst – aus Georgia stammte, sondern auch seine Leidenschaft für das Angeln teilte, sodass er sie als Kameradin überaus schätzte. »Und wie ist es mit Ihnen? Ist Ihre Truppe auch schon fein herausgeputzt?«

»Ja, kann man sagen. Irgendwie frage ich mich aber, warum die Lady uns derart aufmarschieren lässt.«

Stone nickte zustimmend. »Mir geht es genauso. Die Lady hat mal wieder so eine Vorahnung. Die Erfahrung hat aber gezeigt, dass Captain Garrett immer einen Grund für das hat, was sie tut. Wenn es soweit ist, wird sie's uns schon verraten.«

»Na, wenn Sie es sagen.« Obwohl Lieutenant Nickols alles andere als klein war, vor allem mit ihren hohen Absätzen, musste sie zu Quillain aufblicken. »Also, wie steht's, Captain«, sagte sie schelmisch und ließ dabei ihren breiten Südstaatenakzent anklingen, »werden Sie mir heut' Abend 'nen Tanz reservieren?«

Quillain tat so, als denke er nach. »Weiß ich noch nicht. Diese einheimischen Mädchen haben wahrscheinlich schon lang nicht mehr einen so flotten Burschen wie mich gesehen. Aber wenn die Herzogin von Argyle mir einen Korb gibt, dann habe ich vielleicht sogar zwei Tänze für Sie übrig.«

Lieutenant Nickols lachte laut auf und zeigte dabei

ihre strahlend weißen Zähne, die einen hübschen Kontrast zu dem warmen dunkelbraunen Farbton ihrer Haut bildeten.

Amanda verstaute ihre Make-up-Utensilien – zufrieden mit dem Lidstrich, den sie noch rasch mit dem Eyeliner gezogen hatte. Sie trat so weit zurück, wie es die Enge der Kabine zuließ, und betrachtete sich prüfend in dem kleinen Spiegel an der Tür.

Sie war Navy-Offizierin durch und durch und als solche stolz auf die Uniform ihres Landes – doch sie war auch Frau genug, es zu genießen, wenn sich einmal die Gelegenheit bot, sich schick anzuziehen. An diesem Abend trug sie eine cremefarbene Seidenbluse mit langen Ärmeln und einen Rock aus schwarzem Samt, dem ein seitlicher Schlitz zusätzlichen Schwung verlieh. Sie war mit der Gesamtwirkung durchaus zufrieden.

Amanda holte das kleine Schmuckkästchen aus einem Wandschrank, um das Tüpfelchen auf dem i anzubringen. Einfache goldene Ohrringe und ... eine Halskette vielleicht? Sie überlegte einen Augenblick. Nein, etwas anderes. Sie wählte ein dünnes Band aus schwarzem Samt. Es war ein Geschenk von Vince Arkady, der damals gemeint hatte, es wäre dies eines der drei anregendsten Kleidungsstücke, die eine Frau tragen könne.

Er hatte ihr jedoch nicht verraten wollen, was die zwei anderen Kleidungsstücke waren. Amanda lächelte bei der Erinnerung, während sie das Band anlegte. Eines Tages, wenn es wieder einen Mann in ihrem Leben geben würde, musste sie unbedingt weitere Erkundigungen darüber einholen.

Schließlich nahm sie ihre Navy-Command-Anstecknadel aus dem Kästchen und befestigte sie am Revers. Es war nur ein kleines Detail – aber es würde sie selbst und alle anderen daran erinnern, wer sie war und dass auch dieser Abend Teil ihrer Mission sein würde.

Sie schlüpfte in ihre Deckschuhe mit Gummisohle und nahm ihre Handtasche und die Sandaletten, die sie anziehen wollte, bevor sie an Land ging. Hohe Absätze waren nun einmal nicht das Richtige, wenn man die Leitern eines Kriegsschiffes hochklettern musste.

Ja, sie war soweit.

Sie nickte dem diensthabenden Wachmann vor ihrer Kabinentür zu. Der junge Marine starrte sie einen Moment lang mit großen Augen an, ehe er sich wieder fing und seinen völlig neutralen Gesichtsausdruck annahm. Amanda lächelte. Ja, ihre Aufmachung würde ihren Zweck erfüllen.

Die anderen Task-Force-Offiziere, die an dem Empfang teilnahmen, warteten bereits in der Messe auf sie. Das allgemeine Gemurmel erstarb, als sie in der Tür erschien.

Christine war die einzige Offizierin außer Amanda, die sich für Zivilkleidung entschieden hatte. Sie trug ein mit goldenen Ziermünzen behängtes Kleid, das ausgefallen genug aussah, um zu ihr zu passen. Amanda stellte mit Interesse fest, dass ihre Freundin auffallend ungezwungen mit Inspektor Tran umging. Der Polizeioffizier aus Singapur sah in seinem weißen Jackett auch wirklich gut aus.

Captain Carberry stand in der Nähe der Tür. »Guten Abend, Captain …«, sagte er sehr förmlich und zögerte dann einen Augenblick. In der Navy der alten Schule war es nicht vorgesehen, dass man seinem befehlshabenden Offizier in Abendkleidung gegenüberstand. Schließlich trat der Hauch eines Lächelns auf seine Lippen. »Sie sehen reizend aus, Ma'am«.

»Danke, Commander.« Amanda war froh, dass sie noch wusste, wie man einen Knicks machte.

Im nächsten Augenblick stand Admiral Elliot MacIntyre in seiner makellosen weißen Uniform vor ihr, die Mütze unter dem Arm. Irgendwie sah er jünger aus, als es sein Alter und sein Rang vermuten ließen; vielleicht hatte er einst als Seekadett so ausgesehen. Und da war ein seltsames Leuchten in seinen dunklen Augen.

Ein unerwarteter Schauer lief ihr den Rücken hinunter, als sie ihm fast unwillkürlich die Hand reichte. Seine Hand schloss sich um die ihre, und er verbeugte sich ebenfalls.

»Amanda.«

»Admiral.« Fast hätte sie ihn ebenfalls mit seinem Vornamen angesprochen, was in diesem Rahmen jedoch nicht passend gewesen wäre. Und sie durfte es auch nicht zulassen, dass dieser Moment noch länger währte.

Etwas verwirrt blickte sie zur Seite und entzog ihm ihre Hand. Sie nahm sich außerdem vor, bei der nächsten Gelegenheit ein ernstes Wort mit Christine zu reden, damit ihr dieses freche, wissende Grinsen verginge.

»Guten Abend, Ladies and Gentlemen«, sagte Amanda. »Ich glaube, wir sind fertig zum Aufbruch. Ich schätze, das wird eine recht interessante Nacht.«

Die Teilnehmer an dem festlichen Empfang begaben sich an Deck zu den Bootsstationen.

Das LPD hatte nicht genügend Platz an Deck für herkömmliche Rettungs- oder Beiboote. Die Bootsstationen und Davits waren ganz den Angriffsbooten des Task Force Special Boat Detachment vorbehalten.

Die elf Meter langen Rigid Inflatable Raiders der Special Boat Squadrons waren die Antwort der Navy auf das Boghammer-Kanonenboot. Sie verfügten über einen dieselgetriebenen Hydrojet-Antrieb und waren leicht, schnell und für ihre Größe bemerkenswert schwer bewaffnet. In diesen kleinen Kanonenbooten fanden acht Passagiere plus eine Drei-Personen-Crew Platz, sodass sie ideal geeignet waren, um Sondereinsatz-Teams zu feindlichen Küsten zu befördern und wieder abzuholen. Dass man sie jedoch dafür einsetzte, einen diplomatischen Empfang zu besuchen, war eigentlich nicht vorgesehen. Doch das war Amanda nur recht.

»Detachment ist startklar, Captain«, meldete Lieutenant Nickols knapp. »Der Landungstrupp der Marines ist bereits an Bord von Raider One, wie geplant.«

»Sie meinen die Ehrenwache, Lieutenant«, korrigierte Amanda, während sie im rötlichen Leuchten der Deckslichter stand. »Wir wollen doch niemanden vor den Kopf stoßen, nicht wahr? Sind wir bereit für die Party?«

Die Special-Boat-Offizierin lächelte. »Die werden Augen machen, wenn sie uns sehen, Ma'am.«

»Das ist genau meine Absicht, Lieutenant. Dann wollen wir mal aufbrechen.«

Mit einem Aufheulen des hydraulischen Krans ließ man die Boote rasch und sanft ins Wasser hinab. Die beiden Turbolader-Motoren wurden unverzüglich angeworfen und die Boote entfernten sich vom Kai und vom Mutterschiff. Amanda warf noch einen letzten prüfenden Blick nach achtern, wo die Sicherheitswachen postiert waren. Hatte sie nicht vielleicht doch etwas übersehen? Irgendetwas, das noch getan werden musste? Nein, hier auf dem Schiff gab es nichts mehr zu tun – es war also Zeit, sich auf die Schlacht zu konzentrieren, die heute Abend auf einer anderen Ebene über die Bühne gehen würde.

Raider One und Raider Two rundeten hintereinander die Spitze von Kap Benoa und wandten sich dann südwärts die Küste entlang, um zu dem fünf Kilometer entfernten Hauptsitz von Makara Limited in Nusa Dua zu gelangen. Die großen Raider-Boote waren zwar einigermaßen geräumig, doch an diesem Tag drängte man sich dicht aneinander. Amanda saß direkt neben Admiral MacIntyre an Bord von Raider Two; die warme Berührung an Hüfte und Schulter war ihr eigentlich nicht unangenehm. Ihr gegenüber sah sie im gedämpften Licht der Konsole das Schimmern von Christines Kleid und das Weiß von Trans Jackett.

Amanda wandte sich mit lauter Stimme an den Inspektor, um sich bei dem Dröhnen der Dieselmotoren verständlich zu machen. »Es freut mich, dass Sie Christines Einladung angenommen haben, Inspektor. Ihre Anwesenheit könnte vielleicht recht nützlich sein.«

Tran lachte leise. »Diese Party hätte ich mir um nichts in der Welt entgehen lassen, Captain.«

»Also schön, Amanda«, wandte sich MacIntyre an sie. »Das Ganze ist ja wohl etwas mehr als ein kurzer Landurlaub, nicht wahr? Sie und Ihre Vertraute da drüben haben den ganzen Nachmittag beisammen gesteckt und irgendwas ausgebrütet. Wäre es nicht an der Zeit, dass Sie auch Ihren Boss einweihen?«

»Es geht bei der ganzen Sache darum, der Gegenseite auf die Schliche zu kommen, Admiral«, antwortete Amanda. »Harconan hat damit begonnen, als er diese Einladung aussprach. Er will uns aus der Nähe betrachten, um herauszufinden, ob wir schon einen Verdacht haben und wie unsere Pläne aussehen. Und gleichzeitig sind wir praktisch handlungsunfähig, während wir an diesem anscheinend so harmlosen Empfang teilnehmen.«

MacIntyre schlug sich mit der Faust aufs Knie. »Ha! Jetzt wird mir einiges klar. Sie wollen den Spieß umdrehen!«

Amanda blickte ihn mit einem grimmigen Lächeln an. »Manche behaupten, dass ich so was ganz gut beherrsche.

Harconan hat mit dieser Einladung einen gewagten Schritt gemacht. Da bietet es sich an, dass man ebenso gewagt antwortet.«

Makara Limited Harbor Court

15. August 2008, 21:05 Uhr Ortszeit »Ich muss zugeben«, sagte Harconan, »ich habe mich schon sehr auf diesen Abend gefreut. Man hört sehr viel über Captain Garrett, und jetzt habe ich endlich Gelegenheit, sie persönlich kennen zu lernen.«

Randolph Goodyard runzelte nachdenklich die Stirn. »Ja, das kann man wohl sagen, dass man viel von Captain Garrett hört.«

Harconan registrierte sehr wohl den skeptischen Unterton hinter Goodyards Worten. »Gibt es da irgendein Problem, Herr Botschafter, wenn die Frage gestattet ist?«

Doch Harconan wusste genau, dass er sich die Frage erlauben konnte. Goodyard hatte ihm noch nie eine Information vorenthalten, um die Harconan ihn gebeten hatte.

Die beiden Männer unterhielten sich vor dem Hintergrund der leise dahinplätschernden Musik des Jazz-Quintetts und dem vielstimmigen Gemurmel ringsum. Es war eine angenehm laue Nacht, sodass man den Empfang der amerikanischen Flottenabordnung im Freien abhielt, in dem kunstvoll gestalteten Garten zwischen dem Hauptquartier von Makara Limited und dem Strand. Viele Gäste kamen nicht mit dem Auto, sondern mit dem Boot und gingen an dem privaten Pier an Land.

Mit Hilfe von Ultraschall-Mückenvertreibern hielt man lästige Insekten fern. Leise und effizient bewegten sich die Kellner mit ihren Tabletts zwischen den Gästen hin und her, die im goldfarbenen Lichtschein der indirekten Beleuchtung in kleinen Gruppen beisammen standen und sich gut gelaunt unterhielten.

»Nein, es gibt kein wirkliches Problem, Mr. Harconan«, sagte Goodyard, während die beiden Männer langsam auf dem gepflasterten Weg den Strand entlang schlenderten. »Es ist nur so, dass Captain Garrett und unsere Naval Special Forces sich ... einen gewissen Ruf erworben haben.«

»Was denn für einen Ruf, Herr Botschafter? Oh, und sagen Sie doch bitte Makara zu mir.« Goodyard blickte sich kurz um, um sich zu vergewissern, dass keiner seiner Mitarbeiter in der Nähe war. Der Botschafter wollte nicht, dass jemand mit anhörte, wie er Dinge ausplauderte, die innerhalb des Außenministeriums kursierten.

Mit leiserer Stimme sagte er: »Nun, manche von uns – in den diplomatischen Kreisen – finden, dass Captain Garrett und der derzeitige Kommandeur der Naval Special Forces, Commander, Admiral Elliot MacIntyre, einen gewissen ... Unsicherheitsfaktor darstellen, wenn Sie verstehen, was ich meine. Oh, sie sind durchaus fähige Offiziere, aber Captain Garrett neigt manchmal zu übereilten und eigenmächtigen Aktionen, die über ihre Befugnisse hinausgehen, und MacIntyre wiederum lässt ihr das alles durchgehen. Manche von uns sind der Ansicht, dass sie schon des öfteren den Bogen überspannt haben.«

Der Botschafter hielt inne, um seinen exzellenten Champagner-Cocktail auszutrinken. Er merkte nicht, wie Harconan mit einer raschen Kopfbewegung einen Kellner herbeirief, um für Nachschub zu sorgen.

»Das Außenamt in Jakarta verhält sich so, als würden an jeder Ecke irgendwelche Aufständischen lauern«, fuhr Goodyard fort, nachdem er ein neues Glas entgegengenommen hatte. »Oh, ich bin überzeugt, dass Ihre Regierung die Sache unter Kontrolle hat. Aber angesichts der etwas heiklen Situation brauchen wir im Moment ganz sicher keine Cowboys … oder Cowgirls hier in der Region, die nichts als Unruhe stiften.«

Harconan musste sich ein Lächeln verbeißen, während er mit nüchterner Miene antwortete: »Ich habe gehört, dass der Besuch der Task Force vor allem als Goodwill-Mission gedacht ist. Könnte es sein, dass da mehr dahintersteckt?«, fragte er lächelnd. »Das heißt, falls Sie darüber sprechen können. Ich habe auch gehört, dass es eine gewisse Beunruhigung wegen dieses Satelliten gibt, der in der Arafurasee verloren ging.«

Goodyard machte ein säuerliches Gesicht. »Oh, dieses verdammte Ding. Nein, das hat sich als Sturm im Wasserglas herausgestellt. Eine Zeit lang haben wir aus Washington von nichts anderem gehört, aber jetzt verläuft die Sache allmählich im Sande. Ich glaube, es ist dem Außenminister ein wenig peinlich, dass ein solches Aufhebens von der Sache gemacht wurde. Man hat mir jedenfalls aufgetragen, dass ich mich dafür einsetzen soll, dass die Unstimmigkeiten mit Ihrem Land ausgeräumt werden.«

Harconan nickte und nahm einen Schluck aus seinem Mineralwasserglas. Das war ja wirklich interessant. Doch andererseits waren Informationsquellen wie Goodyard immer ein zweischneidiges Schwert. Gewiss, der Botschafter erzählte ihm genau das, was er hören wollte. Aber es bestand immer auch die Möglichkeit, dass er das ganz bewusst tat, um ihn in die Irre zu führen. Man konnte sich nie ganz sicher sein, wie gut ein Mensch lügen konnte, bis sich die Wahrheit herausstellte. Die allergrößten Lügner wirkten oft am glaubwürdigsten.

Goodyard schien wirklich harmlos zu sein, aber dennoch …

Harconan blickte auf das Meer hinaus. »Heißt das, dass in der näheren Zukunft keine Heldentaten von Amanda Garrett zu erwarten sind? Schade eigentlich, ich hatte fast gehofft, ich könnte die Lady in Aktion sehen.«

»Klopfen wir lieber auf Holz, dass nichts Derartiges passiert«, erwiderte Goodyard grinsend. »Kritisch würde die Sache nur, wenn es zu Unruhen käme, während sie hier in der Gegend ist. Dann könnte es zu einem richtigen Großbrand in der Region kommen. Tut mir Leid, dass ich Sie enttäuschen muss, Makara, aber ich kann wirklich keinen Auftritt von Rambo hier in der Gegend gebrauchen. Die ganze Sache ist ohnehin schon ein klein wenig wackelig.«

Harconan nickte und lächelte über die diplomatisch untertriebene Formulierung. Die indonesische Regierung strebte nach dem Ideal des so genannten *Bhinneka Tunggal Ika*, was so viel bedeutete wie ›Einheit in der Vielfalt‹. Schon seit Jahrzehnten bemühte sich Jakarta verzweifelt, mit den zahllosen politischen und religiösen Kräfte Indonesiens zu jonglieren, damit sich so etwas wie eine indonesische Identität im Volk entwickeln könnte. Bisher war dabei jedoch nichts anderes als ein unberechenbarer Hurrapatriotismus herausgekommen, insbesondere in militärischen Kreisen.

Früher oder später würde es den Jongleuren nicht mehr gelingen, alle Bälle aufzufangen. Wenn das passierte, dann war die Zeit reif für etwas ganz Neues. Harconan lächelte bei dem Gedanken.

»Mir scheint, Sie bekommen neue Gäste.«

Der Hinweis des Botschafters brachte Harconan in die Gegenwart zurück. Er blickte nach Norden die Küste entlang und bemerkte zwei Reihen von Positionslichtern, die sich auf den Pier von Makara Limited zubewegten.

»Sieht ganz so aus, Herr Botschafter. Wenn Sie mich

bitte entschuldigen … Ich muss meinen Pflichten als Gastgeber nachkommen.«

Harconan ging mit langen Schritten zum Pier hinaus, dessen gekrümmtes Ende einen Bereich umschloss, wo das Wasser vor Wind und Wellen geschützt war. Mit dem Pier war eine schwimmende Landebrücke für kleinere Boote verbunden. Zwei Männer, etwas unpassend mit weißen Jacketts bekleidet, standen an der Anlegestelle bereit, um die Boote festzumachen. Manche der bereits anwesenden Gäste, insbesondere die Angehörigen der diplomatischen Kreise und der Wirtschaft Balis, spazierten auf den Pier hinaus, um sich die Neuankömmlinge aus der Nähe anzusehen. Rasch hatte sich die Nachricht verbreitet, dass die Boote mit den Angehörigen der amerikanischen Task Force, den Ehrengästen des Abends, eintrafen.

Leistungsstarke Dieselmotoren dröhnten in der Dunkelheit, und wenig später tauchte das erste der Boote in dem Bereich auf, der vom Pier aus beleuchtet wurde. Es war eine vollständige Task-Force-Einheit, ein schnittiges Miniatur-Kanonenboot, das da aus der Dunkelheit in den Hafen einfuhr. Der gesprenkelte Tarnanstrich war makellos erneuert worden und das wenige Messing und Chrom an der Oberfläche war blank poliert. Die normale Nylon-Sicherheitsreling rund um das Schandeck war durch strahlend weiße Nylonleinen ersetzt worden, die mit kunstvollen Seemannsknoten geknüpft waren.

Das Wasser schäumte auf, als das Boot mit dem Hydrojet-Antrieb zum Pier bugsiert wurde. Mit absoluter Präzision legte das Boot schließlich am Steg an und die Crew reichte den beiden Männern auf dem Pier die Festmacheleinen.

Die Mitglieder der Bootsbesatzung trugen weiße Uniformen und die charakteristischen schwarzen Baretts der

Seafighter-Task-Force, die sie auf einer Seite tief über das Gesicht gezogen hatten. Ein Bordschütze stand breitbeinig, die Hände auf dem Rücken, beim 25-mm-OCSW-Granatwerfer am Bug, und ein weiterer an dem Barrett-Gewehr, das mittschiffs auf einer Drehbettung montiert war. Mit der Leichtigkeit der geübten Special-Boat-Crewmen reagierten die Männer auf jede Bewegung ihres kleinen, aber schwer bewaffneten Bootes.

Auf dem Schandeck stand eine kurze, aufrecht stehende Aluminium-Gangway bereit, die nun auf den Steg hinuntergelassen wurde.

»Ehrenwache …«, brüllte eine mächtige Baritonstimme, »geht an Land!«

Ein halbes Dutzend amerikanische Marines eilten die kurze Gangway hinunter und formierten sich in zwei Reihen. In kerzengerader Rührt-euch-Stellung standen sie da, ein jeder mit dem etwas veralteten M-14-Gewehr an seiner Seite, dessen weiß lackierter hölzerner Schaft blank poliert war.

Ein siebter Marine, ein hoch gewachsener Offizier, schritt langsam zwischen den beiden Reihen seiner Männer hindurch. Am Ende der Ehrenwache blieb er stehen und blickte mit seinen dunklen Falkenaugen zu Harconan und den Festgästen hinüber, die die Zeremonie vom Pier her beobachteten.

Der Marine schürzte die Lippen, als sehe er nichts, was ihn besonders beeindruckte. Mit einer abrupten Bewegung drehte er sich um und reihte sich in die Ehrenwache ein.

Die Gangway wurde wieder eingeholt und die Bootscrew übernahm die Leinen von den beiden Männern am Pier. Wenige Sekunden später raste das Boot wieder in die Nacht hinaus, um die nächste Gruppe von Festgästen abzuholen.

»Ehrenwache …!«, donnerte die Stimme des Marines erneut. »Bajonette pflanzt auf!«

Glänzend schwarze Bajonette wurden aus den am Gürtel getragenen Scheiden gezogen und in die Aufnahmeschienen gesteckt.

»Ehrenwache … stillgestanden!«

Stiefelabsätze knallten zusammen.

Ein zweites Raider-Boot kam aus der Dunkelheit herangebraust und legte in einem ebenso exakten Manöver am Landesteg an wie das erste Boot. Eine zweite Gangway ging nieder.

»Präsentiert das Gewehr!«

Gewehre wurden hochgerissen und weiß behandschuhte Hände schlossen sich um die weißen Schäfte. Der Offizier der Marines riss seinen Säbel aus der Scheide und hielt die funkelnde silberne Klinge vor dem Gesicht hoch.

»Kommandant … United States Naval Special Forces … geht an Land!«

Ein Offizier schritt die kurze Gangway hinunter und zwischen den Reihen der Marines hindurch. Er war nicht so groß wie Harconan, doch ebenso breitschultrig – ja, er hatte etwas absolut Unerschütterliches in seiner Haltung, als könne nicht einmal ein Erdbeben ihn zu Fall bringen.

Harconan schritt die Pier-Rampe hinunter und streckte die Hand aus. Er wusste über diesen Mann Bescheid. »Admiral MacIntyre, willkommen auf Bali.«

»Mr. Harconan«, antwortete der Admiral mit festem Händedruck, aber in unverbindlichem Ton. Offensichtlich wusste der Admiral auch über ihn Bescheid.

Erneut ertönte die laute Stimme des Marines. »Kommandantin … Seafighter-Task-Force … geht an Land!«

Sie erschien am oberen Ende der Gangway. Und wirkte eher wie eine Königin als eine Navy-Offizierin, wie sie sich anmutig vor dem Hintergrund der Hightech-Gefechtswaffen bewegte. Mit einer eleganten, damenhaften Geste hob sie ihren langen Rock ein klein wenig an, ehe sie die Gangway hinunterschritt.

Amanda war nicht übermäßig groß, höchstens mittelgroß ohne hohe Absätze, doch mit ihrem stolz erhobenen Haupt und ihrer natürlichen Würde wirkte sie um einiges größer als sie war.

Es hatte in Makara Harconans Leben schon viele Frauen gegeben – doch keine hatte ihn vom ersten Augenblick an so gefesselt wie diese Amerikanerin. Er hätte nicht sagen können, woran es lag. Er hatte Models mit ebenmäßigeren Gesichtszügen gekannt und Schauspielerinnen mit üppigeren Formen – doch keine von ihnen hatte eine solche innere Kraft und Vitalität ausgestrahlt.

Sie schritt an der Ehrenwache vorbei und blieb an Admiral MacIntyres Seite stehen. Zwei goldene Augen funkelten Harconan an und sie streckte die Hand aus ... die Handfläche nach unten.

Ich bin gekommen, um dich zu bezwingen, o König der Meere, schienen diese Augen auszudrücken. *Verneige dich vor mir.*

Harconan schwor sich, dass er diese Frau besitzen würde. Er schloss seine Finger um die ihren und deutete eine Verbeugung an.

»Captain Garrett.«

Sie neigte das Haupt ganz leicht. »Mr. Harconan. Im Namen der Seafighter-Task-Force danke ich Ihnen für diesen freundlichen Empfang. Darf ich Ihnen eine meiner Offizierinnen und ihren Begleiter vorstellen – Lieutenant Commander Christine Rendino und Inspektor Nuyen Tran von der Singapore National Police.«

Harconan wurde augenblicklich in die Wirklichkeit zurückgerissen. Er wandte sich der Frau und dem Mann zu, die an Land gegangen waren, während er sich ganz auf Amanda Garrett konzentriert hatte.

Tran? War das nicht dieser Störenfried aus Singapur, der ständig seine Nase in Dinge steckte, die ihn nichts angingen? Was machte er hier bei den Amerikanern? Verdammt, Harconan, vergiss die Frau und kümmere dich um deine Angelegenheiten!

Tran nickte ihm mit dem Hauch eines Lächelns zu. »Freut mich, Mr. Harconan. Wir hatten noch nicht Gelegenheit, uns ... persönlich kennen zu lernen.«

Die kleine Blondine an Trans Seite warf mit freundlicher Stimme ein: »Aber der Inspektor hat uns schon viel über Sie erzählt.«

Was ging da eigentlich vor sich? Während Harconan die üblichen Höflichkeitsfloskeln sprach, versuchte er fieberhaft, sich einen Überblick über die Situation zu verschaffen.

Er bemerkte sehr wohl die kleine Wölbung unter Trans Jackett, die von einer Waffe stammte – eine Tatsache, die bei einem Polizeioffizier nicht weiter verwunderlich war. Doch dieselbe Wölbung konnte er auch unter den Uniformjacken von Admiral MacIntyre und dem Captain der Marines erkennen, der die Ehrenwache anführte – genauso wie unter den Jacken eines jeden Navy-Offiziers, der das Boot verließ.

Die Marines der Ehrenwache standen immer noch in Grundstellung, doch ihre wachsamen Augen blickten sich prüfend um.

Bemerkenswert waren auch die Waffen, die sie trugen. Harconan wusste, dass die M-14-Gewehre eigentlich nur noch für zeremonielle Zwecke verwendet wurden – doch in diesem Fall handelte es sich um voll funktionstüchtige Waffen, die mit 20-Schuss-Magazinen vom NATO-Standardkaliber 7,62 mm geladen waren. Jeder der Männer trug außerdem einen weißen Lederbeutel am Gürtel, der nicht zur Standardausrüstung der U.S. Marines gehörte und der genau die richtige Größe für zwei Ersatzmagazine hatte. Und die Bajonette waren offensichtlich von der Schärfe einer Rasierklinge.

Die Männer und Frauen an Bord des Angriffsbootes trugen jeder eine Pistole im Lederholster, und an den Bordwaffen sah man die Munitionsgurte glitzern. Amanda Garrett war nicht bloß gekommen, um ein Fest zu besuchen. Sie führte einen Trupp von schwer bewaffneten Streitkräften an.

Harconan hatte seine eigenen Sicherheitsleute diskret in der Umgebung verteilt. Doch mit der geballten Feuerkraft der Amerikaner konnten sie es nicht aufnehmen. Wie hatte Botschafter Goodyard diese Frau genannt? »Ein Cowgirl ... das zu übereilten und eigenmächtigen Aktionen neigt ...«

Was zum Teufel ging hier eigentlich vor?

Amanda Garrett zeigte das gleiche wissende Lächeln wie Tran. Es kam ihm vor, als wüssten sie genau, was er dachte und fühlte.

Verdammt, wie lange war es her, seit ihn zum letzten Mal ein so mulmiges Gefühl überkommen hatte?

»Ich freue mich schon darauf, mich mit Ihnen zu unterhalten, Mr. Harconan. Ich bin überzeugt, wir haben viel zu bereden.«

Damit wandte sie sich von ihm ab. Sie nahm MacIntyres Arm und schritt die Rampe des Piers hinauf, direkt auf die wartenden Gäste zu.

Javasee, nördöstlich der Laut-Ketil-Inselgruppe

15. August 2008, 22:05 Uhr Ortszeit Dreihundert Seemeilen weiter nördlich vollzog sich eine andere sorgfältig geplante militärische Operation.

Wenn man an Indonesien denkt, stellt man sich zumeist eine Anhäufung von dicht beieinander liegenden grünen Inseln unter der Tropensonne vor, zwischen denen eine Vielzahl von kleinen Booten unterwegs ist, um ihren Geschäften nachzugehen.

Und dieses Bild entspricht auch durchaus der Wirklichkeit.

Daneben gibt es jedoch auch Meeresstraßen zwischen zwei Inseln, die ein eigenes Meer für sich bilden. Am Horizont ist kein Land in Sicht, nirgendwo ist ein Schiff zu sehen, und nichts bewegt sich weit und breit außer den Wellen und vielleicht einem müden Meeresvogel, der die weiten Gewässer überfliegt.

Inmitten einer solchen völlig leeren Zone kamen die Seafighter zum Stillstand. Sie senkten sich vom Luftkissen herab und ließen sich auf der Meeresoberfläche nieder, um unter den vielen tausend Sternen der tropischen Nacht lautlos dahinzugleiten.

Steamer Lane öffnete das Cockpit-Seitenfenster, und ein Hauch von frischer Meeresluft strömte ins Innere des Bootes, zusammen mit dem Geräusch der Wellen, die gegen den Bootsrumpf schlugen.

»Positions-Check!«, rief er.

Ensign Terrence Wilder, ein Offiziersneuling an Bord der *Queen of the West*, rief das entsprechende Display an der Navigationskonsole auf. »Sir, laut Navicom haben wir den Treffpunkt erreicht«, meldete er steif. »Ich habe übereinstimmende Koordinaten von beiden Global-Positioning-Systemen.«

Lane nahm den Helm ab und legte ihn auf das Instrumentenbrett. »Das ist gut, Terr, wir sind also da. Zeit-Check, Scrounge?«

»Alles planmäßig, Skipper«, antwortete Scrounger Caitlin. »Fünfzehn Minuten bis zum Treffen – vorausgesetzt, die Air Force ist pünktlich.«

»Gut.« Lane setzte den Kopfhörer des Walkman auf, der am Sonnenschutzvisier befestigt war. »Terry, Sie übernehmen das Kommando. Gehen Sie mit *Queen* und *Rebel* auf Position für Abwurf-Aufnahme … aber schön leise. Ich mach mal ein kleines Nickerchen. Wecken Sie mich, wenn die Transportmaschine in Sicht ist.«

Ein wenig erschrocken blickte Wilder von der Navigator-Station auf. »Aye aye, Sir.«

Im nächsten Augenblick tönte leiser kalifornischer Surf-Rock durch das Cockpit, während Lane die Lehne seines Sessels zurückneigte. Mit der für einen Soldaten typischen Fähigkeit war er binnen Sekunden eingeschlafen und nützte so die Gelegenheit für eine kurze Erholungspause.

Wilder zögerte und rang einige Sekunden mit seinem Stolz. Da er jedoch ein intelligenter und fähiger junger Offizier war, drehte er schließlich seinen Sessel herum und wandte sich an die Kopilotin.

»Hey, Chief«, flüsterte er, »könnten Sie mir bei der Sache ein wenig helfen? Das ist meine erste Abwurf-Versorgung unter Fahrt.«

»Ach, das macht nichts, Mr. Wilder«, antwortete Scrounger Caitlin gut gelaunt und nahm ein Handbuch aus dem Regal neben ihr. »Es ist für uns alle das erste Mal.«

Achtzig Kilometer weiter südlich blickte Lt. Colonel Edwina Mirkle von der United States Air Force nach vorn, zuerst durch das Nachtsichtvisier ihres Fliegerhelms, dann durch das nachtsichttaugliche Heads-up-Display und schließlich durch die Cockpitscheibe ihrer MC-130J. Sie hielt das Steuerhorn fest umklammert, und ihre Augen brannten, weil sie den Blick schon so lange starr geradeaus gerichtet hatte.

Sie war nicht angespannt im eigentlichen Sinn. Es war dies ganz einfach die Art und Weise, wie man mit einer Combat Talon umzugehen hatte, wenn man so niedrig flog, dass die Allison-Turboprop-Triebwerke mit ihren sechsblättrigen Propellern die Wellen aufschäumen ließen und die Gischt gegen die Nase des Flugzeugs schlug. Man war ganz einfach konzentriert. Sehr konzentriert.

Nach dem Abflug von Curtin Field war die Air-Commando-Transportmaschine in nördlicher Richtung geflogen, bis ihre empfindlichen IDECM (Integrated Defensive Electronic Countermeasures) das indonesische Luftverteidigungsnetz wahrnahmen. Ab diesem Zeitpunkt war die Talon immer tiefer und tiefer gegangen, um unter dem Radarnetz hindurchzuschlüpfen, bis sie fast schon auf den Wellen ritt.

Die Insel Flores war plötzlich wie eine Wand vor ihnen aufgetaucht, und die MC-130 war gerade hoch genug gestiegen, um zwischen zwei Vulkanbergen durchzuschlüpfen – ein nicht identifizierbarer Schatten, der in geringer Höhe über die Gebirgsdörfer hinwegbrauste.

Die Anspannung war weiter gestiegen, als die Global-Hawk-Drohne hoch über ihnen eine Warnung abstrahlte, dass sich Abfangjäger der indonesischen Luftstreitkräfte näherten, die vom Stützpunkt bei Jakarta gestartet waren. Doch die *Anghkatan-Udara*-Eurofighter kehrten bald um, nachdem das schwache Radarecho, das sie zum Starten veranlasst hatte, zwischen den Vulkanbergen verschwunden war.

Schließlich erreichte die Talon wieder das offene Meer, und das minimale Radarecho, das ihre Stealth-Hülle bot, verschwamm erneut mit dem der Meeresoberfläche.

Das war über dreihundert Kilometer zuvor gewesen. Seither zeigte der Höhenmesser ununterbrochen Höhe null an. Für die Air Commandos des U.S. Air Force 1st Special Operations Wing sah die Mission nach reiner Routine aus.

»Kurskorrektur«, murmelte Colonel Mirkles Navigator. »Gehen Sie um fünf Grad nach Steuerbord auf null-eins-zwei.«

Colonel Mirkle drückte sanft auf das rechte Seitenruderpedal und ließ das riesige Flugzeug auf diese Weise abdrehen, ohne dass es in die Schräglage ging. Dies hätte nämlich zur Folge gehabt, dass einer der Propeller ins Wasser eingetaucht wäre, was unweigerlich zum Absturz geführt hätte.

»Kurs null … eins … zwei«, wiederholte sie.

»Sind auf Kurs, Ma'am. Zehn Minuten bis zum Ziel. Laut Global-Hawk-Verbindung sind unsere Freunde schon auf Station und warten auf uns.«

»Danke, Johnny. Ed, sagen Sie dem Chief, er soll alles für Fracht-Abwurf klarmachen.«

Während ihr Kopilot die Anweisung an den Lademeister weitergab, nahm Colonel Mirkle das Steuerhorn ganz leicht zurück. Der Chief hatte nun hinten im Laderaum zu tun, sodass das Flugzeug durch die Gewichtsverlagerung vielleicht ein wenig wackeln würde. Es war daher ratsam, die Maschine ein wenig hochzuziehen.

Innerhalb des 1st SpecOps Wing galt Colonel Mirkle allgemein als vorsichtige, erfahrene Pilotin. Sie war keine Draufgängerin, sondern kannte ihre eigenen Grenzen und zog es vor, sich einen gewissen Spielraum für eventuelle Fehler zu lassen.

Die Talon stieg auf sichere acht Meter hoch und hielt weiter auf ihr Ziel zu.

Mit Hilfe des geräuscharmen Elektroantriebs positionierten sich die *Queen of the West* und die *Manassas* rund vierhundert Meter voneinander entfernt, die Nase gegen Wind und Wellen gerichtet. Ihre restlichtverstärkenden Kameras suchten den Horizont nach eventuellen Eindringlingen ab, während die ECM-Monitore misstrauisch den Äther im Auge behielten.

Die zusätzlichen Treibstoffbehälter an Bord der Luftkissenboote waren mittlerweile flach und schlaff. Das Kerosin war teils aufgebraucht, teils in die Innentanks der Seafighter umgeleitet worden. Mit Hilfe der Marines rollten die Crew-Mitglieder die leeren Blasen zu festen Bündeln zusammen, um Platz für neue Treibstoffbehälter zu schaffen.

Im Cockpit der *Queen* beugte sich Ensign Wilder vor und berührte Steamer Lane an der Schulter. »Sir, wir haben eine Datenverbindung mit der Transportmaschine hergestellt. Sie sind im Anflug, noch fünf Minuten entfernt. Wir sind in Position für Abwurf-Aufnahme.«

Steamer war genauso schnell wach, wie er eingeschlafen war. »Gute Arbeit, Terr«, sagte er, nahm den Walkman-Kopfhörer ab und richtete die Rückenlehne seines Sessels auf. »Wie sieht die Umgebung aus, Scrounge?«

»Die Luft ist rein«, meldete Caitlin. »Windrichtung und See sind gleichmäßig.«

Steamer blickte auf sein taktisches Display, um sich selbst einen Überblick zu verschaffen. »Sieht wirklich gut aus. Melden Sie den Jungs, dass wir soweit sind. Wir schalten die Signallichter ein. Sagen Sie unserem Rebel, dass er ebenfalls Licht machen soll.«

Steamer griff zum oben angebrachten Instrumentenbrett hinauf, stellte das Stroboskoplicht am Mast der *Queen* auf Infrarot-Modus um und drückte auf den Schalter.

Als an Bord der Combat Talon die Heckrampe geöffnet wurde, drang das Donnern der Turboprop-Triebwerke und das Dröhnen des Luftschraubenstrahls herein. Man hörte keine Stimmen mehr, es sei denn, sie kamen über die Bordsprechanlage.

Colonel Mirkles Kopilot meldete die Sichtung. »Überwasser-Stroboskoplichter vor dem Bug. Wir haben den Abwurfpunkt vor uns. Peilung steht. Näherungsvektor sieht gut aus. Little Pig Lead ist bereit zur Aufnahme.«

»Verstanden.« Sie steuerte das Flugzeug genau auf die Mitte zwischen den beiden blitzenden Lichtpunkten zu, die in ihrem Nachtsichtvisier erschienen waren. Die Infrarot-Stroboskoplichter, die auf den Navy-Kanonenbooten pulsierten, lieferten ihr die Grundlinie für den bevorstehenden LAPES-Abwurf.

»ECM-Offizier, irgendwelche Bedrohungen?«

»Alles klar, Ma'am. Taktische Umgebung ist sicher.«

»Lademeister, Status der Fracht?«

»Hemmkeile sind entfernt«, meldete sich eine vom Wind verzerrte Stimme aus dem Laderaum. »Rampe ist offen. Abwurfstation bemannt. Klar zum Abwurf.«

»Sehr gut.« Colonel Mirkle drückte mit dem Daumen auf den Abwurflicht-Schalter an ihrem Steuerhorn. »Rotes Bereitschaftslicht ist an. Lademeister, klarhalten zum Abwurf bei Grün … Kopilot, LAPES-Einstellung. Klappen fünfzehn …«

Der ohrenbetäubende Lärm der Triebwerke wurde ein wenig gedämpft, als Colonel Mirkle die Triebwerksleistung zurücknahm. Sie zog die Nase des schweren Flugzeugs etwas nach oben und steuerte es mit Minimalgeschwindigkeit auf das Ziel zu. Colonel Mirkles Augen wanderten noch einmal über ihre Anzeigen und schließlich wieder zurück zu den Blinklichtern auf der Meeresoberfläche, die rasch näher kamen. Sie spürte das erste leichte Zittern im Steuerhorn, was darauf hinwies, dass sich die Triebwerksleistung bereits der unteren Grenze für ein stabiles Flugverhalten näherte.

»Klarhalten ...«, murmelte sie. Erneut ging ihr Daumen zum Abwurflicht-Schalter.

Mit Hilfe ihrer Nachtsichtsysteme sahen die Beobachter an Bord der *Queen of the West* einen großen Schatten, der sich in der Nähe des Horizonts aus dem Himmel löste. Der Schatten formte sich zu einem riesigen Transportflugzeug, das knapp über der Meeresoberfläche dahinstrich. Die Nase war nach oben gerichtet, und die Propeller drehten sich so langsam, dass man beinahe die Blätter hätte zählen können. Die Maschine schien mehr auf den Wellen zu treiben als durch die Luft zu fliegen, als sie auf die beiden Boote zukam.

Es war alles genau so, wie sie es erwartet hatten. Und doch erschrak man an Bord des Seafighters ein wenig, als man die riesige Transportmaschine so plötzlich aus der Dunkelheit auftauchen sah.

Gerade als die Geschwindigkeitsanzeige bereits gefährlich niedrig sank, überquerte die MC-130 die Linie zwischen den beiden Signallichtern auf der Meeresoberfläche. Die Lichter verschwanden aus dem Gesichtsfeld der Nachtsichtgeräte, und Colonel Mirkle betätigte mit dem Daumen den Abwurflicht-Schalter, worauf das Licht von Rot auf Grün umsprang.

»Abwurf! Abwurf! Abwurf!«

Auf einer Gummi-Rutschbahn glitt der erste Treibstoffbehälter durch die geöffnete Heckklappe der Transportmaschine in die Nacht hinaus. Es handelte sich um LAPES, das Low Altitude Precision Extraction System, die einfachste und direkteste Methode, eine Fracht von einem Flugzeug zur Erde zu befördern. Man flog ganz einfach sehr niedrig und warf die Fracht sozusagen aus dem Flugzeug. Durch einen Fallschirm gebremst, würde der hoffentlich stoßfeste Gegenstand unten ankommen und auf dem vorher festgesetzten Landeplatz zum Stillstand kommen.

In diesem Fall jedoch handelte es sich um LAPES-MD, das Low Altitude Precision Extraction System-Maritime Derivation, also die Variante für die Seestreitkräfte. Anstatt der zusammenklappbaren Frachtpalette, wie sie bei der herkömmlichen Form von LAPES verwendet wurde, ruhte die Fracht im vorliegenden Fall auf einem Hydroschlitten aus Fiberglas, der den Aufprall abfederte und gleichzeitig verhinderte, dass die Fracht im Wasser unterging. Zumindest in der Theorie.

Als der Treibstoffbehälter auf seinem Schlitten auf der Wasseroberfläche aufkam, wurde eine wahre Gischtexplosion ausgelöst, die sogar den Schwanz des Flugzeugs überragte. Der Frachtschlitten durchschlug die Gischtwand, bis der Widerstand des Wassers und der Fallschirm gemeinsam dafür sorgten, dass die Fracht gebremst wurde. Wie ein Fisch an der Angel schien sich der Treibstoffbehälter zu wehren, bevor er schließlich intakt an der Oberfläche zum Stillstand kam.

Im Cockpit der *Queen* ertönten triumphierende Rufe und man klopfte einander auf die Schultern.

Der zweite beladene Hydroschlitten folgte wenig später, und kurz darauf war die Combat Talon auch schon wieder fort; der Schatten verschmolz mit der nächtlichen Dunkelheit und hinterließ nur noch das anschwellende Dröhnen der auf Volllast gebrachten Triebwerke.

»Fracht ist abgeworfen!«, rief der Lademeister. »Abwurf geglückt!«

Colonel Mirkle ignorierte den triumphierenden Ruf des Lademeisters. Sie schob die Leistungshebel nach vorn, um Geschwindigkeit zu gewinnen. Jetzt, wo die Ladung aus dem Flugzeug war, mussten die anderen sehen, wie sie damit zurechtkamen. Mit der instinktiven Abneigung des Kampfpiloten, zu lange in einer geraden Linie zu fliegen, änderte sie willkürlich den Kurs.

»Klappen ein! Gegenmaßnahmen, wie sieht's aus?«

»Alles in Ordnung, Colonel. Kein Radar hat bis jetzt ein Echo von uns. Alles klar soweit.«

Colonel Mirkle seufzte nicht direkt vor Erleichterung, doch sie spürte sehr wohl, wie die Anspannung nachließ. Die Fracht war auf dem Boden … oder in diesem Fall im Wasser. Jetzt gab es nichts mehr, um das man sich hätte kümmern müssen, außer dass sie alle sicher nach Hause zurückkehrten.

Das vibrierende Dröhnen der Triebwerke verstummte, als sich die Heckrampe schloss und sie mit normaler Marschgeschwindigkeit den Flug fortsetzten. Von der Abwurfzone würden sie durch die Makasarstraße zwischen Borneo und Sulawesi fliegen und anschließend die Sulawesisee erreichen. In weniger als einer Stunde würden sie sich wieder in normale Flughöhe wagen können. Dann war es nur noch ein kleiner Sprung zu ihrem Stützpunkt auf den Philippinen, ehe es weiter nach Australien ging. Morgen würden sie dann schon wieder am Stützpunkt von Curtin zu Mittag essen.

»Soll ich für ein Weilchen übernehmen, Ma'am?«, fragte der Kopilot.

»Klar, Ed. Die Maschine gehört Ihnen.«

Colonel Mirkle öffnete den Kinnriemen und nahm den Fliegerhelm von ihrem ergrauenden blonden Haar. Sie lehnte sich in ihrem Sessel zurück und betrachtete die Wellen, die schimmernd unter der Nase der Talon vorüberzogen. Das war gute Arbeit, die sie heute Nacht geleistet hatten, aber das nächste Mal, so hoffte sie, würden sie etwas Interessanteres zu tun bekommen, als einen Routineeinsatz für die Navy-Jungs zu fliegen.

Die Treibstoffbehälter rollten in den niedrigen Wellen dahin, gestützt vom Tragvermögen des Kerosins, das sie enthielten.

Eine doppelte Reihe von Infrarotleuchtstiften markierte ihre Position.

Die *Queen of the West* und die *Manassas* fuhren auf die Behälter zu; sie ließen die Heckrampen hinunter und gingen in Bergungsposition. Mit Schrotflinten bewaffnete Anti-Hai-Schützen erschienen auf dem Oberdeck, während mehrere Crew-Mitglieder ins Wasser sprangen, um die Frachtschlitten und Fallschirme abzutrennen und die Bergungsseile anzubringen.

Winschmotoren stöhnten auf. Die Treibstoffbehälter krochen wie gigantische Kopffüßer aus dem Meer ins Innere der Seafighter und glitten über die mit Teflon überzogene Persenning hinweg, die man auf der Rampe ausgerollt hatte, um sie aufzunehmen. Man überprüfte, ob nicht irgendwo Treibstoff austrat, bevor man die Behälter fixierte und an das Treibstoffsystem anschloss.

Nachdem die Betankung abgeschlossen war, liefen die Hub- und Schub-Turbinen mit immer lauter werdendem Dröhnen an.

»Wir sind nur acht Minuten über die vorgesehenen Zeit, Sir«, meldete Caitlin, als die *Queen* sich auf ihr Luftkissen schwang.

»Na, dann können wir der Lady ja sagen, dass sich wieder mal eine ihrer verschrobenen Ideen als gar nicht so verschroben herausgestellt hat. Terry, haben Sie die Aufnahmebestätigung schon an die Task Force durchgegeben?«

»Aye aye, Sir. Ich habe die Meldung gerade losgeschickt. Wir bekommen soeben neue Daten von der *Carlson* herein. Sieht so aus, als gäbe es neue Anweisungen.«

»Verraten sie uns etwa unser Versteck für morgen?«, fragte Lane, während er den Hebel der Schraubensteuerung nach vor schob.

»Genau, Sir. Ich glaube, es handelt sich um einen Mangrovesumpf an der Kelatan-Küste von Borneo. Sie haben die Koordinaten jetzt auf dem Navicom-Display. Wir haben Anweisung, nicht vor morgen Nacht in die Makasarstraße einzufahren.«

»Alles klar. Sonst noch etwas?«

»Ja, Sir.« Wilders Stimme hob sich vor Aufregung. »Wir haben Zieldaten! Intel hat ein Ziel für uns, Sir. Ein Dorf namens Adat Tanjung auf der Halbinsel im Westen von Sulawesi. Wir bekommen jede Menge Daten herein.«

»Okay«, antwortete Steamer und blickte auf das Log. Sie erreichten allmählich wieder gute Marschfahrt. »Drucken Sie's aus, dann rufen wir unsere Passagiere, die Ledernacken, und erzählen ihnen, was es Neues gibt.«

Hauptsitz von Makara Limited, Bali

16. August 2008, 00:12 Uhr Ortszeit Amanda Garrett tanzte für ihr Leben gern, und so errichtete sie ihren Befehlsstand sozusagen auf der Tanzfläche, die sich inmitten des Vorhofs von Makara Limited befand. Von dieser Position aus konnte sie die gesamte Umgebung überblicken und sich außerdem immer wieder diskret mit den Mitgliedern ihres Trupps absprechen.

Zumindest mit den männlichen Mitgliedern des Trupps.

Während sie sich mit Elliot MacIntyre im Rhythmus der Musik über das Tanzparkett bewegte und dabei seine Hand an ihrer Taille spürte, fragte sie sich allerdings, ob es klug war, Arbeit und Vergnügen zu vermischen.

»Wie finden Sie den Empfang, Admiral?«

»Sehr aufschlussreich«, antwortete er, während er sie langsam zu den Klängen einer alten Bobby-Troop-Melodie führte. »Als Sie sich mit unserem Botschafter Goodyard unterhielten ... ist es Ihnen da nicht auch so vorgekommen, als wäre die Atmosphäre plötzlich ziemlich kühl?«

Sie blickte kurz zum Tisch des Botschafters hinüber. »Ja, ungewöhnlich für die Tropen, nicht wahr?«

»Es heißt, dass sich unser Botschafter ausgezeichnet mit unserem Gastgeber versteht.«

Amanda hob erstaunt eine Augenbraue. »Könnte es sein, dass er Harconan Dinge anvertraut, die nicht für ihn bestimmt sind?«

»Glaube ich nicht, aber das könnte noch kommen«, antwortete der Admiral und strebte mit ihr auf eine weniger dicht bevölkerte Ecke der Tanzfläche zu. »Erinnern Sie sich an Brigadier General Bradley Inger, dem Sie vorhin auch die Hand geschüttelt haben? Er ist unser Militär-Attaché in Indonesien. Ich habe zusammen mit ihm das General Staff War College besucht. Wir haben uns vorhin bei einem Drink über alle möglichen Dinge unterhalten. Er meint zum Beispiel, dass Leute wie Goodyard immer wieder in solche Positionen ernannt werden. Er hat keine Ahnung von den internationalen Beziehungen und er hat vor allem eine Heidenangst davor, dass er tatsächlich etwas zu tun bekommen könnte.«

»Und seine Beziehungen zu Harconan?« Amanda fragte sich irgendwo im Hinterkopf, warum MacIntyre sie gar so sanft und behutsam anfasste. So zerbrechlich war sie nun auch wieder nicht.

»Harconan versorgt Goodyard mit Informationen über Land und Leute. Er hat unseren Botschafter schon mehrmals auf Palau Piri empfangen.«

Amanda runzelte die Stirn. »Interessant. Könnte es sein, dass der Botschafter bereits auf Harconans Gehaltsliste steht?«

»Das glaubt Brad nicht. Goodyard ist einfach nur total unerfahren und harmoniebedürftig. Es wird nicht leicht werden, ihn davon zu überzeugen, dass Harconan die Wurzel allen Übels hier ist.«

Amanda überlegte, während sie sich unter MacIntyres Führung zu den Rhythmen der Musik bewegte. »Hm, es ist immer gut, wenn man weiß, dass jemand unzuverlässig ist. Glauben Sie, Sie könnten mal mit dem Außenminister sprechen, damit er sich mit Goodyard unterhält?«

Der Admiral schüttelte den Kopf, und sein Kinn strich ganz leicht über ihr Haar. »Ich müsste Harry zuerst irgendetwas Handfestes über Harconan liefern. Der Mann ist eine wichtige Figur hier in der Region. Wenn wir irgendwelche Dinge über ihn verbreiten, ohne einen echten Beweis in der Tasche zu haben, wird man uns das im Außenministerium und auch in der indonesischen Regierung sehr übel nehmen.«

»Verstehe. Hat Ihnen Ihr Freund sonst noch etwas Interessantes anvertraut?«

»Nur dass sich Makara Harconan sehr darum zu bemühen scheint, als ehrlicher Mann zu gelten. Er lässt sich nicht einmal auf die kleinen Unregelmäßigkeiten ein, die hier so gut wie jeder Händler begeht. Allein das macht ihn für Brad verdächtig.«

»Ein kluger Vogel beschmutzt nicht das eigene Nest. Haben Sie noch andere Freunde hier, Sir?«

»Einen noch. Theoretisch ist er der australische Handelsattaché beim Konsulat hier auf Bali. Doch als ich den Gentleman im Persischen Golf kennen lernte, war er Kommandeur einer Staffel des Special Air Service Regiment und dachte daran, zum Nachrichtendienst zu wechseln. Mal sehen, was er zu sagen hat.«

Das Jazz-Quintett beendete das Musikstück und erntete höflichen Applaus von den Tänzern.

»Danke für den Tanz«, sagte MacIntyre mit einem überraschend jungenhaften Lächeln.

»War mir ein Vergnügen, Sir.«

MacIntyre geleitete sie an den Rand der Tanzfläche. Er zögerte einen Augenblick, ehe er ihre Hand losließ und auf eine Gruppe von Mitarbeitern des Außenministeriums zuging. Amanda folgte ihm mit den Augen. Er hatte sie auf der Tanzfläche sehr behutsam angefasst, doch der Händedruck zuletzt war warm und fest gewesen.

Lächelnd drängte sie den Gedanken beiseite und wandte sich einem der Tische in der Nähe zu, an dem unter anderem auch Cobra Richardson und Stone Quillain saßen und auf dem sich bereits mehrere Bintang-Bierflaschen angesammelt hatten. Die lebhaft gestikulierenden Hände des Fliegers sowie die Karten, die der Marine mit der Fingerspitze auf dem Tischtuch skizzierte, ließen vermuten, dass sie gerade über eine größere Landeoperation sprachen.

Sie trat an den Tisch der beiden, und die beiden Offiziere hielten in ihrem Schlachtplan inne und erhoben sich, als sie die Lady sahen.

»Guten Abend, Gentlemen«, sagte sie mit einem Kopfnicken. »Stone, ich habe gerade keinen Partner, außerdem haben wir heute Abend überhaupt noch nicht getanzt.«

Du liebe Güte, konnte es tatsächlich sein, dass der Marine errötete?

»Äh … nein, Ma'am, haben wir nicht. Aber mir liegen diese langsamen Tänze nicht so sehr.«

Amanda streckte die Hand aus. »Die richtige Antwort lautet: ›Ich bin mit der Situation zwar noch nicht recht vertraut, Ma'am, aber ich bin bereit, zu lernen.‹«

Hatte Eddie Mac sie vorhin wie ein rohes Ei behandelt, so benahm sich der Kommandeur ihres Landetrupps ihr gegenüber so zurückhaltend, als hätte er es mit einer scharfen Landmine zu tun. »Verzeihung, Captain«, brummte Quillain, während er sie sachte auf die Tanzfläche führte, »aber wenn Sie nachher einen geschwollenen Fuß haben, dann sind Sie verdammt noch mal selber schuld.«

»Alles klar, Stone. Trotzdem ist es gestattet, dass Sie Ihre Hand wenigstens ein Stückchen unterhalb meines Schulterblatts platzieren. Haben Sie denn nicht mal auf dem College-Abschlussball mit Ihrem Mädchen getanzt?«

»Aber sicher. Zwischen den Raufereien fanden wir immer Zeit, ein paar flotte Tänze hinzulegen. Ich habe nur noch nie mit meinem Captain getanzt. Ist irgendwie ein komisches Gefühl.«

»Damals haben Sie bestimmt Ihren besten Stetson zu Ihrem geliehenen Smoking getragen, nicht wahr?«

»Macht das nicht jeder so?«

Amanda lachte. »Wenn sie später mal Countrymusic spielen, dann weiß ich, an wen ich mich wenden muss. Aber Sie machen sich auch jetzt ganz gut. Haben Sie übrigens schon was Interessantes erfahren?«

»Der Lieutenant, der das Sicherheitskommando der Botschaft kommandiert, hat mir etwas anvertraut. Er hat den Verdacht, dass einige der indonesischen Mitarbeiter möglicherweise zwei Gehaltsschecks mit nach Hause nehmen. Er weiß zwar nicht, wer den zweiten ausstellt, aber es scheint jedenfalls nicht eine der Regierungen zu sein, die üblicherweise dafür zuständig sind. Wenn es tatsächlich von privater Seite kommt, dann würde das sehr gut in unser Szenario passen, nicht wahr?«

»Das stimmt. Was ist mit Chris und Tran?«

»Es ist bald soweit, glaube ich«, antwortete der Marine. »Sie verständigen uns über den Pager, wenn sie mit ihrem Manöver beginnen. Ich habe schon einen Überblick über den äußeren Sicherheitsapparat des Hauses. Nichts, was wir nicht erwartet hätten.«

Amanda blickte zum Gebäude des Hauptquartiers hinüber. »Wie es drinnen aussieht, wissen wir allerdings noch nicht. Ist alles vorbereitet, falls wir überstürzt aufbrechen müssen?«

»O ja. Wir haben eine nette kleine Bombe bereit, falls wir sie brauchen. Draußen zwischen den Bäumen am Nordende des Hofes. Sie müssen nur Ihr Gesicht mit dem Spezialtaschentuch bedecken, das ich Ihnen gegeben habe, und zum Dock laufen. Ich kümmere mich darum, dass Miss Rendino und Mr. Tran heil hier rauskommen.«

»Äh, Stone«, begann Amanda vorsichtig, »Sie übertreiben das doch nicht mit der Bombe, oder?«

Sie spürte, wie Stones breite Brust vor Lachen vibrierte. »Oh, nein, natürlich nicht. Nur eine kleine funkgezündete Flashbang in einem Sack mit CS-Tränengaspulver. Hin und wieder heult sich doch jeder gern mal aus.«

»Nicht, wenn sich's vermeiden lässt.«

»Das liegt nicht in unserer Macht, Ma'am.«

Der Tanz ging zu Ende, und Stone kehrte sichtlich erleichtert an seinen Tisch zurück.

»War es denn wirklich so schlimm?«, fragte Amanda schelmisch.

»Es sind nur die Umstände, Ma'am«, antwortete er lächelnd. »Sie müssen irgendwann mal nach Georgia kommen. Mit richtig anständiger Musik zeige ich Ihnen, was tanzen heißt!«

Amanda erwiderte das Lächeln. »Betrachten Sie das als eine Verabredung, Captain.«

Der Marine ging an seinen Tisch zurück, wo ihn gewiss der wohlmeinende Spott seiner Tischgenossen erwartete. Sie schlenderte am Rand der Tanzfläche entlang, ließ sich ein Glas Champagner reichen und tat so, als genieße sie nur das Getränk. In Wirklichkeit blickte sie sich unauffällig nach Christine Rendinos goldfarbenem Haar und Kleid um. Bis jetzt funktionierte ihre Operation tadellos. Bald schon würde die Intel-Offizierin den kühnsten und riskantesten Teil des Plans in Angriff nehmen.

Amanda war so in Gedanken versunken, dass sie erschrak, als sie die tiefe Stimme hinter sich hörte: »Guten Abend, Captain.«

Sie drehte sich rasch um und sah sich Aug in Auge mit dem Feind.

»Ich habe meine Pflichten als Gastgeber vernachlässigt«, stellte Harconan nüchtern fest. »Sie sind mein Ehrengast, und dennoch habe ich mich Ihnen fast überhaupt noch nicht gewidmet. Dafür möchte ich mich entschuldigen.«

Amanda brachte einen Moment lang kein Wort heraus, doch sie fing sich rasch wieder. »Sie brauchen sich nicht zu entschuldigen, Mr. Harconan. Es ist ein wunderschöner Abend und ein wirklich schöner Empfang in diesem Teil der Welt.«

»Eine kleine Geste«, sagte er achselzuckend. »Ich habe Sie schon auf dem Tanzparkett gesehen. Hoffentlich ist die Musik nach Ihrem Geschmack?«

»Ja, ausgezeichnet«, antwortete sie. Du magst ja ein Pirat sein, Makara Harconan, fügte sie in Gedanken hinzu, aber wie man eine Party gibt, davon verstehst du was.

»Das freut mich zu hören«, sagte er und streckte ihr die Hand entgegen. »Wollen wir dann nicht mal zusammen die Musik genießen?«

Der stumme Pager an der Innenseite ihres Rockbundes vibrierte dreimal. Das Signal, dass Chris mit ihrer Operation begann.

Amanda lächelte und stellte ihr Glas auf den Tisch. »Sehr gern«, antwortete sie und ließ sich von ihm auf die Tanzfläche führen.

Nachdem sie die Benachrichtigung über das Pager-Netz abgeschickt hatte, tippte Christine Rendino eine zweite Nummer in ihr Telefon ein.

Schon nach dem ersten Läuten wurde ihr Anruf entgegengenommen. »Ja?«, meldete sich eine wachsame Stimme.

»Authenticator Victoria George«, murmelte Christine. »Es geht los. T minus zwei. Dauer fünf.«

»Verstanden. T minus zwei. Dauer fünf.« Die Verbindung brach ab.

Christine schloss das Handy und ließ es wieder in ihrer Handtasche verschwinden. Sie blickte zu Inspektor Tran auf und sagte: »Ich muss mal ganz dringend für kleine Mädchen.«

»Was sein muss, muss sein …« Tran schaltete das Miniatur-Wanzenspürgerät aus, das er eingesetzt hatte, um sich zu vergewissern, dass in der unmittelbaren Umgebung keine versteckten Mikrofone installiert waren. Zusammen gingen sie auf den Eingang zum Hauptsitz von Makara Limited zu.

Makara Limited war ein sehr sicherheitsbewusstes Unternehmen. Eine große Firma für Sicherheitstechnik mit

Sitz in Singapur war damit betraut worden, für einen ausgedehnten Hightech-Sicherheitsapparat zu sorgen. Und so war der Hauptsitz von Makara Limited so gut gegen Eindringlinge geschützt, wie dies mit den heutigen technischen Mitteln nur möglich war.

Doch diese technischen Mittel waren auch anderen zugänglich. Und so hatten Christine Rendino und Nuyen Tran begonnen, dem ausgeklügelten Sicherheitsapparat von Makara Limited auf die Schliche zu kommen. Tran setzte bei seinen Nachforschungen vor allem auf seinen Polizeiausweis und die eine oder andere Anspielung auf die Macht der Regierung in Singapur. Christine wiederum brachte ihren natürlichen Charme ins Spiel, um die nötigen Geldmittel aus dem ›Fonds für Sonderausgaben‹ von NAVSPECFORCE flüssig zu machen.

Und so hatten sie in den Tagen, bevor die *Carlson* von Singapur ausgelaufen war, das gesamte Sicherheitsnetzwerk von Makara Limited Stück für Stück nachgezeichnet.

Die erste Hürde war der Zugang zum Gebäude. Nach Geschäftsschluss wurden alle Außentüren in dem vollklimatisierten Gebäude verschlossen und durch die Alarmanlage gesichert. Der Zugang war nur mit Hilfe einer Computer-codierten Key-Card möglich, wie sie die Angestellten besaßen; außerdem musste man den inneren Sicherheitsposten passieren.

Diese erste Hürde wurde jedoch durch den Empfang an diesem Abend ausgeschaltet. Man konnte von der Gemahlin des französischen Botschafters schließlich nicht verlangen, dass sie einen Nachttopf benutzte, und hatte deshalb den Hofeingang zum Gebäude offen gelassen, damit den Gästen die Toiletten im Erdgeschoss zur Verfügung standen.

Ein chinesischer Sicherheitsposten wartete mit ausdruckslosem Gesicht bei der offenen Tür. Als Christine und Tran an ihm vorbeigingen, nickte er höflich und wandte seine Aufmerksamkeit wieder den Zugangswegen zum Gebäude zu. Dafür, was im Inneren vor sich ging, war jemand anders zuständig.

Die Vorhalle und der Korridor dahinter waren in gedämpften Farben gehalten; dazwischen sorgten bunte Batik-Wandbehänge für etwas Belebung. Die indirekte Beleuchtung war ebenfalls sehr gedämpft und die Schritte waren auf dem Teppich kaum zu hören.

Weiter vorne, wo der Gang mit dem zentralen Korridor zusammentraf, war eine kleine dunkle Glaskuppel in die Decke eingesetzt. Christine spürte förmlich, dass sie aufmerksam beobachtet wurde.

Harconans innerer Schutzwall stellte ein echtes Hindernis dar. Restlichtverstärkende Kameras, wie die über dem Kreuzungspunkt der Korridore, überwachten jeden Gang, jede Treppe und jeden öffentlichen Platz des Gebäudes. Alle Türen zu den Büros waren verschlossen und mittels Alarmanlagen gesichert, und die Büros selbst wurden von Bewegungssensoren überwacht.

Dieses mehrfach abgesicherte System, das mit einer unabhängigen, jederzeit aktivierbaren Stromversorgung versehen war, hatte nichts mit den Anlagen aus Hollywood-Filmen zu tun, die man ausschalten konnte, indem man ein paar Drähte durchtrennte. Christine und Tran waren zu dem Schluss gekommen, dass dieses System mit herkömmlichen Mitteln so gut wie unüberwindbar war. Zum Glück standen ihnen mehr als nur die herkömmlichen Mittel zur Verfügung.

Sieben Kilometer entfernt, im Hafen von Benoa, legte Commander Ken Hiro den Telefonhörer auf. Er hatte auf den festlichen Empfang verzichtet, um ein Ereignis ganz anderer Art von seinem Schiff aus leiten zu können. Jetzt schritt er quer durch die gedämpft beleuchtete sechseckige Gefechtszentrale der *Cunningham*, von der Funkstation an Steuerbord vorne zur Abteilung für elektronische Kriegführung an Backbord achtern.

Er spürte, wie das Deck der Duke unter seinen mit Gummisohlen versehenen Schuhen ganz leicht bebte. Unten in den Maschinenräumen wurde einer der drei riesigen Generatoren hochgefahren, um das Schiff für die bevorstehenden Erfordernisse zu rüsten.

Die Systemoperatoren in der Abteilung für elektronische Gefechtsführung blickten voller Erwartung von ihren Workstations auf. Heute Nacht standen sie vor einer echten Herausforderung. Sie würden ihr elektronisches Arsenal in einer Weise einsetzen, wie es eigentlich nicht vorgesehen und auch noch nie geschehen war.

»Verbindung mit der *Carlson* hergestellt?«, fragte Hiro.

»Jawohl, Sir, die *Carlson* meldet, dass die Verbindung steht. Wir haben die Kontrolle über beide Systeme.«

Die Systeme für elektronische Gegenmaßnahmen des LPD, um nichts weniger leistungsstark als die der *Cunningham*, waren in diesem Fall mit den Systemen des Kreuzers gekoppelt worden, um die Gesamtwirkung zu vergrößern.

Hiro warf einen Blick auf seine Armbanduhr. »Gut, Ladies and Gentlemen, wir starten in neunzig Sekunden. Die Dauer beträgt wie geplant fünf Minuten. Also los.«

»Aye aye, Sir.«

Die Hauptstöranlagen wurden zugeschaltet und die Leistungsanzeigen für die beiden Schiffe kletterten auf dem Display in die Höhe. Der ranghöchste Systemoperator verfolgte den Vorgang mit einem boshaften Grinsen. »Junge, Junge, da werden uns gleich ein paar Leute ziemlich verfluchen, nehme ich an.«

Im Hauptquartier von Makara Limited lehnte sich Chiang Long in seinem Stuhl an der Hauptkonsole des Sicherheitsbüros zurück und gähnte. Er war immer noch verärgert über den Mann, der ihn hätte ablösen sollen.

Dank seiner langjährigen Zugehörigkeit zu Makara Limited war Long ständig für die begehrte Schicht von neun bis fünf Uhr eingeteilt. Doch an diesem Nachmittag hatte er kurz vor Ende seiner Schicht einen Anruf von seinem Abteilungsleiter erhalten. Der Mann, der ihn hätte ablösen sollen, um die Schicht von fünf bis ein Uhr früh zu übernehmen, hatte sich dienstunfähig gemeldet. Irgendwie hatte es dieser Idiot geschafft, sich überfallen und ausrauben zu lassen und lag jetzt mit einer ausgerenkten Schulter im Krankenhaus. Long würde deshalb auch die Abendschicht übernehmen müssen.

Die Überstunden störten ihn nicht einmal allzu sehr – doch seine Frau kochte ausgerechnet heute seine Leibspeise, Frühlingsrollen und *Hokken-Mee*-Nudeln, zum Abendessen. Die Packung Hummerchips, die er sich aus dem Automaten in der Vorhalle geholt hatte, waren nur ein schwacher Ersatz dafür. Außerdem war der Abenddienst absolut langweilig. Tagsüber konnte man wenigstens mit Hilfe der Kameras die gut aussehenden Bürodamen beobachten, doch nach Geschäftsschluss gab es nichts zu sehen als leere Korridore.

An diesem Abend fand wenigstens der Empfang draußen im Hof statt. Das war zwar außerhalb von Longs Zuständigkeitsbereich – diese Aufgabe hatten sich die Leute vom Spezialteam, diese Mistkerle, unter den Nagel gerissen –, aber immerhin war der Zugang zu den Toiletten geöffnet. Der Anblick eines gelegentlich auftauchenden tief ausgeschnittenen Abendkleides bildete eine willkommene Abwechslung zu der Kleidung, die er im Tagdienst zu sehen bekam. Long hatte einen der sechs Monitore an seiner Konsole aus dem Kamera-Rotationssystem herausgenommen und ihn ständig auf die Kamera an der Eingangstür eingestellt. Alles nur im Interesse der Sicherheit, versteht sich.

Die Zugangstür vom Hof her, deren Schließ- und Alarmsystem im Augenblick abgeschaltet war, öffnete sich und ein Mann und eine Frau traten in Longs Gesichtsfeld. Der Mann war für Long nicht interessanter als all die anderen Geldsäcke, die an dem Empfang teilnahmen, aber die Frau war durchaus annehmbar.

Sie war offensichtlich Kaukasierin, trotzdem blond, vielleicht ein bisschen zu mager für Longs Geschmack, aber die Titten waren nicht schlecht. Er griff nach dem Joystick der Kamerasteuerung und zoomte sie näher heran, um sie genauer unter die Lupe zu nehmen.

Hmmm, vielleicht war sie doch nicht zu mager.

Long beobachtete die beiden, wie sie den Gang entlang zu den Toiletten gingen. Sie blieben vor der Tür zur Damentoilette stehen und unterhielten sich kurz. Dann sah Long mit wachsendem Interesse, wie die kleine Blondine die Arme um den Nacken des Mannes schlang und ihn innig küsste. Dabei stellte sie sich auf die Zehen, sodass sich ihr kurzer Rock so weit hinaufschob, dass man beinahe … etwas sehen konnte …

Mist! Der Kuss ging zu Ende, und der Rock senkte sich wieder über ihre Schenkel. Lächelnd verschwand die Blondine in der Damentoilette, dem einzigen Bereich des Gebäudes, der Longs gierigen Kameras verborgen blieb.

Long gähnte erneut und rieb sich die brennenden Augen. Die Show war vorbei – zumindest bis sie ihr Geschäft verrichtet hatte …

»Drei … zwei … eins … Störsysteme sind aktiv, Sir.«

Die Spezialisten für elektronische Kriegführung hatten

sich den ganzen Tag über mit Experten daheim in den USA beraten, um ihre Systeme für diesen Einsatz fit zu machen. Mit der Sorgfalt eines Kunstschmieds hatte man ein ätherisches Schwert gefertigt, mit dessen Hilfe man genau festgelegte Bereiche des elektromagnetischen Spektrums durchtrennen würde.

Die Systeme waren so eingestellt, dass nur der südöstliche Quadrant betroffen war. Die Hauptstadt der Insel Denpasar samt Vororten sowie der Flughafen von Ngurah Rai würden nicht beeinträchtigt sein. Ebenfalls nicht gestört würden Telefonleitungen, Stromversorgung sowie die meisten Computersysteme. Man hatte bei der Planung der Operation sorgsam darauf geachtet, dass bestimmte ›Frequenzfenster‹ offen blieben, sodass Prozessoren und Speicher von dem Angriff nicht betroffen waren. Dennoch brachen in einem kegelförmigen Bereich um Kap Benoa und die umliegenden Fremdenverkehrsorte bestimmte elektronische Systeme zusammen.

Als Long wieder aufblickte, war auf allen sechs Monitoren nichts als weißes Flimmern zu sehen.

Long setzte sich auf; seine Langeweile war mit einem Schlag verflogen. Während er rasch die Konsolendisplays überflog, verursachte ihm die Statusanzeige einen weiteren Schock. Alle Bewegungssensoren im Gebäude waren gleichzeitig ausgelöst worden.

Was zum Teufel war bloß los? Er hatte so etwas noch nie erlebt, nicht einmal in den Testsimulationen. Wenigstens spielten die Sensoren an den Türen nicht verrückt. Laut Anzeige waren immer noch alle Türen gesichert, ebenso die Aufzüge, die Safes und die streng geheimen Akten.

Aber konnte man den Anzeigen überhaupt noch trauen? Was mochte noch alles gestört sein?

Rasch wandte sich Long dem Computer-Terminal des Sicherheitsbüros zu und rief das Display für die Systemdiagnose auf.

Grünes Licht sowohl für das Fernsehüberwachungssystem als auch die Alarmanlage. Dieses verdammte Ding behauptete, dass alle Systeme voll funktionstüchtig waren.

Long blickte etwas unsicher zum roten Alarmknopf hinüber, der mit einer Kappe versehen war. Wenn er auf diesen Knopf drückte, gäbe es Alarm im Polizeihauptquartier, worauf Hilfe von außerhalb kommen würde. Doch Long wusste, dass sein Arbeitgeber es nicht gern sah, dass Außenstehende das Firmengebäude betraten – es sei denn, es gab einen triftigen Grund dafür. Deshalb hatte man den ›menschlichen Faktor‹ in das System eingebaut, damit jemand da war, der beurteilen konnte, ob ein solcher Grund vorlag oder nicht. Und Long beschloss, dass es wohl besser war, die Sache nicht gleich an die große Glocke zu hängen, bevor er sich nicht einen Überblick über die Situation verschafft hatte.

Hastig griff er nach dem Motorola-Walkie-Talkie auf der Konsole, um mit dem Leiter des Sicherheitsteams für den Außenbereich Kontakt herzustellen. Doch es antwortete niemand auf seinen Anruf, und als er den Daumen von der Sprechtaste nahm, hörte er nur noch Störgeräusche.

Das Problem lag also außerhalb des Gebäudes. Vielleicht eine Beeinträchtigung durch Sonnenstürme, wie es voriges Jahr einmal vorgekommen war. Eine Überprüfung der Landtelefonleitungen ergab, dass sie noch funktionstüchtig waren.

Long blickte erneut zum Alarmknopf hinüber. Wenn das Ganze nur irgendein Naturphänomen war und er die Polizei unnötigerweise rief, dann würde er bis zu seiner Pensionierung nur noch leere Korridore zu sehen bekommen. Außerdem wurde sein Chef nicht gern in seinem Schlaf gestört – vor allem nicht durch unbegründete Notrufe. Es war wohl das Klügste, erst einmal abzuwarten, wie sich die Sache entwickelte.

Aber wenn es doch kein Naturphänomen war?

Long stand auf und überprüfte seine Beretta-Automatik im Schulterholster. Er war ein fähiger Wachmann und sicher kein Idiot. Bevor er irgendetwas unternahm, würde er zuerst einmal zwei Männer von der Außenwache rufen, damit sie einen Rundgang durch das Gebäude unternahmen. Dann würde er sehen, ob sich die Systeme wieder in Ordnung bringen ließen.

Er zog sein Jackett an und schaltete den Alarm für das Sicherheitsbüro aus. Dann ging er zur Tür, löste die Verriegelung und öffnete die schwere stählerne Brandschutztür. Er trat hinaus und blickte sich erst einmal in dem gedämpft beleuchteten Korridor um.

Doch bevor er sich einen Überblick verschafft hatte, sah er in seinem Gesichtsfeld etwas Silbernes von links nach rechts flackern – eine glänzende Münze, die über den beigefarbenen Teppich kullerte.

Long drehte instinktiv den Kopf, um der rollenden Münze nachzublicken, und erstarrte im nächsten Moment, als er das kalte Rund eines Pistolenlaufs im Nacken spürte.

»Drehen Sie sich bitte weiter«, sagte eine männliche Stimme in makellosem Chinesisch. »Ganz nach rechts. Nehmen Sie die Hände hoch und treten Sie drei Schritte vor, nur drei Schritte. Blicken Sie nicht über die Schulter zurück. Das wäre gar nicht klug von Ihnen.«

Als geübter Karatekämpfer spannte Long seine Muskeln an, um sich auf eine rasche Drehung und einen Schlag vorzubereiten. Bevor er jedoch etwas unternehmen konnte, löste sich die Pistole von seinem Nacken und der

Mann hinter ihm trat einen Schritt zurück, sodass Long keinen Anhaltspunkt mehr für seinen Angriff hatte. Wer immer der Kerl war, er war gewiss kein Amateur.

Long drehte sich weiter nach rechts, hob die Hände hoch und trat dann drei Schritte in den Korridor hinein. Man nahm ihm nicht die Pistole ab; sowohl Long als auch der Mann hinter ihm wussten, dass das im Moment nicht nötig war.

Der Wachmann spitzte die Ohren und hörte leise Schritte hinter sich. Es war ihm, als hätte soeben jemand sein Büro betreten. Wer war noch hier und was wollten sie? Und würden sie so weit gehen, ihn zu töten?

»Wie geht es Ihrer Familie in China, Long?«

Die Frage ließ Long hochschrecken. Woher wusste dieser Mann von seiner Familie in China?

»Ihr älterer Bruder in Singapur bemüht sich verzweifelt, Ihre Mutter aus China herauszuholen«, fuhr die Stimme in ruhigem Ton fort. »Ihre Mutter, Ihren Cousin und seine Frau sowie ihre Kinder. Es ist schwer dort – vor allem jetzt, nachdem der Bürgerkrieg das Land verwüstet hat. In der Provinz Kwangsi gibt es wenig Arbeit. Man hat kaum genug zu essen und die medizinische Versorgung ist sehr schlecht. Ihre Großmutter ist krank, nicht wahr? Ich weiß, dass Sie und Ihr Bruder schon länger versuchen, die Familie nach Singapur in Sicherheit zu bringen. Aber es ist schwer, die Einwanderungserlaubnis zu bekommen … sehr schwer.«

Long spürte ein leichtes Ziehen an der Seite seiner Jacke.

»Da ist eine Karte in Ihrer Jackentasche, Long. Darauf steht ein Name, von einem hohen Beamten im Ministerium für Einwanderung. Dieser Beamte könnte Ihnen bei Ihrem Anliegen, Ihre Familie in Sicherheit zu bringen, sehr nützlich sein. Da ist auch ein genauer Termin angegeben, wann Sie mit diesem Beamten sprechen können. Er kennt den Namen Ihres Bruders und erwartet ihn zu einem Gespräch. Ich versichere Ihnen, das ist eine echte Chance, die Einwanderungserlaubnis zu erhalten. Es wäre so schade, wenn ein unglücklicher Zwischenfall dazu führen würde, dass das Gespräch nicht zustande kommt und diese Gelegenheit ungenützt verstreicht …«

Im Inneren des Sicherheitsbüros setzte sich Christine Rendino auf den noch warmen Stuhl an der Systemkonsole. Mit hautengen Gummihandschuhen versehen, machte sie sich daran, die letzte Verteidigungslinie im Sicherheitssystem von Makara Limited zu überwinden – die kybernetischen Wächter, die über das interne Computernetzwerk wachten. Auch in diesem Bereich hatte die Firma keine Kosten gescheut. Christine hatte einen jungen Angestellten der betreffenden Software-Firma mit finanziellen Argumenten überreden können, ihr Kopien der Bestellungen zu überlassen.

Selbst sie war beeindruckt von dem System. Es würde alles andere als leicht werden, die Firewalls und Viren-Scanner zu knacken, die die Geheimnisse von Makara Limited schützten. Auch wenn man einmal drin war, musste man sich zunächst einen Weg durch den Dschungel der internen Verschlüsselungen bahnen, um ans Ziel zu gelangen.

Selbst für den Zugang zu irgendeinem Terminal von Makara Limited brauchte man eine Key-Card und einen persönlichen Zugangscode … Es sei denn, man hatte Zugang zu einem aktiven Terminal, wie dem im Sicherheitsbüro.

Christine beugte sich über die Tastatur und unternahm gar keinen Versuch, tiefer in das Netzwerk vorzudringen. Dafür war einfach nicht genug Zeit; außerdem bestand stets die Gefahr, dass man ein internes Überwachungsprogramm auslöste. Stattdessen rief sie den Internet-Provider der Firma auf und gab die Web-Adresse der Sony Business Security Systems Division ein.

Vom Hauptmenü aus öffnete sie die Seite für ›Benutzer-Problemlösung‹. Sie wählte das ›Problem angeben‹-Fenster und tippte aus dem Gedächtnis einen achtstelligen Code ein. Ein Button zum ›Datei herunterladen‹ erschien auf dem Bildschirm, den sie mit einem Doppelklick der Maus aktivierte.

Das Interessante an Computer-Firewalls war, dass sie zwar eventuelle Eindringlinge fern hielten, dass aber – sobald man einem Programm den Zutritt gestattete – alle Schranken fielen.

Die Programmierer von Sony Security würden den Link nicht registrieren, den Christine soeben angewählt hatte. Sie hatten ihn nicht in ihr System integriert. Es hatte ihn vor zwanzig Minuten noch nicht gegeben, und er würde nach der einmaligen Benutzung genauso schnell verschwinden, wie er erschienen war. Keine Spur würde von seinem kurzen Vorhandensein zurückbleiben. Alle betreffenden Sicherheits- und Provider-Aufzeichnungen würden lediglich eine routinemäßige Anfrage im normalen Geschäftsverkehr zeigen.

Ebenso wenig würden die Virenschutz-Programme das raffinierte Spionage-Programm erkennen, das sich über die bestehenden Systeme legte. Bis auf weiteres hatten die Hacker der NAVSPECFORCE-Zentrale für Computergefechtsführung in San Diego eine offene Hintertür, durch die sie Zugang zum Firmen-Netzwerk von Makara Limited hatten.

Die Minuten verstrichen und Chiang Long hörte von hinten keine Geräusche mehr. Er biss vor Anspannung die

Zähne zusammen. Long plante das Manöver nicht einmal bewusst – seine Muskeln explodierten ganz einfach. Er sprang auf die andere Seite des Korridors, wirbelte herum und zog gleichzeitig seine Pistole.

Doch da war niemand mehr. Der gedämpft beleuchtete Korridor war leer und die Tür zum Sicherheitsbüro stand weit offen.

Mit der Pistole in der Hand blickte Long vorsichtig durch die Tür ins Innere. Es war fast unheimlich, wie normal hier alles wirkte. Die Anzeigen für die Bewegungssensoren funktionierten wieder und zeigten grünes Licht. Die Fernsehschirme zeigten abwechselnd die verschiedenen Kamera-Abbildungen des leeren Gebäudes. Und auf dem einen Monitor, der fest auf die Vorhalle eingestellt war, erschien wieder die Blondine, die Long zuvor mit so viel Aufmerksamkeit betrachtet hatte. Sie kam soeben aus der Damentoilette und hakte sich bei ihrem Begleiter unter.

Es war so, als wäre überhaupt nichts geschehen. Long konnte alles als reine Einbildung abtun …, wenn er es wollte.

Seine Hand wanderte in seine Jackentasche. Da steckte eine Karte mit dem Namen eines Beamten aus dem Ministerium für Einwanderung – eines Beamten von so hohem Rang, wie sein Bruder ihn noch nie hatte sprechen können –, und auf der Karte stand ein Datum und eine Uhrzeit. Das zumindest war wirklich … wenn er es so wollte.

Long schloss die Tür des Sicherheitsbüros und verriegelte sie sorgfältig.

In einem dunklen Winkel des Hofes holte Christine ihr Handy hervor und vergewisserte sich, dass es funktionierte – ein Beleg dafür, dass das elektronische Sperrfeuer von der *Cunningham* vorüber war. Von fern war das Heulen von Polizeisirenen zu hören; es handelte sich wohl um den unnötigen Einsatz einer Polizeistreife als Reaktion auf einen der vielen Fehlalarme, die in der Gegend ausgelöst worden waren.

Tran lachte leise. »Ich fürchte, wir haben der hiesigen Exekutive einen Haufen Papierkram verursacht.«

»Kann man wohl sagen«, antwortete Christine und steckte ihr Handy wieder in die Tasche. Sie holte ein Kleenex hervor und wischte etwas Lippenstift von Trans Mund. »Entschuldigen Sie, dass ich etwas zudringlich wurde, Inspektor«, sagte sie lächelnd, »aber ich dachte mir, wir sollten unserem Freund an seinem Fernsehschirm eine ordentliche Show bieten.«

»Unbedingt, Commander«, antwortete Tran in nüchternem Ton, doch sein Lächeln war ebenso breit wie das der Intel-Offizierin, während er die Hände auf ihre schmalen Schultern legte. »Ein guter Polizeioffizier muss auch mal bereit sein, ein Opfer zu bringen, wenn es der Sache nützt.«

»Ein wahres Wort, Inspektor. Nachdem niemand auf uns schießt oder uns mit lautem Geschrei verfolgt, dürfte alles glatt gelaufen sein. Sogar unser Sicherheitsmann ist wohl auf das Geschäft eingegangen. Glauben Sie, dass ihn das kleine Geschenk veranlasst, dichtzuhalten?«

»Schwer zu sagen. Die Nung-Chinesen haben eine jahrhundertealte Tradition als treue Gefolgsleute und Leibwächter. Sogar die amerikanischen Streitkräfte haben ihre Dienste in meinem früheren Heimatland sehr geschätzt. Doch es gibt etwas, das für die Chinesen noch mehr zählt als ein Versprechen, das sie an einen Arbeitgeber bindet.«

»Die Familie?«

»Genau. Meine Kontaktperson in unserem Ministerium für Einwanderung hat mir erzählt, dass unser Wachmann einige Probleme in dieser Hinsicht hat. Hoffentlich reicht unser kleines Geschenk aus, um uns sein Schweigen zu sichern.«

»In diesem Fall gibt es nur noch eins, was ich übersehen habe.«

»Und das wäre?«

»Dass ich jetzt wirklich auf die Toilette muss.«

Sie lachten beide, und Christine stellte sich auf die Zehenspitzen, worauf die beiden einander erneut küssten – diesmal nicht, um einen Zuseher zu täuschen, sondern aus rein persönlichen Motiven.

Als sie sich mit einem Seufzer voneinander lösten, blickte Tran zur Tanzfläche hinüber. »Schau, auch hier haben sich die Dinge ein wenig entwickelt.«

Amanda Garrett tanzte immer noch mit Makara Harconan.

Amanda erinnerte sich an einen Satz aus einem alten Film. Er lautete ungefähr: ›Hast du schon mal mit dem Teufel im Mondschein getanzt?‹

Es war ein eigenartiges Gefühl.

Jedenfalls fühlte es sich anders an als vorhin, als sie mit ihren Kollegen getanzt hatte. Hier gab es keine Schranken, die der militärische Rang oder die beruflichen Pflichten mit sich brachten. So wie dieser Mann sie im Arm hielt, spürte sie, dass er sie ganz als Frau sah, auch wenn sie sein Feind war. Er hatte keine Angst, sie unschicklich nahe an sich zu ziehen oder sie so zu berühren, dass man es schon als kleine Zärtlichkeit auslegen konnte.

Auch ein interessantes Gefühl der Nacktheit war damit verbunden, als hätte sie vorübergehend einige Schutzschichten abgelegt, mit denen sie sich üblicherweise umgab. Doch während sie sich mit dem groß gewachsenen

Eurasier zur Musik bewegte, stellte Amanda fest, dass diese Verletzlichkeit ihre Entschlossenheit nur noch steigerte. Wenn man schon mit dem Teufel tanzte, dann konnte man es ja wenigstens genießen.

»Danke, Captain«, sagte Harconan, als die Musik verklungen war. »Würden Sie mich vielleicht auf einen Drink begleiten?«

»Ja, gern.«

Amanda ließ sich an Harconans persönlichen Tisch führen, wo sie – abgesehen von einem Kellner, der sogleich bereitstand – mit ihm allein sein würde.

Rund um Makara Harconan schien stets alles wie von selbst zu gehen. Alles war einfach da, ohne dass man es erst verlangen musste. Doch in Wirklichkeit steckte dahinter natürlich sorgfältige Planung.

Das war etwas, das sie sich merken musste. Ein Krieger kämpfte oft genauso, wie er lebte. Sie fragte sich, was Harconan aus ihrem Benehmen ablesen mochte.

Er bot ihr einen Stuhl an und setzte sich ihr dann gegenüber. Ohne dass ein Wort gesprochen wurde, stellte der Kellner ein großes Glas vor sie auf den Tisch. Sie bedankte sich und wollte nach dem Glas greifen, als sie plötzlich verdutzt innehielt. Es war Sherry mit Soda, ihr absoluter Lieblingscocktail. Ein Detail, das sie an diesem Abend sicher niemandem gegenüber erwähnt hatte.

Harconan betrachtete sie über das schneeweiße Tischtuch hinweg mit einem Lächeln auf den Lippen.

Schließlich hob sie das Glas. »Danke«, sagte sie und nahm einen Schluck. Ja, es war tatsächlich ihre Lieblingsmarke Sherry. Sie musste sich eingestehen, dass Harconans Nachrichtendienst ganze Arbeit geleistet hatte.

»Es ist mir eine Freude, Captain, und eine Ehre«, antwortete Harconan und hob sein Glas ebenfalls. Er trank Mineralwasser mit Zitrone. Religion oder Strategie?, fragte sich Amanda. Hatte er die islamischen Gebräuche der Bugi übernommen oder zog er es einfach nur vor, stets einen klaren Kopf zu behalten? Harconans persönliche Ansichten waren etwas, worüber nicht einmal Inspektor Tran etwas wusste.

»Als ich hörte, dass Sie nach Indonesien kommen würden«, fuhr er fort, »da war mir gleich klar, dass ich Sie gern als meinen Gast hier hätte. Sie sind ein äußerst bemerkenswerter Mensch.«

Amanda lachte. »Wie kommen Sie darauf?«

Harconan lachte ebenfalls. »Möchten Sie etwa abstreiten, dass Sie schon Außerordentliches geleistet haben?«

Amanda runzelte nachdenklich die Stirn. »Ja und nein. Ich hatte das Glück, die Kommandeurin einiger hervorragender Crews zu sein. Ich muss aber auch erwähnen, dass ich im Dienst an meinem Land meine Leute manchmal in große Gefahr brachte. Was ich getan habe, hätten viele andere Offiziere ebenfalls tun können. Die Ehre gebührt allein den Leuten, an deren Spitze ich stehe. Was mich betrifft, würde ich sagen, dass ich außergewöhnlich durchschnittlich bin.«

Harconan lachte laut auf; seine weißen Zähne blitzten. »Captain Garrett, wir wissen beide, dass Ihre charmante Bescheidenheit nicht der Wahrheit entspricht. Sie sind eine wirklich einzigartige Frau, das wissen wir beide ganz genau.«

Amanda konnte nicht anders, als ihn anzulächeln und herausfordernd den Kopf zu heben. »Warum? Weil ich eine Frau und gleichzeitig Navy-Offizierin bin? Das ist heute nichts Außergewöhnliches mehr.«

»Da gebe ich Ihnen Recht«, antwortete er. »Trotzdem ist es unvorstellbar, dass Sie irgendetwas anderes geworden wären.«

»Wie kommen Sie darauf?«, fragte Amanda. Die Situation war so interessant wie der Mann selbst, der ihr gegenüber saß. In ihrer Laufbahn war sie schon öfter mit starken und dynamischen männlichen Feinden konfrontiert gewesen – doch immer auf dem Schlachtfeld und nie, wie in diesem Fall, Aug in Auge an einem Tisch.

»Da gibt es viele Gründe«, fuhr Harconan fort. »Erstens sind Sie das Kind eines Kriegers – ja, Sie stammen von einer ganzen Dynastie von Kriegern ab. Die Flamme des Kriegers hat sich bei Ihnen über die Generationen hinweg übertragen. Ihr Vater, Admiral Wilson Garrett, hatte keinen erwachsenen Sohn, an den er den Funken weitergeben konnte – also ging er auf Sie über.«

Amanda hob erstaunt die Augenbrauen. Wie viel wusste dieser Mann noch über sie?

Harconan führte sein Glas an die Lippen und beantwortete ihre unausgesprochene Frage. »Sie stammen aus einer Familie von Seeleuten. Das Meer ist Ihre berufliche Grundlage, mit der Sie Ihren Lebensunterhalt verdienen – aber das ist nicht alles. Das Meer beherrscht Ihr ganzes Leben; Sie angeln und tauchen gern, Sie besitzen eine Slup und Sie haben auch schon an Motorbootrennen teilgenommen.«

Seine Stimme wurde leiser und nahm einen fast hypnotischen Klang an. »Sie haben nie mehr als drei Kilometer vom Meer entfernt gelebt. Und das wird immer so bleiben. Sie sind körperlich und seelisch unfähig, sich vom Meer zu entfernen. Sie würden ersticken wie ein Fisch an Land. Das Meer ist in Ihrem Blut – mehr als das, es *ist* Ihr Blut.«

Er lehnte sich in seinem Stuhl zurück. »Das verstehe ich sehr gut, ich bin nämlich genauso.«

»Sie wissen eine Menge über mich«, sagte Amanda langsam. »Wie komme ich zu so viel Aufmerksamkeit?«

Harconan zuckte die Schultern. »Sie interessieren mich

eben, Captain, und wenn mich etwas interessiert, dann beschäftige ich mich eingehend damit.«

»Das sieht man.« Sie hatte fast etwas Angst davor, die Frage zu stellen, die sich ihr aufdrängte – doch schließlich konnte sie nicht anders. »Was haben Sie sonst noch in Erfahrung gebracht?«

»Ein weiteres wichtiges Detail. Sie geben die Befehle, die andere befolgen.«

»Das gehört nun mal zu meinem Beruf, Mr. Harconan.«

»Falsch!«

Er legte gerade genug Schärfe in seine Antwort, um sie hochschrecken zu lassen. Gleichzeitig hob er eine Hand und zielte damit auf ihr Herz. »Sie befehlen, weil es das Schicksal so verlangt. Ihr Beruf bietet Ihnen lediglich das Betätigungsfeld dafür. Befehle zu erteilen gehört genauso zu Ihnen wie Feuer und Wasser. Sie sind Ihrem Wesen und Ihrem Schicksal nach dazu geschaffen, zu herrschen und zu führen, genauso wie die meisten Menschen dazu geschaffen sind, zu gehorchen und zu folgen.«

Seine Stimme nahm wieder den leicht hypnotischen Klang an. »In unserer Welt, wo alles von Demokratie spricht, bleibt einem nur eine militärische Laufbahn oder die Wirtschaft, um diese Neigung auszuleben. Die trüben Wasser der Geldvermehrung widerstreben Ihnen nun einmal grundsätzlich, also haben Sie sich für eine saubere militärische Laufbahn entschieden. Ihnen blieb gar nichts anderes übrig, abgesehen von einer einzigen Möglichkeit.«

Amanda stellte zum ersten Mal fest, dass Harconan die Augen des Volkes hatte, dem sein Vater angehörte. Sie waren grau und durchdringend und hatten die Gabe, ihr einen nicht unangenehmen Schauer über den Rücken zu jagen. Verdammt, auch wenn es nicht klug war, das zu tun – aber sie fand, dass sie sich noch ein wenig näher an die Flamme heranwagen musste.

»Interessant. So habe ich mein Leben noch nie betrachtet, Mr. Harconan. Was ist denn das für eine Möglichkeit, von der Sie gesprochen haben? Was könnte ich Ihrer Meinung nach noch werden?«

Harconans Lächeln wurde etwas breiter.

»Königin«, antwortete er und hob sein Glas, um mit ihr anzustoßen.

»Ein Besuch im Hafen von Jakarta hätte uns mit Sicherheit mehr genützt, Herr Admiral. Da hätten wir die Flagge am wirklichen Sitz der Macht zeigen können. Aber ich kann es Ihnen nicht verübeln, dass Sie einen kleinen Landurlaub auf Bali einlegen wollten«, fügte Botschafter Goodyard in dem etwas gezwungenen Versuch hinzu, witzig zu sein.

»Ich bin überzeugt, dass sich unser Besuch hier als überaus nützlich erweisen wird, Herr Botschafter.« *Nützlicher jedenfalls als dieses Gespräch,* fügte MacIntyre in Gedanken an. »Nach unserem Aufenthalt hier haben wir vor, noch einige Übungen in den umliegenden Gewässern abzuhalten. Wir wollen den Indonesiern ein bisschen was bieten.«

Er und der Botschafter hatten sich an einem Tisch zusammengesetzt, um ein Glas miteinander zu trinken, wie es bei solchen Anlässen üblich war. Dafür war ohnehin höchste Zeit; einige Gäste hatten den Empfang bereits verlassen.

Auch für die Task-Force-Offiziere kam der vereinbarte Zeitpunkt näher, an dem sie auf ihre Schiffe zurückkehren würden. Es wäre übertrieben gewesen zu sagen: Sie kamen, sahen und siegten, denn den Sieg mussten sie erst noch erringen – doch sie hatten zum ersten Mal erfolgreich ihre Fühler in feindliches Territorium vorgestreckt.

Christine Rendino hatte dem Admiral mit einer Geste zu verstehen gegeben, dass das Spionageprogramm erfolgreich in das Netz von Makara Limited eingeschleust worden war. Die Hacker von Cyberwar sollten zur Stunde bereits damit beschäftig sein, Harconans Geschäftsunterlagen zu durchwühlen, um stichhaltiges Beweismaterial zu finden. Die Zeit würde zeigen, welche Ergebnisse dabei erzielt werden konnten.

Genauso war es mit Amandas Psychokrieg gegen Harconan. Würde der Druck auf ihn ausreichen, um ihn aus der Reserve des smarten Geschäftsmanns zu locken und einen offenen Konfrontationskurs einzuschlagen? Auch hier würde man abwarten müssen, wie sich die Dinge entwickelten.

MacIntyre blickte zu dem Tisch in der Nähe des Tanzparketts hinüber, wo Amanda immer noch mit Harconan saß. Sie hatte viel Zeit mit ihm auf der Tanzfläche verbracht. Falls sie ihn mit ihrer herausfordernden Ankunft ein wenig aus der Fassung gebracht hatte, so war er mittlerweile wieder völlig Herr der Lage. Harconan hatte sich als äußerst charmanter Gastgeber erwiesen. Bedeutete dies, dass der immer höfliche Bastard die Herausforderung angenommen hatte? Oder konnte es sein, dass Harconan doch nicht der gesuchte Piratenkönig war?

Der Admiral nippte an seinem Whisky mit Eis und runzelte nachdenklich die Stirn. Nein. Christine wäre wohl der Meinung gewesen, dass der Mann eine ›negative Ausstrahlung‹ hatte, die deutlich zu spüren war. Warum sonst hätte es ihn dermaßen gestört, dass Amanda so viel Zeit mit Harconan verbrachte?

»… Herr Admiral?«

MacIntyre schreckte aus seinen Gedanken hoch. »Entschuldigen Sie, Herr Botschafter, ich war wohl einen Augenblick zerstreut. Was sagten Sie doch gleich?«

»Das indonesische Marineministerium ist sehr an Ihrer … äh … Seafighter-Task-Force interessiert«, wiederholte Goodyard. »Man scheint dort der Ansicht zu sein, dass man in Bezug auf – wie nennen Sie es? – ›littorale Gefechtsführung‹ einiges von Ihren Leuten lernen könnte. Jedenfalls haben die Indonesier in aller Form ersucht, dass einige ihrer Offiziere während des Aufenthalts der Task Force in indonesischen Gewässern an Bord kommen dürfen, sozusagen als Beobachter. Ich dachte mir, ich spreche zuerst einmal mit Ihnen darüber, bevor ich mich an unsere Vorgesetzten wende. Persönlich halte ich das für eine wirklich gute Idee, weil es sowohl den Indonesiern als auch uns nützen dürfte.«

MacIntyre stellte sein Glas auf den Tisch. »Es tut mir Leid, Herr Botschafter, aber da müssen wir nein sagen. Hier im Hafen können die indonesischen Offiziere gern unsere Schiffe besichtigen und wir würden auch einige unserer Offiziere bereitstellen, damit sie mit ihnen über Fragen der küstennahen Kriegsführung diskutieren. Aber ausländische Beobachter ständig an Bord der Task Force zu lassen, ist im Moment ganz einfach unmöglich.«

Der Diplomat machte ein säuerliches Gesicht, als er mit harscher Stimme erwiderte: »Admiral Lukisan vom Marineministerium hat sein starkes Interesse an dieser Sache bekundet. Er ist der Ansicht, dass durch solche Beobachter die … positiven Beziehungen zwischen unseren Militärs und unseren Regierungen gefördert würden. Ich teile diese Ansicht. Der Admiral hat mir auch mitgeteilt, dass es bereits zu einigen Missverständnissen zwischen Schiffen der indonesischen Marine und Ihren Schiffen gekommen ist. So etwas können wir wirklich nicht gebrauchen. Durch die Anwesenheit von Verbindungsoffizieren an Bord könnten wir Indonesien garantieren, dass es keine Zwischenfälle dieser Art mehr geben wird.«

MacIntyre nickte. »In diesem Punkt stimme ich Ihnen zu, Herr Botschafter. Wir können keine weiteren Konflikte mit den Indonesiern gebrauchen. Deshalb schlage ich vor, dass Sie sich an Admiral Lukisan wenden, damit er das Kriegsschiff zurückzieht, das meine Task Force ständig beschattet. Wenn er dazu nicht bereit ist, dann soll er wenigstens dafür sorgen, dass seine Leute einen größeren Abstand einhalten.

Was die Beobachter an Bord betrifft, so habe ich schon gesagt, dass das völlig unmöglich ist – und zwar aus Gründen der nationalen Sicherheit. Es werden an Bord der Seafighter zur Zeit bestimmte neue Systeme getestet. Mehr kann ich dazu nicht sagen. Bitte richten Sie dem Marineministerium aus, dass es mir Leid tut.«

Goodyards Augen verengten sich. Seit er seinen Posten als Botschafter angetreten hatte, war es ihm noch nie passiert, dass jemand mit solcher Entschiedenheit mit ihm gesprochen hatte.

»Legen wir doch die Karten offen auf den Tisch, Herr Admiral«, entgegnete er herausfordernd. »Warum sind Sie wirklich hier? Ist das tatsächlich eine Goodwill-Mission oder steckt da etwas anderes dahinter? Verdammt, das hier ist mein Territorium! Ich habe ein Recht darauf, die Wahrheit zu erfahren!«

MacIntyre musste ein verächtliches Schnauben unterdrücken. Gütiger Himmel, der Mann war wirklich ein blutiger Anfänger. Er hatte nicht einmal die grundlegenden Lektionen über Sicherheitsfragen des Außenministeriums mitbekommen. Es war dem Admiral egal, in wessen Wahlkampf der Mann sich engagiert hatte – er hätte jedenfalls im Mittleren Westen bleiben und weiter Hände schütteln und Babies küssen sollen.

»Herr Botschafter, ich zeige Ihnen gern die Instruktionen, die NAVSPECFORCE vom Chief of Naval Operations (dem Oberkommandierenden aller US-amerikanischen Seestreitkräfte) bekommen hat. Die Seafighter-Task-Force befindet sich auf einem Goodwill-Besuch in Indonesien, um die Beziehungen zur Regierung in Jakarta zu verbessern. Darüber hinaus, Sir, kann ich Ihnen nur vorschlagen, sich direkt an den CNO oder den Außenminister zu wenden. Dort bekommen Sie vielleicht Informationen zu dieser Sache, die uns nicht zur Verfügung stehen.«

»Sie haben Recht, Herr Admiral«, erwiderte Goodyard und stand abrupt auf. »Vielleicht werde ich genau das tun. Inzwischen möchte ich nicht hören, dass es zu weiteren Zwischenfällen oder Provokationen zwischen der Task Force und den Indonesiern kommt, solange Sie sich in meinem Verantwortungsbereich aufhalten.«

MacIntyres Mundwinkel zuckten nach oben, als er sich erhob, um sich von Goodyard zu verabschieden. »Verstanden, Herr Botschafter. Ich gebe Ihnen meine persönliche Garantie. Sie werden sicher nichts davon hören.«

Raider Two verließ die Schwimmsteg am Pier von Makara Limited. Das Boot brauste in nördlicher Richtung an den Lichtern der Urlaubsorte vorbei, um die Angehörigen der Task Force zu ihren Schiffen zurückzubringen.

»Wie wir gehofft hatten – ein wirklich interessanter Abend«, stellte Tran fest.

MacIntyre gab ein zustimmendes Brummen von sich, das über dem Dröhnen des Dieselantriebs gerade noch zu hören war.

»Würde ich auch sagen«, stimmte Amanda zu und bückte sich, um sich gegen den kühlen Fahrtwind zu schützen. »Es war sogar sehr interessant.«

»Wie darf man das verstehen, Boss?« In der Dunkelheit des Cockpits fiel Amanda nicht auf, wie eindringlich Christine sie anstarrte.

»Wir wissen noch nicht, was unsere Cyberwar-Leute mit ihrem Zugang zu den Firmengeheimnissen anfangen können. Und wir haben auch keine wirklich deutlichen Hinweise gefunden – außer dass Harconan über alle Voraussetzungen verfügt, die Piratenorganisation anzuführen. Aber ich habe trotzdem etwas entdeckt, das mich überzeugt, dass Inspektor Tran die richtige Spur verfolgt hat, was Harconan betrifft.«

»Und das wäre?«, murmelte MacIntyre.

»Der Mann ist zu all dem fähig, was der Inspektor ihm nachsagt. Das heißt nicht, dass er mit Sicherheit der ist, den wir suchen – aber er hat auf jeden Fall die persönlichen Fähigkeiten, um unser Piratenkönig zu sein.«

»Wie kommen Sie zu dieser Einschätzung, Captain?«, fragte MacIntyre stirnrunzelnd.

»Eine Mischung aus Instinkt und persönlicher Erfahrung, Sir. Ich bin lange genug im Geschäft, um einen geborenen Führer zu erkennen. Harconan hat das Charisma und die Energie – die Aura, wenn Sie so wollen –, um Anhänger um sich zu scharen und Situationen zu kontrollieren. Er hat außerdem die Intelligenz, sein Potenzial auch als Waffe einzusetzen. Offensichtlich nutzt er seine Begabung, um eine maßgebliche Rolle in der Wirtschaft zu spielen. Genauso könnte er sie aber dafür einsetzen, um der Führer einer Nation oder einer Armee zu werden. Erinnerst du dich an General Belewa, Chris? Er war der gleiche Typ.«

»Und unser alter Freund Sparza in Südamerika«, pflichtete die Nachrichtendienst-Offizierin ihr bei. »Harconan wurde das alles schon in die Wiege gelegt. Ja, ich glaube, du hast Recht. Wenn er etwas wirklich tun will, dann tut er es auch, das spürt man deutlich.«

»Gefühle sind ja schön und gut«, brummte MacIntyre, »aber wir werden etwas mehr brauchen, um dem Mann das Handwerk zu legen. Wir benötigen hieb- und stichfeste Beweise, dass Harconan hinter den Operationen der Piraten steckt – aber bis jetzt haben wir nichts als Gerüchte. Wir müssen diesen verdammten Industriesatelliten finden und beweisen, dass Harconan für seinen Raub verantwortlich ist. Nur so können wir direkte Maßnahmen unseres Landes gegen ihn rechtfertigen.«

»Vielleicht sieht die Sache schon bald etwas hoffnungsvoller aus«, erwiderte Christine. »Cyberwar könnte uns morgen schon erste Ergebnisse aus Harconans Computernetzwerk liefern, und unser Seafighter-Kommando wird seinen Piratenstützpunkt auf Sulawesi unter die Lupe nehmen.«

»Wir haben noch eine dritte Trumpfkarte im Ärmel, Chris«, warf Amanda ein und fügte mit einem angedeuteten Lächeln hinzu: »Könntest du mir ein wenig Nachhilfe geben, damit aus mir eine richtige Mata Hari wird?«

Sie spürte, wie Admiral MacIntyre sich ihr abrupt zuwandte. »Was zum Teufel meinen Sie damit, Amanda?«

»Ach, nur dass Makara Harconan mich eingeladen hat, ihn morgen auf seiner privaten Insel zu besuchen. Ich habe angenommen.«

›Officer's Country‹ USS *Evans F. Carlson*

16. August 2008, 02:12 Uhr Ortszeit Nuyen Tran schloss die Tür der Gästekabine, in der er einquartiert war. Der spartanisch eingerichtete, in Grau gehaltene Raum enthielt zwei Schränke, zwei überraschend große und bequeme Kojen und einen in das Schott eingebauten Schreibtisch. Der einzige Luxus bestand in einer eigenen kleinen Toilette.

Die soliden Stahlschotte und die mächtigen Verteidigungsanlagen des amerikanischen Kriegsschiffes verliehen ihm an diesem Abend das Gefühl, ruhig schlafen zu können. Tran war sich sehr wohl bewusst, dass sein Name von nun an auf so mancher Liste auftauchen würde, die ihn zu einem Verfolgten machte.

Doch das nahm er gern auf sich. Wichtig war, dass er mit Hilfe der Amerikaner nun endlich dem bisher unangreifbaren Makara Harconan den Kampf ansagen konnte. Der Mann hatte vielleicht, wenn auch nur für einen Augenblick, dieselbe Angst gespürt, wie sie einst ein achtjähriger Junge empfunden hatte, der sich verzweifelt an ein Wrack im südchinesischen Meer klammerte. Mit etwas Glück und der Hilfe seiner neuen Verbündeten würde es vielleicht gelingen, diese Angst in ihm noch anwachsen zu lassen. Ein erfreulicher Gedanke.

Tran hatte soeben seine Krawatte gelockert, als es an der Tür klopfte.

»Herein.«

Christine Rendino trat in seine Kabine, immer noch im Abendkleid und mit ihren hochhackigen Schuhen. Sie verriegelte die Tür hinter sich, sagte »Hallo« und warf eine zusammengerollte Khaki-Uniform, ein kleines Make-up-Täschchen und einen Kommandokopfhörer auf die untere Koje. Dann wandte sie sich Tran zu. »Willst du den Reißverschluss öffnen?«, fragte sie.

Tran blickte sie überrascht an. Angesichts der Leidenschaft, mit der sie sich zuvor geküsst hatten, war ihre Frage eigentlich überflüssig – und trotzdem verblüffte ihn ihre Direktheit.

Christine blickte über die Schulter zurück und stieß einen etwas ungeduldigen Pfiff aus. »Der Reißverschluss?«

Tran trat rasch zu ihr und öffnete den Reißverschluss an ihrem Rücken. »Entschuldige, ich habe nur versucht … die Situation zu erfassen.«

»Durchaus verständlich.« Die Intel-Offizierin streifte das Kleid von den Schultern ab und ließ es zu ihren Knöcheln hinuntergleiten, sodass sie nur noch die hauchdünne Strumpfhose, den goldfarbenen seidenen Slip und den BH trug. Dann wandte sie sich ihm wieder zu. »Ich weiß, dass hierzulande für gewöhnlich der Gentleman die Initiative übernimmt – aber wir sind ein bisschen unter Zeitdruck und können es uns, offen gestanden, nicht leisten, dass du dich wie ein echter Gentleman benimmst.«

»Können wir nicht?«

Sie schüttelte entschieden den Kopf. »Nein.«

Sie streifte die Pumps von den Füßen und zog Schlüpfer und Strumpfhose aus. »Ich meine, es wäre sicher schön, es ein wenig romantischer anzugehen. Du weißt schon, tanzen bis zum Morgengrauen und einander tief in die Augen schauen, aber ich fürchte, dafür haben wir in den nächsten Tagen nicht genug Zeit.«

Wirklich jammerschade, dachte er, denn es war schön, in diese großen graublauen Augen zu blicken. »Und danach?«

Sie lächelte ein wenig traurig, während sie aus dem Seidenhäufchen zu ihren Füßen hervortrat und wie eine makellose bronzefarbene Statue vor ihm stand. »Danach wird es keine Zukunft geben. Ich mag dich, Tran, und ich spüre, dass das auf Gegenseitigkeit beruht. Aber ich weiß auch, dass unsere Berufe uns wieder voneinander entfernen werden. Das ist das Problem, wenn man ein Cop oder ein Intel-Mensch ist. Wir wissen einfach zu viel.«

Sie legte eine ihrer kleinen Hände auf seine Brust. »Hör mal, wenn es da eine Lady gibt, die du nicht erwähnt hast – etwas Ernstes, meine ich –, oder wenn du einfach nicht möchtest, dann ist das okay. Ich zieh mich wieder an und verschwinde, so als wär' nichts geschehen. Aber wenn wir zwei etwas miteinander haben wollen, dann muss es hier und jetzt geschehen und wir dürfen keine Sekunde verlieren.«

Tran hatte schon einige Berichte darüber gehört, wie direkt die amerikanischen Frauen waren. Wie schön, zu sehen, dass die Berichte der Wahrheit entsprachen.

»Ich muss dir Recht geben, Frau Kollegin. Ich fände es auch nicht gut, Zeit zu verlieren.« Er zog Christine an sich, nahm sie in die Arme und legte sie auf die untere Koje.

Fünfhundert Seemeilen entfernt brausten die frisch aufgetankten Seafighter-Boote durch die frühmorgendliche Dämmerung. Wie Infanteristen sprinteten sie von einer Deckung zur nächsten.

Im Inneren der Boote schliefen die Marines und Crew-Mitglieder, die keine Wache hatten, auf den Treibstoffbehältern, die genauso kühl und bequem waren wie das komfortabelste Wasserbett.

Stabsquartier USS *Evans F. Carlson*

16. August 2008, 09:21 Uhr Ortszeit Amanda saß auf ihrer Koje und betrachtete die beiden Waffen, die samt dem Holster auf der Decke vor ihr lagen: den großen MEU Colt Kaliber .45, den Quillain ihr aus dem Arsenal der Landungstruppen besorgt hatte, und ihren eigenen Ruger-SP-101-Revolver. Sie blickte zu der Umhängetasche hinüber, die an einem Haken am gegenüberliegenden Schott hing, und überlegte.

Amanda konnte mit beiden Waffen gleich gut umgehen, was sie vor allem Stone verdankte, der ihr so manches beigebracht hatte. Der Captain der Marines hatte nicht gern Leute um sich, die nicht mit einer Waffe zurecht kamen. Und das Gewicht einer Waffe in ihrer Tasche würde an diesem Tag vielleicht etwas Beruhigendes an sich haben. Vielleicht …

Amanda stieß ein spöttisches Schnauben aus. Wenn sie der Ansicht war, dass sie auf Harconans Insel eine Waffe brauchen würde, dann wäre es besser, gar nicht erst hinzugehen. Und wenn sie die Sache falsch eingeschätzt hatte und das Ganze eine Falle war, dann würde ihr eine Pistole auch nicht viel helfen. Außerdem war eine Waffe nicht gerade etwas, das eine Frau normalerweise zu einem Rendezvous mit einem gut aussehenden Gentleman mitnahm. Es konnte ihre Chance zunichte machen, so nahe an Harconan heranzukommen, dass sie etwas Brauchbares herausbekam.

Nachdem sie ihre Entscheidung getroffen hatte, verstaute sie die Pistole und den Revolver wieder im Safe unter dem Kopfende der Koje. Dann stand sie auf und strich ihre weiße Uniformhose noch einmal glatt.

Verdammt, das war eigentlich eine sehr ernste Angelegenheit. Warum erinnerte sie sich dann ständig daran, wie sie in ihrer High-School-Zeit in Erwartung eines Rendezvous unruhig in ihrem Zimmer auf und ab gegangen war?

Vielleicht lag es daran, dass Makara Harconan – egal ob Pirat oder nicht – ein äußerst attraktiver Mann war. Und Amanda Garrett hatte die Geschichten rund um die legendären Freibeuter früherer Zeiten schon immer reizvoll gefunden.

Sie setzte sich wieder auf ihre Koje und griff nach einem Buch im Regal, das für sie schon seit vielen Jahren so etwas wie ein guter Freund war – Lowell Thomas' *Graf*

Luckner, der Seeteufel, die Biographie des Felix Graf Luckner. Die Geschichte jenes schneidigen Freibeuters der Kaiserlichen Marine und seiner abenteuerlichen Reisen auf dem letzten Kriegsschiff, das noch unter Segeln fuhr, hatte sie schon in ihren Jugendjahren fasziniert und ihr die ersten romantischen Fantasien verschafft.

Vielleicht stimmte es ja doch, was oft behauptet wurde, dass man immer ein klein wenig in denjenigen verliebt blieb, den man als Ersten ins Herz geschlossen hatte. Und vielleicht erklärte das das eigenartige Gefühl, das sie empfunden hatte, als sie Makara Harconan zum ersten Mal gesehen hatte.

Amanda stieß erneut ein Schnauben aus. Fantasien waren ja ganz nett für eine Vierzehnjährige, aber sie war eine erwachsene Frau, die in der nur zu wirklichen Welt lebte. Die Freibeuter der Legenden hatten nichts mit den Piraten der Gegenwart gemein. Außerdem war ihr geliebter Graf Luckner in Wirklichkeit kein richtiger Seeräuber, sondern ein Marineoffizier gewesen – und das in einer Zeit, in der es noch eine gewisse Ritterlichkeit gegeben hatte.

Wieder blickte sie auf das schon etwas mitgenommene Buch hinunter und bemerkte ein Lesezeichen, das sie noch nie gesehen hatte. Admiral MacIntyre musste wohl in dem Buch gelesen haben, als er ihr Quartier benutzt hatte. Aus irgendeinem Grund gefiel ihr die Vorstellung; es kam ihr vor, als wären sie wie zwei alte Freunde, weil sie sich beide von diesem Buch hatten faszinieren lassen.

In der wirklichen Welt sollten romantische Fantasien eher von Männern wie Elliot MacIntyre handeln; der Admiral war ganz sicher ein Mann, der seinen Mut, seine Intelligenz und seine menschliche Gesinnung wiederholt unter Beweis gestellt hatte. Aber was wusste ein vierzehnjähriges Mädchen schon von der Welt?

Amandas Mundwinkel zuckten nach oben. Vielleicht war es mit einer achtunddreißigjährigen Frau auch nicht viel anders.

Es klopfte an der Kabinentür. Amanda warf das Buch auf die Koje und stand auf. Sie nahm ihre Umhängetasche und das Seafighter-Barett vom Haken und trat in den Arbeitsraum hinaus.

»Herein.«

Christine kam in die Kabine, eine Aktenmappe unter dem Arm. »Hallo, Boss. Ich habe hier den neuesten Lagebericht. Ich werde ihn mit Admiral MacIntyre durchgehen, während du weg bist.«

»Gut. Irgendetwas, das ich wissen muss, bevor ich verschwinde?«

Die Nachrichtendienst-Offizierin zögerte und schüttelte schließlich den Kopf. »Nichts, das nicht warten könnte.«

»Lass den Bericht auf meinem Schreibtisch liegen. Ich lese ihn dann nachher ... Wahrscheinlich morgen früh, wie es aussieht. Gibt es etwas Neues von den Seafightern?«

»Negativ.« Die Intel-Offizierin legte die Mappe auf den Tisch und nahm auf einem der Stühle Platz. »Sie befinden sich immer noch an ihrem Ablaufpunkt. Beide Boote sind in Sicherheit und es gibt keine Lageänderung in der betreffenden Zone. Sie setzen sich um 23 Uhr in Bewegung und sollten die Operation wie vorgesehen um ca. ein Uhr starten.«

»Bis dahin bin ich längst wieder zurück«, sagte Amanda nachdenklich. »Obwohl es sicher interessant wäre, wenn ich noch auf Palau Piri sein könnte, während wir uns einen der Stützpunkte des Piratenkönigs vorknöpfen.«

Die kleine Frau in Khaki-Uniform murmelte etwas

Unverständliches, und Amanda sah, dass ihre Intel-Offizierin plötzlich sehr nachdenklich war.

»Also gut, Chris«, sagte sie und lehnte sich gegen den Schreibtisch. »Was gibt's?«

»Ersuche um Erlaubnis, offen mit dem Captain zu sprechen.«

Amanda seufzte. So war das also. Wenn Christine Rendino einen derart förmlichen Ton anschlug, dann musste man sich auf einiges gefasst machen. »Du kannst immer offen reden, Chris, das weißt du genau.«

Christine blickte auf, und in ihren Augen war ein zorniges Funkeln. »Dürfte ich dann den Captain daran erinnern, dass sie bloß eine Offizierin der United States Navy ist und nicht Modesty Blaise?«

Amanda lachte leise. »Dann bist du also immer noch gegen meinen Ausflug auf Harconans Insel?«

»So ist es.« Christine richtete mit einer eindringlichen Geste den Zeigefinger auf Amanda. »Du marschierst mutterseelenallein mitten in das Lager des Feindes. Und niemand ist in der Nähe, der dir helfen könnte oder auch nur sehen würde, was mit dir passiert.«

»Das stimmt«, pflichtete Amanda ihr bei. »Aber ich dachte, wir wären uns gestern noch darüber einig gewesen, dass es nicht sehr wahrscheinlich ist, dass Harconan etwas gegen mich unternimmt. Es wäre einfach zu offensichtlich. Der Tod oder das Verschwinden eines hochrangigen amerikanischen Offiziers auf seinem Territorium ist genau das, was er am wenigsten brauchen kann, vor allem jetzt.«

Chris senkte den Blick, nicht bereit, nachzugeben. »Wir könnten uns aber auch irren. Es könnte ja wie ein Unfall aussehen. Vielleicht reichen seine Beziehungen zu den hiesigen Machthabern weiter als wir annehmen. Alles Mögliche kann passieren. Dieser Kerl weiß bestimmt, dass du hinter ihm her bist.«

»Die Navy ist hinter ihm her, Chris«, erwiderte Amanda mit ruhiger Stimme. »Und ich bin nur ein sehr kleiner und jederzeit ersetzbarer Teil dieser Navy. Im Augenblick bin ich nur in einer Hinsicht einzigartig. Ich bin es, die er zu sich nach Hause eingeladen hat. Das ist unsere Chance, aus der Nähe zu sehen, wie er denkt und vorgeht. Es ist *die* Gelegenheit, seinen Gedanken auf den Grund zu kommen. Und ich muss wissen, wie er denkt. Das ist sehr wichtig für uns.«

»Mag ja sein«, gab Christine zu, »aber vielleicht finden einige von uns, dass du doch nicht so ersetzbar bist. Vielleicht meinen sogar einige, dass du in mancher Hinsicht verdammt einzigartig bist und dass wir verdammt unglücklich wären, wenn dir etwas zustoßen würde.«

Amanda lachte laut auf. »Ich würde dich auch vermissen, Chris. Und ich verspreche dir, ich werde nichts Leichtsinniges unternehmen. Ich gehe einfach nur hin, trinke eine Tasse Tee mit Harconan und komme wieder zurück ... Ach, da fällt mir etwas anderes ein: Meinst du, ich könnte vielleicht irgendeine Wanze oder ein verstecktes Mikrofon hineinschmuggeln ...?«

Christine ließ sich in einer dramatischen Geste nach vorn sinken und schlug die Hände vors Gesicht. »Aah! Da sieht sie einmal einen James-Bond-Film und hält sich schon für die große Spionin!«

»Ist ja gut – es war ja nur ein Scherz!«

Christine blickte wieder zu ihr auf. »Aber ich habe es nicht im Scherz gemeint. Wenn du darauf bestehst, ihn näher unter die Lupe zu nehmen, okay! Wahrscheinlich – ich wiederhole, wahrscheinlich – wird Harconan das höfliche Spiel zwischen euch beiden noch eine Weile fortsetzen wollen. So wie du mehr über ihn herausfinden möchtest, wird auch er mehr über deine Absichten wissen wollen. Wenn du dich im Gespräch mit ihm dumm stellst, ist es okay, aber nicht, wenn du dich dumm verhältst! Sie warten doch nur darauf, dass du etwas unternimmst! Bitte, enttäusche sie!«

Die Sorge ihrer Freundin ließ Amanda wieder ernst werden. »Alles klar, Chris. Es ist mir bewusst, dass es ein Spiel mit dem Feuer ist. Ich werde gut Acht geben.«

Das Tischtelefon klingelte, und Amanda beugte sich vor, um den Hörer abzunehmen. »Garrett … In Ordnung. Ich bin gleich oben. Danke.«

Sie legte den Hörer auf. »Das war unser Airboss. Mein Taxi ist da.«

Dass ein ausländisches Zivilflugzeug die Erlaubnis bekam, auf einem Schiff der U.S. Navy zu landen, war schlicht und einfach undenkbar. Dementsprechend landete der Firmenhelikopter von Harconan Limited in einer Ecke des Kai-Parkplatzes, offensichtlich ohne sich darum zu kümmern, was der Hafenmeister davon hielt.

Es herrschte an diesem Tag einiger Betrieb am Kai. Zwei Reihen von Bussen waren bereits hier geparkt, und fast ununterbrochen stiegen Leute ein und aus. Es handelte sich zum Teil um balinesische Zivilisten aus Denpasar und den umliegenden Orten, die den ›Tag der offenen Tür‹ auf den amerikanischen Kriegsschiffen nützten und sich dieses ungewöhnliche Schauspiel nicht entgehen lassen wollten. Als Teil des Goodwill-Programms wurden sie in kleinen Gruppen an Bord gelassen und anschließend von freundlichen amerikanischen Matrosen durch die weniger heiklen Bereiche des Kreuzers und des LPD geführt.

Doch eine Geste des guten Willens zu setzen, bedeutete noch lange nicht, dass man naiv und leichtsinnig vorgehen würde. Während die Gruppen von Schaulustigen über die Aluminium-Gangway an Bord gingen, mochte den Neugierigeren unter ihnen vielleicht ein leises Schnurren unter ihren Füßen auffallen. Es stammte von einem ›Bombenspürgerät‹, das im Falle des Falles ein Warnsignal an den Schiffssicherheitsdienst abgegeben hätte.

Am Kai stand noch eine zweite Reihe von Bussen für jene Seeleute und Marines, die Ausflüge in die Umgebung unternehmen wollten. Es hätte wohl verdächtig gewirkt, wenn niemand aus der Task Force interessiert daran gewesen wäre, einen kleinen Landurlaub auf Bali zu genießen. Die Leute hatten jedoch ganz bestimmte Anweisungen mit auf den Weg bekommen. Sie sollten in Gruppen beisammen bleiben, sich nicht in zwielichtige oder heruntergekommene Viertel begeben, keine Zechgelage abhalten und bis zum Einbruch der Nacht wieder an Bord sein.

Amanda und Christine standen auf dem Vordeck der *Carlson* und warteten darauf, dass sich die Gangway leerte. Sie beobachteten, wie der Pilot des Helikopters ausstieg, und erkannten sofort die hoch gewachsene Gestalt im Safari-Anzug. Er erkannte die beiden ebenfalls und winkte ihnen zu.

»Der Boss persönlich«, murmelte Amanda. »Welche Ehre.«

»Na ja«, antwortete Christine mit säuerlicher Miene. »Wenigstens scheidet dadurch die Möglichkeit eines Kamikaze-Piloten oder eines Sprengsatzes unter deinem Sitz aus.«

»Ich verspreche dir, Mama, ich werd' mich auf nichts einlassen, und wenn er behauptet, das Benzin wär' ihm ausgegangen, und zudringlich wird, dann schlage ich ihn da hin, wo du's mir gezeigt hast. Wir sehen uns dann heut' Abend, Chris.«

»Ach ja? Glaubst du wirklich?«

Mit einem mulmigen Gefühl blickte Christine ihrer Freundin nach, als sie sich beim OOD der *Carlson* abmeldete und über die Gangway an Land ging. Harconan wartete schon am Kai auf sie. Selbst auf diese Entfernung konnte man erkennen, wie verdammt gut der Kerl aussah. Die Nachrichtendienst-Offizierin konnte zwar nicht hören, was die beiden redeten, doch auch die Körpersprache war recht aufschlussreich. Harconan verstand es, auf eine völlig natürliche Art galant zu sein, und auch Amanda konnte einen umwerfenden Charme versprühen, wenn ihr danach war.

»Du siehst besorgt aus, meine Kleine.«

Nuyen Tran war ebenfalls auf das Vordeck gekommen und sprach mit leiser Stimme, damit die Gangway-Wache es nicht hören konnte.

Auf der Pier gingen Amanda und Harconan zum Helikopter hinüber. »Das bin ich auch, Liebster«, murmelte Christine. »Sag mir doch bitte, dass es dumm von mir ist, dass ich ein so mulmiges Gefühl bei der Sache habe.«

»Ich bin mir nicht sicher«, antwortete Tran nachdenklich, während er Amanda und Harconan mit seinem Blick folgte. »Zwar bezweifle ich stark, dass Harconan so dumm wäre, eurem Captain irgendetwas anzutun oder sonst etwas zu unternehmen, was ihn verdächtig machen könnte. Trotzdem … weißt du, was Makara bedeutet?«

»Nein, was?«

»In Indonesien gilt der Makara als Fabelwesen des Meeres, das zwei grundverschiedene Seiten hat: die Schönheit und Eleganz des Delphins und die Zähne – und die Seele des Hais.«

Der Eurocopter schraubte sich empor und zog über den Hafen von Benoa und die schmale Landspitze der Halbinsel Bukit hinweg, ehe er sich nach Nordwesten wandte und parallel zur Küste weiterflog.

Amanda war zwar selbst keine Pilotin, doch sie hatte viel Zeit mit Piloten verbracht – deshalb fiel ihr sehr wohl auf, mit welcher Sicherheit Harconans sonnengebräunte Hände die Steuerung bedienten. Es war schon beeindruckend, wie Harconan geradezu mit seinem Fluggerät zu verschmelzen schien.

Nach kurzer Zeit lagen die billigen Touristikorte hinter ihnen. An den Küsten ragten steile Kliffs empor und im Landesinneren erhoben sich ausgedehnte Gebirgszüge. Wenig später tauchte grünes Land unter dem Helikopter auf. Nicht nur die Täler, sondern auch die Hügel wurden für den Reisanbau genutzt; man hatte zu diesem Zweck Terrassen angelegt, die der Landschaft einen eigenen Reiz verliehen. Zwischen den Reisfeldern lagen die einzelnen Bauerndörfer. Im Zentrum jedes Dorfes lag der *Pura Desa*, der Dorftempel, der *Bale Agung*, der Versammlungsplatz, und der heilige Banyan-Baum.

»Hier sieht man mehr von dem Bali, wie ich es mir vorgestellt habe«, sagte Amanda in ihr Mikrofon, über das sie Zugang zur Bordsprechanlage hatte.

»So ist es«, antwortete Harconan. »Das ist das echte Bali. Die Orte an der Südküste wurden von Fremden gestaltet.«

»Von wem?«

»Ich gebe Ihnen einen Hinweis. Einer von Balis früheren javanischen Gouverneuren hatte den Spitznamen ›Ida Bagus‹ oder ›Okay‹, wegen seiner Neigung, jedes Entwicklungsprojekt zu genehmigen, das schnelle Tourismus-Dollars einbringen würde.«

»Und die Balinesen haben nichts mitzureden?«

Harconan hob eine Augenbraue hinter der Sonnenbrille. »Aber sicher. Genauso viel wie alle anderen Nicht-Javaner in Indonesien. ›Wir sind viele, aber alle sind eins‹, lautet unser nationaler Grundsatz. Nur läuft es irgendwie immer darauf hinaus, dass Jakarta befiehlt und die anderen gehorchen müssen.«

»Und das wird allgemein akzeptiert?«, fragte Amanda weiter.

»Im Moment, ja. Die Balinesen sind von Natur aus ein mystisch veranlagtes Volk. Sie kümmern sich vor allem um ihre Spiritualität, bis ihnen ihre Götter sagen, dass sie handeln sollen.«

»Ihre Götter?«

»Ja. Drehen Sie sich doch mal um. Sehen Sie rechts hinten den hohen Berg?«

Amanda betrachtete den beeindruckenden Vulkan, der von schneeweißen Wolken bedeckt war. »Ja, er ist wirklich imposant. Was ist damit?«

»Er heißt Gungung Agung. Im Jahr 1965, während der letzten Tage des Sukarno-Regimes, wurde hier auf Bali eine große religiöse Zeremonie abgehalten, das *Eka Dasa Rudra*, ein Fest der Reinigung und des Gleichgewichts, damit die Harmonie zwischen Mensch und Natur wiederhergestellt würde. Diese Zeremonie darf nur einmal exakt alle hundert Jahre stattfinden. Doch Sukarno wollte eine Gruppe von Reiseveranstaltern beeindrucken und ordnete an, das Ritual zehn Jahre früher abzuhalten.

Mitten in der Zeremonie brach der Gungung Agung aus – es war der verheerendste Ausbruch des Vulkans seit sechshundert Jahren. 1600 Menschen kamen ums Leben und ein Viertel der Insel wurde verwüstet. Die Balinesen sahen das als ein Zeichen, dass Shiva ihnen zürnte, weil sie es Fremden, in diesem Fall den Kommunisten, gestattet hatten, die uralten Bräuche der Götter zu stören.

Im September desselben Jahres kam es zum Staatsstreich, und die Kommunistische Partei Indonesiens verlor ihre Macht. Auch die Balinesen wandten sich gegen die Kommunisten – doch es kam nicht zu einem politisch motivierten Massaker, sondern eher zu einer Art Austreibung von Dämonen, die genauso ein Ritual war wie irgendeine Zeremonie im Tempel. Es gab auch keine blutigen Szenen auf den Straßen, wie es auf den anderen Inseln der Fall war. Die Kommunisten durften sich noch einmal baden und weiße Kleider anziehen, bevor sie höflich und ohne jeden Hass zu ihrer Hinrichtung geführt wurden. 50 000 insgesamt bei einer Bevölkerung von zwei Millionen.«

»Mein Gott, und Sie meinen, das könnte wieder geschehen?«, fragte Amanda und dachte dabei an das Gespräch, das sie wenige Tage zuvor mit Stone Quillain über den Vulkan Krakatau geführt hatte.

»Sagen wir mal so, Captain«, antwortete Harconan. »Wäre ich ein javanischer Beamter, ein chinesischer Hotelbesitzer oder ein australischer Tourist, würde ich mich rasch erkundigen, wann das nächste Flugzeug geht, wenn Gungung wieder mal zu poltern beginnt.«

Er zog den Helikopter über das Meer hinaus. »Wir fliegen jetzt über dem Wasser weiter, weil wir gleich über dem Nationalpark Westbali sind. Ich möchte die Vögel nicht stören.«

Wenige Minuten später umkurvten sie Kap Lampumera an der Nordwestspitze Balis. Vor der Nordküste waren zwei Inseln zu sehen, die wie Smaragde im saphirblauen Meer schimmerten. »Die östliche Insel ist Manjangan«, erläuterte Harconan. »Sie gehört zum Nationalpark. Die andere ist Palau Piri, mein Zuhause.«

Die Insel der Prinzen war in natura noch viel beeindruckender als auf den Luftaufnahmen. Während der Heli auf die Lichter des Hubschrauberlandeplatzes zuhielt, betrachtete Amanda staunend den Komplex aus modernen Gebäuden, die von einer golfplatzartig gepflegten Rasenanlage umgeben waren. Das hätte Ian Fleming sehen sollen, dachte sie mit einem sarkastischen Lächeln.

Ein älterer Chinese im schwarzen Anzug stand ruhig und aufrecht in dem mit Elfenbein ausgelegten Foyer des Haupthauses – offensichtlich in Erwartung des Hausherrn und des Gastes. »Willkommen zu Hause, Mr. Harconan«, sagte er mit leicht gebeugtem Kopf in makellos akzentfreiem Englisch. »Ich heiße auch Sie herzlich willkommen, Captain Garrett. Ihre Anwesenheit ist eine Ehre für dieses Haus. Mag Ihr Aufenthalt hier bei uns ein angenehmer sein.«

»Danke«, antwortete Amanda und wünschte sich plötzlich, sie würde einen Rock statt der Hose tragen; ein Knicks wäre die einzig passende Antwort auf einen solchen Empfang gewesen.

»Amanda, ich möchte Ihnen Mr. Lan Lo vorstellen«, sagte Harconan mit echter Wärme in der Stimme. »Mein Faktotum, mein Geschäftsführer und der einzige Grund, warum ich heute Millionär bin.«

Der gelassene Ausdruck auf Los Gesicht änderte sich nicht im Geringsten. »Das ist natürlich eine freundliche Übertreibung, Captain.«

»Sie sollen Ihrem Chef nicht widersprechen, Lo. Und ich sage, dass Sie absolut unersetzlich sind. Ist schon alles für unseren Gast vorbereitet?«

»Natürlich, Sir. In fünfundvierzig Minuten wird es einen Imbiss geben.« Lo wandte sich Amanda zu. »Möchten sie vielleicht zuerst ein Bad nehmen, Captain?«

Man hätte diesen Vorschlag möglicherweise ein wenig befremdlich finden können – wäre man nicht in Indonesien gewesen. Amanda hatte in der Kultur-Datenbank der Task Force recherchiert und dabei unter anderem erfahren, dass die Indonesier ein sehr reinliches Volk waren und außerdem genau wussten, wie man sich das Leben in dieser tropischen Umgebung möglichst angenehm machte. Es war eine Geste der Höflichkeit, einem Gast nach einer Reise ein Bad anzubieten. Und unter der Kunststoffkuppel des Eurocopters war es heiß und stickig gewesen.

»Danke. Das wäre sehr nett.«

Es war keines der traditionellen indonesischen *Mandi*-Bäder, das auf Amanda wartete. Das gold- und elfenbeinfarbene Badezimmer im europäischen Stil war allein schon größer als ihr Quartier an Bord der *Carlson*, und der Umkleideraum sowie das Schlafzimmer, von wo aus man es betreten konnte, waren noch um einiges geräumiger. Amanda schätzte, dass allein die Möbel und Stoffe der eleganten Gästesuite so viel gekostet hatten, wie sie in mehreren Jahren verdiente.

Zur Suite gehörten offenbar zwei hübsche, aber sehr schweigsame chinesische Zimmermädchen. Es war das erste Mal seit vielen Jahren, dass Amanda jemandem gestattete, sie zu entkleiden, zumindest wenn es darum ging, nur ein Bad zu nehmen. Um in einer solchen Situation seine Würde zu bewahren, sagte sich Amanda, war es am besten, die Dinge einfach geschehen zu lassen. Und so entspannte sie sich und akzeptierte es, ein wenig verwöhnt zu werden.

Die Badewanne war so groß, dass man darin fast hätte schwimmen können. Amanda hätte sich gern noch länger im Wasser aufgehalten, doch die beiden Mädchen standen schon mit Badetüchern bereit, und auch ihr Gastgeber erwartete sie sicherlich schon.

Auf der Frisierkommode lagen verschiedene teure und edle Kosmetika, passend zu ihrem Hauttyp und ihrem Haar, und sie stellte fest, dass eines der beiden Mädchen auch als Friseuse überaus geschickt war.

Sie merkte nicht, in welche Falle sie getappt war, bis sie, in das Badetuch gehüllt, in ihr Schlafzimmer zurückkehrte. Ihre Uniform und alles andere, was sie am Leib getragen hatte, war verschwunden, ohne Zweifel zur Reinigung. Als Ersatz fand sie ein pyjamaartiges Gewand vor, das offensichtlich aus einem der feinsten Modehäuser Balis stammte. Es war aus eisblauer Seide gefertigt, die so fein war, dass sie fast schon zu fließen schien. Allein wenn man den feinen Stoff ansah, wurde einem schon ein wenig kühler.

Amanda musste zugeben, dass es ein geschickter Schachzug war. Sie hätte laut protestieren und ihre Kleider zurückfordern können – sie konnte aber auch ganz einfach in diesen eleganten, teuren und exotischen Anzug schlüpfen, den zweifellos Harconan persönlich ausgesucht hatte und der geradezu danach schrie, anprobiert zu werden.

Zwei Minuten später betrachtete sie sich in dem dreieckigen Spiegel. Die Farbe passte gut zu ihrem kastanienfarbenen Haar und ihren goldfarbenen Augen. Ja, das sah wirklich nicht schlecht aus. Und wie es sich anfühlte! Diese feine Seide auf der Haut zu spüren war geradezu ein erotisches Erlebnis.

Es klopfte an der Tür und Amanda nickte einem der Mädchen zu. Es war schon verblüffend, wie schnell man sich daran gewöhnte, solche dienstbaren Geister in seiner Nähe zu haben.

Es war Lo. »Der Imbiss steht bereit, Captain.«

»Danke, Mr. Lo. Ich glaube, ich bin auch soweit.« Sie schlüpfte in die weichen goldenen Sandalen, die man für sie bereitgestellt hatte, warf einen letzten Blick in den Spiegel und verließ das Zimmer.

Stabsquartier USS *Evans F. Carlson*

17. August 2008, 12:33 Uhr Ortszeit »Verstanden, Frank. Ich stimme mit Admiral Sonderburg überein, dass es wichtig ist, ein Geräuschprofil von dem neuen indischen Atom-Unterseeboot zu bekommen. Wir sind uns nur uneinig darüber, *wie* wichtig es ist.«

MacIntyre lauschte der fernen Stimme seines Stabschefs aus dem Telefonhörer. Der Sessel des Admirals knarrte, als er sich nach hinten lehnte und auf die Kabel über sich blickte. Außer der Seafighter-Task-Force und ihrer gegenwärtigen Mission musste er sich auch noch um den Rest der Naval Special Forces kümmern. Jetzt, wo die Lady fort war, nützte er Amandas Arbeitszimmer und Workstation für seine tägliche Telekonferenz mit dem NAVSPECFORCE-Hauptquartier.

»Sie können dem Admiral ausrichten, dass ich im Moment zwei Raven-Unterseeboote im Pazifik habe«, erwiderte er über Telefon. »Wenn COMSUBPAC (der kommandierende Admiral aller US-amerikanischen Unterseeboote im Pazifik) eines seiner Jagdboote für die nächsten sechs Monate vor Madras stationieren möchte, fein, dann wünsche ich ihm viel Glück dazu. Ich habe zu viele andere Missionen für meine Boote, als dass ich sie irgendwo im Golf von Bengalen rumhängen lassen kann, bis Neu Delhi irgendwann mal seine neuen Unterseeboote testet. Verdammt, Frank, wir können uns den Burschen auch noch ansehen, wenn er auf hoher See ist … Ich würde sogar noch weiter gehen, Frank, ich weiß genau, dass es Admiral Sonderburg nicht passen wird, aber es ist nun mal meine Entscheidung.«

Es klopfte an der Tür und der Admiral richtete sich in seinem Sessel auf. »Herein.«

Christine Rendino zögerte in der Tür, eine Aktenmappe unter dem Arm. MacIntyre gab ihr mit einer Handbewegung zu verstehen, dass sie auf dem Stuhl ihm gegenüber Platz nehmen solle, während er sein Gespräch noch zu Ende führte. »Okay … das dürfte genügen. Schicken Sie mir den Bericht über die letzten SEAL-Operationen in Nordchina und kümmern Sie sich um die Probleme, die es beim Umbau der PCs in der Werft gibt. Den nächsten Lagebericht dann morgen früh um acht, bitte. Bis später, Frank.«

Er legte den Hörer auf und drehte den Sessel herum, um sich der Nachrichtendienst-Offizierin zuzuwenden. »Was gibt es Neues, Chris?«

Sie hielt die Mappe hoch. »Das neueste Nachrichtendienst-Material. Möchten Sie es selbst durchgehen oder soll ich Ihnen einen Kurzbericht geben?«

»Beides. Fangen wir mit der Lage in unseren Kerkern an. Wie ist der Status der Gefangenen? Haben Sie schon etwas darüber herausbekommen, wo sie den INDASAT versteckt haben könnten?«

»Es geht ihnen gut, Sir. Sie sind jetzt nicht mehr in Isolationshaft und auch die zeitliche Desorientierung haben wir aufgehoben. Alle essen wie die Scheunendrescher und sehen sich alte Folgen von *Baywatch* in sechs verschiedenen Sprachen an. Wenn sie in ihre Dörfer zurückkehren, werden sie nicht mehr ohne Satellitenfernsehen leben können.

Was das Nachrichtendienst-Material betrifft, da bekommen wir alles Mögliche über irgendwelche Routine-Operationen herein. Ich kann Ihnen jetzt schon die Namen von einem halben Dutzend größerer Stützpunkte auf Sulawesi und Ambon angeben und dazu doppelt so viele Piratenschoner und ihre Kapitäne. Sulawesi ist offensichtlich eine Brutstätte der Piraterie und des *Rajah-Samudra*-Nationalismus. Aber über die höheren Ebenen der Organisation haben wir noch immer nichts herausgefunden, genauso wenig über den Verbleib des INDASAT.«

»Haben Sie irgendeine Erklärung dafür?«, brummte MacIntyre.

»Harconan kennt sein Volk und dessen Kultur genau. Er weiß, dass sich in einer mobilen Gesellschaft wie der der Bugi jede Neuigkeit und jeder Klatsch rasch verbreitet. Wenn der INDASAT in einem der Bugi-Dörfer auf Sulawesi aufbewahrt würde, dann hätten unsere Gefangenen zumindest eine Ahnung, dass da etwas Großes abläuft. Da das aber nicht der Fall ist, dürfte Harconan den Satelliten in die Hand eines Spezialteams gegeben haben, an einem Ort, der fernab der üblichen Operationsgebiete der Bugi liegt.«

»Mit anderen Worten: Das verdammte Ding könnte überall sein.«

Christine richtete sich auf. »Nein, Sir, der Satellit ist noch irgendwo in Indonesien. Bestimmt hat Harconan vor, ihn an den weltweit Höchstbietenden zu verkaufen.«

MacIntyre richtete sich ebenfalls auf. »Was haben Sie konkret herausgefunden?«

»Wir haben beim Durchwühlen der Systeme von Makara Limited einen Treffer gelandet, Sir. Es ist vielleicht nur ein kleiner Treffer, aber wir sind immerhin auf sechs brisante Namen gestoßen.«

Sie öffnete die Aktenmappe und nahm ein Blatt Papier heraus, das sie MacIntyre reichte. »Dr. Chong Rei«, las er laut. »Mr. Hiung Wa. Mr. Jamal Kalil, Mr. Hamad Hammik, Professor Namgay Sonoo und Doktor Joseph Valdeschefskij. Wer sind diese Gentlemen, wenn man fragen darf?«

»Spezialisten für Luft- und Raumfahrt, für Satelliten-Operationen, Kybernetik und für die Industrialisierung des Weltraums – und zwar die Besten, die es auf ihren

Gebieten gibt. Rei und Wa arbeiten für Yan Song in Korea. Hammik und Kalil gehören der neuen Falaud Industrial Development Group an, deren Sitz in Saudi-Arabien und den Vereinigten Arabischen Emiraten liegt. Sonoo und Valdeschefskij – Letzterer ist übrigens ausgebürgerter Russe – arbeiten für Maratt-Goa in Indien. All diese Leute sind es ihrem Ruf nach wert, dass die NSA ein Auge auf sie wirft. Und alle sechs sind innerhalb der vergangenen zweiundsiebzig Stunden in Singapur eingetroffen.«

»Wie kommen Sie darauf, dass sie Verbindungen zu Harconan haben?«, fragte MacIntyre.

»Wir haben alle sechs Namen in einer Datei von Makara Limited gefunden. Nicht in den Geschäftsbüchern, da werden sie und ihre Firmen überhaupt nicht erwähnt. Nein, wir haben ihre Namen in den Notizen der Direktorin für Public Relations von Makara Limited entdeckt. Sie hatte ihren Palm-Pad-Computer genau zur richtigen Zeit an ihre Workstation angeschlossen – zur richtigen Zeit für uns jedenfalls. Da finden sich Fluganskunftszeiten, Hotelreservierungen, Ausgaben für Essen und Unterhaltung, also alles, was so dazugehört, wenn man wichtige Kunden zu betreuen hat.«

Christine hob einen Finger, als wolle sie um erhöhte Aufmerksamkeit ersuchen. »Hier wird es wirklich interessant. Inspektor Tran hat die Ankunft dieser Männer am Zoll von Singapur bestätigt. Wir haben außerdem herausgefunden, dass es Zimmer in Vier- und Fünfsternehotels auf ihren Namen gibt. Doch die Liste der verschiedenen kleineren Ausgaben endet abrupt vor ungefähr vierundzwanzig Stunden.«

»Haben sie die Insel verlassen?«

»Nicht, wenn man dem Zollamt in Singapur Glauben schenken darf. Es ist einfach nur so, dass Harconan Limited aufgehört hat, Geld für sie auszugeben, zumindest in Singapur.«

Christine holte ein zweites Blatt Papier hervor. »Ich ließ die Leute von Cyberwar das Problem aus indonesischer Sicht bearbeiten. Ihre Computersysteme stammen noch aus dem Zeitalter der Dampflokomotive – für einen Hacker überhaupt kein Problem.«

»Und?«

»Und gestern hatte die indonesische Zollbehörde von Pekanbaru in der Rau-Inselgruppe zwei Koreaner, zwei Staatsbürger der Vereinigten Arabischen Emirate, einen Inder und einen Ukrainer zu verzeichnen, die mit einem Passagier-Tragflächenboot aus Kuala Lumpur, Malaysia, kamen. Die Namen sind anders, aber die Staatszugehörigkeit und die Beschreibung der Personen trifft auf unsere sechs Experten zu. Die indonesische Polizei hat diese Personen mit einer Art inner-indonesischem Visum ausgestattet, mit dem sie so gut wie jede Insel Indonesiens aufsuchen können.«

MacIntyres Miene verfinsterte sich. »Besteht irgendeine Möglichkeit, dass es sich um einen Zufall handelt?«

Christine schüttelte entschieden den Kopf. »Nein, zumal ein kurzer Blick in die Datenbank der malaiischen Zollbehörden zutage brachte, dass man nie etwas von den Kerlen gehört hat. Es ist fraglich, ob sie überhaupt auf diesem Tragflächenboot waren. Sie brauchten bloß irgendeine offizielle Einreiseart für den Papierkram.

Für mich, Admiral, liegt es klar auf der Hand, dass diese drei großen multinationalen Konzerne, Yan Song, Falaud und Marutt-Goa, heimlich nach Indonesien gekommen sind, um sich die Ware, also den Satelliten, anzusehen.«

»Haben wir irgendeine Möglichkeit, sie aufzuspüren?«

Die Intel-Offizierin schüttelte den Kopf. »Ich fürchte,

nein. Sie dürften mittlerweile längst zu dem Ort unterwegs sein, wo der Satellit aufbewahrt wird. Harconan befördert die Inspektionsteams wahrscheinlich mit seinen eigenen Schiffen und Flugzeugen; so sind sie wie vom Erdboden verschluckt, bis sie schließlich auf wundersame Weise wieder in Singapur auftauchen.«

MacIntyre studierte die Unterlagen und stellte fest, dass die Einschätzung seiner Nachrichtendienst-Offizierin absolut zutreffend war. »Na ja, es ist immerhin etwas. Wir können jetzt annehmen, dass wir mit unserem Verdacht nicht falsch liegen – wenn wir auch noch nichts in der Hand haben. Bestimmt ließe sich für die verschiedenen Ausgaben, die hier verzeichnet sind, irgendeine Begründung finden. Was haben wir sonst noch?«

»Zwei andere Faktoren, Sir, die wirklich interessant sind«, antwortete Christine.

»Schießen Sie los.«

»Zum einen haben wir die Analyse der Waffen fertig, die wir von der Entermannschaft auf der *Piskow* erbeutet haben. Der Bericht weist einige ziemlich beunruhigende Aspekte auf.«

»Dann beunruhigen Sie mich mal, Commander.«

Christine holte tief Luft. »Okay, Sir, aber die Sache ist ein wenig kompliziert. Ich muss es Ihnen Schritt für Schritt erklären. Zunächst war es keine große Überraschung, dass wir Uzi-Maschinenpistolen bei ihnen fanden. Sie waren in Lizenz in Singapur hergestellt worden und gehörten zu einer Lieferung von zweihundert Stück an die philippinische Regierung, die vor zwei Jahren von Piraten erbeutet wurde.

Mit der Pistole, die wir dem Prisenmeister abnahmen, liegt die Sache etwas anders. Es handelt sich um eine billige Beretta 92-F-Kopie, die von Helwan in Ägypten gefertigt wurde. Die Seriennummer sagt uns, dass die Waffe zu einer Lieferung von fünfhundert Stück gehörte, die vermutlich von der Regierung von Vietnam gekauft und bezahlt wurde, um damit die Polizei auszurüsten. Doch die Vietnamesen behaupten, dass sie nie eine solche Lieferung gekauft oder bezahlt hätten.«

»Sprechen Sie weiter.«

»Die Maschinengewehre auf den Bugi-Boghammer-Booten waren südafrikanische MG-4, eine nicht-lizenzierte Variante der alten amerikanischen Browning M1919. Wir haben keine Ahnung, woher diese Waffen kommen. Jedenfalls haben sie alle ähnliche Seriennummern, und einer unserer Spezialisten meint, dass einige Erneuerungen an den Waffen nach israelischer Arbeit aussehen.

Wirklich interessant wird es bei den Sturmgewehren. Da haben wir eine kurzläufige Variante des AK-47 der ungarischen Armee. Vor einigen Jahren, als Ungarn bei seinen Handfeuerwaffen den NATO-Standard übernahm, überarbeitete man die gesamten Bestände an alten 7,62-mm-Waffen aus der Zeit des Warschauer Pakts und bot sie auf dem internationalen Waffenmarkt an. Voriges Jahr kaufte ein thailändischer Waffenhändler gleich sechstausend Gewehre. Die Papiere für diese Waffen führen von Budapest nach Bangkok, wo sie angeblich in irgendeinem Lagerhaus aufbewahrt sein sollen …«

»Und in Wirklichkeit?«

»… sind sowohl die Waffen als auch der Waffenhändler verschwunden. Sechstausend Sturmgewehre, Admiral. Genug, um zwei vollständige Infanteriebrigaden auszurüsten.«

»Ich weiß, wie stark eine Brigade ist, Commander. Aber worauf wollen Sie hinaus?«

Christine reichte ihm ein neues Blatt Papier. »Admiral, die Größe und die Herkunft dieser Waffenlieferungen legen die Vermutung nahe, dass Harconan still und heimlich große Mengen an Waffen hortet – viel mehr jedenfalls, als er bräuchte, um seine Piratenflotte auszurüsten.«

»Was könnte er damit vorhaben?«

Sie zuckte die Schultern und lehnte sich in ihrem Stuhl zurück. »Das ist eben die Frage. Eine Möglichkeit wäre, dass er einige Gruppierungen von Aufständischen innerhalb Indonesiens mit Waffen versorgt. Es gibt genug solcher Gruppen, und das Transportnetzwerk dafür hätte er jedenfalls. Das Problem ist nur, dass allem Anschein nach keine der Extremistengruppen – wie die Morning-Star-Separatisten auf Neuguinea oder die muslimischen Aceh-Separatisten auf Sumatra – in letzter Zeit Waffen erhalten haben. Falls Harconan tatsächlich Waffenhandel betreibt – wer bekommt dann das Zeug und wofür wird es eingesetzt?«

»Glauben Sie, dass Cyberwar die Antworten finden könnte?«

Christine schüttelte bedauernd den Kopf. »Nur, wenn wir durch Zufall zu weiteren interessanten Daten kommen. Damit komme ich zum zweiten interessanten Faktor: Harconan Limited hat zwei völlig unterschiedliche Kommunikationsebenen in Betrieb.«

»Und?«

»Auf der einen Ebene werden die täglichen geschäftlichen Transaktionen abgewickelt. Cyberwar meint, dass wir diese Ebene sehr gut verfolgen können. Hier finden sich genau die Dinge, die man erwarten würde: Ankauf, Verkauf, Handel, Schiffsrouten usw. Die Daten sind zwar verschlüsselt, aber die Codes sind nicht schwer zu knacken. Die zweite Ebene bezieht sich auf eine andere Geschichte. Diese Dinge tauchen nur selten im Firmennetzwerk auf – und wenn, dann werden sie gleich nach Palau Piri weitergeleitet. Ich schätze, dass Harconan sehr viel direkt über seine Satellitenverbindungen reinbekommt. Alles, was mit seinen Piratenoperationen und den Waffengeschäften zu tun hat, dürfte über diesen Kanal abgewickelt werden. Leider haben wir keinen Zugang dazu.«

MacIntyre blickte sie verständnislos an. »Bei all dem Geld, das wir in Cyberwar stecken, ist es nicht mal möglich, ein solches Verschlüsselungssystem zu knacken?«

»So einfach ist das nicht, Sir. Auch wenn Hochwürden Gates seinen Kunden etwas anderes einredet – es gibt in Wirklichkeit kein Verschlüsselungsprogramm, das man nicht knacken könnte, vorausgesetzt, man verfügt über eine entsprechend breite Basis, einen Computer, der schnell genug ist, und ausreichend Zeit, um das Problem zu lösen. Harconan weiß das genau, deshalb hat er jemanden beauftragt, eine Computer-Variante der guten alten Einweg-Geheimschrift zu erstellen.

Er verwendet nicht einen einzigen Code, sondern tausende davon – und jedes Mal wird eine andere Buchstaben- oder Zahlenkombination eingesetzt. Zum Beispiel kann der Buchstabe ›E‹ einmal durch eine vielstellige Zahl, sagen wir fünf-sechs-acht-vier, dargestellt werden. In der nächsten Botschaft wird er durch eine Wortgruppe ausgedrückt, wie zum Beispiel ›Käse, Basketball, Dienstag, Mormone‹ – aber es muss jedes Mal etwas anderes sein.«

»Ich weiß schon, wie so ein System funktioniert«, sagte MacIntyre. »Man hat nie eine Basis, die groß genug ist, um es zu entschlüsseln. Zwar kann man mit diesem System unmöglich die Encyclopedia Britannica darstellen – aber für kleinere Botschaften ist es durchaus geeignet.«

»Für Harconans Zwecke reicht es jedenfalls aus«, pflichtete Christine ihm bei. »Er muss ein Computerprogramm haben, das riesige Mengen von diesen Codes generiert. Dann verteilt er Laptops an seine wichtigsten Agenten, alle mit einem individuellen Code-Set programmiert. Jeder Code wird nach der Anwendung gelöscht und durch einen neuen ersetzt.

Die Laptops sind wahrscheinlich so eingestellt, dass sie nicht netzwerktauglich sind, was eine weitere Sicherheitsvorkehrung darstellt. Nach der Verschlüsselung muss eine Botschaft auf Datenträger heruntergeladen oder ausgedruckt und danach in einen zweiten Computer eingegeben werden, worauf sie über Internet verschickt wird.

Was die Angelegenheit besonders schwierig macht, ist die Tatsache, dass nichts von der zweiten Ebene je aus einem Büro von Makara Limited oder einem PC kommt. Es wird immer von einem öffentlichen Internet-Zugang heruntergeladen – in einer Bibliothek, einem Postamt oder dem Business-Service-Center eines großen Hotels. Selbst wenn wir einmal auf eine heiße Spur stoßen sollten, kämen wir nicht über den einen Agenten hinaus, den wir aufgespürt haben.«

»Und wenn einem der Agenten die Codes ausgehen, schickt man ihm vermutlich einen neuen Laptop.«

»Genau, Sir. Es gibt nur ein Master-Programm mit allen Code-Sets für alle Agenten. Und das befindet sich im Hauptrechner in der Zentrale auf Palau Piri. Ich wette, dass diese Anlage völlig isoliert und von außen unmöglich zu knacken ist. Außerdem ist sie bestimmt mindestens so stark bewacht wie Fort Knox.«

»Fast wie damals im Zweiten Weltkrieg mit dem Enigma-Codiersystem der deutschen Marine«, brummte MacIntyre. Er drehte sich mit seinem Stuhl zur Seite und starrte einige Sekunden zum offenen Bullauge hinüber, ehe er sich wieder der Intel-Offizierin zuwandte. »Sagen Sie mir eins, Chris. Weiß Amanda ... Captain Garrett, von diesem Verschlüsselungssystem? Haben Sie ihr davon erzählt, bevor sie nach Palau Piri aufgebrochen ist?«

Nun blickte Christine kurz zur Seite. »Nein, Sir, habe

ich nicht. Ich wollte mir zuerst noch bestimmte Aspekte des Systems von Cyberwar bestätigen lassen, bevor ich mit Captain Garrett spreche.«

»Das heißt im Klartext: Sie wollten nicht riskieren, dass sie auf eigene Faust nach der zentralen Anlage sucht.«

Christine hatte ein zorniges Funkeln in den Augen, als sie zum Admiral aufblickte. »Genau so ist es, Sir. Das Risiko, das sie eingeht, ist ohnehin schon groß genug. Ich wollte nicht, dass sie es übertreibt.«

MacIntyre blickte ihr direkt in die Augen. »Und Sie glauben nicht, dass Captain Garrett selbst in der Lage ist, zu entscheiden, wie sie vorzugehen hat, Commander?«

»Nein, Sir, das glaube ich nicht!«, rutschte es ihr heraus, bevor sie es verhindern konnte. Christine überlegte fieberhaft, wie sie ihre Worte zurücknehmen konnte. Verdammt, MacIntyre war wahrscheinlich der einzige Mensch, der die Gabe besaß, ihr derart offene Äußerungen zu entlocken.

Im nächsten Augenblick hörte sie den Admiral leise lachen. »Schon gut, Chris. Ich finde Ihre Vorgehensweise absolut gerechtfertigt. Wenn Sie ihr von der verdammten Sache erzählt hätten, dann wäre sie mit hundertprozentiger Sicherheit darauf aus gewesen, irgendetwas zu unternehmen.«

Christine betrachtete den Admiral ziemlich verdutzt. Sie hatte stets gedacht, dass sie diesen Menschen sehr gut einschätzen konnte – doch in letzter Zeit zeigte sich immer deutlicher, dass er nicht ganz so berechenbar war, wie es den Anschein hatte, und dass er die beunruhigende Gabe besaß, auch feine Untertöne wahrzunehmen und Unausgesprochenes zu spüren.

Wie zum Beispiel in diesem Augenblick.

»Sie machen sich Sorgen, weil sie allein bei Harconan ist, nicht wahr?«, fragte er.

»Natürlich, Sir. Das ist doch verständlich, oder?«

MacIntyres Augen verengten sich. »Aber Sie denken dabei nicht bloß an die heikle taktische Situation, stimmt's? Da gibt es etwas, das Ihnen überhaupt nicht gefällt, aber Sie wollen nicht darüber sprechen. Es geht um etwas Persönliches, richtig?«

»Waren Sie vielleicht mal in der Nachrichtendienst-Abteilung, Sir?«, fragte Christine und seufzte.

»Nein, aber ich habe eine Tochter, die gerade sechzehn ist. Da braucht man ganz ähnliche Fähigkeiten. Ich finde, wenn es etwas gibt, das einen beunruhigt, dann sollte man darüber reden. Hier sind wir unter uns. Also, was gibt's?«

Christine zögerte einen Augenblick. Sie hätte das Ganze lieber für sich behalten, doch dafür war es nun zu spät. »Ich fürchte, dass Captain Garrett ... Amanda da in eine Situation schlittern könnte, die ihr über den Kopf wächst und die sie selbst nicht versteht.«

Christine hielt inne und überlegte, wie sie ihre Gefühle in Worte fassen sollte.

»Sprechen Sie's einfach aus«, sagte MacIntyre geduldig.

»Admiral, Amanda Garrett ist praktisch eine Nonne!«

»Was?«, fragte MacIntyre mit großen Augen.

Christine ließ ihren Gedanken freien Lauf. »Ich meine, Amanda lebt in gewisser Weise sehr isoliert. Ihr ganzes Leben lang war sie nur mit der Navy verheiratet, so wie eine Nonne mit der Kirche verheiratet ist. Das ist ihre Welt. Schon bevor sie nach Annapolis kam, wuchs sie in einer Umgebung auf, die von der Navy beherrscht wurde. Als ihre Freundin kann ich sagen, dass das letzte Mal, dass sie eine nennenswerte persönliche Beziehung außerhalb der Navy hatte, auf der High-School war.«

»Und was wollen Sie damit sagen?«, fragte MacIntyre verwirrt.

Christine holte tief Luft. »Ich will damit sagen, dass sie

noch nie mit einem Mann wie Makara Harconan und seiner Welt zu tun hatte. Sie hat im Moment ihr gewohntes Territorium verlassen und lässt sich auf ein Spiel ein, dessen Spielregeln sie nicht beherrscht – und ich habe eine Riesenangst, dass sie das erst merkt, wenn es zu spät ist.«

MacIntyre starrte sie mit großen Augen an. »Sie meinen doch nicht etwa … Großer Gott, Chris! Wollen Sie etwa andeuten, dass dieser Pirat Amanda … auf seine Seite ziehen könnte?«

Christine schüttelte den Kopf. »Ich glaube nicht, dass sie sich in ihn verliebt, zumindest nicht richtig. Bestimmt könnte sie nichts dazu bringen, die Task Force oder die Navy bewusst zu verraten. Aber es könnte sein, dass sie infolge einer gewissen Verblendung persönliche Risiken nicht mehr erkennt. Nicht wir sind es, die in Gefahr sind, Admiral – es ist Amanda.«

MacIntyre schoss aus seinem Sessel hoch und begann in dem engen Büro auf und ab zu gehen. »Das ist doch lächerlich, Commander. Das ist … einfach … lächerlich!«

»Sir, ich wünschte, es wäre so!«, rief Christine und drehte sich mit ihrem Stuhl ihm zu. »Aber solche Dinge passieren immer wieder. Haben Sie nicht auch schon oft genug von irgendeinem Offizier gehört, der seine Laufbahn ruiniert hat – wegen irgendeinem Flittchen, das das Schwarzpulver nicht wert war, mit dem man es hätte zur Hölle schicken sollen?«

MacIntyre schwieg, doch sein Gesichtsausdruck verriet, dass ihm einige derartige Fälle einfielen. »Aber nicht Amanda«, sagte er schließlich. »Sie ist zu klug, um so was zu tun.«

»Sir, glauben Sie mir, wenn die Hormone das Steuer übernehmen, dann können Frauen genauso überschnappen wie Männer.« Christine schlug sich mit der Handfläche gegen die Stirn. »Verdammt, das sind eigentlich Frauenangelegenheiten. Wie soll ich es Ihnen bloß erklären? Es kommt öfter vor, dass Frauen sich zu mächtigen Männern hingezogen fühlen. Anthropologen meinen, dass dahinter der Instinkt steckt, besonders gute Gene auszuwählen und jemanden zu finden, der in der Lage ist, gut für unsere Kinder zu sorgen. Jedenfalls kann es schon mal vorkommen, dass irgendein supermännlicher Typ unsere Sicherungen durchbrennen lässt. Makara Harconan ist so ein Typ. Er hat alles, was man sich nur wünschen kann. Er ist intelligent, äußerst erfolgreich, er sieht sehr gut aus – kurz gesagt, wenn man eine Frau ist, kann man ihn ganz einfach umwerfend finden! Ich habe diesen Effekt auch gespürt, als ich ihn zum ersten Mal auf einem Foto sah. Und ich glaube, es würde vielen Frauen so gehen. Ich würde sagen, so jemanden wie ihn findet man unter hunderttausend Männern nur ein Mal.«

MacIntyre starrte auf das getäfelte Schott. »Einmal unter Hunderttausend, sagen Sie? Und wie kann sich das … taktisch auswirken?«

»So, dass auch eine gestandene Task-Force-Kommandantin schwer unter die Räder kommen könnte.«

Palau Piri

16. August 2008, 12:33 Uhr Ortszeit Ein Imbiss wurde im Garten des Hauses serviert. Der Schatten der Palmen und die federleichte Kleidung Amandas trugen dazu bei, dass sie die tropische Hitze kaum spürte. Die Mahlzeit selbst war ausgezeichnet. Einfach, und doch raffiniert: Garnelen in einer Butter-Knoblauch-Sauce, Sate – schmackhaftes gegrilltes Fleisch auf Zuckerrohr-Spießen mit feuriger Sambal-Erdnuss-Sauce aus Chili, Erdnüssen und Kokosnuss-Creme. Dazu gab es Reis als Gegengewicht zu den würzigen Speisen und Bier nach holländischer Art.

Amanda fiel auf, dass Harconan sich das Bier genauso schmecken ließ wie sie. Er war also doch kein Moslem, oder vielleicht folgte er einfach nur seinen eigenen Grundsätzen. Es gab tausend Dinge, die sie gern über diesen Menschen gewusst hätte – ausgehend von dem, was Tran ihr über ihn berichtet hatte. Doch sie wagte es nicht, ihm zu viele Fragen zu stellen. Sie musste sich damit begnügen, die Informationen zu sammeln, die er ihr von sich aus gab.

Als der chinesische Diener das Tablett mit dem Dessert brachte, bot sich ihr wieder eine Gelegenheit, etwas mehr zu erfahren.

»Mir fällt auf, dass die meisten der Angestellten hier Chinesen sind«, sagte sie. »Gibt es einen Grund dafür oder ist es reiner Zufall?«

»Es gibt einen Grund«, antwortete Harconan. »Man könnte sagen, dass ich sie aus Sicherheitsgründen anstelle. Die meisten Chinesen in Indonesien sind nicht wirklich in der Kultur hier verwurzelt. Sie sind fleißig, erfolgreich und großteils auch wohlhabend, aber sie sind dem Neid und Misstrauen vieler Indonesier ausgesetzt. Man könnte sie als die Juden Südostasiens bezeichnen.«

Harconan nahm einen Schluck von seinem Bier. »Hier als meine Angestellten bekommen sie ein gutes Gehalt und werden mit dem Respekt behandelt, der einem tüchtigen Mitarbeiter zusteht. Deshalb sind sie mir gegenüber loyal und ich brauche nicht zu befürchten, dass sie allzu enge Beziehungen nach außen knüpfen.«

»Das klingt ja fast nach einer Feudalgesellschaft.«

Er lächelte ihr zu und wischte sich mit einem Handknöchel über seinen schmalen Oberlippenbart. »Sie müssen gar nicht ›fast‹ sagen, Amanda. Genau das ist es nämlich und ich bin ganz zufrieden damit. Das ist der Vorteil, wenn man wohlhabend ist. Es ermöglicht einem nicht nur zu leben, wo man will, sondern auch auf welcher Zeitebene man will.«

Beim Dessert machte er sie mit den hiesigen Früchten bekannt und bestand darauf, ihr jede der Früchte selbst mit dem silbernen Obstmesser aufzuschneiden. Sie kostete von Dingen, von denen sie nie auch nur gehört hatte. Die Tuih und Zirzak, die Blimbing und die nach Honig schmeckende Sawo, die Schlangenfrucht, die der indonesischen Legende zufolge der wahre Apfel im Garten Eden war, und schließlich die Durian, die zwar abstoßend riecht und wie eine Mischung aus Zwiebel und Karamel schmeckt, nach der man aber, wenn man sie einmal verkostet hat, regelrecht süchtig werden kann. Harconan ließ sie ein halbes Dutzend Scheiben dieser Frucht verzehren, bevor er beiläufig erwähnte, dass die Durian angeblich ein äußerst wirksames Aphrodisiakum sein solle.

Zu den Früchten wurde wunderbarer kalter Champagner serviert, und Amanda stellte fest, dass die Unterhaltung sehr lebhaft und angeregt verlief. Stück für Stück ließ sie ihren Schutzschild fallen, während Harconan darauf bedacht schien, über alle möglichen Themen mit ihr zu reden, nur nicht über die Task Force und Politik im Allgemeinen. Sie stimmten darin überein, dass Holz das einzige wirklich brauchbare Material sei, um ein Segelschiff zu bauen, und sie verglichen die indonesische, die europäische und die amerikanische Bauweise, um schließlich ein Schiff zu erfinden, das aus allen drei Welten das Beste vereinte.

Die Sonne hatte längst den Zenit erreicht, während sie völlig die Zeit vergaßen. Sie kam ihnen erst wieder zu Bewusstsein, als Lo an ihrem Tisch erschien.

»Verzeihung, Mr. Harconan, aber ich fürchte, ich muss

Sie daran erinnern, dass Sie noch ein wichtiges Telefongespräch zu führen haben.« Harconan blickte verdutzt auf seine Rolex-Taucheruhr. »Verdammt, so spät ist es schon? Amanda, Sie müssen mich entschuldigen. Die Pflicht ruft mit unangenehm schriller Stimme.«

Amanda stellte fest, dass sie enttäuscht war, dass der Tag schon zu Ende war. »Das kenne ich nur allzu gut. Sie brauchen sich nicht zu entschuldigen. Haben Sie vielleicht einen Piloten, der mich zum Schiff zurückbringen kann?«

»Unsinn, es ist doch erst zwei Uhr. Der Tag ist noch jung. Ich brauche vielleicht fünfundvierzig Minuten für das Gespräch, allerhöchstens eine Stunde. Sie könnten doch inzwischen an der Ostküste ein wenig schwimmen und die Sonne genießen, während ich mein Gespräch führe. Ich komme dann nach, sobald ich kann.«

»Das klingt wunderbar. Könnten Sie mir vielleicht einen Badeanzug besorgen?

Harconan zuckte die Schultern. »Wenn Sie einen brauchen …«

Im Gästezimmer lagen bereits ein Badeanzug aus blassgrünem Satin mit freiem Rücken und dazu eine kurze Strandjacke aus frotteeartigem Stoff sowie Sandalen für sie bereit. Amanda war nicht überrascht, dass alles wie angegossen passte.

Es muss nett sein, einen Zauberstab zu besitzen, dachte sie mit einem ironischen Lächeln. Sie hatte auch jetzt wieder das eigenartige Gefühl, dass da jemand genau über sie und ihr Leben Bescheid wusste. Wenn Harconan sogar ihre Kleidergröße in Erfahrung bringen konnte, was wusste er dann noch alles über sie?

Die hundert Meter zum östlichen Strand verliefen über einen gepflegten gewundenen Kiesweg mitten durch den Palmenhain der Insel. Der Spaziergang allein war schon ein Erlebnis. Amanda hatte bereits einige bekannte botanische Gärten besucht, die jedoch nicht an das heranreichten, was Palau Piri an wilden Pflanzen zu bieten hatte. Sie erkannte Bougainvillea, Jasmin, Weihnachtsstern, Ringelblume und viele andere Pflanzen – und alle wuchsen sie hier in ihrer natürlichen Umgebung.

Es hatte fast etwas Berauschendes an sich, all die Düfte rund um sich wahrzunehmen. Die Luft war erfüllt vom Gezwitscher der Vögel und den zirpenden Lauten der Geckos. Die Vögel erschienen ihr in ihrer Farbenpracht wie fliegende Blumen, während auf der Erde die Eidechsen flink über die Wege huschten und die Stämme der Palmen empor kletterten.

Es war ein überwältigendes Schauspiel. Amanda hätte sich nicht gewundert, wenn plötzlich Bob Hope und Bing Crosby auf der Bildfläche erschienen wären.

Schließlich führte der Weg aus den Bäumen ins Freie hinaus, und sie sah vor sich den Strand. War der Spaziergang durch den Palmenhain schon überwältigend gewesen, so war der Anblick, der sich ihr jetzt bot, geradezu ehrfurchteinflößend.

Und das alles war kein Traum, sondern Wirklichkeit.

All die Legenden, die Bilder und Fantasien von der Südsee waren also wahr. Man musste nur lange genug suchen, bis man etwas wie die Insel der Prinzen fand.

Samtiger dunkler Sand und eine niedrige schneeweiße Brandung, die darüber hinweglief. Meer und Himmel zeigten zwei leicht unterschiedliche Töne von Saphirblau, und über dem Festland von Bali türmten sich Wolken so weiß wie die Brandung rund um den Gipfel des Propet Agung. Das Festland selbst und die etwas weiter entfernt liegende Insel Menjagang leuchteten grün unter der Sonne. Eine große Seeschwalbe zog ein Stück vor der Küste einsam ihre Kreise.

Selbst in ihrer Fantasie hätte sich Amanda niemals etwas so Vollkommenes ausmalen können. Minutenlang stand sie nur da und sog alles in sich auf. Als sie wieder zu sich kam und sich umblickte, sah sie zwei bequem aussehende Liegesofas, die etwas abseits im Schatten standen und durch einen kleinen Tisch für Getränke voneinander getrennt waren.

Amanda lächelte anerkennend. Der Mann war ihr stets einen Schritt voraus. Doch ihr fiel noch etwas anderes auf. Zwischen den Palmen sah sie etwas Mannshohes, das jedenfalls keine Pflanze war. Neugierig ging sie etwas näher heran.

Es war eine graue Stahlstange mit einer ferngesteuerten Kamera – ein Teil der Verteidigungsanlagen der Insel, über die Chris berichtet hatte. Gegenwärtig war jedoch eine Nylonabdeckung über die Kamera gebreitet. Wie Harconan ihr versprochen hatte, würde sie hier ungestört sein.

Amanda kehrte zum Strand zurück, ging einige Meter zum Ufer hinunter, streifte die Sandalen ab und stellte fest, dass sich der Sand angenehm samtartig und heiß anfühlte. Sie zog ihre Jacke aus und machte einen Schritt auf die Brandung zu. Dann zögerte sie und blickte an sich hinunter.

Dieser verdammte Kerl!

Sie erinnerte sich an das träge herablassende Lächeln, mit dem er sie angeblickt hatte, als sie nach einem Badeanzug gefragt hatte. »Wenn Sie einen brauchen …«

Dieser Strand, die ganze Situation, die Tatsache, dass er sie allein schwimmen gehen ließ … Dieser Bastard wollte sie herausfordern!

Sie stieß einen zornigen Laut aus.

Wenn sie es tat, hätte er wieder einmal gewonnen, weil er sie dazu gebracht hatte. Und wenn sie es nicht tat, hätte sie erst recht verloren, weil sie nicht die Courage hatte, die Herausforderung anzunehmen.

Dieser verdammte Kerl!

Sie kämpfte noch etwa eine Minute mit sich selbst, bevor die Sonne und der warme Wind auf ihrer Haut die Oberhand gewannen. Entschlossen griff sie nach den Trägern des Badeanzugs und zog sie von den Schultern herunter, sodass der feine Satin an ihrem Körper herabglitt und zu ihren Füßen liegen blieb. Sie genoss das angenehm freie Gefühl ihrer Nacktheit, als sie schließlich ins Meer hinauslief.

Sobald sie sich in das körperwarme Wasser gestürzt hatte, genoss sie den unendlichen Unterschied, der zwischen dem Schwimmen in Badekleidung – auch wenn es nur ein feines Stück Stoff war – und dem Schwimmen mit nichts auf der Haut bestand. Sie fragte sich, ob es möglich war, dass Harconan sogar ihre Vorliebe für das Nacktbaden in Erfahrung gebracht hatte.

Etwa zwanzig Meter vor der Küste türmte sich ein Riff auf und sie schwamm parallel dazu, in sicherer Entfernung von den Korallen und Seeigeln. Doch zwischendurch tauchte sie immer wieder eine kurze Strecke, um die leuchtenden Schwärme von Fischen zu bewundern, die sich zwischen den farbenprächtigen Fächerkorallen tummelten. Sie hätte nicht nach einem Badeanzug fragen sollen, sondern nach Schwimmflossen und Taucherbrille. Nächstes Mal würde sie nicht darauf vergessen.

Nächstes Mal?

Jetzt erst merkte Amanda, dass sie etwa einen halben Kilometer den Strand entlanggeschwommen sein musste und dass sie bereits gefährlich lang der Sonne und dem Salzwasser ausgesetzt war. Sie schwamm ans Ufer und lief sogleich in den Schatten am oberen Ende des Strandes. Jetzt würde sie zu Fuß zu der Stelle zurückkehren müssen, wo sie ihren Badeanzug liegengelassen hatte, doch auch diese Aussicht war nicht wirklich unangenehm. Sie pflückte eine scharlachrote Hibiskusblüte und steckte sie sich ins Haar, während sie zu dem Kiesweg zurückschlenderte.

So sehr war sie in ihre Tagträume versunken, dass sie über das Ziel hinausging. Sie blickte verwirrt zurück. Nein, sie konnte sich unmöglich irren. Da waren ihre Sandalen. Genau hier hatte sie ihren Badeanzug ausgezogen, und auch die Jacke.

Beides war weg, und plötzlich fühlte sich Amanda nicht mehr nur nackt, sondern entblößt.

Er hatte sie hereingelegt! Amandas Hände fuhren instinktiv nach oben, um ihre Brüste zu bedecken – doch sie zwang sich zornig, sie wieder zu senken. Hatte er nicht ohnehin längst alles gesehen, was es zu sehen gab? Sie hatte ihre Kleider verloren, doch sie würde nicht auch noch ihre Würde verlieren.

»Makara!«, rief sie, so laut sie konnte.

»Ja«, antwortete er beiläufig und kam aus dem Schatten der Palmen auf sie zu. Er war barfuß und trug eine Strandjacke; seine grauen Augen betrachteten sie mit unverhohlener Bewunderung. Wieder wollte sie instinktiv ihre Blöße bedecken, doch sie zwang sich, die Hände hängen zu lassen.

»Also gut, Makara, was ist mit meinem Badeanzug passiert?«

»Nichts ist damit passiert«, antwortete er völlig ruhig. »Du hast ihn nicht gebraucht und wolltest ihn auch gar nicht mehr, also habe ich ihn zurück ins Haus bringen lassen. Du siehst einfach reizend aus, so wie du bist, und ich möchte, dass du noch eine Weile so bleibst.«

»Das war ein schmutziger Trick!«

Er seufzte, als hätte er es mit einem trotzigen Kind zu

tun. »Amanda, sei doch vernünftig. Niemand hat dich ausgetrickst, höchstens du dich selbst.«

»Willst du etwa abstreiten, dass du das Ganze hier inszeniert hast?«

»Sagen wir so – ich habe mit einer solchen Möglichkeit gerechnet«, antwortete er lächelnd. »Mit Möglichkeiten zu rechnen ist etwas, was mir sehr liegt. Sei nicht ungerecht – du kannst mir allerhöchstens vorwerfen, dass ich dir ein paar Türen geöffnet habe, aber durchgegangen bist du jedes Mal ganz von allein und völlig freiwillig.«

»Das stimmt nicht!«

»Aber sicher. Du hättest mich mehr als einmal daran hindern können, dir die Kleider wegzunehmen. Bist du denn zu irgendetwas gezwungen worden oder hat irgendjemand Hand an dich gelegt? Ich glaube nicht. Selbst jetzt ist es noch nicht zu spät. Wir könnten ja lügen und uns sagen, dass keiner von uns das wollte. Du kannst meine Jacke haben und damit zurück zum Haus gehen.«

Er hob eine Hand und griff nach der Blume in ihrem Haar, mit deren Blütenblättern er ihre Wange streichelte. Sie spürte, wie ihre Knie zitterten und hob die Hände, wie um sich gegen ihn zu schützen – und um zu verbergen, dass ihre Brustwarzen sich aufrichteten, und um ihn die anderen Anzeichen des Feuers nicht sehen zu lassen, das in ihr aufflammte.

»Makara, bitte«, flüsterte sie. »Ich bin völlig nackt …«

Er streichelte mit dem Handrücken ihre Wange. »Natürlich bist du nackt. Nackt und wunderschön und verwundbar und hilflos, so wie du es sein wolltest, zumindest für eine kleine Weile.«

Der Sonnenuntergang war atemberaubend in seiner Farbenpracht. Sie betrachteten ihn gemeinsam, auf dem Bett liegend, das sie sich aus den Matratzen der Liegesofas gemacht hatten. Beide lagen sie auf der Seite, und Makaras rechter Arm diente ihr als Kissen, während sein Gesicht in ihrem Haar geborgen war, das vom Salz leicht zusammenklebte. Sie hatten, so schien es jedenfalls, nicht genug voneinander bekommen können, sodass es fast beängstigend lang gedauert hatte, bis sie schließlich gesättigt waren. Und dennoch war da immer noch der Hunger nach mehr; das Feuer wurde lediglich durch die momentane Erschöpfung ein wenig eingedämmt.

»Du hast Recht«, sagte Amanda – das erste bewusste Wort, das sie seit Stunden gesprochen hatte. »Ich wollte es auch – obwohl ich nicht weiß, warum.«

»Das könnte ich als Beleidigung auffassen«, raunte Harconan ihr zu, während er ihren Nacken küsste.

»So habe ich es nicht gemeint, mein Lieber«, erwiderte sie und streckte die Hand aus, um ihn zu streicheln. »Ich gebe ja zu, dass mich dein Charme von Anfang an beeindruckt hat. Ich meine, ich weiß nicht, warum ich die Situation so anziehend fand, die du inszeniert hast. Ich bin in solchen Dingen für gewöhnlich ... etwas zurückhaltender.«

»Musst du immer alles analysieren?«, fragte er und biss sie zärtlich in die Schulter.

»Ja«, antwortete Amanda aufrichtig und begann, ihre Schenkel an seinen zu reiben.

»Mmm, na gut, ich würde dir ja gern meine Theorie darüber verraten, aber ich möchte dich nicht unterbrechen bei dem, was du gerade tust.«

»Ich höre sofort auf, wenn du's mir nicht sagst.«

»Ich stelle fest, dass der Captain in dir wieder zurückkehrt. Na gut, ich verrate dir meine Theorie. Du bist mir in die Falle gegangen, weil du es selbst so wolltest. Du wolltest mit dem Teufel spielen und am Ende besiegt werden. Du wolltest das Spiel und auch die Kontrolle über die Situation verlieren. Du wolltest am Ende nackt und hilflos sein – kurz gesagt, du wolltest verlieren.«

Sie hielt in der Bewegung ihrer Schenkel inne und blickte mit großen Augen über die Schulter zurück. »Das ist doch verrückt.«

»Nein, finde ich nicht. Nicht für Menschen wie dich und mich.« Harconan schloss beide Arme um sie und zog sie eng an sich. »Zu verlieren ist eine grundlegende menschliche Erfahrung, ein Teil des Lebens. Wir lernen daraus. Aber du und ich, wir sind anders als die andern.«

»Wie meinst du das?«

»Wir lieben das Risiko. Wenn wir spielen, dann immer um hohe Einsätze. Wenn wir verlieren, dann verlieren wir viel, beim Geld, in der Politik und auch im Leben. Deshalb müssen wir einfach gewinnen … egal wie, wenn wir uns auf ein Spiel einlassen. Es gibt nur wenige Schlachtfelder, auf denen wir uns hin und wieder eine Niederlage leisten können. Du hast heute ein solches Feld gefunden, hier auf diesem Strand. Ich hoffe, es war eine interessante Erfahrung für dich.«

»Ja … sehr … Makara?«

»Ja, meine Schöne?«

»Ich muss bald auf mein Schiff zurück. Meinst du, du könntest … mich noch einmal besiegen?«

In der Nähe des Liegeplatzes von Adat Tanjung

Auf der Insel Sulawesi

16. August 2008, 22:41 Uhr Ortszeit Zwei Schatten liefen in Gefechtsformation durch die Nacht. Nicht mit heulenden Turbinen und dröhnenden Hubgebläsen, die die

Gischt hätten aufschäumen lassen, sondern mit dem nahezu unhörbaren Gemurmel der Hilfsdiesel und dem leisen Plätschern der Wellen am Bootsrumpf.

Die *Queen of the West* und ihr Schwesterboot, die *Manassas*, glitten auf das Flussdelta zu, das den Hafen von Adat Tanjung bildete. Laut Anzeigen war in der Umgebung weit und breit keine Spur eines Radars zu erkennen, sodass die Seafighter lediglich darauf achten mussten, nicht gesehen oder gehört zu werden.

An den Seiten der breiten Boote, achtern des Cockpits, hoben sich Waffenstationen in Position. Flugkörper-Startschienen und 30-mm-Kanonen wurden in die Dunkelheit gerichtet. Die kurzen Rohre der OCSW-Granatwerfer, die aus den Seitenluken hervorschauten, ergänzten die primäre Bewaffnung der Boote.

Normalerweise wäre achtern noch ein dritter Granatwerfer installiert gewesen, um auch von der offenen Heckrampe aus feuern zu können. In dieser Nacht wurde der Raum jedoch von einem kleinen Team von SOC-Marines eingenommen, die hier ihr kleines CRRC (Combat Rubber Raiding Craft) für den Einsatz vorbereiteten.

Die Luken waren geöffnet, sodass die Klimaanlage der *Queen* nicht mehr mit der hereinströmenden heißen Luft fertig wurde. Unter den Gefechtswesten und Helmen kribbelte der Schweiß auf der Haut. Steamer Lane blickte abwechselnd auf die Grafikkarte des Flussdeltas auf seinem Navicom-Display, und mit Hilfe seines Nachtsichtgerätes in die Dunkelheit jenseits des Cockpitfensters hinaus.

»Okay«, sagte er, »das ist die westliche Spitze. Wenn wir sie hinter uns haben, sollten wir das Dorf am Ostufer der Flussmündung vor uns sehen.«

»Ja«, erwiderte Scrounger Caitlin und blickte vom Bildschirm an ihrer Konsole auf, wo sie die Abbildung der restlichtverstärkenden Videokamera verfolgte, die die Dunkelheit besser zu durchdringen vermochte als ihr Nachtsichtgerät. »Wir sollten uns aber ein Stück vom Ufer fern halten. Ich sehe Fischernetze und kleine Boote vor dem Strand. Die Leute machen wohl einen Fischzug heute Nacht.«

»Okay. Wie steht's mit dem Küstenfahrzeug, das achtern vorüberzieht?«

Die Sensoren am Mast des Bootes schwenkten herum, um nach achtern zu blicken.

»Fast schon über dem Horizont, Sir. Spielt keine Rolle mehr für uns.«

»Gut«, meinte Lane und lachte leise. »Diese Sandbank da, die quer über die Flussmündung verläuft, reizt mich irgendwie. Wisst ihr, wenn man einen kräftigen Südwind hätte, könnte man sich da raufschwingen und ein, zwei Meilen dahinbrausen.«

»Verzeihung, Captain, aber ich glaube nicht, dass meine Jungs und ich das heute Nacht unbedingt ausprobieren möchten«, erwiderte der junge Offizier des Marine Corps, der auf dem Passagiersitz des Cockpits saß. Es war dies der erste wirklich knifflige Einsatz für Second Lieutenant Lincoln Ives, U.S. Marine Corps-SOC.

Steamer Lane und Scrounger Caitlin kannten das Gefühl und fühlten mit dem jungen Mann. Es würde Ives auch nicht helfen, wenn sie ihm sagten, dass das krampfartige Gefühl im Bauch und der trockene Mund bei jedem Einsatz da sein würden. Die Erfahrung ermöglichte es einem lediglich, die Symptome besser zu verbergen.

»Keine Sorge, Lieutenant!«, rief Scrounger Caitlin über die Schulter zurück. »Das Ganze wird ein Kinderspiel, Sie werden schon sehen.«

»Danke, dass Sie so viel Vertrauen in mich setzen«, erwiderte Ives mit einem säuerlichen Lächeln.

»Nein, im Ernst. Ich *weiß*, dass die Sache heute gut für Sie ausgeht.«

Ives blickte zu ihr auf, nachdem er ungefähr zum zehnten Mal überprüft hatte, ob sein MOLLE-Lasttragegurtzeug auch richtig saß. »Sie wissen es? Wie meinen Sie das?«

»Genau so wie ich es sage. Ich weiß es eben. Ich spüre so etwas, Sir.«

»Sie spüren es …« Der Marine verstummte. Er hatte schon öfter solche Geschichten gehört. Innerhalb der Streitkräfte erzählte man sich immer wieder von bestimmten Menschen, die, so schien es, gewisse Ahnungen hatten, was Leben und Tod betraf – Soldaten, die angeblich imstande waren, vorherzusagen, dass ein Kamerad oder sie selbst in der Schlacht fallen würden. Nein, diese Geschichten konnten nicht der Wahrheit entsprechen, auch wenn der Chief of the Boat der *Queen* es tatsächlich sehr ernst zu meinen schien. Oder war am Ende doch etwas dran?

»Glauben Sie es ihr ruhig«, sagte Steamer Lane. »Wenn Scrounger Caitlin sagt, dass Ihnen nichts passiert, dann ist es auch so.«

In diesem Augenblick hatte sich Lincoln Ives tatsächlich nichts sehnlicher gewünscht, als dass jemand zu ihm voller Überzeugung sagte: »He, mach dir keine Sorgen, das wird schon klappen.«

»Wenn Sie es sagen, Commander«, antwortete er lächelnd. »Ich danke Ihnen, Chief. Ich werd's an die Jungs weitergeben.«

Über ihnen war ein Scharren und Poltern zu hören und im nächsten Augenblick kam Ensign Walker durch die offene Luke ins Cockpit herunter. »Cipher-Drohne ist startklar, Sir«, meldete er und setzte sich an die Navigator-Station.

»Gut, Terr. Geben Sie mir einen Status-Bericht von der *Manassas* und sagen Sie den Jungs auf der *Carlson*, dass wir in Position und startklar sind.«

»Aye aye, Sir.«

»Ich seh jetzt besser nach, wie meine Jungs unten im Hauptraum zurechtkommen«, erklärte Ives, erhob sich von seinem Platz und kletterte die Cockpit-Leiter hinunter.

Lane wartete, bis er draußen war, ehe er sich seiner Kopilotin zuwandte. Steamer vertraute auf Scrounger Caitlins Prophezeiung genauso wie er den Anzeigen an seinem Instrumentenbrett vertraute. Nachdem sie den Tod einiger Menschen vorausgeahnt hatte, mit denen sie beide befreundet gewesen waren, hatten sie einige Nächte damit verbracht, über die komplizierten moralischen Fragen zu diskutieren, die mit einer solchen Gabe verbunden waren.

»Die Voraussage für den Einsatz heute Nacht – ist es wirklich so, wie Sie's ihm gesagt haben?«, fragte er.

Sie blickte ihn mit ernster Miene an und hob die Schultern.

Landing Force Operations Center, USS *Evans F. Carlson*

16. August 2008, 22:52 Uhr Ortszeit Die Gefechtszentrale, das Combat Information Center, oder kurz CIC eines modernen Kriegsschiffes hat keine Fenster, da sie in den unteren Bereichen des Rumpfes oder der Aufbauten liegt. Dank der hochentwickelten Sensoren, der Kommunikationssysteme und Anlagen zum Sammeln von Nachrichtendienst-Material kann ein Kommandant dennoch von hier aus genau ›sehen‹, was rund um ihn in der Gefechtszone vor sich geht.

Angesichts der schwierigen küstennahen Operationen, die die *Carlson* zu bewältigen hatte, verfügte das Schiff über mehr als eine Einrichtung dieser Art. Das eigentliche CIC war für alle Angriffs- und Verteidigungsmaßnahmen zuständig; außerdem wurde mit Hilfe des Verbundenen Gefechtsführungssystems von hier aus die Task Group als Ganzes geführt, wenn die *Carlson* gerade das Kommandoschiff des Verbandes war.

Die zweite Einrichtung dieser Art, das Joint Information Center, eine Art zusammengeführtes Informations- oder Aufklärungszentrum, war für den Einsatz der ›Raven‹-Systeme der Task Force zuständig – also für die Kapazitäten zum strategischen, operativen und taktischen Sammeln von Nachrichtendienstmaterial. Hier liefen die Daten aus elektronischer Überwachung (ELINT) und Funkaufklärung (SIGINT) zusammen, das Material der Aufklärungssatelliten und Drohnen, die Situationsberichte von der National Security Agency und Defense Intelligence, ja, sogar das Neueste von CNN. Das eintreffende Material wurde hier bearbeitet und anschließend den Entscheidungsträgern der Task Force übermittelt.

Als Drittes gab es noch das Landing Force Operations Center, die Einsatzzentrale für Landungstruppen, von wo aus die Operation des Kommandotrupps der Marines betreut und geleitet wurde.

Das LFOC hatte für Amanda etwas Vertrautes an sich. Da waren die Kabelstränge an der Decke, die drei Reihen von Workstations entlang des Schotts, an dem großformatige Bildschirme prangten, und nicht zuletzt eine Crew, die in dem gedämpften Licht der Bildschirme mit stiller Effizienz ihrer Arbeit nachging. Da waren Navy-Offiziere in Khaki-Uniformen, Mannschaftsdienstgrade in Drillichanzügen und Marines in ihren grünen Uniformen.

Amanda hatte ihre ersten Schlachten an Orten wie diesem geschlagen.

»Wie sieht es derzeit mit indonesischen Luft- oder Schiffseinsätzen aus, Stone?«, fragte Amanda, die an der Workstation ihres USMC-Commanders stand.

Mit einem Kopfhörer auf dem kurz geschnittenen dunklen Haar saß Stone Quillain an seinem Platz und rief auf seinem Bildschirm eine Karte vom Westen Sulawesis und des umgebenden Meeres auf. Mit Hilfe seiner Joystick-Steuerung, an die er sich schon einigermaßen gewöhnt zu haben schien, hob er auf seinem 120-Zoll-Display unter all den Symbolen, die den Zivilverkehr anzeigten, jene hervor, die für die Task Force im Moment von Bedeutung waren.

»Nun, wir haben ein Boot der Marinepolizei in Parepare, gut vierzig Seemeilen südlich. Es ist im Moment aber nicht unterwegs. Ich glaube kaum, dass wir von daher viel zu befürchten haben. Das nächste indonesische Flugzeug ist eine C-160-Transportmaschine über der Makasarstraße, rund fünfzig Kilometer westlich im Standard-Luftkorridor nach Balikpapan. Auch hier brauchen wir uns keine Sorgen zu machen. Die nächstgelegene Überwasser-Einheit ist eine Übungsfregatte namens *Hajar Dewan* oder so ähnlich, die irgendwo hier unten vor der Insel Selayar liegt. Sie hat keinen Heli an Bord. Also ebenfalls kein Problem.«

»Wie neu ist dieses Material?«, fragte Amanda.

»Das JIC meint, es komme frisch aus dem Ofen, Skipper. Sie haben eine direkte Verbindung zum Global Hawk, das wir über dem Zielgebiet im Einsatz haben, und auch zum Oceansat-Aufklärungsnetz. Wenn auch nur jemand aus seiner Hütte kommt, um zu pinkeln, bekommen wir's mit.«

»Was Sie nicht sagen«, antwortete Amanda und ließ

sich in den Sessel an der benachbarten Workstation sinken, wo sie ihren Kommandokopfhörer in die Kommunikationsanlage stöpselte. »Stone, beschleicht Sie auch manchmal so ein Gefühl, dass wir nicht mehr wirklich notwendig sind? Ich meine, ich sehe mich durchaus als einen innovativen Menschen, aber die Technologie ist uns ständig ein paar Schritte voraus.«

Der Marine wandte sich ihr zu und lachte leise. »Darüber müsst ihr Knöpfchendrücker euch Gedanken machen. Mein Werkzeug ist immer noch Bajonett und Gewehr. Mich werden sie noch ziemlich lange hier brauchen.«

»Hm, sehen Sie sich mal um, wo Sie gerade sitzen, Stone«, erwiderte Amanda lächelnd.

Die große Gestalt neben ihr murmelte kaum hörbar etwas über ›diese Frauen‹.

Für einen Augenblick drang Licht aus dem Korridor in die gedämpft beleuchtete Operationszentrale, als jemand den Vorhang beiseite zog. Amanda spürte, dass mehrere Leute den Raum betraten und sich hinter ihr versammelten, und sie nahm auch die entsprechenden Gerüche wahr – das etwas altmodisch duftende Rasierwasser von Admiral MacIntyre, Christine Rendinos leicht moschusartiges Eau de Cologne und den zitronenartigen Duft eines Rasierwassers, das sie zunächst nicht erkannte, ehe ihr schließlich einfiel, dass es sich um Nuyen Tran handelte.

»Status?«, fragte MacIntyre hinter ihr.

»Die Seafighter sind in Position«, antwortete Amanda. »Wir sollten jeden Moment eine aktive Verbindung mit der *Queen* bekommen.«

Wie als Reaktion auf ihre Worte erschien auf einem zweiten großen Bildschirm die restlichtverstärkte Abbildung des Cockpits der *Queen of the West*. In der Mitte des

Bildschirms war das Gesicht von Steamer Lanes Erstem Offizier zu sehen.

Ensign Walkers Lippen begannen sich zu bewegen. »Possum One, hier spricht Royalty. Wir haben den Ablaufpunkt erreicht und beginnen mit der Live-Datenübertragung. Keinerlei erkennbare Bedrohung. Die taktische Situation scheint nominal zu sein.«

Weitere Bildschirme leuchteten auf.

Auf einem von ihnen erschien eine vollständige grafische Abbildung des Einsatzgebietes, die aus dem Material zusammengesetzt war, das die Sensoren der Seafighter und der Global-Hawk-Drohne lieferten; zusätzlich war auch die Geo-Intelligence-Datenbank des Küstengebiets von Adat berücksichtigt. Auf einem anderen Bildschirm konnte man die Abbildung erkennen, die die restlichtverstärkende Videokamera der *Queen* lieferte.

Amanda wandte sich an einen der Systemoperatoren. »Geben Sie uns einen Blick auf das Dorf.«

Der Systemoperator, der an einer der vorderen Konsolen saß, griff mit seinem Joystick in die Steuerung des Systems ein.

750 Seemeilen entfernt reagierten die Sensoren der *Queen of the West* auf den Befehl.

Vor ihnen lag das Dorf Adat Tanjung, mit einer ganzen Flotte von *Pinisi*, die vor der Küste vor Anker lagen, während die kleineren Boote an den Anlegern festgemacht waren, die in das Mündungsdelta des Flusses reichten. Masten neigten sich im Schwell, und hier und dort war Licht in einer Kajüte oder an Deck zu erkennen.

Weiter nordwestlich und südwestlich waren eine ganze Reihe von Becken zur Fisch- und Krabbenzucht angelegt, während sich jenseits der Stege die Straßen des Dorfes erstreckten. Die Reihen der traditionellen Bugi-Behausungen mit ihren Strohdächern und den Pfählen, auf denen sie ruhten, erstreckten sich bis zu den grünen Palmenhainen. Dazwischen standen einige niedrige Gebäude westlicher Bauart, deren Wellblechdächer das Licht der Sterne reflektierten.

Viele der Häuser waren voll erleuchtet und auf den Straßen brannten Laternen und Fackeln.

»Da scheint einiges los zu sein heute Nacht«, hörte Amanda die nachdenklich klingende Stimme des Admirals.

»Das war zu erwarten«, warf Tran ein, der ebenfalls hinter Amanda stand. »Aber das kommt uns sogar zugute.«

»Wie das? Was geht denn da vor sich?«, fragte Amanda.

»Offensichtlich sind Schiffe von einem Streifzug zurückgekehrt, bei dem einige Stammesangehörige ums Leben gekommen sind«, antwortete Tran mit leiser Stimme. »Die Sippe trauert. So wie beim Nachbarvolk, den Toraja aus dem Hochland von Sulawesi, dauern auch bei ihnen die Feierlichkeiten für ihre Toten mehrere Tage und Nächte an. Alle nehmen daran teil, auch die Schiffsbesatzungen. Die Schiffe sind bestimmt unbemannt.«

Amanda dachte an die Bugi-Piraten, die immer noch unter Deck an Bord der *Carlson* gefangen gehalten wurden. Wie mochte es sein, wenn man nach Hause zurückkehrte, nachdem man für tot erklärt worden war?

Christine Rendino hatte mittlerweile ebenfalls eine der Workstations übernommen. Sie legte eine Zielbox über zwei Schoner, die miteinander vertäut in einiger Entfernung vom Strand lagen. »Seht ihr diese beiden Schiffe? Das sind unsere Freunde von der *Piskow.*«

Eine zweite Zielbox erschien rund um zwei weitere Schiffe. »Diese beiden gehören auch hierher; sie haben ihren Stützpunkt ebenfalls in Adat Tanjung. Diese zwei hier« – ein drittes Paar von Schonern wurde hervorgehoben – »kommen von etwas weiter nördlich. Sie gingen gestern hier vor Anker. Fällt euch auch auf, dass alle sechs Schiffe breiter als die anderen *Pinisi* hier sind? So wie sie miteinander vertäut wurden, lässt das auf einen bestimmten Plan schließen.«

»Sie bilden Kampfeinheiten«, warf MacIntyre ein.

»Genau«, stimmte Christine zu. »Wir haben heute den ganzen Tag über jede Menge Aktivität rund um diese Schiffe beobachtet. Sie wurden betankt und mit Versorgungsgütern ausgerüstet. Aber es gibt noch etwas Auffälliges dabei.«

»Und das wäre?«, fragte Amanda.

»Laut unseren Gefangenen gehört es zur üblichen Vorgangsweise nach einem Streifzug, alle Waffen abzuladen, bevor sie zu ihrer Basis zurückkehren. Wir haben die beiden Schoner von der *Piskow* die ganze Zeit über beobachtet und wir wissen, dass sie direkt nach Hause gefahren sind, ohne unterwegs Halt zu machen, um etwas abzuladen. Sie haben also ihre Waffen noch an Bord.«

»Die Männer vom *Piskow*-Überfall müssen unterwegs Anweisung bekommen haben, die Waffen an Bord zu behalten«, murmelte Amanda.

»Stimmt. Und ich wette, das trifft auch auf die anderen Schiffe hier zu.«

»Da stellt jemand einen Kampfverband zusammen.«

»Genau, Boss. Wetten, dass wir in den anderen Bugi-Siedlungen Indonesiens genau das gleiche Bild vorfinden? Diese Jungs bereiten sich auf einen Kampf vor.«

Stone Quillain stieß ein verächtliches Schnauben aus. »Sie glauben, diese kleinen Scheißer wollen uns angreifen? Das wäre glatter Wahnsinn.«

»Ich weiß nicht, Stone«, erwiderte Amanda. »Erinnern Sie sich noch an unseren General Belewa? Seine Außenborder-Navy hat uns ganz schön zugesetzt. Nachdem wir nicht wissen, was Harconan vorhat, müssen wir diese Bedrohung ernst nehmen.«

Sie dachte über die Aussichten nach und verwendete dabei das Wissen, das sie bei ihrem Beisammensein mit Makara Harconan gesammelt hatte. Ein starker Verdacht überkam sie – es gab nichts, was dieser Mann nicht wagen würde. Und das Motto von Großbritanniens Special Air Service – ›Wer wagt, gewinnt‹ – traf immer noch zu.

Die Videoverbindung mit der *Queen of the West* wurde erneut aktiviert, doch diesmal war ein anderes Gesicht zu sehen – ein hageres, kantigeres Gesicht als das von Ensign Walker, das jedoch ebenso jung war. Das Gesicht des Marines war dicht mit Tarnfarbe bedeckt und er trug einen Kevlar-Gefechtshelm mit AI2-Nachtsichtgerät. Rechts am Helm war das Handy für die Kommunikation innerhalb der Gruppe befestigt, während auf der linken Seite ein anderes Gerät von der Größe einer Zigarettenschachtel angebracht war, ausgestattet mit einer restlichtverstärkenden Linse.

»Possum One, hier spricht Lieutenant Ives, Aufklärungstrupp Able. Die Boote sind im Wasser und startklar. Irgendwelche weiteren Anweisungen?«

Stone aktivierte sein Mikrofon. »Hi, Linc, hier Stone. Machen Sie es so, wie Sie es geplant haben, Junge. Sie und Ihr Sergeant schalten Ihre Helm-Kameras ein, wenn Sie das Ziel erreichen. Wir werden einfach nur dasitzen und euch bei eurem Ausflug zusehen.«

Ein angespanntes Lächeln erschien auf den Lippen des Marines. »Ich hoffe, Sie unterhalten sich gut dabei, Sir.«

»Alles, was zählt, ist, dass Sie Ihren Job machen und dann rasch wieder nach Hause zurückkehren, Marine. Also, los.«

Stone unterbrach die Verbindung. »Ein guter Junge«, sagte er mehr zu sich selbst. »Ein wirklich guter Junge. Er muss nur noch ein wenig reifer werden.«

»Das macht jeder mal durch.«

Die Trägersignale des Kommandotrupps rauschten leise in den Lautsprechern, bevor ein kurzes Kommando zu hören war, das den Aufbruch des Trupps markierte. Zwei neue ›freundliche‹ Überwassersymbole erschienen auf dem taktischen Display und näherten sich langsam den Bugi-Schiffen. Auf dem Monitor des Mastvisiers konnte man zwei kleine, schwer beladene Schlauchboote erkennen, die sich von den Luftkissenbooten entfernten und die von nahezu geräuschlosen Elektromotoren angetrieben wurden. Sie waren allmählich immer undeutlicher auszumachen, doch blieben ihre Umrisse vor dem Hintergrund der Lichter des Dorfes noch lange sichtbar, bis sie schließlich ganz aus dem Blickfeld verschwanden.

MacIntyre begann unruhig auf und ab zu gehen. Christine saß an ihrer Workstation, während Tran aufrecht und still an ihrer Seite stand und eine Zigarette rauchte.

»Drohnenkontrolle«, sagte Amanda mit lauter Stimme, »geben Sie uns noch mal einen Blick auf die Zielschiffe.«

60 000 Fuß über Adat Tanjung schwenkte eine Kamera herum und nahm die Gegend unter ihr genauer unter die Lupe. Ein weiterer Monitor wurde aktiviert, auf dem die leeren Decks von zwei miteinander vertäuten Schonern zu sehen waren.

»Situation unverändert. Keine elektronischen oder Wärmeemissionen zu erkennen.«

Das Bild sprang von einem Schoner-Paar zum nächsten.

»Situation unverändert. Keine elektronischen oder Wärmeemissionen«, meldete sich der Systemoperator erneut.

»Gut. Dann sehen wir uns mal das Dorf selbst an.«

Die Kamera schwenkte über die Bucht hinweg und nahm die Straßen von Adat Tanjung ins Visier.

In den Höfen vor den Häusern brannten Feuer, um die sich die Menschen versammelt hatten. Bei manchen der Feuer hielten die Männer einander an den Händen und wiegten sich bei unhörbarem Gesang, während die Frauen einen weiteren Kreis bildeten und sich zu einem anderen Rhythmus bewegten.

»Was geht da vor sich, Nuyen?«, fragte Christine.

»Sie singen ein Trauerlied zur Erinnerung an die Toten. Dabei erzählen sie deren Lebensgeschichten für die Freunde und die Familie. Die Bugi sind größtenteils Moslems, aber viele der alten Zeremonien werden weiter praktiziert.« Tran zog an seiner Zigarette. »Der Vorfall war ein schwerer Schlag für das Dorf. Fast jede Familie muss einen der Ihren verloren haben.«

»Wie werden sie die Verluste den Behörden erklären?«, wollte Amanda wissen.

»Gar nicht. Das geht nur die Bugi selbst etwas an. Die Behörden sind mit Javanern besetzt, also werden sie gar nichts erfahren. Die Bugi sind ein stolzes Volk, das auf jede Einmischung mit heftigem Zorn reagiert. Die Regierenden richten sich im Allgemeinen danach und lassen sie in Frieden. Sie erinnern sich noch zu gut an Kahar Muzakkar.«

Stone Quillain drehte sich zu Tran um. »Kahar wer?«

»Das war ein Lehrer und Krieger der Bugi, der einen Guerillakrieg für die Unabhängigkeit Sulawesis anführte. Er und seine Anhänger kämpften fünfzehn Jahre gegen die Regierung in Jakarta, von 1950 bis 1965. Die Sulawesi halten seine Erinnerung in Ehren. Die Regierenden fürchten sie.«

Auf dem taktischen Display trennten sich die Symbole

der beiden CRRC und näherten sich den äußeren der in Zweiergruppen angeordneten Schoner.

»Nein, das gefällt mir nicht, wie du es machst, Linc«, murmelte Quillain laut. »Du solltest die beiden innen liegenden Schoner zuerst drannehmen.« Der Marine wollte schon nach der Sprechtaste greifen, hielt dann aber widerstrebend inne und senkte den Kopf.

MacIntyre lachte kurz auf, voller Verständnis für den Marine. »Jetzt sehen Sie mal, wie es unsereinem geht, Stone. Mit diesen tollen neuen C3I-Geräten, die wir heute haben, sind wir immer ganz nah an unseren Leuten im Feld dran. Eine der wichtigsten und härtesten Lektionen, die wir zu lernen haben, ist, dass wir Ruhe bewahren und sie ihren Job tun lassen, wie sie es für richtig halten.«

»Ja, kann sein.« Quillain strich sich mit der Hand übers Kinn, das rau war von den Bartstoppeln des vergangenen Tages. »Wird das wenigstens mit der Zeit ein bisschen besser?«

Die Antwort kam von der schattenhaften Gestalt, die neben Stone saß. »Nein«, sagte Amanda, »höchstens schlimmer.«

Ein Kommunikationsspezialist meldete sich von seiner Konsole in der Reihe davor. »Wir bekommen eine Helmabbildung von Lieutenant Ives und seinem Platoon-Sergeant herein.«

»Legen sie sie auf Monitor zwei. Teilen sie den Bildschirm.«

Die Bilder der restlichtverstärkenden Kamera erschienen flackernd auf dem Bildschirm und zeigten die Hecks der beiden äußeren Schiffspaare. Sie sahen alles genau so, wie es auch die Marine-Boarding-Teams vor sich hatten.

»Das ist wirklich verdammt eigenartig«, flüsterte Stone.

Weitere Bilder erschienen. Die Seite eines Schoners …

die Sprossen einer Leiter ... schemenhafte Gestalten, die über ein silbergraues Deck huschten, eine geflüsterte Bemerkung, die über die Lautsprecher zu hören war.

»Hier spricht Abteilung A, wir sind an Bord von Schoner eins und zwei ... Corby, Franklin, besetzt den Ausguck ... ihr kümmert euch um das andere Schiff ... Abteilung B geht an Bord ... alles okay soweit auf drei und vier, Lieutenant ... Niemand an Bord ... Gut. Auch bei uns alles in Ordnung. Dann sehen wir uns mal um, los ...«

Über ihre Kopfhörer waren Christine und Tran mit den Männern verbunden, um Ratschläge und Anweisungen durchgeben zu können. »Lieutenant Ives, hier spricht Commander Rendino. Vergessen Sie nicht, die Seriennummern der Maschinen zu notieren ... Gentlemen, auf manchen *Pinisi* ist das Kapitänsquartier nur ein kleines Fleckchen Deck. Überprüfen Sie auch persönliche Habseligkeiten, die vielleicht irgendwo herumliegen ...«

Es entwickelte sich ein reger Funkverkehr zwischen den Marines und der *Carlson*.

»Mr. Tran, hier spricht Sergeant Patterson von Abteilung B. Wir sind direkt über dem Kiel von Schoner Nummer drei und unser Minensuchgerät zeigt etwas an. Verwenden diese Kerle zufällig Alteisen als Ballast?«

»Negativ, Sergeant«, antwortete Tran. »Sie verwenden Steine. Eisen wäre zu teuer. Suchen sie nach versteckten Riegeln oder einer verborgenen Tür.«

Man hörte das Kratzen auf Holz, den zischenden Atem der Männer, dann gemurmelte Flüche und endlich ein befreites: »Jaa, wir haben es! Wir haben die Waffen! Mann, diese Orangenkiste hat's in sich!«

Videobilder von schweren automatischen Waffen und rückstoßfreien Gewehren wurden aufgenommen. Seriennummern wurden notiert. Die Minuten verstrichen.

Immer öfter blickten die Anwesenden im LFOC der *Carlson* auf die Zeitangabe in den Ecken der Bildschirme.

Schließlich kam die Meldung: »*Carlson, Carlson*, hier spricht Ives. Wir sind mit den ersten vier Schonern so gut wie durch. Sie haben alle Waffen an Bord. Wir haben auch Dokumente gefunden, eher normales Material, Frachtbriefe und dergleichen. Keine Spur von einer Global Positioning Unit. Kein Navigationsmaterial außer den üblichen Karten.«

»Scheiße«, zischte Christine. »Die Kapitäne haben ihre GPUs wahrscheinlich mit an Land genommen. Ives, machen Sie hochauflösende Fotos von den Karten. Vielleicht finden sich darauf irgendwelche Markierungen, die uns weiterhelfen.«

»Wird gemacht«, kam die knappe Antwort.

»Bleiben immer noch die letzten beiden Schoner«, stellte Stone fest.

»Genau«, knurrte MacIntyre. »Aber sie sind jetzt schon ziemlich lang da draußen.«

Vor der Küste des fernen Sulawesi schien Ives ihre Gedanken zu erraten. »Captain Quillain, ersuche um Anweisungen. Sollen wir umkehren oder zu den nächsten beiden Schiffen weitergehen?«

Amanda blickte sich fragend nach Tran um. »Wie sieht es aus, Inspektor? Wie lange wird die Zeremonie am Strand noch dauern?«

»Eine gute Frage, Captain, auf die ich leider auch keine Antwort habe. Es könnte in drei Minuten alles zu Ende sein, es kann aber auch die ganze Nacht so weitergehen.«

Keiner hatte etwas hinzuzufügen.

Quillain aktivierte sein Mikrofon. »Linc, hier Stone. *Sie* sind da draußen, Junge, nicht ich. Treffen Sie die Entscheidung – wir stehen voll hinter Ihnen.«

Einige Sekunden herrschte Schweigen, ehe die Antwort kam. »Wir machen es, Sir. Wir sichern hier noch schnell, dann gehe ich mit beiden Teams zu fünf und sechs weiter.«

In Eile verwischten die Marines alle Spuren ihrer Anwesenheit an Bord. Im LFOC besprach man sich kurz wegen der Waffen, die in den Schiffen gelagert waren. Sie konnten bald schon gegen amerikanische Seeleute gerichtet werden, sodass die Versuchung, sie unbrauchbar zu machen, groß war. Man kam jedoch überein, dass die Geheimhaltung dieser Aktion Vorrang hatte.

Der Marine-Corps-Aufklärungszug verließ die beiden äußeren Schiffspaare und wendete sich dem dritten und letzten Paar zu. Die Marines hatten diesmal jedoch den Vorteil, dass sie schon wussten, wonach sie suchen mussten und wo sie es finden würden. Amanda war guten Mutes, dass sie ihre Operation rechtzeitig zu Ende bringen könnten.

Die Helmkamera von Lieutenant Ives zeigte das Innere einer kleinen Kajüte. Sie beobachteten, wie seine behandschuhten Hände Schränke öffneten, Schubladen durchwühlten, achtlos zusammengefaltete Kleider hochhoben und allerlei persönlichen Krimskrams beiseite räumten.

»Halt! Halt!«, rief Christine Rendino in ihr Mikrofon. »Sie haben was gefunden!«

Der Marine, der in der Mitte des Monitors zu sehen war, hielt einen Kunststoffgegenstand von der Form und der Größe eines Ziegels hoch, der mit einem kleinen Bildschirm, einer ausziehbaren Antenne und einer Tastatur versehen war.

Christine blickte rasch die Unterlagen durch, die sie vor sich liegen hatte. »Ives, hören Sie mir zu. Sie haben da einen Fuji-Globemaster III entdeckt. Geben Sie mir die Seriennummer durch.«

»Sofort, Ma'am.« Der Marine drehte die GPU-Einheit um und las. »Eins … sechs … sechs … sieben … null … neun … null … Foxtrot … Golf.«

»Okay, gut.« Christine wandte sich den anderen Anwesenden in der Operationszentrale zu. »Treffer! Das ist einer von achtzig derartigen Empfängern, die auf Harconans Frachtern zum Einsatz kommen. Okay, Ives, schalten Sie das Ding ein. Der Schalter ist auf der rechten Seite … jetzt drücken Sie ›Memory‹.«

Der kleine Bildschirm der GPU wurde aktiviert und zeigte geisterhafte weiße Zahlen und Buchstaben auf dem restlichtverstärkten Monitor. Ives wählte ›Memory‹ und rief damit eine lange Kette von geografischen Längen- und Breitenangaben auf. Alles Orte, die die *Pinisi* aufgesucht hatte oder noch aufsuchen würde. Amanda stellte fest, dass einige der Koordinaten mit einem Stern versehen waren.

»Junge, Junge, das Ding hilft uns wirklich weiter«, flüsterte Christine.

»Alle Einheiten, alle Einheiten«, ertönte plötzlich Steamer Lanes Stimme aus dem Lautsprecher. »Da tut sich etwas am Liegeplatz.«

Alle Anwesenden wandten sich augenblicklich dem taktischen Display zu. Das Symbol eines kleinen Wasserfahrzeuges bewegte sich zwischen den anderen Booten, die am Strand vor Anker lagen.

»Steamer, wo ist das Ding hergekommen?«, fragte Amanda.

»Von einem der Schoner, die am Strand vor Anker liegen. Sieht aus wie ein kleines Schlauchboot mit Außenbordmotor. Ich glaube nicht, dass es mehr als zwei oder drei Leute fasst. Es hält direkt auf die sechs Schoner zu!«

»Wir sehen's«, antwortete Amanda. »Steamer, machen Sie sich startbereit! Ives, räumen Sie schnell auf und verschwinden Sie so rasch wie möglich.«

»Wir sind schon dabei, Ma'am. Was ist mit der GPU?«

»Scheiße!«, rief Christine. »Wir können sie nicht mitnehmen! Das würde die ganze Sache verraten!«

»Dort lassen können wir sie auch nicht«, erwiderte Amanda grimmig. »Wir brauchen die Positionsdaten. Lieutenant Ives, halten Sie den Bildschirm der GPU vor die Helmkamera. Lassen Sie den gesamten Speicher langsam durchlaufen, mehrere Male. Sehen Sie zu, dass alles aufgezeichnet wird!«

Über den taktischen Kanal der Marines waren eine Reihe von Anweisungen zu hören, als die Männer des Aufklärungskommandos alles zum Aufbruch vorbereiteten. An Ives' Helmkamera zogen Zahlen- und Buchstabengruppen vorüber. Der Platoon-Sergeant war an Deck und beobachtete mit seiner Helmkamera den Liegeplatz am Strand. Die Temperatur in der Operationszentrale der *Carlson* erschien den Anwesenden mittlerweile unerträglich hoch.

»*Carlson*. Ich bestätige, das Schlauchboot hält auf die sechs Schoner zu. Sie haben noch etwa zwei Minuten.«

»Das ist zu knapp«, stellte Quillain bitter fest. »Sie schaffen es nicht. Wir bekommen sie nicht weg, ohne dass sie entdeckt werden.«

»Was für Möglichkeiten haben wir?«, fragte MacIntyre.

»Wir können sie gefangen nehmen, wenn sie an Bord von fünf und sechs auftauchen. Wir können sie ausschalten, wenn sie zu den anderen Schonern wollen. Unsere Jungs haben Waffen mit Schalldämpfern.«

»Das sind vielleicht nur friedliche Fischer, Captain«, warf Tran ein.

»Was bleibt uns übrig, Mr. Tran? Wenn uns zwei Fischer an Bord dieser Schiffe sehen, dann ist unsere ganze Aktion beim Teufel.«

»Dasselbe passiert, wenn zwei Fischer einfach verschwinden«, entgegnete Christine kopfschüttelnd. »Wir stecken verdammt in der Klemme.«

Amanda schwieg dazu. Sie stellte sich vor, was passieren würde, wenn ihr Plan scheiterte, und überlegte, welche Möglichkeiten ihr in diesem Fall blieben. Sie dachte gar nicht daran, dass sie ›verlieren‹ könnte, sondern suchte einfach nur nach einem neuen Weg, doch noch Erfolg zu haben.

Auf dem Bildschirm konnten sie beobachten, wie Ives den GPS-Empfänger ausschaltete. Er warf das Gerät in die Schublade zurück, schloss die Lade und stürmte an Deck.

Doch es war schon zu spät. Die Helmkamera des Sergeants zeigte bereits das Schlauchboot als schwarzen Fleck auf der grauen Meeresoberfläche. Im Kopfhörer war das Knattern des Einzylinder-Außenbordmotors zu vernehmen. Drei Gestalten waren in dem Boot zu erkennen. Es war jetzt offensichtlich, dass die Bugi zu einem der beiden anderen Schiffspaare wollten und dabei etwa zehn Meter vor dem Bug der beiden mittleren Schoner vorüberziehen würden.

Ives flüsterte seinen Männern Befehle zu. Marines traten vor, mit MP-5-Maschinenpistolen bewaffnet, die mit Schalldämpfern versehen waren.

Amanda drückte auf die Sprechtaste. »Lieutenant Ives, hier spricht der TACBOSS. Gehen Sie in Deckung und feuern Sie nicht. Verhalten Sie sich still. Vielleicht übersehen sie Ihre Boote und … ziehen einfach vorbei …«

Die Marines verschanzten sich hinter dem hohen Bug der *Pinisi* und rührten sich nicht von der Stelle. Ives hob den Kopf gerade hoch genug, um das Schlauchboot mit der Helmkamera verfolgen zu können.

Einen Moment lang dachten sie, es könnte tatsächlich klappen. Das kleine Boot tuckerte vorüber … zehn Meter … zwanzig Meter … dreißig Meter, als plötzlich ein Ruf in der Dunkelheit erschallte. Eine Gestalt im Schlauchboot zeigte auf das Raider-Boot, das längsseits des Schoners festgemacht war. Im nächsten Augenblick drehte das Boot scharf zum Strand hin ab.

»Das war's«, knurrte Quillain frustriert. »Das Spiel ist aus.«

»*Carlson*, sie haben uns entdeckt!«, rief Ives aufgeregt. »Sollen wir sie angreifen?«

Amanda drückte rasch auf die Sprechtaste. »Negativ, negativ. Nicht angreifen! Wir ändern unseren Einsatzplan! Gehen Sie zurück und holen sie die GPU und alle Karten, die herumliegen. Dann verlassen Sie das Schiff und warten, bis man Sie abholt. Ausführung!«

»Aye aye, Ma'am!«

Sie wechselte auf den Kommandokanal. »Steamer, sind Sie noch da?«

»Jawohl, Ma'am.«

»Holen Sie die Marines unverzüglich raus! So schnell wie möglich. Los!«

»Roger! Sind schon unterwegs.«

»Amanda, was zum Teufel soll das werden?«, fragte MacIntyre. »Wir sind die Einzigen hier in der Gegend, die Luftkissenboote einsetzen. Wenn Sie die Seafighter jetzt mitten ins Getümmel schicken, dann sagen Sie Harconan damit unverblümt, dass wir hinter dieser Aktion stecken.«

Amanda drehte sich in ihrem Stuhl herum und wandte sich dem Admiral zu. »Das spielt jetzt keine Rolle, Sir. Man wird ohnehin jede ungewöhnliche Aktivität an einem seiner Stützpunkte uns zuschreiben. Harconan wird annehmen, dass wir hier eingedrungen sind, und sich dementsprechend verhalten. Er wird seine Vorgangsweise ändern – deshalb ändern wir die unsere zuerst. Wir machen aus diesem Aufklärungseinsatz einen Angriff. Wir nutzen die Gelegenheit, um den Kampfverband auszuschalten, den er hier zusammengestellt hat.«

Auf dem Monitor war zu erkennen, wie die Marines an Bord ihres Bootes gingen und sich zum Aufbruch vorbereiteten. Ein aufmerksamer Drohnen-Systemoperator hatte die Cipher-Drohne der *Queen* herumschwenken lassen, damit sie den Uferbereich vor dem Dorf im Auge behielt. Auf seinem Display war zu erkennen, dass das Schlauchboot das Ufer erreichte und dass die Männer, die die Besatzung gebildet hatten, auf die Lichter von Adat Tanjung zuliefen.

»Verdammt, Amanda!«, rief MacIntyre. »Ein Aufklärungseinsatz ist ja schön und gut, und einen Piratenangriff zu unterbinden ist auch okay – aber ein Angriff auf eine Gruppe von indonesischen Schiffen, das geht zu weit, auch wenn wir beweisen können, dass sie illegal bewaffnet waren. Da bekommen wir es mit der indonesischen Regierung zu tun!«

Amanda schüttelte entschieden den Kopf. »Nein, Sir. Harconan wird die Sache vertuschen.«

Auf dem taktischen Display begannen die Positionssymbole der Seafighter-Luftkissenboote auf den Liegeplatz zuzulaufen. In Adat Tanjung war offensichtlich bereits der Lärm der Hubgebläse und Turbinen zu hören; die Klagegesänge verstummten, als der seltsame beängstigende Lärm von der dunklen See hereindrang.

In der Operationszentrale der *Carlson* war es völlig still – nur der TACBOSS und der CINCNAVSPECFORCE standen beisammen und diskutierten fieberhaft.

»Verdammt, Elliot, denken Sie doch mal nach! Harconan hat nicht die ganze indonesische Regierung und Armee hinter sich. Er kann es sicher nicht gebrauchen, dass Untersuchungen über einen Angriff der U.S. Navy auf ein Bugi-Dorf angestellt werden! Und die Regierenden mischen sich sowieso nicht gern in die Angelegenheiten der Bugi ein. Die Leute hier stehen hinter Harconan, und was er sagt, das gilt.«

Es fiel weder Amanda noch MacIntyre sofort auf, dass sie ihn mit dem Vornamen angesprochen hatte. »Wir haben hier eine Chance, einen wichtigen psychologischen und strategischen Sieg zu landen«, fuhr sie fort. »Harconan verliert Schiffe, ohne dass es Opfer auf Seiten der Indonesier gäbe. Das könnte das Vertrauen der Leute in seine Macht erschüttern. Es könnte wirklich klappen! Ich übernehme die volle Verantwortung für alles.«

MacIntyre biss die Zähne zusammen. Er fuhr sich mit der Hand durchs Haar und stieß dabei auf seinen Kopfhörer. Ungeduldig riss er ihn herunter. Er hatte mit dieser Frau schon an anderen Schauplätzen vor ähnlichen Entscheidungen gestanden, vor der chinesischen Küste und in Westafrika. Als Flaggoffizier im Pentagon, der er seit einigen Jahren war, widerstrebte es ihm zutiefst, alle Regeln beiseite zu schieben, wie sie es vorhatte. Doch als Special-Boat-Pilot, der er einst gewesen war, verstand er sie sehr gut und fand, dass sie Recht hatte.

»Sie sind der TACBOSS, Captain. Machen Sie es so, wie Sie es für richtig halten.«

Sie schlug mit der Handfläche auf die Konsole. »Ja! Danke, Sir!« Sich rasch umdrehend wandte sie sich ihrer Workstation zu. Bedingungslose Entschlossenheit ließ ihr Gesicht und ihre Augen leuchten.

MacIntyre betrachtete Amandas Rücken und das seidige schulterlange Haar und fühlte sich mit einem Mal sehr alt. Es hatte eine Zeit gegeben, wo er nicht erst mit sich hätte ringen müssen, um eine solche Entscheidung zu treffen.

Auf der Abbildung der Helmkameras tauchten die *Queen of the West* und die *Manassas* auf und bremsten abrupt mit ihren Schubdüsen. Sie wendeten scharf und öffneten ihre Heckklappen für die Raider-Boote der Marines. Eine Gischtfontäne brach über die Kameralinsen herein, sodass nichts mehr zu erkennen war, doch die Stimmen waren über dem Dröhnen der Hubgebläse immer noch zu hören.

»Los, auf die Rampe … auf die Rampe, komm schon … Los! Ferkin …! Ach, Scheiße …! Los! Weiter …! Ja! Wir sind drin! Wir sind drin! Rampe geht hoch!«

Im nächsten Augenblick kam die Meldung aus dem Lautsprecher. »TACBOSS, hier Royalty! Vierzehn Mann draußen, vierzehn Mann zurück! Wiederaufnahme abgeschlossen. Alle Mann an Bord. Ersuche um Anweisungen.«

»Gut gemacht, Steamer«, antwortete Amanda. »Dafür gibt's eine Belohnung. Versenken Sie die Piratenschiffe. Ich wiederhole, versenken Sie die Piratenschiffe.«

»Eeeeeeyyyyyaaaahooooo!«, ertönte der Schrei über den Lautsprecher.

»Ich glaube, er hat nichts dagegen«, stellte Tran fest.

Der Ankerplatz vor Adat Tanjung

17. August 2008, 01:17 Uhr Ortszeit Die Abbildung durch die Cipher-Drohne zeigte, wie die Dorfbewohner an den Strand und zu den Anlegestegen hinunter liefen. Sie konnten nichts tun und verfolgten das Geschehen in ohnmächtigem Zorn. Ihre schweren Waffen waren an Bord ihrer Schiffe, und nicht einmal der kühnste Pirat verspürte große Lust, in einem kleinen Boot hinauszufahren und es mit diesen brüllenden Meeresungeheuern aufzunehmen, die soeben in den Hafen eingedrungen waren.

Steamer Lane schwenkte die *Queen* herum, bis sie zwischen den vertäuten Schiffen und dem Strand lag, um ganz sicherzugehen, dass ein eventueller Fehlschuss auf das offene Meer hinaus ging und nicht das Dorf treffen würde.

»*Manassas*, ihr übernehmt fünf und sechs«, befahl Steamer. »Ich kümmere mich um drei und vier.«

»Roger«, bestätigte Tony Marlin. »Ich bin in Position und feuerbereit. Wetten, dass die meinen zuerst sinken?«

»Gilt. Um ein Steak. Schützen, Feuer frei!«

Die *Queen of the West* stand in ca. fünfzig Meter Entfernung Bug an Bug mit ihren Zielen. Für die 30-mm-Kanonen auf ihren Waffenstationen war das so gut wie gar nichts. Es handelte sich dabei um die gleichen Hughes-M230-Kanonen, wie sie auch in den Kampfhubschraubern des Typs Apache eingesetzt wurden. Waffen, die dazu geschaffen waren Panzerfahrzeuge auszuschalten, nicht Schiffe mit hölzernem Rumpf.

Die Kanonen donnerten und schickten ihren Geschosshagel los. Es wurden abwechselnd panzerbrechende und Hochexplosiv- bzw. Brandgranaten abgefeuert. Letztere rissen ganze Planken aus dem Rumpf und versprühten weißen Phosphor im restlichen Schiff. Die panzerbrechenden Geschosse wiederum bestrichen die ganze Länge der über dreißig Meter messenden Schoner mit ihrem Feuer und rissen den Rumpf förmlich auf. Die Schoner waren einer vollen Breitseite ausgesetzt, wie es in Seegefechten früherer Tage vorkam – und die Wirkung war in diesem Fall ebenso verheerend wie einst, insbesondere als die Geschosse die verborgenen Munitionsmagazine und Treibstofftanks erreichten.

Die schnittigen Schiffe begannen sich am Bug zu senken, während aus den Deckslulken Flammen hervorschossen und die Takelage emporkletterten. Nach einem halben Dutzend der lang anhaltenden Feuerstöße stellten die 30-mm-Kanonen das Feuer ein, als eine Rohrüberhitzungswarnung ertönte.

Scrounger Caitlin betrachtete prüfend die beiden sinkenden Schiffspaare. »Ich würde sagen – unentschieden«, stellte sie fest.

»Sieht so aus, ja«, stimmte Lane zu. »Tony und ich werden eben Sie auf ein Steak einladen. Rebel, Rebel, das sollte reichen. Mir nach, wir machen, dass wir von hier verschwinden. Lukenschützen, kümmert euch um die Überreste.«

Die Luftkissenboote beschleunigten und brausten an den brennenden Schiffen vorüber. Dabei beschossen die Männer an den 25-mm-OCSWs die Wracks mit einigen Dutzend Granaten, um ›auf Nummer Sicher zu gehen‹.

»Royalty, hier Rebel. Was ist mit den restlichen beiden?«, wollte Marlin wissen.

»Lenkwaffen-Übung. Hellfires. Ein Flugkörper von jeder Station. Unsere Jungs haben sowieso zu wenig Gelegenheit, praktische Erfahrung damit zu sammeln.«

»Roger. Hellfires kommen auf die Startschienen.«

Die Waffenstationen der Seafighter gingen in die Vertikale, und Ladearme hoben die lasergesteuerten Hellfire-Flugkörper auf die Startschienen, die über den Rohren der 30-mm-Kanonen angebracht waren. Der Hellfire war eine weitere Panzerabwehrwaffe, die auch in der Navy mit Erfolg eingesetzt wurde. Auch diese Waffe war dafür gebaut, Stahl zu durchbrechen und nicht Holz.

Die Waffenstationen schwenkten herum und richteten sich nach achtern. Laser-Zielsuchgeräte wurden an den Masten der Luftkissenboote aktiv, um die Ziele zu markieren und so den tödlichen Waffen den Weg zu weisen.

Die Hellfire-Salven schossen in hohem Bogen auf ihre

Ziele zu, und auch die beiden letzten Piratenschiffe wurden restlos vernichtet.

»Es ist wie am 4. Juli«, stellte Scrounger fest, während sie die sich entfernenden brennenden Wracks im Seitenspiegel beobachtete. »Die größte Rakete wird immer am Schluss abgefeuert.«

Die Bewohner von Adat Tanjung standen am Strand und verfolgten das Schauspiel, bis das letzte Stück Holz, das brennend auf dem Wasser trieb, erloschen war. Keiner dachte daran, in einen Wagen zu steigen und die Polizei zu verständigen. Keiner dachte daran, das nächstgelegene Bauerndorf landeinwärts aufzusuchen, um dessen Bewohner um Hilfe zu bitten. Sie waren Bugi und die Angelegenheiten der Sippe blieben innerhalb der Sippe, auch wenn es sich um eine Katastrophe handelte.

Keiner sprach ein Wort, als sie sich in ihre verdunkelten Hütten zurückzogen. Morgen würden sie um die verlorenen Schiffe trauern. Die Bewohner von Adat Tanjung waren zwar Moslems, doch das hieß nicht, dass sie auf ihre alten Götter verzichteten. Zuerst hatten sie einige der Ihren beim Angriff auf die *Piskow* verloren. Nun waren ihre besten Kriegsschiffe von einem unbekannten schrecklichen Feind vernichtet worden. Es war, als hätte der Geist des Meeres sich plötzlich von ihnen abgewandt.

Für einen Bugi gab es nichts Furchtbareres.

Einer von ihnen eilte in seinen Krämerladen zurück und setzte sich an das Funkgerät, das im Lagerraum verborgen war.

Landing Force Operations Center, USS *Carlson*

17. August 2008, 01:21 Uhr Ortszeit »Wie gehen wir mit den Seafightern weiter vor, Skipper?«, fragte Quillain. »Sollen sie planmäßig zu ihrem Stützpunkt zurückkehren?«

»Ja … nein, warten Sie einen Moment.« Es fiel Amanda plötzlich schwer, eine Entscheidung zu treffen – jetzt, wo der Adrenalinstoß abgeklungen war, den die Ereignisse zuvor durch ihre Adern gejagt hatte. »Sagen Sie ihnen, sie sollen gut getarnt aus der Gegend verschwinden und jeden Kontakt mit indonesischen Schiffen vermeiden. Dann holen Sie sie heim. Sagen Sie Steamer, er soll direkt nach Benoa weiterfahren. Er hat genug Treibstoff dafür an Bord.«

Der Marine nickte. »Ja, verstehe. Mittlerweile weiß ohnehin jeder, dass sie da draußen sind.«

»Genau, wir haben überhaupt nichts davon, wenn wir sie weiter manövrieren lassen. Sobald Steamer morgen früh zurück ist, sagen wir dem Hafenmeister, dass sie ein paar Übungen in internationalen Gewässern durchgeführt haben. Sollen sich doch die Indonesier den Kopf darüber zerbrechen, was das bedeutet.«

Das Operationsteam im LFOC schaltete die Systeme ab und verließ die Plätze, sodass nur noch die diensthabende Wache übrig blieb. Weißes Standardlicht flammte auf und ersetzte die blaue Gefechtsbeleuchtung.

Amanda rieb sich die brennenden Augen mit den Handflächen. Die Ereignisse der letzten Stunden und Tage kamen ihr irgendwie unwirklich vor. War sie tatsächlich noch tags zuvor auf Palau Piri gewesen? Es kam ihr vor wie eine völlig andere Wirklichkeit, eine Fantasiewelt, in der sie sich wie im Traum bewegt hatte.

Doch das Ganze war wirklich geschehen und sie musste nun damit leben und sich damit auseinandersetzen.

Doch im Moment war sie furchtbar müde.

Sie spürte, dass jemand neben ihr stand. Als sie sah, dass es Admiral MacIntyre war, fiel ihr ein, wie sie zuvor mit ihm geredet hatte, was ihr nun einigermaßen peinlich war.

»Es tut mir Leid, Sir, dass ich vorhin ein wenig unbeherrscht war. Ich habe mich wohl etwas danebenbenommen, dafür möchte ich mich entschuldigen.«

»Sie hatten einen Gefechtseinsatz zu leiten, Captain, da war keine Zeit für Förmlichkeit. Da geht es vor allem darum, seine Aufgabe zu erfüllen. Ich muss mich dafür entschuldigen, dass ich Sie kurz behindert habe. Sie lagen richtig mit Ihrer Einschätzung. Der ganze Einsatz wurde gerettet, weil Sie ein kalkuliertes Risiko eingingen.«

»Das hoffe ich, Sir.«

Er lächelte ihr zu. Es war ein wohltuendes, warmes Lächeln. »Midrats?«, fragte er.

»Klingt gut. Beim letzten Mal erzählten Sie mir von Judy.«

Palau Piri

17. August 2008, 07:25 Uhr Ortszeit Lan Lo stand auf der zentralen Terrasse des Hauses und wartete. Er wusste bereits seit einer Stunde von den Vorfällen bei Adat Tanjung und vom Verlust einiger Flotteneinheiten, doch er hatte dieses Wissen für sich behalten. Man konnte im Moment ohnehin nichts unternehmen, und es war besser, wenn er es Mr. Harconan mitteilte, nachdem dieser seine gewohnte Strecke gelaufen und geschwommen war und erfrischt zum Frühstück kam.

Ein echtes Unglück.

Lo war kein Mensch mit großen Leidenschaften, doch er kannte die menschliche Natur sehr gut. Sein Arbeitgeber Makara Harconan war ein Mann im klassischen Sinne. Als solcher brauchte er eine Gefährtin, um seine Erfüllung zu finden, das Gleichgewicht zwischen Yin und Yang. Doch Mr. Harconan war ein Mann von außergewöhnlichen Fähigkeiten. Solche Männer brauchen oft außergewöhnliche Frauen an ihrer Seite, die ihnen ebenbürtig sind; eine oberflächliche oder gewöhnliche Frau würde ihren Ansprüchen auf die Dauer nicht genügen.

In den vergangenen Tagen hatte Mr. Harconan allem Anschein nach eine solche außergewöhnliche Frau gefunden. Unglücklicherweise war sie sein erbitterter Feind und bemühte sich mit all ihren Kräften, die nicht gering waren, ihn und seine Arbeit zu vernichten.

Wahrlich eine Tragödie, wie sie in den *Wayang*-Gedichten des *Ramayana* hätte vorkommen können. Dieses Problem zu lösen war zweifellos ... äußerst schwierig.

Als Mr. Harconan in den Garten kam, wirkte er entspannt und rundum zufrieden. Lo wartete, bis er sich gesetzt hatte, ehe er ihm von den Vorfällen der vergangenen Nacht berichtete – davon, dass den Amerikanern wichtige Informationen in die Hände gefallen waren und dass die Bugi-Flotte schwere Verluste hatte hinnehmen müssen.

Als er mit seinem Bericht fertig war, starrte Mr. Harconan auf den Tisch hinunter. »Sie muss es gewusst haben«, sagte er. »Sie muss den Angriff schon geplant haben, bevor ich mit ihr hierher kam. Sie hat mir in die Augen geblickt, doch da war nichts davon zu erkennen. Kein Wort, keine Geste, die darauf hingewiesen hätte. Nicht einmal, als ...«

»Ja, Mr. Harconan.«

Im Anlaufhafen auf Bali

August 2008 Drei Tage vergingen für die Seafighter-Task-Force. Drei Tage, in denen die Crew-Mitglieder Tempel besichtigten und am Strand von Kuta Bier tranken. Drei Tage, in denen sie neugierige Balinesen an Bord der *Carlson* und der *Cunningham* herumführten. Dabei wurden Videos in Bahasa-Indonesisch abgespielt, die von der School of Languages des Verteidigungsministeriums zur Verfügung gestellt worden waren, und Fragen beantwortet, die Besucher in zögerndem Englisch stellten. Kurz gesagt, diese drei Tage dienten dazu, sich Sympathien zu erwerben, dabei Flagge zu zeigen und die militärische Präsenz Amerikas im Pazifik zu betonen.

Doch da waren auch noch die Nächte. Es waren drei Nächte, in denen man die Umgebung besonders aufmerksam beobachtete. Drei Nächte, in denen die Seafighter aus dem Welldeck der *Carlson* schlüpften, um in die Gebiete jenseits der Insel Serangan aufzubrechen. Drei Nächte, in denen Helikopter in die Nacht eintauchten und knapp über den Wellen dahinglitten, für fremdes Radar unsichtbar. Und immer wieder gab man dem Hafenmeister und den balinesischen Behörden die gleichen Erklärungen: »Diese Starts dienen dazu, um routinemäßige Übungen in internationalen Gewässern durchzuführen.«

Die indonesischen Luft- und Überwassereinheiten, die die gut getarnten Yankees zu verfolgen versuchten, wussten, dass das nur ein Vorwand war. Gelegentliche Sichtungsmeldungen wiesen darauf hin, dass die Seafighter in Wirklichkeit tief in indonesische Gewässer vordrangen. Doch der befehlshabende Admiral der indonesischen Marine wagte nicht zu fragen: »Was haben die Amerikaner vor?« Er konnte die Frage weder an seine Regierung noch an die Amerikaner richten, weil er fürchten musste, dass dann die Gegenfrage kam: »Wer hat Sie angewiesen, das herauszufinden?«

Die Sabalana-Inselgruppe

Flores-See, Indonesien

20. August 2008, 01:43 Uhr Ortszeit Die Sandbank ragte zwar höchstens ein, zwei Meter über den Meeresspiegel hinaus – dennoch musste Cobra Richardson die Maschine hochziehen, damit Wolf One nicht mit den Kufen den Strand berührte. Der Helikopter wirbelte nun Sand statt Gischt auf, während ein Marine den Super Huey mit Hilfe von zwei Leuchtstiften auf den freien Platz zwischen zwei größeren Cargohawks einwinkte.

Die Turbinen wurden heruntergefahren, die Rotoren drehten sich nach und nach langsamer und kamen schließlich ganz zum Stillstand. Als nur noch das Geräusch der sich brechenden Wellen und die verstörten Schreie der Seeschwalben in ihren Nestern zu hören waren, gingen die Türen des Helikopters auf und Amanda Garrett und Christine Rendino stiegen aus.

Vor ihnen stand Stone Quillains hoch aufgeschossene Gestalt; der Marine hatte schon auf sie gewartet. »n'Abend, Skipper. n'Abend, Miss Rendino. Wir haben da was Sonderbares in diesem geheimen Waffenlager entdeckt. Miss Rendino hat uns schon darauf hingewiesen, dass wir auf solche Dinge achten sollen. Ich dachte mir, Sie würden es sich gern selbst ansehen.«

»Machen wir, Stone. Gehen Sie voraus.«

Der Marine führte die beiden Frauen ein Stück landeinwärts, wenngleich man nicht wirklich von ›Land‹ sprechen konnte. Zwei Dünen verliefen in der Mitte der Sandbank. Von jeder der Dünen aus konnte man auch im Sternenlicht die gesamte kleine Insel mühelos überblicken. Es gab keine Anzeichen von Leben, abgesehen von etwas Gras hie und da und den verstreuten Vogelnestern. Welchen Grund sollte es also geben, hier an Land zu gehen …? Es sei denn, die Koordinaten, die man von der Global Positioning Unit eines Piratenkapitäns heruntergeladen hatte, führten einen genau hierher.

»Welches der Lager ist das?«, fragte Amanda, während sie den Sandhügel hinauftrotteten.

»Wir nennen es Star Bravo«, sagte Christine keuchend. »Und wir haben uns gefragt, was der Stern bei der Koordinatenangabe zu bedeuten hat. Es sieht so aus, als hätten es unsere Ledernacken für uns herausgefunden.«

Zwischen den beiden Dünen verlief eine schmale Senke, in der die Männer des Landungstrupps ihrer Arbeit nachgingen.

Amanda hatte ein AI2-Nachtsichtgerät wie ein Fernglas umgehängt. Sie blieb oben auf der Düne stehen und schaltete es ein, um das Waffenlager zu betrachten.

Irgendwann in der jüngeren Vergangenheit war mitten in der Senke ein langer Graben ausgehoben worden. Am Grunde des Grabens lagen Kisten und in Plastik gehüllte Bündel. Nachdem man den Graben wieder zugeschüttet hatte, musste der Wind rasch alle Spuren mit Sand zugedeckt haben.

Im unsichtbaren Licht der IR-Strahler öffneten die Marines den Graben und legten mit Hilfe von Sonden und Minensuchgeräten seine Geheimnisse frei.

»Gibt es irgendwelche Sprengfallen?«, fragte Amanda, während sie zur Senke hinabstiegen.

»Nein, sie rechneten wohl nicht damit, dass jemand

diesen Ort entdecken würde. Da wollte man nicht riskieren, versehentlich eigene Leute und den ganzen Laden hier in die Luft zu jagen. Eins der Dinger, die wir gefunden haben, steht da drüben.«

Stone schaltete eine Taschenlampe mit weißem Licht ein und richtete sie auf das Fundstück, während er den Lichtstrahl mit der Hand etwas dämpfte. Es handelte sich um einen Artillerieraketenwerfer mit zwölf aufgerichteten Abschussrohren, die in drei Reihen zu je vier Stück auf einer zweirädrigen Lafette montiert waren.

»Das System ist mir im Moment nicht bekannt«, sagte Quillain. »Man kann damit 4,2-Zoll-Raketen abfeuern. Die Aufschrift ist Chinesisch. Es ist ein Second-Hand-Stück, das schon im Feld verwendet wurde.«

»Das ist ein Raketenwerfer vom Typ 63«, stellte Christine fest und ging neben der Waffe in die Knie. »Ein älteres chinesisches System der Volksbefreiungsarmee. Wie viele Raketenwerfer sind es insgesamt?«

»Vier Stück. Plus ungefähr tausend Schuss Hochexplosiv- und Brandmunition. Außerdem ein Lager für Ersatzteile und Wartungswerkzeug. Eine ganze Feldartillerie-Batterie.«

Christine fuhr mit den Fingerspitzen nahezu zärtlich über die Abschussrohre. »Das ist es, was mir schon die ganze Zeit zu denken gibt. Das sind keine Waffen, die man auf einem Schiff einsetzt. Da plant jemand einen Landkrieg.«

»Könnte schon sein – mit den Dingern hier. Ich zeige Ihnen mal das restliche Zeug.« Quillain verschwand kurz in der Dunkelheit und kam mit zwei flachen Holzkisten zurück.

»Hier haben wir Landminen«, sagte er und legte die Kisten in den Sand. »Die sind mir sehr wohl bekannt. Es sind gute alte M-21, made in the USA – schwere Panzerabwehrminen, die so gut wie jedem Panzer auf der Welt Bauchschmerzen machen dürften. Die anderen hier sind C3A1-Elsies, also kanadische Anti-Personen-Minen. Das sind ganz gemeine Dinger, die man mit einem gewöhnlichen elektromagnetischen Suchgerät nicht aufspüren kann. Die Kanadier haben Stein und Bein geschworen, dass alle vernichtet wurden. Ich schätze, sie dürften ein paar davon übersehen haben.«

»Wie viele Minen sind es insgesamt, Stone?«

»So an die fünfzig M21 ATs. Vielleicht vierhundert Elsies. Wir graben immer noch Kisten aus.«

»Das ist es, was es mit den Sternen auf sich hat«, warf Christine ein. »Sie stehen für Plätze, wo keine Bugi versorgt werden. Es sind Waffenlager, die für jemand anders angelegt wurden. Aber für wen, das ist die Frage. Irgendetwas muss Harconan damit vorhaben.«

Amanda gab keine Antwort. Sie wandte sich ab und ging ein paar Schritte die Senke entlang. Mit verschränkten Armen blickte sie zum Himmel mit seinen funkelnden Sternen empor. *Was hast du vor, Makara? Für wen hast du diese Waffen gekauft? Wen willst du damit töten?*

Sie bekam keine Antwort auf ihre Fragen – da war nichts als der vom Wind aufgepeitschte Sand, der über die Dünen hinwegfegte. Sie war nach Palau Piri gegangen, um den Mann kennen zu lernen. Stattdessen hatte er ihre Geheimnisse aufgespürt, während er selbst so dunkel und rätselhaft blieb wie sein Lächeln.

Du hast mich dort an diesem Strand besiegt, Makara, aber ich schwöre dir, dass es das einzige Mal bleiben wird.

Sie drehte sich um und ging zu den anderen zurück. »Wie sieht es mit Dokumentationsmaterial aus?«, fragte sie.

»Wir nehmen alle Unterlagen, Handbücher, Logbücher und dergleichen mit. Außerdem fotografieren wir das ganze Lager mit der restlichtverstärkenden Kamera. Wir haben jedenfalls alle Seriennummern.«

»Gut. Wenn Sie hier fertig sind, jagen Sie das ganze Lager in die Luft.«

»So wie die anderen?«

»So wie die anderen.«

Fünf Seemeilen nördlich der Sandbank zog ein kleines Fischerboot mit killenden Segeln seine Kreise. Das Fischen war hier in diesen Gewässern nicht allzu vielversprechend, wie die Drei-Mann-Crew des *Prahus* genau wusste. Dennoch hielten sie sich schon seit zwei Tagen hier am Ende der Sabalana-Inselgruppe auf.

Einige Stunden zuvor hatte der Mann an der Pinne in der Ferne das Knattern von Helikopter-Rotoren gehört. Er hatte seine Kameraden geweckt, worauf sie mit der Geduld von echten Fischern zugewartet hatten. Nun hörten sie über das stille Wasser hinweg, wie die Flugmaschinen aus der Gegend verschwanden.

Dann flackerte ein lang anhaltender Blitz am Horizont auf, gefolgt von einem fernen Donnern.

Die drei Bugi-Seemänner tauschten grimmige Blicke aus. Es war so, wie der Raja Samudra es ihnen gesagt hatte. Der Krieg war ausgebrochen. Der Kapitän des *Prahus* holte das wasserdichte Sende- und Empfangsgerät zusammen mit der Solarzellenbatterie aus der engen Kabine herauf und fuhr die Antenne aus. Es musste sofort Meldung erstattet werden.

Auf der einsamen Sandbank erloschen die Feuer allmählich und die Rauchwolken lösten sich auf. Der unermüdliche Passatwind begann wieder damit, den schwelenden Graben mit Sand zu füllen und die Millionen von Metallsplittern zuzudecken.

Palau Piri

20. August 2008, 06:45 Uhr Ortszeit Makara Harconan schob die halb volle Kaffeetasse beiseite. Es tat ihm bereits Leid, das Dienstmädchen angeschnauzt zu haben, weil sie ihm das Frühstück nicht schnell genug serviert hatte. Schließlich konnte das Küchenpersonal nichts dafür, dass er heute früher als sonst zum Frühstück erschienen war. Er war bewusst von seinem gewohnten Rhythmus abgewichen und hatte auf seinen Morgensport verzichtet, um den allzu frischen Erinnerungen auszuweichen, mit denen der Strand für ihn verbunden war. Doch obwohl er ungewöhnlich früh zum Frühstückstisch gekommen war, hatte Lan Lo bereits auf ihn gewartet, um sich zu ihm zu setzen.

»Mr. Harconan, das Waffenlager im Süden der Sabalana-Inseln wurde vergangene Nacht zerstört.«

»Ich weiß, und das Gleiche gilt für die Lager in Bawean und Tana Jampea. Die Amerikaner kennen wahrscheinlich durch ihren Angriff bei Adat Tanjung noch mindestens ein halbes Dutzend weitere Lager-Positionen. Sie laufen morgen von Benoa aus, wahrscheinlich um auch noch die übrigen Lager auszuschalten.«

»Dürfte ich vorschlagen, die Lager zu räumen?«

»Unmöglich, Bapak. Wenn wir ein Schiff losschicken, um die Lagerbestände in Sicherheit zu bringen, werden die Amerikaner uns mit ihren Aufklärungssystemen bis zum Stützpunkt verfolgen, und das Ganze geht von vorne los.«

»Dann müssen wir uns also mit den Verlusten abfinden und neu anfangen. Der Schaden für unsere Operationen wird nicht übermäßig groß sein.«

»Da bin ich mir nicht so sicher, Lo.« Harconan griff mit einer jähen Bewegung nach seiner Kaffeetasse und nahm einen Schluck. »Mit den Verlusten an Ausrüstung können wir leben, da stimme ich Ihnen zu. Aber das Schlimme ist, dass man uns angegriffen hat und wir nicht zurückschlagen können. Das ist nicht gut für unsere Leute, Lo. Bisher ist alles so gut gelaufen, und jetzt ist es plötzlich nicht mehr so.«

»Man hat es nicht leicht, wenn man ständig eine Aura der Unverwundbarkeit aufrechterhalten muss.«

Harconan blickte ein wenig überrascht zu Lo auf. Konnte es sein, dass der stets so gelassene und gleichmütige Chinese so etwas wie einen Scherz gemacht hatte? Harconan fasste die Bemerkung jedenfalls in diesem Sinn auf.

»Da haben Sie nicht Unrecht, Lo«, antwortete er mit einem säuerlichen Lächeln. »Das Ganze ist aber ein ernstes Problem. Meine Leute müssen weiter an mich glauben, wenn wir mit unserem Plan Erfolg haben wollen. Und dazu ist es nötig, dass ich weiter auf sie vertraue. Gibt es schon irgendwelche Berichte aus Jakarta bezüglich der Leute, die wir bei der *Piskow*-Operation verloren haben?«

»Nein, Herr, nichts. Weder von der Polizei noch vom Verteidigungsministerium.«

»Wenn es Überlebende geben sollte, dann müssen sie an Bord der amerikanischen Kriegsschiffe sein. Wann laufen sie aus Benoa aus?«

»Laut Plan morgen früh um acht Uhr dreißig.«

»Und der Hafen-Kommandotrupp, dessen Bildung ich angeordnet habe?«

»245 Bugi sind voll ausgerüstet zur Stelle, außerdem Boote und Sprengstoff. Sollten spezielle Maßnahmen notwendig sein, steht noch ein aus zwölf Mann bestehendes Team für Sondereinsätze bereit.«

»Ausgezeichnet«, sagte Harconan und zögerte einen Augenblick, bevor er weitersprach. »Lo, wir werden die amerikanische Task Force heute Abend außer Gefecht setzen und dabei auch gleich unsere Gefangenen zurückholen.«

Los dunkle Augen flackerten kurz auf. »Sie haben sich ein großes Ziel gesetzt, mein Herr. Wir müssen davon ausgehen, dass die Amerikaner auf Situationen wie diese vorbereitet sind.«

»Das stimmt, Lo«, antwortete Harconan und nahm noch einen Schluck von dem Kaffee, der ihm immer besser schmeckte. Wie immer, löste der Entschluss zum Angriff, zum Handeln seine Anspannung. »Aber es wird noch um einiges schwieriger, wenn wir sie auf das offene Meer hinauslassen. Hier haben wir eine gute Chance.«

»Mag sein, Herr.«

Harconan leerte seine Tasse. »Jetzt sagen Sie mir eines, Lo: Das ist doch heute die letzte Nacht der Amerikaner im Hafen. Ist vielleicht irgendeine Abschiedsfeier oder etwas Ähnliches vorgesehen?«

»Ja, Herr. Der Gouverneur der Insel gibt ein Abschiedsbankett mit balinesischen Tanzaufführungen für die amerikanischen Offiziere, heute Abend im Taman-Werdi-Budaya-Kunstzentrum.«

Harconan strich sich nachdenklich über den Oberlippenbart. »Verstehe. Und habe ich auch eine Einladung dafür bekommen?«

»Gouverneur Tengarra schickt Ihnen immer eine Einladung zu solchen Veranstaltungen.«

»Ausgezeichnet. Sie können dem Gouverneur mitteilen, dass ich die Einladung gerne annehme. Bitte veranlassen Sie gleich, dass der Helikopter in einer Stunde für mich bereitsteht. Der Pilot soll sich ebenfalls bereithalten. Er wird diesmal mitkommen. Verständigen Sie auch den Führer des Sondereinsatzteams, dass er gleich in meinem Büro auf mich warten soll.«

»Wie Sie wünschen, Herr. Lo zögerte einen Augenblick – eine Unsicherheit, die bei ihm sehr selten zu sehen war. »Darf ich mir erlauben, festzustellen … dass wir da ein sehr großes Risiko eingehen?«

Harconan blickte seinen treuen Gefolgsmann voller Sympathie an. »Gehen wir nicht immer ein gewisses Risiko ein, Bapak? Von Anfang an war alles riskant, was wir unternahmen, und so wird es auch bleiben.«

»Das stimmt schon, Herr. Aber es ist immer die Frage, wie hoch das Risiko ist. Wenn Sie sich auf eine direkte Konfrontation mit der United States Navy einlassen, dann haben Sie es mit einem Feind zu tun, wie Sie ihn bisher noch nicht zu bekämpfen hatten.«

»Ein Schiff ist ein Schiff, Lo«, erwiderte Harconan in heiterem Ton, »und jedes Schiff ist eine potenzielle Beute. Sie wissen ja, wie es bei den Amerikanern zugeht. Wenn zwei ihrer Schiffe in einem indonesischen Hafen angegriffen werden, dann könnte es mit etwas Glück durchaus sein, dass unter ihren Politikern ein endloser Streit beginnt. Dann hätten wir über Jahre hinweg Ruhe vor ihnen, zumindest aber bis zur nächsten Wahl.«

»Mag sein, Herr. Darf ich Sie trotzdem an die Worte des japanischen Admirals Yamamoto erinnern, die er in einer ähnlichen Situation über die Amerikaner gesagt hat?«

Harconan wirkte angesichts der Bemerkung etwas ernüchtert. »Ich erinnere mich daran, Bapak. ›Wir haben einen schlafenden Riesen geweckt, der uns alle vernichten wird.‹«

Stabsquartier, USS *Carlson*

20. August 2008, 17:32 Uhr Ortszeit »Seit der Einsatzbesprechung heute Nachmittag hat es eine bemerkenswerte Entwicklung gegeben.« Mit Pumps und weißer Uniform bekleidet, lehnte sich Christine Rendino auf der Couch zurück. »Wie es aussieht, fehlt eines von Harconans Schiffen.«

Amanda Garrett, die am Schreibtisch stand, blickte von dem Revolver auf, den sie gerade überprüfte. »Sag das noch mal.«

»Wir können eines der Schiffe von Harconan Seaways nirgends finden«, wiederholte Christine zögernd. »Ich habe das eingehend nachprüfen lassen und es fehlt uns tatsächlich einer seiner Küstenfrachter.«

»Welcher denn? Und wie kann es passieren, dass ein ganzes Schiff verschwindet?«, fragte Amanda und begutachtete die fünf Patronen vom Kaliber .38 in den Kammern der kleinen Waffe, ehe sie die Trommel ganz sachte wieder einrasten ließ. Einmal auf dem Schießstand hatte sie die Trommel ziemlich schwungvoll zurückgeklappt, wie sie es im Fernsehen gesehen hatte, worauf ihr Stone fast den Kopf abgerissen hätte. Er war der Meinung gewesen, dass die Trommel beschädigt werden könnte, und Amanda hatte es nicht angebracht gefunden, seine Feststellung anzuzweifeln.

»Die *Harconan Flores*. Wir fragen uns auch, wie sie uns entwischen konnte. Sie ist in keinem der Häfen hier verzeichnet und auf See haben wir sie weder mit den Oceansats noch mit unseren Global Hawks finden können. Wenn sie nicht in irgendeinem hiesigen Bermuda-Dreieck verschollen ist, dann hat sie unser lieber Makara wohl irgendwohin sprinten lassen.«

Amanda konnte nicht verhindern, dass die Erwähnung

seines Namens ihre Mundwinkel nach unten zucken ließ und dass mit einem Mal die Erinnerung an die jüngste Vergangenheit in ihr hervorbrach. Sie wandte sich von der Nachrichtendienst-Offizierin ab, um ihre Gefühle zu verbergen, und ließ den Revolver in das Holster gleiten, das in ihre Umhängetasche eingenäht war.

Der Revolver in ihrer Handtasche und die Pistole, die Christine in der ihren mit sich trug, waren nur ein geringer Teil der Sicherheitsvorkehrungen, die sie für ihren letzten Abend auf Bali getroffen hatten. Wenn es nach Amanda gegangen wäre, dann hätte heute Abend niemand, am wenigsten die ranghöheren Offiziere der Task Force, das Schiff verlassen dürfen. Aber sie mussten nun einmal den Anschein aufrechterhalten, dass das Ganze ein Goodwill-Besuch sein sollte, auch wenn der Feind mittlerweile genau wusste, dass das nur Fassade war.

Sie fragte sich, wie er wohl die Ereignisse aufgenommen hatte, die in der Nacht nach ihrem gemeinsamen Tag vorgefallen waren. Hatte er zornig reagiert oder eiskalt, so als handelte es sich nur um einen Schachzug in dem großen Spiel? War es ein Schlag ins Gesicht für ihn, der ihn dazu bewog, direkt gegen die Task Force vorzugehen? Wenn es so war, dann würde er heute Nacht zuschlagen, bevor sie aufbrachen.

Amanda wurde aus ihren Gedanken gerissen, als sie die Stimme hinter sich hörte. »Entschuldige, Chris, was hast du gesagt?«

»Die *Harconan Flores* ist ein äußerst interessantes Schiff, Boss«, wiederholte Christine geduldig. Amanda spürte Christines eindringlichen Blick in ihrem Nacken. »Sie ist ein amphibisches Schiff, ein LSM der Frosch-Klasse aus der ehemaligen DDR, und sie wurde zusammen mit unserem alten Freund, der *Sutanto*, gekauft. Harconan hat sie vor einigen Jahren grundüberholen lassen, um sie als kleines RO/RO-Schiff zwischen den Inseln einzusetzen. Die Landungsausrüstung und Bugrampe sind immer noch installiert und funktionstüchtig – und ich wette, du und Harconan, ihr habt es wie Hengst und Stute gemacht. Er sieht mir ganz danach aus.«

Amanda wirbelte herum und starrte Christine wütend an. Christine saß mit übereinander geschlagenen Beinen auf der Couch, das Kinn auf eine Hand gestützt, und blickte ihre Freundin und Vorgesetzte herausfordernd an.

Amanda erwiderte ihren Blick mit angehaltenem Atem, bevor sie die Luft schließlich mit einem Seufzer entweichen ließ. Es wäre ohnehin zwecklos gewesen, zu leugnen. »Ich wollte nicht, dass es passiert, Chris … oder vielleicht doch, ich weiß es nicht.«

Christine warf einen beschwörenden Blick zur Decke empor. »Aber ich habe es gewusst! Und Admiral MacIntyre wollte es nicht glauben.«

»Was?«, stieß Amanda entsetzt hervor. »Du hast mit dem Admiral über Makara und mich gesprochen?«

»Nur über die Möglichkeit, nicht über das, was wirklich passiert ist. Keine Angst, Amanda Lee. Er sieht dir das schlechte Gewissen bestimmt nicht an, mit dem du schon die ganze Zeit rumläufst, seit du von Palau Piri zurück bist. In mancher Hinsicht ist Eddie Mac ein genauso unschuldiges Kind wie du.«

Amanda ging quer durch das Zimmer und setzte sich auf die Couch. »Verdammt, Chris. Ich weiß auch nicht, was ich sagen soll, außer dass es passiert ist.«

»Nun, du könntest ja mal damit beginnen, die ganzen pikanten Details zu schildern. Es muss doch umwerfend gewesen sein!«

Amanda blickte sie finster an. »Chris, ich habe mit dem Feind geschlafen, verdammt! Ich ließ ihn, oder vielmehr ließ ich mich selbst …«

Die kleine blonde Offizierin erwiderte den finsteren Blick. »War es jetzt umwerfend oder nicht?«

Amanda suchte verzweifelt nach den richtigen Worten, um ihr Verhalten zu verurteilen, doch es wollte ihr nichts einfallen. »Ja, das war es!«

»Gut! Du bist eine Klassefrau, Boss, und ich wusste ja, dass es schon jemand ganz Besonderen braucht, damit du dir einmal so richtig dumm vorkommst.«

Amanda musste unwillkürlich lächeln. »Danke. In gewisser Hinsicht war es ein unglaubliches Erlebnis. Ich weiß auch nicht, wie ich es beschreiben soll. Ich kann nur sagen, dass ich nach einer Weile vergessen habe, wer Makara ist und warum ich dort war. Wir waren einfach nur … zwei Liebende auf dieser atemberaubend schönen Insel. Chris, sag mir ganz offen – besteht nicht doch die Möglichkeit, dass Harconan gar nicht der Piratenkönig ist, den wir suchen?«

Die Intel-Offizierin schüttelte fast traurig den Kopf. »Alle Daten, die wir bisher gesammelt haben, beweisen eindeutig, dass Makara Harconan die Zielperson ist. Es hat sich keine einzige mögliche Alternative ergeben. Keine einzige, und ich habe wirklich mühsam gesucht.«

»Seit wann?«

»Seit du ein bisschen in diesen prahlerischen Piraten verliebt bist, von dem du schon als kleines Mädchen geträumt hast.«

»Oh, verdammt, Chris«, sagte Amanda seufzend und blickte zur Seite.

»Können wir nicht die Navy mal für einen kurzen Moment beiseite lassen?«, fragte Christine, und Amanda nickte schweigend.

Chris legte den Arm um ihre Freundin und zog sie an sich. »So was passiert uns allen mal, glaube ich«, sagte sie leise. »Früher oder später treffen wir alle den unglaublichen Kerl, von dem wir eigentlich die Finger lassen sollten. Und trotzdem lassen wir uns darauf ein, und natürlich sind wir dann am Boden zerstört. Aber wenn wir cin wenig Glück haben, kommen wir darüber hinweg und machen weiter wie vorher. Bei mir ist es im College passiert, und ich dachte, ich würde sterben, aber ich hab's überlebt.«

Sie wiegte ihre Freundin sanft im Arm. »Aber weil du nun mal ein solcher Spießer bist, ist es bei dir erst viel später passiert. Das ist natürlich umso schlimmer, weil du es nicht als Jugendtorheit abtun kannst.«

Sie spürte, wie Amandas weiches Haar ihr Gesicht streifte, als diese den Kopf schüttelte. »Nein, ich kann es nicht so einfach abtun, Chris. Ich habe mit ihm geschlafen – und jetzt muss ich ihn vernichten.«

»Ja, Boss, genau das wirst du auch tun.«

Das schnarrende Geräusch der Bordsprechanlage ließ sie beide hochschrecken. Amanda stand auf, und Christine beobachtete, wie sie sich zwang, die Haltung anzunehmen, die von ihr als Captain erwartet wurde. Ihre Stimme klang völlig ruhig, als sie den Anruf beantwortete.

»Garrett … in Ordnung, danke. Wir sind gleich unten. Captain Carberry, die *Carlson* ist jetzt das Führungsschiff und Sie haben das Kommando. Treffen Sie alle Sicherheitsvorkehrungen, so wie wir's besprochen haben – und das bleibt so, bis wir morgen aus dem Hafen auslaufen. Lassen Sie die Waffen scharf machen. Und feuern Sie, wenn es notwendig ist. Gute Nacht, Captain.«

Sie legte den Hörer auf. »Komm, Chris, unsere Limousine wartet … und danke für alles.«

Die Dammstraße war ein asphaltiertes Band, das sich über den Hafen von Benoa zog und das die in Reihen angeordneten Arbeitslichter der Hafeninsel mit den verstreuten Lichtern der Küstendörfer verband. Sechs Scheinwerferpaare bewegten sich die Straße entlang – die Wagenkolonne, die die Task-Force-Offiziere in die Hauptstadt der Insel brachte.

Es waren einige Vorsichtsmaßnahmen getroffen worden. Man blieb über Handy jederzeit mit dem Schiff in Verbindung, außerdem war unter jeder Jacke und in jeder Umhängtasche eine Pistole verborgen, und in den Toyota-Limousinen saß jeweils neben dem balinesischen Lenker ein Marine mit einer bemerkenswert schweren Aktentasche im Schoß.

Doch auch andere hatten ihre Vorkehrungen getroffen. Als die Kolonne die Dammstraße verließ, folgte ihr eine Gruppe von Fahrzeugen, die ebenfalls in Kontakt mit ihrem Hauptquartier standen und deren Passagiere genauso schwer bewaffnet waren.

Das *Taman-Werdi-Budaya*-Kulturzentrum

20. August 2008, 18:30 Uhr Ortszeit Das in der Vorstadt der Inselhauptstadt Denpasar gelegene Taman-Werdi-Budaya-Kulturzentrum war mit seinen Lotusblumenteichen, den kunstvoll angelegten Gärten und den fantasievoll dekorierten balinesischen Gebäuden noch ein Teil des alten Bali. Hier versammelte sich die Elite eines Volkes von Künstlern – die Bildhauer, Maler, Schauspieler sowie die Musiker und Tänzer, um in den Amphitheatern des Zentrums ihre Kunst zu präsentieren.

Der einleitende Empfang wurde außerhalb des Theaters abgehalten – in einem Garten, der von flackernden Öllaternen erleuchtet wurde. Obwohl ihn im Moment Fragen ganz anderer Art beschäftigten, fand Elliot MacIntyre doch Zeit, das exotische Flair des Ortes zu bewundern – zumal er ihn in Begleitung von Amanda Garrett besichtigen konnte.

Während der letzten Minuten vor Beginn der künstlerischen Darbietungen spazierten sie noch einen Weg am Rande der Gartenanlagen entlang. Es war ein kühler und etwas dunklerer Ort abseits von Smalltalk und gezwungener Fröhlichkeit. Da man an einem solchen Ort jedoch nicht sicher sein konnte, ob einen nicht jemand belauschte, erschien es nicht ratsam, über ihre Mission zu sprechen – ein Umstand, den MacIntyre auszunützen gedachte.

»Eines der Probleme mit der Navy ist, dass man zwar viel in der Welt herumkommt, aber von überall nur einen flüchtigen Eindruck mitnehmen kann«, sagte er zu seiner Begleiterin.

»Ja, so ist es wohl«, antwortete Amanda und strich mit den Fingerspitzen über eine Skulptur, die bereits stark verwittert war. »Man sammelt zwar Eindrücke im Vorbeigehen, aber erst wenn einem Zeit bleibt, darüber nachzudenken, kommt einem so richtig zu Bewusstsein, was man da erlebt hat. Nur ist dann schon wieder alles vorbei und man bricht zur nächsten Mission auf.«

»Man könnte auch anders leben, glaube ich«, sagte Eddie Mac und zögerte einen Augenblick. »Amanda, haben Sie schon mal darüber nachgedacht, was Sie nach der Navy machen wollen?«

Nun zögerte sie, einen nachdenklichen Ausdruck im Gesicht. »Ja, ich habe mir schon mal darüber Gedanken gemacht, aber ich habe wieder damit aufgehört, als Sie mir die Seafighter anvertrauten. Ich wusste auch gar nicht recht, was ich wirklich machen könnte. Natürlich gab es ein paar Dinge, die sich anboten – zum Beispiel, einen Job als Beraterin irgendwo anzunehmen, oder mir ein größeres Boot zu kaufen, aber eine richtige Vision hat sich noch nicht aufgedrängt.«

»Wie steht's mit Familie?«

»Das wäre nett«, antwortete sie leise. »Ich beneide Sie um Judy und Ihre Söhne. Aber da läuft mir wohl langsam die Zeit davon. Recht bald schon wäre es wohl keine so gute Idee mehr, noch Kinder zu bekommen.«

»Unsinn!«, erwiderte MacIntyre. »Sie sind doch noch eine junge Frau, Amanda. Es gibt überhaupt keinen Grund, warum Sie nicht eine Familie gründen sollten, wenn Sie es wollen.«

»Danke«, sagte sie und lachte. »Aber da gibt es trotzdem noch ein kleines Problem. Ich bin da ein bisschen altmodisch – ich hätte die Familie gern mit jemandem gemeinsam. Und auch das hat sich noch nicht ergeben.«

MacIntyre blieb stehen. »Das verstehe ich nicht. Für jemanden wie Sie …« Er suchte nach den richtigen Worten und wurde mit einem Mal ziemlich verlegen. »Da muss es doch einige Gelegenheiten gegeben haben.«

Sie nickte. »O ja, mehrere, aber es war eben nie der Richtige zur richtigen Zeit da. Es ist wohl auch Glückssache, nehme ich an.«

»Mag sein.« Elliot MacIntyre spürte, dass er im Begriff war, einen katastrophalen Fehler zu begehen. Wie gern hätte er die Hand gehoben und Amanda das rotbraune Haar von der Wange gestrichen. Zum ersten Mal seit Jahren dürstete es ihn danach, die Lippen einer Frau an den seinen zu spüren – die Lippen dieser Frau.

»Amanda«, ertönte eine fremde Stimme aus der Dunkelheit. Im nächsten Augenblick kam eine hoch gewachsene Gestalt im weißen Jackett auf sie zu. »Ah, Sie sind auch hier, Admiral MacIntyre, guten Abend!«

»Guten Abend, Mr. Harconan.« MacIntyre war froh, dass seine Stimme einigermaßen neutral klang, was ihm nicht zuletzt deshalb schwer fiel, weil er sah, wie Amanda auf Harconans Kommen reagierte.

»Guten Abend, Makara«, sagte sie mit einem eigenartigen Ton in der Stimme. Da war ein Zögern, aber auch eine gewisse Erregung. »Ich hatte nicht erwartet, Sie noch einmal wiederzusehen.«

»Warum das? Mit Ihrer Erlaubnis, Admiral, würde ich Captain Garrett gern einladen, heute Abend neben mir Platz zu nehmen. Ich würde mich freuen, wenn ich die Aufführung gemeinsam mit ihr genießen dürfte.«

»Das hat sie allein zu entscheiden, Mr. Harconan.«

»Amanda?«

»Nun«, sagte sie und zögerte erneut, bevor sie schließlich seinen Arm nahm, den er ihr anbot. »Wenn Sie nichts dagegen haben, Sir?«

»Warum sollte ich, Captain? Viel Vergnügen. Wir sehen uns dann nach der Aufführung.«

Während er den beiden nachblickte, wie sie auf den Eingang zum Amphitheater zugingen, stellte MacIntyre fest, dass seine Hand schon schmerzte – so heftig hatte er sie zur Faust geballt.

Im Hafen von Benoa, Bali

20. August 2008, 18:59 Uhr Ortszeit Es begann alles mit einer Panne draußen auf der Dammstraße. Ein schwer beladener Lastwagen schleuderte plötzlich quer zur Fahrbahn herum, sodass er beide Fahrspuren blockierte, bevor er zum Stillstand kam. Der Fahrer stieg aus und kippte das Fahrerhaus nach vorn, als suche er nach irgendeinem mechanischen Defekt.

Er selbst wusste genau, dass mit dem Wagen alles in Ordnung war – zumindest war es so gewesen, bevor er ein wenig daran herumgebastelt hatte. Er sah Scheinwerfer von landeinwärts herankommen und lief noch ein Stück die Dammstraße entlang, ehe er über die Leitplanke sprang und über die glitschigen Steine der Hafenmole nach unten kletterte, wo ein schnelles Boot mit Außenbordmotor bereits auf ihn wartete.

In dem Boot saßen drei Bugi-Seeleute. An Bord waren außerdem automatische Waffen sowie zwei einfache, aber sehr wirkungsvolle Haftminen mit Fünfzig-Pfund-Sprengladungen.

Das Boot machte kehrt und hielt auf die Hafeninsel zu, so wie fünf andere Boote, die mit der gleichen Mission unterwegs waren. Auf der künstlichen Insel selbst versammelten sich Männer, die im Laufe des Tages in kleinen Gruppen zur Insel gekommen waren, zwischen den Lagerhäusern, um Waffen aus einem hier abgestellten Frachtcontainer hervorzuholen.

Die Polizeistreifen, denen die plötzliche Anhäufung von bewaffneten Männern wohl aufgefallen wäre, hatte man zuvor an einen anderen Ort beordert. Genauso hatte das einzige indonesische Kriegsschiff im Hafen, die *Sutanto*, plötzlich Anweisung erhalten, sich ein Stück weit von den Hafenanlagen zu entfernen und weiter draußen vor Anker zu gehen.

Und so begann sich langsam und unbemerkt zu Wasser und zu Land das Netz rund um die Seafigher-Task-Force zu schließen.

USS *Carlson*

20. August 2008, 19:05 Uhr Ortszeit Es störte Commander Lucas Carberry nicht, dass er an diesem Abend als ranghöchster Offizier an Bord bleiben musste. Ja, es bot ihm die Gelegenheit, wieder einmal einer seiner privaten Leidenschaften nachzugehen.

Für heute hatte er sich eines seiner Lieblingsschiffe vorgenommen – den alten Kreuzer USS *Olympia*, Deweys Flaggschiff, mit dem er einst 1898 in der Bucht von Manila die spanische Flotte vernichtet hatte. Es war nicht allzu schwierig zusammenzubauen und es stellte für ihn etwas völlig Alltägliches dar, Geschütztürme und Aufbauten an die richtigen Plätze zu setzen. Die Herausforderung bestand, so wie bei allen Kriegsschiffen aus jener Zeit, darin, die Farbe richtig zu erwischen. Es kam darauf an, den weißen Rumpf, die braunen Aufbauten und die schwarzen Masten sauber hinzubekommen und den leichten Anklang von Silber und Gold an den entsprechenden Stellen hinzuzufügen.

Und das alles an einem Modell von fünf Zentimetern Länge.

In seiner Wohnung in Philadelphia hatte er bereits so ziemlich alle Kriegsschiffe des Dreadnought-Zeitalters stehen, und dazu Dutzende von Auszeichnungen, die er für seine Modellschiffe erhalten hatte. Für alle Freunde von Seekriegs-Strategiespielen bedeutete es mittlerweile etwas, ein Carberry-Modell zu besitzen. Er verkaufte seine Schiffe nicht, sondern verschenkte sie nur an enge Freunde oder an jemanden, der ihn in einem Gefechtsszenario besiegt hatte.

Es gab nicht viele, die Letzteres von sich behaupten konnten. So wie seine Modelle war auch Carberry selbst so etwas wie eine Legende in den Kreisen der Seekriegsexperten. Er brachte es fertig, die Schlacht vor dem Skagerrak mit jeder der beiden Seiten zu gewinnen. Er hatte sowohl die *Bismarck* als auch die *Prinz Eugen* mit der *HMS Hood* versenkt und die Schlacht von Tsushima zu einer schweren Schlappe für die Japaner gemacht.

Sachte stellte er sein jüngstes Werk auf die mit einem Tropfen Klebstoff versehene schwarze Grundplatte. Er ließ das Tischtelefon zweimal läuten, bevor er eine Hand frei hatte, um den Hörer abzunehmen.

»Captain.«

»Hier spricht der Offizier vom Dienst, Sir.« Die Stimme am anderen Ende der Leitung klang angespannt. »Wir haben ungewöhnliche Aktivität am Kai. Möglicherweise feindliche Gruppierungen.«

Carberrys Antwort kam präzise und ohne jede Gefühlsregung. »Sind alle Sicherheitsstationen alarmiert?«

»Ja, Sir, wir sind in Alarmbereitschaft – sowohl hier als auch auf der *Cunningham*.«

»Sehr gut. Ich bin sofort auf der Brücke.«

Carberry machte sich auf den Weg und wischte sich noch rasch mit einem Kleenextuch einen Farbtupfer von der Hand.

Die Aussicht von der Brücke bot keinen unmittelbaren Grund zur Besorgnis. Durch das breite Fenster war der gut beleuchtete Kai mit seinen grauen Lagerhäusern zu sehen. Nichts regte sich draußen, außer der Sicherheitspatrouille auf dem Vordeck und der Gangway-Wache. Doch der OOD und der Lieutenant von den Marines, der als diensthabender Sicherheitsoffizier fungierte, sahen besorgt drein, als Carberry durch den Vorhang auf die Brücke geeilt kam.

»Wie sieht es aus, Gentlemen?«

»Sir, die Task Force steht neuerdings unter Beobachtung. Außerdem ist uns aufgefallen, dass sich eine größere, nicht identifizierte Gruppe von Männern in der Gegend versammelt hat. Wir wissen nicht, was sie vorhaben, aber sie scheinen großen Wert darauf zu legen, im Verborgenen zu bleiben.«

»Wann wurde die Aktivität registriert?«

»Vor ungefähr fünf Minuten, Sir«, antwortete der Sicherheitsoffizier. »Ein Schütze an einer der 30-mm-Kanonen entdeckte einen Mann auf dem Dach eines Lagerhauses, der uns mit seinem Nachtglas beobachtet. Wir haben eine Deckkamera auf seine Position gerichtet.«

Der Marine trat an die Konsole unter dem Fenster und rief an einem der Monitore das Bild der restlichtverstärkenden Videokamera auf. Der stark vergrößerte Abschnitt des Daches erschien und der Kopf eines Mannes war zu erkennen, der durch ein Nachtglas blickte. Für eine Sekunde tauchte hinter ihm noch ein Kopf auf.

»Unsere Ausgucks und die der Duke haben noch drei weitere Beobachter wie diesen hier entdeckt, die den gesamten Liegeplatz im Auge behalten.«

Carberry nickte. »Interessant, und das Schiff heißt übrigens nicht Duke, sondern USS *Cunningham*. Wir wollen doch genau sein. Und was ist mit der Gruppe von Männern, von der Sie gesprochen haben?«

»Äh … ja, Sir, die *Cunningham*, Sir. Wir haben diese Gruppe in den Lagerhäusern aufgespürt, mit dem FLIR unseres Mastvisiers.«

Der Marine wechselte das Abbildungssystem und rief das Bild des FLIR (Forward Looking InfraRed), der nach vorne gerichteten Infrarotsensoren, auf.

Diese Kameras lieferten keine Abbildungen mit Hilfe von Licht, sondern von Wärme; sie konzentrierten sich auf die Wärmestrahlung der Umgebung und konnten durch Dunkelheit, Rauch und bis zu einem gewissen Grad sogar durch Wände hindurchblicken.

Auf dem Bildschirm erschien die Vorderseite eines Lagerhauses mit verschwommenen Umrissen. Innerhalb des Gebäudes war eine große Anzahl von unförmigen Lichtflecken zu erkennen, die sich bisweilen auch bewegten.

»Wir haben vier Gruppen zu ungefähr fünfzig Mann ausgemacht, die sich jedoch allesamt verborgen halten.«

»Irgendetwas von der Funkwache?«

»Wir sind uns nicht ganz sicher, Captain«, antwortete der OOD. »Signal Intelligence meint, da wäre etwas im CB-Funk-Bereich – es hört sich an wie Störgeräusche oder wie irgendein Click-Code über Walkie-Talkies.«

Manch anderer Captain, wie zum Beispiel Amanda Garrett, hätte in diesem Moment nach Meinungen und Einschätzungen gefragt, nicht jedoch Carberry. Seine Untergebenen hatten ihm die nötigen Daten geliefert – jetzt war es an ihm als ranghöchstem Offizier an Bord, eine Entscheidung zu treffen. In diesem Fall gab es nicht viel zu überlegen. Ein falscher Alarm würde immerhin eine gute Übungsmöglichkeit liefern, wovon es in Carberrys Augen gar nicht genug geben konnte.

»Offizier vom Dienst, befehlen Sie für die gesamte Task-Force Gefechtsstation. Stiller Modus. Bereiten Sie alles zum Abwehren von Enterkommandos vor.«

Keine Alarmhörner ertönten. Keine lauten Kommandos dröhnten aus den Lautsprechern. Überall auf dem Schiff summten Bordsprechanlagen und Kommandokopfhörer, damit alle den Ruf zu den Waffen mitbekamen. Aus dem Officer's Country kamen Abteilungsoffiziere gelaufen, die ebenso wie die CPOs (Chief Petty Officers) den Seeleuten Anweisungen zuriefen, während sie auf ihre Stationen eilten.

Alles ging ein wenig langsamer als bei einem herkömmlichen Alarm, doch dafür war von außen keinerlei Anzeichen dieser plötzlichen Aktivität auf den Schiffen der Task Force zu erkennen. Auf der Brücke der *Carlson* kamen die Männer den Niedergang heraufgestürmt und eilten an ihre Workstations. Die Lichtanzeigen an den Konsolen wechselten von Gelb, der üblichen Bereitschaft während des Aufenthalts im Hafen, auf Grün, was so viel bedeutete wie ›Klar zum Auslaufen‹. Mehrere Reihen von Monitoren zeigten den Schiffsstatus an, und zwar nicht nur für die *Carlson*, sondern auch für die *Cunningham*, als die System-Verbindung zwischen den beiden Schiffen hergestellt wurde.

Die Standard-Deckspatrouillen, die über Kopfhörer benachrichtigt worden waren, schritten weiter gemessenen Schrittes auf und ab, als wäre nichts Besonderes geschehen – dafür tauchten zusätzliche Marines an Deck auf. Schwer bewaffnet schlichen sie sich durch die Schotts hinaus und krochen auf ihre Posten in den Aufbauten und an den Rändern der Decks, stets darauf achtend, dass sie für die Beobachter des Schiffes unsichtbar blieben.

Auf der Brücke hatten nach dem Ruf zu den Gefechtsstationen alle Anwesenden ihre Kevlar-Helme und Gefechts-Schwimmwesten angelegt. Ein weiblicher Mannschaftsdienstgrad kam mit Pistolengurten und Seitenwaffen gelaufen, die sie unter den Anwesenden verteilte. Dann entfernte sie sich, um Patronengurte und Gefechtsschrotflinten zu holen.

Die Task Force bewaffnete sich bis an die Zähne, ganz in Erwartung eines Angriffs. Jede Armee, die einen Überraschungsangriff startete, würde selbst eine unliebsame Überraschung erleben. Und genau das war der Zweck der Übung.

»Die Task Force ist auf Gefechtsstation, Sir«, meldete der Offizier vom Dienst von der zentralen Konsole des Rudergängers. »Die Schiffe sind bereit zum Abwehren von Enterkommandos und klar zum Starten der Maschinen und Auslaufen.« Er blickte zu einem Sprengstoffexperten der Marines hinüber, der in einem Winkel der Brücke stand. »Klar zum sofortigen Ablegen«, meldete der Mann.

»Sehr gut, Mr. Johnson.« Carberry stand unbewegt da, die Hände hinter dem Rücken; Helm und Gefechtsweste hatte er neben sich auf dem Kartentisch liegen. »Ich glaube, es ist Zeit, den Task-Force-Commander über die Situation zu informieren.«

Das Taman-Werdi-Budaya-Kulturzentrum

20. August 2008, 19:10 Uhr Ortszeit Makara Harconan warf einen unauffälligen Blick auf seine Armbanduhr. Bald würde es soweit sein. Um seine Anspannung zu lösen, wandte er seine Aufmerksamkeit wieder der Bühne zu.

Zu Ehren der Gäste von der Task Force sowie der Regierungsbeamten wurde der *Legong* aufgeführt, der schwierigste und spektakulärste balinesische Frauentanz. Glitzernde Kostüme aus Seidenbrokat und Blattgold leuchteten auf der Bühne, als die jungen Darsteller die Geschichte von der Entführung der schönen Prinzessin Rankesari und ihrem bösen und arroganten Verehrer, dem König von Lasim, darboten.

Obwohl er sein ganzes Leben hier verbracht hatte und gewiss schon hundert Aufführungen dieser Art gesehen hatte, genoss Harconan immer noch die Eleganz und Perfektion einer balinesischen Tanzdarbietung und das teilweise unharmonische und doch fließende Spiel der Schlaginstrumente des *Gamelan*-Orchesters. Die Frau neben ihm war wie verzaubert von dem Schauspiel auf der Bühne.

Amanda Garrett saß nach vorn gebeugt da, die Augen weit geöffnet, um jede kleinste Bewegung wahrzunehmen. Als Tänzerin war ihr noch viel mehr als dem durchschnittlichen Zuseher bewusst, welche Fähigkeiten und wie viel Training notwendig waren, um eine solche Präzision zu erreichen.

»Gott, wie gern würde ich das auch können«, flüsterte sie, den Blick nicht von der Bühne wendend.

»Für den *Legong* ist es wohl zu spät, fürchte ich«, antwortete er im Flüsterton und betrachtete dabei ihre feinen Gesichtszüge. »Eine Legong-Tänzerin fängt mit fünf Jahren zu trainieren an und ihre Laufbahn endet mit dem Beginn der Menstruation.«

Amanda verzog ganz leicht das Gesicht. »Ich fürchte, ich bin auch ein wenig zu groß für eine Ballerina.«

»Aber es gibt andere Tänze, die du lernen könntest«, sagte Harconan aufmunternd. »Mit der richtigen Lehrerin wäre das bestimmt möglich. Es würde allerdings etwas Zeit brauchen, zwei Jahre mindestens.«

»Das wäre nett, aber Urlaube zur Tanzausbildung sind in der Navy nun mal nicht drin.«

»Du bleibst nicht für immer in der Navy, Amanda.«

»Das stimmt«, antwortete sie geistesabwesend, »aber bis ich in den Ruhestand trete, bin ich zu alt für alles, was anspruchsvoller als ein Foxtrott ist.«

Wenn du dein Kommando im Stich lassen würdest, könnte sich das Ganze ein wenig beschleunigen, fügte Harconan in Gedanken hinzu. Die Frage war nur, ob sie es ihm je verzeihen würde, wenn er der Anlass dazu wäre.

Er blickte erneut auf die Uhr. Zwei Minuten noch, dann würde es losgehen.

Plötzlich richtete sich Amanda in ihrem Sitz auf. Ihre Hand schlüpfte rasch in ihre Umhängetasche und holte ein Handy hervor. Harconan zog daraus den Schluss, dass sie eine Benachrichtigung durch einen stillen Pager erhalten haben musste, den sie irgendwo bei sich trug. Er musste den Drang unterdrücken, ihr das Handy wegzuschlagen.

»Garrett.« Sie hielt das Telefon dicht ans Ohr und schirmte es mit der Hand ab, damit man im Saal nicht hörte, was sie sagte, und sie andererseits nicht von der Musik des Orchesters gestört wurde. Dann blickte sie ihn an, und der verträumte Ausdruck der Tänzerin war aus ihrem Gesicht verschwunden. Die goldenen Augen verengten sich im Zorn, wie bei einer Mutter, deren Kinder bedroht wurden.

»Sofort auslaufen! Manöver Bravo!«, sprach sie mit etwas lauterer Stimme ins Telefon. »Bringen Sie die Schiffe aus dem Hafen hinaus, sofort!« Sie sprang auf und rief mit noch lauterer Stimme in den Saal hinein. »Seafighter! Zurück zur Task Force! Los!«

Die Gamelan-Musiker unterbrachen ihr Spiel und auch die Tänzerinnen hielten in ihren Bewegungen inne. Weiß uniformierte Navy-Offiziere und Marines in blauen Jacken sprangen von ihren Sitzen auf und stürmten zum Ausgang des Theaters.

Was zum Teufel war bloß geschehen? Hatten seine Leute den Angriff zu früh gestartet oder hatte man sie entdeckt? Harconan war sich bewusst, dass die Amerikaner sehr wachsam waren, aber er hatte gehofft, wenigstens für einige Minuten den Überraschungseffekt auf seiner Seite zu haben. Sie musste ihre Leute in ständiger Bereitschaft gehalten haben, damit sie jederzeit zurückschlagen konnte wie eine wütende Kobra.

Genauso sah sie in diesem Augenblick aus, als sie ihn mit kalten Augen anstarrte. »Ruf sie zurück, Makara«, befahl sie ihm. »Ruf sie zurück, um ihretwillen!«

Dann war sie fort und im Theater entstand heillose Verwirrung. Als Harconan schließlich einen Winkel gefunden hatte, wo er selbst telefonieren konnte, war es bereits zu spät.

Im Hafen von Benoa

20. August 2008, 19:13 Uhr Ortszeit Wie jeder vernünftige Plan für eine militärische Operation war auch der Plan der Bugi sehr einfach; er beruhte vor allem auf einer raschen Umsetzung und dem dadurch erzielten Schockeffekt. Um Punkt 19:15 Uhr würden die Bodentruppen in den Docks das Feuer auf die US-Kriegsschiffe eröffnen, um die Sicherheitspatrouillen an Deck auszuschalten. Dann sollten die Minenboote losbrausen.

Deren Crews hatten die Aufgabe, ihre Haftminen an den Schiffsrümpfen anzubringen, die Zeitzünder einzustellen und sich in Sicherheit zu bringen. Die folgenden Explosionen würden die amerikanischen Schiffe manövrierunfähig machen oder gar versenken. In der allgemeinen Verwirrung nach dem Minenangriff würden die Landtruppen die schwer beschädigten Schiffe entern und hoffentlich einige ihrer Mitstreiter befreien können, die vermutlich an Bord der Task-Force-Schiffe festgehalten wurden.

Das Sippenoberhaupt der Piraten und gleichzeitig Kommandeur der Bodentruppen war zuversichtlich. Es gab keinen Grund, warum der Plan nicht funktionieren sollte. Die Polizei hatte man gekauft. Keinerlei Anzeichen von ungewöhnlicher Aktivität war an Bord der Zielschiffe zu beobachten gewesen, und bis zum Angriff waren es nur noch zwei Minuten. Von seinem Beobachtungsposten im Lagerhaus schaute er noch ein letztes Mal durch den Spalt in der Tür.

Und runzelte die Stirn.

Die amerikanischen Gangway-Wachen unten am Kai – die Ersten, die bei dem Angriff fallen sollten, eilten hastig zum Bug des LPD und zum Heck des Kreuzers und gingen in Deckung. Plötzlich war auf den Schiffen kein

Mensch mehr zu sehen. Auch die Sicherheitspatrouillen waren von einem Moment auf den anderen verschwunden.

Es herrschte eine Stille, die man nur als unheimlich bezeichnen konnte. Das dunkel getönte Brückenfenster verriet nichts davon, was innerhalb des LPD vor sich ging, und es war weit und breit nichts zu hören außer dem Geräusch der Wellen, die gegen die Hafenmole schlugen. Dann kam das Zischen, Rumpeln und immer lauter werdende Dröhnen von mächtigen Schiffsturbinen, die in Gang gesetzt wurden.

Die Amerikaner machten klar zum Auslaufen! Nur noch eine Minute bis zum Angriff – und diese verdammten Ziele machten sich aus dem Staub!

Der Bugi-Kommandeur konnte es einfach nicht glauben. Er hätte erkennen müssen, dass der Angriff gescheitert war, noch bevor er begonnen hatte, da das so wichtige Überraschungsmoment verloren gegangen war. Hätte er nur die Gelegenheit gehabt, einige Sekunden nachzudenken, wäre er zweifellos zu diesem Schluss gekommen und hätte die Operation abgeblasen. Doch zu seinem Unglück – denn er sollte wenige Augenblicke später ums Leben kommen – und zum Unglück seiner Truppen wurde er im ersten Moment lediglich von seinem Jagdinstinkt beherrscht. Die Beute floh!

Er gab den Befehl zum Angriff.

Sein Ruf wurde hundertfach verstärkt, als die Bugi aus ihren Verstecken hervorstürmten ... und mitten in den Feuersturm von automatischen Waffen hineinliefen. Von den beiden Schiffen prasselte ein wahrer Geschosshagel den Kai hinunter, als die Marines und die Navy-Sicherheitskräfte das Feuer auf die Piraten eröffneten.

Die Bugi taumelten unter dem Feuersturm, der sie empfing, doch sie gaben nicht auf. Sie verteilten sich und gingen hinter den Ladepaletten in Deckung, die die Schauerleute während des Tages für sie aufgestellt hatten. Sie mussten mit allen Mitteln versuchen, die Verteidiger der Schiffc wenigstens so weit zu beschäftigen, dass die Minenboote auslaufen und ihre Ladungen anbringen konnten.

Doch das würde nicht einfach werden. Die Schlacht wurde immer erbitterter, als die Verteidiger immer mächtigere und furchtbarere Waffen zum Einsatz brachten. Granaten explodierten über den Köpfen der Bugi-Schützen, die sich in sicherer Deckung gewähnt hatten. Schwere Leuchtspurgeschosse prasselten von den Ecken des Deckhauses der *Carlson* auf sie nieder und durchschlugen die Paletten ebenso wie die Männer, die dahinter kauerten. Für genau diese Art von Nahkampf war das LPD mit vier 30-mm-Geschützen vom Typ Mark 46 ausgerüstet worden, wie sie auf dem neuen Marine Advanced Armored Assault Vehicle, dem fortschrittlichen taktischen Panzerfahrzeug, montiert waren – eine Vorsichtsmaßnahme, die sich jetzt bezahlt machte.

Doch da war noch etwas anderes – etwas, das die Bugi noch nie zuvor gesehen hatten, etwas wirklich Furchterregendes.

Ein unerklärlicher brennender Schmerz brach plötzlich über sie herein, so als würden sie von unsichtbaren Flammen verzehrt. Ein so unerträglicher Schmerz, dass tapfere Männer ihre Waffen fallen ließen und schreiend davonliefen.

Die Angreifer waren furchtlose Bugi-Piraten, die jedem Feind gegenübertraten und die den Tod durch eine Kugel nicht fürchteten. Aber gegen dieses Werk von Dämonen konnten sie nichts ausrichten. Und so sprangen sie auf, um sich in Sicherheit zu bringen, um an einen Ort zu fliehen, der von diesem Fluch unberührt war.

In der Nähe der Gefechtszentrale der *Carlson*, in einer engen Feuerleitstation, die gemeinhin die ›Zap Gun Alley‹ genannt wurde, blickte Lieutenant Linda Janovic ihren Schützen über die Schultern, während sie ihre Waffen einsetzten.

Janovic war die zuständige Offizierin für das Ship Mounted Area Denial System (SMADS) an Bord der *Carlson*. Sie hatte große Freude an ihrem Job, nicht nur, weil sie damit stets mit den neuesten Entwicklungen der Technologie zu tun hatte, sondern auch weil sie bei allem Stolz, mit dem sie ihren Dienst tat, mit der Vorstellung, Menschen töten zu müssen, weniger gut zurechtkam.

SMADS war das Prunkstück der neuen Generation von nicht-tödlichen Waffen, die es ermöglichten, einen Gegner kampfunfähig zu machen, ohne ihm das Leben zu nehmen. Das Area Denial System war eine Art ›Strahlenkanone‹ aus dem Reich der Sciencefiction. Die Projektoren sandten einen Strahl von geräuschloser, unsichtbarer Mikrowellenenergie aus. War man dem Strahl für kurze Zeit ausgesetzt, so trug man zwar keine bleibenden Schäden davon – für das Opfer war es jedoch so, ›als würden einem tausend heiße Glühbirnen gleichzeitig auf den Körper gedrückt‹, wie es einmal jemand beschrieben hatte. Es war schwer, unter solchen Umständen an ein Weiterkämpfen zu denken.

Dank der Gefechtssystem-Verbindung zwischen den beiden Schiffen war Lieutenant Janovic auch für die SMADS-Kanonen der *Cunningham* zuständig. Die drei Projektoren, die in dieser Schlacht eingesetzt werden konnten, das Heck-System der Duke und zwei Systeme an den Aufbauten des LPD, wurden direkt von ihren Systemoperatoren bedient.

Sie beugte sich über die Schultern ihrer SOs nach vorn und blickte durch deren Visiermonitore, während sie auf den Feind feuerten. Was sie da sah, stimmte sie zufrieden. Überall dort, wo die Mikrowellen ihr Ziel trafen, ließ das feindliche Feuer sofort nach, weil die Getroffenen plötzlich nur noch einen Gedanken hatten: so schnell wie möglich zu verschwinden.

Das zweite vordere SMADS-System auf der *Cunningham* sowie die achterlichen Projektoren der *Carlson* wurden von der Duke aus bedient. Diese Waffen dienten dazu, die seeseitige Sicherheit zu gewährleisten – doch bisher hatte von ihnen kein einziger Strahl abgefeuert werden müssen. Plötzlich ertönte eine Stimme in Lieutenant Janovics Kopfhörer.

»*Carlson*-Zentrale, hier ist das SMADS der Duke. Da kommen unidentifizierte kleine Boote mit hoher Geschwindigkeit auf uns zu! Es sind mehrere Ziele!«

Lieutenant Janovic aktivierte rasch einen zweiten Monitor und rief die Abbildungen der vorderen Zielkameras auf. Ein halbes Dutzend kleiner Boote mit Außenbordmotoren kam auf den Liegeplatz zugebraust. Sie waren völlig unbeleuchtet und ließen nichts erkennen, woran man sie hätte identifizieren können. Es war wohl kaum denkbar, dass es sich um einheimische Fischer handelte, die den Angreifern zu Hilfe kommen wollten – doch es konnten unter Umständen indonesische Polizei- oder Militärboote sein, die vorhatten, der Task Force beizustehen.

Aber genau das war das Schöne an SMADS: Wenn man sich irrte, konnte man sich hinterher bei den Opfern entschuldigen.

»Knöpft sie euch vor!«, rief Lieutenant Janovic. Mit Lichtgeschwindigkeit schossen die Strahlen in die Dunkelheit hinaus.

Die SMADS-Projektoren waren hochmoderne nichttödliche Energiestrahler. Bei den Dynamit-Minen an Bord der Bugi-Boote handelte es sich um einfache

Sprengmittel. Als die beiden so grundverschiedenen Technologien aufeinandertrafen, geschahen seltsame, nicht beabsichtigte Dinge. Die Kupferdrähte zwischen Zeitzündern und Batterien sowie den Zündkapseln der Minen fungierten als Empfangsantennen für die plötzlich auftreffende Mikrowellenenergie. Die Folge war ein Stromfluss, der den ungewollten Kontakt herstellte.

Das Führungsboot ging in einer gewaltigen Explosion unter.

Lieutenant Janovic erkannte den Mechanismus sofort. »Scheiße! Das sind Selbstmordkommandos! *Cunningham*, Feuer frei! Feuer frei!«

Energie-Projektoren schwenkten von einer Seite auf die andere und jagten ihre Energie in die Nacht hinaus. Nacheinander wurden die Boote von der Strahlung erfasst und ausgelöscht und ihre Crews von den eigenen Waffen in den Untergang gerissen. An Bord des letzten der sechs Boote musste jemand die Lage erkannt haben. Verzweifelt versuchten sie, ihre Minen loszuwerden, und warfen auch tatsächlich eine davon über Bord – die zweite jedoch um einen Sekundenbruchteil zu spät.

Lieutenant Janovics Magen krampfte sich zusammen, während die Gischtfontänen sich zerstreuten und die Rauchwolken sich auflösten. Es wäre auch zu schön gewesen, einen Krieg ohne Blutvergießen führen zu können.

»Captain!«, rief der OOD über dem Donnern des Feuergefechts. »Alle Maschinenräume melden ihre Abteilungen klar!«

Das Brückenfenster war von zwei schweren Treffern erschüttert worden, durch die zwei der Panzerglasscheiben aus dem Rahmen gefegt wurden, sodass nun der volle Gefechtslärm sowie gelegentliche Querschläger ins Innere der Brücke drangen. Doch Carberry stand immer noch unbewegt an seinem Platz, die Hände hinter dem Rücken, ohne sich darum zu kümmern, dass er aus einer Schramme an der Stirn blutete. Er war bereits eine Legende auf dem Gebiet seines Hobbys, des Seekriegs-Strategiespiels – doch nun war er dabei, sich auch anderweitig einen legendären Ruf zu erwerben.

»Also gut. Teilen Sie der *Cunningham* mit, dass sie auslaufen soll.« Carberry fand es nicht einmal der Mühe wert, seine Stimme zu erheben, um sich Gehör zu verschaffen. »Wir warten, bis sie aus dem Hafen ist.«

»Aye aye, Sir.«

Einige Augenblicke später flammte an der Seite der Duke eine Kette von Lichtblitzen auf – die Folge von mehreren kleinen Explosionen, die im Lärm des Feuergefechts untergingen.

Beim Einkalkulieren eines raschen Auslaufens unter Beschuss war es Amanda Garrett ein Anliegen gewesen, die Crew auf den Decks ihrer Schiffe so weit wie möglich vor dem feindlichen Feuer zu schützen. Dementsprechend waren die Trossen für ein rasches Auslaufen präpariert.

Die oberen schiffsseitigen Enden der Haltekabel waren mit Schaumgummi umwickelt, damit sie an der Oberfläche treiben würden und nicht in die Schrauben gelangen konnten. Außerdem waren die Enden der Leinen mit Sprengband umwickelt, sodass man per Knopfdruck alle Leinen absprengen konnte und das Schiff von einem Moment auf den anderen zum Auslaufen klar war.

Das Wasser an den Seiten der *Cunningham* wurde aufgewühlt, als die gegenläufigen Schrauben der Antriebsgondeln zu greifen begannen. So glatt und beinahe so schnell wie ein beschleunigendes Auto entfernte sich der Kreuzer von der Hafenmole. Völlig unbeleuchtet, wie er war, verschwand er binnen Sekunden in der Dunkelheit.

»Die *Cunningham* ist ausgelaufen, Captain.«

»Also gut, Mr. Johnson, Leinen los, bitte. Rudergänger, folgen wir der *Cunningham*. Zweiter Rudergänger, alle Maschinen ein Drittel zurück.«

Der Sprengstoffexperte der Marines drückte auf den Knopf, und eine Kette von Lichtblitzen tanzte nun auch rund um die Decks des LPD, als die Halteleinen gekappt wurden. Die *Carlson* reagierte mit ihren Dieselmaschinen und ihren herkömmlichen Schrauben nicht ganz so dynamisch, doch als sie sich in Bewegung setzte, fiel die Gangway vom Vordeck hinab und hing senkrecht vor der Kaimauer.

Das Feuer der kleinen Waffen verebbte, als das LPD die Distanz vergrößerte und seinem Mitstreiter hinaus in die Dunkelheit folgte. Ein Pirat feuerte eine Panzerabwehrrakete auf das Schiff ab – ein letzter vergeblicher Versuch, es aufzuhalten. Das Geschoss jagte an der Brücke vorbei und sprühte Funken wie ein Feuerwerksblindgänger, um schließlich wirkungslos im Wasser des Hafens zu verpuffen. Ein Punktverteidigungsgeschütz gab noch einen langgezogenen Feuerstoß ab und behielt so das letzte Wort. Die Schlacht im Hafen von Benoa war vorüber.

»Zweiter Rudergänger, weiter ein Drittel zurück. Mr. Johnson, Sie übernehmen das Kommando. Wenden Sie und folgen Sie der *Cunningham*, an der Insel Serangan vorbei. Bis auf weiteres keine Beleuchtung an Deck. Sehen Sie zu, dass wir die Berichte über Schäden und Opfer so rasch wie möglich vorliegen haben.«

»Zu Befehl, Sir.«

»Weisen Sie die Seafighter-Gruppe an, dass sie sofort aufbrechen und unser Landungsteam am vereinbarten Treffpunkt abholen soll. Sorgen Sie außerdem dafür, dass eine Aufklärungsdrohne startet und dass sich zwei Helikopter bereithalten.«

»Wird erledigt, Captain. Äh … soll sich vielleicht jemand Ihre Wunde ansehen, Sir?«

Carberry öffnete seine Hände, die er hinter dem Rücken gefaltet hatte. Das Zittern war mittlerweile vergangen. Er griff sich an die Stirn, wo das Blut bereits geronnen war. »Sicher eine gute Idee, Mr. Johnson. Lassen Sie einen Sanitäter aus dem Lazarett raufschicken, falls sie einen frei haben.«

Kein schlechter Schachzug, dachte Carberry. Es war kein Nachteil, dass die *Carlson* den Kreuzer deckte. Das würde allen zeigen, dass die amphibischen Schiffe auch vollwertige Kampfschiffe waren.

»Ach ja, Mr. Johnson, noch etwas. Bitte teilen Sie der Crew mit, dass ich mit der Leistung heute Abend zufrieden bin. Nein, warten Sie, wenn ich's recht bedenke, können Sie ruhig sagen, dass ich äußerst zufrieden bin.«

Das Taman Werdi Budaya Kulturzentrum

20. August 2008, 19:16 Uhr Ortszeit Das Marine-Corps-Sicherungskommando hatte bereits einen Sicherheitskordon rund um die gemieteten Wagen gebildet. Aus ihren Aktentaschen hatten sie etwas eigenartig aussehende, aber sehr durchschlagskräftige belgische Waffen vom Typ FN P-90 hervorgeholt, bei denen es sich um eine Kreuzung aus Sturmgewehr und Maschinenpistole handelte. Man nahm den balinesischen Fahrern die Autoschlüssel ab und gab ihnen zu verstehen, dass sie verschwinden sollten. Jetzt traute man niemandem mehr, der nicht eine Uniform der U.S. Navy trug.

Amanda hatte ihre Waffe gezogen und eilte den Weg zum Autoparkplatz hinunter. Obwohl sie rund dreizehn

Kilometer vom Hafen entfernt waren, hörte sie das Krachen ferner Explosionen.

Stone Quillain achtete darauf, dass alle in den bereitstehenden Wagen unterkamen. In der rechten Hand hatte er seine Pistole, während er mit der Linken das Handy ans Ohr hielt.

»Was ist mit der Task Force?«, fragte Amanda, als sie bei ihm war.

»Sie greifen uns an«, berichtete der Marine, »aber unsere Jungs haben sie schon erwartet. So weit so gut. Captain Carberry lässt die Schiffe gerade auslaufen.«

»Gut, was ist mit unseren Leuten hier?«

»Alle sind vollzählig eingetroffen. Wir sind soweit.«

»Bestens! Lassen Sie Ihre Wachposten einsteigen – und dann ab zum Wiederaufnahmepunkt. Ist unser Führungsmann bereit, uns hier wegzubringen?«

»Corporal Smitson ist die Strecke gestern zweimal gefahren. Er ist bereit. Steigen Sie ein, Skipper, der Admiral wartet schon auf Sie.«

»Negativ, ich nehme den letzten Wagen. Wir sehen uns am Treffpunkt.«

Bevor Quillain etwas einwenden konnte, schlüpfte Amanda in die letzte Limousine in der Reihe und nahm auf dem Beifahrersitz Platz. Da dieses Fahrzeug als Reserve vorgesehen war, um Passagiere aus anderen Autos zu übernehmen, falls es Probleme geben sollte, befand sich nur ein Fahrer, ein Angehöriger des Marine Corps, im Wagen.

»Fahren Sie los, Stone!«, rief sie ihm durch das offene Fenster zu. »Ausführung!«

Harconan stand etwas abseits in der Nähe des Parkplatzes und sah zu, wie die Limousinen der Reihe nach auf die Straße fuhren und mit quietschenden Reifen beschleunigten. Wie er es erwartet hatte, sah er das unverkennbare Leuchten von rotem Haar auf dem Beifahrersitz des letzten Wagens. In einer solchen Situation übernahm sie instinktiv die Nachhut, bis alle ihre Leute in Sicherheit waren.

Harconan war sich bereits bewusst, dass sein Angriff auf die Task Force gescheitert war. Sie hatte nur darauf gewartet, dass er ihre Schiffe angreifen würde. Aber vielleicht war noch nicht alles verloren. Es gab noch eine andere Beute zu erjagen, eine, die nicht so gut geschützt war.

Er klappte sein Handy auf und rief den Teamführer seiner Sondereinsatzkräfte an, um ihm neue Anweisungen zu geben.

Die Route, die der amerikanische Konvoi einschlug, verlief nicht nach Süden zum Hafen von Benoa. Dieser Weg wäre allzu nahe liegend gewesen und hätte fast eine Einladung zu einem Hinterhalt dargestellt. Stattdessen fuhren sie in Richtung Osten, unterhalb des Zentrums von Denpasar zum Fremdenverkehrsgebiet von Sanur Beach. Dort wartete bereits ein Seafighter, um die Offiziere zu ihren Schiffen zurückzubringen.

Es war ein solider Plan, dessen Umsetzung nicht mehr als einige Minuten in Anspruch nehmen sollte.

»Wie ist der Status der Task Force, Stone?«, fragte MacIntyre vom Rücksitz des fünften Wagens aus, wo er gemeinsam mit Christine und Tran saß.

»Sie mussten ein paar Boghammer ausschalten, sind aber jetzt in Sicherheit, Sir. Minimaler Schaden«, berichtete Quillain, das Telefon am Ohr.

»Captain Garrett hatte Recht mit ihrer Einschätzung«, stellte Nuyen Tran fest. »Ihre Maßnahmen treiben Harconan zu immer verzweifelteren Manövern.«

»Das klingt ja alles schön und gut, wenn wir nur erst

wieder an Bord unserer Schiffe sind«, warf Christine ein. Sie drehte sich in ihrem Sitz um und blickte durch die Heckscheibe nach hinten.

»Ist sie immer noch da?«, fragte MacIntyre ungeduldig.

»Ja, immer noch hinter uns, Sir.«

Der Toyota nahm mit leichtem Schleudern eine enge Kurve auf der schmalen zweispurigen Straße. Die Wagenkolonne brauste durch eine Vorstadtgegend, wo Gemüsegärten und Palmenhaine mit den dicht beieinander stehenden Häusern und Geschäften einer dörflichen Siedlung abwechselten. Sie hatten das Küstengebiet mit den verschiedenen Urlaubsorten immer noch nicht erreicht; ringsum waren nur wenige Lichter zu sehen und die Straße war hier kaum befahren.

MacIntyre blickte sich erneut um und sah in die Scheinwerfer des nachfolgenden Wagens. »Verdammt, Stone, warum haben Sie es zugelassen, dass sie den letzten Wagen nimmt? So war das nicht geplant!«

»Ich weiß, Admiral, und es hat mich genauso gestört wie Sie. Wenn mich in diesem Augenblick schnell jemand zum Brigadegeneral befördert hätte, dann wäre ich auch bestimmt in der Lage gewesen, es zu verhindern.«

»Dann hätten Sie *mich* rufen sollen, verdammt noch mal!«

»Ja, vielleicht, Sir. Nur war die Zeit schon etwas knapp. Aber wir sind ohnehin gleich in Panjer. Ein kleines Stück noch, dann haben wir's hinter uns.«

Doch es sollte anders kommen.

Als sie an einer Seitenstraße vorüberbrausten, erspähte MacIntyre aus dem Augenwinkel das Schimmern von Chrom, das von einem unbeleuchteten Wagen stammte. Im nächsten Augenblick wurden die Scheinwerfer von Amandas Wagen verdunkelt, als das Auto aus der Seitenstraße herausfuhr. Es kam hinter ihnen zu einem heftigen

Aufprall, und Christine Rendino schrie vor Schreck laut auf.

»Bremsen!«, brüllte Quillain, und der Wagen schlitterte mit quietschenden Reifen über den mit Schlaglöchern versehenen Asphalt. Stone packte seine P-90, riss die Wagentür auf und rollte sich auf die Straße hinaus, noch ehe der Wagen zum Stillstand gekommen war.

»Ich komme mit!«, rief MacIntyre und riss ebenfalls seine Türe auf.

»Kommt nicht in Frage, Sir«, stieß Quillain hervor und schlug die Wagentür wieder zu. Er hatte heute Abend schon einen schweren Fehler begangen – ein zweiter würde ihm nicht unterlaufen. »Fahren Sie los, O'Malley, und bleiben Sie unter keinen Umständen stehen, vor allem nicht, wenn ein Admiral es Ihnen befiehlt!«

Die Limousine brauste mit qualmenden Reifen davon.

Doch auch Nuyen Tran war nicht mehr im Wagen; er stand vielmehr plötzlich zwei Meter neben Stone und zog seine Glock-Automatik unter seinem Jackett hervor. »Erlauben Sie mir, Ihnen zu helfen, Captain Quillain?«

Quillain wischte sich mit seiner freien Hand über den Mund. »Gern, Mr. Tran. Dann los!«

Ihr Wagen hatte etwa hundert Meter vom Unfallort entfernt angehalten, und die beiden Männer trennten sich und arbeiteten sich zu beiden Seiten der Straße durch das Gebüsch vor. Nur allzu gerne wären sie einfach losgestürmt, doch ihr Verstand sagte ihnen, dass sie direkt ins Verderben, direkt ins Feuer von Waffen laufen würden, die auf sie warteten. Ihre einzige Chance bestand darin, in Deckung vorzugehen.

Doch dafür brauchten sie umso länger.

Der Geruch von heißem Metall sagte ihnen, dass sie schon ganz nah waren. Der Toyota hatte einen großen, etwas älteren Mercedes-Benz-Kombi in der Mitte gerammt. Es waren keine anderen Fahrzeuge in Sicht, doch nach etwa einer halben Minute näherte sich ein klappriger Kleinlastwagen. Im Licht seines Scheinwerfers war keinerlei Aktivität rund um den Unfallort zu erkennen.

Stone sprang aus der Deckung und lief los.

Nichts.

Die Airbags des Toyota hatten funktioniert, doch der Fahrer hing bewusstlos über dem Lenkrad. Das zertrümmerte Seitenfenster auf der Fahrerseite und die Wunde an seinem Kopf ließen eher auf einen Schlag mit dem Gewehrkolben schließen als auf eine Verletzung durch den Zusammenstoß. Von Amanda Garrett war nichts zu sehen, abgesehen von ihrer Umhängetasche, die auf dem Boden des Fahrzeugs lag.

»Perfekt gemacht«, stellte Tran fest. Er steckte die Pistole ins Holster zurück und ging zu dem Kleinlastwagen hinüber, um den erschrockenen Fahrer zu beruhigen und ihn zu bitten, dass er ihn und Stone mitnahm.

Die Meerenge von Badung

20. August 2008, 10:25 Uhr Ortszeit Die PGAC bildeten eine Art Schutzschild gegen eventuell angreifende Boote, während sich die Task Force in Richtung Nordosten bewegte, um die offenen Gewässer der Balisee zu erreichen. An Backbord wurden die Lichter der Küste von Bali immer schwächer, während an Steuerbord die Insel Penida in der Dunkelheit verschwand.

Die grünen und roten Funken der Positionslichter der *Sutanto* folgten ihnen hinterher. Das indonesische Kriegsschiff, das interessanterweise nicht in die Schlacht im Hafen von Benoa eingegriffen hatte, war unmittelbar nach der Task Force aus dem Hafen ausgelaufen, um die amerikanischen Schiffe weiter zu beschatten. Für die Seafighter bestärkte die Präsenz der *Sutanto* nur das Gefühl, vertrieben worden zu sein.

Stone Quillain starrte auf den Becher Kaffee hinunter, den er vor sich auf dem Tisch in der Messe stehen hatte, ohne ihn angerührt zu haben. »Es ist meine Schuld, Sir. Ich übernehme die volle Verantwortung für das Verschwinden von Captain Garrett.«

Nachdem sie auf der *Carlson* angekommen waren, hatten die ranghöchsten befehlshabenden Offiziere sofort eine Einsatzbesprechung einberufen, um über die Lage zu beraten.

»Nein, vergessen Sie das, Stone.« MacIntyre trat hinter ihn an seinen Stuhl und klopfte dem Marine leicht auf die Schulter der staubigen Uniformjacke. »Keiner hier ist allein schuld. Wir dachten, wir hätten uns gegen jede Möglichkeit abgesichert, aber Harconan hat uns überrascht. Ich schätze, wir stimmen alle darin überein, dass dieser Gentleman hinter der Sache steckt.«

»So raffiniert, wie die Operation eingefädelt war, und so rasch, wie man sie ausgeführt hat, würde ich sagen – er war es mit Sicherheit«, stimmte Tran zu. Sein Abendanzug zeigte ebenfalls noch die Spuren seines vergeblichen Versuchs, die Entführer zu stoppen. »Positiv ist, dass es sich offenbar nicht um einen offenen Angriff auf die Offiziere der Task Force oder einen Mordversuch gehandelt hat. Es war Kidnapping, und allein gegen Captain Garrett gerichtet. Wir können also annehmen, dass sie noch am Leben ist – und zwar als Geisel. Bestimmt wird bald irgendeine Forderung der Entführer eintreffen.«

Commander Ken Hiro, der gegenwärtige Seafighter-TACBOSS, blickte mit finsterer Miene zum Inspektor auf. »Okay, der Captain ist am Leben, und das ist wunderbar – aber was werden wir unternehmen, um sie zurückzuholen? Sollten wir uns nicht sofort an die Behörden auf Bali wenden?«

Tran zuckte die Schultern. »Das wäre der konventionelle Weg, der uns natürlich offen steht, Commander. Aber ich bezweifle, dass das viel bewirken würde. So wie wir unseren Fluchtweg vorausgeplant hatten, hat es bestimmt auch Harconan gemacht. Es ist fraglich, ob Captain Garrett überhaupt noch auf Bali ist. Außerdem ist es offensichtlich, dass jeder Kontakt, den wir mit den hiesigen Behörden aufnehmen, eher Harconan begünstigt als uns.«

»Er hat Recht, Ken«, sagte MacIntyre, während er langsam um den Tisch herumging. »Ich werde einen Bericht an die Indonesier schicken, und zwar über den Angriff auf die Task Force. Ich werde sie auch bitten, nach etwaigen Angehörigen der US-Streitkräfte suchen zu lassen, die bei unserem überstürzten Aufbruch zufällig zurück geblieben sein könnten. Fürs Erste werden wir Amandas Verschwinden geheim halten und uns selbst um die Sache kümmern. Sobald wir die Regierungen einschalten, ihre oder unsere, würden wir die Kontrolle über die ganze Sache verlieren. Und das könnte wiederum Harconan zugute kommen.«

»Dann wären wir wieder bei meiner ursprünglichen Frage, Sir«, erwiderte Hiro mit Nachdruck. »Was tun wir, um den Captain zurückzuholen?«

»Wir setzen die Mittel ein, die wir zur Verfügung haben, Commander«, antwortete MacIntyre, während er weiter mit ausdruckslosem Gesicht den Tisch umrundete. Wie immer seine Gefühle im Moment waren – er behielt sie jedenfalls für sich, so als hätte er Angst davor, sie sich anmerken zu lassen. »Wir werden herausfinden, wohin er sie bringt, und wir werden sie zurückholen – das ist alles.«

»Dürfte ich einen Vorschlag machen, Sir?«, warf Quillain ein. »Wie wär's, wenn Sie mich und einige meiner Jungs losmarschieren lassen, damit wir dem Stützpunkt des Kerls einen Besuch abstatten, auf diesem Palau … Dingsbums. Wir treten ein paar Türen ein und sehen zu, dass wir ihn zu fassen bekommen. Dann wird es nicht lange dauern, bis wir Antworten auf unsere Fragen erhalten, das garantiere ich Ihnen.«

»Ich glaube nicht, dass das so einfach wäre, mein Freund«, erwiderte Tran. »Immerhin können wir davon ausgehen, dass Harconan sich nicht so einfach von uns schnappen ließe, und auch nicht von den indonesischen Behörden. Ich würde sagen, er wird auf demselben Weg verschwinden wie Captain Garrett.«

MacIntyre blieb abrupt stehen. »Ja. Er ist bestimmt bei ihr. Wohin er auch immer mit ihr flüchten mag.«

»Nach Osten.«

Christine Rendino hatte bis zu diesem Augenblick noch kaum etwas zu der Konferenz beigetragen. Sie hatte sich still in den Winkel der Messe zurückgezogen, wo die Palme stand, und sich damit begnügt, zuzuhören und mit den Fingerspitzen über die Blätter der Pflanze zu streichen. »Er will nicht nach Java und auch nicht nach Sumatra«, sagte sie mit einer Stimme, die seltsam fern klang. »Dort gibt es zu viele Menschen. Sulawesi kommt auch nicht in Frage, weil das zu offensichtlich wäre und weil die Insel eine zu große Bugi-Bevölkerung hat. Es muss irgendwo am östlichen Rand des Archipels sein, auf einer der Inseln mit dichtem Urwald.«

Die Bandasee, nördlich der Tayandu-Inselgruppe

22. August 2008, 11:06 Uhr Ortszeit Amanda Garrett dämmerte in einem langen Albtraum dahin. Sie kämpfte immer wieder darum, das Bewusstsein wiederzuerlangen, ohne dass es ihr jedoch ganz gelang. Der Schmerz … Stimmen, die sich in einer Sprache unterhielten, die sie nicht verstand … die Hände eines Fremden, der ihr die Kleider auszog … etwas Feuchtes, das man ihr über den Kopf schüttete … ein längerer Zeitraum, in dem sie nichts wahrnahm als ein Vibrieren und ein Dröhnen, das auf ihren schmerzenden Kopf einhämmerte … und schließlich die tiefere beruhigendere Dunkelheit des richtigen Schlafes.

Ihre Augen öffneten sich, und nach einigen Sekunden der verschwommenen Wahrnehmung zwang sie sich, ihre Umgebung genauer zu betrachten. Sie befand sich in einem kleinen Raum, nein, einer Kajüte auf einem Boot oder einem kleinen Schiff. Ihre Umgebung war in Bewegung, was durch Wellen verursacht werden musste und nicht durch ihr Schwindelgefühl.

Die Kajüte war weiß gestrichen, doch die Wände waren schmutzig, und der Boden mit Reismatten bedeckt. Sie lag auf einer rissigen Schaumgummimatratze in der unteren einer zweistöckigen Koje. Ansonsten gab es keine Einrichtungsgegenstände außer einem gesprungenen Spiegel und einigen schweren Nägeln, die man ins Schott geschlagen hatte, um sie als Kleiderhaken zu benützen.

Apropos Kleider, ihre eigenen Kleider waren fort. Ihre Uniform war durch einen malaiischen Sarong, ein Wickelkleid aus billiger, bunt bedruckter Baumwolle ersetzt worden – ein Kleidungsstück, wie man es sehr häufig in Indonesien sah. Sie war barfuss, doch auf dem Fußboden lagen Gummisandalen in ungefähr ihrer Schuhgröße.

Amanda setzte sich etwas zu rasch auf und musste gegen die Übelkeit ankämpfen, die fast explosionsartig in ihr hochstieg. Ihre Schläfe pochte wie wild. Das musste von … ja, wovon kommen? Sie versuchte sich zu erinnern und sah plötzlich das Bild eines Autowracks vor sich. Da war außerdem ein Stechen in der linken Armbeuge.

Sie blickte hinunter und sah zwei kleine Einstiche in ihrer Haut. Man hatte sie also nicht nur niedergeschlagen, sondern auch noch betäubt. Kein Wunder, dass sie sich hundeelend fühlte. Was an ihr war sonst noch in Mitleidenschaft gezogen? Sie rappelte sich hoch und verlor prompt den Sarong, nachdem sich die Sicherheitsnadel gelöst hatte. Zum Teufel damit – die kühlende Luft half ihr ohnehin, einen klaren Kopf zu bekommen. Sie schleppte sich zum Spiegel hinüber und blickte hinein.

Es war ein anderer Mensch, der daraus hervorblickte.

Für einen Augenblick erschrak sie zutiefst; ihr Haar war pechschwarz gefärbt. Doch Amanda fing sich rasch und lächelte die Fremde im Spiegel grimmig an. Sie hatte sich immer schon gefragt, wie sie mit schwarzem Haar aussehen würde.

Es gab ansonsten nichts in dem Raum, was sie noch hätte erkunden können, außer einem Bullauge und der Tür. Das Bullauge war offen, um Luft hereinzulassen, war jedoch von außen mit einem schweren Holzbalken versperrt. Draußen war nichts zu sehen als offenes Meer, Sonne und Himmel.

Das Schiff hatte einen hölzernen Rumpf. Amanda hegte die Vermutung, dass es sich um eine Bugi-*Pinisi* handelte, doch das Deck vibrierte von den Umdrehungen einer Schiffsschraube. Außerdem war das Dröhnen eines starken Schiffsdiesels zu hören. Sie liefen also unter Maschine und nicht unter Segel.

Blieb nur noch die Tür zu begutachten.

Sie legte den Sarong wieder an, fixierte ihn mit einiger Mühe und schlüpfte schließlich in die Sandalen. Dann ging sie zur Tür und drückte vorsichtig die eiserne Klinke nieder.

Von außen versperrt. Damit war alles klar. Sie befand sich in der Hand des Feindes.

Sie kehrte zum Spiegel zurück. Eine kleine hölzerne Schale war darunter befestigt, in der die Hälfte eines zerbrochenen Kamms lag. Sie nahm ihn, setzte sich auf die Koje und untersuchte den Kamm zunächst einmal sorgfältig nach irgendwelchen kleinen Bewohnern, bevor sie ihr Haar damit in Ordnung zu bringen begann.

Amandas Motivation war sehr einfach. Tu etwas, um deine Situation zu verbessern, und zwar sofort! Selbst wenn sie nur ihr Haar kämmte, war das schon eine Weigerung, sich hilflos in ihr Schicksal zu ergeben. Man konnte gar nicht früh genug beginnen, zu kämpfen. Während sie sich durch ihr verfilztes Haar arbeitete, tat sie noch etwas, das ihr sehr wohl möglich war: Sie dachte nach.

Sie war ganz offensichtlich eine Gefangene – das Opfer eines sorgfältig geplanten Anschlags. Doch andererseits hatte man sie nicht gefesselt und ihr auch nicht die Augen verbunden. Man hatte ihr etwas zum Anziehen gegeben und hielt sie in einer einigermaßen erträglichen Umgebung fest. All das ließ nur einen Schluss zu, wer für die Entführung verantwortlich war.

Zweifellos ein positiver Faktor, da ihr auf diese Weise vielleicht ein gewisser Handlungsspielraum eröffnet wurde. Amanda bildete sich nicht ein, dass sich ihr große Möglichkeiten bieten würden – doch selbst die schlechteste Karte konnte schließlich stechen, wenn man sie im richtigen Moment ausspielte.

Sie riss einen Streifen aus dem Saum des Sarongs und band sich damit das Haar zurück. Dann trat sie erneut vor den Spiegel, um das Ergebnis ihrer Bemühungen zu begutachten, und schlug sich zweimal auf die Wangen, um ein wenig Farbe in ihr Gesicht zu bringen. Ohne Make-up war das alles, was sie noch für ihr Aussehen tun konnte.

Sie ging zur Tür der Kajüte und schlug heftig mit der Handfläche dagegen. Dann trat sie zurück, als sie hörte, wie draußen ein Riegel zurückgezogen wurde.

Amanda sah sich einem Bugi-Seemann gegenüber, einem älteren hageren Mann mit zahlreichen Narben im Gesicht. Seine natürliche bronzefarbene Haut war dunkel geworden von dem Salz, dass sich durch die Jahrzehnte unter der Tropensonne eingebrannt hatte. Auch er trug einen Sarong um die Hüfte und ein buntes Tuch um das graue Haar.

Und vor allem hielt er eine L2-Sterling-Maschinenpistole unter dem Arm. Er war also weniger ein ›Seemann‹, wie Amanda ihn zuerst in Gedanken bezeichnet hatte, sondern ganz einfach ein ›Pirat‹. Gleichmütig blickte er Amanda an.

Sie erwiderte seinen Blick, ohne mit der Wimper zu zucken und ohne die geringste Unterwürfigkeit. Schließlich war sie in Asien – und hier kam es nun einmal sehr auf die Haltung an. Egal ob gefangen oder nicht – es galt, sich als Person zu präsentieren, die kraft ihres militärischen Ranges Respekt verdiente. »Ich weiß nicht, ob Sie Englisch sprechen oder nicht«, sagte sie, »aber Sie wissen, wer Harconan ist. Ich möchte ihn sprechen, sofort!«

Der Bugi-Schoner war mit rund fünfundvierzig Meter Länge relativ groß. Auf der achterlichen Hälfte des zum Küstenmotorschiff ausgebauten Schoners war ein großes kombiniertes Deck- und Ruderhaus errichtet worden und der Fockmast war gekürzt und diente als Träger für Ladetätigkeiten.

Das Innere des Ruderhauses war extrem spartanisch eingerichtet. Da war nichts als das Steuerrad, die Steuerstation für die Maschine und das Kompasshaus. Es gab keinerlei Elektronik, nicht einmal eine Karte. Für einen Bugi-Skipper war all das auch nicht notwendig.

Harconan befand sich im Ruderhaus und teilte die Wache mit dem Bugi-Rudergänger. Es war ein anderer Harconan als der, den Amanda kennen gelernt hatte. Er trug ausgebleichte Jeans und ein schäbiges Kattunhemd, halb aufgeknöpft und mit aufgekrempelten Ärmeln. An den Füßen hatte er bequeme Sandalen und um die Hüfte einen breiten abgenutzten Ledergürtel. Außerdem war er unrasiert. Auf den Empfängen und auf Palau Piri war er stets der adrette, höflich-charmante Gastgeber gewesen. So wie er hier dastand, aus dem offenen Fenster des Ruderhauses gelehnt – sein schwarzes Haar vom Wind zerzaust –, sah er ungemein attraktiv aus.

Amanda spürte, dass ihr Entführer hier ganz er selbst war. Das hier war die Umgebung, in der er wirklich zu Hause war. Trotz allem, was geschehen war, spürte Amanda, wie ihr Körper auf seinen Anblick reagierte.

Er blickte sie an und lächelte. Es schien ein aufrichtiges Lächeln zu sein – aus Freude, sie bei sich zu sehen. »Guten Morgen. Ich hoffe, du fühlst dich wohl.«

»Ein wenig groggy, aber es geht«, antwortete sie kühl. Sie ignorierte den Wächter, der ihr auf die Brücke gefolgt war, und trat nach vorne, um über den Bug hinweg hinauszublicken. »Wo sind wir?«

»Sag du es mir«, forderte er sie gut gelaunt auf.

Sie überblickte den halbkreisförmigen Horizont, der sich ihr vom Ruderhaus aus darbot. Da war nichts zu erkennen als eine ruhige See, in der sich das gleißende Sonnenlicht spiegelte. Am blassblauen Himmel zogen nur im Süden einzelne Wolken vorüber. Es waren keine Schiffe oder Flugzeuge zu sehen und auch nirgends ein Fleckchen Land.

»Die Bandasee«, sagte sie schließlich. »Nachdem man überhaupt keine Schiffe sieht, müssen wir in der östlichen Bandasee sein.«

Sie zeigte auf die Wolken im Süden. »Drüben an Steuerbord, da liegt die Tayandu-Inselgruppe. Nachdem wir in Richtung Ost-Nordost unterwegs sind, würde ich sagen, dass wir entweder zur Kai-Inselgruppe oder zur Westküste von Neuguinea schippern.«

»Ja, aber können wir nicht genauso in der Arafurasee sein und auf die Torres-Straße zulaufen, mit der Insel Jervis an Steuerbord?«

Amanda zuckte die Schultern. »Nein, die Wellen dort sind anders. Die Arafurasee ist nach Westen zum Indischen Ozean offen, deshalb hat man dort längere, langsamere Hochseewellen. Wir sind immer noch innerhalb des Archipels. Außerdem würdest du es nicht riskieren, mit mir an Bord durch die Torres-Straße zu fahren. Bestimmt weißt du, dass dort eine Korvette der australischen Navy postiert ist.«

Harconan lachte laut auf. »Ha! Wusste ich's doch, dass du ein echter Seefahrer bist und nicht bloß ein Knöpfchendrücker. Dir würde ich jederzeit das Kommando auf einem meiner Schoner anvertrauen.«

»Da gibt es nur ein kleines Problem, Makara. Ich stehe auf der anderen Seite.«

»Schon klar«, sagte er mit säuerlicher Miene und rieb sich den Nacken. »Nun, ich schätze, es ist an der Zeit, dass wir offen miteinander reden, Amanda. Das wäre für uns beide angenehmer.«

»Ich wüsste nicht, wie es für mich hier angenehm sein könnte. Warum bin ich hier gefangen?«

»Amanda, stell dich doch nicht dumm. Du weißt genau, warum du hier bist. Du bist eine Kriegsgefangene – ehrenhaft in der Schlacht gefangen genommen. Ich muss zwar zugeben, dass Makara Limited die Genfer Konvention nicht unterzeichnet hat, aber ich kann dir trotzdem versprechen, dass du gut behandelt wirst. Du brauchst also keine Angst zu haben. Es wird dir nichts geschehen, solange du dich vernünftig benimmst.«

»Und was genau verstehst du unter ›vernünftig‹?«

Harconan zeigte mit einer Kopfbewegung auf den Wächter, der sich im Hintergrund des Ruderhauses hielt. »Frag ihn.«

Amanda stellte fest, dass sich der Bugi-Pirat immer ein paar Schritte von ihr entfernt hielt, damit man ihn nicht überrumpeln konnte. Außerdem stand er stets so, dass Harconan nicht in seiner Schusslinie war. Es war ihr klar, was Harconan meinte.

»Verstehe«, sagte sie.

»Das freut mich, Amanda.« Er legte ihr eine Hand auf die Schulter. »Ich weiß, dass dein Instinkt dich dazu verleitet, etwas Heldenhaftes zu versuchen. Bitte tu es nicht. Es wird nicht gelingen, und ich möchte wirklich nicht, dass dir etwas zustößt.«

Sie riss sich verärgert von ihm los. »Das klingt nicht besonders ehrlich, Makara. Wenn ich eine Kriegsgefangene bin, dann herrscht Krieg zwischen uns. Du bist es, der die Waffe auf mich richtet, auch wenn einer deiner Leute den Finger am Abzug hat!«

»Amanda, du redest schon wieder Unsinn. Du weißt, dass ich dir wirklich nicht wehtun will – und weißt auch, warum.«

Sie hob herausfordernd den Kopf. »Wegen dem, was auf deiner Insel passiert ist? Du weißt genau, dass es uns beiden nur darum ging, Informationen zu sammeln.«

»Nein!« Seine Hand schnitt wie ein Säbel in einer jähen

Geste durch die Luft, um ihren Einwand zurückzuweisen. »Wir haben uns vom ersten Moment an belogen, weil es aufgrund unserer Positionen nun einmal nicht anders ging. Vermutlich werden wir uns auch noch länger belügen. Aber wir hatten auch einen Augenblick der Wahrheit – damals auf Palau Piri. Das kannst du genauso wenig leugnen wie ich. Wir sollten uns wenigstens das eingestehen. Vielleicht lassen sich dadurch noch andere Wahrheiten finden.«

Er drehte sich um und blickte auf das Meer hinaus. Es folgte eine Stille wie zwischen zwei Liebenden während eines Streits, was im Grunde sogar zutraf, wie Amanda sich eingestand.

Sie blickte über die Ölfässer hinweg, die die Decksladung des Schoners darstellten, und weiter über den Bug hinaus, wo fliegende Fische glitzernd aus dem Wasser schnellten.

»Warum hast du mir die Haare schwarz gefärbt?«, fragte sie schließlich.

»Ach, das? Eine reine Vorsichtsmaßnahme. Ich weiß genau, was eure Aufklärungssatelliten und ferngesteuerten Flugobjekte leisten können. Es gibt nun einmal wenig Rothaarige auf den Bugi-Schiffen. Ich musste entweder dafür sorgen, dass du wie eine von uns aussiehst, oder dich unter Deck einsperren, bis wir unser Ziel erreicht haben. Das wäre aber … nicht so angenehm für dich.«

»Verstehe. Danke. Wohin fahren wir eigentlich wirklich?«

»Das siehst du noch früh genug«, antwortete er und fügte mit einem zögernden Lächeln hinzu: »Der Sarong steht dir gut. Du siehst reizend darin aus.«

Senk den Blick, Amanda, und lächle, nur ein klein wenig. »Danke, er ist recht bequem … Makara, darf ich dich etwas fragen? Und bitte fang hier mit der Wahrheit an, von der du vorhin gesprochen hast.«

»Was willst du wissen?«

»Wie groß sind die Schäden, die du uns letzte Nacht zugefügt hast? Wie viele meiner Leute wurden getötet? Bitte, sag es mir.«

Er seufzte und zögerte einen Moment lang, ehe er antwortete. »Ihr habt uns in der Luft zerrissen. Ihr habt schon auf uns gewartet, und ich sehe jetzt ein, dass es verrückt war, einen Angriff zu wagen. Aber ich habe dich erbeutet, und deshalb betrachte ich das Ganze als einen Sieg.«

Also war die Task Force immer noch kampfbereit. »Ich verstehe. Ich weiß es zu schätzen, dass du mir das gesagt hast, Makara. Kann ich jetzt für eine Weile in meine Kajüte gehen? Ich möchte mich ein wenig hinlegen.«

Amanda starrte an die Holzdecke der engen Kajüte, ohne sie zu sehen. Sie hörte auch nicht das Dröhnen des Diesels oder das Ächzen des Schiffsrumpfes und spürte nicht den Schweiß, der ihr auf der Haut kribbelte.

Ihre Aufmerksamkeit war völlig nach innen gerichtet, während sie ihre Lage überdachte und einen Plan zu entwickeln versuchte, wie sie nun vorgehen sollte. Sie gestattete sich nicht den geringsten Selbstvorwurf, dass sie sich hatte gefangen nehmen lassen – das hätte sie nur wertvolle Zeit und Energie gekostet. Was geschehen war, war geschehen, und was allein zählte, war, was man nun unternehmen konnte.

Amanda war sich immer bewusst gewesen, dass sie in ihrem Beruf ständig Gefahr lief, zur Kriegsgefangenen zu werden. Deshalb hatte sie sich auf eine solche Situation vorbereitet, indem sie an einer Reihe von Übungen und Kursen teilnahm, wo mögliche Fluchtstrategien behandelt wurden – unter anderem an dem anstrengenden und beängstigend realistischen ›Mustang‹-E&E (escape and evasion)-Programm, das von den Special Forces der US Army durchgeführt wurde.

Die erste Regel all dieser Programme hatte gelautet: ›Tu sofort etwas.‹ Je früher man entkommen konnte, umso besser.

Aber wollte sie wirklich um jeden Preis fliehen?

Amanda dachte über ihre Situation nach, so wie sie über ein taktisches Problem nachgedacht hätte, und begann gewisse Möglichkeiten zu sehen, die sich ihr boten. Allmählich wurde ihr klar, dass sie sich im Moment vielleicht am günstigsten Ort überhaupt befand – im Herzen der Piratenorganisation, in einer Position, wo sie wertvolle Informationen sammeln konnte. Außerdem würde es ihr vielleicht gelingen, den Anführer der Organisation zu beeinflussen.

Sie betrachtete sich ganz bestimmt nicht als unentbehrlich für die Seafighter-Task-Force. Es gab eine ganze Reihe von fähigen Offizieren, die jederzeit ihren Platz einnehmen konnten. Doch ihren Platz hier konnte niemand sonst einnehmen.

Mit dieser Erkenntnis hörte Amanda auf, sich als Gefangene zu betrachten, und streifte damit die letzten emotionalen Fesseln ab, die mit diesem Begriff verbunden waren. Gleichermaßen gab sie jeden Gedanken an Flucht auf. Stattdessen begann sie zu überlegen, wie sie ihrerseits zum Angriff schreiten konnte.

Um in einem militärischen Konflikt gleich welcher Art zu siegen, musste man angreifen. Dabei spielte es keine Rolle, ob man ein mehrere Milliarden Dollar teures Hightech-Schlachtschiff kommandierte oder ob man nichts hatte als den kleinen Baumwoll-Sarong, den man am Leib trug. Man setzte die Mittel ein, die man zur Verfügung hatte, um dem Feind den größtmöglichen Schaden zuzufügen.

Wie konnte man das in diesem Fall erreichen?

Die Antwort war nicht schwer. Man musste der Task Force irgendwie mitteilen, wo sich Harconan aufhielt und wohin er unterwegs war.

Wie ihr schon im Ruderhaus klar geworden war, musste das Ziel entweder die Westküste Neuguineas oder eine der Kepulauan-Inseln sein. Chris hatte beide Gebiete als mögliche Verstecke für den INDASAT-Satelliten in Erwägung gezogen. Das traf sich wirklich gut. Aber wie konnte sie jetzt eine Botschaft an die Task Force übermitteln?

Amanda drehte sich auf die Seite und spürte den kühlenden Luftzug am Rücken. Wenn man bedachte, dass die Task Force voll einsatzfähig war, dann war es nahe liegend, dass man mit allen zur Verfügung stehenden Mitteln, einschließlich Aufklärungssatelliten, nach ihr und Harconan suchte. Es war sehr klug von Harconan gewesen, sie als Bugi-Frau zu tarnen, denn er konnte sich nicht sicher sein, ob er nicht bereits aus der Luft beobachtet wurde. Wie stellte man es an, die Aufmerksamkeit dieser Hilfsmittel auf sich zu ziehen?

Über Funk? Sie hatte keine Anzeichen einer Funkanlage im Ruderhaus gesehen. Harconan hatte zweifellos eine leistungsfähige tragbare Kommunikationsanlage mit an Bord gebracht. Und die hatte er bestimmt an einem Platz stehen, wo sie ganz sicher keinen Zutritt hatte.

Ob es möglich war, mit zwei stromführenden Drähten eine Art Botschaft zu übermitteln, die durch Funkpeilung ausgemacht werden konnte?

Amanda suchte nach der Beleuchtung ihrer Kajüte. Sie fand sie und lächelte verächtlich. Da war eine Lampe an der Wand und darüber ein Fleck von Kerosinruß.

So viel zum Thema Elektrizität. Wie sah es mit optischer Wahrnehmung aus?

Es war nicht sehr wahrscheinlich, dass man sie an Deck

eine Botschaft an eine Global-Hawk-Drohne schicken lassen würde, indem sie den Spiegel der Kajüte als Heliographen verwendete.

Amanda stand vor dem Problem, wie sie auf unauffällige Weise Aufmerksamkeit auf sich ziehen konnte. Sie erinnerte sich an eine Szene aus Captain Edward Beach's ausgezeichneten Unterseebootkriegsromanen, wo der Held seine Anwesenheit als Gefangener an Bord eines feindlichen Schiffes deutlich machte, indem er durch ein Bullauge den Namen seines Schiffes an die Wand des feindlichen Schiffes malte, was natürlich vom Deck dieses Schiffes aus nicht zu erkennen war.

Leider würde man eher von oben nach ihr suchen; außerdem hatte sie ohnehin keine Farbe zur Verfügung.

Sie rief sich in Erinnerung, was sie bisher an Bord des Bugi-Schoners gesehen hatte, die Ausrüstung genauso wie die Ladung, ging mit den Dingen um wie mit den Teilen eines Puzzles und versuchte, sie zu einem sinnvollen Ganzen zusammenzufügen.

Holz … Persenning … Flaggen … geeignet, um ein Signal abzuschicken? Nein, Unsinn! Metall … Radar … nein, zu groß, zu passiv … Leuchtfeuer … Feuer … nein, zu auffällig. Hitze … Infrarot … eine Art Hitzeimpuls … Hitze … Hitze … Feuer … Öl … Diesel … Öl … Öl … Öl … Was konnte sie mit Öl anfangen?

Amanda hob abrupt den Kopf vom Polster.

Öl.

Es gab einen persönlichen Gegenstand, den man ihr nicht abgenommen hatte. Vielleicht – wahrscheinlich – hatte ihr Harconan als kleine Geste des Entgegenkommens den Naval-Academy-Class-Ring gelassen. Sie setzte sich auf und zog den Ring vom Finger. Rasch ging sie in die innere achterliche Ecke der Kajüte, so nahe zur Kiellinie des Schiffes wie möglich.

Sofort machte sie sich daran, ein einfaches Krängungspendel zu basteln, um die Neigung des Schiffes zu ermitteln. Sie löste einen Faden aus dem Saum des Sarongs, befestigte daran ihren Ring, der als Pendel diente, und ließ das Ganze von einem der Nägel, die als Kleiderhaken dienten, herabhängen. Aufmerksam verfolgte sie, wie das Pendel nach Backbord und Steuerbord schwang, und versuchte dabei zu ermitteln, wie weit es jeweils ausschwang, während das Schiff sanft auf den niedrigen Wellen stampfte und schlingerte.

Auf keinem Frachtschiff, nicht einmal einem großen modernen Frachter mit Kreiselstabilisierung und computergesteuerten Ballasttanks konnte man die Ladung so verteilen, dass das Schiff perfekt ausbalanciert war. Es würde immer eine leichte Krängung nach Backbord oder Steuerbord geben. Dieser Schoner hier schien sich ein wenig zur Backbordseite zu neigen, und zwar um einige Grad. Zu wenig, als dass es sich irgendwie ausgewirkt hätte oder auch nur an Deck zu erkennen gewesen wäre. Doch die Krängung war zweifellos vorhanden.

Für Amanda war es wichtig, das zu wissen. Doch jetzt brauchte sie noch etwas anderes. Die Kleiderhaken waren zu auffällig. Es konnte leicht sein, dass jemandem ein fehlender Haken aufgefallen wäre. Und so begann sie die Planken in ihrer Kajüte eine nach der anderen abzusuchen.

Einstmals hatte man die Bugi-Schoner völlig ohne Metall gebaut. Die Schiffsbaumeister jener Tage hatten die Planken und Streben mit hölzernen Zapfen aneinandergefügt, die im Wasser anschwollen und so den schnittigen Schoner zu einer Einheit verschmelzen ließen. Doch mit der Zeit, und vor allem mit dem Aufkommen des Maschinenzeitalters, waren auch die Bugi dazu übergegangen, Schrauben, Bolzen und Nägel zu verwenden.

Amanda fand einen Nagel im Boden, der durch die Bewegung im Rumpf ein Stück weit hervorgetreten war. Ihr Ring erwies sich auch hier als wertvolles Werkzeug, mit dessen Hilfe sie nun den Nagel aus der Planke zu ziehen versuchte. Sie stieß stille Flüche aus, weil sich das verdammte Ding kaum bewegen ließ, während ihre Finger schon zu schmerzen begannen. Außerdem fürchtete sie, dass jeden Moment die Tür aufgehen könnte.

Nach einer halben Ewigkeit gelang es ihr schließlich. Das Ergebnis war besser, als sie gehofft hatte. Der Nagel war mit Sicherheit lang genug für ihre Zwecke.

Vorsichtig verstaute ihn Amanda im Saum ihres Kleides. Dann streifte sie den Ring wieder über ihren Finger und legte sich auf die Koje. Nun galt es, den Einbruch der Dunkelheit abzuwarten und zu hoffen, dass ihr Entführer ihr einige kleine Freiheiten gewährte.

Durch das mit einer Holzplanke verschlossene Bullauge konnte sie erkennen, dass es allmählich zu dämmern begann. Außerdem drangen aus dem Deckhaus Küchengerüche zu ihr herein. Harconan selbst kam schließlich, um sie zum Abendessen einzuladen.

Genau darauf hatte Amanda gehofft, doch sie gab sich den Anschein, als zögere sie ein wenig, ehe sie seine Einladung schließlich mit resignierter Miene annahm.

Das Abendessen wurde in der Hauptkabine eingenommen. Es war eine einfache Mahlzeit aus Reis, gegrilltem Fisch und Tee. Der einzige, der das Wort an Amanda richtete, war Harconan. Die anderen Mitglieder der schweigsamen Crew blieben entweder ganz still oder unterhielten sich in leisem Gemurmel untereinander – ein krasser Gegensatz zur neugierigen und freundlichen Art, wie sie den Indonesiern normalerweise zu eigen war.

Amanda spürte, dass die Hand des Raja Samudra über ihr schwebte. Die Besatzungsmitglieder des Schoners sollten sie gar nicht erst zur Kenntnis nehmen.

Es gab allerdings eine Ausnahme, den drahtigen dunkelhäutigen Seemann, der sie bewachte. Er setzte sich ihr gegenüber auf die Bank und legte die Sterling-Maschinenpistole neben sich. Während er aß, ließ er sie keine Sekunde aus den Augen. Er beobachtete jede ihrer Bewegungen, jede Geste und jeden Bissen, den sie zum Mund führte. Da war nichts Lüsternes in seinem Blick, sondern nur wache Aufmerksamkeit.

Zweifellos war ihr Wachhund wegen seiner Fähigkeiten von Harconan persönlich ausgesucht worden. Er schien als Einziger an Bord des Schoners eine Waffe zu tragen, zumindest soweit man das erkennen konnte.

Makara mochte ja noch immer vernarrt in sie sein, aber ein Narr war er deshalb noch lange nicht. Amanda machte sich keine Illusionen darüber, was passieren würde, wenn sie irgendetwas gegen Harconan oder das Schiff unternahm. Es war ihr auch bewusst, dass sie ihren Plan unter dem wachsamen Auge ihres bewaffneten Begleiters würde ausführen müssen.

Amanda aß absichtlich langsam und zog die Mahlzeit so lange hin, bis sie mit Harconan und dem Wächter allein am Tisch saß und sich draußen völlige Dunkelheit über das Schiff gesenkt hatte.

»Es freut mich, dass du deinen Appetit wiedergefunden hast«, stellte Harconan fest. »Darf ich daraus schließen, dass du dich heute Abend besser fühlst?«

»So gut, wie es unter den Umständen möglich ist«, antwortete Amanda und wischte sich die rechte Hand an einem feuchten Tuch ab. »Ein wenig frische Luft wäre schön. Könnte ich vielleicht ein Weilchen an Deck gehen?«

»Aber sicher. Amanda, bitte glaub mir, ich habe wirklich nicht die Absicht, die Situation für dich unangenehmer als unbedingt nötig zu machen. Ich würde dir gerne ein Angebot unterbreiten.«

»Was denn für ein Angebot?«

»Eine alte militärische Tradition«, antwortete Harconan. »Du gibst mir dein Ehrenwort, dass du keinen Fluchtversuch unternimmst und meine Operationen nicht zu behindern versuchst – dafür verspreche ich dir etwas mehr Bequemlichkeit und Freiraum, als ich dir sonst gewähren könnte. Für dich würde es überhaupt nichts ändern, weil es hier ohnehin keine Fluchtmöglichkeit gibt. Genauso wenig würde es dir gelingen, mit deiner Navy Kontakt aufzunehmen.«

Er streckte die Hand aus und legte sie auf ihr Handgelenk. »Außerdem könnte ich dir dann zeigen, was ich vorhabe und warum ich es tue. Ich bin nicht bloß ein Pirat, Amanda. Ich würde dir das gern näher erklären.«

Vorsicht, Amanda, nur nicht zu schnell zustimmen.

»Ich muss es mir überlegen, Makara«, antwortete sie steif. »Das und noch einige andere Dinge.«

Er nickte. »Das verstehe ich. Nimm dir so viel Zeit, wie du brauchst.«

Amanda erhob sich vom Tisch. »Kann ich jetzt bitte an Deck gehen?«

»Natürlich«, sagte er mit einem fast schüchternen Lächeln. »Du möchtest nicht vielleicht etwas Gesellschaft, oder?«

»Nein. Nicht jetzt. Ich wäre lieber ein Weilchen allein.«

»Wie du wünscht.«

Ein Blick an den Himmel zum Kreuz des Südens sagte ihr, dass das Schiff immer noch ostwärts unterwegs war. Die einzige Beleuchtung an Deck stammte von den roten und grünen Positionslaternen mittschiffs und dem Leuchten des Kompasshauses – und natürlich vom Glitzern der vielen tausend Sterne am tropischen Nachthimmel. Es war jedenfalls hell genug, damit Amanda den Weg zur Backbord-Reling fand und damit ihr Bewacher ihr auf leisen Sohlen folgen konnte, um sie weiter im Auge zu behalten.

Er postierte sich beim Deckhaus – wie immer ein Stück weit von ihr entfernt, während Amanda zum Bug nach vorne ging. Sie tat so, als wäre sie tief in Gedanken versunken.

In Wirklichkeit hatte sie bereits über alles gründlich nachgedacht und ihre Entscheidungen getroffen. Mit dem Rücken zu ihrem Wächter holte sie den Nagel, den sie aus dem Fußboden ihrer Kajüte gezogen hatte, aus dem Sarong hervor und hielt ihn so in der Hand, dass der Daumen über dem Nagelkopf lag und die Spitze etwa einen Zentimeter aus ihrer Faust hervorragte. Genau wie sie es brauchte.

Sie befand sich auf dem schmalen Streifen zwischen der Reling und der Decksladung, den festgebundenen Dieselölfässern. Außerdem war sie auf der Backbordseite, also genau dort, wo sie sein wollte. Es hatte keinen Sinn, noch länger zuzuwarten.

Sie ließ sich auf das Deck niedersinken und lehnte sich an eines der Ölfässer. Während sie die Knie zum Kinn hochzog, wanderte ihre rechte Hand hinter ihren Rücken und stieß den Nagel in das Ölfass neben ihr.

Das war ein besonders kritischer Moment. Ob ihr Bewacher das kurze blecherne Geräusch gehört hatte? Amanda hielt den Atem an.

Beim Deckhaus, wo der Wächter sich aufhielt, regte sich nichts. Er saß gut zehn Meter von ihr entfernt mit überkreuzten Beinen auf dem Deck und begnügte sich damit, sie im Auge zu behalten. Das Geräusch schien er für bedeutungslos zu halten.

Amanda spürte, wie das Öl über ihre Hand strömte. Sie blickte nach unten und sah den bleistiftdünnen Strahl, der sich über das Deck ergoss und als schmaler dunkler Strom über die Seite des Schiffes ins Meer hinabrieselte.

Ihr selbst gebasteltes Krängungspendel hatte also richtig angezeigt! Es gab tatsächlich eine Krängung nach Backbord! Ihr Plan konnte gelingen. Unauffällig warf sie den Nagel über Bord. Still begann sie zu zählen, *eins … zwei … drei … vier …*

Langsam verstrichen die Minuten.

… zweihundertachtundneunzig … zweihundertneunundneunzig … dreihundert.

Sie ließ die Hand sinken und presste einen Finger in das Loch im Ölfass, um den Strahl zu unterbinden.

Wie war das doch gleich – der Zwischenraum zwischen zwei Einzelzeichen eines Buchstabens ist ein Punkt. Also dann … Punkt … Strich … Punkt …

Ihr Arm schmerzte bereits. Die Sterne zogen in hohem Bogen über den Himmel. Es war alles eine Frage der Zeit. Sie hatte eine echte Chance, es zu schaffen, wenn Harconan ihr genug Zeit gewährte. Zwei Stunden würden ihr reichen. Zwei Stunden.

Amanda saß regungslos da und bemühte sich, mit ihrem Körper die Aktivitäten abzuschirmen, die sie im Schutze der Dunkelheit wagte. Hin und wieder warf sie einen kurzen Blick zum Deckhaus hinüber. War der Blick des Wächters immer noch auf sie gerichtet? Oder konnte es sein, dass sein Kinn auf seiner Brust ruhte und dass der warme Nachtwind und das gleichmäßige Stampfen des Schiffes ihn eingeschläfert hatten?

Während Amanda mit verkrampften Muskeln dasaß und zählte, hörte sie plötzlich, wie eine Luke aufging und Harconan etwas in *Bahasa* zum Deckhaus hinüber rief.

Sie hatte ihre Botschaft so gut wie beendet. Das musste genügen. Sie stand auf und trat hastig nach vorn, über den Ölfleck hinweg und weiter zur Vorpiek des Bugs. Im Gehen versuchte sie sich an der Persenning, mit dem die Fässer bedeckt waren, das Öl von der rechten Hand abzuwischen.

Hinter ihr tappten Schritte über das hölzerne Deck.

»Amanda?«

»Keine Sorge«, antwortete sie. »Ich habe mich noch nicht ins Meer gestürzt.«

Ihr Blick war nach vorn in die Dunkelheit gerichtet, doch sie spürte, wie Harconan von hinten auf sie zukam. »Das freut mich zu hören. Und nicht nur, weil du als Geisel so wertvoll für mich bist.«

»Das fällt mir schwer zu glauben.«

»Hm, du hast Recht, es ist schon eine etwas absurde Situation, nicht wahr? Ich gebe ja auch ganz offen zu, dass deine Anwesenheit hier an Bord mir bei gewissen Verhandlungen nützen wird, die ich mit deiner Regierung zu führen gedenke.«

»Also doch keine Kriegsgefangene. Ich bin eine Geisel, und das Ganze war ein terroristischer Akt.«

»Ja und nein.« Er verschränkte die Arme und lehnte sich gegen den Stapel von Ölfässern. »Es mag ja so aussehen – aber die Wahrheit ist, dass ich dich zwar eine Weile festzuhalten gedenke, dass ich dir aber ganz sicher keinen Schaden zufügen will. Das schwöre ich dir bei der Seele meines Großvaters.«

»Warum nicht, Makara?« Sie drehte sich zu ihm um. Gut, Mandy, sprich ihn ruhig mit dem Vornamen an. »Warum nicht gleich zur Sache kommen? Normalerweise geht man doch so vor, dass man einen abgeschnittenen Finger zusammen mit den Forderungen abschickt, nicht wahr?«

»Ach, komm, Amanda, ich meine es wirklich ernst. Ich würde es begrüßen, wenn auch du ehrlich wärst.« Er trat zu ihr und legte die Hände auf ihre nackten Schultern.

»Du weißt, warum ich dir nicht wehtun will. Ich verstehe ja deinen Zorn und deine Bitterkeit darüber, dass du eine Gefangene bist. Ich verstehe das sehr gut, weil wir uns in vielen Dingen sehr ähnlich sind. Selbst wenn man gegeneinander Krieg führt, erkennt die Seele doch ihren wahren Gefährten. Oder willst du sagen, dass ich lüge und dass das, was auf Palau Piri zwischen uns geschehen ist, nicht echt war?

Sie konnte es nicht leugnen. Er hatte Recht. Auf Palau Piri hatten sie einer echten und ehrlichen Leidenschaft nachgegeben. Wie zwei hungrige Tiere waren sie gewesen, die sich zueinander hingezogen fühlten, um sich zu paaren. Die Verwicklungen der Politik konnten daran nichts ändern.

»Nein, was das betrifft, lügst du nicht.«

Es kostete sie keine große Überwindung, sich an Harconans Brust sinken zu lassen. Er hatte durchaus Recht mit dem, was er sagte – das musste sie sich unumwunden eingestehen. Und sie ließ auch das angenehme Gefühl zu, das sie empfand, als er sie in seine kräftigen Arme schloss.

»Komm«, flüsterte er in ihr Haar. »Es ist die Wahrheit. Gib mir eine Chance, Amanda. Gib mir die Chance, dir meine wahren Pläne zu erklären. Es geht hier um so viel mehr, als du vielleicht denkst. Vielleicht finden wir noch mehr Wahrheiten, die uns miteinander verbinden.«

»Ja, vielleicht«, flüsterte Amanda.

»Hast du schon über mein Angebot nachgedacht – ich meine, dass du mir dein Ehrenwort gibst?«

Amanda zögerte einige Augenblicke, so als trage sie einen inneren Kampf mit sich aus, wie er es wahrscheinlich erwartete. Die Wahrheit war, dass sie jederzeit bereit war, ihm ihr Ehrenwort zu geben. Und sie würde es, ohne mit der Wimper zu zucken, brechen, sobald sich die Situation dafür ergab. Es gab dabei nichts, was ihren Moralvorstellungen zuwiderlief. Was immer sie ihm auch versprach – Vorrang hatte stets der Treueeid, den sie vor langer Zeit gegenüber ihrem Vaterland abgelegt hatte. Auch das war eine unumstößliche Wahrheit.

»Also gut, Makara. Ich schätze, es hätte ohnehin keinen Sinn, wenn ich es nicht täte. Du hast mein Ehrenwort.«

Seine Arme umschlossen sie noch etwas fester. »Eine kluge Frau! Du wirst also nicht versuchen, zu fliehen, und auch sonst keinen Ärger machen? Abgemacht?«

»Du hast mein Wort darauf. Keine Fluchtversuche und kein Ärger«, antwortete sie mit leicht ironischem Unterton. »Im Moment sehe ich ohnehin für beides nicht viele Möglichkeiten.«

Harconan lachte. »Es gibt überhaupt keine Möglichkeiten, meine schöne Gefangene. Entspanne dich und genieße deine Gefangenschaft. Es ist schließlich ein einmaliges Abenteuer. Morgen ist übrigens ein interessanter Tag.«

»Was passiert morgen?«

»Das wirst du schon sehen. Ich habe eine Überraschung für dich. Und ich glaube, du wirst beeindruckt sein.«

Amanda dachte an den dünnen Ölstrom, der im Kielwasser des Schoners auf den Wellen trieb. *Und ich, mein einzigartiger Schurke, habe vielleicht eine Überraschung für dich.*

NAVSPECFORCE-Orbital-Imaging-Center

FLOTTENSTÜTZPUNKT PEARL HARBOR, HAWAII

23. August 2008, 08:35 Uhr Ortszeit KÜMMERN SIE SICH HEUTE VOR ALLEM UM DIE SACHE IN DER ARAFURASEE UND NEUGUINEA, LINDIE. OBERSTE PRIORITÄT.

Technical Sergeant Linda ›Lindie‹ Peterson von der Air Force stieß einen Fluch aus und stellte ihren Becher mit Kaffee aus dem Automaten und das Frühstücksgebäck zur Seite, um das E-Memo zu beantworten, das auf dem sekundären Bildschirm ihrer Workstation erschienen war. Sie hatte ihr Abteil kaum betreten, und schon machte ihr der Offizier vom Dienst wieder Dampf.

»Nimm das Joint-Service-Assignment bei der verdammten Navy ruhig an, Lindie«, murmelte die Bildanalytikerin kaum hörbar. »Es ist ein toller Job und den Kindern gefällt es bestimmt auf Hawaii.«

Wütend hämmerte sie eine Antwort in die Tastatur. *ENTSCHULDIGUNG, LIEUTENANT, ABER WIR HABEN SCHON NORDCHINA UND DAS SCHWARZE MEER GANZ OBEN AUF DER LISTE. WIE GENAU LAUTET DIE ANWEISUNG?*

INDONESIEN HAT BIS AUF WEITERES OBERSTE PRIORITÄT, erschien als Antwort auf ihrem Bildschirm. *ANWEISUNG VON EDDIE MAC PERSÖNLICH. AUCH VON COMMANDER RENDINO. DIE SACHE IST EILIG UND VERDAMMT WICHTIG.*

DARF MAN FRAGEN, WONACH WIR EIGENTLICH SUCHEN, LIEUTENANT?, tippte Lindie ein.

ZITAT: ›ALLES, WAS IRGENDWIE UNGEWÖHNLICH AUSSIEHT.‹ KLEMMEN SIE SICH DAHINTER, SERGEANT.

Sie stöhnte auf, öffnete die Aufgabendatei und stellte fest, dass man von ihr eine Multispektral-Suche über der westlichen Halbinsel von Neuguinea haben wollte. Sie musste einen Vergleich anstellen, als dessen Basis sie einen Bilderblock heranziehen sollte, der soeben von einem der großen NSA-Keyhole13-Aufklärungssatelliten heruntergeladen worden war. Ihre Arbeit würde im Wesentlichen darin bestehen, Bilder zu vergleichen, die eine Fläche von 800 000 Quadratkilometern abdeckten, und dabei nach irgendwelchen Unterschieden zu suchen – und dies aus Abbildungen im Infrarot-, Ultraviolett- und im sichtbaren Bereich. Wenn auf den verschiedenen Abbildungen ein und desselben Abschnitts tatsächlich Abweichungen auftraten, so konnte das auf menschliche Aktivität hinweisen, die für das Auge nicht sichtbar war. So reflektierten zum Beispiel abgestorbene Pflanzen, die abgeschnitten und als Tarnung verwendet wurden, das Licht anders als lebende wachsende Pflanzen.

Es handelte sich um eine heikle und zeitaufwendige Arbeit, die vom Beobachter ein scharfes Auge und einen wachen Geist verlangte.

Lindie aktivierte die beiden großen 30-Zoll-Analyse-Bildschirme über der Konsole ihrer Workstation. Sie hielt kurz inne, um von ihrem Gebäck abzubeißen, und rief die ersten Abbildungen auf.

Etwa vier Stunden später hing ihre Uniformjacke bereits über ihrer Sessellehne, der Kragen ihrer Bluse war geöffnet und die Krümel des Gebäcks, das sie zum Frühstück gegessen hatte, waren von den Überresten eines Käsesandwichs abgelöst worden, das sie als Mittagessen zu einer Dose Soda verzehrt hatte. Ihre Augen brannten bereits, während sie weiter die einzelnen Abbildungen analysierte. Es war immer die gleiche Prozedur: Man rief eine Satellitenfotografie eines bestimmten Abschnittes der Küste Neuguineas auf Bildschirm A auf, legte dann das gleiche Bild, in einem anderen Spektralbereich aufgenommen, auf Bildschirm B und suchte dann die beiden Abbildungen nach irgendwelchen Unterschieden ab. Fand man tatsächlich irgendeine Abweichung, so wurde dieser Bereich eingehender untersucht – mit Hilfe einer Abbildung aus geringerer Höhe.

Lindie hatte das gesamte Gebiet aus zwanzig, zehn und fünf Kilometern Höhe untersucht und dabei nichts Außergewöhnliches entdeckt. Dies bedeutete jedoch nur, dass sie das Ganze in kleinerem Maßstab noch einmal durchgehen musste.

Ihre Augen brannten und sie hielt kurz inne, um sie zu reiben. Dann rief sie, einfach nur, um kurz einmal etwas anderes anzusehen, das Basisbild ihres Analysebereichs auf, das eine Abbildung vom Westen Neuguineas zeigte – und zwar unvergrößert aus einer niedrigen Erdumlaufbahn aufgenommen.

Und hier fiel ihr etwas auf.

Die beiden Bildschirme waren zusammengeschaltet; als sie die Standardabbildung auf Bildschirm A aufgerufen hatte, zeigte Bildschirm B automatisch das gleiche Bild in einer Infrarot-Darstellung. Und genau da trat ein Unterschied zutage.

Ein seltsamer dünner Strich verlief ganz unten auf dem Infrarotbild. Auf der Abbildung in sichtbarem Licht war nichts davon zu sehen. Möglicherweise handelte es sich nur um einen Übertragungs- oder Bearbeitungsfehler.

Vielleicht war es aber auch etwas anderes.

Das beobachtete Phänomen befand sich weit außerhalb des Gebietes, das Lindie zu bearbeiten hatte, weit draußen in der Bandasee. Doch das spielte jetzt keine Rolle. Ein guter Bildanalytiker verspürte immer den Drang, den Dingen auf den Grund zu gehen. Sie nahm die Maus zur Hand, grenzte den betreffenden Bereich ein und vergrößerte ihn auf den ganzen Bildschirm.

Wenige Minuten später rief sie ihren Wachoffizier an. Das war keine Sache, die man in einem E-Memo übermittelte.

»Lieutenant Morgan, hier spricht Sergeant Peterson. Ich bin da möglicherweise auf eine heiße Spur gestoßen. Es liegt zwar außerhalb meines Gebietes, aber trotzdem im Operationsgebiet Indonesien ... Ja, Sir, Südostasien, Quadrant vier ... Sektor I-A-9 ... Abschnitt 30, im Infrarotbereich ... Ja, Sir, ich stimme Ihnen zu, eine eindeutige Abweichung in der Oberflächenreflexion, und es sieht ganz nach einem künstlich erzeugten Muster aus ... Ja, Sir, ich würde sagen, man kann das als etwas ›Außergewöhnliches‹ ansehen.«

Die Bandasee, südlich der Halbinsel Bomberai

23. August 2008, 07:17 Uhr Ortszeit Amanda erwachte durch einen Kuss und eine Hand, die sich auf ihre rechte Brust legte.

Die Koje in der Kapitänskajüte des Schoners war größer und mit einer besseren Matratze ausgestattet. Amanda hatte beides ohne schlechtes Gewissen genossen – ebenso das leidenschaftliche Zusammensein mit Makara Harconan.

Sie hatte sich vergangenen Abend von ihm hierher führen lassen, nachdem sie nach einigem Widerstreben, um den Schein zu wahren, von ihm dazu überredet worden war.

Sie erwiderte den Kuss und die intimen Zärtlichkeiten und öffnete die Augen, als Harconan leise lachte. »Guten Morgen«, flüsterte er und beugte sich über sie. »Ist es wirklich so schlimm, eine Gefangene zu sein?«

»Das sage ich dir, wenn ich weiß, was es zum Frühstück gibt.«

Er lachte erneut und erhob sich von der Koje. Harconan war offensichtlich schon eine ganze Weile wach. Er war schon rasiert und mit einer leichten Khakihose und einem kurzärmeligen Hemd bekleidet. Er ging zu einem Wandschrank hinüber und holte ähnliche Kleidung, wie er selbst sie trug, daraus hervor.

»Hier«, sagte er und warf ihr die Kleidungsstücke auf die Koje. »Wir müssen im Moment nicht mehr so sehr auf Sicherheit achten. Außerdem dürfte das hier etwas bequemer für dich sein als der Sarong, obwohl du wirklich reizend darin aussiehst.«

»Danke, Sir«, antwortete sie und setzte sich auf. »Äh, entschuldige, aber wie steht's mit Unterwäsche?«

»Wann seid ihr Frauen jemals zufrieden? Du solltest dankbar sein, dass ich Hemd und Hose in deiner Größe an Bord gefunden habe. Ich hätte es ja auch beim Sarong belassen können, oder noch besser, dir nichts anderes anzuziehen geben als die hier.« Er warf ihre Sandalen neben der Koje auf den Fußboden.

Amanda blickte zur Seite, während sie das Hemd anzog, und antwortete: »Entschuldige, ich habe vergessen, dass ich ja nur eine Gefangene bin.«

Harconan zögerte und ging dann zur Koje hinüber. Er setzte sich auf die Bettkante und legte einen Arm um sie. »Das sollst du auch vergessen, Amanda. Ich würde mich freuen, wenn du dich für die nächsten paar Tage als Gast des Volkes der Bugi betrachtest und nicht als Gefangene.«

»Ich glaube, Saddam Hussein hat so etwas auch schon

einmal gesagt.« Amanda hielt die Augen von ihm abgewandt. Sie konnte nur hoffen, dass sie ihre Rolle weder in der einen noch in der anderen Richtung übertrieb. Jetzt, wo sie ihre Strategie festgelegt hatte, durfte sie nicht den Eindruck erwecken, dass sie sich allzu bereitwillig fügte – doch sie musste ihm andererseits auch das Gefühl geben, dass sie ein wenig anfällig dafür war, sich von ihm auf seine Seite ziehen zu lassen.

Sie spürte, wie Harconan ihre Schulter drückte. »Amanda, bitte, es geht hier um Dinge, die weit über Piraterie und einen verschwundenen Satelliten hinausreichen. Es wird sich einiges ändern in diesem Teil der Welt. Um deines Landes und des meinen willen bitte ich dich, dass du die Dinge unvoreingenommen betrachtest.«

Amanda zählte bis drei und blickte Harconan zögernd in die Augen. »Na gut, anhören kann man es sich ja.«

»Genau. Aber jetzt zieh dich rasch an. Es gibt da etwas, das ich dir unbedingt zeigen muss. Heute wirst du in der Festung des Königs der Meere frühstücken.«

Lächelnd küsste er sie auf die Stirn, bevor er die Kajüte verließ.

Wobei er nicht vergaß, den Riegel vorzuschieben, als er draußen war, und Amanda spürte, dass da auch noch ein Wächter im Gang vor der Tür stand.

Bisher, dachte Amanda, während sie in die Hose schlüpfte, schien ihre schauspielerische Darbietung durchaus überzeugend zu sein. Zumindest so weit, dass Harconan seine Fassade aufrecht erhielt.

Oder war es etwa mehr als Fassade?

So wie in ihrer alten Kajüte hing auch hier ein Spiegel am Schott. Amanda betrachtete sich darin und erschrak auch diesmal wieder, als sie sich mit dem dunklen Haar sah. Sie studierte das Gesicht mit den hohen Backenknochen und den beginnenden Krähenfüßen an den Augen.

Eigentlich sah sie recht gut aus, dachte sie, und es hatte ja durchaus auch einige bemerkenswerte und sehr attraktive Männer in ihrem Leben gegeben – doch sie konnte sich absolut nicht vorstellen, dass dieses Gesicht einen Mann wie Makara Harconan bewegen könnte, auch nur im Geringsten von der rücksichtslosen Durchsetzung seiner Vorhaben abzurücken.

Sie war nun mit etwas konfrontiert, das ganz anders war als alles, was sie bisher zu leisten gehabt hatte. Es widerstrebte ihr, dass sie lügen musste und dass sie eine persönliche Beziehung benutzte, um ihre Ziele zu erreichen, auch wenn Harconan ihr Feind war. Doch sie hatte nun einmal eine militärische Aufgabe zu erfüllen.

Harconan gab zwar den Takt vor, doch sie würde den Tanz auf ihre Weise interpretieren. Und wenn es dazu notwendig war, dass sie seine Koje teilte, was ihr zugegebenermaßen keinerlei Überwindung abverlangte, dann tat sie es auch. Außerdem konnte sie im Moment ohnehin nichts anderes tun, als Harconans Aufmerksamkeit von der bevorstehenden Konfrontation mit der Task Force abzulenken. Sie musste mit allem kämpfen, was sie zur Verfügung hatte. Ein Faktor, der ihr half, das Ganze nicht als Verrat zu betrachten, war die Tatsache, dass Makara offensichtlich annahm, er könne sie, Captain Amanda Lee Garrett, dazu verführen, den Dienst an ihrem Vaterland und der Navy im Stich zu lassen.

Sie hob eine Augenbraue, während sie sich im Spiegel betrachtete. *Sorry, Darling, es ist wirklich sehr nett, aber das war's mit anderen auch.*

Mit einem Gummiband, das sie fand, band sie ihr Haar zurück. Sie wusste es durchaus zu schätzen, dass er ihr gestattete, Kleidung im westlichen Stil zu tragen. Aber was hatte er damit gemeint, dass er jetzt nicht mehr so sehr auf Sicherheit bedacht sein musste?

Sie schlüpfte in die Sandalen und klopfte an die Tür der Kajüte. Ihr alter Freund mit der Sterling-Maschinenpistole öffnete ihr und trat ein paar Schritte zurück, um sie vorgehen zu lassen.

Es war ein prachtvoller Morgen. Die Sonne schickte ihre Strahlen über die ölig-glatte Oberfläche des Meeres. Nur vor dem Bug des Schoners schäumte die Gischt hoch auf. Das Küstenschiff war offensichtlich mit der Fahrt heraufgegangen; die leistungsstarke Dieselmaschine lief annähernd volle Kraft. Als Amanda an Deck kam, blickte sie unwillkürlich nach achtern, um nach möglichen Verfolgern Ausschau zu halten. Doch da war niemand; weder auf dem Meer noch am Himmel waren irgendwelche Objekte zu erkennen.

Der Bugi-Schoner näherte sich einer niedrigen grünen Küste, die sich bis zu den Nebeln am östlichen Horizont erstreckte. Weiter landeinwärts war eine von Wolken bedeckte Gebirgskette zu erkennen, die sogar nach indonesischen Maßstäben überaus beeindruckend war und hoch in den Himmel ragte. Amanda nahm einen Hauch von Erde und Pflanzen wahr, den der Wind vom Land herwehte.

Das musste Neuguinea sein.

Sie blickte, die Augen mit der Hand gegen die Sonne abschirmend, auf das Land hinaus, konnte aber keinerlei menschliche Behausungen am Strand erkennen. Es gab jedoch eine schmale Landzunge, die ein Stück weit ins Meer hinausragte. Das Schiff schien genau auf die Spitze dieser Landzunge zuzusteuern.

Der Wächter trat geduldig ein paar Schritte zurück, die Maschinenpistole auf Amandas Rücken gerichtet, während sie die Außenleiter zum Ruderhaus hochstieg.

Harconan war auf der Brücke, zusammen mit dem

Bugi-Skipper, der am Steuerrad stand. Einige der dunkelhäutigen Besatzungsmitglieder waren an Deck damit beschäftigt, die Persenning von der Decksladung zu entfernen.

»Ein wunderbarer Morgen«, stellte Harconan fest.

»Es wird aber heiß werden.«

»So ist es hier immer. Du wirst dich schon daran gewöhnen.«

Amanda trat an die Backbordseite des Ruderhauses, um beiläufig nachzusehen, ob der Ölfleck, den sie letzte Nacht verursacht hatte, sich sehr von den anderen Flecken und Kratzern an Deck abhob.

Doch das nächste Problem stand unmittelbar bevor. Wie es aussah, wurde alles zum Löschen der Ladung vorbereitet. Würden sie ein leeres Ölfass als einen Verlust ansehen, wie er immer wieder vorkam, oder würde jemand misstrauisch werden?

Sie warf einen Blick zu Harconan hinüber. Makara war nicht dumm, aber das, was sie mit dem Ölfass getan hatte, war so ungewöhnlich, dass er keinen Verdacht schöpfen sollte.

Leider würden auch ihre Leute in der Task Force nur schwer mit einer solchen Möglichkeit rechnen.

»Wir haben es offenbar recht eilig«, sagte sie, um ihm Näheres zu entlocken.

»Stimmt. Wir haben eine Verabredung mit einem eurer Meeresüberwachungssatelliten, die wir auf keinen Fall einhalten wollen.«

Amandas Augenbrauen zogen sich zusammen. »Du weißt, wann und wo unsere Aufklärungssatelliten unterwegs sind?«

Harconan hob die Hände und antwortete mit einem jungenhaften Lächeln: »Was soll ich sagen? Ich habe eben Freunde in hohen Positionen. Einer eurer Keyhole-Satelliten wird in ungefähr fünfundvierzig Minuten über unserem Horizont auftauchen. Bis dahin sollten wir von hier verschwunden sein.«

»Ein geschickter Schachzug.«

»Ja, aber nicht der einzige. Warte nur, du wirst staunen, meine schöne Amanda. Ich bin wirklich stolz auf das, was ich dir gleich zeigen werde.«

Die Spitze der Landzunge kam immer näher. Amanda erspähte schwarze Lavaklippen in der typischen säulenartigen Form von wassergekühltem Basalt und Obsidian. Die Säulen waren mindestens dreimal so hoch wie die Masten des Schoners. Überragt wurden die Klippen von üppig wucherndem Dschungel, während sich zu ihren Füßen die weiß aufschäumenden Wellen brachen.

Allmählich konnte Amanda auch das Moos auf dem Fels erkennen und die riesigen Farne, die über den Rand der Klippen ragten. Amanda runzelte die Stirn, als sie die ausgezackten Lavafelsen an der Basis der Klippen sah. Das Schiff näherte sich rasch der Küste, und es schien nicht über technische Hilfsmittel wie ein Echolot zu verfügen.

»Verzeih, wenn ich mich in deine Angelegenheiten einmische, Makara, aber wie viel Wasser haben wir eigentlich unter unserem Kiel?«

Er lachte. »Genug für einen Supertanker. Der Meeresboden fällt praktisch gleich nach der Küste auf eine Tiefe von hundertfünfzig Metern ab.«

Sie schüttelte den Kopf. »Das wäre ja furchtbar, wenn man von einem Sturm hierher getrieben wird. Kein Grund für einen Anker. Wenn man nicht genügend Kraft hat, um von der Küste wegzukommen, wäre man erledigt.«

»Nicht, wenn man das Geheimnis kennt, Amanda. Wart's ab.«

Der Skipper des Schoners steuerte leewärts auf die

Spitze der Landzunge zu. Und plötzlich hatte man den Eindruck, dass sich die Klippen bewegten und eine Lücke freigaben. Es war ein verblüffender Effekt, bis man feststellte, dass man einer optischen Täuschung erlegen war.

Die Spitze der Landzunge war in zwei kleine Halbinseln geteilt, zwischen denen eine schmale Bucht verlief. Die Klippen waren zu beiden Seiten gleich hoch und von gleicher Farbe, sodass der Kanal dazwischen aus einiger Entfernung, und von der Höhe des Meeresspiegels aus gesehen, so gut wie unsichtbar blieb.

Das Bugi-Schiff wurde langsamer und fuhr in die schmale Bucht ein. Der Skipper nahm eine Hand vom Steuerrad, um das Signalhorn zu betätigen und ein scharfes Lang-kurz-lang-Signal ertönen zu lassen.

»Auch hier ist es tief genug für uns. Wir befinden uns in einem ausgebaggerten Kanal.«

»In einem ausgebaggerten Kanal? Wer hat ihn denn gegraben, und warum?«

Harconan lächelte nur.

Der Kanal mochte etwas über hundert Meter breit sein und reichte wohl an die fünfhundert Meter ins Innere der Halbinsel, bevor er an einem Kliff endete. Das träge Murmeln des Schiffsdiesels hallte zwischen den Wänden des Kanals wider. Die drückende Hitze wurde durch das Fehlen des Seewindes noch verstärkt. Auch der Duft der See wurde von den aufdringlichen Gerüchen des Landes verdrängt.

Amanda blickte aus dem offenen Fenster des Ruderhauses zu den Klippen auf, die zu beiden Seiten hochragten. Sie erschrak, als eine menschliche Gestalt am Rande einer Klippe auftauchte und ruhig auf das vorüberziehende Schiff heruntersah.

Er war kein Bugi, das erkannte Amanda selbst aus dieser Entfernung. Der Mann war groß und schlank und fast so dunkel wie der Lavafels der Klippen – ein Melanesier, einer der wahren Ureinwohner Neuguineas. Er schien nackt zu sein – nur ein Patronengurt und ein automatisches Gewehr waren zu erkennen. Harconan und seine Piraten hatten also Verbündete, die auf dem Festland lebten.

Als sich ihre Wahrnehmung an die Umgebung gewöhnt hatte, fielen ihr noch andere Unregelmäßigkeiten am Rande des Kliffs auf; da waren Befestigungsanlagen aus Lavafels, tief im Buschwerk verborgen, und die verräterisch fremdartigen Formen von Gewehrläufen unter Tarngeflecht.

»Schau geradeaus«, forderte Harconan sie auf.

Amanda gehorchte und richtete den Blick nach vorn. Die Nackenhaare stellten sich ihr auf, als sich der Fels zu bewegen begann.

Auch das war eine optische Täuschung – diesmal eine von Menschen erzeugte. Unter einem Felsvorsprung am Ende des Kanals teilte sich das Kliff wie ein Theatervorhang.

Das Kliff war tatsächlich ein Vorhang – eine riesige Persenning in perfekten Tarnfarben, die an oben angebrachten Schienen zurückgezogen wurde. Dahinter tat sich ein dunkles Rechteck auf, in dem einzelne Funken von künstlichem Licht zu erkennen waren.

Als der Schoner näher kam, begann Amanda Formen innerhalb des Dunkels zu erkennen.

»Verdammt, verdammt«, murmelte sie. »Da ist ja ein Schiff drin!«

»Und was für eines«, stimmte Harconan zu.

Es war keine *Pinisi*, sondern ein etwa hundert Meter langer Hochsee-Transporter. Amanda erkannte die Heckklappe, wie sie bei Panzerlandungsschiffen (LST) oder Mittleren Landungsschiffen (LSM) üblich war, sowie den charakteristischen flachen Bug.

»Die MV *Harconan Flores*, nehme ich an«, sagte Amanda respektvoll. »Kein Wunder, dass wir sie nirgends finden konnten.«

Harconan legte die Hand auf ihre Schulter. »Ihr habt eben nicht gewusst, unter welchem Stein sie verborgen liegt.«

Der Radarmast des Schiffes war zurückgeklappt worden, damit das Schiff in die Höhle hatte einfahren können. Amanda bemerkte noch eine weitere Veränderung an dem Schiff. Die ursprünglichen Geschütztürme waren wieder an ihren Halterungen montiert worden. Zwei 37-mm-Maschinenkanonen waren auf die Einfahrt zur Bucht gerichtet.

Der Schoner glitt in die Dunkelheit der Höhle hinein. Amanda blickte nach oben und sah ein Netzwerk von Tragbalken, die die Decke aus Lavafels stützten. Die Höhle war offensichtlich teils natürlichen Ursprungs, teils künstlich angelegt, und sie war fast so breit wie die Sea-Lion-Höhlen an der Küste von Oregon.

Zu beiden Seiten der Höhle verliefen hölzerne Stege. Die Pfähle waren dunkel und sehr alt, doch die Decksplanken zeigten das goldfarbene Schimmern von frischem Holz. Die *Harconan Flores* war am Anleger zur Rechten vertäut, sodass genügend Raum zur Linken freiblieb, den der einfahrende Schoner nützen konnte.

Ein zweiter Schoner lag bereits längsseits des Anelegestegs, und dahinter war noch genügend Platz für das neu ankommende Schiff frei. Mit einem meisterlichen Manöver bugsierte der Bugi-Kapitän sein Schiff in die vorgesehene Lücke. Etwas Rückwärtsschub brachte das Fahrzeug schließlich unmittelbar achtern des zweiten Schoners zum Stillstand, sodass das Bugspriet über das Heck des Schiffes davor hinausragte und die Seite des Schiffes die Fender des Stegs berührte. Festmacheleinen gingen zwischen den Decksarbeitern des Schoners und den Schiffsbeladern am Pier hin und her.

Innerhalb der Höhle waren mehrere Dutzend Menschen zu sehen. Es waren Bugi, die dunkleren Melanesier und sogar einige Kaukasier, die eine etwas hellere Haut hatten. Der zweite Schoner wurde soeben entladen, während auf der *Flores* Instandhaltungsarbeiten im Gange waren. In den dunklen Randbereichen der Höhle befanden sich eine ganze Reihe von schwer bewaffneten Wachmännern auf ihren Posten. Am Ende des Anelegestegs zur Linken war eine mit Sandsäcken bewehrte Geschützstellung eingerichtet. Amanda erkannte die Rohre der alten amerikanischen M-55-Luftabwehrwaffen vom Kaliber .50, die die Geschütze der *Flores* in der Verteidigung der Festung unterstützten.

Der Diesel des Schoners kam schließlich zum Stillstand, dafür hob das durchdringende Heulen von Elektromotoren an, die den Tarnvorhang wieder zuzogen und die Höhle vom Tageslicht abschotteten. Amanda spürte, dass es mit einem Mal deutlich kühler um sie herum wurde; hier drin war von der drückenden Hitze der Tropen nicht mehr viel zu spüren.

»Ich bin beeindruckt, Makara«, sagte sie leise. »Das ist wirklich unglaublich. Die Anlage wurde von den Japanern gebaut, nicht wahr?«

Er nickte im Halbdunkel der Höhle, die von vereinzelten Arbeitslampen erleuchtet wurde. »Sie war eigentlich als Unterseeboot-Bunker gedacht, wurde aber nie als solcher verwendet. Während der Gegeninvasion der Alliierten war die Landzunge isoliert. Die Japaner vergaßen die Anlage schließlich, und eure Streitkräfte fanden sie nie. Komm, ich zeige dir alles. Die Geschichte ist noch unglaublicher, als du dir vorstellen kannst.«

Sie verließen das Ruderhaus und betraten das Deck des

Schoners; Amandas Wächter ging schweigend hinter ihnen her. Auf der Kaianlage war ein Kran errichtet worden, der bereits damit begonnen hatte, die Ölfässer von Deck zu hieven.

Harconan zeigte auf das Landungsschiff, das am gegenüberliegenden Steg in seinen Festmachern lag. »Wir werden heute Abend in die Kapitänskajüte der *Flores* übersiedeln. Dort haben wir elektrisches Licht, eine Dusche und so viel warmes Wasser, wie du willst. Sogar ein richtiges Bett steht drin. Kapitän Onderdank wird nicht begeistert sein, aber schließlich gehört das Schiff mir.«

»Das klingt wirklich nett, Makara«, sagte Amanda und zeigte mit dem Daumen auf den Wächter, der sich ein paar Schritte hinter ihnen hielt. »Wird er auch in der Dusche bei mir stehen?«

Harconan verzog das Gesicht und sprach kurz mit dem Wächter. Der Seemann schulterte seine Maschinenpistole und zog sich zurück.

»Ich habe dir mein Wort gegeben, Makara.« Amanda ging nicht so weit, beleidigt zu klingen, doch sie fügte nachdrücklich hinzu: »Ich werde nicht weglaufen.«

»Nein, wirst du nicht. Du bist hier buchstäblich am Ende der Welt, Amanda. Zwischen meiner Garnison hier und der nächsten menschlichen Siedlung liegen über hundert Kilometer Dschungel mit all seinen Gefahren. Da würdest du nicht einen Tag überleben.«

Mit noch etwas mehr Nachdruck erwiderte sie: »Ich sagte, ich habe dir mein Wort gegeben.«

Er seufzte. »Entschuldige. Aber du darfst nicht vergessen, was du für einen Ruf genießt.«

»Verstehe. Aber ich versichere dir, ich habe nicht vor, die Königin des Dschungels zu spielen.« Da sie das Gefühl hatte, wieder ein wenig mehr Freiraum gewonnen zu haben, beschloss sie einzulenken und fügte mit einem Lächeln hinzu: »Du wolltest mir doch mehr über die Geschichte der Anlage erzählen.«

»Äh … ja, wie ich schon sagte, die japanische Pioniereinheit, die die Anlage erbaute, wurde im Jahr 1943 von der Außenwelt abgeschnitten. Sie setzten ihre Arbeit trotzdem fort, bauten den Tunnelkomplex und erweiterten die Haupthöhle. Dabei gingen sie davon aus, dass es ihnen schon bald möglich sein würde, den Kontakt zu den Kaiserlichen japanischen Streitkräften wiederaufzunehmen.«

Amanda hörte mit großer Aufmerksamkeit zu, während sie mit Harconan die Gangway zum Kai hinunterschritt.

»So viel ich weiß«, fuhr Harconan fort, »bekamen sie es gar nicht mit, als der Krieg zu Ende ging. Sie bauten immer weiter und warteten.«

»Du meinst also, sie gaben nicht einmal nach der japanischen Kapitulation auf, so wie sie es in den Schlupfwinkeln auf Guam und den Philippinen machten?« Sie überblickte die auf dem Kai gestapelten Kisten, die von dem anderen Schoner abgeladen worden waren. Möglicherweise enthielten sie Gewehre. Und nach den Aufschriften zu schließen, stammten sie aus Frankreich oder Belgien. Außerdem war da ein Stapel mit Bettungsplatten für Mörser.

»Möglicherweise haben sie gar nicht von der Kapitulation erfahren«, fuhr Harconan fort, »oder sie wollten es einfach nicht glauben. Da waren ungefähr einhundertfünfzig Mann in der Garnison, die in strenger militärischer Disziplin weitermachten, während einer nach dem anderen an Hunger oder irgendeiner Krankheit starb. Einige desertierten, aber anscheinend schaffte es keiner zu überleben.«

»Wie lang ging das so?«, fragte Amanda und blickte

voller Respekt für die Erbauer zur Decke der Höhle hinauf.

»Ich habe das Logbuch des Kommandeurs in einer Feldkiste gefunden – in dem Raum, den er bewohnt haben muss. Der letzte Eintrag stammt vom 17. März 1979. Es waren nur noch er und vier andere übrig, und er stand bereits kurz vor dem Tod. Mit seinen letzten Worten bat er den Kaiser um Vergebung für seine Schwäche.«

»Das war ein Soldat.«

»Das war er wirklich«, stimmte Harconan zu. »Ich habe das Logbuch immer noch. Eines Tages werde ich dafür sorgen, dass es seine Familie bekommt. Eine solche Hingabe verdient alle Ehre.«

Amanda drückte Harconans Hand in einer ehrlichen Geste der Zustimmung. Es gab so vieles, was sie entzweite, doch er hatte schon Recht – es gab durchaus auch Dinge, über die sie sich einig waren.

Der Pier endete in einem breiten Schelf, der aus dem Fels herausgehauen worden war und sich über die volle Breite der Höhle erstreckte. Die Bugrampe der *Harconan Flores* ruhte auf dem Schelf. Jenseits der Rampe des LSM war ein riesiges Zelt aufgestellt. Es leuchtete grün, was auf die helle Innenbeleuchtung zurückzuführen war, die durch den dünnen Stoff schien.

»Komm«, forderte Harconan sie auf. »Es ist Zeit, dass du dir das Ding ansiehst, das dich überhaupt erst hierher geführt hat.«

Klimaanlagen, Luftentfeuchter und Filteranlagen schnurrten leise vor sich hin, und Amanda erkannte, dass man in dem Zelt eine sterile, hochreine Umgebung geschaffen hatte – dazu bestimmt, die ungünstigen Umgebungsbedingungen fern zu halten.

Harconan öffnete den Reißverschluss des Eingangs zu einem kleinen Nebenabteil. Darin befand sich eine Wand aus durchsichtigem Kunststoff – und dahinter der Satellit INDASAT 06.

Amanda konnte jetzt erkennen, dass es sich nicht um ein Zelt im eigentlichen Sinn handelte, sondern um ein aufblasbares Gebilde. Der geraubte Satellit lag auf einem Sattelauflieger innerhalb seiner Plastikschützhülle. Einige der Service-Klappen des Satelliten waren geöffnet und gaben Einblick in die Innenräume mit den Systemen und Experimentieranordnungen. Ein halbes Dutzend Männer in typischen grünen Chirurgenkitteln und mit weißen Gesichtsmasken machten sich an dem riesigen langgezogenen Satelliten zu schaffen, wie Leichenbeschauer, die eine Autopsie an einem gestrandeten Wal vornahmen.

Obwohl ihre Gesichter verdeckt waren, fiel es Amanda nicht schwer, die Männer anhand der Fotos wiederzuerkennen, die sie in der NAVSPECFORCE-Datenbank gesehen hatte. Die beiden Asiaten mussten Rei und Wa sein, die Vertreter des koreanischen Konzerns, und die beiden Araber waren Kalil und Hammik aus den Golfstaaten. Blieben noch ein Inder und ein Slawe, bei denen es sich wohl um Sonoo und Valdeschefskij handelte.

Es war Sonoo, eine massige Gestalt, der die Anwesenheit der beiden Beobachter bemerkte. Er stand von dem Platz auf, wo er am Laptop gearbeitet hatte, und ging zu dem Kunststofffenster hinüber. Kurz nickend und etwas nervös sprach er in korrektem, aber nicht akzentfreiem Englisch. »Mr. Harconan, es freut mich, Sie wieder zu sehen. Haben Sie schon von meinen Vorgesetzten gehört?«

»Ja, habe ich, Doktor«, antwortete Harconan. »Und ich habe gute Neuigkeiten für Sie alle. Ihre Vorgesetzten sind beeindruckt von Ihren ersten Erkenntnissen und möchten zur nächsten Phase der Operation übergehen. Sobald die finanziellen Dinge geregelt sind, können wir weitermachen.«

»Sehr gut, ausgezeichnet«, sagte der Techniker und nickte kurz – eine Geste, die ein wenig an einen Vogel erinnerte, was bei einem so massigen Mann etwas sonderbar wirkte. »Wir haben hier tatsächlich gute Arbeit geleistet. Aber ab jetzt brauchen wir bessere Bedingungen, als wir sie hier vorfinden. Das verstehen Sie doch, oder?«

Die Stimme des Mannes hatte fast etwas Flehendes – ein Ausdruck, der auch in seinen dunklen Augen zu lesen war, die über die Maske hinwegschauten. Amanda spürte, dass der Inder von seiner momentanen Arbeitsumgebung nicht gerade begeistert war.

»Keine Sorge, mein Freund«, sagte Harconan aufgeräumt. »Die Dinge schreiten voran. Wir werden Sie und Ihre Kollegen bald in die Zivilisation zurückbringen.«

Sonoo blickte fragend in Amandas Richtung.

»Oh, verzeihen Sie meine Nachlässigkeit«, fuhr Harconan fort. »Ich sollte Sie eigentlich einander vorstellen – aber ich glaube, dass unter den gegebenen Umständen eine gewisse Anonymität von Vorteil ist.«

Amanda beschloss, dass sie sich lange genug passiv verhalten hatte und dass es Zeit für einen kleinen Schuss vor den Bug war. »Oh, ich bin durchaus vertraut mit der Arbeit von Dr. Sonoo und Dr. Valdeschefskij, seinem Kollegen bei Marutt-Goa.« Sie blickte dem erschrockenen Inder direkt in die Augen. »Ich fürchte nur, dass sich die Teilnahme an einem Satellitenraub nicht allzu gut im Lebenslauf machen wird, Doktor.«

Sonoo erbleichte. »Wer ist sie, Harconan? Wer ist sie!«

Harconan biss die Zähne zusammen und seine Hand schloss sich schmerzhaft um Amandas Oberarm. »Niemand, wegen dem Sie beunruhigt sein müssten, Doktor. Fahren Sie ruhig mit Ihrer Arbeit fort. Wir besprechen dann später unser weiteres Vorgehen.«

Harconan zerrte sie aus dem Zelt hinaus und stieß sie

grob gegen die Felswand am hinteren Ende der Höhle. Eine stahlharte Hand schloss sich um ihren Hals und drückte sie gegen den feuchten Stein. Der Anführer der Piraten beugte sich drohend über sie, und Amanda erwiderte zornig seinen finsteren Blick.

»Du hast mir dein Wort gegeben, Amanda«, sagte Harconan mit bedrohlich leiser Stimme. »Du hast versprochen, dass du keinen Ärger machst.«

»Das war, bevor ich draufkam, dass du mich auch belogen hast«, entgegnete sie aufgebracht.

»Wovon redest du?«

»Vergiss nicht, mit wem du es zu tun hast, Makara. Ich bin keine Idiotin! Du hast gesagt, dass du mich als Geisel festhältst, vermutlich um Admiral MacIntyre und NAVSPECFORCE dazu zu bewegen, von hier abzuziehen, damit du den Verkauf des Satelliten in Ruhe abwickeln kannst. Aber als wir hierher kamen, hast du mich gleich durch die ganze Festung geführt. Diese Höhle, das Schiff, der Satellit und dann die Techniker, die daran arbeiten ... Du hast mich einfach zu viel sehen lassen, Makara. Es war dumm von mir, dass mir das nicht gleich auffiel. Du hast überhaupt nicht die Absicht, mich wieder freizulassen, nicht wahr, Makara? Ich werde hier nicht lebend rauskommen – so ist es doch, oder?«

Zehn schnelle Herzschläge lang dachte Amanda, dass sie den Bogen überspannt hatte. Entweder das – oder sie hatte tatsächlich die Wahrheit erraten.

Harconans Hand glitt von ihrem Hals auf ihre Schulter hinunter. »Nein, Amanda, du irrst dich.« Seine Stimme war immer noch leise, aber nun nicht mehr drohend. »Ich habe dir geschworen, dass dir nichts geschehen wird – es sei denn, du zwingst mich dazu. Du hast Recht, du wirst nicht sofort freikommen. Ich habe Pläne, die ich verwirklichen will. Pläne zum Wohle aller Völker Indonesiens.

Ich habe dich hierher gebracht, damit du mehr darüber erfährst.«

Harconan nahm die Hand von ihrer Schulter und hielt sie fast beschwörend hoch. »Ich möchte dir meine Träume mitteilen, Amanda, damit du eines Tages hinausgehen und sie der Welt erklären kannst. Du wirst wieder frei sein, Amanda, das verspreche ich dir. Frei, zu gehen – aber auch frei, wieder zurückzukehren«, fügte Harconan fast flüsternd hinzu. »Frei, hier zu bleiben. Gib mir nur ein wenig Zeit, dir alles zu erklären!«

»Da wirst du einiges zu erklären haben, Makara, der Welt und mir. Entführung, Terrorismus, Piraterie«, sagte sie und nickte in Richtung des riesigen Behälters, in dem sich der INDASAT befand.

Harconan blickte über die Schulter zurück. »Das? Das ist doch nur ein Geschäft, Amanda, sonst nichts. Ich stehle das Ding von euren Industriellen und verkaufe es *ihren* Industriellen. Sie arbeiten eine Weile damit und lassen sich ein paar Verbesserungen einfallen – dann kommen eure Industriellen und erfinden etwas ganz Neues. Auf lange Sicht haben alle einen Nutzen davon.«

»Und was ist mit der Crew der *INDASAT-Starcatcher*, Makara?«, fragte sie in bitterem Ton. »Wo liegt ihr Nutzen?«

Sie hörte, wie er die Luft zwischen den Zähnen hervorstieß. Seine Hand glitt an ihrem Kopf vorbei, und er stützte sich an der Felswand ab.

»Woher weißt du von Sonoo und den anderen?«, fragte er, das Thema wechselnd.

»Das kann ich dir nicht sagen, Makara. Das weißt du genau.«

»Wie viel wisst ihr noch, du und dein Admiral?«

»Auch das kann ich dir nicht sagen. Wenn du willst, dass ich dich verstehe, Makara, dann musst du versuchen, auch mich zu verstehen.« Sie sprach ihn bewusst mit dem Vornamen an und wählte ihre Worte mit großer Überlegung. »Ich werde meine Leute nicht verraten, nicht einmal für dich.«

»Das ist kein Spiel, Amanda!«, erwiderte Harconan bitter. »Ich muss auch an meine Leute denken.«

»Das ist mir bewusst.«

Seine Hand umfasste wieder ihren Hals – Daumen und Zeigefinger drückten von unten gegen ihren Kiefer. »Verdammt, ich könnte dich zum Reden zwingen! Jeder redet irgendwann!«

»Auch das ist mir bewusst, Makara«, erwiderte sie ruhig. Ihr war klar, dass sie am Rande des Abgrunds stand. »Aber wenn du mich wirklich so genau studiert hast, wie du behauptest, dann weißt du auch, dass ich das ›Mustang‹-Programm der US-Army absolviert habe. Du weißt, was das bedeutet. Ich kann sehr lange durchhalten, bis ich zusammenbreche. Nachdem deine Leute mit mir fertig sind, wird nicht mehr viel übrig sein, mit dem man noch was anfangen kann.«

»Verdammt, Amanda! Es gibt noch andere Methoden – Drogen.«

»Auch das ist mir bekannt«, antwortete sie mit einem Hauch von Traurigkeit in der Stimme. »Aber ich weiß auch, wie man dagegen ankämpft. Wenn du sichergehen willst, dass du die gewünschten Antworten bekommst, dann musst du mir eine so hohe Dosis verabreichen, dass ich wahrscheinlich nicht mehr zu mir komme. Nein, Liebster, ich werde deinem Wunsch nicht nachkommen. Also entscheide, was du zu tun gedenkst, und bringen wir's hinter uns.«

Sie hatte ihn ›Liebster‹ genannt. Würde sie das vor dem drohenden Abgrund retten?

Der Druck an ihrem Kiefer ließ nach und seine Hand

gab sie frei. Er blickte zur Seite und wandte sich schließlich mit lauter Stimme an die Sicherheitswachen, um ihnen eine kurze Anweisung zu geben.

»Diese Männer werden dich in die Kabine der *Flores* bringen. Du wirst dich fürs Erste dort aufhalten.«

Amanda gab keine Antwort.

Wie versprochen, war die Kapitänskajüte an Bord des Frachtschiffes modernisiert und mit einigen Annehmlichkeiten ausgestattet worden. Die Schotte waren mit Teak-Imitation getäfelt und statt der üblichen Kojen hatte man ein richtiges Bett hereingestellt. Außerdem war die Kabine mit Klimaanlage und einer eigenen Toilette ausgestattet.

Die beiden äußeren Bullaugen waren so fest verschraubt, dass man sie ohne Schraubenschlüssel nicht aufbekam, und die Stahltür war außen mit einem Riegel versehen, der vorgeschoben wurde, nachdem Amanda die Kabine betreten hatte.

Sie ging zu der eingebauten Couch hinüber und ließ sich darauf nieder. Zum ersten Mal seit Tagen fröstelte sie ein wenig – doch das war nicht der Grund, warum sie zitterte.

Sie hätte den Bogen beinahe überspannt, als sie Sonoo Angst gemacht hatte. Zweifellos hatte man den Technikern und ihren Firmen versprochen, dass sie anonym bleiben würden. Dass es jemanden von außerhalb gab, der ihre Namen kannte, war wohl eine sehr unangenehme Überraschung, die von Harconan einiges an Erklärungsarbeit verlangte.

Doch sie hatte es einfach tun müssen. Harconan kannte sie sehr gut. Er musste von ihr erwarten, dass sie sich nicht so einfach in ihr Schicksal ergab. Wenn sie allzu nachgiebig war, würde er bestimmt Verdacht schöpfen.

Andererseits konnte es äußerst gefährlich werden, sich

mit machtbewussten Herrschern auf ein solches Spiel einzulassen. Henry VIII. hatte Anne Boleyn vermutlich sehr gern gehabt, bis sie einmal zu oft vorlaut wurde.

Amanda stand abrupt auf und ging zur Dusche. Nachdem sie sich vergewissert hatte, dass warmes Wasser da war, streifte sie Hemd und Hose ab und drehte das Wasser so heiß auf, wie sie es aushielt.

Als sie einige Minuten später aus der dampfenden Dusche stieg, hatte sie wieder ihr kastanienrotes Haar; die Farbe war herausgewaschen. Irgendwie fühlte sie sich jetzt besser.

Was wollte er wirklich von ihr? Warum gefährdete er sein Königreich wegen ihr? War sie tatsächlich so attraktiv für ihn? So umwerfend konnte sie im Bett doch auch nicht sein.

Oder war da wirklich noch mehr?

»Verdammt«, murmelte sie in den leeren Raum hinein. »Ich schätze, er ist ein genauso großer Idiot wie ich.«

Joint Intelligence Center, USS *Carlson*

23. August 2008, 10:40 Uhr Ortszeit Die Nachricht brauchte nicht erst weitergegeben zu werden, nachdem die Daten vom NAVSPECFORCE-Hauptquartier eingetroffen waren. Wer Christine Rendinos triumphierenden Schrei in den Korridoren widerhallen hörte, wusste wahrscheinlich auch so Bescheid.

Fünf Minuten später war Admiral MacIntyre im JIC und studierte ein Bild auf dem zentralen Wandbildschirm. Für ihn sah es eher wie ein etwas bizarres Stück moderner Kunst aus. Eine Reihe von länglichen orangegelben Flecken vor hellgrünem Hintergrund.

»Also gut, Chris. Was sehen wir da vor uns?«

»Ölflecken, Sir. Das sind Ölflecken in der Bandasee, von einer niedrigen Erdumlaufbahn aus betrachtet. Aufgenommen wurden sie heute Morgen von einem NIA-Keyhole-Aufklärungssatelliten.«

Offensichtlich hatte dieses Bild eine besondere Bedeutung, denn die kleine Intel-Offizierin schien vor Aufregung fast zu explodieren. Noch nie hatte Admiral MacIntyre sie so aufgewühlt gesehen – über das ganze Gesicht grinsend und dabei mit Tränen in den Augen.

»Und?«, fragte MacIntyre vorsichtig.

»Das ist eine Botschaft, Sir. Eine Botschaft an uns.«

Ungläubig betrachtete MacIntyre die computerverstärkten Flecken. »Eine Botschaft?«

»Ja, Sir, eine richtige Botschaft! Jonesy, lassen Sie das Bildkorrekturprogramm für Wind und Strömung drüberlaufen.«

Der Systemoperator kam ihrer Aufforderung nach und die länglichen Flecken verformten sich zu einer geraden Linie. Plötzlich fiel es MacIntyre wie Schuppen von den Augen. »Das sind Morsezeichen!«

»Ja, Sir, und mit den exakten Zwischenräumen zwischen den Buchstaben und den Einzelzeichen der Buchstaben: Punkt Strich A. Pause. Strich Strich Punkt G. A G, Amanda Garrett! Sie sagt uns, wo sie ist – und das in einer Morsecode-Zeile, die fast fünfundzwanzig Kilometer lang ist!«

»Lieber Himmel!«, stieß MacIntyre hervor und schlug mit der Faust auf die Sessellehne der Workstation, hinter der er stand. »Lieber Himmel! Wie hat sie das bloß geschafft?«

»Amanda muss sich daran erinnert haben, dass wir die *INDASAT-Starcatcher* anhand einer schwachen Ölspur gefunden haben. Sie muss darauf gehofft haben, dass wir die Gegend noch einmal genau aus der Luft unter die Lupe nehmen.«

»An welcher Position hat man die Botschaft gefunden?«

»Die Frage, die wir uns vor allem stellen müssen, lautet: Wo war die Position, als die Botschaft abgeschickt wurde? Jonesy, geben Sie uns die Karte der Bandasee auf Display zwei und zeigen Sie uns dann die Koordinaten der Ölspur, wenn man die Strömung und die vergangene Zeit berücksichtigt.«

Ziemlich aufgeregt fuhr Christine fort: »Die Bildanalysezentrale hat das Muster der Ölspur untersucht und dabei das Wetter der vergangenen achtundvierzig Stunden berücksichtigt. Man schätzt, dass die Ölspur irgendwann gestern Abend an folgender Position gelegt wurde: nordöstlich der Kai-Inselgruppe, also westlich von Neuguinea, etwa einhundertfünfundsiebzig Seemeilen von der Küste entfernt. Man glaubt, dass die Botschaft von einem Überwasserschiff abgeschickt wurde, das mit zehn bis zwölf Knoten in Richtung Ostnordost unterwegs war.«

»Wie lang ist die Ölspur?«

»Eine ganz schöne Strecke, Sir. Jonesy, verringern Sie die Bildvergrößerung um die Hälfte.«

Die Abbildung ging auf dem Display auf die halbe Größe zurück. Nach der bewusst erzeugten Nachricht folgte eine lange kontinuierliche Ölspur, die direkt auf die Südseite der Halbinsel Bomberai auf Neuguinea zeigte.

»Wir konnten die Spur einwandfrei verfolgen, Sir. Schon immer haben wir vermutet, dass der INDASAT möglicherweise auf Neuguinea versteckt sein könnte, und das hier dürfte der Beweis sein, dass es tatsächlich so ist. Und genau dorthin bringen sie Amanda wahrscheinlich jetzt.«

MacIntyre blickte auf die Zeitanzeige in der Ecke des

Bildschirms. »Gestern Abend. Das bedeutet, dass sie mittlerweile längst an Land sein müssten.«

»Aber, Admiral«, warf die Intel-Offizierin ein. »Wenigstens wissen wir jetzt, dass Amanda sich irgendwo an dieser Küste befindet!«

»Das stimmt schon, Chris«, antwortete er und stützte sich auf den Sesselrücken vor ihm. »Wir wissen jetzt, dass sie irgendwo an der wildesten, gefährlichsten und am wenigsten bekannten Küste des gesamten Planeten ist.«

In der Festung ›Krebsschere‹

23. August 2008, 17:00 Uhr Ortszeit Amanda blieb den Großteil des Tages in der Kapitänskajüte der *Flores* eingesperrt. Sie fragte sich, wie lange sie der König der Meere wohl aus seiner Gegenwart verbannen würde. Dass sie deutlich gemacht hatte, wie viel die Task Force über Harconans INDASAT-Kunden wusste, sorgte wahrscheinlich für einige Unruhe unter den ausländischen Technikern, sodass Harconan bestimmt einige Zeit aufwenden musste, um die Wogen zu glätten. Wenn sie das nächste Mal mit ihm zusammentraf, würde sie einiges zur Schadensbegrenzung unternehmen müssen.

Falls er ihr dazu Gelegenheit gab.

Wenn nicht, dann hoffte sie, dass sie die Wahrheitsdrogen einsetzten. An einer Überdosis Skopolamin zu sterben, war bestimmt weitaus angenehmer als bei lebendigem Leib seziert zu werden. Doch das würde sie sich ohnehin nicht aussuchen können. Deshalb schob sie die Sorge darüber beiseite und verbrachte den Nachmittag damit, zu schlafen und im Geist einen Bericht über alles zu verfassen, was sie gesehen und gehört hatte.

Da es keine Uhr in der Kabine gab, konnte sie angesichts der immerwährenden Dämmerung innerhalb der Höhle nur vermuten, dass es ungefähr Sonnenuntergang sein musste, als Harconan zu ihr kam.

Er wirkte müde, als er die Tür öffnete. Offensichtlich gab es auch für Piratenkönige manchmal einen anstrengenden Arbeitstag. »Ich dachte mir, dass du vielleicht ein wenig frische Luft schnappen möchtest.«

»Ja, gern, danke«, antwortete sie ruhig und erhob sich von der Couch.

»Dann komm mit. Ich möchte dir jemanden vorstellen.«

Er führte sie vom Schiff hinunter und ein Stück weit die Höhle entlang. Ihr stummer Wächter folgte ihnen, hielt jedoch respektvollen Abstand.

Harconan betrat mit ihr einen der beiden Tunnels am hinteren Ende der Höhle. Sie bemerkte, dass es hier mehrere seitliche Gänge gab, die vermutlich zu Lagerräumen und unterirdischen Bunkern führten. Amanda zählte ihre Schritte. Es gab vier dieser seitlichen Tunnels zur Rechten, die im Abstand von ca. fünfzehn Metern angelegt waren, während ihr zur Linken nur ein solcher Tunnel auffiel, der wahrscheinlich eine Verbindung zum zweiten großen Tunnel bildete. An der Decke waren Arbeitsleuchten angebracht; die Luft hier drin war kühl und feucht und roch nach Moder und Dieseldämpfen.

Dieser erste Abschnitt des Tunnels war mit Beton ausgekleidet; danach folgte nur noch nackter Fels, und der Gang begann in Richtung Erdoberfläche anzusteigen. Ein grüner Lichtpunkt markierte das Ziel, auf das sie zusteuerten. Amanda war überrascht, dass sie eine so lange Strecke hochzusteigen hatten.

Der Tunnel endete in einem riesigen Betonbunker. Am Boden vor dem Eingang lag eine massive Tür aus rostigem Stahl. Der Türrahmen war beschädigt, und man sah die Stellen, wo die Tür mit Hilfe von Sprengstoff aus den Angeln gerissen worden war.

Harconan zeigte auf den aufgesprengten Eingang. »Als wir den Ort hier entdeckten, waren diese Außentüren verschlossen und von innen verriegelt. Nachdem die Japaner erkannten, dass das Spiel verloren war, müssen sie sich wohl hier drin eingeschlossen haben, um dem Befehl, die Stellung zu halten, doch noch nachzukommen.«

»Beeindruckend«, murmelte Amanda, während sie sich umblickte.

Eindrucksvoll war auch der Blick ins Freie hinaus – mit den dicht stehenden Arekapalmen und den Farnen, die unter ihnen wucherten. Nach der kühlen Luft der Tunnels war hier wieder die volle drückende Hitze zu spüren. Es war still ringsum, abgesehen von der Brandung und dem gelegentlichen Ruf irgendeines exotischen Vogels. Die Luft roch nach Holzkohlenrauch und Orchideen.

Es war, als wäre sie durch eine Zaubertür in die Urzeit eingetreten. Amanda hätte sich nicht allzu sehr gewundert, wenn plötzlich von irgendwoher ein Stegosaurus aufgetaucht wäre, um sich an einem Büschel Farnen zu laben. Stattdessen ging ein groß gewachsener melanesischer Krieger an dem überwucherten Bunker vorüber. Er war völlig nackt bis auf das übliche Penisfutteral, *Koteka* genannt. Seine bloßen Füße verursachten keinen Laut. Das Einzige, was dem Eindruck von Ursprünglichkeit zuwiderlief, war das moderne FALN-Sturmgewehr, das der Mann bei sich trug.

»Ein Freund von dir?«, fragte Amanda.

Harconan lächelte. »Könnte man so sagen. Komm, ich möchte dir jemand anders vorstellen.«

Sie gingen weiter zu den südlichen Kliffs der Halbinsel, von wo man sowohl das Meer als auch die Küste Neuguineas überblicken konnte. Dort erwartete sie ein weiterer Melanesier. Es war ein älterer Mann mit grauem drahtigem Haar, der vom Alter bereits etwas gebeugt war. Sein Hemd und seine Hose waren zerschlissen – dennoch strahlte der Mann große Würde und Weisheit aus. Er saß auf dem Stamm eines gefällten Baumes; neben ihm lehnte eine alte, aber offensichtlich gut erhaltene doppelläufige Schrotflinte, deren Herkunft sie nicht erkennen konnte.

Er nickte ihnen zu, als sie die Lichtung betraten.

»Captain Garrett, das ist mein Freund und Verbündeter Häuptling Akima vom Stamme der Asmat. Sein Stamm ist an diesem Küstenabschnitt zu Hause.«

»Es freut mich, Sie kennen zu lernen, Captain«, sagte der Asmat in ernstem Ton und gutem Englisch und streckte ihr die Hand entgegen. Amanda tauschte einen festen Händedruck mit ihm aus. »Freut mich, *Sie* kennen zu lernen, Sir.«

»Bitte, setzen Sie sich.«

Amanda und Harconan ließen sich auf einem gefällten Baumstamm dem Mann gegenüber nieder.

»Häuptling Akima ist auch Mitglied der Morning-Star-Separatistenbewegung«, fuhr Harconan fort. »Ich nehme an, du weißt über diese Bewegung Bescheid.«

»Ja, ein wenig«, antwortete Amanda stirnrunzelnd. »Ich weiß, dass die Morning-Star-Bewegung eine revolutionäre Vereinigung ist, die für die Unabhängigkeit Neuguineas von der Regierung in Jakarta kämpft. Ich weiß auch, dass zwischen den Indonesiern und der Morning-Star-Bewegung seit Jahrzehnten ein Guerillakrieg herrscht. Mehr ist mir allerdings nicht bekannt.«

Häuptling Akima lachte. »Dann wissen Sie schon mehr als die meisten, Captain. Der Großteil der Welt ignoriert unser Volk und unseren Kampf für die Freiheit. Wir selbst nennen uns *Operasi-Papua-Merdeka*, die Bewegung für ein freies Papua, aber der Name ›Morning Star‹ ist auch nicht schlecht. Papua, so nennen wir unser Land, aber es macht uns nichts aus, wenn Sie Neuguinea dazu sagen. Das ist besser als der Name, den Sukarno uns gegeben hat: Irian Jaya.« Die Lippen des Häuptlings verzogen sich vor Ekel. »Er wollte sich damit selbst ein Denkmal setzen, indem er es sein ›siegreiches Land, das sich aus dem Meer erhebt‹ nannte.«

»Bapak, können Sie dem Captain die Geschichte von Morning Star erzählen?«, fragte Harconan. »Es wäre am besten, wenn sie sie aus Ihrem Mund erfährt.«

»Wenn die Lady daran interessiert ist …«

»O ja«, antwortete Amanda, »es interessiert mich sehr.«

»Wie Sie wünschen«, sagte der Häuptling und nickte. »Wir sind keine Indonesier; unsere Hautfarbe ist anders als die ihre. Wir leben anders und haben andere Götter, und so soll es auch bleiben. Papua ist unser Land, unsere Heimat.

Im vorigen Jahrhundert kamen die Holländer und ließen sich hier nieder. Aber es waren nicht viele, höchstens einige hundert. Sie blieben auf ihren Handelsposten, und wir durften unser Land behalten. Dann kam der Zweite Weltkrieg, in dem die Japaner hier gegen Ihre Leute kämpften – viele Tausende von ihnen. Aber ihr wart wie eine Welle, die sich an einem Felsen bricht – ihr wart bald wieder fort. Das Land gehörte immer noch uns und wir lebten in Frieden.

Doch dann ging der Krieg zu Ende und die Holländer versuchten ihre Kolonien in Indonesien wieder in Besitz zu nehmen – doch die Zeit der Kolonien war vorbei. Sukarno führte eine Rebellion gegen sie an und die Holländer wurden erneut vertrieben.«

Der Häuptling zeigte auf den Boden. »Nur hier blieben sie noch eine Weile. Sie wussten ebenfalls, dass die Zeit der Kolonien vorüber war und begannen mit unserem Volk zusammenzuarbeiten. Sie bildeten unsere Leute aus und vermittelten ihnen Kenntnisse in Technik und Verwaltung. Sie sagten, dass sie bald fort sein würden und dass wir dann frei wären und unseren Weg selbst bestimmen könnten. Die Indonesier, also Sukarnos Regime, behaupteten, dass Papua ihnen gehöre. Mit dem Versprechen, Papua mit dem Rest von Indonesien zu vereinen, scharten sie mehr und mehr Anhänger um sich. Sie versprachen ihnen Land und Reichtum ... unser Land ... unsere Reichtümer!«

»Haben Sie euch je gefragt, ob ihr die Vereinigung ebenfalls wollt?«, fragte Amanda.

Der Häuptling lachte bitter. »Sie starteten eine Kampagne gegen die Holländer, mit Terroranschlägen, Propaganda und politischem Druck gegen die holländischen ›Kolonialherren‹. 1962 gingen die Holländer fort und die Indonesier kamen, um uns zu ›befreien‹. Man versprach uns die ›freie Wahl‹, eine Abstimmung, ob wir uns Indonesien anschließen oder eine unabhängige Nation werden wollten. Die Abstimmung sollte 1969 stattfinden, doch als die Zeit gekommen war, entschied Sukarno, dass wir zu primitiv und unwissend seien, um selbst über unsere Zukunft zu bestimmen. Und so ließ man nur spezielle Vertreter an der Abstimmung teilnehmen.«

Der Häuptling streckte die Hand aus, die ledrige Handfläche nach oben gerichtet. »Nachdem die Indonesier alle Vertreter selbst aussuchten, ist es ja wohl kein Wunder, dass die Abstimmung mit einem einstimmigen Ergebnis für die Vereinigung mit Indonesien endete. Seither haben wir feststellen müssen, dass unsere braunhäutigen Kolonialherren viel schwerer zu ertragen sind als die Weißen, die zuvor hier waren. Sie reißen unsere Berge auf, um nach Bodenschätzen zu graben. Papua hat die größten und reichsten Kupferminen der Welt. Die Indonesier teilen sie auf ihre Weise mit uns. Jakarta nimmt sich das Metall und das Geld, und uns bleiben die vergifteten Flüsse.

Sie teilen noch mehr mit uns – die überschüssige Bevölkerung von Java und den anderen Inseln. Sie bringen sie jedes Jahr zu Tausenden hierher und hoffen darauf, dass sie eines Tages die Mehrheit hier bilden werden. Gehen Sie einmal durch Küstenstädte wie Jayapura, Biak und Wamena und sehen Sie sich die Hautfarbe der Ladenbesitzer, der Polizisten und Beamten an. Dann sehen Sie sich die Menschen an, die die Straßen reinigen oder als Hausdiener arbeiten. Bald werden Sie verstehen, warum sich die Morning-Star-Bewegung gebildet hat. Die Holländer könnten gern zu uns zurückkehren – wir würden sie wie Brüder begrüßen. Aber die Indonesier werden wir ins Meer zurückjagen!«

Der alte Mann war während seines Vortrags nie laut geworden – doch seine Leidenschaft war dennoch deutlich zu spüren.

»Ich verstehe Ihr Anliegen – es scheint wirklich berechtigt zu sein«, sagte Amanda. »Aber Sie sind mit Harconan verbündet – und er ist doch auch Indonesier.«

Der Häuptling zuckte die Schultern. »Er hasst Jakarta genauso wie wir. Er braucht Männer, die für ihn kämpfen und seine Stützpunkte hier auf Papua bewachen, und er liefert uns dafür die Waffen, die wir für unseren Kampf brauchen. Wir werden – wie nennt man das? – seine Söldner bleiben, so lange es uns beiden nützt.«

Ihr Blick war auf Harconan gerichtet, als sie antwortete. »Aber was ist, wenn Harconan als Pirat und Verbrecher angeklagt wird? Das könnte Ihrer Sache in den Augen der Welt großen Schaden zufügen.«

Häuptling Akima zuckte die Achseln. »Harconan gibt

uns Waffen, und das ist mehr, als die Welt uns je gegeben hat.«

»Das ist eine interessante Geschichte, nicht wahr?«, sagte Harconan, der aufgestanden war und einen Fuß auf den Baumstamm stellte.

»Das kann man wohl sagen«, antwortete Amanda und blickte im dämmrigen Licht des Nachmittags auf das Meer hinaus.

Akima war in seinen Dschungel zurückgekehrt, sodass die beiden allein am Rand der Klippe standen.

»Würdest du zugeben, dass die Dinge nicht ganz so einfach sind, wie du gedacht hast?«

Amanda seufzte. »Makara, ich habe immer schon gewusst, dass in diesem Teil der Welt nichts einfach ist. Aber ich kann nicht einsehen, wie die Ermordung der Crew der *INDASAT-Starcatcher* durch die Anliegen der Morning-Star-Bewegung zu rechtfertigen wäre.«

»Im Krieg gibt es eben Opfer.«

»Und wann haben Australien und die USA dir den Krieg erklärt?«

»Verdammt, Amanda«, stieß Harconan hervor und begann kopfschüttelnd auf und ab zu gehen. »Es ist wirklich nicht einfach mit dir.«

»Hast du erwartet, ich würde dir keine solchen Fragen stellen?«

»Nein … nein. Ich weiß ja, dass du nicht dumm bist.«

»Danke«, sagte sie lächelnd.

»Aber du siehst doch ein, dass es ein Problem hier gibt und dass etwas getan werden muss?«

»Da stimme ich dir zu, Makara. Es muss etwas getan werden. Aber als Offizierin muss ich dich auch darauf hinweisen, dass Krieg immer nur die letzte aller Möglichkeiten sein kann, die zur Lösung eines Problems in Frage kommen. Du bist ein Mann mit großem Einfluss in diesem Teil der Welt. Du verfügst über wirtschaftliche, politische und persönliche Macht. Wenn du der Bewegung für ein freies Papua helfen willst, dann gäbe es hundert Möglichkeiten, die besser wären, als einen neuen blutigen Konflikt heraufzubeschwören.«

»Aber es geht nicht nur um Morning Star, Amanda. Es geht um die gesamte Inselgruppe. Nicht nur um Neuguinea, sondern um alle Inseln und alle Völker, die hier leben.«

An dem Feuer in Harconans Stimme und dem Glitzern in seinen Augen erkannte Amanda, dass sie nahe daran war, eine weitere Wahrheit über Harconan herauszufinden – seine wahre Motivation jenseits finanzieller Interessen.

»Wie geht es den Völkern hier?«, fragte sie.

»Sie sind praktisch lebendig begraben. Du hast ja gehört, was Häuptling Akima gesagt hat. Die gleiche Geschichte hört man auf allen anderen Inseln. Indonesien hatte noch nie eine Regierung, die wirklich alle Völker vertritt; es wird allein auf Java bestimmt, was geschieht. Die Javaner dominieren die Regierung und sie wollen auch unsere Kulturen beherrschen. Ihr Motto lautet: *Bhinneka Tunggal Ika* – ›Die Vielen sind eins‹.« Und in verächtlichem Ton fügte er hinzu: »Aber es zählen nur die vielen Javaner, und die Einheit beschränkt sich allein auf die Regierung in Jakarta. Ist das in Ordnung, Amanda?«

»Nein, ist es nicht«, pflichtete sie ihm bei. »Aber wodurch soll das System ersetzt werden?«

Harconan setzte sich neben ihr auf den Baumstamm. In seinem Geist schien sich offensichtlich eine Vorstellung zu formen. »Wir kehren zu dem zurück, wie es in Indonesien war, bevor die Holländer und die Portugiesen kamen. Einfach nur einzelne Inseln im Meer. Jede Insel ist unabhängig, und jedes Volk kann seine Zukunft so gestalten, wie es das für richtig hält.«

»Manche nennen so etwas Balkanisierung, Makara. Man hält allgemein nicht sehr viel davon.«

»Hier ist das anders, Amanda. So war es im goldenen Zeitalter Indonesiens und dahin könnten wir wieder zurück, wenn wir es wollen.«

Amanda fiel auf, dass er ›wir‹ sagte. Wen genau meinte er damit? Der Ernst, mit dem er sprach, berührte sie jedenfalls sehr. Er wollte, dass sie einen Eindruck von dem Glanz bekam, der einst hier geherrscht hatte.

Sie legte ihre Hand auf die seine. »Es tut mir Leid, Makara, aber ein Schriftsteller aus meinem Land hat einmal gesagt: ›Das Paradies liegt immer entweder vor einem oder hinter einem oder woanders.‹«

»Aber es könnte hier sein, Amanda, hier und jetzt. Wenn ich ... jemanden hätte, der mir dabei hilft. Eine Konföderation von unabhängigen indonesischen Staaten – ein jeder frei in seinen Entscheidungen, aber vereint durch ...« Er hielt zögernd inne.

»Vereint durch was, mein Lieber?«, drängte ihn Amanda sanft. »Oder durch wen?«

Doch Harconan schien mit einem Mal in die Wirklichkeit zurückzukehren. Er stand abrupt auf. »Es wird langsam dunkel. Wir gehen besser in die Tunnels zurück.«

Amanda folgte ihm schweigend. Doch bevor sie den Bunker betrat, blickte sie sich noch einmal rasch um. Einen Moment lang hatte sie das seltsame Gefühl, dass jemand sie beobachtete.

Joint Intelligence Center, USS *Carlson*

23. August 2008, 17:32 Uhr Ortszeit »Commander Rendino«, sagte der Systemoperator an der Drohnen-Kontrollstation etwas aufgebracht und hob den Kopf, auf dem er seinen VR-Helm trug. »Curtin Base hat gerade versucht, mir die Kontrolle über das Global-Hawk-Teal-Deuce aus der Hand zu nehmen.«

»Haben Sie die Kontrolle verloren?«, fragte Christine und eilte durch die dämmrige Zentrale, um dem SO über die Schulter zu schauen.

»Nein, ich habe die Frequenz gewechselt und die Kontrolle wieder übernommen. Wenn diese Clowns von der Air Force uns weiter dreinpfuschen, dann stürzt uns noch mal einer der Vögel ab.«

»Hat Teal Deuce noch genug Treibstoff?«

»Es sollte noch für gut fünfzehn Minuten reichen, Ma'am.«

»Dann nützen Sie die Zeit gut aus. Ich kümmere mich um die Air Force.« Sie drückte auf die Sprechtaste ihres Headsets. »Kommunikation, geben Sie mir eine Verbindung mit der Curtin-Drohnenkontrollzentrale! Ausführung!«

Von seinem Platz ihr gegenüber beobachtete Inspektor Tran, wie die energische kleine Frau ihren Kopfhörer dicht ans Ohr drückte. Es war interessant zu sehen, wie sie sich von der zärtlichen, verspielten Geliebten in eine grimmige Kriegerin verwandeln konnte. Ein Hindu würde sagen, dass der Schatten einer früheren Inkarnation zum Vorschein gekommen war, um sie durch die gegenwärtige Krise zu geleiten.

»Curtin, hier *Carlson* JIC. Was zum Teufel fällt euch ein, unsere Suchoperationen zu stören …? Zum Teufel mit den Treibstoffreserven! Wir brauchen jede Sekunde, die

die Global Hawks im Einsatz sein können … Scheiß auf die Standard Operating Procedure! Wir lassen die Vögel fliegen, so lange es geht, und keine Sekunde weniger. Haben Sie mich verstanden? … Dann soll er im Gleitflug heimfliegen, wenn es sein muss …! Ja, holen Sie Ihren Squadron Commander, Lieutenant. Ich unterhalte mich gern mit Ihrem Lieutenant Colonel, aber dann wird unser Admiral hier auch ein Wörtchen mitreden!«

Sie brach die Verbindung ab. Als sie Tran sah, grinste sie ein wenig verlegen, strich sich ein paar blonde Haarsträhnen aus der Stirn und ging zum Inspektor hinüber.

»Du meine Güte«, murmelte sie, »man könnte glauben, ich wäre ein richtiges Navy-Arschloch.«

»Immer mit der Ruhe, Liebling«, erwiderte er leise. »Es ist gar nicht so schwer, eine Nadel im Heuhaufen zu finden, wie ihr das nennt. Wenn man einmal sicher ist, dass die Nadel drin ist, dann ist alles andere nur noch eine Frage der Geduld.«

»Das ist es ja gerade«, flüsterte Christine. »Ich frage mich schön langsam, ob die Nadel wirklich im Heuhaufen ist. Alles deutet darauf hin, dass Amanda irgendwo an der Südküste Neuguineas gefangen gehalten wird. Dahin hat sie uns geführt, aber sicher wissen wir es immer noch nicht.«

»Dann untersuche diese Möglichkeit, bis du es weißt. Anschließend gehst du, wenn nötig, zur nächsten Möglichkeit über. Anders kann man nun mal nicht operieren.«

»Schon klar.« Sie lehnte sich neben Tran an das Schott. »Ich weiß auch, ich sollte das Ganze wie irgendein anderes Problem angehen, an dem ich gearbeitet habe. Es ist nur, dass …« Sie sprach den Satz nicht zu Ende.

Er legte ihr kurz die Hand auf die Schulter. »Es ist nur so, dass es diesmal um jemanden geht, der dir sehr wichtig ist. Deswegen musst du aber trotzdem deinen Job machen, auch wenn du dich fühlst, als hättest du einen Dolch im Herz.«

Christine seufzte tief. »Ich wünschte, es wäre nicht unschicklich, dich hier und jetzt zu küssen.«

Tran lächelte verhalten. »Alles zu seiner Zeit.«

»Commander Rendino!« Der Ruf kam von einem der Echtzeit-Analysetische. »Wir haben da vielleicht etwas gefunden.«

Christine und Tran eilten gemeinsam quer durch die Zentrale.

Der Analysetisch war ein horizontales Flatscreen-Display, auf dem momentan die Abbildungen von einem der Global Hawks zu sehen waren. Die hochauflösende Abbildung war so klar und scharf wie ein Blick hinunter durch ein Fenster aus einer Höhe von fünftausend Fuß.

Ein Blick auf die Statusanzeige in der Ecke des Bildschirms zeigte an, dass das Remotely Piloted Vehicle in Wirklichkeit achtmal so hoch flog. Von der Erdoberfläche aus nicht zu erkennen, zog es langsam südostwärts die Küste von Neuguinea entlang.

Das unbemannte Luftfahrzeug näherte sich einer schmalen Halbinsel, die vom Festland ins Meer hinausragte. Die ca. zwei Kilometer lange Spitze der Halbinsel wurde durch eine schmale Bucht in zwei Hälften geteilt. Nuyen Tran dachte bei dem Anblick an die leicht geöffneten Scheren eines Krebses. Die gesamte Halbinsel war vom Grün des tropischen Waldes bedeckt, während die umliegenden Gewässer sich tiefblau zeigten; es war kaum etwas von dem blassblauen Farbton zu sehen, an dem man Untiefen erkannte, nicht einmal in der Bucht zwischen den Scheren des Krebses.

»Was haben wir da, Chief?«, fragte Christine.

Der weibliche Chief Petty Officer blickte vom Bildschirm auf. »Eine mögliche Anomalie, Ma'am. Diese Abbildung stammt von Teal niner, der zur Zeit zwischen Jantan und Aiduna südlich der Halbinsel Bomberai unterwegs ist. Im Standard-Spektrum sieht man nichts als Baumwipfel, aber sehen Sie sich mal das Wärmebild an.«

Die Aufklärungs-Analytikerin tippte etwas auf der Tastatur am Rande des Display-Tisches ein. Die kleine Landzunge präsentierte sich nun in Schwarz-Weiß, wie ein Fotonegativ. Und man erkannte einiges mehr: Es gab da weiße Lichter zu Dutzenden, die entlang der Krebsschere verstreut waren.

»Das sind Feuer an der Oberfläche«, stellte Christine fest. »Groß genug für eine Kochstelle oder ein Lagerfeuer.«

»Ja, Ma'am«, antwortete die Analytikerin. »Und zwar genug für ein ganzes Dorf. Aber das ist keines der Küstendörfer, wie wir sie schon gesehen haben. Dazu liegen die Feuer zu weit auseinander. Es sieht eher aus wie viele voneinander unabhängige Lager.«

»Sie hat Recht«, warf Tran ein. »Es gibt keine Plätze, wie man sie in einem Dorf finden würde, und auch keine gerodeten Flächen, wie man sie für den Anbau braucht. Außerdem ist der Zugang vom Meer her recht schwierig. Hier gibt's keine richtigen Strände, überall nur diese Kliffe. Fischer sind das ganz bestimmt keine.«

»Vielleicht Jäger?«, fragte Christine.

»Glaube ich nicht, so dicht, wie die Lager beisammen liegen«, antwortete Tran. »Die Tiefland-Dschungel auf Irian Jaya sind dicht und üppig, aber sie liefern relativ wenig Nahrung. Wenn das Jäger oder Sammler wären, dann würden sie sich weiter verteilen, um überleben zu können. Wenn man so nah beisammen bleibt, muss man auf eine Nahrungsquelle von außen zurückgreifen können.«

»Wenn wir durchschnittlich acht bis zwölf Personen pro Feuer haben, Ma'am, dann sind da drei- bis vierhundert Leute auf der Halbinsel.«

Christine hob eine Augenbraue. »Nuyen, hast du eine Ahnung, wer die Kerle sein könnten?«

Tran nickte. »Mein erster Gedanke wäre, dass es sich um eine Operationsbasis der Morning-Star-Separatisten handelt. Aber warum sie sich hier in dieser Abgeschiedenheit zusammenfinden, das ist mir auch ein Rätsel.«

Christine nickte. »Mag sein. Chief, gehen Sie auf Vergrößerung zehn.«

Ein Ausschnitt der zentralen Halbinsel vergrößerte sich und füllte das gesamte Display. Nun war jedes Feuer ein kristallartiger tanzender Lichtpunkt, umgeben von einem verschwommenen Bereich der nach außen abstrahlenden Hitze.

»Das sind kleine Lagerfeuer, Ma'am. Der Rauch zerstreut sich unter den Baumkronen«, stellte die Analytikerin fest. »Da gibt es einiges, was auffallend ist: Hier … hier … und hier.«

Christine nickte. »Punkte mit größerer Wärme, ohne dass da ein sichtbares Feuer wäre. Die Feuer müssen im Inneren eines Gebäudes brennen, sodass die Wärme über ein Abzugsloch oder einen Rauchfang ins Freie gelangt.«

»Genau, Ma'am. Daran habe ich auch gedacht«, pflichtete die Analytikerin ihr bei. »Und es muss sich um ziemlich massive Gebäude handeln, da sie die Hitzeabstrahlung so stark dämpfen. Das können keine Hütten mit Strohdächern sein.«

»Das hier sieht etwas anders aus«, warf Tran ein und zeigte auf eine Wärmespur ganz unten auf dem Bildschirm.

»Ja«, stimmte Christine zu. »Chief, zeigen Sie uns den Abschnitt in maximaler Vergrößerung.«

Erneut dehnte sich das Bild aus, als die Sensoren der fernen Drohne das gewünschte Ziel näher unter die Lupe nahmen.

»Es scheint gleichmäßig zu pulsieren«, stellte Tran fest.

»Ja, scheint so«, pflichtete Christine ihm bei. »Es dürfte von einem Diesel kommen, und zwar von einer ziemlich großen Maschine. Eine Straße ist weit und breit nicht zu sehen – also kann es kein Lastwagenmotor sein.«

»Gebäude ist auch keines in der Nähe«, warf die Intel-CPO ein. »Es scheint direkt aus der Erde zu kommen.«

»Tja, dann sehen wir's uns mal näher an, Chief. Wie hoch ist denn die Temperatur der Gase am Emissionspunkt?«

Eine Anzeige erschien neben der bezeichneten Wärmespur. »Hundertfünfundvierzig Grad Fahrenheit, Ma'am. Also eher kühl.«

»Das bedeutet, ein langes Auspuffrohr. Irgendein Anzeichen von Radaremissionen in diesem Sektor? Oder vielleicht Flugverkehr?«

»Negativ, Ma'am. Weit und breit nichts zu sehen.«

Christine zögerte einen Augenblick und dachte nach. »Also gut. Ich möchte noch einen Überflug über die Halbinsel, diesmal von Ost nach West, die ganze Länge. Wir riskieren es, das Suchradar mit synthetischer Blende einzusetzen. Außerdem gehen wir mit der Drohne auf die übliche Flughöhe hinunter. Es muss schnell gehen, wir nähern uns dem Sonnenuntergang, und da ist die Drohne leichter auszumachen.«

»Aye aye, Ma'am! Wird gemacht.«

Christine blickte Tran voll neuer Hoffnung an. »Erinnere mich von Zeit zu Zeit an das mit der Geduld und dem Heuhaufen.«

Jenseits der wie eine Krebsschere geformten Landzunge – von Menschen hatte sie noch keinen Namen erhalten – berührte die Sonne soeben die Gipfel der Jayawijaya-Gebirgskette, dem Rückgrat von Neuguinea. Bald würde sich die Nacht herabsenken und die glühende Hitze des Tages ein wenig nachlassen.

An den Rändern der Halbinsel beobachteten etwa vierzig Augenpaare den Dschungel und das Meer. Einige dieser Ausgucke waren mit leistungsstarken Ferngläsern ausgerüstet; andere wieder vertrauten auf ihren Instinkt als Jäger, der ihnen stets geholfen hatte, in dieser üppigen, aber gefährlichen Umgebung zu überleben.

Zu den Letzteren gehörte auch Amanda Garrett, die einmal mehr das seltsame Gefühl hatte, von jemand Unsichtbarem beobachtet zu werden.

Wie ein jagender Adler überflog die Global-Hawk-Drohne die Landzunge ein zweites Mal. Ihr Triebwerk lief nur noch mit einem leisen Flüstern, das vom Boden aus nicht zu hören war, und der nicht-reflektierende graue Stealth-Anstrich hob sich nicht vom Himmel ab.

Während das Flugobjekt die Krebsschere überflog, wurden an seinem Bauch und den Unterflügeln ›Smart-Skin‹-Paneels aktiviert, die als Sende- und Empfangsanlage für das synthetische Blenden-Radarsystem dienten.

Es war dies mehr oder weniger die gleiche Technologie, wie sie von den Geophysikern der NASA eingesetzt wird, um ehemalige Flussbetten, Seen und Handelsrouten aufzuspüren, die längst unter dem Wüstensand der Sahara begraben sind. Auf diese Weise erlangen sowohl der Wissenschaftler als auch der Soldat die Fähigkeit, Dinge zu sehen, die normalerweise verborgen bleiben.

Vierhundert Seemeilen weiter westlich, im Joint Intelligence Center der *Carlson*, waren die ranghöchsten Offiziere der Task Force hinter Eddie Mac MacIntyre und Christine Rendino versammelt. Alle verfolgten sie, wie die Radarbilder auf dem Bildschirm vorüberzogen. Sie hatten mehr als nur ein professionelles Interesse an der

Sache. Die Lady, *ihre* Lady war vielleicht irgendwo da draußen.

»Sehen Sie sich das Muster auf dem Gestein an«, stellte Christine fest. »Das ist Pahoehoe-Lavagestein. Sie finden dieses Muster auch überall auf den Inseln der Hawaii-Gruppe. Einst müssen mehrere Lavaströme an diesem Punkt ins Meer geflossen sein, aus denen sich eine so genannte Extrusion von der Küste weg gebildet hat. Deshalb der steile Abfall und das tiefe Wasser an allen Seiten. Ich wette, man findet hier jede Menge Basaltsäulen an den Klippen.«

»Wär' nicht gerade lustig, da hochzuklettern, wenn da oben jemand zu Hause ist und schlechte Laune hat«, brummte Stone Quillain.

»Noch wissen wir nicht, ob hier jemand zu Hause ist«, erwiderte MacIntyre. »Wann werden wir's wissen, Commander Rendino?«

»Sofort, wir sind gleich an der Stelle. Da haben wir die schmale Bucht …« Mit einer abrupten Bewegung zeigte sie auf den Bildschirm. »Da … das ist eine schöne geometrische Form!«

Ein kleines, sauber abgegrenztes Rechteck schob sich über das Display.

Weit entfernt, über der ›Krebsschere‹-Halbinsel, blickte das suchende Radarauge der Drohne durch die Bäume, das Unterholz und sogar die ungefähr einen Meter dicke Erdschicht hindurch und legte frei, was darunter verborgen lag. Nichts außer Metall oder Fels konnte den Radarstrahl aufhalten und reflektieren.

»Da ist noch mehr davon«, warf Stone ein und zeigte seinerseits mit dem Finger auf einige der Formen, die sich auf dem Bildschirm abzeichneten. »Dieses Zickzackmuster, das müssen Blockhäuser sein, die eine Verteidigungslinie bilden.«

»Genau!« rief Christine. »Bei einem solchen Radarecho handelt es sich bestimmt um Beton! Sehen Sie sich diese schwächeren Linien dazwischen an – das sind Tunnels und Schützengräben. Copleigh, zeichnen Sie das auf?«

»Ja, Ma'am«, antwortete der Systemoperator eifrig.

Ein zweites Zickzackmuster erschien auf dem Bildschirm, dann ein drittes. Jede der Befestigungsanlagen war mit mathematischer Präzision gebaut worden.

»Was sind denn das für kleinere Radarechos hier?«, fragte Cobra Richardson und zeigte auf eine Ansammlung von Lichtpunkten auf dem Display.

»Das Echo von Waffen«, antwortete Christine grimmig. »So ein Echo bekommt man von einem Infanteristen mit Gewehr und Munition. Copleigh, legen sie die Wärmeabbildung über dieses Bild.«

Der Systemoperator hämmerte rasch einen Befehl in seine Tastatur, und die Wärmeabbildung verschmolz mit dem Radarbild.

»Yeah«, stellte Quillain fest. »Diese Waffen-Echos konzentrieren sich größtenteils rund um die Feuer. Das sind bestimmt Lager, wo sich Bewaffnete jeweils in Gruppen-Stärke auf der ganzen Halbinsel stationiert haben. Ich wette, bei diesen kleineren vereinzelten Echos entlang der Kliffe handelt es sich um Wachposten und schwere Geschützstellungen. Diese Jungs scheinen recht gründlich zu sein.«

»Und optisch ist nichts zu erkennen?«, fragte MacIntyre.

Christine schüttelte den Kopf. »Nein, überhaupt nichts. Nur Urwald, so wie es aussieht. Ich weiß, was Sie denken, Sir. Wo Anlagen aus Beton sind, müsste etwas sein, womit man sie gebaut hat. Aus der Luft ist jedenfalls nichts davon zu sehen.«

»Mr. Tran, haben Sie vielleicht eine Ahnung, was wir hier vor uns sehen?«

»Leider nein, Admiral«, antwortete der Inspektor. »Die Bugi sind Schiffbauer, keine Ingenieure. Und die Morning-Star-Separatisten sind eine mobile Guerilla-Armee. Sie brauchen keine Befestigungsanlagen und hätten auch gar nicht die Mittel, welche zu bauen.«

Die Drohne näherte sich dem äußeren Drittel der Halbinsel – dort wo die Krebsscheren zusammentrafen.

»Irgendjemand hat da ganze Arbeit geleistet«, murmelte Christine staunend. »Wenn das Bunker sind, dann hat man die Halbinsel in eine Festung verwandelt – aber was ist … Oh, mein Gott! Seht euch das an! Copleigh! Geben Sie uns die Maße für das Ding!«

Die Bunker an der Oberfläche, die sie bisher entdeckt hatten, waren vergleichsweise klein, möglicherweise von der Größe einer Garage für zwei Autos. Dieses Gebilde hier war jedoch riesig. Die schwachen, aber deutlichen Umrisse zeigten sich dort, wo die Krebsscheren am Ende der Bucht zusammentrafen. Das Gebilde zeigte kein so scharfes Radarecho wie die Bunker, die nur von Erde und Pflanzen bedeckt waren. Diese Anlage lag tiefer, mitten im Fels, und offenbarte sich durch Brüche sowie durch das Absinken der geologischen Strukturen der Insel. Dennoch zeigte sie mit ihren geraden Linien das typische Merkmal eines von Menschen geschaffenen Gebildes.

»Dieser verdammte Bunker, oder was immer es ist, muss an die hundertzwanzig Meter lang und mindestens dreißig Meter breit sein«, sagte Christine staunend. »Ein ungeheurer Bau!«

»Ich seh da noch etwas anderes«, warf MacIntyre ein. »Die Jungs haben noch mehr gegraben. Sehen Sie mal weiter landeinwärts – da ist ein ganzes Netzwerk von seitlichen Tunnels. Und dann haben wir hier noch zwei Strukturen an der Oberfläche – das sind bestimmt die Zugänge. Die müssen groß genug sein, dass man mit dem

Lastwagen durchkommt. Verdammt, so was hab ich schon mal irgendwo gesehen!«

»Ich auch«, warf Stone ein. »Ich war mal in Schweden zu einer Übung im Rahmen eines Austauschprogramms mit der schwedischen Marineinfanterie. Der Großteil ihrer Stützpunkte ist unterirdisch angelegt, indem seitlich in die Fjorde hineingegraben wurde. Da gibt es Unterseeboot-Bunker und Kaianlagen für Schnellboote, die direkt unter den Küstengebirgen angelegt sind. Nicht einmal mit einer taktischen Nuklearwaffe könnte man etwas ausrichten.«

»Genau darum handelt sich's auch hier, Stone«, sagte MacIntyre entschieden. »Das ist ein Unterseeboot-Bunker oder eine Art bombensichere Kaianlage. Man sieht genau, wo sie ins Ende der Bucht übergeht. Da bekommt man ein Schiff von recht ordentlicher Größe hinein, wenn man vorsichtig manövriert. Die Wassertiefe und der Raum sind jedenfalls vorhanden.«

»Schwieriger wäre das Manöver nur dann, wenn sie keinen Besuch wollen«, meldete sich Steamer Lane zu Wort. »Sehen Sie sich mal die Kliffs links und rechts von der Bucht an. Da sind jede Menge Schützen postiert – mit schweren Maschinengewehren oder leichten Maschinenkanonen, jede Wette. Vielleicht sogar mit Panzerabwehrwaffen. Alles, was da die Bucht entlangkommt, würde von den Klippen und der Einfahrt in den Bunker aus ins Kreuzfeuer genommen werden.«

Die Drohne vollendete ihren Überflug der Halbinsel und zog über die Bandasee hinaus.

Christine wandte sich einer der Drohnen-Systemstationen zu. »Elint-Monitor, haben Sie irgendetwas aufgespürt?«

»Da unten ist jemand, Miss Rendino«, antwortete der SO und blickte von seiner Konsole auf. »Das Eisen in dem schwarzen Lavafels bildet zwar einen natürlichen Faraday-Käfig, aber wir haben trotzdem etwas aufgespürt, was von einem Generator und Stromleitungen stammen muss.«

»Verstanden. Drohnenkontrolle, holen Sie sie wieder zurück und lassen Sie sie über dem Bunker kreisen.« Sie wandte sich den anderen zu. »Ich glaube, wir haben soeben Harconans Hauptstützpunkt gefunden.«

Stone stieß ein kurzes Schnauben aus. »Junge, das nenne ich einen Stützpunkt! Der Felsen von Gibraltar ist leichter einzunehmen.«

Tran schüttelte staunend den Kopf. »Ich wusste ja, dass Harconan einiges zuzutrauen ist, aber ich hätte nicht gedacht, dass er imstande ist, eine solche unterirdische Anlage zu bauen.«

MacIntyre schüttelte den Kopf. »Das hat nicht Harconan gebaut, Inspektor, er hat es sich höchstens angeeignet. Diese Anlage gibt es schon seit langer Zeit.«

Christine hob überrascht die Augenbrauen. »Stammt das alles aus dem Zweiten Weltkrieg?«

Man hatte eine sofortige Einsatzbesprechung einberufen, um über die Entdeckungen auf der ›Krebsschere‹-Halbinsel, wie man sie nannte, zu beraten. MacIntyre, die Intel-Offizierin und die übrigen Kommandeure hatten die Enge des Joint Intelligence Center verlassen und sich in die vergleichsweise bequeme Messe der *Carlson* zurückgezogen.

Christines Laptop war mit den Bordsystemen verbunden, damit man sich über neue Entwicklungen auf dem Laufenden halten konnte. Der Tisch war mit metergroßen Bildern der Landzunge bedeckt, die sowohl im Radar- als auch im sichtbaren Spektralbereich aufgenommen worden waren.

Keiner von ihnen nahm sich auch nur die Zeit, einen Kaffee vom Automaten zu holen.

»Da habe ich solche Anlagen schon einmal gesehen«, antwortete MacIntyre auf Christines Frage und tippte mit dem Finger auf eine der Radarabbildungen. »Karten der alten unterirdischen Befestigungsanlagen von Corregidor und den Bonin-Inseln. Ich wette, dass diese Anlage noch von der japanischen Besatzung stammt.«

»Aber man findet nirgendwo einen Hinweis darauf, dass es so etwas an dieser Küste gibt«, erwiderte Christine. »Im *Admiralty Pilot for the New Guinea Coast* steht jedenfalls nichts davon, und auch sonst nirgends. Wir haben die Navy-Archive durchsucht, als wir diese Datenbank zusammenstellten!«

»Daraus können wir schließen, dass die Navy einfach nicht gewusst hat, dass die Anlage existiert. Und was den *Admiralty Pilot* betrifft, so glaube ich, dass sich die Seekartenzeichner der Royal Navy diese Küste das letze Mal irgendwann vor dem Zweiten Weltkrieg näher angesehen haben. Die Abgeschiedenheit des Ortes war ja einer der Gründe, warum man die Anlage gerade hier gebaut hat. Ein weiterer Grund liegt wohl darin, dass die unterirdischen Strukturen teilweise von Natur aus vorhanden waren.«

Er tippte erneut auf die Radarabbildung. »Wie Sie schon gesagt haben, ist die kleine Landzunge vulkanischen Ursprungs und durch eine Reihe von Lavaströmen entstanden. Dabei dürfte sich irgendwann ein natürlicher Hohlraum von beträchtlicher Größe gebildet haben, der zum Meer hin offen ist. Im Zweiten Weltkrieg bauten die Japaner viele Befestigungsanlagen. Sie müssen wohl irgendwie auf die Landzunge hier gestoßen sein und erkannt haben, wie hervorragend sie sich als Basis für Unterseeboote und kleinere Schiffe eignet. Als sie in

Indonesien einfielen, landete ein Pioniertrupp ihrer Armee oder Marine auf der Halbinsel und ging daran, die natürliche Höhle zu erweiteren und das Ganze zur Festung auszubauen.«

»So wie sie es oben bei Biak vor der Nordküste von Neuguinea gemacht haben«, murmelte Stone. »Sie hatten dort einen großen Tunnelkomplex, wenn ich mich recht erinnere.«

»Ja, sie nannten es den ›Schwamm‹«, stimmte MacIntyre zu, »weil sie damit wie mit einem Schwamm ihre eigenen Truppen und das Blut der amerikanischen Soldaten aufsaugen konnten. Eine komplette japanische Infanteriebrigade mit sechstausend Mann verschwand ganz einfach unter der Erde. Wie der Stützpunkt hier war auch die Anlage dort teilweise natürlichen Ursprungs. Wir konnten nie herausfinden, wie groß sie wirklich war, weil sie gegen jeden konventionellen Angriff unverwundbar schien.«

»Dann würde mich interessieren, wie wir die Festung überhaupt geknackt haben«, wollte Labelle Nickols wissen, die rittlings auf ihrem Stuhl saß.

Stone Quillain zuckte die Schultern. »Irgendwann haben MacArthurs Jungs eine Pipeline über den Berg gelegt und einige Tankerladungen Diesel und Kerosin in die Lüftungsrohre des Tunnelsystems gepumpt. Dann feuerte jemand mit einer Leuchtpistole in den Haupteingang. Das war's!«

Die Special-Boat-Offizierin hob eine ihrer wohlgeformten Augenbrauen. »Das muss ein Spektakel gewesen sein.«

»Damals hatten wir Glück«, fuhr MacIntyre fort. »Noch bevor der Stützpunkt hier so richtig in Betrieb genommen wurde, starteten wir einen Gegenangriff und holten uns Neuguinea zurück. Die Japaner verließen die Anlage.«

»Aber Ihre Streitkräfte müssten den Stützpunkt doch gefunden haben, als Sie die Insel zurückeroberten«, warf Nuyen Tran ein.

»Nicht unbedingt, Mr. Tran«, erwiderte Stone Quillain. »Wir haben Neuguinea nämlich nie in dem Sinn besetzt, wie Sie vielleicht denken. MacArthur war damals für die Operation hier zuständig – und eine seiner schlauen Strategien war, dass man nicht jede kleine Garnison und jedes Widerstandsnest einer Inselgruppe ausheben musste, so wie man bei der Eroberung einer Stadt einen Straßenzug nach dem anderen einnimmt. Er ging davon aus, dass es genügte, wenn man sich die Hauptstützpunkte holte und die kleineren Basen ganz einfach aushungerte.

Diese Taktik wandte er auch auf Neuguinea an. Er ließ seine Truppen entlang der Küste landen, um die wichtigsten japanischen Stützpunkte auszuschalten; die kleineren Basen verkümmerten dann von allein. Nachdem die Nachschublinien durchtrennt waren, saßen die Japaner zwischen dem Meer und dem undurchdringlichen Dschungel fest und verhungerten oder starben an Krankheiten.«

Stone betrachtete eines der aus großer Höhe aufgenommenen Bilder. »So wie es aussieht, haben wir's hier mit einem recht tückischen Küstenabschnitt zu tun. Wenn wir keinen guten Grund hätten, würden wir hier wahrscheinlich nie Truppen landen lassen.«

»Verstehe«, pflichtete Tran ihm bei. »So war es auch nach dem Krieg. Die Südwestküste von Irian Jaya hat einen eigenen Namen – ›das Land des vielfachen Todes‹. Der Tod lauerte in Form von Krokodilen und Krankheiten, aber auch von Kopfjägern, die auch im zwanzigsten Jahrhundert noch ihren alten Stammestraditionen nachgingen. Ein Spross einer berühmten amerikanischen Familie, Michael Rockefeller, verschwand in den sechziger

Jahren unweit von hier an dieser Küste. Viele glauben, dass sein Schrumpfkopf heute noch das Dach eines Hauses in der Gegend ziert.«

Tran warf ebenfalls einen Blick auf die Aufnahmen, die Quillain studierte. »Während des Krieges hatten die Japaner den Stützpunkt bestimmt sorgfältig getarnt, damit er aus der Luft und vom Meer aus nicht beobachtet werden konnte. Und danach wurde er ohnehin vom Dschungel überwuchert, sodass bald alle Spuren seines Bestehens verwischt waren. Die Einzigen, die vielleicht darauf stoßen konnten, waren die Einheimischen oder …«

»Oder die Bugi-Seefahrer, die nach einem sicheren Ankerplatz an der Küste hier suchten«, brachte MacIntyre den Gedanken zu Ende.

Tran nickte. »Genau. Und die hatten sicher kein Interesse, ihr Geheimnis preiszugeben.«

Captain Carberry erhob sich von seinem Sessel am Rande der Messe und beugte sich über den Tisch, um die Radaraufnahmen zu studieren. »Commander Rendino, ich glaube, Sie haben erwähnt, dass die Hauptkammer an die hundertzwanzig Meter lang und gut dreißig Meter breit ist, nicht wahr?«

»Ja, Sir, so sieht es zumindest aus.«

»Interessant«, stellte der stämmige Kommandant der *Carlson* fest. »Wenn ich mich recht erinnere, hat ein ostdeutsches LSM der Frosch-1-Klasse eine Länge von sechsundneunzig und einem halben Meter und eine Breite von zehn Komma neun Metern.«

Christine runzelte die Stirn. »Das stimmt, Sir … Du meine Güte! Ich verstehe, was Sie meinen! Das Amphibienschiff, das wir aus den Augen verloren haben!«

Carberry nickte. »Genau. Wenn man die Größe des geraubten Satelliten bedenkt, dann wäre ein Mittleres Landungsschiff genau das richtige Transportmittel dafür. Der

Satellit wäre gut verborgen unter Deck aufbewahrt, und man könnte auf Kräne und dergleichen verzichten. Man könnte an allen möglichen Plätzen entladen, weit weg von neugierigen Zollbeamten.«

»Du meine Güte, Lucas, Sie haben Recht!«, rief MacIntyre. »Das wäre der ideale Platz, um den INDASAT zu lagern. Harconan bereitet bestimmt alles vor, um ihn aus Indonesien wegzuschaffen. Ein LSM könnte ihn an jeden Ort zwischen den Philippinen und Aden transportieren.«

»Ohne Probleme, Sir«, stimmte Carberry zu.

»Commander Rendino«, meldete sich plötzlich eine Stimme aus dem Lautsprecher. »Bitte rufen Sie sofort im Joint Information Center an.«

Chris tippte die Nummer des JIC in ihrem Kommando-Headset ein. »Rendino hier. Was gibt's, JIC?«

Sie lauschte aufmerksam. »Es tut sich etwas da unten«, sagte sie. »Das Global Hawk hat soeben ein Satelliten-Telefon aufgespürt, das auf dem Stützpunkt aktiv wurde.«

350 Kilometer über der Erde fing ein Iridium-II-Kommunikationssatellit einen Strahl auf, der von der Südwestküste Neuguineas kam. Er erkannte das Telefon eines verzeichneten Kunden und stellte deshalb die Verbindung zu einem Punkt auf der Erde her, der 2400 Kilometer entfernt im Zentrum Indonesiens lag.

An diesem Punkt griff ein weiteres Raumfahrzeug in das Geschehen ein, ein United States Air Force Space Maneuver Vehicle, das im Zuge seiner Erdumrundung gerade über dem Westpazifik unterwegs war. Das unbemannte Mini-Shuttle trug eine ›Black-Ferret‹-Einheit der Defense Intelligence Agency zum Sammeln von Nachrichtendienstmaterial an Bord, deren spinnwebartige Antennen durch die offene Luke am Heck des SMV geführt wurden.

Als eines von zwölf Fahrzeugen dieser Art befand es

sich gegenwärtig auf einer sechs Monate dauernden ELINT-Mission, um das Geschehen in den Vereinigten Republiken von China nach dem Bürgerkrieg im Auge zu behalten. Doch man hatte nun ein Quentchen der riesigen, viele tausend Kanäle umfassenden Kapazität der Ferret-Einheit für eine andere Aufgabe im Dienste von NAVSPECFORCE herangezogen; es ging dabei darum, den Kommunikationsfluss zu und von Makara Harconans Hauptquartier auf Palau Piri zu beobachten.

Das Glück schien der Seafighter-Task-Force hold zu sein – denn der Black Ferret kam genau im richtigen Augenblick über den richtigen Horizont.

Eine Minute und siebenundzwanzig Sekunden nachdem der ursprüngliche private Satellitentelefonanruf auf Palau Piri entgegengenommen worden war, wurde das Gespräch zum Hauptsitz von Makara Limited in Nusa Dua weitergeleitet. Von dort wurden die Signale zurück in den Weltraum abgestrahlt, wo der große Pacificom-Starlink-Satellit sie auffing, der auf seiner geostationären Umlaufbahn in ca. 35 800 Kilometer Höhe über den Philippinen unterwegs war, und von dort weiter zu einem Ort, der sich nur rund siebenhundert Kilometer vom Ursprungsort der Nachricht entfernt befand.

Getreu ihrer Programmierung pickte die Ferret-Einheit den elektronischen Faden aus dem Geflecht von vielen Millionen Botschaften heraus und meldete das Ereignis unverzüglich dem Team, das die Aktivitäten des Gerätes mit großem Interesse verfolgte.

Eine weitere Stimme dröhnte aus dem Lautsprecher. »Messe, hier Kommunikationszentrale. Wir haben gerade einen Anruf von Makara Harconan hereinbekommen. Er möchte Admiral MacIntyre sprechen. Er sagt, es wäre dringend und beträfe Captain Garrett.«

Die Anwesenden in der Messe blickten einander an. Christine Rendino nickte und sprach über ihr Mikrofon leise und eindringlich mit dem Joint Intelligence Center. MacIntyre setzte ebenfalls seinen Kopfhörer auf. »Kommunikation, hier spricht MacIntyre. Ich nehme den Anruf gleich hier entgegen. Ich spreche über mein Mikrofon, aber Harconan möchten wir über den Lautsprecher in der Messe hören. Und nehmen Sie alles auf, verstanden?«

»Verstanden, Sir. Wir sind gleich soweit.«

»Verwickeln Sie ihn in ein Gespräch, Admiral«, sagte Christine leise. »Wir wissen nach einer Minute, ob das ein Zufall ist oder nicht.«

»Admiral MacIntyre, sind Sie da?«, ertönte Makara Harconans fragende Stimme aus dem Lautsprecher.

»Ja, Mr. Harconan«, antwortete MacIntyre. »Was können wir für Sie tun?«

In der Messe war kein Laut zu hören.

»Ich hoffe, ich kann etwas für Sie tun, Admiral«, antwortete Harconan, »und für Captain Garrett. Ich habe etwas von ihr erfahren.«

»Ausgezeichnet, Mr. Harconan«, antwortete MacIntyre, um auf Harconans Spiel einzugehen. »Was können Sie uns mitteilen?«

Alle anwesenden Offiziere blickten ausnahmslos zum Lautsprecher hinauf.

»Ich kann Ihnen mitteilen, dass sie am Leben ist und dass es ihr gut geht. Das weiß ich aus zuverlässiger Quelle. Leider muss ich Ihnen auch mitteilen, dass sie entführt wurde und von einer Gruppe von Bugi-Piraten als Geisel festgehalten wird.«

»Das haben wir befürchtet. Können Sie uns sagen, wo sie sich zur Zeit aufhält, Mr. Harconan?«

»Das weiß ich leider auch nicht, Admiral«, antwortete der Taipan. »Sie könnte überall auf einer der tausend Inseln in der Gegend sein. Sie müssen verstehen, dass die Situation sehr heikel ist. Ich habe gute Kontakte zu den Bugi hier in Indonesien. Sie vertrauen mir bis zu einem gewissen Grad, aber eben nur bis zu einem gewissen Grad. Sie sprechen mit mir, aber das heißt nicht, dass sie mir alles anvertrauen. Ich könnte höchstens als Vermittler für Verhandlungen tätig werden.«

»Verhandlungen?«, fragte MacIntyre. »Hinsichtlich der Freilassung von Captain Garrett?«

»Ja, vielleicht, Admiral«, antwortete Harconan. »Aber ich fürchte, im Augenblick geht es erst einmal nur darum, dass sie am Leben bleibt. Die Sippen sind wütend, und Sie können mir glauben, dass sie durchaus geneigt sind, ihre Wut an Captain Garrett auszulassen.«

Christine kritzelte etwas auf ihren Notizblock. Sie riss das Blatt ab und schob es auf dem Tisch zu MacIntyre hinüber.

Bringen Sie ihn dazu, dass er sagt, wo er ist.

MacIntyre blickte auf die Botschaft und nickte. »Ich verstehe, wie die Situation ist, Mr. Harconan. Können Sie uns nicht wenigstens sagen, wie die Piraten mit Ihnen Kontakt aufnehmen? Wo befinden Sie sich zur Zeit?«

»Ich bin zu Hause auf Palau Piri. Der Kontakt erfolgt über einen meiner Handelsagenten, einen Bugi, auf einer der äußeren Inseln. Sie haben hoffentlich Verständnis dafür, dass ich Ihnen die Insel lieber nicht nennen möchte. Ich glaube, das wäre im Moment nicht sehr klug und auch nicht erfolgversprechend.«

»Warum nicht, Mr. Harconan?«

»Weil, ich sage es noch einmal, die Situation sehr kritisch ist und weil ich mich irgendwie ein wenig verantwortlich für das Schicksal von Captain Garrett fühle. Ich kenne und verstehe die Bugi ganz gut. Vielleicht können wir sie überreden, Captain Garrett freizulassen, aber wenn

Ihre Regierung oder die meine irgendetwas Übereiltes tut, dann werden sie sie töten, und zwar auf ziemlich schreckliche Weise.«

Stone Quillain brummte wie ein zorniger Bär. MacIntyre warf ihm einen missbilligenden Blick zu.

Am anderen Ende des Tisches neigte Christine den Kopf und lauschte einer Nachricht, die sie über den Kopfhörer erhielt. Dann begann sie wieder fieberhaft etwas auf ihren Notizblock zu kritzeln.

»Haben Captain Garretts Entführer Ihnen irgendwelche Forderungen anvertraut?«, fragte MacIntyre.

»Ja, das haben sie, obwohl das noch nicht endgültig sein dürfte. Erstens verlangen sie ein bestimmtes Lösegeld, in Bargeld und Gütern. Ich bin zur Zeit dabei, mich darum zu kümmern. Vielleicht kann ich mit der Zahlung dafür sorgen, dass sie fürs Erste in Sicherheit ist.«

Chris reichte das Blatt Papier mit der Botschaft für den Admiral weiter.

Er lügt wie gedruckt. Der Anruf kommt direkt vom Stützpunkt ›Krebsschere‹. Ein Elint-Satellit hat das Emissionsmuster eindeutig identifiziert. Das Gespräch wird über Palau Piri umgeleitet, damit sein Alibi gewährleistet bleibt.

»Was verlangen sie noch?«, fragte MacIntyre mit steinerner Miene.

»Die Piraten haben offenbar einige ihrer Leute bei einem Angriff auf einen russischen Frachter südlich der Sundastraße verloren. Sie verlangen Auskunft über ihr Schicksal und, falls einige von ihnen festgehalten werden, dass man die Männer freilässt.«

»Darüber ist mir nichts bekannt, Mr. Harconan. Wir können nur eine Anfrage an die indonesische Regierung und das Internationale Anti-Piraterie-Zentrum richten.«

»Ja, bitte tun Sie das. Damit komme ich dann zur letzten Forderung«, sagte Harconan und zögerte einen Augenblick. »Ich fürchte, dass sie ein wenig … problematisch sein könnte.«

»Warum, Mr. Harconan?«

»Die Piraten wissen über Ihre Möglichkeiten Bescheid, Admiral. Sie wollen, dass Ihre Seafighter-Task-Force unverzüglich aus den indonesischen Gewässern verschwindet. Ja, sie wollen, dass alle Streitkräfte der United States Navy sich aus der Gegend zurückziehen.«

MacIntyre schob sein Mikrofon beiseite und schirmte es mit der Hand ab. »Verdammt, das war zu erwarten.«

Er nahm die Hand vom Mikrofon und rückte es wieder zurecht. »Mr. Harconan, Sie müssen verstehen, dass so etwas nur von unserem Präsidenten entschieden werden kann. Es geht hier um die Wahrung der freien Seeschifffahrt, die für die USA von großer Bedeutung ist. Wie gesagt, ich kann den Befehl zum Rückzug nicht geben, und ich fürchte, auch der Präsident wird es nicht tun, auch wenn es das Leben einer Geisel kostet.«

»Sie müssen es versuchen, Admiral«, erwiderte Harconan eindringlich. »Sie müssen die Verantwortlichen überzeugen, dass sie Ihre Streitkräfte zurückrufen. Die Bugi werden in diesem Punkt sicher nicht nachgeben. Wenn Ihre Schiffe nicht binnen vierundzwanzig Stunden die indonesischen Gewässer verlassen, dann wird Amanda Garrett einen qualvollen Tod sterben. Das müssen Sie Ihrer Regierung klarmachen.«

»Ich kann die Sache nur an meine Vorgesetzten weiterleiten, Mr. Harconan. Aber ich« – MacIntyre verzog das Gesicht – »danke Ihnen sehr für Ihre Hilfe in dieser Sache. Könnten Sie vielleicht dafür sorgen, dass die Bugi sich direkt an unsere Leute im Außenministerium wenden?«

»Das bezweifle ich, Admiral. Wie ich schon sagte, die Bugi ziehen es vor, die Sache über mich abzuwickeln. Sie sind an direkten Gesprächen nicht interessiert. Ich werde für Captain Garrett tun, was ich kann, aber ich fürchte, ich werde nicht viel ausrichten – es sei denn, Sie ziehen sich aus den indonesischen Gewässern zurück. Danach können wir nur hoffen und abwarten, was passiert.«

»Sie haben vermutlich Recht, Mr. Harconan. Können wir Sie irgendwo erreichen?«

»Ich bleibe weiter hier auf Palau Piri. Sie können mich Tag und Nacht anrufen. Ich stehe Ihnen jederzeit zur Verfügung.«

»Ich danke Ihnen, Sir. Das ist wirklich sehr … freundlich von Ihnen.« MacIntyre beendete das Gespräch.

In der Messe herrschte für einige Sekunden Totenstille, bevor Stone Quillain das Schweigen brach. »Wir können wirklich dankbar sein. Wir haben den Skipper, den Satelliten und diesen Mistkerl alle an ein und demselben Ort. Und damit die Möglichkeit, alles mit einem Schlag zu erledigen. Okay, Admiral, wann starten wir?«

MacIntyre nahm den Kopfhörer ab und warf ihn auf den Tisch. »Sobald wir einen Weg wissen, wie die Sache anzugehen ist, ohne dass Captain Garretts Leben gefährdet wird. Ladies and Gentlemen, wir stehen vor folgender Aufgabe: Wir müssen eine Festung stürmen, die sich äußerst schwer überwinden lässt. Die Garnison besteht aus drei- bis vierhundert Mann, die mit schweren Infanteriewaffen ausgerüstet sind und die durch die natürliche Umgebung alle Trümpfe in der Hand haben. Und da zähle ich das Personal in dem unterirdischen Stützpunkt und die Besatzung des LSM noch gar nicht mit. Das heißt, sie sind zahlenmäßig mehr als viermal so stark wie unsere Marines. Bleibt die Frage, wie sich ihre Truppen zusammensetzen. Inspektor Tran, können Sie uns da vielleicht weiterhelfen?«

Trans Gesicht war völlig ausdruckslos. »Ich würde meinen, dass wir es sowohl mit Bugi-Piraten als auch mit einheimischen Morning-Star-Guerillas in den Diensten von Harconan zu tun haben. Die Morning-Star-Leute sind bestimmt harte Dschungelkämpfer. Und die Bugi-Truppen setzen sich zweifellos aus besonders fanatischen Gefolgsleuten Harconans zusammen. Von beiden Gruppen ist jedenfalls erbitterter Widerstand zu erwarten.«

»Verdammt, das sollte trotzdem kein Problem sein«, warf Cobra Richardson ein. »Wie heißt es so schön – Feuerkraft schlägt zahlenmäßige Überlegenheit. Mit den Seawolves, den Little Pigs und der Feuerkraft unserer Schiffe können wir ihre Truppen rasch dezimieren.«

Stone stieß ein abfälliges Schnauben aus. »Ich weiß nicht so recht. Ihr Flieger versprecht einem immer das Blaue vom Himmel, wenn's um Feuerunterstützung geht – aber was man dann bekommt, ist oft ziemlich mickrig.«

MacIntyre hob eine Hand, um Richardson an einer hitzigen Reaktion zu hindern. »Er meint's nicht so, Cobra. Stone, das Problem liegt woanders. Ich zweifle nicht daran, dass wir mit unseren Mitteln einiges ausrichten können – nur würde so ein Einsatz einige Zeit in Anspruch nehmen. Sie wissen aber genauso gut wie ich, dass es bei einer Geiselbefreiung vor allem darauf ankommt, die eigenen Truppen blitzartig ans Ziel zu bringen.«

Der Admiral wandte sich wieder dem Seawolf-Führer zu. »Cobra, wie wär's, wenn wir einen Kommandotrupp von der Luft aus einschleusen – sagen wir, an den Tunneleingängen?«

Der schlanke schnurrbärtige Flieger runzelte die Stirn und lehnte sich in seinem Stuhl zurück. »Da sieht es, ehrlich gesagt, nicht allzu rosig aus. Die Halbinsel ist dicht mit Regenwald bewachsen – Palmen, außerdem Eisenbaum und Keulenbaum. Es dürfte verdammt schwer werden, sich da abzuseilen. Die Marines wären leicht zu treffen, und für die Helis wäre es noch schlimmer.«

»Da muss ich Cobra Recht geben«, warf Stone ein.

»Es gibt nur einen Weg, wie wir aus der Luft Erfolg haben könnten«, fuhr der Seawolf-Commander fort. »Wir wenden uns an die Air Commandos in Curtin und lassen uns eine Daisy Cutter liefern. Das würde viele unserer Probleme lösen.«

Das Wort ›Daisy Cutter‹ rief in der Messe allgemeines Gemurmel hervor.

»Was ist eine Daisy Cutter, Christine«, fragte Tran.

»Eine Bombe«, antwortete sie. »Abgesehen von einer Plutoniumbombe das Größte, was man sich denken kann.«

»Ihre offizielle Bezeichnung lautet BLU-82«, fügte Cobra hinzu. »Es handelt sich um ein 15 000-Pfund-Ungetüm, das man mit einem herkömmlichen Bomber nicht transportieren kann. Man muss das Ding aus der Heckrampe einer C-130 rollen. Egal, auf was für einen Wald man die Bombe fallen lässt – wenn es aufhört, Zahnstocher vom Himmel zu regnen, hat man vier oder fünf Morgen wunderbare Landefläche, völlig kahl und platt wie ein Pfannkuchen. Wer sich im Umkreis von einigen hundert Metern von der Abwurfstelle aufhält, von dem bleibt nicht viel übrig. Aber tief unter der Erde in einem Tunnelkomplex wäre man wahrscheinlich in Sicherheit.«

»Mag sein«, antwortete MacIntyre. »Aber würde dieser konkrete Tunnelkomplex standhalten? Die Japaner kannten keine solche Waffe, als sie die Anlage bauten. Die Frage ist, ob das Dach der Höhle stark genug ist, um der Detonationswelle zu widerstehen.«

Richardson zuckte die Schultern. »Um es genau sagen zu können, müsste man sich die Anlage von innen ansehen.«

»Das kommt im Moment ja wohl nicht in Frage.«

MacIntyre wandte sich Stone Quillain zu. »Wie stehen die Chancen für eine Landungsoperation oder einen Angriff vom Land her?«

Quillains ohnehin stets sehr ernste Miene verfinsterte sich noch weiter. »Nicht gut. Es gibt nirgendwo in der Nähe einen Platz, wo man vernünftig an Land gehen könnte. Das Kliff ist nirgends niedriger als fünfundzwanzig Meter. Das Gefälle beträgt mindestens siebzig Grad. Und überall dieses unangenehme schwarze Lavagestein. Wie die Rangers bei Point-du-Hoc schon sagten: ›Drei alte Ladies, mit Besen bewaffnet, könnten uns aufhalten.‹«

Der Marine zeichnete mit der Fingerspitze eine Linie zum Festlandende der Landzunge. »Wir könnten über Land kommen und uns den Weg freischießen. Vielleicht wäre das mit genug Feuerunterstützung zu schaffen. Aber es wäre die reine Hölle – ein Frontalangriff auf schwer bewaffnete Stellungen. Wir würden außerdem sehr langsam vorankommen. Für die paar hundert Meter zum Tunneleingang würden wir mindestens einen Tag brauchen – und dann wäre offen, wie viele Männer noch übrig wären, um ins Innere vorzudringen.«

»Das kommt also auch nicht in Frage«, stellte der Admiral kurz und bündig fest. »Wie wäre es mit einer Infiltration eines kleinen SOC-Teams?«

»Sie meinen unter Wasser durch den Eingang vom Meer her? Nun, Sir«, sagte Stone schulterzuckend, »das lässt sich schwer sagen. Die Erfolgsaussicht einer Special-Forces-Operation hängt davon ab, wie viel wir über das Ziel wissen. Je mehr man weiß, umso größer die Chancen. Wir haben aber keine Ahnung, was unsere Jungs in den Tunnels erwartet, und es reicht nun mal nicht, ihnen nur zu sagen, dass sie reingehen und die Sache erledigen sollen.«

»Verstehe, Stone. Steamer, Sie und die Three Little Pigs sind unsere letzte Chance. Ein blitzartiger Angriff durch die seeseitige Einfahrt. Augen zu und durch, sozusagen. Wäre das eine Möglichkeit?«

»Das kommt ganz drauf an, Sir«, antwortete der Seafighter-Pilot.

»Worauf?«

»Ob wir Glück haben oder nicht. Wir könnten alle unsere Angriffsboote einsetzen – Labelles RIBs, meine Seafighter und das LCAC. Während wir den Vorstoß durchführen, beharken die Helis und die großen Schiffe die Stellungen auf den Klippen systematisch und hören erst in der allerletzten Sekunde auf zu feuern.

Wenn genügend Stellungen ausgeschaltet werden und wenn die Kerle in der Einfahrt keine allzu schweren Geschütze auffahren, dann könnten wir es recht rasch ins Innere schaffen. Aber wenn es nicht so günstig verläuft, dann sitzen wir ganz schön in der Falle und sie werden uns regelrecht in Stücke reißen. Das Ganze ist ein Würfelspiel, Sir.«

»Ja, sieht so aus.«

»Sir«, presste Christine Rendino mit trockener Kehle hervor. »Da ist noch etwas, das wir berücksichtigen müssen. Die Task Force steht unter ständiger Beobachtung durch ein indonesisches Kriegsschiff. Jeder Schritt, den wir machen, wird wahrscheinlich sofort an Harconan übermittelt. Wenn wir direkt gegen den Piratenstützpunkt vorgehen oder wenn wir uns auch nur der Küste von Neuguinea nähern, dann wird er es sofort erfahren.«

Die Mitglieder der Operations Group warteten auf die Entscheidung ihres kommandierenden Admirals. Elliot MacIntyre saß mit geschlossenen Augen an seinem Platz, die Stirn auf die Hände gestützt. Obwohl der Admiral mitten unter seinen Offizieren saß, hatte Christine Rendino den Eindruck, dass er von einer Aura der Einsamkeit umgeben war.

Während sie schweigend dasaß, spürte Christine einen leichten Schauer, der ihr durch und durch ging. Unter der Tischplatte ruhte Trans Hand beruhigend auf ihrem Oberschenkel.

MacIntyre blickte auf. »Also gut. Wir haben folgende Situation: Harconan bereitet sich wahrscheinlich darauf vor, den geraubten INDASAT-Satelliten zu verkaufen und abzutransportieren. Deshalb kann er uns hier nicht gebrauchen. Nach dem Ultimatum, das er uns gestellt hat, bleiben uns noch etwa dreiundzwanzig Stunden. Wenn sich die Task Force bis dahin nicht aus den indonesischen Gewässern zurückzieht, wird Captain Garrett, so hat er es zumindest angedroht, getötet.«

MacIntyre hob den Kopf. Christine erschrak fast, als sie seine versteinerte Miene sah. »Ladies and Gentlemen, wenn ich heute Abend mit unseren Vorgesetzten über die Situation spreche, dann werde ich mich dafür einsetzen, dass die Task Force nicht abgezogen wird. Es darf nicht passieren, dass die United States Navy vor irgendeinem Kriminellen oder Diktator auch nur einen Millimeter aus den freien Ozeanen der Welt zurückweicht – egal, aus welchem Grund. Ich glaube, Amanda Garrett würde diese Einstellung teilen.«

MacIntyre erhob sich, die Hände auf den Tisch gestützt. »Nachdem wir das geklärt haben, werden wir uns jetzt überlegen, wie wir Captain Garrett lebend zurückholen können. Kehren Sie in Ihre Abteilungen zurück und machen Sie sich an die Arbeit – so lange, bis Sie zu einer Lösung gekommen sind. Wir werden morgen um sechs Uhr früh wieder eine Einsatzbesprechung abhalten. Ich brauche einen Einsatzplan, wie wir die Festung ›Krebsschere‹ knacken können. Ladies and Gentlemen, es gibt bei dieser Operation keine Beschränkungen, die Sie berücksichtigen müssen! Es sind alle Mittel erlaubt, auch schmutzige, wenn sich damit unser Ziel erreichen lässt. Wenn Ihnen etwas allzu Unerhörtes einfällt, dann machen wir es auf unsere Weise und erzählen unseren Chefs in Washington hinterher davon!«

Quartier des Task-Force-Commanders

USS *Evans F. Carlson*

24. August 2008, 03:30 Uhr Ortszeit Admiral Elliot MacIntyre schritt wieder einmal die ganze Länge der Arbeitskabine ab, wie er es in dieser Nacht bestimmt schon hundertmal gemacht hatte. Er war in diese Kabine gegangen, um nachzudenken. Dies schien ihm genau der richtige Ort dafür zu sein. Nachdem Amanda Garrett eine zentrale Rolle in diesem Konflikt spielte, erschien es ihm angemessen, genau hier über eine Lösung nachzudenken – an einem Ort, wo ihre Aura noch zu spüren war.

Auch das Gespräch mit Harconan war er im Geist bestimmt schon hundertmal durchgegangen – diese sorgfältig gewählten Worte, die so viel andeuteten, aber so wenig direkt aussprachen.

Harconan hatte sie in seiner Gewalt. Daran bestand kein Zweifel. Genauso sicher war, dass er auch den INDASAT hatte. Und sie wussten jetzt auch, wo sie suchen mussten. Trotz ihrer Gefangenschaft hatte Amanda es geschafft, sie auf die Spur des Feindes zu bringen. Doch diesen Vorteil würden sie nur für kurze Zeit haben. In wenigen Tagen, vielleicht nur Stunden, könnte die Situation wieder völlig anders aussehen. Wenn sie Harconan fassen wollten, dann musste es jetzt geschehen.

MacIntyre verfügte über die Mittel dazu. Außerdem

konnte Harconan nicht wissen, dass sie ihm auf der Spur waren. Der Raub des Satelliten würde ausreichen, um den Einsatz zu rechtfertigen und Harconan als Schuldigen zu überführen.

Doch es gab ein Problem bei der Sache – ein Problem, das eigentlich keine Rolle spielen dürfte: das Leben einer amerikanischen Navy-Offizierin. Das Leben von Amanda Lee Garrett.

Harconans Andeutung war unmissverständlich: Wenn ihr weiter gegen die Bugi-Piraten vorgeht, dann ist Amandas Leben verwirkt. Es schien ihm bei seiner Drohung gar nicht so sehr darum zu gehen, sich oder die Piratenorganisation zu schützen – er wollte ganz einfach die Seafighter-Task-Force aus seinen Gewässern vertreiben, damit er den geraubten Satelliten ungestört weitertransportieren konnte. Harconan war sich offensichtlich gar nicht bewusst, dass er damit zwei Fliegen mit einer Klappe schlug.

MacIntyre hielt abrupt inne. Warum nicht einfach zurückweichen? Wenn man den Ausgangspunkt kannte, sollte es doch kein Problem sein, mit Hilfe von Satelliten- und Drohnenaufklärung das Schiff, das den INDASAT an Bord hatte, überallhin zu verfolgen. Den Einsatz konnte man dann später, unter kontrollierteren Bedingungen, durchführen.

MacIntyre verzog das Gesicht. Da würdest du dich elegant aus der Affäre ziehen, Eddie Mac, dachte er. Soll doch ein anderer die blutige Arbeit machen. Das Problem ist nur, dass wir genau jetzt die richtigen Vorausbedingungen haben! Wir können das alles hier und jetzt beenden! Wir können zuschlagen und uns den Beweis verschaffen, den wir brauchen, solange er sich auf einem von Harconans Schiffen befindet. Wenn wir diese Gelegenheit vorbeigehen ließen, würde sie sich vielleicht in der Form nie wieder ergeben.

MacIntyre musste lediglich bereit sein, Amanda Lee Garrett einem gewissen Risiko auszusetzen, wie es jedem anderen Angehörigen der amerikanischen Streitkräfte zuzumuten wäre. Zu seiner Bestürzung stellte er fest, dass er genau dazu nicht in der Lage war.

Er überlegte, wie es aussähe, wenn Amanda Garrett jetzt vor ihm stünde. Er konnte sich lebhaft vorstellen, wie zornig sie wäre, wenn er auch nur vorschlagen würde, die Task Force um ihretwillen abzuziehen. Er konnte sich die Verachtung in ihrer Stimme vorstellen und das Brennen auf seiner Wange spüren, nachdem sie ihm – Rangunterschied hin oder her – eine Ohrfeige verpasst hätte.

Zornig ballte er die Hände zu Fäusten. *Verdammt, Amanda, ich ziehe unsere Truppen ja nicht um deinetwillen ab, sondern um meinetwillen! Weil ich ein alter Narr bin, der die unverzeihliche Sünde begangen hat, sich in dich zu verlieben, und weil ich es nicht über mich bringe, dein Leben zu opfern!*

MacIntyre stand wie angewurzelt da, während das Bekenntnis noch in ihm nachwirkte.

Er liebte Amanda Garrett. Er liebte sie schon seit einiger Zeit, obwohl etwas derartiges zwischen ihnen beiden noch mit keinem Wort und keiner Geste zum Ausdruck gekommen war und er überhaupt nicht wissen konnte, ob sie seine Gefühle erwiderte.

Jetzt erst erkannte er, wie unbeholfen er immer wieder versucht hatte, die Symptome irgendwie anders zu deuten. Und dann diese kindische Eifersucht, als er Amanda zusammen mit Harconan gesehen hatte … Da waren Gefühle aufgetaucht, die er mit dem Tod seiner Frau für immer hinter sich zu haben glaubte.

Was bedeutete der Name Amanda? Die es wert ist, geliebt zu werden, wenn er sich recht erinnerte. Er hatte nicht erwartet, noch einmal jemanden wie sie zu finden.

Er hatte sich stets gesagt, dass er zufrieden war mit seinen Kindern und seiner Arbeit und dass er nichts anderes brauchte.

Unruhig betrachtete er das Bild am Schott, auf dem das kleine Mädchen mit dem kastanienfarbenen Haar und dem Spielzeugboot zu sehen war. Das kleine Mädchen war heute eine erwachsene Frau, die ihm gezeigt hatte, dass er sich etwas vorgemacht hatte.

Doch mit dem Bekenntnis gewann er auch die Klarheit im Denken zurück – so als wäre ein großer Druck von ihm gewichen. Er liebte Amanda Garrett. Damit musste er leben und das Beste daraus machen.

Er sah immer noch Amanda vor sich stehen, doch diesmal mit diesem wissenden Lächeln, das er so liebgewonnen hatte. *Wenn du findest, dass ich dir Probleme bereite, Elliot, dann stell dir vor, wie es erst Harconan, dem armen Teufel, mit mir geht.*

MacIntyres Fäuste öffneten sich.

Bewusst rief er sich in Erinnerung, wie Harconan Amanda manchmal angesehen hatte. Er überlegte, was Harconan alles getan haben mochte, um sie für sich zu gewinnen. Wie er sich wohl jetzt verhielt, wo er sie bei sich hatte. Er stellte sich vor, wie sich ein Mann fühlen mochte, der auch nur eine Nacht mit ihr verbracht hatte.

Seine Augen verengten sich und er lächelte dem Bild Amandas zu, das er immer noch vor sich sah.

Nein, Amanda! Du bist keine Geisel, meine Liebe. Du bist seine Beute!

MacIntyre drehte sich um, ging zu dem Schrank hinüber, auf dem ein Krug mit Eiswasser stand, und trank zwei Gläser davon. Erfrischt ließ er sich in den Stuhl am Schreibtisch sinken. Er wollte schon den Computer einschalten, überlegte es sich dann aber anders und begann stattdessen in einer Schublade zu kramen. Er holte Notizbuch und Kugelschreiber hervor und begann die Grundzüge eines Operationsplans zu entwerfen.

MacIntyre lächelte, während er seine Gedanken niederschrieb. Er würde nicht Amandas Leben opfern, sondern nur seine Laufbahn – und damit konnte er zurechtkommen.

Der Admiral hatte bereits zwanzig Seiten des Notizbuches beschrieben, als es leise an der Tür klopfte. MacIntyre blickte auf und sah durch ein Bullauge der Kabine die flammende Morgenröte.

»Herein.«

Christine Rendino trat in die Kabine. Ihre Augen waren gerötet vom Weinen und dunkel gerändert von einer Nacht ohne Schlaf, doch ihre Khaki-Uniform war genauso makellos wie die aufrechte Haltung, die sie vor dem Schreibtisch einnahm. Sie war auch äußerlich ganz Navy-Offizierin – etwas, das, soweit MacIntyre sich erinnerte, nicht allzu oft vorkam.

»Sir«, sagte sie, »ich ersuche um Erlaubnis, offen mit dem Admiral zu sprechen.«

MacIntyre legte den Kugelschreiber nieder und nickte. »Sprechen Sie, Commander.«

Christine befeuchtete ihre Lippen. »Sir, ich möchte mit Ihnen über die Einsatzbesprechung reden, die wir heute früh abhalten. Es gibt da einen Faktor, der in der Gruppe vielleicht ein bisschen schwierig zu behandeln ist.«

»Welchen Faktor meinen Sie, Chris?«

»Es geht um Captain Garretts Status als Geisel. Ich habe meine Gründe, anzunehmen, dass ihr Leben nicht so sehr in Gefahr ist, wie Harconan es behauptet. Ich fürchte aber auch, dass wir sie durch Verhandlungen nicht freibekommen können.«

Christines nüchtern-militärische Haltung begann sich

etwas zu lockern, als ihre Worte immer eindringlicher wurden. »Admiral, wir müssen sie rausholen, bevor Harconan mit ihr untertauchen kann. Sobald er sie von Neuguinea weggebracht hat und sie in eines der zehntausend möglichen Verstecke bringt, die die Inseln hier bieten, sehen wir sie vielleicht nie wieder. Aus … verschiedenen Gründen wird er sie nicht freilassen, niemals.«

»Das ist also Ihre Einschätzung, Commander?«

Christine holte tief Luft. »Ja, Sir. Meiner Einschätzung nach hat Harconan nicht die Absicht, Amanda herzugeben. Es sind da auch persönliche Faktoren im Spiel; Amanda ist nicht bloß eine Geisel für ihn. Ihr Leben, wie sie es bisher geführt hat, ist zu Ende, wenn wir sie nicht rausholen. Was dann mit ihr passieren würde und wie immer Sie es nennen mögen – Gefangenschaft, Sklaverei, eine erzwungene Beziehung … verdammt, Ehe, ich weiß es nicht – all das ist jedenfalls nicht in ihrem Interesse.«

MacIntyre studierte die Nachrichtendienst-Offizierin aufmerksam. »Chris, ich glaube, ich verstehe, wie Sie zu Ihrer Einschätzung kommen. Zufällig stimme ich voll und ganz mit Ihnen überein, und ich habe das alles auch schon in meinem Plan berücksichtigt. Ich habe nur noch eine Frage, auf die ich eine Antwort brauche, bevor wir weitermachen können. Sie als Amandas engste Freundin können sie mir vielleicht beantworten, und ich frage das wohlgemerkt nicht als Amandas Vorgesetzter.«

Christine lächelte schwach. »Verstanden, Sir.«

»Denken Sie gut über meine Frage nach, Chris. Besteht irgendeine Möglichkeit, dass Amanda es selbst will, dass ihr Leben, wie sie es gewohnt war, endet? Dass sie gar nicht will, dass wir sie befreien?«

Christine blickte ihn erschrocken an. »Sie meinen, dass sie auf seiner Seite ist? Dass sie tatsächlich bei Harconan bleiben möchte?«

»Ja, dass sie sozusagen von den dunklen Mächten verführt wurde. Ich muss diese Frage stellen, Chris. Und ich muss sie *Ihnen* stellen.«

Die Intel-Offizierin blickte zur Seite. MacIntyre schwieg und ließ sie in Ruhe nachdenken. Nach einer Weile wandte sie sich ihm wieder zu. »Admiral, so lange ich Amanda kenne, sind ihr Job und ihre Mannschaft ihr immer das Wichtigste gewesen. An sich selbst hat sie erst in zweiter Linie gedacht. Ihre eigenen Wünsche und Bedürfnisse standen nie im Vordergrund. Sie wollte es selbst so. Makara Harconan könnte ihr eine Menge bieten. Aber um es anzunehmen, müsste ihr der Rest der Welt plötzlich egal sein. Doch so ist Amanda nun mal nicht. So war sie nie und so wird sie nie sein.«

MacIntyre lächelte. »Dann sind wir uns auch in diesem Punkt einig, Chris. Ich wollte nur sichergehen.«

»Dann werden wir's versuchen, Sir? Wir holen sie da raus, nicht wahr?«

»Und ob wir das werden, verdammt noch mal«, antwortete MacIntyre. »Wir werden Amanda und auch den Satelliten rausholen. Und so nebenbei sollten wir diesen Piraten ordentlich in den Hintern treten, wenn ich das mal so sagen darf.«

Christine blickte kurz zur Seite. Als sie ihn wieder ansah, waren ihre Augen feucht. »Sir, dürfte ich Sie um etwas bitten, was nicht ganz den Regeln entspricht?«

»Warum nicht?«, sagte MacIntyre nachdenklich. »Verglichen mit dem, was wir vorhaben, kann es gar nicht so ungewöhnlich sein.«

»Dann stehen Sie bitte mal kurz auf, Sir.«

MacIntyre kam etwas verwundert ihrem Wunsch nach. Christine ging um den Schreibtisch herum und umarmte ihn heftig. Eine Träne fiel auf sein Hemd und sie wischte sie rasch weg.

MacIntyre tätschelte ihr den Rücken, wie er es bei seiner Tochter getan hätte. »Ist schon gut, Chris. Ich verstehe Sie schon. Wissen Sie was? Sagen Sie doch dem Steward, er soll uns ein Frühstück machen. Aber ein großes.«

Das Frühstück wurde in die Kabine gebracht und am Schreibtisch verzehrt, während die Intel-Offizierin und der Admiral die taktische Situation besprachen.

»Außer unserem Wissen um die Festung Krebsschere ist es vielleicht unser größter Vorteil, dass Harconan sich zu Amanda hingezogen fühlt«, stellte MacIntyre fest und aß den letzten Bissen von seinem Toast.

»Wie meinen Sie das, Sir?«, fragte Christine.

»Es gibt uns ganz bestimmte Möglichkeiten. Harconan hält sie zwar gefangen, aber es schwebt wahrscheinlich kein Damoklesschwert über ihr. Sie dürfte nicht an fünf Pfund Sprengstoff gefesselt sein. Harconan wird sie zweifellos als Schutzschild und als Trumpfkarte in den Verhandlungen einsetzen wollen, um sein eigenes Überleben zu sichern – aber wenn wir angreifen, wird das nicht zwangsläufig ihren Tod bedeuten. Davon können wir, glaube ich, ausgehen. Und das sollten wir ausnützen, wenn wir es schaffen, schnell genug mit einem größeren Kommandotrupp in seinen Stützpunkt einzudringen.«

»Ja, darum wird es gehen, Admiral«, sagte Christine und stellte ihre Kaffeetasse nieder. »Die Japaner wussten schon, was sie taten, als sie die Festung anlegten. Ich habe die ganze Nacht mit den verschiedenen taktischen Gruppen beraten – aber niemand wusste eine brauchbare Lösung für ein rasches Eindringen.«

»Ich habe eine.« MacIntyre fuhr mit der Fingerspitze die Bucht innerhalb der ›Krebsschere‹ entlang. »Ein Frontalangriff über den Kanal.«

»Äh … Sir, Steamer Lane hat da seine Zweifel, und er ist

normalerweise überzeugt davon, dass seine Seafighter die ganze Welt besiegen können. Wenn ein solcher Frontalangriff gelingen soll, müssen wir die ganze Gegend so unter Beschuss nehmen, dass die Verteidigungsstellungen nicht zur Geltung kommen. Aber es sind sich alle darin einig, dass wir nicht schnell genug vorankommen würden, damit eine Geiselbefreiung klappen kann. Amanda hätte längst ein Messer an der Kehle, bis wir endlich drin wären.«

»Nicht unbedingt. Ich glaube, wir können es hinbekommen. Wir müssen nur einen von Amandas Lieblingsleitsätzen berücksichtigen. Wir müssen die Vorteile des Feindes gegen ihn selbst richten.«

MacIntyre erhob sich von seinem Platz und begann in der Kabine auf und ab zu gehen. »Nehmen wir zum Beispiel die japanischen Befestigungsanlagen. Wir können davon ausgehen, dass der Großteil von Harconans Personal genauso wie der INDASAT und Amanda irgendwo in den Tunnels oder im Bunker sind, richtig?«

Christine überlegte einen Augenblick. »Ja, würde ich auch sagen. Da wären sie am besten geschützt; außerdem ist es für jemanden, der das Klima von Neuguinea nicht gewohnt ist, dort unten am angenehmsten.«

»Sie sind also relativ sicher unter der Decke aus Beton und Lavafels, sodass wir über der Erde ein ordentliches Spektakel inszenieren können, wenn wir angreifen. Eine Daisy Cutter wäre vielleicht eine Nummer zu groß, aber auch all das, was die Task Force an Waffen einsetzen kann, sollte die Tunnels nicht gefährden. Wenn wir unseren Kommandotrupp erst einmal drin haben, können wir die landseitigen Eingänge von der Luft aus isolieren, damit von daher keine Verstärkung möglich ist.«

»Ja, Sir, das könnte klappen, aber es bleibt immer noch das Problem, wir wir überhaupt hineinkommen. Das ist das Schwierige an der Sache.«

»Wie ich schon sagte, nicht unbedingt«, erwiderte MacIntyre mit einem seltsamen Lächeln. »Man muss nur ein wenig … unkonventionell denken.«

Christine zögerte. »Sir, ich bin ja von Amanda schon einiges gewohnt, und ich muss sagen, Sie machen mir auch ein wenig Angst. Wie unkonventionell ist das, woran Sie denken?«

»Saint Nazaire, Chris. Die *Campbeltown* und Saint Nazaire.«

Mit ihrem fotografischen Gedächtnis ging Christine die Militärgeschichte durch, um irgendetwas zu finden, das mit diesen Namen verbunden war. Ihre Augen weiteten sich, als sie sich schließlich erinnerte. »Oh, Scheiße, Sir, jetzt weiß ich, was Sie meinen!«

MacIntyre zuckte die Schultern. »Es müsste klappen.«

»Ja, aber … wo nehmen wir so schnell einen Zerstörer her? Ich meine … Sie wollen dafür doch nicht die Duke einsetzen, oder?«

»O nein, daran habe ich nie gedacht.« MacIntyre trat an eines der Bullaugen und blickte nach achtern zur indonesischen Fregatte hinüber, die sich hartnäckig im Kielwasser der Task Force hielt. »Ich dachte mir, dass wir uns vielleicht ein Schiff dafür … ausleihen könnten.«

»Oh, mein Gott!«, rief Christine.

MacIntyres Lächeln wurde noch breiter, sodass ein Ausdruck von jugendlicher Unbekümmertheit auf seinem Gesicht lag, wie Christine ihn noch nie an ihm gesehen hatte. »Auf diese Weise können wir Harconans Kontakte zur indonesischen Marine gegen ihn verwenden«, fuhr er fort. »Während wir auf die Festung zulaufen, wird unser Freund da hinter uns eine Reihe von falschen Positionsangaben durchgeben, die den Schluss nahe legen, dass die Task Force sich aus der Gegend zurückzieht. Das sollte klappen, oder?«

Christines Gesicht überzog nun ebenfalls ein Grinsen. »Ja, Sir, das sollte wirklich klappen, aber hinterher werden sie uns für die nächsten dreihundert Jahre einbuchten, fürchte ich.« Sie betonte dabei das Wörtchen ›uns‹.

»Mag sein, Chris«, räumte MacIntyre ein. »Aber wenn Amanda da wäre und eine Aussage machen kann, wenn wir vor dem Kriegsgericht stehen – wäre es das dann nicht wert?«

Diese Worte trugen Eddie Mac MacIntyre zum zweiten Mal in seiner Laufbahn eine innige Umarmung von einer seiner Offizierinnen ein.

Stabs-Planungzentrum auf der USS *Carlson*

24. August 2008, 22:53 Uhr Ortszeit MacIntyre beugte sich über die Kommunikationskonsole und sprach in das Mikrofon der Videotelefon-Verbindung. »Admiral Elliot MacIntyre, Authenticator Ironfist November zero two one. Bereit, den Anruf entgegenzunehmen.«

Um die Wahrheit zu sagen – er war nicht wirklich bereit dafür. Und das würde wohl auch in den nächsten zwölf Stunden so bleiben. Doch er konnte es sich nun mal nicht leisten, einen Anruf vom amerikanischen Außenminister zu ignorieren, auch nicht, wenn dieser ein Freund von ihm war.

Auf dem Bildschirm vor ihm erschien das Gesicht von Außenminister Harrison Van Lynden, der, wie man erkennen konnte, in seinem privaten Büro im State Department saß.

»Hallo, Harry«, sagte MacIntyre.

»Eddie Mac, was ist denn bei euch los?«

»Eine ganze Menge, Mr. Secretary.«

»Das kommt mir auch so vor. Aber die ganze Welt und unser Präsident wollen wissen, was da genau vor sich geht. Die Indonesier sind aufgebracht, weil es im Hafen von Benoa zu größeren Kampfhandlungen gekommen sein soll. Die Aufnahmen von CNN scheinen das zu bestätigen. Berichten zufolge soll es viele indonesische Opfer gegeben haben; außerdem werden angeblich einige unserer Leute vermisst. Nur von NAVSPECFORCE hört man nichts. Ihr lauft praktisch unter EMCON, Eddie Mac. Also, was gibt's?«

MacIntyre lehnte sich in seinem Stuhl zurück. Es war ihm bewusst, dass einige seiner Leute im gedämpften Licht des Flag Plot genannten Planungszentrums des Stabes hinter ihm standen. »Mr. Secretary, wie ich schon in meinem Vorbericht an den CNO festgehalten habe, wurde die Task Force von schwer bewaffneten Truppen angegriffen, bei denen es sich vermutlich um indonesische Piraten handelte. Unsere Leute verteidigten sich und liefen so rasch wie möglich von Benoa aus. Die Task Force befindet sich zur Zeit in der Floressee südlich der Insel Sulawesi. Ein genauer Situationsbericht ist unterwegs.«

»Genau das brauche ich, Eddie Mac, einen detaillierten Situationsbericht. Ich werde in fünfundvierzig Minuten im Oval Office erwartet und Präsident Childress möchte handfeste Informationen über die aktuelle Lage. Von deinem Hauptquartier bekomme ich nichts als das, was ihr mir ohnehin schon geschickt habt. Ich will die ganze Geschichte, Herr Admiral, und bitte keine Märchen!«

»Mr. Secretary, du weißt im Wesentlichen alles, was wir wissen. Wir haben die indonesische Piratenorganisation in die Ecke gedrängt und sie wehren sich dementsprechend heftig. Unsere Schiffe sind intakt und einsatzbereit, aber wir haben Verluste erlitten – zwei Tote und fünf Verwundete, aber das steht ohnehin im Bericht.« MacIntyre holte tief Luft. »Es gibt jedoch noch einen zusätzlichen Faktor.«

»Hat es eine Geiselnahme gegeben, Eddie Mac?«

»Ja, Mr. Secretary, genau so ist es. Mein Task-Force-Commander, Captain Amanda Garrett, ist gegenwärtig in der Hand der Piraten.«

»O Gott!«, stieß Van Lynden hervor. »Das hat uns gerade noch gefehlt. Wie zum Teufel konnte das passieren, Eddie Mac?«

»Sie hatten eben Glück und wir nicht, Mr. Secretary.«

»Wisst ihr, ob sie am Leben ist?«

MacIntyre lächelte kalt in die Kamera. »Ja, Sir. Wir wissen nicht nur, dass sie am Leben ist, sondern auch, wo sie festgehalten wird. Außerdem kennen wir das Versteck des geraubten Satelliten und wissen auch, wo die Piraten ihren Hauptstützpunkt haben.«

Trotz des Ernstes der Lage lachte Van Lynden leise auf. »Ich hätte es mir denken können. Also gut, Eddie Mac, was sollen wir deiner Meinung nach unternehmen?«

»Mr. Secretary, wir arbeiten gerade an dem Problem.«

»Verstehe, Herr Admiral, aber ich brauche irgendetwas, das ich an den Präsidenten weitergeben kann – damit er auf deine Pläne vorbereitet ist.«

»Mr. Secretary«, wiederholte MacIntyre beharrlich, »wir arbeiten daran. Kannst du mir nicht ein paar zusätzliche Stunden geben, damit wir einen detaillierten Lagebericht für den Präsidenten verfassen können? Ich glaube, wir sind dann in der Lage, ihm einen … brauchbaren Lösungsvorschlag für das Problem vorzulegen.«

MacIntyre und Van Lynden blickten einander schweigend an, bevor der Außenminister zu sprechen begann. »Wie lange werdet ihr dafür brauchen, Admiral?«

»Ungefähr zwölf Stunden, Mr. Secretary. Bis dahin sollten wir alle Fragen beantworten können.«

»Also gut, Eddie Mac. Zwölf Stunden. Wir warten dann auf euren Bericht.«

Die Milstar-Verbindung wurde von Washington her getrennt.

Der Admiral stand auf und griff nach der Offiziersmütze, die vor ihm auf der Konsole gelegen hatte. Sie war mit Salz- und Ölflecken bedeckt; das einstmals glänzende Schild war aufgeraut und grün getönt von der heißen Sonne im Persischen Golf. Es war ein Relikt aus einer anderen Zeit, von einem anderen Eddie Mac MacIntyre, und es zeigte die Insignien eines Lieutenant Commander.

MacIntyre hatte die Mütze jahrelang mit sich getragen, irgendwo in seinem Gepäck verstaut. Er hatte nie gewusst, warum er sie noch mitnahm. Jetzt wusste er es.

Er setzte die Offiziersmütze auf und zog sie mit einer entschlossenen Geste über die Augen. Sie fühlte sich nach all den Jahren immer noch gut an; vielleicht war ihm das die liebste Kopfbedeckung, die er je getragen hatte.

Dann wandte er sich den Umstehenden zu – Captain Carberry, Christine Rendino, Stone Quillain, Nuyen Tran und Labelle Nickols. Der Polizist, der Marine und die Special-Boat-Offizierin waren in dem gedämpften Licht mit ihren schwarzen Kleidern nur als Schatten zu erkennen.

»Ladies and Gentlemen, betrachten Sie das, was Sie soeben vom Außenminister gehört haben, als Ermächtigung für unsere Operation. Ich fasse es jedenfalls so auf.«

Die indonesische Fregatte *Sutanto*

24. August 2008, 23:30 Uhr Ortszeit Die Klimaanlage summte unentwegt vor sich hin, als das Telefon über Kapitän Basrys Koje klingelte. Der Indonesier brummte unwirsch vor sich hin und griff nach dem Hörer. »Ja?«

»Herr Kapitän, hier spricht der Offizier vom Dienst. Die Amerikaner haben wieder begonnen, unser Radar zu stören.«

Basry stöhnte frustriert. »Irgendwelche Unterschiede zum letzten Mal?«

»Nein, Herr Kapitän. Wir haben wieder eine Nachricht vom amerikanischen Flaggschiff erhalten, dass sie irgendwelche Systeme testen.«

»Haben wir Probleme, unsere Position zu halten?«

»Nein, Herr Kapitän. Wir können uns sehr gut an den Positionslichtern der beiden Ziele orientieren.«

»Irgendwelche Änderungen in Kurs oder Fahrt oder sonst irgendwelche ungewöhnlichen Aktivitäten bei den Amerikanern?«

»Nein, Herr Kapitän, nichts Ungewöhnliches.«

»Dann verständigen Sie mich, wenn es etwas Neues gibt.«

»Jawohl, Herr Kapitän. Entschuldigen Sie vielmals.«

Basry knallte den Hörer auf die Gabel und vergrub das Gesicht im Kissen.

Der Offizier vom Dienst hatte seinem Kapitän gemeldet, dass nichts Ungewöhnliches beobachtet wurde – und das lag daran, dass die Ausgucke der *Sutanto* zu weit entfernt waren, um die schemenhaften Gebilde wahrzunehmen, die sich rasch von den Flanken der *Carlson* entfernten, und auch nicht die kleine Cipher-Aufklärungsdrohne erkennen konnten, die vom Flugdeck des LPD abhob. Auch das beeinträchtigte indonesische Radar war nicht imstande, die minimalen Radarprofile der drei Objekte aufzufangen.

Vor der *Sutanto* kamen die schattenhaften Formen je einen Dreiviertelkilometer seitlich von der Route des Schiffes zum Stillstand. Auch was ihre Hitzeabstrahlung betraf, waren sie so gut getarnt, dass sie nicht genügend Infrarotstrahlung abgaben, um in diesem Spektralbereich entdeckt zu werden.

Die *Sutanto* lief auf sie zu, ohne sie wahrzunehmen.

Die Cipher-Drohne wiederum flog in hohem Bogen um die indonesische Fregatte herum. Als schwarzer Punkt über den Wellen schob sie sich von achtern an das Schiff heran.

»Leutnant Kodi«, rief einer der Ausgucke. »Irgendetwas geht auf den amerikanischen Schiffen vor!«

Der Leutnant riss sein Fernglas hoch und richtete es auf die fernen Positionslichter, die die Standorte der amerikanischen Schiffe markierten. Die Stroboskoplichter der Hubschrauberlandeplätze hatten auf beiden Schiffen zu pulsieren begonnen, und auf dem LPD konnte man die rot leuchtenden Arbeitslichter erkennen, als sich die Hangartore öffneten. Die Amerikaner hatten offenbar vor, ihre Helikopter starten zu lassen.

Kodi blickte auf das Telefon und zögerte. Der Kapitän hatte gesagt, er wolle nur verständigt werden, wenn die Amerikaner etwas Ungewöhnliches unternahmen. Ob eine Luftoperation in diese Kategorie fiel? Sollte er es erst melden, wenn die Amerikaner ihre Helikopter tatsächlich starten ließen?

Der Offizier vom Dienst beschloss, erst einmal abzuwarten.

»Ausgucks – weiter wachsam bleiben!«, rief er den

Männern auf den Brückennocks zu. »Gebt Acht, was die Amerikaner tun.«

Er meinte die amerikanischen Schiffe vor ihnen. Von den amerikanischen Fahrzeugen hinter ihnen wusste man an Bord der *Sutanto* noch nichts.

Die schwere Anti-Infrarot-Schutzhülle öffnete sich auf der ganzen Länge von Raider One. Abgestandene heiße Luft drang nach außen, als die Hülle auf die Schandecks niedersank.

Stone Quillain wischte sich den Schweiß vom Gesicht und verteilte die dick aufgetragene Tarncreme wieder auf der Stirn. »Verdammt, das ist schon viel besser«, murmelte er. Er war einer der zehn Passagiere an Bord des elf Meter langen Raider-Bootes; die eine Hälfte bestand aus erfahrenen SOC-Marines, die andere aus Mitgliedern der Special Boat Squadron. »Hey, Labelle. Wie sieht's aus?«

Lieutenant Commander Labelle Nickols stand neben dem Bootsführer an der Rudergänger-Station und blickte auf den taktischen Bildschirm. Obwohl ihr Gesicht von Natur aus dunkel war, hatte sie dennoch Tarnfarbe aufgetragen, um das Glänzen ihrer Haut zu verdecken. »Es sieht gut aus, Stone. Raider Two ist in Position und die *Carlson* meldet keine Veränderungen an Bord der *Sutanto*. Wie es aussieht, sind wir ihnen unbemerkt in die Gesäßtasche geschlüpft.«

»Gut. Dann beißen wir ihnen mal kräftig in den Arsch.«

»Wird gemacht.«

Nickols gab das Kommando in ihr Terminal ein und übermittelte es via Microburst-Übertragung an Raider Two und das CIC ihres Mutterschiffs. Anschließend murmelte sie dem Bootsführer eine Anweisung zu.

Mit einem gedämpften Rumpeln liefen die Motoren an. Die Diesel waren so gut schallgedämpft, dass sie nicht lauter waren als die summenden Hydrojets, die von ihnen angetrieben wurden. Die Schalldämpfung kostete zwar Leistung, doch die Raiders würden trotzdem schnell genug sein, um die *Sutanto* zu überholen.

Die Cipher-Drohne ging achtern der indonesischen Fregatte hoch. Sie hielt sich über dem Kielwasser der *Sutanto*, während die Bordkameras einen Überblick über die Decks des Kriegsschiffes lieferten, und auch über die Ereignisse, die sich rund um das Schiff abspielten.

Zwei Seemeilen weiter vorne, in der Gefechtszentrale der *Carlson*, stand Christine Rendino neben dem Systemoperator der Drohne. Sie studierte die Abbildung, die die restlichtverstärkende Kamera des kleinen RPV (Remotely Piloted Vehicle, Ferngesteuertes Flug-/Fahrzeug) lieferte, und dirigierte den Raider-Trupp über den Kommunikationskanal ans Ziel.

»Sieht gut aus … das Heck scheint klar zu sein … die einzigen Ausgucks dürften vorne auf den Brückennocks sein … Keine Reaktion … Keine Reaktion …«

Die beiden Boote tauchten am unteren Bildschirmrand auf und näherten sich dem Heck der indonesischen Fregatte. Geschickt liefen sie an den Rändern des Kielwassers der *Sutanto* entlang, sodass ihr eigenes Kielwasser sich nicht abhob. Ebensowenig waren die Boote selbst vor dem dunklen Hintergrund der Meeresoberfläche zu erkennen.

Stone Quillain sah das eckige Heck der Fregatte der Parchim-Klasse aus der Dunkelheit aufragen. An seinem Platz am Steuerbord-Schandeck hob er den schweren Magnet-Anker vom Polyesterdeck hoch. Er hatte etwas Mühe, die starken Magneten vom Metall seiner MOLLE-Tragevorrichtung fern zu halten.

In dieser Nacht trug er außer Gas- und Flashbang-Granaten auch zwei Tazer-Betäubungspistolen an seinem Gürtel und ein SABR auf dem Rücken. Es steckte jedoch kein Magazin im Gewehr, und der Granatwerferteil der Waffe war nur mit Tränengas- und Jellybag-Geschossen geladen.

Der Rest der Entermannschaft war ähnlich bewaffnet. Bei diesem Einsatz durfte es unter keinen Umständen Todesopfer geben. Wenn man die Operation auch nur einigermaßen rechtfertigen wollte, durfte kein einziger der indonesischen Seeleute getötet oder schwer verwundet werden.

An der Station des Rudergängers starrte Labelle Nickols wie gebannt auf die Schiffswand, die über ihnen aufragte; sie gab dem Steuermann im schwachen Licht des Kompasshauses ihre Kommandos mit einigen kurzen Gesten.

Das Raider-Boot schob sich näher, bis es schließlich mit der gummi-armierten Kevlar-Flanke den Stahlrumpf des Schiffes berührte. Stone drückte den ebenfalls gummibeschichteten Magnetanker an die Schiffswand und drei seiner Leute taten dasselbe entlang der Steuerbordseite. Die Kraft der Magneten allein würde nicht ausreichen, um das Boot in Position zu halten, doch sie würden die Sache für den Steuermann deutlich leichter machen.

Die Marines und Seeleute an der Backbordseite hoben ihre Enter-Leitern aus Titan und Fiberglas zum Deck der Fregatte hoch, und die mit Gummi versehenen Haken am oberen Ende griffen um den Rand des Decks. Der gesamte Andockvorgang dauerte nicht mehr als einige Sekunden.

Stone hörte Nickols' flüsternde Stimme im Kopfhörer. »Raider One, wir haben angedockt. Klar zum Entern.«

Wenige Sekunden später meldete sich eine andere flüsternde Stimme. »Raider Two, haben angedockt. Klar zum Entern.«

Damit ging das Kommando des Einsatzes an Quillain über. »Entermannschaften! Entern! Entern!«

Stone nahm die eine Leiter, Nickols die andere. Geschickt kletterten sie über die dünnen, zitternden, aber starken Sprossen zum Deck der Fregatte hinauf. Stone hatte sein Ziel beinahe erreicht, als Christine Rendinos aufgeregte Stimme in seinem Kopfhörer ertönte: »Vorsicht! Vorsicht! Es bewegt sich etwas an Deck!«

Stone rührte sich auf der Leiter nicht mehr von der Stelle. Einen Meter neben ihm tat Lieutenant Nickols es ihm gleich; beide verharrten wie Schatten vor der grauen Schiffswand. Über ihnen hörten sie klappernde Geräusche, Schritte und unverständliches Gemurmel. Dann nahmen sie einen üblen Geruch wahr, der die klare Meeresluft verdrängte.

Der Küchenjunge Achmed Singh stieß einen Fluch zu Shiva aus, als er sich abmühte, um den schweren Mülleimer auf die Reling zu heben. Jede Nacht das Gleiche: Immer war er derjenige, der den Müll hinaustragen musste. Er wusste, dass Maat Pangururan es auf ihn abgesehen hatte, weil er, Singh, der einzige balinesische Hindu in der Kombüsenmannschaft war – aber trotzdem: jedes Mal?

Es hätte Singh nicht einmal so viel ausgemacht, wenn es Tag gewesen wäre, aber nachts war es hier draußen am Heck so verdammt dunkel. Singh war noch nicht Seemann genug, dass es ihm nichts ausgemacht hätte, an der Reling zu stehen und das helle Kielwasser unter sich wild aufschäumen zu sehen. Auch wenn die anderen sich noch so sehr über ihn lustig machten – er zog jedes Mal seine Schwimmweste an, bevor er sich an seine öde Arbeit machte.

Mit einem letzten Ruck hob er den schweren Eimer auf die Reling und kippte den Abfall über Bord, wobei er Acht gab, dass nichts auf das Deck fiel. Er wollte sich nicht auch noch mit den unverschämten Kerlen von der Decksabteilung anlegen.

Der Eimer war schon fast leer, als er eine kräftige Hand am Kragen seiner Schwimmweste spürte, und eine zweite an seinem Gürtel.

»Kann man helfen, Kumpel?«

Küchenjunge Achmed Singh segelte mitsamt der Mülltonne über die Hecksreling hinweg, mitten in das Kielwasser der Fregatte hinunter. Sein erschrockener Aufschrei wurde fürs Erste erstickt, als er eine Ladung Meerwasser schluckte.

»Wir haben einen der Mannschaft achtern im Wasser«, flüsterte Labelle Nickols in ihr Mikrofon. »Drohnenkontrolle, behaltet ihn im Auge. Raider One, fischt ihn da raus.«

Stone gab der grinsenden schwarzen Frau ein Signal mit dem Daumen nach oben, und sie stürmten vorwärts.

Wenig später war auch der Rest der sechzehnköpfigen Entermannschaft an Deck und bereit, sich auf dem Schiff zu verteilen. Lautlos glitten die schwarz gekleideten Boarders auf schaumstoffbewehrten Sohlen zu beiden Seiten des Deckhauses der *Sutanto* dahin. Wie im Einsatzplan vorgesehen, postierten sie sich an den Luken und Ventilatoren und zogen Granaten aus ihren Taschen hervor.

Ein halbes Dutzend der Boarders kletterte die Leitern zu den Brückennocks hinauf.

»Leutnant Kodi, die Amerikaner starten ihren Helikopter!«

Der Offizier vom Dienst hatte die Lichter des Hubschraubers bereits gesehen, die sich vom Landeplatz des LPD erhoben. Er beobachtete auch, dass die Maschine in Richtung der *Sutanto* flog. Das war eindeutig etwas, das den alten Herrn interessieren würde. Kodi griff nach dem Telefon und rief den Kapitän in seiner Kabine an.

Bevor er jedoch etwas sagen konnte, drangen seltsame Geräusche von der Steuerbord-Brückennock herein, gefolgt von ähnlichen Geräuschen an Backbord. Im nächsten Augenblick kamen schwarz gekleidete Gestalten ins Ruderhaus gestürmt. Flüche und gedämpfte Ausrufe waren zu hören, Fäuste in Lederhandschuhen teilten gezielte Schläge aus.

Kodi öffnete den Mund, um zu schreien, als eine Tazer-Betäubungspistole ihren zischenden Laut ausstieß. Er spürte das kalte Metall und den unmittelbar folgenden Stromstoß, bevor er das Bewusstsein verlor.

Währenddessen lauschte Kapitän Basry den eigenartigen Geräuschen, die über die Bordsprechanlage zu ihm drangen. »Kodi … Kodi … Brücke, was ist da los?«, fragte er. »Brücke …? Brücke …?«

Die Verbindung brach mit einem Klicken ab.

Basry sprang von der Koje auf und lief los, ohne auch nur in seine Schuhe zu schlüpfen. Als er die Tür seiner Kabine aufriss, sah er sich einer riesigen albtraumhaften Gestalt im schwarzen Gefechtsanzug gegenüber.

»Hallo«, sagte die Gestalt. Dann wurde Basry von einer mächtigen Faust am Unterhemd gepackt und in den Korridor gezerrt.

Stone Quillain stellte den völlig erstarrten indonesischen Kapitän wenig später in einen Winkel der Brücke.

Labelle Nickols stand am Steuerrad über dem am Boden liegenden Rudergänger. »Schiff lässt sich problemlos steuern«, meldete sie knapp. »Maschinensteuerung ist auf der Brücke.«

»Funkabteil und Kartenräume sind ebenfalls gesichert, Sir«, meldete ein anderer Angehöriger der Special-Boat-Crew. »Alle Systeme intakt und funktionstüchtig, einschließlich der Verschlüsselungsstation. Die Codes des Tages scheinen noch gültig zu sein.«

Stone nickte anerkennend. »Schön. Es sieht gut aus, Ladies and Gentlemen. Belle, halten Sie sich bereit, um das Schiff in den Wind zu drehen. Mr. Tran, wie sieht's bei Ihnen aus?«

Tran blickte vom Deck der Bordsprechanlage auf. »Ich glaube, ich bin soweit für den Alarm, Captain.«

»Belle, haben Sie die Bedienung für das Alarmsystem gefunden?«

Sie zeigte auf eine Reihe von Knöpfen über ihr. »Gefechtsstation, Feuer, allgemeiner Alarm und Kollision. Welchen nehmen wir?«

Stone zuckte die Schultern. »Warum nicht gleich alle.« Er aktivierte den Kommandokanal an seinem Leprechaun-Transceiver. »Wave Two, Wave Two, hier spricht Wave One. Brücke ist gesichert. Alle Mann auf ihren Posten. Situation ist problemlos. Klar, um das Schiff zu durchzukämmen, und bereit, Sie an Bord zu holen.«

»Verstanden, Wave One, weitermachen«, ertönte Admiral MacIntyres Stimme über dem Knattern der Helikopterrotoren.

»Verstanden, Sir.« Stone wechselte auf den taktischen Kanal. »Alle Mann Gasmasken anlegen und klarhalten!«

Während er auf das bestätigende Klicken hörte, nahm er den Helm ab, holte seine Gasmaske aus der Tasche hervor, die an der Tragevorrichtung befestigt war, und zog sie über den Kopf. Die anderen taten es ihm gleich, außer Tran, der seine Stimme eine Zeit lang noch ungedämpft einsetzen musste.

Es gab keinen Grund, länger zuzuwarten – dafür aber umso mehr Gründe, sich zu beeilen. Und so drückte Stone erneut auf die Sprechtaste. »Alle Boarders, Schiff durchkämmen!«

Über die ganze Länge der Fregatte wurden Handgranaten durch Türen und Luken geschleudert, so schnell es nur ging – ein richtiggehendes Sperrfeuer aus Flashbangs, Rauch- und Gasgranaten.

Die Flashbangs taten als Erste ihre Wirkung; eine Kette von Explosionen zog sich über die ganze Länge des Schiffsrumpfes – als ob irgendwelche Knallkörper in einem Ölfass losgingen. Die Wachen erschraken auf ihren Posten, und die Schlafenden schreckten aus ihren Kojen hoch. Das Innere des Schiffes wurde flächendeckend von dichtem Rauch erfüllt.

Stone zeigte mit dem Finger auf Nickols, die daraufhin die Alarmknöpfe über ihr betätigte. Das schrille Läuten von Glocken und das unangenehme Kreischen von Hupen mischte sich in das allgemeine Chaos. Lieutenant Nickols war jedoch noch immer nicht zufrieden und betätigte auch noch das Signalhorn, das sogleich sein eindringliches Plärren vernehmen ließ.

Stone zeigte mit dem Finger auf Tran. Der Inspektor drückte auf die Sprechtaste der Bordsprechanlage und rief auf Bahasa-Indonesisch in sein Mikrofon: »Feuer in den Munitionsdepots! Feuer! Feuer! Alle Mann von Bord! Ich wiederhole, alle Mann von Bord! Dies ist keine Übung! Dies ist keine Übung!«

Ringsum hallte es von den Explosionen wider, und der Rauch brannte den Männern der Crew in Augen und Lunge, sodass sie keinen Grund hatten, an der Richtigkeit der Durchsage zu zweifeln.

Währenddessen drehte die Fregatte in den Wind. Das Gas, das aus den Luken strömte, bildete eine Art Luftpolster für die CH-60-Transporthubschrauber, die über den Bug und das Heck heranschwebten. Labelle Nickols hielt das Schiff mit sicherer Hand stabil, während von den beiden Oceanhawk-Maschinen weitere Marines über Seile an Deck gelangten.

Es gab keinerlei aktiven Widerstand. Die meisten der

indonesischen Besatzungsmitglieder waren unbewaffnet, völlig erschrocken und halbblind durch den Rauch, sodass sie die Enterkommandos für Rettungsmannschaften hielten und nicht für Angreifer. Die Amerikaner trennten Offiziere und CPOs von Mannschaftsdienstgraden und versuchten, die Indonesier so lange wie möglich in ihrem Irrtum zu belassen. Sanitäter begannen den Besatzungsmitgliedern die Augen zu spülen und die kleinen Wunden zu versorgen, die der eine oder andere sich in der allgemeinen Panik zugezogen hatte.

Inzwischen machten sich mit Gasmasken bewehrte Marines auf die Suche nach eventuellen Schlupfwinkeln, in denen sich noch Besatzungsmitglieder des Schiffes versteckt halten konnten.

»Brücke, Waffendepot gesichert. Munitionsdepots sind nach wie vor versperrt. Es sieht so aus, als wären alle Waffen hier.«

»Officer's Country ist klar.«

»Quartiere vorn sind klar.«

»Hauptmaschinenräume gesichert. Maschinen scheinen intakt und funktionstüchtig zu sein, aber wir könnten ein paar Maschinentechniker gebrauchen, und auch jemanden, der die Anzeigen lesen kann.«

»Weitermachen, Maschinenraum. Mr. Tran ist schon auf dem Weg nach unten, außerdem kommt Wave Three an Bord. Alle Mann – alle Luken öffnen! Schiff durchlüften!«

Die Fregatte verfügte über einen kleinen Hubschrauberlandeplatz achtern, der zwar nicht groß genug für einen Oceanhawk war, für die Kufen eines Seawolf-Super Huey jedoch gerade ausreichte. Einmal mehr musste MacIntyre anerkennen, dass Amanda Garrett mit der Entscheidung für diesen Hubschrauber eine kluge Wahl getroffen hatte.

In tief geduckter Haltung lief er zusammen mit einem

Dutzend Mannschaftsdienstgraden, die sich freiwillig gemeldet hatten, aus dem Bereich des Rotors. Danach führten Marines die ersten indonesischen Besatzungsmitglieder zu dem wartenden Helikopter. Die neue Crew der *Sutanto* verteilte sich an Bord, während die alte einer vorübergehenden Gefangenschaft an Bord der *Carlson* zugeführt wurde.

Stone Quillain hatte sich die Tarnfarbe rasch vom Gesicht gewischt und erwartete den Admiral am achterlichen Ende des Deckhauses.

»Schiffsstatus, Stone?«

»Wir haben es, Sir«, antwortete der Marine grinsend. »Das Schiff ist heil und die Crew ebenso. Zumindest so gut wie.«

»Gute Arbeit. Ich werde dafür sorgen, dass Sie und Ihre Männer eine Auszeichnung bekommen – egal, in welcher Navy wir hinterher dienen«, fügte MacIntyre mit einem säuerlichen Lächeln hinzu.

Der erste der Seawolves hob ab und der zweite landete, um seine Passagiere an Deck zu bringen. Die nächste Gruppe von Indonesiern wurde zum Hubschrauber getrieben, darunter auch ein zornig dreinblickender Offizier in Khaki-Hose und weißem T-Shirt. Er bemerkte die vier Sterne an MacIntyres Windjacke.

»Ich protestiere!«, brüllte er über dem Donnern der Rotoren. Er rannte auf MacIntyre zu und schrie ihm seinen Zorn ins Gesicht. »Das ist mein Schiff! Sie haben kein Recht, es zu kapern! Das verstößt gegen jedes internationale Recht!«

»Ich stimme Ihnen zu, Kapitän«, antwortete MacIntyre und schob seine Mütze zurück. »Es entspricht wirklich nicht den Regeln, was wir da tun. Ich entschuldige mich bei Ihnen und Ihrer Besatzung und ich bin überzeugt, meine Regierung wird für eine entsprechende Wiedergutmachung sorgen – sowohl für Sie persönlich als auch für die indonesische Marine. Es tut mir Leid, aber bestimmte Umstände machen es notwendig, dass wir Ihr Schiff für eine Weile … ausleihen. Ebenso Leid tut es mir, dass wir es Ihnen wahrscheinlich nicht in intaktem Zustand werden zurückgeben können. Dafür möchte ich mich noch einmal bei Ihnen entschuldigen.«

Kapitän Basry vergaß in seinem Zorn ganz auf seine Englischkenntnisse, sodass die folgenden wüsten Flüche in Ermangelung einer Übersetzung unverstanden blieben. Der Wächter aus dem Marine Corps, der hinter dem Offizier stand, stieß ihn leicht mit seinem SABR an, um ihn zum Weitergehen zu bewegen.

»Netter Versuch, Sir«, stellte Stone fest, »aber ich fürchte, der Gentleman wird uns das Ganze noch eine Weile übel nehmen.«

MacIntyre zuckte die Schultern. »Nun, manche Leute sind eben nachtragend. Ich bin auf der Brücke, falls Sie mich brauchen.«

Um 01:00 Uhr war die Besatzung der Fregatte schließlich von Bord. Amerikanische Ingenieure standen an den koreanischen Dieselmaschinen, sodass die *Sutanto* bereit war, als Teil der Seafighter-Task-Force zu agieren. Außer der Entermannschaft befand sich auch die gesamte First Marine Raider Company, postiert unter Deck, an Bord. Mit ihnen war eine Ladung Waffen und Munition auf die Fregatte gebracht worden. Die Mitglieder des Enterkommandos tauschten ihre nicht-tödliche Munition gegen herkömmliches Kriegswerkzeug aus.

»Brücke, aye«, meldete sich MacIntyre am Telefon, als ein Anruf kam.

»Hier Funkraum, Sir, Chief Haldiman. Wir haben unsere Kommunikationsausrüstung installiert und einsatzbereit. SINCGARS- und Satellitentelefon-Verbindung mit dem Rest der Task Force steht.«

»Sehr gut, Chief. Wie kommen Sie mit den indonesischen Systemen zurecht?«

»Kein Problem, Sir. Es sind alles ganz normale Geräte, wie man sie in jedem Laden kaufen kann. Wir brauchen nur in unseren Handbüchern nachzuschlagen. Lieutenant Selkirk hat sich das Verschlüsselungssystem angesehen und er meint, dass der Code auch noch in den nächsten zwanzig Stunden derselbe sein sollte. Wir haben schon unsere erste Positionsmeldung an das Flottenhauptquartier in Jakarta abgeschickt und eine Bestätigung erhalten. Für die Jungs dort segeln wir weiter Richtung Süden mit Kurs auf Darwin.«

»Ausgezeichnet, Chief.«

»Captain Carberry und Captain Hiro melden beide, dass alle Boote, Helikopter und Gefangene sicher eingetroffen sind und dass sie bereit sind, uns zu folgen. Von den Drohnen und der Radarsuche wissen wir, dass die Luft im Umkreis von acht Seemeilen rein ist. Wir warten auf Ihre Anweisungen, Sir.«

»Klarhalten, Chief.« Eddie Mac blickte zu der dunkelhäutigen Frau hinüber, die unbewegt wie eine Statue an der Rudergänger-Station stand. »Wie sieht's aus, Erster Offizier? Schiffsstatus?«

»Schiff ist startklar. Maschinenräume sind soweit.« Ihr Lächeln schien die Dunkelheit des Ruderhauses zu erhellen. »Der alte Kahn ist schon ein wenig wacklig in den Knien, aber er bringt uns bestimmt hin.«

»Dann gehen wir's an, Lieutenant. An der Küste von Neuguinea wartet Arbeit auf uns. Alle Maschinen, volle Kraft voraus. Gehen Sie auf Kurs null-neun-vier.«

»Jawohl, Sir. Alle Maschinen, volle Kraft voraus. Fahrt sechsundzwanzig Knoten.«

»Chief Haldiman, teilen Sie der Task Group mit, dass sie uns folgen sollen, im Abstand von jeweils zweitausend Metern.«

»Aye aye, Sir. zweitausend Meter.«

MacIntyre legte den Hörer auf. Ja, es war ein gutes Gefühl, wieder einmal ein Schiff zu kommandieren und nicht irgendeine Organisation. Er zog seine abgetragene Offiziersmütze tiefer über die Augen und lehnte sich ans Schott zurück – das stärker werdende Vibrieren genießend, das die Schrauben der *Sutanto* verursachten.

»Admiral, darf ich Sie etwas fragen?«, meldete sich Lieutenant Nickols von der Rudergänger-Station.

»Natürlich, Miss Nickols. Was gibt's?«

»Es geht um unsere Flagge, Sir. Nachdem wir diesen Kahn übernommen haben, sollte er nicht mehr unter indonesischer Flagge segeln. Andererseits ist er kein Schiff der United States Navy, also können wir auch nicht gut das Sternenbanner hissen. Aber sollten wir nicht irgendeine Flagge haben, mit der wir in die Schlacht ziehen, falls es morgen dazu kommt?«

»Da haben Sie nicht ganz Unrecht, Lieutenant«, antwortete MacIntyre und fragte sich, worauf das Gespräch hinauslaufen würde. »Haben Sie irgendwelche Vorschläge?«

»Äh … ja, Sir, wir haben das Thema schon innerhalb des Special-Boat-Teams besprochen und würden gern einen Vorschlag machen. Higbee, zeigen Sie dem Admiral die Flagge.«

Ein Angehöriger des Special-Boat-Teams trat mit einem Berg schwarzen Stoffs vor und reichte ihn MacIntyre. Der Admiral faltete die Flagge auseinander und betrachtete sie, wenngleich es nicht leicht war, in dem schwachen Licht etwas zu erkennen. Als er sah, was es für eine Flagge war, die man ihm da präsentierte, brach er in lautes Gelächter aus.

»Ausgezeichnet, Lieutenant. Kompliment an Sie und Ihr Team, das passt genau für unseren Einsatz hier. Lassen Sie das Ding sofort hissen.«

Drei Kriegsschiffe liefen mit voller Fahrt auf die Küste von Neuguinea zu. Das Kreuz des Südens und tausend andere Sterne schickten ihr Licht auf sie herab, das sich in den Bugwellen spiegelte. An Bord des Führungsschiffes, dem kleinsten, aber im Augenblick wichtigsten der drei Schiffe, wehte eine schwarze Flagge an der Spitze des Großmasts im Wind – und auf dieser Flagge war weithin ein weißer Totenkopf mit gekreuzten Knochen zu sehen.

An Bord des Motorschiffs *Harconan Flores*, Landzunge Krebsschere

25. August 2008, 06:14 Uhr Ortszeit Amanda Garrett schlug die Augen auf und war fast augenblicklich hellwach und bereit für … ja, wofür eigentlich? Die Kapitänskajüte war dunkel, und das gedämpfte silbrige Licht der Arbeitsbeleuchtung im Inneren der Höhle drang durch die Jalousien der Bullaugen. Sie sah lediglich schattenhafte Umrisse, darunter auch die der männlichen Gestalt auf der anderen Seite des Bettes.

Sie hielt den Atem an und lauschte. Da war nichts als das Schnurren der Klimaanlage und das etwas fernere Murmeln der Hilfsmaschine des Schiffes. Hin und wieder drang auch eine gedämpfte Stimme zu ihr herein.

Nein, es hatte sich nichts verändert. Und doch war Amanda so wach und gespannt, als hätte irgendeine innere Alarmglocke zu schrillen begonnen. Sie erkannte dies aus Erfahrung als ein Signal, um innerlich auf Gefechtsstation zu gehen – ein Signal, das man nicht ignorieren sollte.

Die Augen schließend suchte sie nach einem möglichen Grund für diesen inneren Alarmruf. Wie viel Zeit war seit ihrer Entführung vergangen? Fünf Tage. Und seit sie ihre Botschaft auf die Meeresoberfläche geschrieben hatte? Drei Tage. Angenommen, es hatte funktioniert – wie lange mochte es dauern, bis die Botschaft entdeckt und entziffert wurde? Und wie lange würde die Task Force brauchen, um ihrer Spur zu folgen und den Stützpunkt zu entdecken? Wie lange, um einen Angriff vorzubereiten?

Sie zählte die Stunden zusammen und öffnete erneut die Augen. Bis heute. Sie würden heute kommen – und zwar schon bald.

Amanda streifte das Leintuch ab, mit dem sie ihren nackten Körper zugedeckt hatte. Rasch stand sie auf und schlich auf leisen Sohlen zum Bullauge. Sie schaute hinaus und sah nur die Wand der Höhle und den hölzernen Pier, an dessen Ende eine Geschützstellung installiert war. Zwei Wächter, ein Bugi und ein Melanesier, gingen lustlos auf und ab. Alles war so wie an den vorangegangenen beiden Tagen ihrer Gefangenschaft.

Sie war also die Einzige, die ein Alarmsignal erhalten hatte. Wenn der Zeitpunkt kam, würde sie bereit sein müssen. Was sie genau tun würde, hing von den Umständen und ganz einfach vom Glück ab. Zwar hatte sie bestimmte Vorstellungen, aber zuerst einmal musste sie abwarten, wie sich die Dinge entwickelten.

Das Bullauge befand sich in der Nähe des Fußendes des Bettes. Sie blickte zu Harconan zurück und spreizte die Lamellen der Jalousien ganz leicht mit den Fingerspitzen auseinander. Etwas Licht fiel auf Harconans kantiges Gesicht, das im Schlaf ein wenig weicher aussah.

Er war schön, ein schönes, wildes und gefährliches

Tier – eine Bedrohung für die friedliebenden Menschen, die sie, Amanda, geschworen hatte zu schützen. Also musste sie ihn vernichten.

Und doch waren sie einander ähnlich, so wie Wolf und Schäferhund einander dadurch ähnlich waren, dass ihre Vorfahren noch Seite an Seite gejagt hatten. Amanda wusste es, sie spürte es in dem Hunger und der Wildheit, die er in ihr entfacht hatte. Es war so ganz anders mit ihm als mit jedem anderen Mann, den sie bisher kennen gelernt hatte. So anders als die fröhliche Kameradschaft, die sie mit dem jungen Geliebten erlebt hatte, mit dem sie zuvor zusammen gewesen war. So anders als das, was sie vielleicht mit jenem Mann teilen würde, der ihr als vages Bild vorschwebte. Einfach anders.

Und Makara – fühlte er sich auf die gleiche Weise zu ihr hingezogen? Es musste wohl so sein. Warum sonst war sie hier? Warum sonst würde er sie an seiner Seite lassen, wenn er nicht wirklich daran glaubte, dass der Schäferhund wieder verleitet werden konnte, sich dem Rudel anzuschließen.

Und doch durfte es nicht sein. Es durfte nicht passieren, außer auf eine einzige Weise.

Amanda schlüpfte unter das Laken an die Seite des muskulösen Körpers. Sie legte sich auf ihn und weckte ihn vollends, als sie ihre Lippen auf die seinen drückte. Diesmal war sie es, die die Initiative ergriff, die von ihm verlangte, dass er ihren Durst stillte, und die diese letzten Augenblicke des Wahnsinns genoss.

USS *Cunningham*, CLA-79, Station Buccaneer

30 Seemeilen westlich der Krebsschere-Halbinsel

»Navicom zeigt an, dass wir auf Station sind, Sir«, meldete der Rudergänger, als er von seiner Station an der zentralen Brückenkonsole aufblickte. »CIC bestätigt die Koordinaten für die Angriffsposition Buccaneer.«

»Sehr gut, Rudergänger«, antwortete Commander Hiro. »Alle Maschinen stopp. Position halten. Quartermaster, gehen Sie auf Gefechtsstation, klarmachen zum Feuern!«

Überall in den Decksaufbauten und im Rumpf ertönten die Hupen, die die Besatzung zu den Waffen riefen. Hiro hatte sie schon viele Male in Übungen und auch im Ernstfall an Bord der Duke gehört. Doch diesmal klangen sie für ihn irgendwie anders. Früher hatte er als Amanda Garretts Erster Offizier gedient. Nun war er selbst der Captain und der Ruf zu den Waffen erfolgte unter seinem Kommando.

»Ich frage mich, ob Sie damals vor Ihrem ersten Einsatz in der Drake-Passage eine trockene Kehle hatten«, wandte sich Hiro in Gedanken an jemanden, der im Moment nicht an seiner Seite stand. *»Es hat sich jedenfalls nicht so angehört und auch nicht so ausgesehen.«*

»Es war jedes Mal so, Ken, jedes Mal. Vertrauen Sie auf Ihr Schiff. Vertrauen Sie auf Ihre Crew. Sie sind beide bereit.«

»Aber Sie selbst sind da draußen, Ma'am, genau an dem Ort, den wir aufs Korn nehmen müssen.«

Ken stellte sich vor, wie sie lächelnd die Augenbrauen hob. *»Darum bin ich ja so froh, dass gerade die Duke diesen Job übernimmt. Ziehen Sie es durch, Mr. Hiro.«*

»Aye aye, Ma'am«, murmelte er lächelnd. Er holte sich seine Gefechtsausrüstung, die am achterlichen Schott der

Brücke bereitlag, und legte die kombinierte Gefechts- und Schwimmweste sowie den Kevlar-Helm mit der Aufschrift ›Captain‹ an.

Auf dem langen Vordeck der *Cunningham*, im vordersten Senkrechtstart-System, öffneten sich ein halbes Dutzend Klappen, unter denen jeweils vier Startzellen untergebracht waren.

Achtern des ersten Senkrechtstart-Systems, in dem Raum, den einst das zweite der drei Senkrechtstart-Systeme der Duke eingenommen hatte, öffneten sich zwei weitere Luken, die zwei Führungsschienen freigaben, auf denen zwei mächtige Geschützrohre emporglitten. Die Mündungen der Waffen, die nach vorne über den Bug hinweg abgefeuert wurden, ragten nur etwa einen halben Meter über das Deck hinaus. Es handelte sich um das VGAS (Vertical Gun for Advanced Ships)-System; dieses 155-mm-Geschütz mit extrem großer Reichweite nützte die neuesten Entwicklungen auf dem Gebiet der Präzisionslenkmunition.

Warum sollte man sich noch die Mühe machen, zu zielen, wenn man schon den Geschossen mitteilen konnte, was sie treffen sollten?

Dadurch, dass diese Geschütze im Rumpf fixiert waren, konnten sie vom Magazin aus automatisch geladen werden und erreichten somit eine Feuergeschwindigkeit von fünfzehn Schuss pro Minute, und das pro Abschussrohr. Bei der heutigen Mission konnte man mit reduzierten Treibladungen arbeiten und auf RAP-Raketenantriebe für die Granaten verzichten, da die Entfernung nur rund fünfzig Kilometer betrug; für eine Waffe mit einer Reichweite von über 170 Kilometer stellte das eine Kleinigkeit dar.

Direkt unterhalb der Brücke der *Cunningham* hob sich der ERGM-Stealth-Geschützturm empor. Diese Waffe für Extended Range Guided Munitions war so etwas wie ein kleiner Bruder des VGAS-Systems und feuerte ihre 120-mm-Geschosse über eine Entfernung von bis zu hundert Kilometern.

Ken Hiro dachte bei sich, dass gewisse Dinge in der Art eines Kreislaufs wiederkehrten. In der Navy, in der er begonnen hatte, waren die Lenkwaffen eindeutig König und die Geschütze höchstens als Hilfswaffen anerkannt gewesen. Nun erlebte er die Wiederkehr von etwas, das bereits als ausgestorben galt – die Rehabilitation des Kreuzers, der vor allem mit mächtigen Geschützen bewaffnet war.

»Captain, Maschinen stehen still. Das Schiff ist auf Position.«

»Sehr gut, Rudergänger. Machen Sie sich bereit, die Ausrichtung des Schiffes der Feuerleitzentrale zu überlassen.«

»Captain, das Schiff ist auf Gefechtsstation. Alle Gefechtssysteme sind einsatzbereit. Gefechtsstationen sind bemannt.«

»Sehr gut, Quartermaster.«

»Captain«, meldete sich eine dritte Stimme in seinem Kopfhörer, »hier spricht Air one. Der Task-Force-Airboss hat soeben einen Startbefehl für Seawolves durchgegeben. Maschinen sind startklar. Ersuche um Starterlaubnis.«

»Alles klar, Air one. Starten Sie Ihre Helis. Wie ist der Status unserer Aufklärungsdrohnen?«

»Drohne Able und Bravo sind funktionstüchtig und im Moment an Waypoint Jolly Roger postiert. Sie rücken in zwölf Minuten und fünfundvierzig Sekunden weiter vor.«

»Verstanden.«

Das Donnern der Rotoren vom achtern gelegenen Hubschrauberlandeplatz wurde immer lauter, als Ken zu seinem Kapitänssessel in der Ecke der Brücke ging. Er mimte die von einem Captain erwartete gelassene Haltung, als er sich auf dem Sessel niederließ und sich über das 1-MC-System der Bordsprechanlage an die Crew wandte.

»An alle, hier spricht der Captain. Wir werden in Kürze das Feuer eröffnen. Wir tun es für meinen früheren Boss, den ersten Skipper der Duke. Zeigen wir der Lady, dass wir es ordentlich hinbekommen.«

Auf dem Flugdeck der USS *Carlson*, Station Corsair

35 Seemeilen westlich der Landzunge Krebsschere

25. August 2008, 07:21 Uhr Ortszeit Lieutenant Commander Michael Torvald, der Kommandeur der ASW/Support Squadron 24, blickte immer noch ziemlich skeptisch drein, als Cobra Richardson sich zu ihm ins Cockpit des SH-60 beugte und den Arm um den Pilotensitz legte.

»Ich weiß nicht recht, ob der Mist wirklich funktioniert, Commander!«, rief Torvald über dem Dröhnen der Helikopterturbinen.

»Mike, vertrauen Sie mir ruhig!«, rief Cobra zurück – mit der Überzeugungskraft eines Gebrauchtwagenverkäufers, der ein seltsames Motorgeräusch als nichtig abtut. »Wir haben die Sache gut vorbereitet. Ich habe mir die ballistischen Diagramme und Handbücher vom Army Aviation Museum in Fort Rucker besorgt. Die Special-Aviation-Kerle vom 160th haben die Hydras am Blackhawk erprobt und meine Leute haben die Waffen für euch vorbereitet. Das Ganze ist eine todsichere Sache!«

Torvald holte tief Luft, ehe er antwortete. »Aber meine

Maschine ist für so was nicht gebaut. Wir haben das noch nie gemacht! Kein Navy-Heli hat so was schon mal gemacht! Verdammt, in der ganzen Army hat es das zum letzten Mal in den siebziger Jahren gegeben!«

»Was besagt das schon! Ziehen Sie's einfach durch, Mike. Folgen Sie meinen Jungs und gehen Sie am vereinbarten Punkt in den Schwebeflug. Fassen Sie das Ziel auf und drücken Sie auf den Knopf, wenn ich das Kommando gebe! Es wird wunderbar klappen, das verspreche ich Ihnen!«

»Ich hoffe, Sie wissen, wovon Sie reden, Cobra!« Der SH-60-Pilot neigte den Kopf zur Seite und lauschte der Stimme, die sich in seinem Kopfhörer meldete. »Okay! Wir haben die Starterlaubnis!«

»Wir sehen uns dann draußen. Es wird Ihnen gefallen, Sie werden sehen!«

Cobra knallte die Cockpittür des Oceanhawk zu und eilte geduckt aus dem Bereich des Rotors. Dann beobachtete er, wie die vier Helikopter vom Typ Heloron 24, die beiden SH-60-Unterseeboot-Jäger und die beiden CH-60-Cargohawk sich nacheinander zum Himmel empor schraubten.

Amanda Garrett hatte als zusätzliche Verteidigungsmaßnahme darauf bestanden, dass alle vier Helis der Hawk-Serie mit Penguin- und Hellfire-Luft-Boden-Lenkwaffen ausgerüstet werden sollten. Alle vier hatten ihre Stummelflügel für den Schiffskampf montiert – doch ihre Bewaffnung ging sogar noch etwas weiter, als Amandas Plan es vorsah.

Statt einem einzelnen Hellfire-Flugkörper an jedem Montagepunkt der Mehrfach-Waffenträger trugen die Hawks einen Sieben-Schuss-Behälter von ungelenkten Hydra-Raketen. Vier Behälter pro Waffenträger, vier Cluster pro Hubschrauber.

Als Cobra Richardson das Kommando über die reaktivierten Seawolves der Navy übernommen hatte, war ihm die Tradition, die in die Zeit des Vietnamkriegs zurückreichte, sehr wohl bewusst gewesen. Und das nicht aus reiner Sentimentalität, sondern als eine mögliche Quelle für wichtige taktische Erkenntnisse. Er hatte sich ausführlich mit den Seawolf-Operationen über dem Mekong-Delta auseinandergesetzt – und in der Folge mit der gesamten Geschichte der Hubschraubereinheiten im Südostasien-Konflikt. Eine der faszinierendsten Entdeckungen dabei war die der ›fliegenden‹-Artillerie, die seither ziemlich in Vergessenheit geraten war.

Heutzutage ging man davon aus, dass Helikopter vor allem als präzise Waffe gegen ganz bestimmte Ziele eingesetzt werden sollten. Nach den Prinzipien der ›Aero‹-Artillerie konnten sie auch als schnelle, mobile Plattformen für ein Flächen-Bombardement dienen – als eine Art ›fliegende Haubitze‹ und weniger als ›fliegender Panzer‹.

Für einen Mann von Cobras Einfallsreichtum bot dies eine Vielfalt von neuen Möglichkeiten. Er hatte im Laufe des Indonesien-Einsatzes einen großen Teil seiner Freizeit dafür aufgewendet, einen Operationsplan für den Einsatz der Aero-Artillerie im Rahmen der Task Force zu entwerfen und die dabei auftretenden technischen Probleme mit seinen Leuten zu lösen. Schneller als erhofft bot sich nun die Gelegenheit, von der Theorie zur Praxis zu schreiten.

Cobra lief über den rutschsicheren Belag zu seinem Heli hinüber. Seine Crew war schon an Bord und sein Kopilot ging bereits die Startvorbereitungsprozedur durch. Auch das Hilfspersonal stand bereit, um den Super Huey aus dem Hangar auf das Flugdeck zu rollen. Der relativ kleine Helikopter trug nur zwei der Waffenträger-Cluster.

Während er die Gurte anlegte, blickte sein Kopilot von seiner Checkliste auf und beobachtete, wie die größeren

Heloron-Hubschrauber sich über ihnen formierten, um zu ihrem ersten Belagerungseinsatz aufzubrechen.

»Commander, sind Sie sicher, dass dieser ganze Artillerie-Scheiß klappen wird?«

»Aber sicher wird es klappen …« Richardson hielt kurz inne und ging das Szenario noch einmal im Geist durch. »Ich meine … es sollte eigentlich klappen.«

Auf der Brücke der Fregatte *Sutanto*

15 Seemeilen südöstlich der Krebsschere-Halbinsel

25. August 2008, 07:21 Uhr Ortszeit MacIntyre blickte auf, als Stone Quillain zu ihm auf die Steuerbord-Brückennock heraustrat.

»Ich hab Ihre Ausrüstung drinnen bereitgelegt, Sir«, sagte der Marine. »Gefechtsweste, MOLLE-Koppel, dazu Funkgeräte und ein M-4-Karabiner. Sie haben ein halbes Dutzend Magazine in den Taschen und eines in der Waffe. Ich könnte Ihnen auch ein SABR besorgen, wenn Sie eines möchten.«

MacIntyre schüttelte den Kopf und ließ das Fernglas sinken, das er an einem Riemen um den Hals trug. »Nein, der Karabiner ist genau richtig, Stone. Mit dem SABR wüsste ich sowieso nichts anzufangen. Da sind mir zu viele kleine Spielereien dran, über die man Bescheid wissen muss.«

»Tja, das stimmt. Aber für diesen Einsatz ist das bestimmt kein Nachteil.« Quillain holte ein gelbes Päckchen Juicy-Fruit-Kaugummi aus seiner Hemdtasche hervor. »Möchten Sie auch einen, Admiral? Ist gut gegen den Durst.«

»Ja, danke.«

Quillain lehnte sich neben MacIntyre an die Reling und die beiden Männer standen eine Weile schweigend und kaugummikauend da. Unter ihnen auf dem vorderen Geschützdeck war ein Marine – in der zunehmenden Schwüle des Tages mit nacktem Oberkörper – damit beschäftigt, Granaten aus dem Magazin des Buggeschützes zu holen. Die 57-mm-Granaten wurden von einer Kette von Männern zur Reling weitergereicht, wo sie schließlich über Bord geworfen wurden.

Die Hauptmagazine waren bereits geleert worden. Ebenso hatte man sich der Exocets in den Flugkörperzellen und der Torpedos in den Decksrohren entledigt. Auch den Großteil des Treibstoffs hatte man ins Meer gepumpt, um die Gefahr von Feuer und Explosionen an Bord so gering wie möglich zu halten.

Im Ruderhaus gingen vorbereitende Maßnahmen anderer Art vor sich. Man hatte von der *Carlson* eine Art Schutzschild an Bord der *Sutanto* geholt; einen Schild, der aus mehreren Schichten eines kugelsicheren und splitterfesten Kevlar-Panzers bestand. Dieser Schutzschild wurde nun an der Vorderfront der Brücke unterhalb des Fensters angebracht.

»Wir dürften schon ziemlich nahe dran sein, nicht wahr, Sir?«, fragte Stone.

»Ja, ziemlich. Wenn wir an der nächsten Landspitze vorbei sind, sollten wir die Festung eigentlich schon sehen können.«

MacIntyre zeigte auf die Küstenlinie, die sich vor ihnen erstreckte. Die *Sutanto* machte gute Fahrt und hielt sich ungefähr drei Seemeilen von der Küste entfernt, um den Anschein einer routinemäßigen Patrouille der indonesischen Marine aufrechtzuhalten.

Christine Rendino hatte in Erfahrung gebracht, dass

solche Einsätze gegen die Morning-Star-Rebellen durchaus üblich waren. Es sollte also niemand etwas Ungewöhnliches vermuten, wenn sie vor der Piratenbasis auftauchten. Schließlich hatte Makara Harconan gerade von der indonesischen Flotte am allerwenigsten zu befürchten.

»Gut«, murmelte Quillain. »Admiral, es steht mir zwar als Company-Commander gegenüber einem Flaggoffizier nicht zu, aber dürfte ich Ihnen trotzdem eine Frage stellen?«

»Nur zu, Stone. Was gibt's?«

»Danke, Sir. Könnten Sie mir vielleicht erklären, was um alles in der Welt Sie hier machen? Ich meine, es ist nicht gerade üblich, dass ein Admiral an einem solchen Einsatz teilnimmt. Wenn so etwas passiert, dann steckt normalerweise irgendwas Seltsames dahinter. Wenn es so ist, dann wüsste ich als Kommandeur der Landungstruppen gerne darüber Bescheid, bevor wir aufbrechen.«

Das war genau die Frage, von der Elliot MacIntyre gehofft hatte, dass sie ihm niemand stellen würde – zumindest nicht, bevor der Einsatz vorüber war.

»Es hat sich einfach so ergeben, Stone. Ich kann Carberry nun mal nicht von der *Carlson* abziehen, und Ken Hiro ist der neue TACBOSS, nachdem wir Captain Garrett verloren haben. Wir brauchen aber jemanden hier auf der Brücke.«

Der Marine lehnte eine Weile schweigend an der Reling, bevor er antwortete. »Ja, ich verstehe, was Sie meinen, Admiral. Aber andererseits hätten Sie eine Special-Boat-Offizierin hier an Bord, die Räder an diesem Kahn anbringen und damit bis nach Atlanta fahren könnte, ohne einen einzigen Strafzettel zu bekommen. Und das zur Stoßzeit, wohlgemerkt. Und wenn es schon nicht Lieutenant Nickols wäre, dann gäbe es ein Dutzend anderer Offiziere in der Task Force, die in der Lage wären, den Job genauso gut zu erledigen. Wenn Sie sich an die Spitze dieser Operation stellen, dann muss es einen besseren Grund dafür geben.«

Es gab sehr wohl einen Grund dafür – doch ob er wirklich besser war, das blieb dahingestellt, auch für MacIntyre selbst. Aber er sah ein, dass er diesem Mann neben ihm eine Antwort schuldete.

»Ersuche um Erlaubnis, im Vertrauen mit Ihnen zu sprechen, Captain«, sagte MacIntyre mit einem säuerlichen Lächeln.

Quillain erwiderte das Lächeln. »Gestattet, Sir.«

»Sie haben völlig Recht, Stone. Es ist absolut nicht üblich, dass ein Flaggoffizier so weit vorne steht. Vernünftiger wäre es, wenn ich meinen Platz im Flag Plot der *Carlson* einnehmen würde, um die Dinge von dort aus zu leiten. So mache ich es schon seit langer Zeit. Ich habe die gesamte Zweite Flotte von LANTFLEETCOM in Norfolk aus befehligt und später NAVSPECFORCE von Pearl Harbor aus.

So wird es normalerweise gehandhabt, Stone, und ich glaube, ich kriege das ganz gut hin. Aber ich habe auch einmal etwas anderes gemacht.« MacIntyre nahm die zerschlissene Lieutenant-Commander-Mütze ab. Er drehte sie in den Händen und betrachtete sie eingehend. »So wie Steamer Lane und Lieutenant Nickols habe ich bei den Special-Boat-Squadrons begonnen, damals im Persischen Golf, dann kamen SEAL-Operationen in der Adria, später war ich mit Cyclones vor Kolumbien in den Drogenkriegen im Einsatz. Danach wechselte ich auf den Zerstörer von Amandas Vater – auch eine wichtige Erfahrung.

Damals wurde NAVSPECFORCE geboren, zumindest in meinem Kopf. Ich habe an vielen Sonderkommandos teilgenommen – oft Geheimoperationen, über die ich auch heute noch nicht sprechen darf. Worauf ich hinauswill – ich habe früher genau solche Dinge gemacht, an vorderster Front und nicht als ein Typ, der über Funk kluge Ratschläge gibt.«

MacIntyre strich mit der Fingerspitze leicht über das Anker-Emblem auf seiner Mütze. »Aus verschiedenen Gründen möchte ich sehen, ob ich es noch kann – an vorderster Front.«

Eddie Mac setzte die Mütze wieder auf und zog sie tief über die Augen. »Das ist die Wahrheit, Stone. Ich habe mich an die Spitze dieser Operation gestellt, um über eine gottverdammte Midlife-Crisis hinwegzukommen. Eigentlich sollte ich mir einen schnellen Sportwagen kaufen, wie andere es in so einem Fall machen.«

Stone Quillain lachte leise. »Wissen Sie was, Sir? Früher, als junger Rekrut, da schaffte ich in einer Stunde fünfhundert Sit-ups.«

»Tatsächlich, Stone?«

»Ja, wirklich. Ich schaffe es immer noch, nur nicht mehr so leicht wie früher – und danach habe ich eine Zeit lang Probleme mit dem Gehen. Was ich damit sagen will – wenn mir mal alles zu viel wird, dann sage ich mir: ›Scheiße, ich schaffe in einer Stunde fünfhundert Sit-ups‹, und da sollte ich das hier nicht schaffen?«

MacIntyre lachte laut. »Danke für den Kaugummi, Stone.«

»War mir ein Vergnügen, Sir. Ich freue mich, dass Sie hier bei uns sind. Das wird ein großer Tag, Admiral. Wir werden die Kerle ganz schön in den Hintern treten.«

An Bord des Motorschiffs *Harconan Flores*

25. August 2008, 07:21 Uhr Ortszeit »Professor Sonoo wird heute mit uns frühstücken. Ich hoffe, du bringst den Gentleman diesmal nicht allzu sehr aus der Fassung.«

Harconan setzte sich auf der zerwühlten Koje auf und genoss den Anblick, den Amanda bot, als sie sich nach dem Duschen abtrocknete. »Beim letzten Mal hatte ich alle Mühe, den armen Mann wieder zu beruhigen.«

»Und wie ist es dir gelungen?«, fragte Amanda und drückte sich das Wasser aus den Haaren. »Wir kennen ihn und auch seine Freunde. Ich weiß, dass Interpol schon auf sie alle wartet, wenn sie sich wieder an der Oberfläche blicken lassen.«

Harconan lachte leise. »Das Tolle an den Rechtssystemen dieser Welt ist, dass sie auf Beweisen aufbauen – und Beweise können recht subjektiv sein. Meine Organisation und Sonoos Arbeitgeber werden jedenfalls ausreichend Beweise vorlegen können, dass der gute Professor niemals hier war und nie gegen irgendein Gesetz verstoßen hat. Sonoo selbst und seine Kollegen werden schon allein deshalb schweigen, weil sie beruflich erledigt wären, wenn sie auch nur ein Wort davon ausplauderten.«

»Du bist dir deiner Sache sehr sicher«, erwiderte Amanda leise. Sie öffnete eine Schublade, holte einen Baumwollslip heraus und zog ihn ungeniert an. Ihr Entführer und Geliebter hatte zuletzt sogar dafür gesorgt, dass sie wieder Unterwäsche bekam.

»Man muss sich seiner selbst sicher sein, wenn man große Dinge erreichen will. Wer zögert, hat schon verloren – das weißt du genauso gut wie ich.«

Amanda fühlte bereits, dass er hinter ihr stand, bevor sie seine Hände auf ihren Schultern spürte. »Deshalb habe ich auch nicht gezögert, meine Pläne mit dir auszuführen.

Als ich dich das erste Mal von deinem königlichen Boot an Land gehen sah, da wusste ich, dass es große Dinge zu tun gibt, dass da eine große Herausforderung auf mich wartet.«

Amanda spürte, wie seine Lippen ihre Schultern streiften, was ihr, wie immer, ein Prickeln auf der Haut erzeugte. Sie zwang sich, ihre Stimme ein klein wenig höhnisch klingen zu lassen, als sie antwortete. »Na ja, es ist dir tatsächlich gelungen, mich zu fangen, das muss ich zugeben. Aber was erwartet mich jetzt? Willst du mich ausstopfen und auf einen Sockel stellen oder genügt es dir, meinen Kopf über den Kamin zu hängen?«

Er strich mit den Händen über ihre Schultern. »Amanda, ich weiß, dass du mit der momentanen Situation unzufrieden bist. Ich kann dir deshalb keinen Vorwurf machen. Aber du solltest mir gegenüber nicht ungerecht sein. Du weißt, warum ich dich hierher gebracht habe. Du spürst es genauso wie ich. Sei ehrlich zu dir selbst, so wie ich ehrlich zu dir bin.«

Sie atmete schaudernd ein. »Makara Harconan, ich bin als Gefangene hier. Ich werde gegen meinen Willen festgehalten. War es denn ehrlich und gerecht von dir, mich der Freiheit zu berauben?«

Sie spürte seinen Seufzer ganz leicht auf der Haut. »Dann sei wenigstens ehrlich zu dir selbst.« Seine Hände schlossen sich etwas fester um ihre Schultern. »Bist du denn wirklich mehr gefangen, als du es während der vergangenen zwanzig Jahre warst?«

»Wie meinst du das?«, fragte sie vorsichtig.

»Wie oft soll ich dir noch sagen, dass ich dich studiert habe, Amanda?« Er drehte sie herum, um sie anzublicken, und seine durchdringenden grauen Augen bohrten sich in die Ihren. »Dein ganzes Leben hast du dich nach den Regeln gerichtet, die andere aufgestellt haben. Du hast deine

Uniform getragen und auch die Fesseln akzeptiert, die damit verbunden waren. Ständig musstest du das tun, was deine undankbare Regierung und euer nicht minder undankbares Volk von dir verlangt hat. Ich weiß genau, wie es in den Vereinigten Staaten zugeht, Amanda. Bei euch zahlen sie irgendwelchen Sportlern, die vor den Fernsehkameras irgendwelchen kindischen Spielen nachgehen, Millionen – aber euch, die ihr das Volk verteidigt, gönnen sie nicht mal den Hungerlohn, den ihr bekommt.«

»Ich habe es nie wegen des Geldes getan, Makara!«

»Natürlich nicht. Aber wie steht's mit ein wenig Achtung und Anerkennung? Wär' nicht zumindest ein kleines Dankeschön angebracht? Es passiert zwar heute nicht mehr so oft, dass sie euch mit Hundekot bewerfen oder euch ›Kindermörder‹ nennen, aber die Medien und das Volk betrachten euch trotzdem entweder als Witzfiguren oder als kaltblütige Mörder in Uniform. Wo ist da die Gerechtigkeit? Was bist du solchen Leuten schuldig?«

»Ich habe es auch nie getan, damit man mir dankbar ist.«

»Das weiß ich auch, Amanda.« Seine Hände glitten an ihren Armen hinunter und verstärkten ihren Griff. »Du warst immer eine Kriegerin um der gerechten Sache willen. Du wolltest Unrecht beseitigen und die Hilflosen schützen. Aber wie oft hat man dich nicht daran gehindert, gerade das zu tun? Wie oft gab es da nicht irgendein Übel, das du hättest beseitigen können – aber deine Herren und Meister hielten dich zurück? Und warum? Weil sie ihre Popularität nicht aufs Spiel setzen wollten, weil irgendwelche Umfragewerte dagegen sprachen oder weil die eine oder andere Partei es so wollte.«

»Ja, das ist allzu oft passiert«, flüsterte sie.

»Siehst du?«, sagte er, ließ sie los und trat einen Schritt zurück. »Verdammt, Amanda. Begreifst du denn nicht, dass ich dich nicht als Gefangene hier festhalten will? Im Gegenteil – ich will dich befreien! Ich will, dass du über andere Möglichkeiten nachdenkst! Auch ich mache all das nicht, weil ich mich persönlich bereichern will. Wenn es mir nur ums Geld ginge, dann könnte ich mich auf Palau Piri in die Sonne legen und meine Millionen für mich selbst ausgeben. Aber das tue ich nicht – vielmehr setze ich alles aufs Spiel, um die Dinge hier auf den Inseln zum Besseren zu verändern. Nur mache ich es nicht nach *ihren* Spielregeln, mit der ganzen Korruption und den faulen Kompromissen, sondern auf meine Art – mit einem einzigen sauberen Schwertstreich!«

Die Gefühle, die in ihm arbeiteten, waren so heftig, dass er auf und ab zu gehen begann, doch sein Blick blieb auf sie gerichtet. »Amanda, du hast den Funken zwischen uns gespürt, als wir uns das erste Mal sahen. Deshalb zieht es uns immer zueinander hin – egal, ob wir in feindlichen Lagern stehen oder nicht. Alles in uns drängt danach, dass wir den Funken zu einer starken Flamme werden lassen. Zusammen könnten wir alles erreichen, Amanda. Als *Raja dan Ratu Samudra* würden wir das Volk der Bugi anführen, die dann nicht mehr Piraten wären, sondern eine starke Marine, die uns helfen könnte, ein Reich zu begründen.«

Amanda merkte, dass ihr eine Träne die Wange hinunterlief. »Der König und die Königin der Meere … Ich wünschte, ich könnte ja sagen. Ich wünschte wirklich, ich könnte ja sagen.«

Harconan blieb abrupt stehen. Er wandte sich ihr zu und blickte ihr in die Augen. »Warum kannst du es nicht? Was muss ich anders machen? Was soll ich tun?«

»Du kannst nichts tun, Makara. Es ist nur einfach so, dass wir nicht mehr im sechzehnten Jahrhundert leben. Es gibt keine Probleme mehr, die man mit einem einzigen sauberen Schwertstreich lösen kann.«

Der Taipan neigte den Kopf zurück und blickte zur Decke hinauf. Er sah sehr jung und verletzt und gleichzeitig sehr alt und müde aus. Schließlich drehte er sich um und ging zur Tür. »Dann werde ich einen Weg finden, der es mir ermöglicht, die Zeit zurückzudrehen. Der Wächter bringt dich nach unten in die Hauptkabine, wenn du soweit bist.«

Am Frühstückstisch saßen Kapitän Onderdank, sein ebenso schweigsamer Erster Offizier, Professor Sonoo, Amanda und Harconan. Sie selbst, Harconan und der indische Wissenschaftler hatten eine leichte Reismahlzeit gewählt, während die beiden Holländer Würstchen und Eier verzehrten.

Es wurde nur wenig gesprochen – abgesehen von Sonoo, dessen Gesprächigkeit jedoch mehr auf Nervosität als auf einem echten Bedürfnis nach Kommunikation beruhte. Amanda verhielt sich still und begnügte sich damit, zuzuhören und den Verlauf der Ereignisse abzuwarten. Es sollte nicht lange dauern, bis das Gespräch eine interessante Wendung nahm.

»Wir haben den Satelliten für den Transport vorbereitet, Mr. Harconan, wie Sie es angeordnet haben. Werden wir dann bald von hier aufbrechen und uns mit unseren Leuten treffen können?«, fügte Sonoo hoffnungsvoll hinzu.

»Sehr bald«, bestätigte Harconan und nahm sich mit der Gabel ein Stück Jackfrucht. »Ja, Sie können gleich nach dem Frühstück mit dem Verladen beginnen.« Er blickte zu Onderdank hinüber. »Wir laufen noch heute Abend aus, sobald es dunkel ist.«

»Aye, wir bereiten alles vor, kein Problem. Und wohin geht die Reise?«

Harconan blickte kurz in Amandas Richtung. »Darüber

sprechen wir später, sobald wir unterwegs sind. Ich brauche wohl nicht extra zu erwähnen, Professor, dass Ihre Firma und deren Partner bei dem Projekt zugestimmt haben, den Preis für den uneingeschränkten Zugang zum Satelliten zu bezahlen, den ich verlange. Wir haben uns auf einen für beide Seiten akzeptablen Ort geeinigt, wo Sie Ihre Forschungsarbeit fortsetzen können. Wir werden Sie und den Satelliten auf ein anderes Schiff bringen, das Sie dann ans Ziel bringt.«

Sonoo neigte den Kopf. »Danke. Sie werden das sicher alles sehr gut regeln. Aber da sind noch die amerikanischen Streitkräfte. Wird es keine ... Probleme geben?«

Harconan kaute und schluckte die Jackfrucht hinunter, ehe er antwortete. »Überhaupt keine. Die Regierung der Vereinigten Staaten hat angeordnet, dass ihre Schiffe aus der Region abgezogen werden, um das Leben von Captain Garrett nicht zu gefährden. Sie ziehen sich bereits zurück. Bis heute Abend sind sie weit genug von unserer Küste entfernt, stellen also keine Gefahr mehr dar.«

Amanda blieb unbewegt – doch in ihrem Inneren brodelte es. Das konnte einfach nicht stimmen. Nicht solange Präsident Childress im Amt war und Eddie Mac MacIntyre die Operation leitete. Entweder log Harconan oder er hatte falsche Informationen. Welches von beiden war wahrscheinlicher?

»Sie werden zurückkommen, sobald sie merken, dass ich nicht freigelassen werde«, sagte sie in kaltem Ton.

Harconan zuckte die Schultern. »Ja, bestimmt, Amanda. Aber sie wissen nichts von dem Stützpunkt hier, und die *Flores* wird längst unterwegs sein. Alle Spuren dieser Operation werden verwischt sein. Auch für dich wird ihre Anwesenheit keine Rolle mehr spielen.«

Amandas Gesichtsmuskeln schmerzten, als sie ein Lächeln genauso unterdrückte wie den Drang, ihn finster anzustarren. *Du glaubst das wirklich, nicht wahr, Makara? Sie haben dir eine Geschichte erzählt und du hast sie ihnen abgekauft.*

»Und was wird aus mir?«, fragte sie. »Komme ich auch auf das Schiff mit dem Satelliten?«

»Für eine Weile, ja«, antwortete er, auf seinen leeren Teller hinunterblickend. »Wir werden noch mit einem anderen Schiff zusammentreffen, das dich auf eine Insel bringt. Dort wirst du für eine Weile bleiben, bis bestimmte Ereignisse stattgefunden haben. Jeder erdenkliche Komfort wird dich umgeben. Du erhältst alles, was du dir wünschst. Sobald ich kann, komme ich nach.«

»Verstehe.«

Es hatte etwas Endgültiges, auf einer Gefängnisinsel zu landen. Man brauchte nur an St. Helena oder Alcatraz zu denken. *Elliot, Chris, Stone, Ken,* dachte sie inständig, *bitte holt mich endlich hier raus!*

Nachdem das Frühstück beendet war, wurde mit dem Verladen der Fracht begonnen. Obwohl noch genug Zeit bis zum Abend und zur Abfahrt der *Harconan Flores* war, herrschte bereits viel Betrieb an Bord. Die Maschinen wurden getestet und auf dem Ober- und Fahrzeugdeck war die Arbeitsbeleuchtung eingeschaltet.

Harconan ging zur Vorpiek am Bug des Landungsschiffes. Begleitet von Sonoo und mit einem Handy-Talky ausgerüstet, überwachte er persönlich das Verladen des INDASAT. Er erhob keinen Einwand, sondern schien sogar erfreut zu sein, als Amanda sich zu ihm gesellte. Sie stellte fest, dass ihr alter Freund, der Wächter, der schon auf dem Schoner ihr ständiger Schatten gewesen war, ihr auch jetzt wieder auf den Fersen blieb.

Auf dem Vordeck erlebte sie einen neuerlichen Beweis dafür, wie umsichtig Harconan vorging. Der aufblasbare sterile Raum für den Satelliten war entfernt worden. Man hatte die Zugangsluken des INDASAT geschlossen und den Rumpf des mächtigen Raumfahrzeugs mit mehreren Schichten Kunststoff verhüllt. Der Satellit war also ordentlich verpackt und bereit für den Abtransport.

Ein zweiter Sattelauflieger war aus dem Fahrzeugdeck der *Flores* gerollt und unmittelbar hinter dem Trailer mit dem Satelliten geparkt worden. Ein riesiger Behälter aus rostfreiem Stahl befand sich darauf, der etwas größer als der Satellit war und den man mit Warnaufschriften in verschiedenen Sprachen versehen hatte. Amanda verfolgte staunend, wie der INDASAT auf Schienen behutsam in den leeren Behälter geschoben wurde.

»Wirklich perfekt gemacht, Makara«, sagte sie. »Du überlässt überhaupt nichts dem Zufall.«

»Der Zufall ist ein unzuverlässiger Verbündeter, Amanda. Ich verlasse mich selten auf ihn. Sollte die *Flores* aufgehalten und kontrolliert werden, wird man feststellen, dass sie eine Ladung Giftmüll von einer Chemiefabrik auf den Philippinen zu einer Verbrennungsanlage in Malaysia befördert. Der Kapitän hat alle notwendigen Dokumente für die Fracht. Sollte jemand den Behälter öffnen wollen, so wird man eine ziemlich unangenehme chemische Verbindung vorfinden, mit der sich sicher niemand näher beschäftigen möchte.«

»Keine schlechte Tarnung, muss ich sagen.«

Harconan lächelte. »Ja, einfach, aber wirkungsvoll.« Er hob das Handy-Talky an die Lippen und gab ein scharfes Kommando in Bahasa.

»Eines muss ich dich fragen, Makara. Wie viel bringt er ein?«

»Insgesamt?« Er kratzte sich mit der Handy-Antenne am Kinn. »Oh, ich würde sagen, einundvierzig Millionen US-Dollar Brutto. Nach den Auslagen bleibt ein Gewinn von ungefähr dreißig Millionen.« Er blickte ihr in die Augen. »Ein Teil davon, zehn Prozent, gehört dir. Du kannst damit machen, was du willst.«

»Ich würde noch nicht so sicher damit rechnen, Makara. Elliot MacIntyre kennt solche Tricks auch.«

»Ja, aber das ist auch einer der Vorteile, wenn man Giftmüll transportiert. Diese Verbindung hier ist sehr flüchtig. Sie kann sich im ungünstigsten Augenblick entzünden – zum Beispiel, wenn ein amerikanisches Kriegsschiff am Horizont auftaucht. Die Crew verlässt das Schiff, es gibt eine gewaltige Explosion und das Schiff versinkt und nimmt die Fracht mit in die Tiefe.«

Amanda hob eine Augenbraue. »Und nachdem die *Flores* Sondermüll transportiert, hast du das Schiff natürlich hoch versichern lassen.«

»Natürlich.«

»Aber der Satellit, Mr. Harconan«, warf Sonoo besorgt ein. »Wenn das passiert, was wird dann aus dem Geld, das meine Firma für diese Technologie ausgegeben hat? Man hat uns versprochen, dass wir den Satelliten bekommen!«

Harconan lehnte sich an die Reling wie ein träger Tiger. »Vergessen Sie nicht den Vertrag, Professor – da steht etwas von höherer Gewalt. In diesem Fall gäbe es kein Geld zurück, tut mir wirklich Leid.«

Amanda lächelte unwillkürlich und legte die Hand auf seinen breiten Rücken. Konnte es einen zweiten Freibeuter wie ihn auf der Welt geben?

»Mr. Harconan!«

Es schien sich um einen dringenden Anruf zu handeln – Kapitän Onderdanks Stimme klang ziemlich besorgt.

»Was gibt's, Kapitän?«, fragte Harconan.

»Ich bin hier am Heck-Ausguck. Die Überwasser-Wachen melden, dass sich eine indonesische Patrouillenfregatte der Landzunge nähert. Es sieht nach einer routinemäßigen Patrouille aus, aber laut unseren Informationen von Admiral Lukisans Hauptquartier sollten sich eigentlich keine größeren indonesischen Schiffe in der Gegend aufhalten. Die nächstgelegene Fregatte sollte die sein, die die amerikanische Task Force beschattet – und die müsste laut der letzten Positionsmeldung vierhundert Seemeilen weiter südwestlich sein.«

Harconans Blick ging sofort zu Amanda. Ihr Gesicht blieb unbewegt und verriet keinerlei Gefühlsregung.

»Kapitän, gehen Sie vor an den Bug und beschleunigen Sie den Ladevorgang!«, bellte Harconan in sein Handy-Talky. »Bringen Sie den Satelliten rasch an Bord! Sonoo, Sie bleiben bei mir – und du auch, Amanda!«

Harconan eilte nach achtern und gab weitere Kommandos in Indonesisch – sowohl über Funk als auch mit lauten Zurufen zum Pier hinunter. Sonoo und Amanda wurden hinter ihm hergetrieben. Amanda fragte sich, ob Sonoo mitbekommen hatte, dass ihr persönlicher Wächter sich plötzlich auch um ihn kümmerte.

Der Tarnvorhang an der Einfahrt zur Höhle hing direkt vor dem Heck des vertäuten Landungsschiffes. Der schwere, mit Kunststoff beschichtete Nylonvorhang war mit einem Spalt versehen, hinter dem ein Beobachtungsstand auf dem Schiff eingerichtet war. Die Klappe über dem Spalt konnte vom Schiff aus heruntergelassen werden, sodass man auf den Kanal hinausblicken konnte.

Und tatsächlich sah man nach einer Weile draußen vor der Küste eine Patrouillenfregatte der Parchim-Klasse, die am Kliff zur Linken auftauchte – ungefähr eine Seemeile von der Spitze der Landzunge entfernt. Harconan schnappte sich ein Fernglas von einem Regal am achterlichen Schott der Aufbauten und blickte damit zu dem vorüberziehenden Schiff hinaus.

Da lag noch ein zweites Fernglas auf dem Regal. Der

Wächter griff nicht ein, als Amanda es nahm und an die Augen hob.

Es handelte sich zweifellos um eine indonesische Fregatte – und sie erkannte schließlich auch die Nummer ihres alten Begleiters, der *Sutanto.* Das Schiff war offensichtlich sehr leicht unterwegs – denn entlang der Wasserlinie war ein breiter roter Streifen zu erkennen. An Bord war keine Menschenseele zu sehen.

Amanda ließ das Fernglas sinken und fragte sich, was das zu bedeuten hatte.

Auf der Brücke der Fregatte *Sutanto*

Eine Seemeile vor der Landzunge Krebsschere

25. August 2008, 08:00 Uhr Ortszeit Elliot MacIntyre nahm ebenfalls das Fernglas herunter und spähte mit zusammengekniffenen Augen hinaus. Wirklich bemerkenswert. Er konnte direkt in die enge Bucht hineinsehen – und doch war am Ende nirgends ein Kai oder eine Durchfahrt zu erkennen. Falls sich das alles als ein gewaltiger Irrtum herausstellen sollte, dann war ihm ein besonderer Platz in der Geschichte der amerikanischen Navy sicher.

Er hob die Hand und aktivierte seinen Leprechaun-Transceiver. »Lost Prize an Black Beard. Wir sind auf Position Privateer. Ich wiederhole, wir sind auf Position Privateer. Geben Sie mir den Status auf allen Freebooter-Einheiten durch.«

»Lost Prize, Lost Prize«, ertönte Ken Hiros Stimme. »Hier spricht Blackbeard. Bei uns ist alles in Ordnung. Alle Einheiten auf Station und einsatzbereit. Wir haben keine Lageänderung auf der Festung. Wir starten auf Ihr Kommando.«

Es hatte keinen Sinn, noch länger zuzuwarten und zu sehen, ob er sich tatsächlich zum Narren gemacht hatte. »Verstanden, Blackbeard. Geben Sie die UNODIR-Benachrichtigung durch und beginnen Sie mit Operation Freebooter. Starten Sie Ihren Angriff.«

»Alle Einheiten beginnen mit der Operation«, antwortete Hiro. »Viel Glück, Sir.«

»Viel Glück uns allen, Commander. Viel Glück uns allen.«

Washington D.C.

24. August 2008, 22:00 Uhr Ortszeit Buchstäblich am anderen Ende der Welt begannen Fernschreiber im Pentagon und im State Department gleichzeitig ihre Priority-Botschaften auszuspucken.

DRINGENDDRINGEND***DRINGEND*** DRINGEND***DRINGEND***DRINGEND***

AUTHENTICATOR IRONFIST NOVEMBER ZERO-TWO-ONE

VON: CINCNAVSPECFORCE

AN: CNO/SECSTATE

HABEN VERSTECK AN DER WESTKÜSTE VON NEUGUINEA ENTDECKT, IN DEM GEISEL CAPT. A. GARRETT FESTGEHALTEN UND GERAUBTER INDASAT 06 AUFBEWAHRT WIRD. BEFREIUNGS- UND RÜCKHOLOPERATION LÄUFT AN UND WIRD BIS AUF WIDERRUF FORTGEFÜHRT. DETAILS IM ANHANG

MACINTYRE CINCNAVSPECFORCE

Aus irgendeinem Grund wurden solche UNODIR (UNless Otherwise DIRected)-Benachrichtigungen nie so rechtzeitig abgeschickt, dass man die betreffende Operation noch hätte stoppen können.

Auf der Brücke der Fregatte *Sutanto*

25. August 2008, 08:01 Uhr Ortszeit MacIntyre nahm den Finger von der Sprechtaste. »Miss Nickols, bringen Sie uns hinein. Sie haben das Ruder.«

Labelle Nickols stand nach wie vor an der Rudergänger-Station, die sie gleich zu Beginn der Operation übernommen hatte. Sie riss das Steuerrad der *Sutanto* herum, bis der Bug der Fregatte auf die Einfahrt zur Bucht zeigte.

»Wir fahren in die Höhle ein, Sir.« Die junge Frau klang unglaublich ruhig und gefasst, obwohl es bestimmt ihr erster Einsatz mit einem gekaperten Schiff war. »Zweiter Rudergänger, Maschinen volle Kraft voraus.«

Der Mannschaftsdienstgrad an der Maschinensteuerung drückte die Leistungshebel bis zum Anschlag durch.

MacIntyre ging quer über die Brücke, vorbei an den Rudergänger-Stationen und an Stone Quillain, zur Bordsprechanlage des Schiffes. Er nahm den Hörer zur Hand, um Kontakt mit dem Maschinenraum aufzunehmen.

»Maschinenraum, hier Brücke. Es ist soweit. Machen Sie dicht da unten und dann nichts wie raus!«

»Maschinenraum, aye!«, antwortete eine Stimme aus dem Bauch des Schiffes, das dem Untergang geweiht war.

»Eddie Mac führt das Schiff hinein!«, rief der CPO/Maschinentechniker in den schmalen Durchgang zwischen den beiden donnernden Hyundai-Schiffsdieseln hinein. »Raus hier, Leute, schnell raus!«

Die drei übrigen Mitglieder der Rumpfbesatzung des Maschinenraums brauchten keine zweite Aufforderung. Sie waren die Letzten, die sich noch unterhalb der Wasserlinie der Fregatte aufhielten. Alle stürmten zur Leiter, die zum vergleichsweise sicheren Mitteldeck führte.

Der Chief Petty Officer zählte sie ab – doch bevor er seinen Leuten die Leiter hinauf folgte, ließ ihn sein Instinkt noch einmal innehalten, um einen letzten Blick auf die Anzeigen zu werfen.

Einige der Nadeln bewegten sich bereits in den roten Bereich hinein. Derjenige, der für die Kühlung und Schmierung der Maschinen zuständig gewesen war, sollte gehängt und dann erschossen werden. Nun, zum Glück spielte das jetzt keine große Rolle mehr.

Er kletterte die Leiter hinauf. Zwei Ebenen weiter oben knallte er die Niedergangsluke herunter und reiberte sie zu. Alle wasserdichten Schotten und Luken unterhalb der Wasserlinie waren fest verschlossen, während man die darüber liegenden Türen geöffnet und mit Keilen fixiert hatte, damit sie offen blieben und sich – falls sich die Rahmen verziehen sollten – nicht unwiderruflich schlossen.

Der zentrale Laufgang des Hauptdecks war völlig überfüllt und roch penetrant nach dem Schweiß von Männern, die Hitze und Anspannung ausgesetzt waren. Zu beiden Seiten des Laufgangs hatte man eine Kevlar-Panzerung angebracht, die zusammen mit dem Stahlrumpf des Schiffes dafür sorgen sollte, dass der Raum frei von Kugeln und Splittern blieb. Zumindest hoffte man, dass es so sein würde. Außerdem hatte man im ganzen Gang Gefechtslaternen angebracht, die nun eingeschaltet wurden – möglicherweise würde die Innenbeleuchtung ausfallen.

Alle Besatzungsmitglieder – egal, ob Marines oder Navy-Personal – hatten ihren ganz speziellen Posten. Der CPO hatte seine Gefechtsausrüstung an seinem Platz bereitgelegt. Rasch legte er die Gefechtsweste, das MOLLE-Lasttragegurtzeug und den Helm an, setzte sich mit dem Rücken zum Schott und rief sich den Lademechanismus an seiner Gefechtsschrotflinte in Erinnerung.

So wie es sich anfühlte, hatten sie das Wendemanöver abgeschlossen und näherten sich nun der Höchstfahrt. Es würde nicht mehr lange dauern, bis das Spektakel begann. Eine verdammt eigenartige Strategie, die sie da verfolgten. Hoffentlich wusste der Admiral, was er tat. Und hoffentlich hielten die Hauptlager an der zweiten Maschine durch. Wahrscheinlich glühten sie mittlerweile schon. Aber es nützte ohnehin nichts, sich jetzt noch darüber den Kopf zu zerbrechen. Wirklich eine verdammt seltsame Art, mit einem Schiff umzugehen.

Der Chief blickte zu den drei jungen Maschinentechnikern hinüber, die dicht zusammengedrängt am Schott hockten. Zwei Jungen und ein Mädchen, alle frisch aus der High-School. Gute Leute, menschlich und auch fachlich. Sie hatten sich alle freiwillig für den Job gemeldet, ja, sie hatten fast darum gebettelt, aber jetzt sahen sie ein wenig ängstlich aus. Ungefähr so ängstlich, wie der CPO sich fühlte.

Er nickte ihnen mit einem gelangweilten Lächeln zu, wie um ihnen zu sagen, dass heute auch nur ein Tag auf dem Weg in den Ruhestand war.

Das gehörte nun einmal zum Job eines Chiefs.

Am Heck des Motorschiffs *Harconan Flores*

25. August 2008, 08:03 Uhr Ortszeit Amanda sah die schwarzen Rauchschwaden, die die Fregatte hinter sich ließ. Man konnte deutlich erkennen, dass das Schiff beschleunigte. Welche Absicht dahintersteckte, war jedoch weniger leicht zu erahnen.

Amanda beobachtete, wie die *Sutanto* ein Wendemanöver einleitete. Machte sie etwa kehrt? Nein – das Schiff hielt nun direkt auf die Einfahrt zum Kanal zu, und die Bugwelle wurde immer höher, während der Verrückte auf der Brücke das Letzte aus den Maschinen herausholte.

»Was zum Teufel soll das?«, hörte sie Harconan völlig entgeistert flüstern. »Er will doch wohl nicht in den Kanal einfahren? Nicht in diesem Tempo!«

Ja, was zum Teufel ging da vor sich?, fragte sich auch Amanda im Stillen. Der indonesische Skipper brauste mit seinem Schiff heran wie …

»… wie die *Campbeltown*«, sagte Amanda laut.

Sie wusste jetzt, wer der ›Verrückte‹ war – und sie konnte seine Absicht voller Bewunderung nachvollziehen. *Kühnheit wird mit Kühnheit beantwortet. Brillant, Elliot!*

Amanda senkte das Fernglas und blickte Harconan an. Er hatte sich ebenfalls ihr zugewandt, um irgendeinen Hinweis darauf zu finden, was da vor sich ging. Er schien nicht glauben zu können, was er sah. Man hatte ihn in seiner geheimen Festung aufgespürt – und er wusste, wer dafür verantwortlich war.

»Du hattest nie eine Chance, Makara«, sagte sie mit ehrlichem Bedauern. Was jetzt folgen würde, war absolut notwendig – doch es tat ihr Leid, dass es überhaupt so weit hatte kommen müssen. Und es tat ihr auch Leid um das, was möglich gewesen wäre, hätte Harconan sich damit begnügt, der zu sein, der er war, anstatt sich zum König aufzuschwingen. »Du hattest keine Chance.«

An Bord der USS *Cunningham*, CLA-79, auf Position Buccaneer

25. August 2008, 08:03 Uhr Ortszeit In der Gefechtszentrale der *Cunningham* meldete sich der Offizier für taktische Operationen von der Hauptfeuerleitkonsole.

»Sir, noch dreißig Sekunden bis zum ATACMS-Start.«

»Flugkörper-Status?«, verlangte Hiro. Das Schiff war längst auf Gefechtsstation, sodass Hiros Platz der Kapitänssessel links neben der Feuerleitstation war. Er gewöhnte sich allmählich an diesen Platz, wenngleich der Drehstuhl mit der hohen Rückenlehne und den Steuerelementen an den Armlehnen ein wenig an Raumschiff Enterprise erinnerte.

»ATACMS-Bomblet-Zündung ist eingestellt. ATACMS-Zielkoordinaten sind eingegeben. ATACMS-Flugkörper in jeder Hinsicht startbereit«, antwortete der TACCO.

»Sehr gut. Eröffnen Sie das Feuer wie vorgesehen.«

»Verstanden, wir eröffnen das Feuer. Sieben ... sechs ... fünf ...«

Jeder im CIC, der ein paar Sekunden erübrigen konnte, warf einen Blick auf einen der Vordeck-Monitore. Bisher hatten sie diese Waffe nur in Simulationen abgefeuert – und das war schon beeindruckend genug gewesen.

»... drei ... zwei ... eins ... Feuer eins!«

Das Signalhorn plärrte – eine Warnung und Aufforderung an alle, die sich an Deck aufhielten, sich augenblicklich mit dem Gesicht nach unten auf den Boden zu werfen.

Eine orangeglühende Flamme stieg aus dem vorderen Senkrechtstart-System der *Cunningham* bis zu den Masten hoch. Das Geschoss, das auch beim Army Tactical Missile System eingesetzt wurde, war zu groß, um in einem Kaltstart aus der Startzelle geschleudert zu werden. Man musste die Brenngase der Startrakete nach oben aus dem Silo leiten, bevor der Flugkörper selbst auf dem gleichen Weg zum Himmel emporjagte.

Der Kreuzer erzitterte und trotz der Schallisolierung war das Donnern des Raketenstarts auch im Inneren des Schiffes noch gedämpft zu hören. Man konnte auf den Monitoren verfolgen, wie das Geschoss von der Form einer Gewehrkugel weiter emporjagte und dabei die Leitflossen an der Basis entfaltete.

»Drei … zwei … eins … Feuer zwei.«

Eine zweite Flamme stieg empor … dann eine dritte … und schließlich drei weitere. Sechs Geschosse innerhalb von dreißig Sekunden. Von ihren Laser-Lenksystemen geleitet, sausten sie schließlich auf ihre Ziele hinab.

Fünf Seemeilen entfernt, in der Gefechtszentrale der USS *Carlson*, schob sich auf den Bildschirmen eine Kette von blauen Flugkörper-Positionssymbolen von der Position Buccaneer auf die Landzunge Krebsschere zu – verfolgt vom Aegis-Radar der *Cunningham*.

»Die Duke bestätigt sechs gelungene Starts. ATACMs fliegen planmäßig auf ihre Ziele zu. Zeit bis zum Ziel zwei Minuten und fünfundzwanzig Sekunden.«

Christine Rendino war nicht religiös im konventionellen Sinn, doch in diesem Moment betete sie zum Geist des Universums, an den sie persönlich glaubte. *Lass Amanda unter der Erde sein. Bitte, lass sie in diesem Moment unter der Erde sein.*

Am Heck des Motorschiffs *Harconan Flores*

25. August 2008, 08:04 Uhr Ortszeit Am westlichen Horizont begann ein dünner Kondensstreifen zum Zenith emporzuklettern, wie eine dünne Bleistiftlinie am azurblauen tropischen Himmel.

»Sie greifen an!«, rief Harconan auf Englisch, ehe er sich auf Holländisch und Bahasa-Indonesisch an seine Leute wandte, denen er über sein Handy-Talky rasche Kommandos zurief. Irgendwo begann eine Warnhupe zu dröhnen, deren heiseres Echo in den Tunnels widerhallte.

Amandas Wächter trieb sie und Professor Sonoo den Steuerbord-Deckslaufgang entlang. Sonoo stammelte irgendetwas in Harconans Richtung und streckte fast flehend die Hand aus, doch der Wächter schob den Arm des Mannes mit seiner Maschinenpistole beiseite und stieß ihm den Lauf unsanft in den runden Bauch. Makara Harconan hatte keine Zeit mehr, sich um Sonoo oder Amanda zu kümmern.

In seiner Eile, sie von Bord zu bringen, entging dem Wächter, dass Amanda immer noch das Fernglas bei sich trug. Sie drückte es fest an sich und verschränkte die Arme vor dem Bauch, um es zu verbergen.

Auf der Brücke der Fregatte *Sutanto*

25. August 2008, 08:05 Uhr Ortszeit Die Einfahrt zur Bucht kam immer näher, und immer weiter öffnete sich der blaue Schlund zwischen den Basaltklippen.

MacIntyre verglich seine Armbanduhr mit der Zeitangabe auf dem Bildschirm. »Es ist bald soweit, Ladies and Gentlemen. Noch neunzig Sekunden bis zum Einschlag.«

»Ja, Sir«, antwortete Labelle Nickols von der Rudergänger-Station aus. Sie befeuchtete ihre Lippen und blickte unwillkürlich nach oben. »Das wäre nicht gut, wenn sie ein wenig zu früh niedergeht, nicht wahr?«

»Das wäre gar nicht gut«, stimmte Stone Quillain zu und blickte ebenfalls nach oben. »Was mir am meisten Kopfzerbrechen macht, ist, dass die verdammten Dinger von der Army kommen.«

Die Triebwerke der Army Tactical Missiles brannten nach einigen Sekunden enormer Beschleunigung aus, worauf die Flugkörper ihrer steilen ballistischen Flugbahn folgten. Sie erreichten ihren höchsten Punkt mehr als 30 000 Meter über der Erdoberfläche, ehe sie, fächerartig ausschwärmend, zu ihren Zielen auf der Halbinsel tief unter ihnen hinabtauchten.

Als die Flugkörper in die dichteren Schichten der Atmosphäre eintauchten, veränderte sich der Anstellwinkel der Leitflossen, sodass sich die Geschosse wie Gewehrkugeln zu drehen begannen. Ein Laser-Entfernungsmesser in der Nase des Flugkörpers schickte seinen Strahl zur Erdoberfläche, von wo er reflektiert wurde. Im Augenblick der größten Rotationsgeschwindigkeit wurde eine Sprengladung gezündet, die die Außenhaut der Lenkwaffe abzog.

Durch die Zentrifugalkräfte wurden M74-Cluster Bomblets, also kleine Bomben, in einem kegelartigen Muster hinausgeschleudert, und zwar nicht weniger als 950 Stück pro Flugkörper – ein jedes von der Sprengkraft einer Handgranate.

Abgesehen vom Heulen der Alarmsirenen waren die ersten Warnsignale, die die Morning-Star-Truppe erhielt, die aufeinanderfolgenden Einschläge der leeren Flugkörper-Hüllen im Wald. Dann folgten leise metallisch-prasselnde Geräusche, als würde ein eiserner Regen auf sie niedergehen. Hunderte und Aberhunderte kleine graue Zylinder kamen aus dem Himmel geflogen, drangen durch die dichten Baumkronen, prallten von Baumstämmen ab und landeten mit dumpfen Geräuschen in der weichen Erde.

Die altgedienten Kämpfer von Morning Star hatten es bereits mit den Mörsern und Granatwerfern der indonesischen Armee zu tun gehabt. Sie hatten auch schon mehr als einmal der Feldartillerie gegenübergestanden – doch eine solche Waffe hatten sie noch nie erlebt. Manche suchten rasch nach Deckung, andere zögerten und einige wenige griffen sogar neugierig nach den kleinen Zylindern auf dem Boden.

Tausende und Abertausende Mikrochip-Zeitzünder gingen gleichzeitig los.

Von der *Sutanto* aus sah man unter den Baumkronen auf der Landzunge kettenförmige blaue Blitze zucken. Eine dichte graubraune Wolke stieg in allen Richtungen aus dem Wald empor. Wenig später senkte sie sich schwer auf die Baumkronen nieder, als würde der Dschungel sie wieder in sich aufsaugen.

Das Geräusch folgte etwas später, und es klang, als würde eine Persenning von der Größe eines Kontinents entzweigerissen.

Stone Quillain nickte anerkennend. »Das hat gesessen. Nicht schlecht, Army.«

»In der Tat«, stimmte MacIntyre zu. »Jetzt wollen wir mal sehen, was Commander Richardson für uns tun kann.«

Im Inneren der Höhle trieb der Wächter Amanda und Sonoo die steile Gangway vom Hauptdeck der *Flores* zum Kai zur Rechten hinunter. Sonoo stolperte im Halbdunkel der Höhle. Keuchend klammerte er sich an der Reling der Gangway fest und bat, langsamer gehen zu dürfen.

Amanda befand sich zwischen dem Inder und ihrem Wächter, der nun zum ersten Mal darauf verzichtete, einen gewissen Abstand zu halten. Ungeduldig stieß der Bugi über Amandas Schulter hinweg ein paar Worte auf Indonesisch hervor, die an Sonoo gerichtet waren. Der Status des Technikers war anscheinend mit einem Mal stark gesunken. Amanda konnte sich denken, warum das so war, und bezog diesen Faktor in ihren Aktionsplan mit ein.

Das plärrende Signalhorn der *Harconan Flores* stimmte in den Lärm der Hupen ein, der den Bunker erfüllte. Mehrere Crew-Mitglieder eilten an Deck und zogen die Hüllen von den 37-mm-Geschützen, während im Inneren des Schiffes das Zischen eines Druckluftanlassers zu hören war, als die Maschinen des LSM angelassen wurden. Weiter vorne rief der Boss der Schauerleute seinen Leuten Flüche und Anfeuerungsrufe zu, während sie den INDASAT mit der Winde die Bugrampe hochhievten.

Bei den Geschützstellungen an den Enden der Kaianlagen versammelten sich Bugi-Schützenteams, während Wachmänner an die inneren Sicherheitsposten eilten – manche mit Sturmgewehren bewaffnet, andere mit Granatwerfern ausgerüstet. Sie alle waren offensichtlich auf eine Situation wie diese vorbereitet.

Als Amanda, Sonoo und der Wächter am Ende der Gangway angelangt waren, hörte man von draußen plötzlich eine Explosion. Für Amanda klang es, als würde ein Kriegsschiff mit einer gigantischen Kettensäge entzweigeschnitten. In ihren Ohren dröhnte es, als die Druckwellen von draußen hereindrangen. Im Tarnvorhang waren plötzlich Dutzende von kleinen sternförmigen Löchern zu sehen, während innerhalb des Docks Granatsplitter durch die Luft pfiffen und da und dort abprallten. Der schwere Nylonvorhang wölbte sich nach innen wie ein Segel im Wind, und der scharfe Geruch von Sprengstoff breitete sich in der Höhle aus. Einer der Männer hatte Pech und wurde von einem Splitter getroffen; sein lauter Schrei erstarb nach einigen Sekunden.

»Was ist denn das?«, wandte sich Sonoo in seiner Angst an Amanda.

»Tja, Professor, ich würde sagen, jetzt gibt's ein ordentliches Feuerwerk.«

Der Wächter trieb sie auf die Eingänge zu den Tunnels in den hinteren Regionen der Höhle zu.

Drei Kilometer südöstlich der Festung gingen acht Helikopter, die in einer Linie parallel zur Landzunge angeordnet waren, in den Schwebeflug. Sie waren während des ATACM-Angriffs, der die Verteidiger so unvermutet getroffen hatte, in Schussweite vorgerückt und postierten sich nun mit Hilfe des Global-Positioning-Systems ein jeder an einem genau festgelegten Punkt. Alle richteten sich mit der gleichen Präzision anhand des Kreiselkompasses aus und hoben die Nase einige Grad über den künstlichen Horizont. Mit Hilfe der Flug- und Navigationssysteme wurden die ›Artilleriebatterien‹ in Stellung gebracht.

»Kanonen scharf machen, Kanonen scharf machen!«, rief Cobra Richardson in sein Mikrofon, während er mit dem Daumen die Kappe über dem Auslöseknopf am kollektiven Blattverstellhebel entfernte. »Feuerbereitschaft! Feuer!«

Acht Auslöseknöpfe wurden gleichzeitig gedrückt.

Die Helikopter wurden in Rauch und Flammen gehüllt, als sich die Hydra-Raketen mit durchdringendem Geheul auf den Weg machten. Wie Maschinengewehre feuerten die Waffensysteme ihre Ladungen in Viertelsekunden-Intervallen abwechselnd von beiden Seiten des Helikopters ab. Dadurch wurde eine ausgewogene Gewichtsverteilung gewährleistet und das Risiko von kollidierenden Geschossen ausgeschaltet. Jeder der Hueys feuerte seine 56 Raketen in vierzehn Sekunden ab; die größeren H-60 benötigten die doppelte Zeit, um ihre Ladung von 112 Geschossen auf den Weg zu bringen.

In weniger als dreißig Sekunden wurden somit nicht weniger als 672 Raketen auf das Ziel abgefeuert. Dies ist der Vorteil, den man bei einer Bombardierung durch Raketen im Vergleich zu herkömmlicher Artillerie hat: Anstatt ein Geschoss nach dem anderen zu aktivieren, geht in diesem Fall der gesamte Geschosshagel auf einmal über dem Ziel nieder.

Innerhalb von ein, zwei Sekunden nach dem Abschuss brannten die Hydra-Raketen aus. Genauso wie die größeren ATACMs wurden auch sie durch ihren Schwung zum Ziel gebracht – doch die ausgebrannten Raketentriebwerke zogen noch eine dünne Rauchfahne hinter sich her. Cobra Richardson blickte durch die von den Treibladungen verschmierte Cockpitscheibe hinaus; der Raketenschwarm erschien ihm wie eine graue Sturmfront, die sich mit unglaublicher Geschwindigkeit vorwärtsbewegte und sich schließlich auf die Festung hinabsenkte. Und überall, wo sie auftraf, explodierte die Erde.

Etwa eine halbe Minute lang sah die Halbinsel so aus, wie sie einst in den Urzeiten ihrer Entstehung ausgesehen haben mochte, als noch heiße Lavaströme ins Meer flossen: eingehüllt in Feuer, Dampf und grelles orangefarbenes Licht. Unaufhörliches Donnern war trotz des lauten Knatterns der Rotoren deutlich zu hören. Und als schließlich das letzte der Geschosse detoniert war, stieg eine dunkle schwarze Wolke zum Himmel empor.

»Scheiße!«, flüsterte Richardsons Kopilot.

»Ja, wirklich«, stimmte Richardson zu. »Genau so sieht das hier aus.«

Auf der Landzunge Krebsschere rappelten sich die Überlebenden des ATACMS-Angriffs mühsam wieder hoch, während bereits neues Verderben vom Himmel kam. Doch während die kleinen Geschosse der ATACMs nur etwa die Sprengkraft einer Handgranate hatten, war jede der Hydra-Raketen mit einer 14-Pfund-Sprengladung ausgestattet.

Nur wenige der Hydras erreichten tatsächlich den Boden. Sie waren so eingestellt, dass sie beim Aufprall detonierten und wurden deshalb großteils schon von den Baumkronen der Wälder aktiviert. Ganze Bäume lösten sich unter den Raketeneinschlägen auf, sodass ringsum spitze Holz- und Stahlsplitter durch die Luft schossen. Palmenstämme wurden wie Speere durch die Luft geschleudert und stürzten krachend zu Boden, wo sie Männer erdrückten und unter sich begruben.

Die Morning-Star-Guerillas waren tapfere Männer und gute Soldaten, die sich in jahrelangen Dschungelkämpfen bewährt hatten – doch sie waren noch nie auch nur annähernd einem Angriff wie diesem ausgesetzt gewesen. Die Männer am landwärtigen Ende der Halbinsel flüchteten sich tiefer in den schützenden Dschungel, während jene, die sich im Schutze des japanischen Bunkers befanden, trotz des Schrecks, der sie erfasste, auf ihren Posten blieben. Diejenigen, die sich mitten im Zentrum des Verderbens befanden, hatten ohnehin keine Wahl – ihnen blieb nichts als der Tod.

Im Inneren des Bunkers erzitterte der Felsboden unter den Füßen. Rost rieselte von den Eisenträgern herab und die Beleuchtung begann bedrohlich zu flackern.

Amanda, Sonoo und der Wächter betraten den Tunnel zur Linken im hinteren Bereich der Höhle. Hier war es, als würde draußen ein Gewitter toben, das mit aller Macht nach innen drängte. Die Druckwellen, die es vor sich herschob, hämmerten jedem gegen das Trommelfell.

Der Wächter zögerte und blickte sich unsicher um. Ein tief in die Erde gegrabener Tunnel war nicht gerade das gewohnte Kampfgebiet für einen Bugi-Piraten. Amanda blickte kurz über die Schulter zurück und wickelte den Riemen des Fernglases, das sie hatte mitnehmen können, fest um ihre Finger. Im Moment befand sich außer ihr und den beiden Männern niemand hier im Tunnel.

Eine Rakete schlug in die Felswand in der Nähe der Bunker-Einfahrt ein. Die Detonation zerriss die Tragevorrichtung des Tarnvorhangs, sodass tausende Quadratmeter Nylon ins Wasser hinabstürzten. Explosionsartig wurde die Höhle vom Tageslicht durchflutet.

Der ohnehin schon überaus nervöse Wächter erschrak angesichts der plötzlichen Helligkeit. Obwohl er ein erfahrener Soldat war, wirbelte der Bugi herum und wandte sich zum ersten und gleichzeitig letzten Mal von Amanda ab.

Sie wirbelte ebenfalls herum und schwang das Fernglas wie einen Dreschflegel, während sie genau auf den Hinterkopf des Wächters zielte. Das Fernglas wurde beim Aufprall ebenso zertrümmert wie der Schädel des Mannes.

Noch bevor er zu Boden fiel, war Amanda bei ihm und riss ihm die Sterling-Maschinenpistole aus der schlaffen Hand. Rasch drehte sie sich um und richtete die Waffe auf Sonoo. »Die anderen Techniker«, stieß sie hervor. »Bringen Sie mich zu ihnen. Los!«

Der Inder folgte der Anordnung, ohne zu zögern.

Amanda löste das 34-Schuss-Ersatzmagazin vom Gürtel des toten Bugi und betete, dass im Getümmel des Luftangriffs niemand den Vorfall hier bemerkt hatte.

Das mächtige Sperrfeuer hörte so abrupt auf, wie es begonnen hatte. Über allem lag der säuerliche Geruch und Geschmack von Pikrinsäure und der Kohlegeruch von brennendem Holz. In gewisser Weise kam die plötzliche Stille ebenso überraschend wie das infernalische Getöse zuvor. Die Männer bemühten sich, den Schock zu überwinden und sich zu bewegen. Einige unter ihnen übernahmen instinktiv eine Führungsrolle und halfen den anderen, sich zu sammeln.

»Über Bord damit, rasch!«, rief Makara Harconan und schloss sich den Decksarbeitern an, die am Heck der Flores mit bloßer Muskelkraft versuchten, das Gewirr von Persenning und Leinen ins Meer zu befördern. Die Masse des schweren Stoffs riss ein Stück der achterlichen Reling aus der Verankerung, als das Ganze schließlich über Bord fiel.

Als Seemann bemerkte Harconan beiläufig, dass es enorm schwierig sein würde, die Schrauben des LSM freizubekommen, um auslaufen zu können. Gleichzeitig stellte er sich die naheliegendere Frage, ob die *Flores* überhaupt noch Gelegenheit haben würde, die Festung zu verlassen.

Harconan hatte keine Ahnung, was oben auf der Landzunge vor sich ging. Er war sich nur sicher, dass nicht die Indonesier hinter dem Angriff steckten; genauso wenig konnten die Australier oder irgendeine andere Navy aus der Umgebung dafür verantwortlich sein. Sie alle verfügten nicht über die für einen solchen Angriff nötige Feuerkraft. Nein, es mussten die Amerikaner sein. Irgendwie hatten sie seinen Stützpunkt aufgespürt. Nein, irgendwie hatte *sie* ihre Leute auf seine Spur gebracht.

Für einen kurzen Augenblick spürte Harconan nichts als blinde Wut über den Verrat, den Amanda Garrett an ihm begangen hatte. Dieses Miststück! Sie hatte ihm ihr Wort gegeben!

Im nächsten Augenblick begann er zu lachen. Er richtete sich auf und lachte inmitten der Trümmer, die ihn umgaben; er lachte so laut, dass die Seemänner rund um ihn erstaunt aufblickten. Was hätte denn er an ihrer Stelle getan? Aber wie hatte sie es bloß angestellt? Er war sich so sicher gewesen, dass er an alles gedacht und ihr keine Möglichkeit gelassen hatte. Harconan wischte sich etwas Blut vom Mundwinkel. Eines Tages würde er sie danach fragen müssen.

Er schüttelte das Dröhnen aus seinen Ohren und versuchte die taktische Situation zu analysieren. Der Beschuss hatte aufgehört. Dafür kam die indonesische Fregatte auf den Bunker zu. Sie war wohl nur noch einige hundert Meter von der Einfahrt entfernt und kam in rasendem Tempo näher.

Ob sie vorhatten, Angriffsboote einzusetzen? Sollten sie es doch versuchen. Durch den Luftangriff waren möglicherweise die meisten der Stellungen auf den Klippen ausgeschaltet worden, doch die Schützen im Inneren der Höhle waren immer noch imstande, jeden Angreifer, der hier landen wollte, in Stücke zu reißen. Es blieb ihm noch etwas Zeit, um seine Möglichkeiten abzuwägen. Und als letzter Ausweg blieb ihm immer noch der Rückzug zu den Morning-Star-Stützpunkten in den Bergen. Allerdings, was den Satelliten betraf …

Harconans Gedanken schweiften ab. Es waren keine Landungsteams an Deck dieses Schiffes zu erkennen. Doch da war etwas anderes, das ihm auffiel – eine seltsame Flagge, die am Großmast wehte.

Harconan blickte sich um und fand schließlich das

Fernglas, das vor ihm auf dem Deck lag. Er hob es rasch auf und richtete es auf die Mastspitze des angreifenden Schiffes.

Statt der rot-weißen Flagge der indonesischen Marine sah er eine schwarz-weiße Totenkopfflagge – eine Botschaft, die nicht eines gewissen grimmigen Humors entbehrte und die von echten Kriegern stammte.

Harconan ließ das Fernglas sinken und nahm sein Handy-Talky zur Hand. »Alle Schützenposten! Feuer eröffnen! Nehmt den Feind aufs Korn! Schlagt ihn zurück!«

Auf der Brücke der Fregatte *Sutanto*

25. August 2008, 08:07 Uhr Ortszeit Orangefarbene Funken sprühten in der Einfahrt zur Höhle, die nun am Ende der Bucht zu erkennen war. Gleichzeitig jagten Geschosssalven auf die *Sutanto* zu.

»Jetzt kommt's!«, rief Stone Quillain und duckte sich unter die Splitterbarriere. »Zieht die Köpfe ein!«

Labelle Nickols kauerte sich hinter die Rudergänger-Station und sprach das mit einer Portion Sarkasmus versehene Gebet aus den alten Tagen der hölzernen Schiffe, die einander mit Breitseiten bekämpften. »O Herr, wir danken Dir für alles, was Du uns zugedacht hast.«

MacIntyre rief sich in Erinnerung, dass zwischen zwei sichtbaren Leuchtspurgeschossen jeweils vier Kugeln kamen, die man nicht sah.

Das Fenster der Brücke zerbarst unter den zahlreichen Treffern in einem Sprühregen aus Glas, während die Kevlar-Panzerung darunter alle Geschosse mit einem Geräusch auffing, das so klang, als würde man mit einem Holzknüppel gegen einen nassen Teppich schlagen. Auch von den stählernen Aufbauten des Schiffes prallten die Kugeln reihenweise ab.

»Junge, Junge, da müssen einige Ma-Deuce-Fünfziger am Werk sein«, stellte Quillain trocken fest.

»Äh, ja«, stimmte Labelle nachdenklich zu, »aber sie müssen auch noch was Schwereres haben. Sieht aus wie ein Bofors-Zwillingsgeschütz oder so was Ähnliches.«

Zwischen den Leuchtspurgeschossen, die wie glitzernde Hornissen herangejagt kamen, bemerkte MacIntyre Geschossbahnen, die ihm wie die Spur von flammenden Bowlingkugeln erschienen, als er über die Kevlar-Panzerung hinweglugte. Als sie ihr Ziel erreichten, erzitterte das ganze Schiff, und der Gestank von Feuer und Sprengstoff erfüllte die Luft.

»Das muss so was wie eine Zwillings-Vierziger sein«, verkündete eine ruhige Stimme. Mit Staunen wurde MacIntyre bewusst, dass es seine eigene Stimme war. »Ich wette, sie haben die alten russischen Siebenunddreißiger wieder auf dem Frosch-LSM eingebaut.«

Die *Sutanto* setzte über eine letzte hohe Welle hinweg, bevor sie durch das Tor zwischen den Klippen brausten und in die ruhigen Gewässer der Fahrrinne hineinschossen.

»*Almachtige!* Was hat dieser Verrückte nur vor!«, schrie Kapitän Onderdank über dem rhythmischen Donnern seiner Schiffsgeschütze.

»Ich weiß es nicht!«, rief Harconan zurück. »Ich weiß es nicht!«

Der Kapitän der *Flores* war zu Harconan an die Backbordseite des Ruderhauses getreten, wohin sich dieser zurückgezogen hatte, um sich von den unablässig feuernden achterlichen Geschützen zu entfernen. Die beiden russischen 37-mm-Flugabwehrkanonen spuckten Feuer, während die Geschosshülsen in einem kontinuierlichen Strom ausgeworfen wurden und auf das Deck prasselten.

Die Maschinengewehre vom Kaliber .50 feuerten ebenfalls unaufhörlich von den Anlegestegen in der Höhle, und der hintere der beiden Schoner, die längsseits der *Flores* festgemacht waren, hatte sein russisches 14-mm-Maschinengewehr bemannt, das nun ebenfalls in die Schlacht eingriff.

Der Geschosshagel, der auf die anstürmende Fregatte niederging, verfehlte seine Wirkung nicht. Rauch stieg aus den Aufbauten empor, doch sie stürmte unbeirrt weiter, wie ein Elefant in vollem Lauf, der sich von Luftgewehrfeuer nicht aufhalten lässt.

Die Fregatte lief immer noch mit Höchstfahrt, als sie in den Kanal einfuhr.

»Er wird niemals rechtzeitig zum Stillstand kommen!«, rief Onderdank entsetzt aus. »Selbst wenn er die Maschinen mit voller Kraft zurücklaufen lässt, kann er nicht mehr stoppen!«

Der Kapitän der *Flores* hatte Recht. Das altgediente Warschauer-Pakt-Kriegsschiff verfügte nicht über umkehrbare Schrauben, sodass es nicht in der Lage war, rasch aufzustoppen; außerdem war in dem engen Kanal nicht genügend Raum vorhanden, um ein Wendemanöver durchzuführen.

Plötzlich erinnerte sich Harconan an seine Zeit auf der Marineakademie von Amsterdam. Damals hatte er einige französische Atlantikhäfen besichtigt und dabei von der Legende um die *Campbeltown* erfahren.

Während des Zweiten Weltkriegs war das Trockendock im französischen Hafen von St. Nazaire die einzige derartige Anlage in der Bucht von Biscaya gewesen, die groß genug war, um Reparaturarbeiten an den mächtigen deutschen Kampfschiffen *Bismarck* und *Tirpitz* durchzuführen. Für die Kriegsmarine war die Anlage ein Riesenvorteil, sodass die Royal Navy gezwungen war, etwas zu unternehmen. Es stellte sich die Frage, wie man dieses Trockendock ausschalten konnte. Durch herkömmliche Bombardierung war dem massiven Betonbau nicht beizukommen und die starke Verteidigung des Hafens machte es jedem Sonderkommando so gut wie unmöglich, das Dock mit genügend Sprengstoff zu erreichen, um eine entsprechende Wirkung zu erzielen.

Die Antwort bestand schließlich darin, einen älteren amerikanischen Zerstörer, die *Campbeltown*, einzusetzen, diesen als deutsches Kriegsschiff zu tarnen, mit Munition auszurüsten und ein Team von heldenhaften Männern zusammenzustellen, das nach Kamikaze-Art mit Höchstgeschwindigkeit mitten ins Trockendock brausen sollte.

Genau das Gleiche passierte hier!

»Die Brücke!«, schrie Harconan in sein Handy-Talky. »Konzentriert das Feuer auf die Brücke!«

Auf der Brücke der Fregatte *Sutanto*

25. August 2008, 08:08 Uhr Ortszeit Wie lange brauchte man, um achthundert Meter mit fünfundzwanzig Knoten zurückzulegen? Nicht lange jedenfalls, doch Elliot MacIntyre kam es vor, als wäre er eine Ewigkeit im Ruderhaus gekauert, das rund um ihn in Stücke gerissen wurde. Er beobachtete dabei, wie die schwarzen Felsen des Kliffs mit der Geschwindigkeit eines vorrückenden Gletschers immer näher kamen. Er spürte, wie das Deck sich unter ihm aufheizte, weil darunter offensichtlich ein Feuer wütete. Von seiner Wange tropfte Blut; offensichtlich hatte ihn ein verirrter Metallsplitter getroffen.

Du wolltest ja das alles wiederhaben! Na, wie gefällt es dir jetzt?

Er hob ganz langsam eine Hand und betrachtete sie. Die schwieligen Finger ließen sich krümmen, ohne zu zittern. Nun, es ist auch nicht schlimmer als in den alten Zeiten, antwortete er im Stillen auf seine Frage. Ich glaube, ich halte mich ganz gut.

Im nächsten Augenblick wurden die Aufbauten der *Sutanto* von einem Aufprall erschüttert, der heftiger war als alles, was das Schiff bisher auszuhalten gehabt hatte.

»Scheiße, das sind schwere Geschütze!«, rief Quillain.

»Es hat irgendwo achtern eingeschlagen«, stellte MacIntyre fest und blickte zu den Klippen auf, die seitlich hochragten. »Unser Bombardement hat wohl nicht alle Stellungen da oben ausgeschaltet.«

»So was kommt vor«, gab der Marine mit finsterer Miene zurück.

Die Fregatte jagte die leichte Biegung in der Fahrrinne entlang, und Labelle Nickols stand trotz des vehementen Beschusses, dem das Schiff ausgesetzt war, immer noch halb aufrecht am Steuerrad und folgte dem schmalen Streifen dunkelblauen Wassers vor dem Bug.

Ein plötzliches Schlingern machte sich im Inneren des Schiffes bemerkbar, und der Zeiger am Drehzahlmesser an der Station des Zweiten Rudergängers machte einen Sprung, als ein Schraubenblatt auf Fels traf.

MacIntyre bemerkte, dass sich auf dem Kliff entlang des Waldrandes etwas bewegte. Inmitten des Rauchs und der durch den Beschuss zerstörten Vegetation hatte ein Trupp von Morning-Star-Schützen ein Artilleriegeschütz in Stellung gebracht, das nach unten auf das Schiff gerichtet war. Die Schützen befanden sich fast auf gleicher Höhe mit der Brücke des Frachters, sodass MacIntyre direkt in das Rohr der alten, in Amerika hergestellten 75-

mm-Haubitze blickte – einer Waffe, die wahrscheinlich im Zweiten Weltkrieg hier zurückgelassen worden war.

Die Haubitze spuckte Feuer und eine Granate …, dann schien die ganze Welt zu explodieren.

Der Treffer hatte auf der Backbord-Brückennock eingeschlagen, die regelrecht weggerissen wurde. MacIntyre spürte einen mächtigen Schlag auf den Helm und vor seinen Augen wurde alles rot, dann schwarz, ehe er endlich wieder etwas sehen konnte. Er kauerte auf Händen und Knien am Boden und schüttelte den Kopf wie ein Kampfstier, der mehrere Lanzenstiche hatte hinnehmen müssen. Die Rudergänger-Stationen …

Lieutenant Nickols lag davor und gab ein Geräusch von sich, das an eine schwer verletzte Katze erinnerte. Und der Kopf des Zweiten Rudergängers war zerschmettert.

Falls Vizeadmiral Elliot MacIntyre irgendjemandem oder sich selbst etwas beweisen wollte, dann war jetzt die Gelegenheit, es zu tun.

Er rappelte sich hoch, packte das blutüberströmte Steuerrad und riss es herum. Komm schon, du alter Kahn! Zurück in den verdammten Kanal!

Im nächsten Moment ertönte ein lautes Knirschen und Ächzen, als Stein gegen Stahl krachte, und MacIntyre spürte ein leichtes Vibrieren, das nichts anderes bedeutete, als dass Wasser in den geborstenen Rumpf eindrang. Doch die Schrauben drehten sich noch und das Schiff hielt auf die Einfahrt zur Höhle zu.

Doch da war immer noch die Haubitze der Morning-Star-Schützen. Sie hatten genug Zeit, um erneut eine Granate ins Rohr zu schieben und die Brücke endgültig in Stücke zu reißen.

Stützpunkt Krebsschere

25. August 2008, 08:08 Uhr Ortszeit Das Dröhnen von automatischen Waffen riss nicht ab, während Amanda den indischen Professor den seitlichen Tunnel entlangtrieb, der von gelegentlichen Arbeitslichtern einigermaßen beleuchtet war. Bisher hatte sie das Glück auf ihrer Seite gehabt. Durch den Ruf auf die Gefechtsstationen und den nachfolgenden Kampf waren alle Bugi vorne im Bunker konzentriert, sodass die seitlichen Tunnels völlig verlassen blieben.

Sie ging trotzdem kein Risiko ein und schob Sonoo in eine dunkle Nische, um mit ihm zu sprechen. »Also gut«, sagte sie und ließ ihn den Lauf der Maschinenpistole im Rücken spüren. »Wo sind die Quartiere?«

Sonoo antwortete stammelnd auf Hindi, ehe er innehielt und in Englisch weitersprach. »Bis ans Ende des Ganges und dann nach links.«

»Werden die anderen Techniker dort sein?«

»Wahrscheinlich. Man hat uns gesagt, dass wir dorthin zurückkehren sollen, falls irgendetwas passiert.«

»Wächter?«

»Ja, an der Tür. Sie begleiten jeden von uns … Bitte, Captain, wir haben mit dem Kampf hier nichts zu tun!«

»Sie haben gestohlenes Gut übernommen, sie betreiben Industriespionage und haben sich der Beihilfe zum Massenmord schuldig gemacht, Professor«, erwiderte Amanda. »Und wenn Sie hier lebend wieder rauskommen und als Kronzeuge aussagen wollen, dann tun Sie jetzt besser, was ich Ihnen sage. Verstanden?«

»Verstanden, ich werde in jeder Hinsicht mit Ihnen kooperieren.«

»Gut. Wir gehen jetzt bis ans Ende des Tunnels und biegen dann links ab. Gehen Sie in Ihr Quartier, als würden Sie nur den Anweisungen folgen, die Sie bekommen haben. Ich halte mich hinter Ihnen, mit dieser Maschinenpistole in der Hand. Wenn ich Ihnen sage, dass Sie sich ducken sollen, dann tun Sie es schnell. Wenn nicht, wird es Ihnen Leid tun … aber nur kurz.«

»Ich habe verstanden … ich habe verstanden.«

»Also gut. Los!«

Hier am Ende des Tunnels war die Luft feucht und die Betonwände waren mit Flechten und Ablagerungen von eingesickertem Meerwasser bedeckt. Zu beiden Seiten des mannshohen Durchgangs befanden sich schwere Stahltüren, überzogen mit einer dichten Rostschicht.

Sie bogen nach links ab. Etwa vierzig Meter vor ihnen standen zwei bewaffnete Bugi im Licht am Ende des Ganges. Sonoo ging schwer atmend auf sie zu. Amanda hielt sich dicht hinter ihm, die Maschinenpistole hinter dem breiten Rücken des Inders verborgen.

Plötzlich fiel ihr etwas ein, und sie stieß einen stillen Fluch aus.

In dem Privatunterricht, den Stone Quillain ihr in der Handhabung aller möglichen Feuerwaffen erteilt hatte, wann immer Zeit dafür blieb, war die Sterling noch nicht vorgekommen. Sie hatte jedoch bereits ganz allgemein gelernt, wie man Waffen dieser Art lud und bediente, und wusste deshalb, dass die MP einen Hebel für drei verschiedene Einstellungen haben musste. Sie suchte mit dem Daumen und fand den Hebel tatsächlich. Es gab eine Einstellung für GESICHERT und eine zweite für den EINZELFEUER-Modus. Die dritte Einstellung schließlich bedeutete AUTOMATIK – und das war es, was sie wollte.

Die Frage war nur, welche Raste für welche Einstellung zuständig war.

Sie waren nun etwa zwanzig Meter von den Bugi-

Wachposten entfernt. Die beiden Männer blickten auf und bemerkten Sonoo, und Amanda hatte nicht mehr genug Zeit, um sich noch lange mit der verdammten Waffe zu beschäftigen. Sie holte tief Luft und dachte an den Bugi, den Harconan mit ihrer Bewachung betraut hatte. Er war ein guter Wächter gewesen, bestimmt einer der besten, die Makara zur Verfügung hatte; als erfahrener Soldat würde er nie mit einer automatischen Waffe herumlaufen, die nicht gesichert war.

Mit einem stillen Stoßgebet schob Amanda den Hebel bis ans andere Ende vor.

Noch zehn Meter. Die beiden Wächter waren an einer der Türen des Tunnels postiert; rund um den verrosteten Türrahmen drang etwas Licht von drinnen heraus. Einer der Männer trug ebenfalls eine Sterling-MP, während der andere mit einem M-16-Sturmgewehr bewaffnet war. Sie wirkten erstaunt, als sie Amanda und Sonoo sahen. Vielleicht deshalb, weil sie unbewacht waren, vielleicht auch wegen des Ausdrucks auf dem Gesicht des Inders – jedenfalls hob der Bugi mit dem Sturmgewehr seine Waffe …

»Runter!«

Sonoo ging zu Boden – und Amanda hätte nicht sagen können, ob er in Ohnmacht fiel oder sich nur duckte, um aus der Schusslinie zu kommen. Sie riss die Sterling hoch und zog sie an die Schulter – eine Hand am Pistolengriff und Abzug, die andere am Magazin.

Im Geist hörte sie Stone Quillains Stimme, die zu ihr sprach. *»Das Ding geht vorne hoch, wenn man feuert. Zielen Sie auf die Knie und führen Sie die Waffe im Zickzack, wenn der Lauf nach oben kommt.«*

Amanda hatte die richtige Einstellung gewählt, und auch der stille Rat des Marines erwies sich als hilfreich. Die Sterling ratterte los, dass es im Tunnel widerhallte.

Beide Bugiwächter krümmten sich in dem Kugelhagel und gingen schließlich zu Boden.

Amanda verspürte einen Augenblick der Erleichterung, als plötzlich ein unbeschreiblicher Lärm durch die gesamte unterirdische Anlage hallte ... von sich verbiegendem Stahl, von berstendem Holz und zerschmettertem Stein. Die ganze Festung erzitterte wie unter einem gewaltigen Erdbeben.

Auf der Brücke der Fregatte *Sutanto*

25. August 2008, 08:09 Uhr Ortszeit Elliot MacIntyre blickte auf, als etwas aus der Rauchwolke emporwirbelte, die sich über dem Ende des Kanals auftürmte – ein graues schattenhaftes Gebilde, das direkt auf die zerschmetterte Brücke der Fregatte zuzukommen schien. Im letzten Augenblick stieg es hoch und sauste etwa in Masthöhe vorüber. Das Donnern von Rotoren ertönte, begleitet vom Knattern von Maschinenkanonen und dem Hämmern von Granatwerfern.

Die Seawolves griffen ein.

Cobra Richardson führte seinen Schwarm von vier Helikoptern in einer Reihe über die *Sutanto* hinweg und den Kanal entlang. Mit ihren OCSW-Waffen und den Miniguns in den Türen nahmen die Super Hueys die Klippen gnadenlos unter Beschuss und taten damit genau das, was die Seawolves am besten konnten – sie griffen ihren Kumpeln auf dem Wasser unter die Arme.

Die Morning-Star-Haubitze kam nicht mehr dazu, ihre vernichtende Granate abzufeuern. Und auch das Feuer aus der Einfahrt zur Höhle hatte nachgelassen. Trotz des Rauchs, der vom brennenden Wald in den Kanal hereindrang, konnte MacIntyre sein Ziel erkennen. Carberry hatte Recht gehabt. Harconans Landungsschiff war hier, hatte an einem Anlegesteg auf der rechten Seite festgemacht. Doch auch der Rest der ›Parkfläche‹ war besetzt; am Pier zur Linken lagen zwei *Pinisi* dicht hintereinander.

Die *Pinisi* sahen am einladendsten aus.

MacIntyre drehte das Steuerrad noch einmal herum und riss die Hand nach oben, um den Kollisionsalarm auszulösen. Alarmhupen gingen unter Deck los, und die Marines sowie der Rest der Crew im Hauptlaufgang hielten einander an den Armen fest und stützten die Beine an den gegenüberliegenden Schotten ab.

Stone Quillain zog Labelle Nickols in den Laufgang achtern des Ruderhauses und schirmte sie mit seinem eigenen Körper gegen das ab, was da kommen würde. Ein Schatten schob sich über die zertrümmerte Brücke hinweg, als sie in die Höhle jagten. MacIntyre ließ sich auf die Knie fallen, hob die Hände schützend vors Gesicht und stützte sich am Steuerstand ab.

Stützpunkt Krebsschere

25. August 2008, 08:10 Uhr Ortszeit Die Verteidiger der Höhle verließen ihre Posten und liefen los, und die Besatzungen der Schoner sowie der *Flores* taten es ihnen gleich. Sie flüchteten die Kaianlagen hinunter, um sich im hinteren Bereich des Bunkers zu verschanzen. Harconan blieb nichts anderes übrig, als sich dem allgemeinen Rückzug anzuschließen. Angesichts von 1 200 Tonnen Stahl, die unaufhaltsam angebraust kamen, hatte man wohl auch keine andere Wahl.

Er hatte soeben die Decksaufbauten des Schiffes verlassen und das Mittschiffsdeck erreicht, als die Fregatte in die Höhle gedonnert kam. Sie krachte gegen den ersten Schoner, der am Kai zur Linken vertäut war. Das kleinere hölzerne Schiff wurde durch den Aufprall völlig zertrümmert – wie eine Holzkiste durch einen Axthieb.

Die *Harconan Flores* legte sich über, als die Fregatte zwischen ihr und dem gegenüberliegenden Anleger hindurchpreschte. Pierpfeiler knickten oder wurden herausgerissen und durch die Luft geschleudert wie Mikadostäbchen. Das Wrack des ersten Schoners krachte gegen den zweiten, sodass beide unter dem Bug des indonesischen Kriegsschiffes zu einem einzigen Knäuel aus berstendem Holz verschmolzen. Die Schreie jener Crew-Mitglieder, die es nicht rechtzeitig geschafft hatten, von Bord zu kommen, gingen in dem Krachen und Ächzen der berstenden Schiffe unter.

Hoch oben stieß der Gittermast der Fregatte gegen die Decke der Höhle. Der Großmast und die Antennen hielten dem Aufprall nicht stand und gingen krachend zwischen den Aufbauten der beiden Schiffe nieder. Die Überreste der Masten schrammten weiter die Decke der Höhle entlang und rissen die alten Träger aus ihrer Verankerung. Rostiges Eisen und Lavafels regneten von oben herab.

Harconan war durch die erste Kollision auf das Deck des LSM geworfen worden. Er spürte instinktiv, dass etwas Schweres von oben herabstürzte und rollte sich gerade noch rechtzeitig zur Seite, bevor ein massiver Trägerbalken zusammen mit einer Tonne Basaltgestein krachend auf dem Deck der *Flores* einschlug. Einer der holländischen Maate war nicht schnell genug und wurde von den Felsbrocken zerquetscht.

Harconan blickte auf und sah das zerschmetterte Oberwerk der Fregatte vorüberziehen, während das Schiff über die Trümmer der beiden Schoner hinwegglitt. Es erreichte den Felsvorsprung am hinteren Ende der Höhle. Der verbogene Bug hob sich ruckartig hoch – in dem Versuch, auch dieses Hindernis noch zu überwinden. Doch der Schwung des Schiffes war erschöpft und der wilde Ritt fand hier sein Ende. Mit einem letzten Aufstöhnen glitt die Fregatte zurück und blieb schließlich mit gebrochenem Kiel manövrierunfähig liegen.

Das letzte Echo verklang und eine fast übernatürliche Stille breitete sich in der Höhle aus.

Harconan wusste, dass die Stille nur Sekunden anhalten würde, ehe der eigentliche Angriff begann. Er rappelte sich hoch und rannte quer über das geneigte Deck zur Steuerbord-Reling. Der INDASAT war ebenso verloren wie der gesamte Stützpunkt hier. Makara Limited als Ganzes war verloren. Alles war verspielt – es blieb nur noch der Kampf.

Die Gangway war durch den Aufprall weggerissen worden, doch das geneigte Deck des LSM ragte nun über den Anlegesteg hinaus. Harconan schlüpfte unter der Reling hindurch und sprang auf den Kai hinunter, während seine Gedanken bereits einen Schritt vorauseilten. Es galt jetzt den Rückzug zu organisieren. Wie es im Katastrophenplan vorgesehen war, musste er seine Leute von hier weg und zu den Stützpunkten von Morning Star im tiefen Dschungel führen.

Und er musste Amanda mitnehmen. Diese eine Beute würden sie ihm nicht entreißen.

»Alle Mann! Mir nach!«, rief er, um die Wachposten und Besatzungsmitglieder um sich zu scharen, die noch am Kai waren.

USS *Cunningham*, CLA-79, auf Position Buccaneer

30 Seemeilen westlich der Landzunge Krebsschere

25. August 2008, 08:10 Uhr Ortszeit Die *Sutanto* verschwand im Inneren der Höhle. Das Echtzeit-Bild auf dem Large-Screen-Display in der Gefechtszentrale wurde von einer der beiden Eagle-Eye-Feuerleit-Drohnen abgestrahlt, die die *Cunningham* über der Gefechtszone im Einsatz hatte.

»Sie sind drin, Sir«, meldete Hiros TACCO. »So weit, so gut.«

»Ja, so weit«, antwortete Hiro leise. »Wechseln Sie auf die Bravo-Drohne.«

Der taktische Offizier rief die Abbildung vom zweiten RPV auf. Die fernen Kameras zielten auf einen Fleck dichten Waldes in der Mitte der Landzunge. Man sah sofort, dass die Raketen große Lücken in die ursprünglich dicht stehenden Baumkronen gerissen hatten. An mindestens einem halben Dutzend Plätze stieg dichter Rauch auf. Dennoch konnte man zumindest optisch nicht erkennen, dass sich die landwärtigen Zugänge zum Tunnelkomplex hier unter den Bäumen befanden. Sie existierten nur als vom Radar aufgespürte Koordinaten in den Zielsystemen.

»Mr. Carstairs«, sagte Hiro, »überprüfen Sie, ob alle Geschütze einsatzbereit sind.«

»Alle vorderen Geschütze sind feuerbereit. Zielkoordinaten sind eingestellt und Geschossführung ist programmiert. Systeme sind einsatzbereit.«

Auf den Vordeck-Monitoren der *Cunningham* schoben sich die Rohre des VGAS-Systems hervor und auch das Rohr des Buggeschützes hob sich. Jenseits des Buges war

Neuguinea als dunkler Fleck am blauen Horizont zu sehen.

»Mr. Carstairs, beginnen Sie mit dem Einsatz.«

»Schon unterwegs, Sir. Wir eröffnen das Feuer.« Der TACCO schnippte mit den Daumen die Kappen von den beiden leuchtend grünen Auslöseknöpfen. Die Knöpfe wurden weiß, als er sie drückte.

Wumm …! Krack …! Wumm …! Krack …!

Nach dem automatischen Ladevorgang feuerten die beiden festen VGAS-Rohre alle fünfzehn Sekunden je ein Geschoss ab. Dazwischen jagte der leichtere Fünf-Zoll-Turm seine Ladung hinaus. Die schwarz- und orangefarbenen Feuerstöße waren im Vergleich zu den riesigen Flammen, die bei einem ATACM-Abschuss ausgespien wurden, eher klein, aber immer noch sehr eindrucksvoll.

So wie die ATACMs breiteten auch die 155- und 120-mm-›Smart Shells‹ Leitflossen aus, nachdem sie aus dem Rohr geschleudert worden waren. Angesichts der modernen stoßfesten Technologie war es einfacher und effizienter, einem Geschoss zu sagen, wohin es zu fliegen hatte, als zu versuchen, möglichst genau zu zielen.

Mit Hilfe eines Laser-Zielsystems konnte man den Bereich des wahrscheinlichen Einschlags einer präzisionsgesteuerten Granate auf etwa eineinhalb Meter im Durchmesser eingrenzen. Für diesen Einsatz hatte man sich jedoch mit GPU-Steuerung begnügt, sodass der Bereich des wahrscheinlichen Einschlags etwa fünfzehn Meter betrug.

Ein Dutzend Granaten waren bereits in der Luft, ehe die erste einschlug.

Während die CIC-Crew die Abbildung des Zielgebiets, die von der Drohne kam, im Auge behielt, fegte der Geschosshagel systematisch die Baumkronen rund um die

Tunnelzugänge weg. Die gut verborgene Festung stand schließlich nackt zwischen zersplitterten Baumstämmen da, und wenig später begannen die Granaten auf die schweren Betonwände einzuhämmern.

Der Schauplatz wurde von einer Wolke aus Staub und Rauch eingehüllt, und erst jetzt sprach der TACCO mit leiser Stimme zu seinem Commander: »Ich würde sagen: Hier kommt keiner lebend raus.«

Stützpunkt Krebsschere

25. August 2008, 08:11 Uhr Ortszeit Im staubigen Halbdunkel des Ganges rollte sich Stone Quillain von der Gestalt herunter, die er zu schützen versucht hatte. Er war erleichtert, weil sie sich bewegte, aber gleichzeitig besorgt, als er Blut unter sich spürte.

»Belle, sind Sie okay?«

»Nein«, schluchzte die SB-Offizierin. »Ich hab eine Kugel in den Hintern abbekommen – ein ziemlich blödes Gefühl. Wie geht's dem Zweiten Rudergänger? Ihn hat es auch erwischt.«

Quillain blickte zur Kommandobrücke hinüber und sah, dass sich Admiral MacIntyre soeben hochrappelte. Er sah aber auch die reglose Gestalt am Boden neben ihm.

»Er ist tot, Belle«, sagte er knapp. Es war nicht genug Zeit, um lange herumzureden.

»Scheiße! Scheiße!«

Quillain rappelte sich hoch, während ein Funker von den Marines und zwei Special-Boat-Leute aus dem Funkraum weiter achtern kamen.

»Goldberg, Sie und einer der anderen Jungs bringen Miss Nickols zu einem Sanitäter! Und dann klemmen Sie sich gleich ans SINCGARS und melden der Task Force, dass wir mit der Operation weitermachen! Los!«

»Aye, Sir!«

»Zu Befehl, Sir!«

Stone hätte gern noch etwas zu Labelle gesagt, wie zum Beispiel, dass alles wieder in Ordnung kommen würde – doch so viel Zeit hatte er nicht. Genauso wenig konnte er sich jetzt um MacIntyre kümmern.

Noch im Laufen nahm er sein SABR zur Hand und stürmte auf die Steuerbord-Brückennock hinaus; die Backbord-Brückennock hatte man ihnen ja zuvor weggeschossen. Im Inneren des toten Schiffes hörte man Stiefel über die Decks hämmern; Stones Sea Dragons waren bereits auf dem Weg nach oben an Deck.

Stone stand jetzt vor der überaus schwierigen Aufgabe, die Lage richtig einzuschätzen. Es gab keinen Bildschirm, auf dem sie die taktische Situation im Inneren des Bunkers und des Tunnelkomplexes hätten verfolgen können. Quillain musste mit seinen Truppen vorrücken und seinen Plan entwickeln, während er ihn bereits ausführte.

Er ging hinter dem durchlöcherten Schanzkleid in Deckung und blickte sich um, während er alle kritischen taktischen Faktoren in Betracht zog. Die Lichtverhältnisse waren eher ungünstig. Während von vorne Tageslicht in die Höhle drang, war der hintere Teil völlig dunkel. Die Luft in der Höhle war von dichtem Rauch erfüllt. Es herrschte ein unangenehmes Zwielicht, das zu hell war, als dass die Nachtsichtgeräte zufriedenstellend funktioniert hätten, und zu dunkel, um mit bloßem Auge gut sehen zu können.

Die beiden Schiffe waren Seite an Seite zwischen den Kais eingekeilt; die Mittschiffs-Relings waren fast auf gleicher Höhe und das LSM hatte die Rampe immer noch unten.

Der linke Anleger war ziemlich ramponiert, und auf der rechten Seite sah es wahrscheinlich nicht anders aus. Sie würden sich langsam und äußerst vorsichtig vorwärtsbewegen müssen, da sie keinerlei Deckung zur Verfügung hatten. Erst weiter hinten, am Ende der Höhle, schienen jede Menge Kisten herumzuliegen. Und waren da hinten nicht auch die Zugänge zu den seitlichen Tunnels? Das würde mit den Stellen übereinstimmen, wo sich die Zugänge an der Oberfläche befanden. Außer den seitlichen Tunnels, die nach außen führten, gab es möglicherweise auch einen Verbindungsgang zwischen den beiden Hauptgängen.

Stone hörte das Donnern von Artilleriefeuer, das über ihnen wütete. Das war gut so. Die Schiffe verschlossen gleichsam die Zugänge an der Oberfläche. Von außen würden also keine zusätzlichen Truppen in die Höhle vordringen können. Doch im Inneren der Höhle waren keine Schüsse zu hören – und das war weniger gut. Wer immer sich hier verschanzt hatte, blieb in Deckung, sparte seine Munition und wartete, bis konkrete Ziele auftauchten. Diese Vorgangsweise zeichnete erfahrene Soldaten aus.

Also gut, es galt jetzt erst einmal, die Schiffsdecks zu sichern und für Feuerschutz von den höheren Positionen aus zu sorgen. Sie mussten das LSM durchkämmen und sichern und von dort aus in den Hauptgang vordringen. Um die Tunnels würden sie sich später kümmern.

Es waren vielleicht zwanzig Sekunden vergangen, seit die Fregatte in die Höhle vorgedrungen war und als Quillain seinen Plan fertig hatte.

Das Trägersignal seines Funkgerätes rauschte immer noch beruhigend in seinem Kopfhörer und er drückte rasch auf die Sprechtaste an der Tragevorrichtung.

»Dragon six an Dragon-Einheiten. Wir gehen so vor …«

Amanda schob Sonoo ins Innere des Quartiers der Techniker hinein. Sie hielt einen Augenblick inne und nahm dem toten Wächter die Maschinenpistole ab, zusammen mit den Magazintaschen, die er auf der Schulter getragen hatte. Drei weitere Magazine plus dem Magazin in der Sterling. Sie hoffte, dass das ausreichen würde.

Mit dem Rücken zum Rahmen schob sie sich in die Tür, um nicht nur das Innere des Raumes, sondern auch den Gang im Auge behalten zu können.

Im Quartier befanden sich ein halbes Dutzend Männer aus vier verschiedenen Völkern, die sie allesamt mit großen Augen anstarrten. Der Raum war aus dem Fels gehauen bzw. gesprengt und mit Betonwänden versehen worden. Er war vielleicht zwölf mal sechs Meter groß, die Decke war gewölbt und so niedrig, dass ein mittelgroßer Mann nur leicht gebückt stehen konnte. Die Tür, in der Amanda stand, war der einzige Ein- und Ausgang.

Man hatte einiges getan, um den Raum bewohnbar zu machen. Die Wände waren weiß ausgemalt, doch es hatten sich bereits wieder Flechten darauf breit gemacht. In einer Ecke befand sich hinter einem Vorhang eine übel riechende Chemietoilette. Außerdem hatte man Feldbetten, Camping-Stühle und Schränke bereitgestellt. Jeder der Männer hatte seinen Flecken Raum für sich, der bei einigen einigermaßen ordentlich, bei anderen wiederum ziemlich unordentlich und alles andere als sauber war, was einiges über den Betreffenden verriet.

Amanda sah auf den ersten Blick, warum Sonoo den Ort so bald wie möglich hatte verlassen wollen.

»Seien Sie gegrüßt, Gentlemen«, sagte sie mit einer Portion grimmigen Humors. »Ich gehe davon aus, dass die meisten von Ihnen Englisch sprechen. Falls mich jemand nicht versteht, bitte ich darum, dass jemand für ihn übersetzt. Für alle, die mich noch nicht kennen – ich bin Captain Amanda Garrett von der United States Navy. Und ich möchte Ihnen mitteilen, dass die United States Navy im Augenblick diese Anlage angreift. Sie sind also meine Gefangenen.«

Die Techniker nahmen die Botschaft recht unterschiedlich auf. Die Koreaner reagierten mit vorsichtiger Gelassenheit, die Araber mit ängstlicher Verblüffung, der Inder schien einfach nur Angst zu haben, während der jüngere und wirklich noch recht fit aussehende Russe sie zornig anstarrte. Amanda richtete den Lauf der Sterling auf ihn.

»Ich würde Ihnen raten, dass auch Sie sich in Ihre Rolle als Gefangener fügen. Überlegen Sie es sich gut. Sie alle sind im Moment ein großes Sicherheitsrisiko, sowohl für Harconan als auch für Ihre Konzerne. Wenn Sie vor Gericht aussagen, was Sie hier getan haben, wäre das für diese Herrschaften fatal. Ich glaube, Ihre Chefs würden Sie im Moment liebend gern irgendwohin in den Dschungel bringen und den Krokodilen zum Fraß vorwerfen. Und jetzt gehen Sie erst einmal zur Wand da hinten und setzen sich hin. Und vergessen Sie nicht, dass ich Ihre einzige Chance bin, lebend hier rauszukommen.«

Sie kamen ihrer Aufforderung nach – manche bereitwillig, andere zögernd oder gar widerwillig.

Wie ein Kampfpilot ließ Amanda ihren Blick ständig hin und her schweifen – bald zu den Technikern, bald in den Gang hinaus. So tief im Fels war es feucht und fast kalt – dennoch begannen ihre Hände an der Maschinenpistole zu schwitzen.

Plötzlich hallte das Krachen und Knattern von kleinen Waffen in den Tunnels wider und schwoll rasch zu einem gewaltigen Dröhnen an. Die entscheidende Schlacht hatte begonnen.

»Chief Hanrahan!«, rief MacIntyre in sein Mikrofon. »Wie ist der Status des Schiffes?«

»Bis zur Wasserlinie überflutet, Sir, aber noch stabil. Ein, zwei Brandherde, die wir aber unter Kontrolle haben«, kam die Antwort über den Kopfhörer. MacIntyre hatte seinen Karabiner wieder an sich genommen, doch seinen Helm hatte er irgendwo verloren.

»Also gut, halten Sie sich bereit zum Sichern des LSM, sobald die Marines das Schiff durchkämmt haben.«

»Aye, Sir, wird erledigt.«

In der Höhle hallten von allen Seiten Echos wider. Vom Vordeck und Oberwerk der ramponierten Fregatte aus nahmen SABR-Schützen und SAW-Schützen der Marines verschiedene Ziele in der Höhle aufs Korn – und aus der Dunkelheit kam die Antwort von einer Reihe unterschiedlicher Waffentypen.

Stone Quillain leitete das Gefecht von seinem Ad-hoc-Befehlsstand auf der Brückennock aus. Er gab seinen Sea Dragons laufend neue Anweisungen, teilweise über Funk, teilweise mit lauter Stimme.

»Schwere Waffen! Männer, ihr haltet und sichert die Fregatte! Corporal, Ihr Schützenteam verteilt sich achtern entlang der Backbord-Reling. *Ja, Backbord!* Bleibt in Feuerschutz-Position. Team Able, ihr knöpft euch das Oberwerk des LSM vor und nehmt die rechte Seite des Kais aufs Korn! Team Baker … He, du Idiot! Zieh den Kopf ein! Willst du schon so jung sterben …? Ihr zieht euch in die Aufbauten zurück und durchkämmt alle Abteilungen! Passt auf Geiseln auf. Ich wiederhole, passt auf Geiseln auf!«

MacIntyre trat hinter den Marine und klopfte ihm auf die Schulter. »Machen Sie weiter so, Stone!«, rief er durch den Lärm des Feuergefechts. »Ich gehe mit Team zwei. Halten Sie mich auf dem Laufenden. Wir sehen uns später.«

Quillain blickte sich nicht einmal zu ihm um. »Aye aye, Sir. Viel Glück. Aufklärungstrupp Alpha und Bravo. Haltet euch auf dem Hauptdeck in Bereitschaft …«

Erst nachdem MacIntyre die Außenleiter hinabgestiegen war, blickte Quillain ihm nach. »Gillruth, aufgepasst«, sagte er in sein Mikrofon. »Eddie Mac kommt runter und schließt sich eurem Zug an. Ich möchte ihn lebend wiedersehen! Haben Sie mich verstanden, Lieutenant? Lebend!«

Kommandotrupp Baker verließ das sinkende Heck der *Sutanto* und wechselte auf das höher liegende Heck der *Flores* hinüber; dadurch würden die Marines die Decksaufbauten des LSM zwischen sich und den Verteidigern der Höhle haben. Um jedoch hinüberzugelangen, mussten sie zum höher gelegenen Deck des LSM springen und sich eineinhalb Meter hochziehen. Eddie Mac war grundsätzlich stolz darauf, dass er für sein Alter ziemlich gut in Schuss war, doch als er den Sprung machte und sich hochzuziehen begann, spürte er mit einem Mal Muskeln, von denen er gar nicht mehr gewusst hatte, dass er sie besaß.

Verdammt, Eddie Mac, du hättest dir doch einen Sportwagen kaufen sollen!

Ein junger Marine, der dreimal so viel Gepäck wie MacIntyre mit sich trug, setzte neben MacIntyre mühelos über die Reling hinweg. Er drehte sich um und hielt dem Admiral die Hand hin, erntete jedoch nur einen bitterbösen Blick und eilte rasch weiter.

Schützenteams der Marines waren bereits im Inneren des Deckhauses an der Arbeit. Sie setzten ihre Flashbangs ein, die für eine schnelle Räumung des Schiffes sorgten. In jede Tür wurde eine der Granaten geworfen, worauf man den Raum mit schussbereiter Waffe durchkämmte.

Man würde die Waffen jedoch nur mit äußerster Vorsicht einsetzen. Die SOC-Marines waren in der Geiselbefreiung geübt und hatten den Finger nicht am Abzug, sodass ein zusätzlicher Augenblick des Überlegens nötig war, bevor gefeuert wurde. Es war dies ein Risiko, das man bewusst einging, um die Möglichkeit auszuschließen, dass man jemanden aus den eigenen Reihen traf, der als Geisel in der Hand des Feindes war.

»Klar!«

»Klar!«

»Klar!«

Die Rufe der Schützenteam-Führer hallten durch die Laufgänge. Sie stießen auf keinerlei Widerstand. Die Crew der *Flores* hatte sich offenbar zurückgezogen, anstatt um jeden Meter des Schiffes zu kämpfen.

Es kam jedoch auch nicht die Meldung: »Wir haben einen der Unseren.«

MacIntyre schloss sich dem Trupp an, der die zwei Ebenen zum Oberdeck und zum Ruderhaus hochstieg. Das, wonach sie suchten, musste sich, falls es an Bord war, hier befinden.

Nach den Grafiken, die MacIntyre von dem umgebauten Landungsschiff gesehen hatte, befanden sich die Quartiere des Kapitäns und der drei Maate im Deckhaus, unmittelbar vor dem Schornstein und unterhalb des Ruderhauses sowie des Funkraums.

Während er sich zusammen mit den Marines zu beiden Seiten des Schornsteins vorwärts arbeitete, verspürte MacIntyre plötzlich ein Gefühl der Bedrückung und Beengung, wie man es auf den Decks eines Schiffes eigentlich nicht gewohnt war. Man konnte auf dem Ruderhaus des LSM nicht aufrecht stehen, ohne sich an der Felsendecke der Höhle den Kopf anzuschlagen. Der Admiral schreckte hoch, als etwas Schwarzes an seinem Gesicht vorbeihuschte – eine verängstigte Fledermaus, die aus ihrem Versteck flüchtete und sogar das verhasste Tageslicht dem zunehmenden Chaos ringsum vorzog.

Das Schützenteam stürmte durch den Hintereingang des Deckhauses, und erneut ertönte das Donnern der Flashbang-Granaten.

»Klar!«

»Klar!«

»Klar!«

»Klar!«

Erneut keinerlei Kontakte.

Nachdem er mit der *Sutanto* ins Innere der Höhle vorgedrungen war, hatte MacIntyre nicht untätig auf dem Schiff herumsitzen wollen, während die anderen die Drecksarbeit machten. Er wollte an der Suche nach Amanda und der Jagd auf Harconan teilnehmen. Aber er war andererseits auch kein Narr. Er war sich vollauf bewusst, dass er es mit keinem SOC-Marine aufnehmen konnte und dass viele seiner Fähigkeiten als Special-Boat-Offizier etwas eingerostet waren. Deshalb hatte er sich damit begnügt, sich am Ende des Trupps zu halten – mit keiner anderen Aufgabe, als sich immer wieder umzublicken.

Aus diesem Grund befand er sich noch außerhalb der Luke, als es passierte.

Im Inneren des Deckhauses ertönte ein klapperndes Geräusch, wie von einem Gegenstand, der von Sprosse zu Sprosse die Leiter herunterfiel.

»Granate! Granate! Gra …«

Es folgte eine Explosion – nicht das scharfe Krachen einer Flashbang-Granate, sondern der Knall einer mächtigen Handgranate. Zwei der SOC-Marines, die vor MacIntyre durch die Luke gelaufen waren, wurden herausgeschleudert – teils durch die gewaltige Explosion, teils in dem verzweifelten Versuch, sich in Sicherheit zu bringen.

MacIntyre konnte sich nicht mehr wirklich erinnern, wie er dahin gekommen war – doch er kniete plötzlich in der Tür, den Karabiner feuerbereit nach oben gerichtet. Nur zwei Marines lagen regungslos im Mittelgang des Deckhauses, die anderen hatten sich entweder gerade in einer der vier seitlichen Kabinen aufgehalten oder waren rechtzeitig dort in Deckung gegangen. Der Angriff war von oben erfolgt – über die Leiter, die zum Ruderhaus führte. Zum Glück hatte es sich um eine herkömmliche Granate gehandelt, die keinen Splitterhagel verursachte. Doch der Kommandotrupp war nun natürlich verwundbar für einen weiteren Angriff.

Der Karabiner in MacIntyres Hand schickte seine Drei-Schuss-Feuerstöße los, ohne dass es dem Admiral wirklich bewusst gewesen wäre. Erst nach wenigen Sekunden wurde ihm klar, dass er auf etwas feuerte, das sich da oben bewegte.

Und was war es, das er da aus voller Kehle rief? »Feind auf der Brücke! Feind auf der Brücke! Wir haben Verwundete! Wir brauchen Sanitäter!«

Irgendjemand im Ruderhaus stieß einen Schrei aus und eine zweite Granate fiel zu ihnen herunter. MacIntyre war nun wie in Trance; er wusste selbst nicht recht, was er vorhatte, als er den Karabiner fallen ließ und losstürmte.

Das bedrohliche runde Ding rollte über den Linoleum-Belag, und MacIntyre tauchte hinunter, um es zu fassen. Sein Zeitgefühl war durch den Adrenalinstoß völlig ausgelöscht, sodass er nicht hätte sagen können, wie viele Sekunden vergingen. Er schnappte sich die Granate und holte aus, um sie fortzuwerfen … aber wohin? Schwer benommene und verwundete Marines lagen überall in den seitlichen Abteilen und auch außerhalb der einzigen Außenluke. Der Schornstein verhinderte einen Wurf über das Heck hinweg.

Mit einem stechenden Gefühl in der Kehle wurde sich MacIntyre plötzlich seiner eigenen Sterblichkeit bewusst. Wie in einem chaotischen Kaleidoskop zogen verschiedene Bilder vor seinem geistigen Auge vorüber. Seine Söhne, seine verstorbene Frau an ihrem Hochzeitstag, seine Tochter Judy, wie er sie an jenem ersten Morgen in der Klinik in den Armen gehalten hatte – und schließlich Amanda Garrett, wie sie ihn lächelnd ansah, mit diesem schwarzen Spitzenunterhemd bekleidet. Er drückte die Granate an seinen Bauch und rollte sich zusammen, um die Explosion zu dämpfen.

Ein hartes Bang! tönte in seinen Ohren – das Geräusch seines nächsten Herzschlags. Dann erkannte er, dass die Granate feucht von irgendjemandes Blut war und dass der Stift noch nicht gezogen war.

Elliot MacIntyre stieß einen Fluch aus, wie er ihm noch nie über die Lippen gekommen war. Er sprang hoch, zog den Stift aus der Granate und schleuderte sie dorthin zurück, woher sie gekommen war. Warum in Dreiteufelsnamen war ihm das nicht gleich eingefallen! Die Explosion, die über ihm ertönte, ließ das Schiff erzittern, und er riss seine Beretta aus dem Holster und stürmte die Leiter hoch.

Zwei Bugi-Seemänner lagen regungslos inmitten von Glasscherben auf dem Brückendeck. Egal, ob tot oder lebendig – MacIntyre feuerte dreimal auf jeden der beiden Männer, um sicherzugehen. Es gab nur einen Raum, der von hier aus zu erreichen war – der Funkraum, dessen Tür die Explosion halb aus den Angeln gehoben hatte. MacIntyre vergaß alles, was er je über das Vordringen in einer Gefechtssituation gelernt hatte, und warf sich gegen die Tür.

Die Luft im Inneren des kleinen Raumes war von dichtem Rauch erfüllt und überall lag halb verbranntes Papier herum. Ein fast kahlköpfiger Europäer im mittleren Alter in einer weißen Uniform lag am hinteren Ende der Kabine auf dem Boden – einen entgeisterten Ausdruck auf dem Gesicht. Die vier goldenen Streifen an den Schulterklappen seiner Jacke wiesen ihn als den Kapitän der *Flores* aus.

Die Augen des Mannes klärten sich, als er MacIntyre sah, und er griff nach der Walther P-38, die neben ihm auf dem Boden lag.

MacIntyre feuerte, bis das Magazin der Beretta leer war. Immer noch außer Atem zog er es heraus und steckte ein neues in den Pistolengriff. Dabei fiel sein Blick auf das schwarz-weiße Bakelit-Namensschild, das sich von den roten Flecken auf dem Hemd des Mannes abhob. Onderdank. Eigenartiger Name.

Allmählich kam MacIntyre wieder zu sich, erstaunt darüber, dass er sich offensichtlich für einige Minuten in einen Berserker verwandelt hatte. Aber eigentlich fühlte er sich gar nicht so schlecht. Er war nicht einmal sehr außer Atem und auch sein Herz schlug recht gleichmäßig. Vielleicht war er ein wenig aus der Übung, aber immerhin noch nicht reif für den Schrottplatz.

Hastig blickte er sich in dem außergewöhnlich gut ausgerüsteten Kommunikationsraum um und bemerkte die Notizbücher, die auf dem Boden aufgestapelt waren – neben dem Inhalt eines Dokumentensafes. Offensichtlich hatte man das alles angezündet, um es im letzten Moment noch zu vernichten – doch die Detonation der Flashbang-Granate musste das Feuer ausgeblasen haben.

Er löschte mit gezielten Tritten ein paar glimmende Dokumente und bemerkte dabei einen kleinen roten Zylinder, der in einer Ecke lag. MacIntyre identifizierte den Gegenstand als eine Thermit-Bombe, wie man sie für die rasche Vernichtung von Dokumenten verwendete. Sie war offensichtlich nicht losgegangen, und MacIntyre erkannte an einem Rostfleck, dass das Gerät bereits eine gewisse Zeit der feuchten Meeresluft ausgesetzt gewesen war.

In einer anderen Ecke lag ein grauer Laptop-Computer, das Gehäuse ebenfalls bereits vom Feuer angegriffen, in das man ihn geworfen hatte. Das Gerät schien jedoch noch intakt zu sein. MacIntyre untersuchte es und stellte fest, dass zwar ein Steckplatz für Speicherkarten, aber kein Netzwerk-Anschluss vorhanden war. Was hatte Christine Rendino doch gleich über diese Code-Computer gesagt, die Harconan einsetzte? Sie hatten aus Sicherheitsgründen keinerlei Anbindung an ein Netzwerk.

»Admiral MacIntyre?«, rief eine Stimme vorsichtig von unten herauf. »Sind Sie okay, Sir?«

Jetzt erst bemerkte MacIntyre, dass das Feuergefecht im Inneren der Höhle nachgelassen hatte. »Ja, ich bin okay. Wie geht's dem Schützenteam?«

»Die Sanitäter sind da, Sir. Ich glaube, es kommen alle durch.« Ein mit einem Helm bewehrter Kopf tauchte von der Leiter her auf und blickte sich um. »Du liebe Scheiße, Sir«, stellte der Marine respektvoll fest.

»Ja, es gab ein wenig Ärger. Dafür haben wir hier ein paar interessante Dokumente. Ich möchte, dass zwei Leute das Abteil hier sichern und das Material einsammeln und verpacken. Dieser Laptop hier soll persönlich an Commander Rendino auf der *Carlson* übergeben werden. Persönlich! Verstanden, Sergeant?«

»Zu Befehl, Sir!«

»Haben wir Captain Garrett schon gefunden?«

»Nein, Sir, und wir haben das ganze Schiff durchkämmt. Der Captain ist nicht an Bord.«

Verdammt, Amanda, wo zum Teufel steckst du bloß!

Die erste Phase der Operation, die Schlacht um die Höhle, war mit einer Niederlage für die Verteidiger zu Ende gegangen. Sie waren am Ende des Bunkers hinter einer Barrikade aus gestapelten Frachtgütern und Ausrüstung verschanzt gewesen und hatten sich plötzlich einer unerklärlichen und furchterregenden Macht gegenübergesehen. Sie hatten es nicht bloß mit Gewehrkugeln zu tun, nein – vielmehr schien die Luft über ihren Köpfen zu explodieren und sie mit Dolchspitzen aus brennendem Stahl zu überschütten.

Ihre Barrikaden bildeten keinen Schutzschild gegen diese Waffe, und die überlebenden Piraten und Morning-Star-Söldner sahen sich gezwungen, sich in die beiden Haupttunnel zurückzuziehen.

Dort erwartete sie jedoch eine bittere Überraschung. Die Zugänge von der Oberfläche her waren versperrt; sie waren durch den vehementen Beschuss der Angreifer völlig zugeschüttet worden. Es gab keinen Weg mehr ins Freie.

Aus der Höhle ertönten seltsame metallisch-unmenschliche Stimmen, die so laut wie der Donner waren. Diese Stimmen forderten sie in Bahasa auf, die Waffen niederzulegen und aufzugeben, und versprachen ihnen, dass ihnen dann nichts geschehen würde. Doch die letzten Überlebenden der Garnison waren dermaßen geschockt, dass sie nicht mehr klar denken konnten. Es gab nur noch den Flucht- und den Kampfinstinkt – und da die Flucht unmöglich war, begannen sie wieder zu kämpfen, so wie Tiere, die in der Falle saßen, kämpfen würden – bis zum letzten Atemzug.

Sie brachen Munitionskisten auf, von denen es genügend gab, um noch lange Widerstand leisten zu können. Dann schleppten sie Kisten aus den Lagerräumen herbei, um rasch neue Barrikaden zu bauen. Bald waren die Hauptgänge durch eine Wand versperrt, die vom Boden bis zur Decke reichte und nur einige Schießscharten freiließ.

In der Eile kam es beim Bau der Barrikaden zu einem folgenschweren Versehen. Man konnte keinem der Bugi oder Papua einen Vorwurf machen, dass sie die kyrillischen Aufschriften auf einigen der Kisten nicht lesen konnten, die da lauteten: »MÖRSER-GRANATEN-120 MILLIMETER.«

Stone Quillain sprintete von der Bugrampe der *Harconan Flores* los – in weitem Bogen, um außerhalb der Schusslinie der Verteidiger zu bleiben. Er gelangte hinter einige der Stellungen der Garnison und musste da und dort über die Leichen von Gefallenen springen. Widerstrebend musste er sich eingestehen, dass diese elektronischen Dinger, die man an den SABR-Waffensystemen der Marines installiert hatte, genau so zu funktionieren schienen, wie man es ihnen versprochen hatte.

Der Granatwerfer-Teil des Selectable Assault Battle Rifle konnte zum Abschießen von 25-mm-›Smart Grenades‹ verwendet werden. Und es war möglich, die Mikrochip-Zünder dieser Geschosse beim Abschuss vom Laser-Entfernungsmesser des SABR so zu programmieren, dass sie in einer bestimmten Entfernung von der Waffe in der Luft detonierten – beispielsweise eben direkt über den Köpfen der Feinde, die hinter ihrer Deckung verschanzt waren. Solche ›cleveren Granaten‹ waren außerdem überaus praktisch, wenn es darum ging, ›um die Ecke zu schießen‹. Stone hätte es nicht für möglich gehalten – aber das gute alte Schützenloch schien zunehmend seine Daseinsberechtigung zu verlieren.

Quillain drückte sich gegen die hintere Wand der Höhle und schloss sich dem Trupp von Marines an, der am Eingang zum rechten Tunnel postiert war. »Okay, wie sieht's aus?«

Der Gruppenführer studierte aufmerksam den Bildschirm seiner handtellergroßen restlichtverstärkenden Video-Einheit, während einer seiner Männer vorsichtig den optischen Sensor des Geräts an einem ausfahrbaren Aluminiumstab in den Tunnel einführte.

»Sie sind da hinten, direkt vor dem ersten seitlichen Tunnel, Skipper«, antwortete der Unteroffizier. »Sie haben den Tunnel mit einem Haufen Zeug blockiert und mindestens zwei mittlere Maschinengewehre montiert. Sobald jemand auch nur den Kopf in den Tunnel steckt, wird er ihm sofort weggeblasen.«

»Verdammt, wie sieht's mit dem anderen Tunnel aus?«

»Donaldsons Gruppe deckt diese Seite ab. Er sagt, dort ist es das Gleiche. Was sollen wir tun, Sir?«

Stone runzelte die Stirn. »Wie es aussieht, haben wir drei Möglichkeiten – sie aus dem Weg zu sprengen, sie mit Gas zu vertreiben oder einfach abzuwarten, bis ihnen die Luft ausgeht. Überlegen wir mal eine Minute.«

Im Halbdunkel der Höhle waren Schritte zu hören, außerdem das Knarren von Ausrüstungsgegenständen an einer MOLLE-Tragevorrichtung. Wenige Augenblicke später war Elliot MacIntyre bei den Marines. Der Admiral trug keinen Helm und sein graubraunes Haar war vom Schweiß verklebt, doch er hielt seinen Karabiner schussbereit und bewegte sich relativ geschmeidig.

»Lage?«, fragte er.

»Da sind zwei Barrikaden im Inneren der Tunnels. Sie verteidigen sich immer noch mit allen Mitteln. Wir haben sie über Lautsprecher aufgefordert, sich zu ergeben, aber das scheint sie nicht sehr zu beeindrucken.«

»Gibt es schon eine Spur von Captain Garrett?«

Quillain schüttelte den Kopf. »Nein, Sir, hier draußen nicht. Irgendein Hinweis an Bord des Schiffes?«

»Frauenkleider im westlichen Stil lagen in der Kapitänskajüte«, antwortete MacIntyre keuchend. »Von der

Größe her könnten es Amandas … Captain Garretts Kleider sein. Es gibt Hinweise darauf, dass die Kajüte als Gefängnis verwendet wurde. Das ist alles.«

»Verdammt, dann müssen sie den Captain in einen der Seitentunnels gebracht haben, bevor unser Angriff startete. Sie ist irgendwo da drin.«

»Falls sie überhaupt noch hier ist«, warf MacIntyre ein. »Gott steh ihr und uns bei, wenn wir uns geirrt haben. Gab es schon irgendwelche Versuche der Verteidiger, zu verhandeln? Vielleicht Drohungen gegen die Geisel?«

»Bis jetzt nichts als Kugeln, aber wenn sie etwas zu sagen haben, werden sie sich bestimmt bald melden.« Quillain rief ein Kommando in sein Mikrofon, und die verstärkte Aufforderung zur Aufgabe dröhnte nicht länger vom Oberwerk der *Sutanto* herunter.

»Wir müssen herausfinden, ob sie da drin ist oder nicht, bevor wir unseren nächsten Schritt wagen können«, fuhr Quillain fort. »Und wenn sie wirklich hier ist, müssen wir wissen, wo genau …«

Der Marine zögerte und neigte den Kopf ein wenig zur Seite, um zu lauschen; dann wurde sein kantiges Gesicht von einem breiten Grinsen erhellt.

»Was ist los?«, wollte MacIntyre wissen.

»Ein Schusswechsel. Hören Sie nur.«

Jetzt, wo die Lautsprecher verstummt waren, konnte man das Krachen von Gewehrschüssen und Maschinengewehrfeuer hören, das von irgendwo ganz hinten aus dem Labyrinth der Tunnels zu ihnen drang.

Quillains Lächeln wurde noch breiter. »Was für ein Glück. Wir hätten es wissen müssen, dass der Skipper nicht einfach hier rumsitzt und strickt!«

Amanda hatte sich nicht lange damit aufhalten wollen, die Leichen der Wächter wegzuschaffen, die vor dem Quartier der Techniker am Boden lagen – also hatte sie die Lampe an der Tür mit dem Gewehrkolben eingeschlagen, sodass das Ende des Ganges in Dunkelheit gehüllt war. Dasselbe machte sie mit einem der beiden Lichter im Quartier. Auf ihrem Posten an der Tür stand sie in absoluter Dunkelheit, während jemand, der auf sie zukam, hell erleuchtet sein würde. Nachdem sie das M-16 des zweiten Wächters samt Munition in ihr Arsenal aufgenommen hatte, hockte sie sich nieder, um erst einmal abzuwarten.

Nach den Explosionen und dem Gefechtslärm zu schließen, musste in der Höhle ein erbitterter Kampf im Gange sein. Amanda zweifelte nicht daran, dass ihre Leute sich letztlich durchsetzen würden, aber ihr selbst blieb nichts anderes übrig, als hier abzuwarten, bis sich die anderen zu ihr durchgekämpft hatten.

Sie betrachtete ihre Gefangenen, die an der hinteren Wand saßen. Keiner von ihnen schien eine wirkliche Bedrohung darzustellen, außer vielleicht der junge Russe. Dennoch wäre es ihr lieber gewesen, sie hätte sie alle fesseln können. Doch andererseits wollte sie ihnen nicht so nahe kommen. Außerdem hätte sie dann die Tür zu lange unbeaufsichtigt lassen müssen.

»Äh, Captain … Captain.« Es war Sonoo, der zu ihr sprach.

»Ja?«

»Sie müssen doch einsehen, dass keiner von uns hier irgendetwas mit den Gewaltakten zu tun hat, zu der es während dieser Sache gekommen ist.«

»Ach, wirklich?«

Sonoo schüttelte den Kopf. »Wir waren davon überhaupt nicht unterrichtet. Wir sind nur Angestellte, die im Auftrag unserer Firmen handeln.«

Amanda blickte wieder in den Gang hinaus. »Verstehe. Sie haben nur Befehle ausgeführt. Nun, Doktor, ich fürchte, das Argument hat schon bei den Nürnberger Prozessen keine Beachtung gefunden, und so wird es auch hier sein. Man könnte den Nazis sogar noch zugute halten, dass sie von ihren abstrusen Ideen überzeugt waren und nicht bloß aus Geldgier gehandelt haben.«

»Aber, Captain … Ihr Wort, Ihre Autorität in dieser Sache spielen eine große Rolle. Ich bin überzeugt … wenn Sie uns helfen würden, Unannehmlichkeiten zu vermeiden, dann würden wir … unsere Firmen sich überaus … großzügig zeigen.«

Amanda biss erbost die Zähne zusammen und richtete den Lauf ihrer Maschinenpistole wieder auf die Männer vor ihr. »Mich widern Leute an, die glauben, sie könnten mich mit ihrem schmierigen Geld kaufen!«, stieß sie hervor. »Sie können sich die Großzügigkeit Ihrer Firma in Ihren fetten Arsch schieben, Professor! Sie und Ihre Spielkameraden werden vor Gericht kommen für das, was Sie hier getan haben, und Sie werden dazu beitragen, dass Ihren Herrn und Meistern das Gleiche blüht! Und jetzt halten Sie den Mund und beten Sie, dass meine Leute rechtzeitig hier sind. Wenn sie's nämlich nicht sind, dann wird es mir eine besondere Genugtuung sein, meine letzten Kugeln auf euch Mistkerle abzufeuern!«

Es folgte die gelähmte Stille, die sie sich erhofft hatte.

Sie hörte, dass sich draußen etwas bewegte, und warf sich auf den Boden, die Waffe schussbereit. Die Leiche eines der beiden Wächter verwendete sie als Schutzschild.

Drei bewaffnete Bugi kamen in ihre Richtung geeilt. Ihr Ziel war offensichtlich das Quartier der Techniker.

Amanda atmete aus und legte den Finger an den Abzug.

Die Bugi bemerkten die plötzliche Dunkelheit, die vor ihnen lag, und stoppten in etwa fünfzehn Metern Entfernung von ihrem Ziel.

»Zielen! Kurze Feuerstöße!«, rief Stone Quillain in ihrer Erinnerung. *»Munition sparen!«*

Sie setzte zwei der drei Männer außer Gefecht, der Dritte rettete sich mit einem Sprung in einen Seitentunnel, sodass die Geschossgarbe am Beton abprallte. Im nächsten Augenblick schnellte er wieder hervor und feuerte mit seinem AK-47. Amanda spürte, wie ein Ruck durch die Leiche vor ihr ging, und feuerte ihrerseits, worauf der Schütze wieder hinter der Ecke verschwand.

Amanda griff hinter sich und zog die zweite Sterling samt Munition näher zu sich. Die entscheidende Schlacht hatte begonnen.

»Glauben Sie wirklich, dass sie das ist?«, fragte MacIntyre.

»Wer sonst sollte auf die Kerle hier schießen?«, antwortete Quillain und drückte auf die Sprechtaste seines Funkgeräts. »He, Donaldson! Da gibt's einen Schusswechsel im Tunnelkomplex. Hören Sie's auch?«

»Roger, Skipper«, ertönte die Antwort in seinem Kopfhörer. »Ich höre es auch.«

»Was meinen Sie – kommt es von Ihrer Seite, vom Haupttunnel?«

»Schwer zu sagen bei den vielen Echos, aber ich glaube eher nicht.«

»Ich auch nicht. Halten Sie sich bereit. Alle Sea-Dragon-Einheiten, hier spricht Sea Dragon six. Sofort sammeln! Ich wiederhole, sammeln! Geht links und rechts von den Haupttunneleingängen in Stellung! Los!«

Stone nahm eine Rauchgranate von seiner Tragevorrichtung. Wenn die Lady am hinteren Ende des Tunnelkomplexes in ein Feuergefecht verwickelt war, dann galt es, die Aufmerksamkeit auf den vorderen Bereich zu lenken. Er zog den Stift heraus und schleuderte die Rauchgranate in den Tunnel. Als sich der weiße Rauch zu entfalten begann, eröffneten die Bugi-MG-Schützen das Feuer, und ihre Leuchtspurgeschosse jagten aus dem Tunnel hervor.

»Admiral, wenn die Lady in einen Schusswechsel verwickelt ist, dann wissen wir nicht, in welcher Verfassung sie ist und wie lange sie durchhält. Wir müssen das Ganze schnell und kompromisslos durchziehen.«

»Ich stimme Ihnen voll und ganz zu, Stone. Je schneller, desto besser!«

»Also gut! Donaldson, wir brauchen Rauch in Ihrem Tunneleingang. Bringen Sie mir ein paar Satchel Charges her! Wir rücken vor!«

Amandas Lippen schmerzten vor Anspannung. Der Bugi erkannte, dass sie ihm und seinen Kameraden nützlich sein konnte, damit sie heil hier herauskamen. Wenn man sie jedoch nicht als Geisel benützen konnte, dann galt es, sie zu töten – schon allein aus Rache.

Von den sechs Magazinen, die sie für die Maschinenpistolen zur Verfügung gehabt hatte, waren fünf bereits leer. Danach würden ihr nur noch die sechzig Schuss des etwas unhandlichen Sturmgewehrs bleiben. Die Leiche, die sie als Schutzschild verwendet hatte, war bereits mehr oder weniger zerfetzt vom Feuer der Belagerer und teilweise versengt von der Hitze ihres eigenen Mündungsfeuers. Der Geruch von verbranntem Fleisch ließ Übelkeit in ihr hochsteigen.

Der Schusswechsel draußen im Bunker ließ etwas nach, und sie hörte über dem Dröhnen in ihren Ohren plötzlich ein Geräusch aus dem Inneren des Raumes. Rasch rollte sie sich zur Seite und riss den rauchenden Lauf ihrer Sterling-MP herum.

Valdeschefskij, der Russe, war aufgestanden und hatte sich einen Schraubenzieher aus einer Werkzeugkiste geholt.

»Lass das fallen und setz dich hin, du Mistkerl!«, zischte sie ihm zu. »Wenn du das noch mal versuchst, bist du tot!«

Mit zornigem Blick gehorchte er.

Irgendwo draußen im Korridor feuerte jemand mit einer Uzi-Maschinenpistole. Die Kugeln pfiffen über sie hinweg und ein Querschläger streifte ihren Oberarm. Sie schrie auf, rollte sich zurück und feuerte, um den Angreifer zurückzutreiben, was sie erneut ein halbes Magazin kostete.

Sie versuchte zu schlucken und sehnte sich nach etwas kühlem Wasser, um ihre ausgedörrte Kehle vom Staub zu reinigen.

Von irgendwo aus dem Gang hörte sie eine Stimme ein Kommando in Indonesisch brüllen. Der Befehl wurde zweimal wiederholt, da der Sprecher offenbar auf Widerspruch stieß. Amanda glaubte die Stimme zu erkennen – und nach einigen Sekunden war sie sich völlig sicher.

»Amanda? Bist du in Ordnung?«

»Makara, bist du das?«

»Ja, ich bin's. Ich habe die Wächter hinausgeschickt, damit sie die Haupttunnel verteidigen. Ich glaube nicht, dass es viel nützen wird. Wir haben nicht viel Zeit.« Seine Stimme, die durch den Gang hallte, klang erstaunlich ruhig. »Wir müssen hier weg, Amanda.«

»Niemand geht irgendwohin, Makara. Du musst aufgeben. Beende das Ganze, damit nicht noch mehr von deinen Leuten umkommen.«

»Das kommt für mich nicht in Frage«, antwortete er. »Gib gut Acht, ich betrete jetzt den Gang. Ich will dich nicht erschrecken.«

Er tauchte im Licht der Arbeitsbeleuchtung etwa fünfzehn Meter von ihr entfernt auf. Seine Hände waren leer und auch am Gürtel trug er keine Waffe. Obwohl seine

Kleider zerrissen und schmutzig waren, zeigte seine aufrechte Haltung, dass er sich noch lange nicht aufgegeben hatte. »Ich muss sagen, ich bin beeindruckt«, erklärte er lächelnd. »Ich hätte nie gedacht, dass irgendjemand den Stützpunkt hier finden und einnehmen könnte. Deine Leute sind wirklich gut, Amanda. Du hast ihnen beigebracht, wie man einen Gegner überrumpelt. Sie gehen genauso vor, wie du es auch tun würdest.«

Amanda erhob sich und hielt die Sterling auf ihn gerichtet. »Gib auf, Makara.«

»Wie ich schon sagte, das ist unmöglich. Ihr müsstet mich den indonesischen Behörden ausliefern – und bevor ich irgendetwas unternehmen könnte, würden sie mich auf der Flucht erschießen. Ich bin zu gefährlich, das wissen die in Jakarta genau.«

Langsam kam er auf sie zu. »Es wäre einfacher, gleich alles hier zu beenden. Dann würde ich diese Höhle zusammen mit den Geistern der Japaner heimsuchen.«

»Sei kein Narr, Makara.«

Er schüttelte den Kopf. »Ich meine es ernst. Es gibt nur zwei Möglichkeiten: zu verschwinden oder gleich hier zu sterben. Und ich habe nicht vor zu sterben, weil es noch viel zu viel für mich zu tun gibt. Ich will, dass du mir dabei hilfst, Amanda.«

»Bleib stehen!«

Er zögerte, während sie die Sterling weiter auf seine Brust gerichtet hielt. »Weißt du, Amanda, ich möchte, dass du meine *Ratu Samudra* bist, meine Königin der Meere, mit den goldenen Inseln zu deinen Füßen und tausend Schiffen, die deinem Befehl unterstehen.«

»Das ist doch Wahnsinn«, flüsterte sie.

»Nein, ist es nicht!« Er hielt ihr die Hände entgegen. »Wir können es schaffen, das weißt du. Zusammen mit meinen Bugi wären wir beide unbesiegbar. In fünf Jahren schicken wir unsere Botschafter zu den Vereinten Nationen. Du musst nur deine ganze Kühnheit einsetzen – und das Feuer, das in dir brennt. Niemand kann uns aufhalten!«

»Ich werde es tun, Makara. Ich werde dich aufhalten.«

Sie fragte sich, ob er sie überhaupt gehört hatte, nachdem sie nur noch ein Flüstern zustande brachte.

Er ging weiter, direkt auf den Lauf ihrer Waffe zu. Irgendwo in der Höhle ratterte erneut ein Maschinengewehr.

»Komm mit mir, Amanda. Wir gehen auf eine Insel, wo schon alles für uns vorbereitet ist. Wir werden eine Woche nichts tun als schwimmen, in der Sonne liegen und über alles reden, außer Krieg und Politik. Dann kannst du dich entscheiden. Eine Woche.«

Er war schon gefährlich nahe und sie krümmte den Finger um den Abzug.

»Bleib stehen!«, forderte sie ihn flehend auf.

»Amanda«, erwiderte er, über ihre Verstörtheit lächelnd. »Ich weiß, dass du es nicht tun könntest, weil es auch mir nie möglich wäre, dir etwas anzutun.«

Die Mark-138-›Satchel Charge‹ ist eine Waffe, wie sie einfacher nicht sein könnte. Sie besteht aus vierzig Pfund hochexplosiven Sprengstoffs in einem Sack sowie einer nicht-elektrischen Sprengkapsel und wird normalerweise durch die Kraft eines Wurfarms ans Ziel befördert. Trotz ihrer Einfachheit ist diese Waffe immer noch das beste Mittel, um einen Bunker zu knacken.

Aus den beiden Tunnels quoll dichter Rauch, während die eingeschlossenen Truppen wild um sich feuerten.

»Fünf Sekunden, Sir«, sagte der Sprengexperte. »Sind Sie bereit?«

Quillain selbst würde die Ladung ins Ziel befördern.

»So gut wie. Wir zünden auf drei. Hey, Donaldson, sind Sie soweit?«

»Bereit, Sir«, kam die Antwort über die taktische Funkverbindung.

»Dann bringen wir's hinter uns. Auf mein Kommando, drei … zwei … eins … LOS!«

Stones Sprengstoffexperte zog den Stift aus der Waffe, und ein nadelfeiner Rauchstrahl ließ erkennen, dass die Zündung funktionierte.

»Feuer in den Bau!«, brüllte Quillain. Er schwang die Satchel Charge an ihrem Riemen und schleuderte sie in den Tunnel hinein. Im nächsten Augenblick sprangen alle Umstehenden zur Seite, um der nachfolgenden Sprengwirkung auszuweichen.

Im Tunnel zur Rechten hatte Stone perfekt getroffen; die Sprengladung kollerte über den Boden und stieß schließlich gegen die Barrikade, die in etwa fünfzehn Meter Entfernung im Inneren der Höhle aufgetürmt war. In dem Rauch und dem Lärm ihrer eigenen Waffen bemerkten die Verteidiger nicht einmal, was da auf sie zukam.

Auch im linken Tunnel landete die Ladung direkt beim Ziel – nur kam sie bei einer Kiste mit einer ganz bestimmten kyrillischen Aufschrift zu liegen.

Die Ladung zur Rechten ging planmäßig hoch und trieb eine zylinderförmige weiße Rauchwolke aus der Tunnelmündung hervor. Die volle Wucht der Explosion richtete sich gegen die Barrikade sowie die Männer, die unmittelbar dahinter lagen.

Doch aus dem linken Tunnel …

Da schossen Flammen und Trümmer hervor, als würden sie von einem gewaltigen Drachen ausgespien. Das Donnern der Explosion übertönte den kurzen Knall der ersten Detonation und die Männer des Kommandotrupps wurden durch die Wucht von den Beinen gerissen.

Und nach der Explosion kam das beängstigende Rumpeln und Poltern von Felsgestein, das in Bewegung geriet.

Die Welt im Inneren der Tunnels wurde in völlige Dunkelheit getaucht, als der Strom ausfiel. Eine Druckwelle schleuderte Amanda ans hintere Ende des Gewölbes. Die noch tiefere Dunkelheit der Bewusstlosigkeit drohte sich über sie zu legen – doch Amanda kämpfte dagegen an und schaffte es irgendwie, auf den Beinen zu bleiben, während sie krampfhaft die Maschinenpistole umklammert hielt.

Sie konnte nichts mehr sehen und hören! Sie konnte nicht einmal mehr atmen! Die Luft war voller Staub und Rauch, der ihr in der Lunge brannte.

Dann spürte sie, wie sich starke Arme um sie schlossen und sie gegen die Wand drückten. Sie wollte schreien, doch sie brachte die brennenden Gase nicht aus der Lunge. Mit aller Kraft kämpfte sie gegen ihn an und versuchte ihre Waffe festzuhalten, die senkrecht zwischen ihr und ihm eingeklemmt war. Sie spürte, dass sie den Kampf verlor.

»Makara …« Es war nur ein verzweifeltes Wimmern, nach außen kaum hörbar. Sie schloss beide Hände um den Griff der Sterling, riss mit letzter Kraft daran und spürte, wie die Mündung unter sein Kinn glitt. Dann krampften sich ihre Finger um den Abzug.

Nahezu taub von dem vorangegangenen Lärm, erschien ihr das Hämmern der automatischen Waffe wie Regen, der auf ein Hausdach prasselte. Blut spritzte ihr warm ins Gesicht.

Sie fiel neben ihm auf den Steinboden. Die Sterling-MP war ihr aus den Händen geglitten. Doch das spielte keine Rolle. Sie zwang sich hinzuknien, doch weiter kam sie nicht. Jede Orientierung war verlorengegangen. Auch wenn sie die Kraft gehabt hätte, sich zu bewegen, hätte sie nicht gewusst, wohin. Verzweifelt versuchte sie Luft zu schöpfen, Sauerstoff in die Lungen zu bekommen – doch vergeblich.

»Amanda …«, flüsterte Harconan ihr zum Abschied zu.

»Amanda!« Das war kein Flüstern, sondern – ein Zuruf.

Eine andere Stimme. Hier?

Hände schlossen sich um ihren Körper und hoben sie auf. Mit letzter Willenskraft versuchte sie sich loszureißen.

»Skipper, he, Skipper!«, rief eine gedämpfte Stimme, die sie plötzlich erkannte. »Es ist alles okay! Wir sind's! Wir sind bei Ihnen!«

Stone?

»Amanda, sind Sie in Ordnung?«

Die Stimme klang fast verzweifelt. Elliot?

Jemand drückte ihr eine Gasmaske auf das Gesicht und sie atmete die gefilterte Luft tief ein. Sie schmeckte alles andere als frisch – doch unendlich viel besser als das, was sie zuvor einzuatmen versucht hatte. Eine Gefechtslaterne leuchtete auf und durch den Nebel erkannte sie Stone Quillain und Elliot … Admiral MacIntyre. Beide trugen AI2-Nachtsichtgeräte auf der Stirn, doch nur der Marine trug eine Gasmaske. MacIntyre drückte seine an ihr Gesicht, während er sie mit seinen Armen stützte.

Sie spürte ein wenig neue Kraft und schob die Gasmaske beiseite. »Die Techniker in dem Raum da – holt sie raus!«

»Wir kümmern uns darum, Ma'am.«

»Harconan …«

»Wir kümmern uns auch um ihn. Admiral, bringen Sie sie hier raus! Der ganze Laden wird gleich einstürzen!«

MacIntyre nickte, den Atem anhaltend, um nicht den Rauch einzuatmen. Amanda spürte, wie sie von starken schützenden Armen hochgehoben wurde. Es fühlte sich gut an. Alles war in Ordnung. Sie musste nicht länger durchhalten. Sie konnte es sich erlauben, in die Bewusstlosigkeit einzusinken.

Stützpunkt Krebsschere

25. August 2008, 09:10 Uhr Ortszeit Es war schon erstaunlich, dass ein feuchtes Reinigungstuch einem manchmal wie ein Geschenk der Götter erscheinen konnte. Amanda genoss das kühlende Gefühl auf ihrem Gesicht, während das Tuch die oberste Schicht von Blut und Schmutz löste. Natürlich war es nicht mit einer Dusche oder einem schönen heißen Bad zu vergleichen, aber es war immerhin schon mal ein Anfang.

Rund um sie waren die Aufräumungs- und Bergungsarbeiten im Gange. Die Seafighter und das LCAC der *Carlson* pendelten regelmäßig zwischen der Höhle und der Task Group hin und her. Die Verwundeten sowohl der eigenen Truppen als auch der Gegenseite wurden in das geräumige und gut ausgerüstete Lazarett der *Carlson* verfrachtet. Die Toten, ebenfalls von Freund und Feind, legte man in Leichensäcken in den hinteren Bereich der Höhle. Es war immerhin ein kleiner Trost für die Task Force, dass die Gefallenen der Gegenseite bedeutend zahlreicher waren.

Mitarbeiter der Nachrichtendienst-Abteilung waren dabei, Dokumentationsmaterial und Daten zu sammeln. Die Leute von der Schadenkontrolle wiederum bemühten sich, die *Harconan Flores* seeklar zu machen, und suchten nach einem Weg, wie sie den INDASAT über die Heckklappe ins Freie bekommen konnten.

Amanda öffnete eine weitere Packung Erfrischungstücher und begann sich ihren Armen zu widmen. »Sind Sie sicher, dass Sie nicht auf das Schiff möchten?«, fragte Elliot MacIntyre und kniete sich neben sie auf die Decke, auf der sie saß.

»O ja. Ein Sanitäter hat sich schon um mich gekümmert«, antwortete sie und hielt ihren verbundenen Arm hoch. »Ich bin ziemlich okay. Ich hab nur ein Weilchen nicht genug Luft bekommen.«

»Die Explosionen im anderen Tunnel haben die Dieseltanks im Generatorraum erwischt. Durch die Brände wurde fast der ganze Sauerstoff aufgebraucht. Es war auch mit Gasmaske wirklich nicht angenehm da drin.«

»Das wundert mich überhaupt nicht, Sir.« Sie wischte sich mit dem Tuch über den Arm. »Um ganz ehrlich zu sein – für ein, zwei Minuten habe ich schon gedacht, das war's. Dann kamen Sie und Stone und setzten mir die Maske auf.« Sie hielt inne und blickte Eddie MacIntyre fragend an. »Verzeihung, Sir, aber was haben Sie eigentlich da drin gemacht?«

»Gott, ich weiß es auch nicht.« Vorsichtig ließ er sich neben ihr auf dem Steinboden nieder und lehnte sich gegen ein Ölfass. »Wahrscheinlich bin ich ein verdammter Narr, dass ich es getan habe – jedenfalls sagt mir das jeder Muskel in meinem Körper.« Er schloss die Augen, um der Versuchung zu widerstehen, dieses mit Kratzern versehene, rußverschmierte und doch so ungeheuer anziehende Gesicht neben sich anzusehen. »Jemand … unter meinem Kommando war in Schwierigkeiten. Das gefiel mir überhaupt nicht, also wollte ich etwas unternehmen. Und zur Abwechslung wollte ich mich diesmal nicht zurücklehnen und den anderen die Arbeit überlassen. Ich scheine wirklich ein verdammter alter Narr zu sein.«

»Das sehe ich nicht so. Danke.«

MacIntyre spürte das kühlende Brennen von Alkohol

auf der Haut, als Amanda ihm sanft den Schweiß von Stirn und Wange tupfte. Es war kein Kuss, aber für den Augenblick war es durchaus genug.

Der Augenblick ging vorüber, als eine Gruppe Marines in MOPP-Schutzanzügen mit einer Tragbahre vorbeikamen, die mit einem Tuch bedeckt war.

Amanda und MacIntyre standen auf und gingen zu Stone Quillain hinüber.

»Mann, das ist vielleicht ein Chaos da drin«, sagte der Marine und zog sich die MOPP-Kapuze vom Kopf. »Überall ist Munition in die Luft geflogen. Ich würde sagen, wir lassen die Intels noch eine Weile draußen, bis sich die Lage ein wenig beruhigt hat.«

»Wir haben sowieso keine Eile mehr«, stimmte Amanda zu. Sie blickte zu der mit einem Tuch bedeckten Leiche hinüber. »Dann ist *er* also der Letzte?«

Stone nickte. »Ja, Ma'am. Es ist niemand mehr drin, weder tot noch lebendig. Wir haben alles abgesucht, was nicht völlig eingestürzt ist.«

Sie holte tief Luft. »Nun, dann bringe ich es besser hinter mich.« Sie wandte sich der Bahre zu.

»Äh, Skipper … Ma'am!«, rief ihr Quillain etwas verlegen nach. »Er ist ziemlich übel zugerichtet. Der Kopf, meine ich.«

»Ich weiß. Aber wir müssen ihn identifizieren – und ich kannte ihn besser als alle anderen hier.«

Alle drei traten sie an die Bahre, und Amanda kniete daneben nieder und atmeten noch einmal tief durch. Es war verrückt, um einen Feind zu trauern – vor allem, wenn man ihn selbst getötet hatte. Aber es gab auch diesen einen zauberhaften Nachmittag an einem märchenhaften Strand …

Da sah sie die schlaffe Hand und den Khaki-Ärmel unter dem Tuch hervorragen.

Harconan hatte ein grobes Kattunhemd getragen.

Sie riss das Tuch zurück. Der Schock war größer als ihre Übelkeit. Sie sprang hoch und wandte sich rasch der Stelle zu, wo die gefangenen Techniker Erste Hilfe erhielten.

Sie waren zu fünft.

»Das ist nicht Harconan! Es ist Valdeschefskij! Der Techniker, der mir die meisten Schwierigkeiten gemacht hat!«

»Sind Sie sicher, Amanda?«, fragte MacIntyre.

»Absolut sicher! Stone, lagen da noch andere Leichen am Ende dieses Gewölbes?«

»Nein, Ma'am«, antwortete der Marine, »da waren keine anderen Leichen.«

Palau Piri, vor der Nordwestspitze von Bali

25. August 2008, 09:15 Uhr Ortszeit Lan Lo betrachtete die entschlüsselte Zeile auf dem Computer-Bildschirm. Sein Gesicht blieb ruhig und ausdruckslos, obwohl er vor sich die Bestätigung der Katastrophe sah.

Er saß an der zentralen Workstation in der Kommunikationszentrale von Harconans Haus – in dem fensterlosen Raum mit den weißen Wänden, den nur er, Makara Harconan sowie die beiden Verwaltungsassistenten, die Lo so sorgfältig ausgesucht hatte, betreten durften. Dies war das Herz und die Zentrale für Harconans ›Spezialoperationen‹ – *gewesen*, musste man sagen.

Denn damit war es nun vorbei.

Lo löschte die Botschaft auf dem Bildschirm mit einem Tastendruck. Er schwenkte den Bürosessel herum, um sich den beiden anderen Workstations zuzuwenden, und sagte mit leiser Stimme: »Es hat ein Problem gegeben. Starten Sie das Vishnu-Programm, Variante B, und unverzüglich, bitte.«

Seine Assistenten, der junge, in Cambridge ausgebildete Mann aus Hongkong und die japanische Geschäftsführerin, die nicht länger gegen den Sexismus in ihrem Land hatte ankämpfen wollen, verfügten beide nicht über Los unerschütterliche Gelassenheit. In ihren Gesichtern zeigten sich deutliche Emotionen – Überraschung, Entsetzen und sogar ein klein wenig Angst. Doch mit der Professionalität, die Lo von ihnen verlangte, wandten sie sich sogleich ihren Terminals zu. Sie riefen die Vishnu-Krisen-Checklisten auf und begannen mit der Liquidierung von Harconans Geschäftsimperium.

Lo hatte sich um andere Dinge zu kümmern. Er rief den Sicherheitschef an, um eine knappe Anweisung zu geben. »Hier spricht Lo. Evakuieren Sie die Insel. Vishnu-Programm. Dies ist keine Übung.«

Ein zweiter Telefonanruf verband ihn mit dem Hangar des Wasserflugzeugs. »Starten Sie unverzüglich. Fliegen Sie zum Stützpunkt auf der Insel Halmahera. Dort erhalten Sie weitere Anweisungen.«

Lo erhob sich von seiner Workstation und verließ die Kommunikationszentrale, um das außen gelegene Büro aufzusuchen. Als sich die Stahlsicherheitstür hinter ihm schloss, hielt er einen Augenblick inne und gab an dem Keypad im Türrahmen einen Code ein, der die Tür sowohl nach innen als auch nach außen absicherte.

Im äußeren Büro machte sich das aus vier Personen bestehende Büropersonal hastig zum Aufbruch bereit. Es lag ein Geruch von verbranntem Kunststoff und Ozon in der Luft, und aus den Computer-Towern drangen feine Rauchwölkchen, als ›Drive killer‹-Sicherheitsmodule die Speichersysteme verbrannten.

CDs und Speicherkarten wanderten in das Daten-Löschgerät links von der Tür und Papierunterlagen in den Reißwolf zur Rechten. Während die Anwesenden ihre Schreibtische abräumten, kam ein chinesischer Sicherheitsmann herein und übergab jedem von ihnen einen Umschlag, in dem sich ein gefälschter Reisepass, Ausweispapiere, Flugtickets und eine größere Summe Bargeld für die Flucht befand. Außer den Wächtern, die sich dem Sonderkommando anschließen würden, erhielten alle Beschäftigten auf der Insel bis hinunter zur Masseurin einen solchen Umschlag.

Alle außer zwei.

Lo öffnete den Bürosafe und verstaute das liquide Vermögen der Insel, rund zweieinviertel Millionen Dollar, das in verschiedenen stabilen Währungen sowie in Form von Diamanten vorhanden war, in zwei aluminiumverstärkten Sicherheitsaktentaschen. Mit seinem Daumenabdruck auf den elektronischen Verschlussplatten versiegelte er die Taschen und übergab sie dem Wächter, der sie zu dem wartenden Helikopter brachte. Lo hatte keine Bedenken, dieses Vermögen dem Wachmann anzuvertrauen. Er war schließlich Nung-Chinese.

Noch einen weiteren kostbaren Schatz holte Lo aus dem Safe hervor – eine einfache CD in einer Aluminium-Sicherheitshülle, die er in die Innentasche seiner Jacke steckte. Es war dies die einzige Kopie der gesamten geschäftlichen Dokumente von Makara Limited, die es gab. Selbst im Tod würde Lo diesen Schatz nicht aus der Hand geben, solange er noch die Kraft hatte, den Selbstzerstörungsmechanismus der Hülle zu aktivieren.

Mit einem Schlüssel, den er um den Hals trug, öffnete Lo eine zweite, kleinere Tür in der Rückwand des Safes. Hier gab er einen weiteren Code ein, der sich in zwanzig Minuten aktivieren würde.

Das Einzige, was sich noch im Safe befand, war eine kleine Seecamps-Pistole vom Kaliber .32. Lo überprüfte das Magazin und steckte die Waffe in die Seitentasche seiner Jacke. Er durchquerte das mittlerweile verlassene Büro und kehrte in die Kommunikationszentrale zurück.

Seine Assistenten hatten in der wenigen Zeit, die ihnen blieb, ganze Arbeit geleistet. Hunderte von Warnungen und Verständigungen waren als E-Mail rund um die Welt geschickt worden, um Harconans Mitarbeiter anzuweisen, sich gegen unangenehme Untersuchungen abzusichern. Bankkonten mussten geleert und das Geld über verschiedene Kanäle reingewaschen werden, was in Form von automatischen Abläufen vor sich ging. Maklerbüros wurden angewiesen, einen sofortigen Massenverkauf von Aktien, Anleihen und Futures durchzuführen und die entsprechenden Erlöse auf bestimmte Konten fließen zu lassen.

Wenn die Behörden versuchen sollten, auf Mr. Harconans Vermögen zuzugreifen, würde längst nichts mehr da sein, auf das man zugreifen konnte.

Lo stand neben der Tür und wartete, bis die letzten Krisenprogramme aktiviert und die letzten Punkte auf der Checkliste abgehakt waren. Als es soweit war, blickten Los Assistenten auf, um weitere Anweisungen entgegenzunehmen.

Er hatte ihnen keine Anweisungen mehr zu geben. »Danke«, sagte er nur. »Sie haben wirklich hervorragende Arbeit geleistet. Ich bedauere die gegenwärtigen Umstände.« Dann zog er die Pistole aus seiner Jackentasche und erschoss sie beide. Der Mann fiel mit dem Gesicht nach unten auf die Tastatur seines Terminals, von einer Kugel in die Schläfe getroffen. Die Frau hatte noch genug Zeit gehabt, sich von ihrem Stuhl zu erheben und zu schreien, bevor Lo drei Schüsse in ihre Brust abfeuerte und das Blut sich auf ihrer weißen Bluse ausbreitete.

Lo steckte die Pistole wieder ein. Wirklich bedauerlich. Diese letzte Phase des Evakuierungsplans war Los Werk, und er führte sie auf eigene Verantwortung durch. Mr. Harconan würde sein Vorgehen wahrscheinlich nicht gutheißen, wenn er davon erfuhr. Er hatte ein weiches Herz, wenn es um seine Gefolgsleute und Angestellten ging. Doch im Gegensatz zur übrigen Belegschaft hatten diese beiden Personen viel zu viel über Mr. Harconans Pläne gewusst, als dass man sie so einfach hätte gehen lassen können. Das Risiko, dass sie den Behörden in die Hände fielen, war zu groß. Es war im Hause Harconan nun einmal Los Aufgabe, sich um solche unangenehmen Angelegenheiten zu kümmern.

Er blickte sich ein letztes Mal in der Kommunikationszentrale um, stoppte die ›Drive killer‹ und überzeugte sich davon, dass auch wirklich alle Speichermedien vernichtet waren. Wahrscheinlich war das gar nicht notwendig, aber Lo war in solchen Dingen überaus genau. Er schloss und versperrte sogar die Sicherheitstür hinter sich, ehe er ging.

Draußen störte das Dröhnen von Flugzeugtriebwerken den Frieden der Insel. Über der Balistraße stieg soeben das Canadair-Wasserflugzeug auf. Noch während des Steigflugs drehte es nach Osten ab und flog auf seinen fernen Bestimmungsort zu.

Der Eurocopter stand mit laufenden Rotoren auf dem Landeplatz. Der Pilot und der Sicherheitschef warteten bereits in der Maschine auf Lo. In wenigen Sekunden würden sie ebenfalls ihre Reise über viele Umwege zum Sammelpunkt beginnen.

Lo hielt noch einmal inne, um einen letzten Blick auf die gepflegte Anlage und den ganzen Gebäudekomplex zu werfen. Es war wirklich betrüblich, dass man einen solchen Ort der Ruhe und der Schönheit aufgeben musste. Lo hatte ebenso wie Harconan gewusst, dass dieser Tag einmal kommen würde. Sie hatten gehofft, dass alles unter etwas ruhigeren, kontrollierteren Bedingungen vor sich gehen würde, sodass man auch die Kunstgegenstände und Erinnerungsstücke der Familie Harconan mitnehmen konnte. Doch das Schicksal hatte es anders gewollt.

»Bedauerlich«, murmelte Lo.

Das Knattern der Helikopterrotoren war kaum noch zu hören, als die ersten Thermit-Brandsätze explodierten. Rauch stieg zum azurblauen Himmel empor und verdichtete sich rasch.

Royal Australian Navy Fleet Base

Darwin, Australien

27. August 2008, 13:25 Uhr Ortszeit Das breite LCAC schob sich behutsam aus dem Welldeck der *Carlson*. Mit einem riesigen, in Kunststoff gehüllten Gebilde von der Größe eines Autobusses im offenen Laderaum entfernte sich das Hovercraft unter Einsatz der Schubdüsen vom Pier. Das Stöhnen der Turbinen hallte von den Lagerhäusern und Maschinenhallen am Ufer wider, als sich das Luftkissenboot näherte. Dort warteten bereits einige LKWs, Kräne und Männer, um den Industriesatelliten in Empfang zu nehmen. Der äußerlich etwas ramponierte INDASAT 06 kehrte nach seiner Odyssee endlich wieder nach Hause zurück.

Das Gleiche galt für die unfreiwilligen Passagiere der Seafighter-Task-Force.

Eine Buskolonne mit einer starken Eskorte der Militärpolizei rollte durch die Werft und bewegte sich auf den Stützpunkt der Royal Australian Air Force in Darwin zu.

In den Fahrzeugen befanden sich die Melanesier und Bugi, die den Kampf um den Stützpunkt Krebsschere überlebt hatten, sowie jene Bugi-Seeleute, die an dem Überfall auf die *Piskow* beteiligt gewesen waren, darunter auch ein stiller, desillusionierter Mann namens Mangkurat. Mit Nylon-Handschellen gefesselt, starrten die Männer auf die ihnen fremde Welt jenseits der mit Maschendraht versehenen Busfenster, die ausschließlich von weißen Gesichtern bevölkert zu sein schien. Indonesische Transportflugzeuge warteten auf dem Luftstützpunkt, um sie zurück nach Java zu bringen. Dort drohte ihnen Gefängnis und möglicherweise ein Verfahren wegen Hochseepiraterie und Hochverrat.

Eine weitere Gruppe von Indonesiern wurde ebenfalls mit Bussen zum Zivilflughafen von Darwin gebracht, wo eine gecharterte 757 der Garuda Airlines wartete. Sie waren zwar nicht mit Handschellen gefesselt, doch auch sie – die ehemalige Crew der Fregatte *Sutanto* – waren ziemlich niedergeschlagen, insbesondere ihr Kapitän. Keiner von ihnen freute sich auf den offiziellen Empfang, der sie erwartete.

Die dritte Gruppe war so klein, dass sie in einem Fahrzeug der Polizei von Darwin befördert werden konnte. Ihr Ziel lag auch etwas näher – es war das Untersuchungsgefängnis von Darwin. Dort wollte man Professor Sonoo und die übrigen Techniker festhalten, während Anwälte, Diplomaten und Polizeibeamte sich über die verschiedenen Anklagepunkte streiten würden, die von Industriespionage über Verschwörung bis hin zu Beihilfe zu mehrfachem Mord reichten.

Was die Konzerne betraf, für die Sonoo und die anderen arbeiteten, so war deren Reaktion in allen Fällen die gleiche gewesen: »Tut uns Leid, aber wir haben diese Gentlemen noch nie gesehen.«

Es gab jedoch auch eine Wagenkolonne, die sich zum Marinestützpunkt hin bewegte – genauer gesagt, zwei graue Ford-Crown-Victoria-Limousinen, von denen eine vier weiße Sterne auf der vorderen Stoßstange trug, sowie ein schwarzer Lincoln mit einem Nummernschild der US-Botschaft.

Nachdem sie den Sicherheitsposten am Stützpunkt Darwin passiert hatten, fuhren sie zum Pier weiter, an dem die USS *Carlson* und die USS *Cunningham* vor Anker lagen. Als sie längsseits des LPD anhielten, wurden sie bereits von der in Weiß gekleideten Crew erwartet, außerdem von einer Ehrenwache von Marines und einem Team von Fallreepsgasten.

Die Schiffsglocke der *Carlson* erklang mehrmals und über das 1-MC-System wurden eine Reihe von Botschaften durchgegeben.

»AUSSENMINISTER … KOMMT AN BORD.«

»CHIEF OF NAVAL OPERATIONS … KOMMT AN BORD.«

»CNO STAFF … KOMMT AN BORD.«

Nach diesem förmlichen Empfang der Gruppe war Improvisation gefragt – ganz einfach, weil die konkrete Situation ziemlich ungewöhnlich war.

»Großer Gott, Eddie Mac! Ich weiß ja, dass Sie und Captain Garrett gern mal unkonventionell vorgehen, aber was hier passiert ist, geht doch weit über alles hinaus, was …«

Admiral Jason Harwell hielt zögernd inne. Der weißhaarige, hagere Offizier blickte mit seinen kühlen blauen Augen zu MacIntyre hinüber, der ihm gegenüber am Tisch der Messe saß. »Verdammt, Mann! Der einzige Grund, warum ich keine offizielle Untersuchung angeordnet habe, ist der, dass ich die Berichte nicht glauben kann, die man mir vorgelegt hat. Deshalb bin ich persönlich gekommen, um die Sache in den Griff zu kriegen, bevor jeder Offizier hier im Raum vor Gericht gestellt wird! Wenn wir Glück haben, schaffen wir's, dass nur Sie betroffen sind!«

Die kleine Gruppe von hochrangigen Offizieren hatte sich in der Messe der *Carlson* zu einer ersten Vorbesprechung versammelt – völlig inoffiziell und ohne irgendwelche Untergebenen. Harwell, MacIntyre, der düster und nachdenklich dreinblickende Harrison Van Lynden, Christine Rendino und Amanda Garrett.

»Jace, ich habe schon betont, dass ich die volle Verantwortung für die gesamte Anti-Piraten-Operation übernehme«, antwortete MacIntyre ungerührt. »Das habe ich auch schon schriftlich festgehalten und Ihnen geschickt.«

»Ist mir bekannt, aber ich möchte wissen, ob das wirklich notwendig war! Wie konnte es passieren, dass einer meiner besten Flaggoffiziere plötzlich durchdreht und sich wie ein Berserker aufführt, Eddie Mac?«

»Wir wussten von Anfang an, dass dieser Job einer eher unkonventionellen Lösung bedarf, Jace. Deshalb haben Sie ihn ja an NAVSPECFORCE übergeben, und nicht an die Siebte Flotte. Ich habe sowohl das Außenministerium als auch den Oberbefehlshaber der amerikanischen Streitkräfte in Kenntnis gesetzt, als wir mit der Operation begannen.«

MacIntyre nickte in Richtung Harrison Van Lynden, der an einem Ende des Tisches saß. »Sie können den Außenminister selbst fragen. Alle wussten, dass wir mit den herkömmlichen Methoden keinen Erfolg haben würden.«

»Das stimmt, Admiral«, sagte Van Lynden in ruhigem Ton. »Ich erinnere mich an das Gespräch.«

Harwell wandte sich dem Außenminister zu. »Das glaube ich Ihnen schon, Mr. Secretary, aber Sie haben doch wohl nicht angenommen, dass unsere Leute so weit gehen würden, ein Kriegsschiff eines souveränen Staates zu kapern – eines Staates, der gute Beziehungen zu den Vereinigten Staaten unterhält. Das ist nicht mehr unkonventionell – das ist Wahnsinn!«

»Admiral Harwell«, erwiderte Van Lynden, »das spielt jetzt keine Rolle mehr.«

Der CNO glaubte, seinen Ohren nicht trauen zu können. »Wie bitte, Mr. Secretary?«

»Jakarta schert sich keinen Deut darum, dass sie ein Schiff verloren haben und wie es passiert ist. Die indonesische Regierung wird heute eine Presseerklärung bezüglich der *Sutanto* abgeben und mitteilen, dass das Schiff eine Havarie erlitt. Es ist gegen ein Riff gelaufen, während es die Seafighter-Task-Force bei der Wiedererlangung des INDASAT-Satelliten unterstützte.«

Van Lynden nickte den versammelten Offizieren zu, ein ironisches Lächeln auf den Lippen. »Die indonesische Regierung hat der U.S. Navy sogar ausdrücklich dafür gedankt, dass sie die gesamte Crew der *Sutanto* gerettet hat. Genauso haben wir der indonesischen Regierung dafür gedankt, dass sie uns auf die Spur der Separatisten brachte, die den INDASAT gestohlen hatten, um damit ihre Forderungen durchzusetzen.«

Van Lynden blickte den Anwesenden einem nach dem anderen in die Augen. »Laut Anweisung des Oberbefehlshabers der Streitkräfte ist das bis auf weiteres alles, was sich während dieser Operation ereignet hat. Es gab keinen Überfall auf die *Piskow*. Es gab auch keinen Angriff auf den Piratenstützpunkt von Adat Tanjung, und der Vorfall im Hafen von Benoa war ein Zusammenstoß zwischen rivalisierenden Schmugglerbanden, in den die United States Navy nicht direkt verwickelt war. Es wird kein Kriegsgericht und auch keine Untersuchungen geben. Die ganze Sache – oder zumindest dieser Aspekt der Sache – ist damit erledigt.«

Van Lynden lehnte sich in seinem Sessel zurück und beobachtete, wie die Anwesenden einander verblüfft ansahen. »Deshalb wurden alle Angehörigen der Seafighter-Truppe angewiesen, an Bord zu bleiben, bis ich hier bin«, fuhr der Außenminister fort. »Aus dem gleichen Grund haben wir auch der Presse gegenüber nichts verlauten lassen. Wir wollten Ihnen erst mitteilen, was Sie in letzter Zeit getan haben.«

»Verzeihung, Mr. Secretary«, warf Admiral Harwell ein, »aber was zum Teufel geht hier eigentlich vor?«

»Sorry, dass ich Sie nicht schon früher informieren konnte, Admiral, aber ich komme direkt aus Jakarta. Ich habe mich die letzten zwei Tage mit dem indonesischen Außenministerium und Präsident Kediri beraten. Und ich brauche wohl nicht zu erwähnen, dass nichts, was wir hier reden, nach außen dringen darf.«

»Verstanden, Mr. Secretary«, murmelten die Anwesenden im Chor.

»Also gut, die Sache sieht so aus: Die Indonesier haben eine Riesenangst, und das zu Recht. Die Regierung eines der bevölkerungsreichsten Länder der Welt ist massiv bedroht. Makara Harconan war einer der großen Macher in Indonesien und ein stabilisierender Faktor für die Wirtschaft im ganzen Raum. Sollte bekannt werden, dass er in Wahrheit ein Krimineller größten Kalibers ist und dass sein Firmenimperium zusammengebrochen ist, so wird die Rupiah auf den internationalen Finanzmärkten in den Keller sinken, was für die Übersee-Investitionen verheerende Folgen hätte.

Außerdem hat das indonesische Volk mehr als genug von der ständigen Korruption unter ihren Regierenden. Korruptionsanklagen haben im Jahr 2002 beinahe die Regierung Walid zu Fall gebracht – und dieser Skandal hier wäre noch um einiges schlimmer. Vom Funkverkehr von Harconans Transportschiff wissen wir, dass zumindest ein indonesischer Flaggoffizier für Harconan gearbeitet hat. Dieser Gentleman ist spurlos verschwunden – man hat ihn offenbar rechtzeitig gewarnt, dass das Spiel aus ist. Sechs weitere Regierungsmitglieder bzw. Militärs sind ebenfalls untergetaucht. Ein siebter hat Selbstmord verübt, als man ihn festnehmen wollte, und zwei andere wurden in den vergangenen achtundvierzig Stunden ermordet aufgefunden.

Wenn die Seemächte der Welt den Beweis für das erhalten, was sie ohnehin schon lange vermuten – dass die indonesischen Behörden nichts gegen die Angriffe auf ihre Schiffe unternehmen, dann werden sie lautstark Wiedergutmachung fordern. Doch es haben auch schon viele Indonesier unter der Piraterie zu leiden gehabt. Falls bekannt würde, dass viele Bugi-Sippen aktiv an diesen kriminellen Akten gegen andere Bevölkerungsgruppen teilgenommen haben, dann könnte es zu großen Unruhen kommen, bis hin zum Bürgerkrieg.«

»Was werden die Indonesier unternehmen, um das zu verhindern?«, fragte MacIntyre.

»Sie werden so tun, als gäbe es das alles nicht.«

»Das wird nicht funktionieren, Mr. Secretary«, wandte Christine Rendino ein. »Die Lage ist viel zu explosiv, als dass man sie so einfach unter den Teppich kehren könnte. Indonesien hat zwar nicht gerade eine unabhängige Presse, aber es wird trotzdem unmöglich sein, die Sache geheimzuhalten. Auch nicht, wenn wir ihnen dabei helfen würden.«

Van Lynden blickte über den Rand seiner Brille hinweg. »Das weiß die Regierung sehr wohl, Commander Rendino. Präsident Kediri ist klar, dass er auf einem Pulverfass sitzt. Er kann höchstens darauf hoffen, dass sich die Explosion in Grenzen hält, wenn die Wahrheit herauskommt. Deshalb hat er mich richtiggehend angefleht, dass wir ihm dabei helfen sollen, Zeit zu gewinnen.«

»Zeit wofür?«, fragte MacIntyre. »Was haben sie vor?«

»Sie wollen Makara Harconan finden und in Erfahrung bringen, was er für Pläne hat.«

»Vorausgesetzt, dieser Harconan hat den Angriff auf seinen Stützpunkt in Neuguinea überlebt«, warf Harwell ein. »Nach allem, was ich aus den Berichten herauslesen kann, dürfte er kaum eine Chance gehabt haben, lebend da rauszukommen.«

»Er muss es aber geschafft haben«, entgegnete Christine Rendino. »Seine Leiche wurde nirgends im Tunnelkomplex gefunden. Wir wissen jetzt, dass Harconan einen ausgeklügelten Fluchtplan vorbereitet hatte. Er war sich dessen bewusst, dass er früher oder später die Fassade des honorigen Geschäftsmanns würde aufgeben müssen. Der Fluchtplan trat in Kraft, als wir seinen Stützpunkt aufs Korn nahmen.«

»Wie soll dieser Fluchtplan ausgesehen haben?«, fragte Harwell skeptisch.

»Als die indonesischen Behörden kamen, um Makara Limited zu durchsuchen, war absolut nichts mehr zu finden. Alle Bankkonten und Wertpapierdepots waren leer. Nicht einmal Bargeld lag noch in den Tresoren. Harconans persönliche Residenz auf Palau Piri und sein Firmensitz auf Bali waren zerstört und bis auf die Grundfesten niedergebrannt. Dass mehrere hochrangige Amtsträger verschwunden sind beziehungsweise ermordet wurden, zeigt, dass Harconan diejenigen seiner Statthalter, denen er vertraut, mit in den Untergrund nimmt, während er andere, denen er nicht vertraut, eliminieren lässt. Er ist irgendwo in Indonesien auf Tauchstation gegangen, mit einer Kriegskasse von schätzungsweise über dreihundert Millionen Dollar.«

Die Intel-Offizierin beugte sich vor und blickte Harwell eindringlich an. »Sir, Harconan und seine ganze Organisation sind abgetaucht wie ein Unterseeboot. Sein Ziel verfolgt er trotzdem weiter – es ist nur so, dass wir ihn aus den Augen verloren haben.«

»Die Frage lautet: Was genau ist sein Ziel?«, warf Van Lynden ein.

»Der Sturz der indonesischen Regierung«, erklärte Amanda Garrett, die zum ersten Mal das Wort ergriff. Ihre Stimme war ruhig und kontrolliert und ihr Blick war in die Ferne gerichtet, so als sehe sie zukünftige Entwicklungen vor sich. »Mr. Secretary, Sie hatten völlig Recht, als Sie sagten, die Regierung sei bedroht. Harconan hatte von Anfang an vor, die Regierung zu stürzen. Aber es geht ihm nicht bloß um die Regierung Kediri – er will den gesamten Staat Indonesien in seiner derzeitigen Form zerschlagen.«

»Verstehe«, erwiderte Van Lynden nachdenklich. »Ich nehme an, Sie haben etwas Einblick gewonnen, als sie seine Gefangene waren.«

»Genug jedenfalls, um ein paar Vermutungen anstellen zu können, Sir, falls Sie sie hören möchten.«

Van Lynden nickte. »Sehr gern, Captain. Wie will er das bewerkstelligen, und warum? Was für eine Rechtfertigung hat er für seine Pläne?«

»Er ist zutiefst unzufrieden damit, wie die Dinge gegenwärtig in Indonesien laufen. Und er versucht, sein Land nach seinen Vorstellungen einer besseren Welt zu verändern.«

»So etwas kommt öfter vor. Wie sieht sein Plan aus?«

Amanda wandte sich Christine Rendino zu. »Chris, wie viele größere Separatistenbewegungen und revolutionäre Gruppen gibt es in Indonesien? Ich meine nicht nur die, die bereits aktiv kämpfen, sondern auch die, die eine potenzielle Bedrohung darstellen.«

»O Gott, frag mich was Leichteres«, antwortete die Nachrichtendienst-Offizierin. »Gegenwärtig haben wir zwei Kriege an den Rändern der Inselgruppe – in Neuguinea mit den Morning-Star-Separatisten und in der Provinz Aceh auf Sumatra mit islamischen Extremisten. Es gibt dann noch eine weitere Gruppe von islamischen Fundamentalisten im Osten Javas, die Überbleibsel der Walid-Bewegung, die die balinesischen Hindus nervös machen.

Eine UN-Friedenstruppe versucht immer noch, das Chaos auf Timor zu ordnen. Dann gibt es da die Dayak, die Ureinwohner auf Borneo, die sich gegen die javanischen *Transmigrasi* auflehnen. Auch auf den Molukken herrscht große Unzufriedenheit, seit die Holländer fort sind. Außerdem gibt es jede Menge Richtungskämpfe innerhalb der indonesischen Armee und der Kriegsmarine ... Ich könnte den ganzen Nachmittag weiterreden, Ma'am.«

»Es genügt fürs Erste aufzuzeigen, womit wir's zu tun haben, Chris. Mr. Secretary, all das hilft Makara Harconan natürlich bei seinem Vorhaben, den indonesischen Staat aus den Angeln zu heben.«

»Sie meinen, er hat vor, all diese Gruppen gegen die Regierung in Jakarta zu vereinen?«, fragte Van Lynden verblüfft und rückte seine Brille zurecht. »Ich habe mich in letzter Zeit etwas eingehender mit Indonesien beschäftigt und kann Ihnen versichern, dass das unmöglich ist. Die Anliegen von vielen dieser Gruppen stehen in krassem Widerspruch zueinander.«

»Harconan strebt ja auch nicht nach Einheit, Mr. Secretary. Im Gegenteil, er setzt gerade auf das Chaos und die Zersplitterung, auf die Auslöschung der indonesischen Nation als solcher. Er will Indonesien in lauter unabhängige Inselreiche aufsplittern, ein jedes mit seiner eigenen nationalen Kultur und Religion und einer eigenständigen Führung.«

»Und was hätte er davon?«, warf Admiral Harwell ein.

»Alle diese Inselreiche hätten nur eines gemeinsam«, antwortete Amanda. »Als Inseln wären sie auf das Meer angewiesen, um Handel treiben zu können, und das Meer wird vom *Raja Samudra* und seinen Gefolgsleuten, den Bugi, kontrolliert. Er wird die wirkliche Macht innerhalb der Inselgruppe ausüben. Jeder, der seine Gewässer passieren will, müsste dafür bezahlen – auch wir.«

»O Gott«, murmelte Harwell. »Haben Sie eine Ahnung, wie er das umsetzen möchte, Captain?«

»Sein Plan ist absolut einfach, Sir«, antwortete Amanda. »Indonesien ist eine Brutstätte der Rebellion. Harconan hat vor, einen Eimer Benzin ins Feuer zu gießen. Wie Commander Rendino schon gesagt hat, gibt es eine große Zahl von aufständischen Gruppen in Indonesien. Viele von ihnen waren bisher keine ernsthafte Bedrohung für Jakarta – und das aus einem einfachen Grund: Man braucht Geld, um einen aussichtsreichen Krieg zu führen.

Früher, bevor die UdSSR und Rotchina untergingen, konnten Aufständische immer mit der Unterstützung dieser beiden Staaten rechnen. Doch in den letzten Jahren hat es ein wenig mager ausgesehen, was das Rüstzeug für Revolutionen betrifft. Es war schwer, zu den nötigen Waffen zu kommen. Und genau da trat Harconan auf den Plan. Chris, erzähl uns doch mal, was wir über Harconans Waffenkäufe wissen.«

Christine Rendino setzte den Bericht fort. »In den vergangenen Jahren hat sich Makara Harconan als großer Waffeneinkäufer betätigt. Er hat nie größere Mengen auf einmal gekauft, sondern immer nur kleinere Einkäufe über Scheinfirmen gemacht. Es handelt sich dabei um Waffen aus der Dritten Welt und gebrauchtes Material aus den Industriestaaten. Er hat alles genommen, was billig zu haben war und wenig Aufsehen erregte – Gewehre, Maschinengewehre, Handgranaten, die Grundausstattung eben.«

»Was hat er damit gemacht?«

»Wir gehen davon aus, dass er die Waffen in hunderten kleinen, gut getarnten Lagern deponiert hat, die in irgendwelchen abgelegenen Gegenden der Inselgruppe liegen«, antwortete die Intel-Offizierin. »Einige davon haben wir schon entdeckt. Der Stützpunkt Krebsschere diente offensichtlich als eine Art Zentrale für die Waffenverteilung.«

»Und was hat er mit den Waffen vor?«

»Sie sind das Benzin, von dem ich vorhin sprach, Sir«, warf Amanda ein. »In jeder Bugi-Kolonie hat er seine Agents provocateurs. Es wäre ein Leichtes für ihn, irgendwelche Vorfälle zu inszenieren, um die nationalen Spannungen anzuheizen – beispielsweise durch die Schändung eines Heiligtums oder durch bewusstes Schüren von Rassenunruhen. Sein eigener Korruptionsskandal könnte ihm wichtige Dienste leisten. Wenn die Unzufriedenheit im Volk ihren Höhepunkt erreicht und die Regierung in Jakarta alle Hände voll zu tun hat, um an der Macht zu bleiben, dann wird Harconan eine Liste mit den Waffenlagern an die Führer der verschiedenen Rebellengruppen ausgeben.«

»Und dann kommt der große Knall«, fügte Christine Rendino hinzu.

»O Gott«, flüsterte Van Lynden. »Dabei dachten die Indonesier, dass sie ihre großen nationalen Katastrophen lange hinter sich hätten. Bei den antikommunistischen

Säuberungen im Jahr 1965 wurden eine halbe Million Menschen getötet. Aber das Blutbad, das nun ausgelöst werden könnte, würde weit darüber hinausgehen. Wie lässt sich das verhindern?«

»Wir müssen Makara Harconan finden und außer Gefecht setzen«, antwortete Amanda mit tonloser Stimme. »Und zwar schnell. Das ist die einzige Möglichkeit, die es gibt. Er ist der Angelpunkt der gesamten Operation. Wenn er ausgeschaltet ist, werden die Unruhen kontrollierbar bleiben.«

»Ich werde Ihren Rat an die indonesische Regierung weitergeben«, sagte Van Lynden. »Was glauben Sie, wie viel Zeit uns bleibt?«

»Nicht sehr viel, Mr. Secretary. Harconan wird nicht lange zuwarten. Wir haben das Piraten-Netzwerk zerschlagen, mit dessen Hilfe er seine Operationen finanziert hat, und wir haben auch sein Firmenimperium zerstört. Die Indonesier wissen von seinem Plan, und er weiß, dass er bestimmt nicht stärker wird, als er es im Augenblick ist. Er muss es mit dem versuchen, was er im Moment zur Verfügung hat … und genau das wird er auch tun.«

Nach der Konferenz hatte Amanda den Rest des Nachmittags mit jeder Menge Arbeit verbracht. Versorgungsgüter und Treibstoff wurden ebenso an Bord des LPD und der Duke befördert wie Ersatzteile und Munition aus den australischen Lagerbeständen.

Die spezielleren Anforderungen der Task Force wurden ebenfalls erfüllt – und zwar über die Flottenstützpunkte in Hawaii, Singapur und Guam. Außerdem war auch neues Personal nötig, um die Verluste auszugleichen, die die Marines und die Navy in den jüngsten Auseinandersetzungen erlitten hatten.

Auf den Schiffen der Task Force arbeiteten die Crews

nahezu rund um die Uhr. Manch einer stieß dabei einen stillen Fluch auf Eddie Mac und die Lady aus – immerhin war Australien in der Flotte als eines der tollsten Gebiete für einen Landurlaub bekannt. Doch an Urlaub war nicht zu denken, solange nicht alle Gefechtsschäden repariert und die Programme zur Wartung und Instandsetzung abgeschlossen waren, sodass die Seafighter wieder voll einsatzbereit zur Verfügung standen.

Amanda hatte all diese Anweisungen mit stoischer Ruhe ausgegeben und besonders betont, dass sich alle Einheiten so rasch wie möglich auf den nächsten Einsatz vorzubereiten hätten. Sie wusste, dass dieser nächste Einsatz die Task Force mitten in ein Gefecht führen würde.

Der Zerfall Indonesiens war ein zu wichtiges Ereignis, als dass die Vereinigten Staaten es ignorieren konnten. Das Gleiche galt für ein Dutzend weiterer Seemächte im Pazifik. Alle würden sie auf die eine oder andere Weise betroffen sein.

Wenn sie an Deck war, blickte Amanda immer wieder nach Nordwesten – über die schimmernden Gewässer von Port Darwin und den Beagle Gulf hinweg. Mit ihrem geistigen Auge blickte sie noch weiter, über die Timorsee hinüber bis hin zu den Inseln Indonesiens. Irgendwo dort hielt sich der *Raja Samudra* auf. Im Augenblick war er in Sicherheit – mitten unter seinen Gefolgsleuten und seinen tausend Stützpunkten, die er auf den Inseln besaß. Sie wusste, dass er damit beschäftigt war, seine Pläne in die Tat umzusetzen.

Irgendwann würde sie ihm wieder begegnen, das spürte sie genau. Sie und Makara Harconan waren durch irgendein seltsames Ritual miteinander verbunden – wie in dem balinesischen Tanz, den sie gemeinsam gesehen hatte. Die Musik war noch nicht verklungen und jeder von ihnen hatte noch so manchen Tanzschritt zu vollführen.

Was sein muss, muss sein, dachte sie fest entschlossen. Sie war eine Tänzerin und sie wollte den Tanz bis zum letzten Takt zu Ende bringen. Und wenn die Götter für die Choreographie sorgten, dann würde sie ihm am Ende des Tanzes noch einmal Aug in Auge gegenüberstehen.

Amanda wechselte an diesem Nachmittag ein halbes Dutzend Mal von der *Carlson* auf die *Cunningham* und wieder zurück, beriet sich mit ihren Offizieren und zeigte ihren Leuten, dass sie als Captain sich genauso einsetzte wie alle anderen, um die Seafighter-Task-Force wieder kampfbereit zu machen. Die Sterne glitzerten bereits am Nachthimmel, als sie zum letzten Mal über den Pier zur Gangway des LPD schritt. Die kühle Brise vom Meer her trocknete ihr schweißnasses Hemd.

Jetzt erst wurde ihr bewusst, wie sehr sie sich auf eine ausgiebige heiße Dusche freute. Und danach Midrats mit Erdnussbutter und Marmelade, ehe sie sich ein paar Stunden Schlaf gönnen würde.

Nein, Moment – sie könnte sich ein kleines Privileg als Captain herausnehmen und sich ein Steak-Sandwich mit Pommes frites bringen lassen. Plötzlich überfiel sie ein Bärenhunger.

»He, Boss, wart mal!«

Mit ihrer weißen Uniform bekleidet, kam die kleine Intel-Offizierin keuchend hinter Amanda hergelaufen. »Verzeihung Captain, aber dürfte meine Wenigkeit den TACBOSS um einen kleinen persönlichen Gefallen bitten?«

»Aber sicher, Chris«, antwortete Amanda und lächelte bei dem Gedanken, dass wieder so etwas wie ein Normalzustand eingekehrt war. »Was gibt's?«

»Du hast ja ein allgemeines Verbot für Landurlaub ausgegeben. Wäre da vielleicht eine klitzekleine Ausnahme für mich drin? Inspektor Tran bricht zusammen mit Außenminister Van Lynden auf, und ich würde ihn gern zum Flughafen begleiten.«

Amanda blickte über Christines Schulter hinweg und sah den dunkelhaarigen Polizisten bei einem Stabsfahrzeug stehen, das am Kai stand. Er nickte schweigend und erwartete ihre Entscheidung.

»Der Inspektor begleitet Van Lynden? Was haben sie vor, Chris?«

»Anscheinend hat Tran unbefristeten Urlaub erhalten, damit er als Berater für das Außenamt arbeiten kann.«

»Hm, interessant. Es freut mich, dass wir ihn weiter an Bord haben.« Amandas Augenbrauen zogen sich nachdenklich zusammen. »Moment mal, der Außenminister bricht doch erst morgen früh von hier auf.«

Christine bemühte sich, unschuldig dreinzublicken, was ihr jedoch ganz und gar nicht gelang. »Na ja, ich wollte ihm noch dabei helfen, Zahncreme zu kaufen und ein gutes Buch für die Reise … eben alles, was man so braucht.«

Amanda verdrehte die Augen und lächelte. »Erlaubnis erteilt … vor allem für ›alles, was man so braucht‹.«

»Danke, Boss, das ist wirklich nett von dir.«

»Seid ihr zwei …?«

Die kleine Blondine zuckte die Schultern und lächelte. »Wir sind wie zwei Katzen, die sich gut riechen können und für eine Weile zusammen durch die Straßen ziehen. Okay?«

»Verstehe. Sehr gut sogar.«

Christine studierte Amandas Gesicht. »Und wie geht's dir?«, fragte sie mit leiserer Stimme.

»Gut, Chris. Ich kann es auch nicht erklären, was mit mir passiert ist. Ich schätze, ich habe ebenfalls jemanden getroffen, mit dem mich irgendwas verbindet. Aber uns beide trennt ein ziemlich hoher Zaun.«

»Du hast mir einmal erzählt, dass du als Teenager davon geträumt hast, einen kühnen Freibeuter kennen zu lernen und mit ihm in die Südsee durchzubrennen. Tut mir Leid, dass das nicht so recht geklappt hat.«

»Ist schon in Ordnung.« Amanda blickte erneut nach Nordwesten. »Früher einmal, in einer Zeit, wo man alle Probleme der Welt noch mit einem einzigen Schwerthieb lösen konnte – da hätte es vielleicht Spaß gemacht, Pirat zu spielen, aber heute nicht mehr.«

»Verstehe. Gute Nacht, Boss.«

»Viel Spaß, Chris. Grüß den Inspektor von mir.«

Amanda stieg die Gangway der *Carlson* hinauf, salutierte vor der Flagge und zog sich, nachdem sie ein paar Worte mit dem OOD gewechselt hatte, in ihr Quartier zurück. Vielleicht würde sie sich, wenn die Task Force wieder einsatzbereit war, auch einen kurzen Landurlaub gönnen. Für ein, zwei Tage könnte sie sich in einem noblen Hotel einquartieren und sich einen ganzen Nachmittag lang ein heißes Bad genehmigen. Dann würde sie sich in ihr riesiges Bett zurückziehen und nichts als schlafen. Noch immer hing sie ihren Träumereien nach, als sie dem Wachposten vor ihrer Kabine zunickte und in den Arbeitsraum trat.

Sie erschrak ein wenig, als sie Elliot MacIntyre sah, der sich rasch erhob, als sie hereinkam. »Entschuldigen Sie, dass ich so einfach hier eingedrungen bin, Amanda«, sagte er etwas verlegen, »aber ich musste ein paar Unterlagen holen, die ich auf Ihrem Schreibtisch liegen gelassen habe.« Er deutete mit einem Kopfnicken auf die Aktenmappe, die an einem Tischbein lehnte.

MacIntyre trug eine schwarze Navy-Windjacke über der Khaki-Uniform und seine Offiziersmütze lag auf dem Schreibtisch. »Ich fliege noch heute Abend nach Hawaii zurück und ich wollte Ihnen vorher noch sagen, dass es unheimlich interessant für mich war, hier mit von der Partie zu sein. Sie haben alles erreicht, was ich mir von der Task Force wünschen konnte. Gute Arbeit, Captain, außerordentlich gute Arbeit.«

»Ich gebe das an meine Leute weiter, Sir. Danke.«

Eine ganze Weile herrschte Schweigen in dem kleinen Raum – doch seltsamerweise empfand Amanda die Stille überhaupt nicht als peinlich, und sie spürte, dass es Elliot genauso ging. Es war wie eine stille Übereinkunft, die Dinge betraf, die man nicht aussprechen konnte.

»Ach ja, da ist noch etwas«, sagte MacIntyre schließlich und griff nach dem Buch, das auf dem Schreibtisch lag. »Ich kam nicht mehr dazu, das hier fertig zu lesen. Könnten Sie es mir vielleicht für den Flug leihen?«

Amanda sah, dass es sich um ihr etwas zerfleddertes Exemplar von *Graf Luckner, der Seeteufel* handelte.

»Sie können es behalten«, sagte sie lächelnd. »Ich brauch's nicht mehr.«

Anmerkung des Autors

Aufmerksame Leser der Amanda-Garrett-Reihe werden gewiss bemerkt haben, dass sich die Bezeichnung der USS *Cunningham* geändert hat – und zwar von DDG (Destroyer Guided-missile) zu CLA (Cruiser Littoral Attack)-79. Es gab zwei Gründe für diese Änderung.

Zum einen war die Duke in ihrer ursprünglichen Form als Zerstörer mittlerweile hoffnungslos veraltet. In den frühen neunziger Jahren, als ich mit dem Buch ›USS *Cunningham* – Im Fadenkreuz‹ begann, versuchte ich, vorherzusehen, wie die nächste größere Klasse von Überwasser-Kriegsschiffen aussehen und operieren würde. In mancher Hinsicht kam ich recht nahe an die Wirklichkeit heran. In vielerlei Hinsicht lag ich jedoch völlig daneben – ein Problem, das recht häufig auftritt, wenn man versucht, die Zukunft vorherzusagen.

Es lässt sich bereits heute sagen, dass die Stealth-Zerstörer der DD-21-Klasse, die die U.S. Navy demnächst bauen wird, viel weiter entwickelt sein werden, als ich es mir je hätte träumen lassen. Ich wünschte, ich könnte die Zeit zurückdrehen und noch einmal von vorn beginnen.

Das ist eben der Fluch, mit dem man als Autor von Techno-Thrillern ständig leben muss. Im Moment ist im militärischen Bereich vielleicht die größte Revolution seit der Erfindung des Schießpulvers im Gange. Die Technologien sowie die taktischen Möglichkeiten ändern sich fast täglich, und der Autor von militärischen Romanen sowie die Militärs selbst haben alle Hände voll zu tun, mit den Entwicklungen Schritt zu halten und stets auf dem neuesten Stand zu bleiben. Während ich dieses Buch schrieb, musste ich immer wieder bestimmte Teile umformulieren, weil sich scheinbar sichere Annahmen als falsch herausstellten.

Die Zukunft scheint jedenfalls reich an interessanten Entwicklungen und großen Herausforderungen zu sein.

Der zweite Grund, warum ich die Bezeichnung der Duke änderte, war, dass es in der United States Navy mittlerweile tatsächlich einen DDG-79 gibt, den Zerstörer der Arleigh-Burke-Klasse, USS *Oscar Austin*.

Ich möchte mich in keiner Weise mit den Erfolgen und Ehren schmücken, die dieses schöne neue Schiff und seine Crew zweifelsohne rasch erringen werden. Möge der *Oscar Austin* stets eine günstige See und eine erfolgreiche Jagd zuteil werden.

Glossar

Boghammer: Leichtes, schnelles Kanonenboot, das meist einen 10–13 Meter langen Polyesterrumpf besitzt, von leistungsstarken Außenbordmotoren angetrieben wird und mit mehreren Maschinengewehren sowie von der Schulter abfeuerbaren Raketenwerfern bestückt ist. Der Name stammt von der schwedischen Firma, deren Boote in der zweiten Hälfte der achtziger Jahre von den Iranischen Revolutionsgarden im ›Tankerkrieg‹ am persischen Golf eingesetzt wurden.

Cipher-UAV (Unmanned Aerial Vehicle, Unbemanntes Flugobjekt): Kleines, ferngesteuertes Aufklärungs-Flugzeug, das von den United States Armed Forces eingesetzt wird. Dieses Vertical Takeoff & Landing-Fluggerät verfügt über entsprechende Propeller für Senkrechtstart und Vorwärtsflug. Es handelt sich sozusagen um eine ›fliegende Untertasse‹, die für unbemerkte Aufklärungsoperationen und Sondereinsätze besonders gut geeignet ist.

Eagle Eye UAV (Unmanned Aerial Vehicle, Unbemanntes Flugobjekt): Die von Boeing Textron gebaute Aufklärungsdrohne beruht auf derselben Kipprotor-Technologie, wie man sie auch beim V-22 Osprey Vertical Takeoff & Landing-Transportflugzeug findet. Dadurch verbindet die V-22 die Eigenschaften eines herkömmlichen Flugzeugs mit denen eines Helikopters. Mit ihrem Operationsradius von fast 500 Kilometern ist die Eagle-Eye-Drohne vor allem dank der geschilderten Flugeigenschaften von großem Interesse für die Navy – können doch damit auch vergleichsweise kleine Überwasser-Kriegsschiffe mit einer gewissen Luftaufklärungskapazität versehen werden.

ELINT (ELectronic INTelligence = Nachrichtendienstliche Aufklärung mittels Elektronik): Sämtliche Geheimdienst-Aktivitäten, bei denen die Informationen aus irgendeiner Art von elektronischer Überwachung bezogen werden. Dazu zählen das Abhören von Funk- und TV-Kanälen ebenso wie das Anzapfen von Telefonleitungen und der Empfang von Bildmaterial via Satellit.

GPU (Global Positioning Unit): Ein mobiles Navigationssystem, das sich auf ein Netzwerk von GP-Satelliten stützt, die Signale aussenden, mit deren Hilfe stets die exakte Position abgerufen werden kann. Diese ebenso einfache wie präzise und wirkungsvolle Technologie findet ständig neue Anwendungen sowohl im zivilen als auch im militärischen Bereich. Man denkt sogar schon ernsthaft darüber nach, in jedes Gewehr der amerikanischen Streitkräfte einen GPS-Empfänger einzubauen.

Hellfire: Amerikanischer Panzerabwehr-Flugkörper. Diese mächtige und sehr präzise Waffe, die von Hubschraubern und Kampfflugzeugen ebenso verwendet wird wie von Bodenfahrzeugen und Schiffen, ist mit einem Laser- oder Radarlenksystem ausgestattet. Innerhalb der U.S. Navy wird der Hellfire-Flugkörper zunehmend auch gegen kleinere Schiffe bzw. Boote eingesetzt.

HUMINT (HUMan INTelligence): Die klassische Kunst der Spionage. Das Sammeln von Nachrichtendienst-Informationen durch Agenten, die ›vor Ort‹ auf feindlichem Territorium arbeiten.

Hydra 70: Diese 2.75-Zoll-Rakete, die ursprünglich als Luft-Boden-Rakete konzipiert wurde, kann auch von den Luftkissenbooten der *Queen of the West*-Klasse eingesetzt werden. Es handelt sich um ein nicht-gelenktes Geschoss, das für gewöhnlich in Salven aus mehreren Abschussrohren abgefeuert wird. Die einfache und wirkungsvolle Waffe kann mit verschiedenen Gefechtsköpfen eingesetzt werden, die zur Panzerabwehr, ›Antipersonnel‹, aber auch als Brand- oder Hochexplosiv-Gefechtskopf konzipiert sein können.

LPD (Landing Platform, Dock = Taktisches Landungsschiff): Ein großes amphibisches Kriegsschiff, das dank seines flutbaren ›Welldecks‹ im Heck in der Lage ist, konventionelle Landungsboote, Luftkissenboote und amphibische Panzerfahrzeuge mitzuführen, auslaufen zu lassen und wieder aufzunehmen. LPDs verfügen außerdem über ein großes Hubschrauberdeck und entsprechende Service-Einrichtungen, sodass sie als mobile, schwimmende Ausgangsbasen für viele Marine Corps- und Navy-Helikoptertypen dienen können. Die amerikanische amphibische Gefechtsführung sieht heutzutage vor, dass die amphibischen Einheiten einen gewissen Abstand zur Küste einhalten und mit Hilfe von Landungsbooten und Helikoptern Marines, Ausrüstung und Nachschub zum Festland bringen – eine Taktik, die die Verwundbarkeit des amphibischen Kampfverbands gegenüber modernen Waffensystemen möglichst gering hält.

LSM (Landing Ship, Medium = Mittelgroßes Landungsschiff): Ein vergleichsweise kleines und leicht bewaffnetes amphibisches Schiff, das für die Beförderung von Transport- und Panzerfahrzeugen zu einem Brückenkopf an einem feindlichen Strand eingesetzt wird. Diese Landungsschiffe, die den Großteil ihrer Fracht in einem großen Fahrzeugdeck transportieren, sind so gebaut, dass sie unbeschadet mit dem Bug voraus auf den Strand auflaufen können. Ist der Strand erreicht, werden wasserdichte Schotts im Bug geöffnet, durch die die mitgeführten Fahrzeuge über eine Rampe an Land gefahren werden können. Man findet die mittleren Landungsschiffe sowie die etwas größeren Panzerlandungsschiffe (LST = Landing Ship, Tank) heute noch bei den Seestreitkräften mancher Industrie- und Dritte-Welt-Länder, während sie innerhalb der gegenwärtigen amphibischen Gefechtsführung der U.S. Navy kaum noch eine Rolle spielen.

M4-Modular-Weapons-System: Die neue bevorzugte Waffe der amerikanischen Sondereinsatzkräfte. Es handelt sich im Wesentlichen um eine kurzläufige Version des 5,56-mm-M16A2-Sturmgewehrs. Dank ihres ›Grab-Tight‹-Montiersystems kann die Waffe je nach den Erfordernissen einer Mission bzw. den persönlichen Vorlieben des Benützers modifiziert werden. Man kann verschiedene Griffe einsetzen – außerdem lässt sich unter dem Lauf eine kurzläufige Schrotflinte (Straßenkampfwaffe) oder eine M203-40-mm-Granatpistole montieren. Durch diese ›over-and-under‹-Konfiguration wird die Feuerkraft beträchtlich erhöht. Das M4-System kann mit verschiedenen Zielgeräten ausgestattet werden, vom einfachen Teleskop-Visier über Laser- und Nachtzielgeräte bis hin zu Wärmeabbildung.

Marine-SOC (komplette Bezeichnung MEU [SOC] für Marine Expeditionary Unit, Special Operations Capable): Diese Kampftruppe des U.S. Marine Corps wird durch ein hartes Trainingsprogramm ausgebildet, sodass sie sowohl für spezielle Kommandoeinsätze als auch für konventionelle Infanterie-Einsätze herangezogen werden kann. Seit dem Korea-Krieg haben die Vereinigten Staaten immer wieder kleine Elite-Einheiten eingesetzt, um gegen Revolten und Terrorismus vorzugehen bzw. Kommandoeinsätze zu starten. So verfügt die Army über ihre ›Green Berets‹, die Delta Force und ihr Ranger-Regiment, während die Navy ihre SEAL (Sea-Air-Land)-Teams und die Air Force ihre ›Air Commando Squadrons‹ hat. Die U.S. Marines haben diesen Trend bisher nicht mitgemacht. Sie verweisen darauf, dass das Marine Corps als Ganzes einen Eliteverband darstellt, sodass solche Sondereinheiten im Grunde unnötig wären.

MOLLE (Modular Lightweight Load-carriage Equipment): Neue Kombination aus Rucksack und Tragevorrichtung, mit der die U.S.-Bodentruppen ausgerüstet sind.

NAVSPECFORCE (U.S. Naval Special Forces): Diese Kommandostruktur des Jahres 2006 stellt eine Weiterentwicklung des heute bestehenden Naval Special Warfare Command (SPECWARCOM) dar. Dabei sind alle Sondereinsatzkräfte von Navy und Marine Corps sowie die ›Silver bullet‹-Einheiten (SEAL, SOC-Marines, Stealth-Kriegsführung, Sonderaufklärung, Nachrichtendienste usw.) unter einem einzigen Oberkommando vereint, ähnlich dem Special Forces Command der United States Army.

Unter diesem Kommando findet man SEAL-Teams, Patrouillenboot-, Special Boat- und Submersible Squadrons ebenso wie SOC (Special Operations Capable)-Luftstreitkräfte und Unterseeboot-Einheiten sowie auch die Seafighter-Task-Force. Auch ausgewählte Marine-Corps-Force-Recon-Kräfte und SOC-Raider-Einheiten kommen im Rahmen von NAVSPECFORCE zum Einsatz. NAVSPECFORCE koordiniert alle US-Navy-Sondereinsätze weltweit vom Hauptquartier am Flottenstützpunkt in Pearl Harbor, Hawaii, aus.

SINCGARS (Single Channel Ground and Airborne Radio System): Diese Serie von Funkgeräten für Flugzeuge, Fahrzeuge und Soldaten wurde von der U.S. Army für die Kommunikation in Gefechtszonen entwickelt und wird zunehmend auch von den anderen amerikanischen Streitkräften eingesetzt. SINCGARS funktioniert mit ›Anti-Sigint‹-Technologie: aufgrund der ›Frequenzsprung‹-Technik können bei solchen Geräten Funksprüche nur sehr schwer abgehört oder gestört werden.

SIGINT (SIGnal INTelligence = Funkaufklärung): Das Aufnehmen und Überwachen des gesamten feindlichen Funkverkehrs zum Zweck der Informationssammlung.

UH-1Y: Der jüngste Vertreter eines wahrhaft legendären Helikopters, des Bell UH-1 Iroquois-Kampfhubschraubers. In den frühen sechziger Jahren eingeführt, wurde der ›Huey‹ zur wichtigsten Stütze der amerikanischen ›Airmobile Operations‹ während des Vietnamkriegs. Vier Jahrzehnte später wird dieser Hubschrauber immer noch überall auf der Welt zu militärischen und zivilen Zwecken eingesetzt. Der UH-1Y ›Super Huey‹ stellt eine weiterentwickelte Variante des gegenwärtigen UH-1N mit zwei Triebwerken dar, der im Marine Corps eingesetzt wird. Er verfügt über eine verbesserte Avionik, stärkere Triebwerke und ein Rotor- und Antriebssystem, wie sie auch im AH-1W ›Whiskey Cobra‹-Kampfhubschrauber verwendet werden, wodurch er eine deutlich vergrößerte Reichweite erhält. Aufgrund solcher Weiterentwicklungen geht man davon aus, dass der Huey noch weitere zwanzig Jahre, wahrscheinlich noch um einiges länger, im Einsatz sein wird.

Der Autor von ›Überfall auf hoher See‹ (›Target Lock‹) ist unter *DDG79@AOL.COM* zu erreichen. Kritik und Kommentare sind jederzeit willkommen.